L'ÉPÉE DE SHANNARA

Du même auteur
aux Éditions J'ai lu

Shannara :

2 - Les pierres elfiques de Shannara, *J'ai lu* 7714

Royaume magique à vendre ! :

1 - Royaume magique à vendre !, *J'ai lu* 3667
2 - La licorne noire, *J'ai lu* 4096
3 - Le Sceptre et le Sort, *J'ai lu* 4277
4 - La boîte à malice, *J'ai lu* 4510
5 - Le brouet des sorcières, *J'ai lu* 6683

TERRY BROOKS

L'ÉPÉE DE SHANNARA

SHANNARA - LIVRE PREMIER

TRADUIT DE L'AMÉRICAIN
PAR ROSALIE GUILLAUME

J'AI LU

Titre original :
THIS SWORD OF SHANNARA
Published by The Ballantine Publishing Group,
a division of Random House, Inc.

Précédemment paru aux Éditions J'ai Lu sous le titre
Le glaive de Shannara

À mes parents
Qui ont cru en moi.

TERRES DU NORD
ROYAUME DU CRANE
MONTAGNE DU CRANE
DESERT DE KIERLAK
MONTS DU FIL DU COUTEAU
MARECAGE DE MALG
MONTS CHARNAL
RIVIERE LETHE
PLAINES DE STRELEHEIM
COL DE JANNISSON
VALLEE DE RHENN
TERRES DE L'OUEST
PARANOR
FORTERESSE DES DRUIDES
PLAINES DE RABB
RIVIERE RABB
TERRES DE L'EST
ANAR
LA SALLE DES ROIS
LES DENTS DU DRAGON
R. MERMIDON
KERN
COL DE KENNON
VALLEE DE SCHISTE
STORLAND
MONTS WOLFSKTAAG
COL DE JADE
COL DU NOEUD-COULANT
CALLAHORN
TYRSIS
VARFLEET
MONTS DE RUNNE
FORETS DE L'ANAR
LAC ARC-EN-CIEL
RIVIERE ARGENTEE
CULHAVEN
TERRES DU SUD
MARAIS DES BRUMES
BASSES-TERRES DE TERTREBATAILLE
FORET DE DULN
VALOMBRE
R. RAPPAHALLADRAN
LEAH
BASSES-TERRES DE CLETE
LES CHENES NOIRS
ANAR INFERIEUR

Chapitre 1

Quand Flick Ohmsford commença la descente, le soleil qui se couchait déjà derrière les collines, à l'ouest de la vallée, incendiait l'horizon de rouge et de rose. Sur la face nord, la piste serpentait entre de gros rochers avant de disparaître dans les forêts touffues des basses terres. Mais, dans les clairières ou à la faveur de trouées entre les arbres, certains lacets redevenaient visibles de loin en loin.

Un sac léger à l'épaule, Flick suivait du regard le chemin familier en marchant d'un pas fatigué. Tanné par le vent, son visage frappait par sa placidité. Seuls ses grands yeux gris révélaient l'énergie qui bouillonnait sous un calme trompeur. Sa carrure, ses cheveux brun grisonnant et ses sourcils touffus le faisaient paraître bien plus vieux que son âge. Il portait les vêtements de travail amples des gens de la vallée. Dans son sac, des objets métalliques tintaient sans cesse les uns contre les autres.

L'air du soir étant frais, Flick resserra le col de sa chemise en laine. Sa randonnée allait le conduire à travers des forêts et des plaines vallonnées qu'il connaissait déjà. Alors que les chênes vénérables et les noyers obscurcissaient un firmament limpide, le crépuscule céda la place au bleu foncé d'un ciel semé de milliers d'étoiles amicales. Mais les arbres géants voilaient jusqu'à ces lumières célestes.

Seul dans les ténèbres, le jeune homme suivait un chemin de terre. L'ayant arpenté des centaines de fois, il remarqua vite le calme inhabituel qui régnait sur la vallée. Il manquait le bourdonnement des insectes et les cris des oiseaux nocturnes en quête de nourriture...

Flick chercha des signes de vie, mais son ouïe pourtant fine ne détecta rien. Il secoua la tête, mal à l'aise devant ce silence inquiétant – surtout avec les rumeurs sur une créature effrayante aux ailes noires... Quelques jours auparavant, des hommes avaient affirmé l'avoir vue planer au crépuscule, dans le nord de la vallée.

Flick se força à siffloter. Il repensa à sa journée de travail dans la campagne, au nord de la vallée, justement, où des familles très isolées cultivaient la terre et élevaient du bétail. Chaque semaine, il faisait sa tournée pour proposer des articles de première nécessité – et colporter les nouvelles de la vallée ou des lointaines cités des Terres du Sud. Peu de gens connaissaient aussi bien que lui la campagne environnante. Un plus petit nombre encore avait envie de s'aventurer au-delà de la sécurité toute relative de leurs foyers. Par les temps qui couraient, les hommes préféraient s'en tenir à leurs pénates et regarder le monde de loin...

De temps en temps, Flick aimait quitter la vallée, battre la campagne et voir du pays. D'autant que d'autres fermes perdues loin de tout avaient besoin de ses services et se montraient toujours prêtes à le dédommager de ses peines.

Le père de Flick n'étant pas homme à laisser échapper une occasion de s'enrichir, la situation convenait à tout le monde.

Frôlant une branche basse, le jeune homme sursauta et bondit sur le côté. Exaspéré par sa propre nervosité, il foudroya du regard l'obstacle végétal avant de reprendre sa route d'un pas plus rapide. Il était au cœur des forêts des basses terres. De maigres rayons de lune se frayaient à grand-peine un passage entre les rameaux touffus, éclairant chichement la piste... Il faisait si sombre que Flick avait du mal à se repérer. Attentif au terrain, il s'inquiéta de nouveau du silence anormal de la forêt. Comme si toute vie avait soudain disparu. Sortirait-il jamais de cette forêt-tombeau ? Les récentes rumeurs lui revinrent à l'esprit. Anxieux, il jeta à la ronde des regards alarmés. Mais rien ne bougeait, aucun frémissement suspect...

Soulagé, il se sentit un peu idiot.

Il fit une pause dans une clairière, au clair de lune, et admira le ciel nocturne avant de s'enfoncer de nouveau entre les arbres.

Il marchait en regardant où il mettait les pieds, car la piste rétrécissait, puis semblait disparaître dans un entrelacs d'arbres et de buissons. De plus en plus mal à l'aise, les nerfs à vif, il ne cessait de sonder les alentours, la peur au ventre. Enfin, il repéra une piste plus large et le ciel réapparut par les trouées de la frondaison. Flick était presque en bas de la vallée, à deux lieues environ de l'auberge. Sourire retrouvé, il accéléra le pas en sifflotant une vieille chanson de taverne. Absorbé par la piste et le terrain à découvert qui s'étendait au-delà de la forêt, il ne remarqua pas l'ombre noire qui se détacha soudain d'un chêne, sur sa gauche...

S'engageant sur la piste pour l'intercepter, elle était presque sur lui quand il s'aperçut de sa présence. On eût dit un énorme rocher qui menaçait de l'écraser !

Avec un cri de terreur, il s'écarta et laissa tomber son sac, qui produisit un concert de tintements métalliques. De la main gauche, il sortit son couteau et se mit en garde.

L'être qui semblait composé de ténèbres leva un bras.

— Attendez, mon ami ! lança-t-il d'une voix forte mais rassurante. Je ne suis pas hostile et je n'ai aucune mauvaise intention à votre égard. Voyez-vous, je cherche mon chemin et je vous serais reconnaissant de m'indiquer la bonne direction.

Un peu rassuré, Flick examina la créature. Était-elle humaine ? Il faisait trop sombre pour le déterminer. Il fit quelques pas prudents sur la gauche et tenta de distinguer le visage de son interlocuteur au clair de lune.

— Je vous assure, je n'ai pas de mauvaises intentions, insista l'inconnu (comme s'il lisait dans l'esprit inquiet du Valombrien...). Je ne voulais pas vous effrayer, mais ne vous ayant pas vu avant que vous soyez à mon niveau, je craignais que vous passiez sans vous apercevoir de ma présence...

La voix désincarnée se tut. La silhouette ne bougeait pas, mais Flick vit ses yeux le suivre quand il se déplaça, dos à la lumière. À la faveur du pâle clair de lune, il « voyait » l'inconnu sous la forme de lignes floues et d'ombres bleues. Ils restèrent un moment face à face, s'observant. Flick aurait donné cher pour savoir à quoi il était confronté. L'inconnu, lui, attendait avec un grand calme.

Soudain, il bondit sur Flick à une vitesse terrifiante, ses mains puissantes lui saisissant les poignets. Soulevé du sol, l'homme de la vallée lâcha son couteau.

La voix basse prit un ton moqueur.

— Eh bien, mon jeune ami ! Et maintenant ? Je pourrais vous arracher le cœur et abandonner votre cadavre aux loups, si l'envie m'en prenait !

Flick se débattit, l'esprit embrumé par la terreur. Il ignorait quel genre de créature l'avait si facilement maîtrisé. Bien plus puissante qu'un homme, elle semblait tout près de lui régler son compte.

La voix moqueuse se fit glaciale.

— Ça suffit, gamin ! Nous avons joué à vos petits jeux et vous ne savez toujours rien de moi. Je suis fatigué et affamé. Pas question d'attendre dans le froid que vous décidiez si je suis un homme ou une bête ! Je vais vous lâcher et vous me montrerez gentiment le chemin. Mais n'essayez pas de fuir, ça aggraverait votre cas !

Joignant le geste à la parole, l'inconnu éclata d'un rire méprisant.

— De plus, je suis peut-être un ami plus intéressant que vous ne l'imaginez !

Il recula d'un pas. Flick se frotta les poignets pour rétablir la circulation dans ses mains ankylosées. Il aurait voulu fuir, mais selon toute probabilité, l'inconnu le rattraperait et le tuerait. Il se pencha sans mouvements brusques, ramassa son couteau et le remit à sa ceinture.

Ses yeux s'étant accoutumés à l'obscurité, il voyait l'homme plus clairement. C'était bien un humain. Mais d'une taille anormale, car il mesurait au moins sept pieds. Même si son manteau noir le dissimulait en grande partie, il paraissait assez mince. Et malgré le capuchon baissé, Flick vit ses traits : un visage long et ridé taillé à la serpe, des yeux profondément enfoncés dans leur orbite et presque cachés par des sourcils broussailleux, un nez long et pourtant épaté, un collier de barbe noire soulignant de grandes lèvres minces... L'effet était effrayant. Flick lutta contre l'envie de courir jusqu'à la lisière de la forêt.

Il se força à regarder l'inconnu dans les yeux avec un pauvre sourire.

— Je vous avais pris pour un voleur... marmonna-t-il.

— Une erreur, répondit l'homme, radouci. Apprenez donc à distinguer un ami d'un ennemi. Parfois, votre vie en dépendra ! Maintenant, dites-moi votre nom.

— Flick Ohmsford.

Il hésita, puis continua d'une voix plus affirmée.

— Mon père est Curzad Ohmsford. Il tient l'auberge de Valombre, à deux lieues d'ici. Vous y trouverez le gîte et le couvert, si vous le désirez.

— Ah, Valombre... soupira l'inconnu. Oui, c'est ma destination.

Il réfléchit. Flick le regarda se frotter le visage de ses doigts crochus tout en jetant un coup d'œil aux prairies vallonnées.

Il reprit la parole, sans se tourner vers le Valombrien.

— Vous avez un frère.

Ce n'était pas une question. L'homme avait la voix lointaine et détachée de quelqu'un qui n'attend pas de réponse.

Flick dut tendre l'oreille pour entendre. Quand le sens de cette remarque s'imposa à lui, il sursauta, ébahi.

— Comment savez-vous... ?

— Ma foi, tous les jeunes gens de la vallée n'ont-ils pas un frère, çà ou là ?

Flick hocha la tête sans comprendre où son interlocuteur voulait en venir. Que connaissait-il sur Valombre ? Visiblement, il s'attendait à être guidé jusqu'à l'auberge...

Flick récupéra son sac et le remit sur son épaule.

— C'est par là, dit-il.

Il montra le chemin et ils se mirent en route.

Ils quittèrent la forêt pour aborder les petites collines vallonnées qu'ils suivraient jusqu'au hameau de Valombre, de l'autre côté de la vallée. Hors des bois, la piste était illuminée par la pleine lune. Au loin, elle se fondait en une ligne indistincte qui s'enfonçait dans les collines verdoyantes et devenait uniquement repérable au scintillement des ornières gorgées d'eau de pluie et aux passages en terre battue, très visibles entre les hautes herbes. Des bourrasques poussaient les voyageurs en avant et faisaient voleter leurs vêtements. D'instinct, ils courbaient l'échine pour protéger leurs yeux de la poussière. Concentrés sur les irrégularités du terrain, ils ne desserraient plus les lèvres. D'autres collines et de petites dépressions suivaient chaque butte. À part la plainte du vent, la nuit était silencieuse. À un moment, Flick crut entendre un cri aigu et bref, vers le nord. Mais cela ne se reproduisit pas.

L'inconnu ne semblait pas s'inquiéter du silence pourtant anormal. Son attention restait rivée sur le sol, six pieds devant eux. Tête basse, il ne se préoccupait plus de son jeune guide et ne l'observait même pas à la dérobée. Semblant savoir exactement où son compagnon allait, il marchait d'un pas sûr à côté de lui.

Flick eut du mal à soutenir l'allure. Les longues jambes de l'inconnu avalaient littéralement la distance. Le Valombrien dut parfois courir pour ne pas perdre du terrain. Une ou deux fois, conscient des difficultés de son compagnon, l'homme ralentit le pas. Au sud de la vallée, des prairies semées de buissons annonçaient une nouvelle zone forestière.

Après, la piste descendait en pente douce. Aux abords de Valombre, Flick aperçut des repères familiers. À l'idée de retrouver son hameau et son foyer, il éprouva un vif soulagement.

L'inconnu n'avait pas rouvert la bouche de tout le trajet. N'ayant aucune envie de relancer la conversation, Flick étudia discrètement le géant. Son visage raviné à la barbe noire lui rappelait les terribles sorciers décrits par les anciens, à la lueur déclinante d'un feu de bois, dans son enfance. Le plus effrayant, c'étaient ses yeux – ou plutôt, ces cavernes obscures, sous ses sourcils épais, là où ses yeux auraient dû se trouver.

Sa silhouette un peu voûtée semblait taillée dans la pierre. Flick s'avisa brusquement que son étrange compagnon ne lui avait pas dit son nom.

Aux abords de la vallée, le chemin, maintenant bien visible, serpentait entre d'épais buissons. Soudain, l'inconnu s'immobilisa, tête basse et oreille tendue. Flick n'entendit rien d'insolite. Après quelques minutes, le géant se tourna vers son compagnon.

— Vite ! Dans ces buissons !

Il flanqua une bourrade à Flick, le propulsant vers la végétation. Effrayé, le jeune homme courut, stimulé par le tintement des objets métalliques de son sac à dos.

L'inconnu lui prit le sac et le fourra sous son manteau.

— Silence ! Pas un mot !

À l'abri des ronces et des branches, tapis dans un fourré, le géant et Flick reprirent péniblement leur souffle.

Le jeune homme continua d'étudier son compagnon. Au lieu de sonder la campagne environnante, il examinait le ciel à travers le feuillage. Pourtant, le firmament paraissait dégagé. Qu'y avait-il à voir à part les étoiles ?

Les minutes passèrent. Quand Flick ouvrit la bouche, l'inconnu le prit par l'épaule pour l'inciter à garder le silence. Le jeune homme tendit l'oreille, les yeux écarquillés. Rien. Le silence régnait. Quel danger avait donc senti son énigmatique compagnon ? Il n'y avait pas un son, à part leur souffle précipité et le bruissement du vent dans les branches.

À l'instant où Flick s'apprêtait à s'asseoir pour soulager ses muscles fatigués, le ciel fut obscurci par une ombre noire qui survola leur cachette avant de disparaître. Puis elle repassa au-dessus de leurs têtes en décrivant de grands cercles. Avait-elle repéré les voyageurs ? Allait-elle leur fondre dessus ?

Une terreur animale submergea Flick, le paralysant comme s'il était pris dans un filet aux mailles d'acier. Il lutta contre la folie qui tentait de s'emparer de lui. *Quelque chose*, lui sembla-t-il, envahit sa poitrine et chassa l'air de ses poumons. Il haleta. Une vision s'imposa à lui : une créature noire striée de rouge, des mains griffues et des ailes géantes. Il émanait de ce monstre une telle malfaisance que son existence même menaçait la vie de Flick.

Il allait hurler quand l'inconnu le prit de nouveau par l'épaule, l'arrachant à son délire...

Puis l'ombre disparut aussi soudainement qu'elle était apparue.

Le géant lâcha Flick qui s'écroula, à bout de nerfs. Une sueur glacée lui couvrait le corps. Son compagnon s'assit à côté de lui en souriant.

Il posa une main sur celle de Flick et la tapota, comme s'il voulait rassurer un enfant.

— Allons, calmez-vous, mon petit, murmura-t-il. Vous êtes vivant, et Valombre est tout près.

Flick le dévisagea, les yeux écarquillés. Comment pouvait-on rester aussi serein ?

— Qu'est-ce que c'était que cette créature ?

— Une ombre. Mais ce n'est ni l'heure ni le lieu de nous en soucier. Nous en parlerons plus tard. Pour l'instant, je meurs d'envie de manger devant un bon feu ! Et je vais finir par perdre patience !

Il aida le Valombrien à se relever et lui rendit son sac. Puis, d'un geste, il l'incita à marcher devant lui.

Ils quittèrent les fourrés. Inquiet, Flick examina le ciel. Son imagination enfiévrée lui aurait-elle joué des tours ?

À la réflexion, il décida que c'était assez d'émotions pour une nuit. D'abord, l'apparition inattendue du géant sans nom, puis celle de la créature... Dorénavant, il y réfléchirait à deux fois avant de s'aventurer si loin de sa vallée natale après le coucher du soleil !

Soudain, des lumières jaunes déchirèrent l'obscurité. Bientôt, les contours des bâtiments se précisèrent dans la pénombre. La piste s'élargit pour devenir une route de terre battue conduisant au hameau. Flick se réjouit de voir les lumières qui brillaient aux fenêtres des logis silencieux. L'inconnu et lui étaient seuls dehors. Sans les lumières, la vallée aurait pu paraître déserte. Mais Flick avait d'autres soucis. Que devrait-il raconter à son père et à Shea, s'il ne voulait pas les inquiéter avec des histoires d'ombres étranges – qui étaient peut-être le fruit de son imagination ?

Plus tard, l'inconnu éclairerait peut-être sa lanterne. Pour l'instant, il n'était guère loquace. Flick n'aimait pas l'obscurité qui émanait de lui. Elle semblait jaillir du manteau et du capuchon, l'enveloppant d'une pénombre surnaturelle. Quelle que fût son identité, cet homme ferait un redoutable ennemi, Flick en était persuadé.

Ils avancèrent lentement entre les bâtisses du hameau. Le Valombrien vit des torches brûler derrière les fenêtres. Les maisons longues et basses, de plain-pied, avaient toutes un toit incliné et un auvent qui abritait une modeste véranda. Les logis étaient en bois avec des fondations en dur. Quelques-uns arboraient aussi des façades de pierre. Derrière les rideaux, Flick reconnut des visages familiers et il se sentit rassuré. Après les frayeurs de tantôt, se retrouver chez lui, au milieu de voisins, était un vif soulagement.

L'inconnu ne se souciait pas de son environnement ; il jeta à peine quelques coups d'œil au hameau. Flick était étonné par la façon dont il le « suivait ». Car en réalité, il ne le suivait pas. Il semblait savoir où il allait ! Aux intersections bordées de rangées identiques de chaumières, il n'avait aucun mal à s'orienter sans aide. Et il ne regardait même pas la route !

Le jeune homme finit par marcher derrière l'inconnu.

Ils ne tardèrent pas à atteindre l'auberge : un bâtiment de belle taille, composé d'un corps principal au porche impressionnant et de deux ailes. De grands rondins reposaient sur une base en pierre, avec l'habituel toit en bardeaux de bois – mais plus élevé et imposant que ceux des maisons familiales. Le bâtiment central était bien éclairé. Des bribes de conversations, ponctuées de cris et de rires, parvinrent aux oreilles des deux hommes. Les deux ailes, réservées à la clientèle, étaient en revanche plongées dans l'obscurité. Un appétissant fumet de viande rôtie monta aux narines de Flick.

Il précéda son compagnon sur les marches du porche, puis s'arrêta devant la porte d'entrée.

L'inconnu le suivit en silence.

Flick tira le lourd verrou de la porte et fit tourner la poignée. Quand le battant de droite s'ouvrit, ils entrèrent dans la grande salle commune garnie de bancs, de fauteuils à haut dossier et de belles tables en bois disposées le long des murs, à droite et au fond. Les grosses bougies posées sur les tables ou sur les chandeliers muraux fournissaient une vive lumière, et un feu ronflait dans la cheminée qui trônait au milieu du mur gauche. Ébloui, Flick cligna des yeux.

Après s'être posés sur la cheminée puis sur les doubles portes closes, au bout de la pièce, ses yeux se braquèrent sur le comptoir, à droite. Les clients avaient tous levé la tête, stupéfaits à la vue du géant. Le compagnon de Flick ne leur prêtant aucune attention, ils retournèrent rapidement à leurs conversations ou à leurs libations, et jetèrent à peine quelques coups d'œil aux nouveaux venus, histoire de s'assurer de leurs intentions.

Les deux hommes s'attardèrent à l'entrée. Flick balaya une nouvelle fois la salle du regard, à la recherche de son père. Puis l'inconnu désigna une place libre, sur la gauche.

— Je m'assieds là pendant que vous allez chercher votre père. Ensuite, nous devrions tous dîner ensemble.

Sans autre commentaire, il s'installa à une petite table, au fond de la salle, le dos tourné au comptoir. Le Valombrien s'approcha des portes, les ouvrit et s'engagea dans un couloir. Son père était probablement à la cuisine, où il dînait en compagnie de Shea.

Flick passa devant d'autres portes avant d'atteindre son but. Quand il entra, un salut amical l'accueillit. Comme il s'en était douté, son père, assis au bout d'un grand plan de travail, à gauche, terminait son repas.

Il agita une main musclée.

— Tu reviens plus tard que d'habitude, mon fils, dit-il sur un ton bourru mais affectueux. Viens manger tant qu'il reste quelque chose !

Flick approcha d'un pas lourd, posa son sac et se percha sur un tabouret.

Après avoir avalé sa dernière bouchée, son père l'interrogea du regard.

— J'ai rencontré un voyageur sur le chemin du retour, dit le jeune homme, non sans hésiter. Il désire une chambre, un repas... et il nous demande de le rejoindre.

— Ma foi, il a choisi le bon endroit pour tout ça ! Allons-y ! Je n'y vois aucun inconvénient, et je mangerais bien un morceau de plus !

L'aubergiste souleva ses cent kilos du tabouret et ordonna aux cuisiniers de préparer trois repas supplémentaires. Flick chercha Shea du regard, mais il n'était pas là. Pendant que l'aubergiste donnait des instructions pour la préparation des mets, Flick alla se rafraîchir à l'évier.

Quand il revint, il demanda où était son frère.

— Shea est parti faire une course pour moi. Il ne devrait pas tarder. Au fait, comment s'appelle l'homme que tu nous as amené ?

— Je l'ignore. Il ne me l'a pas dit.

Sourcils froncés, le père de Flick pesta dans sa barbe contre les étrangers amateurs de mystère. Il s'était pourtant juré de ne plus accueillir de gens bizarres dans son auberge !

Faisant signe à son fils de le suivre, il quitta la cuisine, frôlant le mur des deux épaules. Perplexe, Flick lui emboîta vivement le pas.

L'inconnu était toujours paisiblement assis dos au comptoir. Entendant les portes se rouvrir, il tourna la tête pour regarder entrer les deux hommes. Leur air de famille était frappant : de taille moyenne, ils avaient une solide ossature, le même visage large et placide et des cheveux brun grisonnant.

Flick désigna l'inconnu... Et Curzad Ohmsford ouvrit des yeux ronds !

Le géant se leva, très courtois, les dominant de toute sa taille quand ils approchèrent.

— Bienvenue dans mon auberge, étranger, dit le père de Flick en cherchant à voir sous le capuchon qui dissimulait le visage de l'homme. Je m'appelle Curzad Ohmsford, comme mon fils vous l'aura sans doute dit.

L'inconnu serra la main de l'aubergiste avec une force qui le fit grimacer.

— Votre fils a eu l'amabilité de me guider jusqu'à cette sympathique auberge, lâcha-t-il avec un sourire moqueur. J'espère que vous accepterez tous les deux de vous joindre à moi pour manger, et boire un verre de bière.

— Volontiers, dit Ohmsford.

Il passa devant son client d'un pas lourd et se laissa tomber sur une chaise.

Flick prit aussi un siège, les yeux rivés sur l'inconnu, qui félicita Ohmsford de l'irréprochable tenue de son établissement. Flatté, Curzad fit un signe approbateur à son fils et cria à un serveur d'apporter trois verres.

L'inconnu ne repoussa pas le capuchon sur ses épaules. Flick aurait voulu se pencher pour mieux voir, mais il craignait que le géant remarque son manège et s'en offusque. Sa première tentative lui avait coûté des poignets endoloris – et une fameuse dose de respect pour la force et le caractère de son compagnon. Mieux valait ne pas insister !

Il écouta en silence la conversation passer des commentaires polis sur le temps à des considérations plus personnelles sur les gens et les événements de Valombre. Flick remarqua que son père, qui n'avait jamais besoin d'encouragements pour bavarder, parlait beaucoup alors que son interlocuteur se contentait de poser quelques questions banales. Ça n'avait probablement pas d'importance, mais les Ohmsford ne savaient rien de lui. Même pas son nom... En revanche, il soutirait à l'aubergiste une multitude d'informations sur Valombre.

Tout cela inquiétait Flick, mais il ignorait comment y remédier. Il lui tardait de revoir Shea. Que se passerait-il alors ?

Le dîner fut servi – et englouti – avant qu'une des doubles portes de l'entrée s'ouvre enfin sur son frère.

Pour la première fois, Flick vit l'inconnu s'intéresser intensément à quelqu'un. Ses mains accrochées au bord de la table, il se leva. Dominant une fois de plus les Ohmsford de toute sa taille, il semblait avoir oublié jusqu'à leur existence. Son front ridé se plissa un peu plus et une intense concentration s'afficha sur son visage raviné. Un instant, Flick crut que l'étranger était sur le point de *détruire* Shea ! Puis une autre idée chassa celle-là. L'homme sondait les pensées de son frère !

Il étudiait Shea, son regard mystérieux semblant envelopper la silhouette entière du jeune homme. Au premier coup d'œil, il remarqua les caractéristiques elfiques évidentes : les oreilles légèrement pointues sous la chevelure blonde en bataille, l'inclinaison particulière des sourcils, qui formaient un angle aigu vers le haut au lieu de suivre en parallèle la ligne du front, la finesse du nez et de la mâchoire... Le visage de Shea respirait l'intelligence et la droiture, et une grande détermination brillait dans ses yeux bleus perçants.

Il s'empourpra sous le regard de l'inconnu. Puis il hésita, impressionné par son imposante silhouette. Se sentant inexplicablement piégé, il prit son courage à deux mains et avança.

Flick et son père regardèrent Shea approcher, les yeux rivés sur le géant. Puis ils se levèrent d'un bond, comme s'ils prenaient conscience de l'importance du moment.

Il y eut un silence gênant. Ensuite, les Ohmsford parlèrent tous en même temps, échangeant des saluts bruyants qui dissipèrent la tension. Shea sourit à Flick, mais sans détacher son regard du géant.

Shea étant un peu plus petit que Flick, l'homme le dominait d'autant plus – mais il était moins nerveux que son frère...

Curzad Ohmsford le questionna sur la course qu'il avait faite pour lui et Shea oublia un instant le géant pour répondre.

Puis il se tourna vers l'inconnu.

— Je ne crois pas que nous nous soyons rencontrés, dit-il. Pourtant, vous semblez me connaître. Et j'ai l'impression bizarre que je devrais également vous connaître...

Avec un sourire aussi moqueur que fugace, l'homme hocha la tête.

— Peut-être le devriez-vous, en effet, même si je ne suis pas étonné que vous ne vous souveniez pas... Je sais qui vous êtes. Je vous connais fort bien, en vérité !

Ne sachant quelle contenance adopter, Shea dévisagea l'inconnu en silence.

L'homme se caressa la barbe, regardant tour à tour le père et ses fils. Flick ouvrait la bouche pour poser la question qui brûlait les lèvres des Ohmsford, quand le géant baissa enfin son capuchon. Son visage apparut, encadré par des cheveux noirs tombant à mi-épaules. Ses yeux étaient bien deux fentes obscures tapies sous des sourcils broussailleux.

— Je m'appelle Allanon, annonça-t-il le plus calmement du monde.

Un long silence accueillit sa déclaration.

Allanon ! Le mystérieux voyageur qui parcourait les Quatre Terres, l'historien des espèces, le philosophe, le professeur, et – murmuraient certains – l'adepte des arts magiques ! Allanon, l'homme qui était allé partout, des confins de l'Anar aux cimes interdites des monts Charnal. Son nom était bien connu des communautés les plus isolées des Terres du Sud...

Maintenant, il se tenait devant les Ohmsford, qui s'étaient rarement aventurés au-delà de leur vallée natale !

Pour la première fois, Allanon eut un sourire chaleureux. Au fond, il éprouvait de la pitié pour ces hommes. Ils ne le savaient pas encore, mais l'existence paisible qu'ils savouraient depuis des années touchait à son terme.

En un sens, Allanon en était responsable.

— Qu'est-ce qui vous amène par ici ? demanda Shea.

Le géant eut un rire rauque qui les prit par surprise.

— Vous, murmura-t-il. Je suis venu ici pour vous.

Chapitre 2

Shea se réveilla tôt le lendemain. S'arrachant à la chaleur douillette de son lit, il s'habilla rapidement dans la froideur humide de l'air matinal. Il était si tôt que personne d'autre dans l'auberge, famille ou clients, n'avait encore quitté son lit. Alors que le long bâtiment était plongé dans le silence, il sortit sur la pointe des pieds de sa petite chambre, sise au fond du corps principal, pour gagner le grand salon, où il alluma aussitôt un feu dans la cheminée de pierre, les doigts un peu engourdis par le froid. Même à la saison chaude, la vallée encaissée restait glaciale au petit matin, avant que le soleil couronne les collines environnantes. Valombre était bien abritée – du regard des hommes comme du climat rigoureux des Terres du Nord. Pourtant, quand les orages hivernaux ou les giboulées printanières menaçaient la vallée et le village sans vraiment s'y abattre, la fraîcheur du petit matin, accumulée entre les collines, régnait jusqu'à ce que la chaleur du soleil la chasse.

Au coin du feu, Shea se détendit et réfléchit aux événements de la veille. Les bras croisés pour se tenir chaud, il avait pris place sur une chaise à haut dossier. Comment Allanon le connaissait-il ? Il n'avait pas souvent quitté la vallée et il se serait à coup sûr souvenu d'un être aussi mémorable s'il l'avait croisé au cours d'une de ses rares promenades. Après sa fracassante révélation, Allanon avait refusé d'en dire plus. Il avait terminé son repas en silence, annonçant que la suite attendrait le lendemain matin. Puis il était redevenu l'impressionnant personnage qui avait accueilli Shea...

Son souper achevé, il avait demandé une chambre pour s'y reposer. Les fils de l'aubergiste n'avaient pas pu lui soutirer un mot de plus sur les raisons de sa venue à Valombre ou de son intérêt pour Shea. Les deux frères avaient parlé tard dans la nuit. Flick avait raconté à Shea sa rencontre avec Allanon et l'apparition de l'ombre effrayante.

Shea en revint à sa question initiale : comment Allanon le connaissait-il ? Pour le savoir, il passa en revue les tournants décisifs de sa vie. Il se souvenait vaguement de ses premières années, mais ignorait où il était né, même si, quelque temps après son adoption, les Ohmsford lui avaient dit qu'il était venu au monde dans une modeste communauté des Terres de l'Ouest. En bas âge, Shea avait perdu son père. Il n'avait de lui aucune image précise. Sa mère l'avait gardé avec elle un certain temps. Il conservait de cette lointaine époque des bribes de souvenirs : il jouait avec des enfants elfes, au pied des arbres, dans une verte et profonde solitude...

Il avait cinq ans quand sa mère, tombée malade, s'était décidée à retourner près de sa famille, dans le hameau de Valombre. Consciente d'être aux portes de la mort, elle se souciait avant tout du bien-être de son fils. Épuisée par le voyage vers le sud, elle avait rendu l'âme peu après son arrivée.

Les parents maternels de Shea avaient quitté la vallée, à l'exception des Ohmsford, des cousins éloignés. Veuf depuis moins d'un an, Curzad Ohmsford élevait seul son fils Flick tout en tenant son auberge. Shea avait vite fait partie de la famille.

Les deux garçons se considéraient comme des frères et tous les deux portaient le nom d'Ohmsford. Si personne n'avait révélé à Shea son véritable patronyme, il s'en souciait peu. Les Ohmsford restaient la seule famille qui lui importait, celle qui l'avait accueilli à bras ouverts...

Parfois, être un sang-mêlé le tracassait. Mais Flick soutenait que c'était un avantage inouï. Shea n'avait-il pas reçu en héritage les instincts et les caractéristiques de deux espèces au lieu d'une ?

Quoi qu'il en soit, il ne se rappelait pas avoir rencontré Allanon. Alors, que croire... ? L'événement avait-il vraiment eu lieu ? Comment en avoir le cœur net ?

Pensif, Shea se tourna sur sa chaise et contempla le feu. Quelque chose, dans l'austère voyageur, l'effrayait. Peut-être était-ce son imagination, mais il ne parvenait pas à se défaire de l'impression que l'homme pouvait lire ses pensées et tout savoir de lui s'il le décidait. Cela semblait ridicule, mais depuis cette rencontre inopinée dans l'auberge, l'idée refusait de le quitter.

Flick avait eu la même impression. Dans l'obscurité de leur chambre, il était même allé plus loin, murmurant qu'à son avis, Allanon était dangereux.

Shea s'étira. Le jour commençait à poindre. Le jeune homme se leva et ajouta du petit-bois dans l'âtre. Dans le couloir, il entendit la voix de son père se répandre en mille et une récriminations. Avec un soupir résigné, Shea regagna la cuisine pour aider à préparer le repas.

Il était presque midi quand il revit Allanon, qui avait passé la matinée dans sa chambre.

Shea se détendait, derrière l'auberge, à l'ombre d'un arbre, mangeant distraitement son casse-croûte, quand l'humain surgit. Son père s'affairait à l'auberge et Flick était parti faire une course.

L'homme était impressionnant en plein soleil, même s'il avait troqué son manteau noir pour un gris. En inclinant légèrement son visage émacié, il vint se camper devant Shea, puis s'assit sur l'herbe près du Valombrien, le regard tourné vers les collines de l'Est, à l'horizon.

Ils gardèrent quelques instants un silence songeur.

Puis Shea le brisa.

— Pourquoi êtes-vous venu dans la vallée, Allanon ? Pourquoi me cherchiez-vous ?

Le géant se tourna vers lui ; un sourire fugitif passa sur ses lèvres.

— Mon jeune ami, voilà une question à laquelle il est moins aisé de répondre que vous le souhaiteriez. La meilleure façon serait peut-être de vous interroger d'abord... Avez-vous lu quelque chose sur l'histoire des Terres du Nord ? (Il marqua une pause.) Connaissez-vous le royaume du Crâne ?

Shea se raidit. Ce nom était synonyme de toutes les terreurs de la vie, réelles ou imaginaires. On l'invoquait pour effrayer les garnements et faire frissonner les adultes quand on échangeait des anecdotes, la nuit, autour des tisons fumants d'un feu. Il évoquait les fantômes, les gobelins, les gnomes sournois de la forêt de l'Est et les grands trolls des Rochers du Nord...

Shea hocha la tête.

— Je suis un historien – entre autres, continua Allanon... Peut-être l'historien vivant qui a le plus voyagé, car peu de gens se sont aventurés sur les Terres du Nord depuis plus de cinq cents ans. J'en sais long sur le passé de l'humanité, que plus personne ne connaît. Le passé est un vague souvenir et c'est peut-être mieux ainsi. Au cours des deux derniers millénaires, l'histoire de l'homme ne fut pas très glorieuse.

» Les humains actuels ont oublié le passé. Ils savent peu de chose sur le présent et encore moins sur l'avenir. L'homme vit presque exclusivement au sud. Ignorant tout des Terres du Nord et de leurs peuples, il ne sait presque rien sur celles de l'Est et de l'Ouest... Dommage que l'espèce humaine soit devenue si timorée. Autrefois, c'était la plus visionnaire de toutes ! Maintenant, elle se contente de vivre à l'écart des autres races, indifférente aux problèmes du monde. Elle s'en satisfait sans mal puisque les difficultés des autres ne l'ont pas encore atteinte et que la peur du passé l'a dissuadée de trop se pencher sur l'avenir...

Exaspéré par ces accusations, Shea riposta :

— À vous entendre, rien n'est plus critiquable que de vouloir vivre en paix ! J'en sais assez sur l'histoire – ou plutôt, sur la vie – pour comprendre que la seule chance de l'humanité est de se couper des autres espèces pour rebâtir tout ce qu'elle a perdu en deux mille ans ! Ensuite, elle aura peut-être l'intelligence de préserver soigneusement ses acquis. Lors des Grandes Guerres, son intervention intempestive dans les affaires des autres et son absurde rejet de la politique isolationniste ont failli signer sa perte...

Le visage d'Allanon se durcit.

— J'ai conscience des conséquences catastrophiques de ces guerres. Les hommes ne pouvaient s'en prendre qu'à eux-mêmes ! À force d'imprudence, de cupidité, d'abus de pouvoir et d'imprévoyance... Tout ça est arrivé il y a longtemps, et vous croyez que l'homme a évolué ? Qu'il est capable de tout recommencer ? Vous seriez étonné d'apprendre que certaines choses ne changent jamais. Les dangers du pouvoir existeront toujours, même au sein d'une espèce que sa propre stupidité a failli rayer de la surface du monde. Les Grandes Guerres du passé sont terminées : les conflits entre les espèces, issus de la politique et du nationalisme comme ceux qui visaient à l'omnipotence. De nos jours, nous affrontons d'autres dangers, peut-être plus menaçants pour les espèces que ceux d'autrefois. Si vous croyez l'homme libre de se construire une nouvelle vie pendant que le reste du monde va à la dérive, c'est que vous ignorez tout de l'histoire !

Il s'interrompit, rouge de colère. Shea le dévisagea, refusant de se laisser intimider. Mais au fond, il était bel et bien effrayé.

— Ça suffit, soupira Allanon, radouci. Le passé est derrière nous. Il faut nous soucier de l'avenir. Laissez-moi vous rafraîchir la mémoire sur les Terres du Nord et la légende du royaume du Crâne. Comme vous le savez, les Grandes Guerres ont mis fin à l'hégémonie de l'homme. L'humanité fut presque entièrement anéantie et la carte du monde entièrement modifiée. Les pays, les nations et les gouvernements ont cessé d'exister quand les derniers survivants humains fuirent au sud. Il fallut presque un millénaire avant que l'homme s'élève de nouveau au-dessus de l'animal et rétablisse une civilisation qui, malgré son caractère primitif, connaissait au moins l'ordre et un semblant de gouvernement. Puis il découvrit que d'autres espèces que la sienne avaient survécu aux Grandes Guerres et évolué au fil du temps. Dans les montagnes vivaient les trolls, des géants puissants et féroces. Pourtant, ils se satisfaisaient de ce qu'ils avaient. Dans les collines et les forêts prospéraient les petites créatures rusées que nous appelons maintenant les gnomes. Au lendemain des Grandes Guerres, de nombreuses batailles territoriales opposèrent encore les hommes et les gnomes. Les uns comme les autres y perdirent beaucoup de plumes. Mais chacun se battait pour survivre. Et dans ce cas-là, la raison ou la logique n'ont plus droit de cité.

» L'homme découvrit alors une autre race : des humains qui s'étaient réfugiés sous terre pour échapper aux ravages des Grandes Guerres. Au fil des longues années vécues dans les cavernes, loin de la lumière du soleil, leur apparence se modifia. Moins grands, plus râblés, ils avaient acquis des bras et des torses musclés, plus des jambes épaisses adaptées aux déplacements souterrains. Ils devinrent aussi nyctalopes, acquérant une vision très supérieure à celle des créatures de la surface. Au soleil, en revanche, ils étaient pour ainsi dire aveugles. Ces gens vécurent des siècles sous terre. Un jour, ils ressortirent. À cause de leurs yeux, ils s'installèrent dans les forêts les plus sombres de l'Est. S'ils avaient développé leur propre langue, ils revinrent ensuite aux langages humains d'origine.

» Quand l'humanité découvrit les survivants de cette race perdue, elle leur donna le nom de nains, en référence à une espèce légendaire d'antan.

Allanon marqua une longue pause. Au loin, les collines inondées de soleil évoquaient des océans de verdure. Shea réfléchit aux propos de l'historien. Il n'avait jamais vu de troll. Une ou deux fois, il avait croisé un gnome ou un nain – sans en garder de souvenir très précis.

— Et les elfes ? demanda-t-il.

Allanon le regarda, visiblement pensif.

— Je ne les avais pas oubliés. C'est une espèce remarquable. Peut-être la plus grande de toutes, même si personne ne l'a compris. Mais l'histoire des elfes attendra. Rappelons simplement qu'ils ont toujours été présents dans les grandes forêts de l'Ouest... Naturellement, les autres espèces les croisaient rarement.

» Voyons maintenant ce que vous savez de l'histoire des Terres du Nord, mon jeune ami. Aujourd'hui, elles sont habitées presque uniquement par les trolls. C'est une contrée aride où peu de gens voyagent. Moins encore s'y installent. Les trolls sont très bien adaptés à ce type d'environnement. De nos jours, l'homme vit sous le climat tempéré des Terres du Sud. Bénéficiant d'un grand confort – la chaleur, une végétation luxuriante –, il a oublié que les Terres du Nord étaient jadis le territoire d'une mosaïque d'espèces. Certes, les trolls infestaient les montagnes, mais les hommes, les nains et les gnomes vivaient aussi dans les terres basses et les forêts. À l'époque, une nouvelle civilisation s'ébauchait, avec des idées et des lois novatrices. L'avenir était alors très prometteur. Depuis, l'homme a perdu de vue qu'il était davantage qu'une espèce vaincue désireuse de fuir ceux qui l'avaient humiliée... À l'époque, les pays n'existaient pas. Le monde était une terre de renaissance où chaque espèce avait une chance de reconstruire la vie. Bien entendu, personne ne sut saisir l'occasion. Tous étaient trop occupés à préserver ce qu'ils considéraient comme leur patrimoine exclusif et à bâtir leur petit univers privé. Chaque espèce, convaincue d'être appelée à prendre le pouvoir dans les années à venir, était assurée par avance de son hégémonie. Alors, telle une meute de rats hargneux acharnés à protéger un morceau de fromage rance, elles se replièrent farouchement sur elles-mêmes.

» Et l'homme, dans toute sa gloire, a réagi exactement comme les autres. Le saviez-vous, Shea ?

Le Valombrien secoua la tête, n'en croyant pas ses oreilles. On lui avait appris que l'humanité, persécutée depuis les Grandes Guerres, luttait pour sauvegarder sa dignité et son honneur, et protéger ses petites parcelles de terres de la sauvagerie des autres. Dans ces conflits sanglants, l'homme n'avait jamais été l'oppresseur, mais toujours l'opprimé.

Allanon eut un sourire sans joie quand il mesura l'effet de ses révélations sur le jeune hybride.

— Vous n'aviez pas compris qu'il en allait ainsi, je vois ! Peu importe. Ce sera la moindre des surprises que je vous réserve ! L'homme n'a jamais été le grand peuple qu'il se plaît à imaginer. Les humains se battirent comme les autres, avec, peut-être, je vous l'accorde, un sens de l'honneur plus aigu et un désir plus net de reconstruire le monde. Ils étaient aussi un peu plus civilisés. Mais tout ça a peu de rapport avec le cœur du sujet, qui vous apparaîtra clairement sous peu.

» À la même époque, quand les espèces découvrirent leur existence et s'affrontèrent, le Conseil des druides s'installa dans la forteresse de Paranor, à l'extrême sud des Terres du Nord. L'histoire est assez vague sur les origines et les buts des druides, mais on estime qu'il s'agissait d'une confrérie de gens très avisés issus de toutes espèces, et versés dans les arts perdus de l'ancien monde. Des philosophes, des visionnaires, des étudiants des arts et des sciences, mais surtout, des professeurs. Ils détenaient le pouvoir – sous la forme de connaissances nouvelles dans le domaine de la vie. Leur chef était l'humain Galaphile, un historien et un philosophe comme moi, qui appela l'élite de ses compatriotes à fonder une institution destinée à établir la paix et l'ordre et à assurer la transmission des connaissances.

» En ce temps-là, les druides formaient un groupe très puissant. Le plan de Galaphile parut fonctionner comme prévu. Mais il apparut bientôt que certains membres du Conseil avaient des pouvoirs supérieurs restés en latence jusqu'à ce qu'ils éclosent dans l'esprit de quelques génies. Il serait difficile de vous décrire ces dons sans y consacrer un temps considérable dont nous ne disposons pas. Bref, ceux qui détenaient ces capacités au sein du Conseil se convainquirent qu'ils étaient destinés à modeler l'avenir. Ils firent sécession pour fonder leur propre confrérie. Puis ils disparurent, et sombrèrent à leur tour dans l'oubli.

» Environ cent cinquante ans plus tard, une guerre civile éclata entre les hommes. Elle dégénéra rapidement pour devenir la Première Guerre des Races, comme l'appelèrent les historiens. Ses causes étaient mystérieuses ; aujourd'hui, personne ne saurait les préciser. Pour simplifier, une poignée d'hommes se révolta contre les enseignements du Conseil et leva une armée puissante. Le but du soulèvement était d'imposer un gouvernement unique qui aurait fait la fierté du genre humain. Peu à peu, presque toutes les factions se rallièrent à cette noble cause. Sous prétexte de parvenir à cet objectif, on attaqua les autres espèces. Le personnage central était un homme appelé Brona, un terme archaïque du langage des gnomes qui signifie « maître ». On le disait chef du premier Conseil des druides qui avait fait sécession avant de s'établir dans les Terres du Nord. Aucun individu fiable n'a jamais déclaré lui avoir parlé ou l'avoir vu. À la fin, on conclut que Brona était un personnage fictif. La révolte, si on peut l'appeler ainsi, fut écrasée par les druides et leurs alliés. Le saviez-vous, Shea ?

Avec un petit sourire, le Valombrien acquiesça.

— J'ai entendu parler du Conseil des druides, de ses buts et de ses travaux. C'est de l'histoire ancienne, car le Conseil a cessé d'exister il y a très longtemps. J'ai aussi entendu parler de la Première Guerre des Races, mais pas de cette façon. Vous traiteriez sans doute de « partiale » la version que je connais. Cette guerre fut une dure leçon pour les hommes.

» Je sais que les survivants de notre espèce fuirent au sud, où ils s'installèrent. Écœurés par les destructions et les carnages, ils ont rebâti leurs foyers et leurs villes, résolus à faire renaître la vie de ses cendres... Vous semblez croire que notre isolement est né de la peur. Mais vous ne m'enlèverez pas de l'idée que c'est la meilleure façon de vivre. Les gouvernements centralisés ont toujours été le fléau de l'humanité. Maintenant, il n'y en a plus. Les petites communautés sont la règle. Et tout le monde a intérêt à ce que ça ne change pas !

Le géant éclata d'un rire sans joie.

Shea se sentit soudain ridicule.

— Vous en savez si peu ! Pourtant, vos convictions ne manquent pas d'intérêt. Ce que vous dites est assez vrai. Mais les truismes, mon jeune ami, sont les rejetons inutiles de la sagesse rétrospective... Quoi qu'il en soit, je ne suis pas venu discuter de réforme sociale ou de politique ! Un autre jour, peut-être. Que savez-vous de Brona ? Non, un moment... ! Quelqu'un vient.

La silhouette râblée de Flick apparut au coin de l'auberge. Le Valombrien s'arrêta net à la vue d'Allanon et hésita. Quand Shea lui fit signe, il approcha sans hâte, les yeux rivés sur le géant, qui le gratifia de son éternel sourire énigmatique.

— Je me demandais où tu étais passé, Shea, dit Flick. Je ne voulais pas vous interrompre...

— Tu n'as rien interrompu, assura son frère.

Allanon ne semblait pas du même avis.

— Cette conversation était destinée à vos seules oreilles, Shea. Si votre frère choisit de rester, il aura décidé de son sort pour les temps à venir. Je lui suggère de repartir d'où il vient. Bien entendu, la décision lui appartient...

Les deux frères se regardèrent, ébahis par tant de gravité. Mais à voir son expression austère, le géant ne plaisantait pas.

Les fils de Curzad hésitèrent, puis Flick se lança :

— J'ignore de quoi vous parliez, mais Shea et moi sommes frères. Et déterminés à affronter ensemble notre destin ! S'il a des problèmes, je les partagerai avec lui. C'est mon choix. Je suis sûr de moi.

Shea le regarda, éberlué. De sa vie, il n'avait jamais vu Flick se montrer aussi tranchant. Fier de lui, Shea lui fit un sourire reconnaissant. Lui décochant en retour un clin d'œil complice, Flick s'assit sans s'occuper d'Allanon.

Le géant se caressa la barbe en souriant.

— Le choix vous appartient, en effet, dit-il. Vos paroles ont prouvé que vous étiez un bon frère. Mais ce sont les actes qui font la différence. Vous regretterez peut-être votre décision dans les jours à venir...

Perdu dans ses pensées, il regarda Flick, qui baissa la tête, puis se tourna de nouveau vers Shea.

— Je ne recommencerai pas mon récit pour votre frère. Il devra suivre de son mieux. Maintenant, dites-moi ce que vous savez de Brona.

Shea réfléchit.

— Pas grand-chose, je l'avoue. C'était un mythe, comme vous l'avez souligné, le chef imaginaire du soulèvement, lors de la Première Guerre des Races. Un druide séparé du Conseil qui utilisait ses pouvoirs maléfiques pour asservir ses fidèles. Il n'a jamais été vu, ni capturé, ni tué lors de la bataille finale. Conclusion : il n'a pas existé.

— Une façon plausible de voir les choses... murmura Allanon. Qu'avez-vous entendu dire de lui à propos de la Deuxième Guerre des Races ?

Shea sourit.

— Selon la légende, il était aussi la figure centrale de cette guerre. Encore un mythe ! Il aurait organisé les armées de l'humanité lors du premier conflit... Alors, il portait le nom de Roi-Sorcier, le double maléfique du druide Bremen. Toujours d'après la légende, Bremen l'aurait tué pendant la deuxième guerre. Mais tout ça était imaginaire.

Flick acquiesça. Allanon ne réagit pas. Shea semblait amusé par le sujet.

— Où nous mène tout ça ? demanda-t-il.

— Votre patience est extraordinairement limitée, Shea ! Pourtant, nous venons de couvrir en quelques minutes l'histoire de plusieurs milliers d'années ! Si vous pouviez ronger votre frein quelques instants encore, je vous promets une réponse.

Shea hocha la tête, mortifié. C'était moins la réprimande qui l'avait blessé que le ton mordant, avec ce demi-sourire et une ironie à peine voilée. Mais le Valombrien reprit rapidement son aplomb et invita l'historien à continuer le récit à son rythme.

— Parfait ! J'essaierai d'être bref. Ce que nous avons évoqué jusque-là était un arrière-plan, une simple entrée en matière à la raison de ma venue... Je vous rappelle que la Deuxième Guerre des Races, la plus récente livrée lors de la nouvelle histoire de l'homme, a eu lieu il y a moins de cinq cents ans, dans les Terres du Nord. L'homme ne prit pas part à ce conflit. Ayant été vaincu lors du premier, il s'était réfugié dans les Terres du Sud, où de petites communautés tentaient d'enrayer la menace d'extinction de l'humanité. Mais les elfes et les nains avaient livré d'âpres combats contre les trolls des Rochers et les gnomes rusés...

» Au lendemain de la Première Guerre des Races, le monde se divisa en quatre grandes contrées. Les espèces connurent une longue période de paix durant laquelle le pouvoir et l'influence du Conseil des druides diminuèrent inexorablement. On ne le sollicitait plus comme par le passé. Il serait juste de préciser que le Conseil ne prêtait plus autant d'attention aux peuples du monde. Au cours des ans, ses nouveaux membres perdirent de vue les buts de leur confrérie et se détournèrent des soucis des espèces pour se consacrer à des questions plus personnelles et mener une existence de méditation et d'étude. Les elfes, le peuple le plus puissant de tous, vécurent dans leur contrée natale, au cœur des Terres de l'Ouest, satisfaits de leur isolement relatif. Une erreur qu'ils devaient regretter plus tard. Les autres peuples formèrent des sociétés plus modestes et moins unifiées, surtout dans les Terres de l'Est. Certains groupes colonisèrent néanmoins en partie l'Est et le Nord, près des frontières.

» La Deuxième Guerre des Races éclata quand des hordes de trolls s'abattirent des monts Charnal pour s'emparer du Nord, y compris la forteresse des Druides, à Paranor... Les druides, victimes d'une trahison, avaient été bernés par les promesses du commandant ennemi, dont on ignorait alors l'identité. À l'exception de ceux qui s'enfuirent ou des émissaires en mission, tous les druides honnêtes furent capturés et jetés dans les donjons de la forteresse. Nul ne les revit jamais. Ceux qui avaient échappé au sort funeste de leurs frères se dispersèrent dans les Quatre Terres. Les trolls s'en prirent ensuite aux nains, à l'est, écrasant vite toute résistance. Les nains survivants gagnèrent les forêts de l'Anar. Eux seuls savaient comment y survivre. Ils arrêtèrent la progression des trolls, malgré le soutien de quelques tribus de gnomes qui s'étaient jointes aux forces d'invasion. Le roi des nains, Raybur, nota dans les annales qu'il avait découvert l'identité de son ennemi : le druide rebelle Brona !

— Comment a-t-il pu croire ça ? s'écria Shea. Ce sorcier aurait eu plus de cinq cents ans ! J'imagine qu'un mage ambitieux aura suggéré cette idée au roi, histoire de ressusciter un vieux mythe. Peut-être pour améliorer sa position à la cour...

— C'est une possibilité, admit Allanon. Mais continuons. Après des mois de lutte, les trolls se convainquirent qu'ils avaient vaincu les nains. Ils prirent donc la direction de l'ouest et marchèrent sur le puissant royaume des elfes. Entre×temps, les druides qui avaient pu s'échapper de Paranor s'étaient ralliés au panache du célèbre Bremen, un Ancien du Conseil qui jouissait de l'estime générale. Il les guida vers les Terres de l'Ouest pour prévenir les elfes de cette nouvelle menace. À l'époque, leur roi était Jerle Shannara, le plus grand de leurs souverains après, peut-être, Eventine. Prévenu par Bremen, le monarque leva ses armées avant que les hordes de trolls atteignent ses frontières. Vous connaissez assez l'histoire, je n'en doute pas, pour vous souvenir de cette bataille-là. Néanmoins, j'aimerais que vous prêtiez une attention particulière aux détails de mon récit.

Shea et Flick hochèrent la tête.

— Le druide Bremen confia une épée spéciale à Jerle Shannara. Celui qui la maniait était censé devenir invincible, même face à l'effrayant Roi-Sorcier. Quand les trolls investirent la vallée de Rhenn, aux frontières du royaume elfique, ils furent battus à plate couture au terme d'une bataille rangée qui dura deux jours. Les elfes étaient conduits par les druides et Jerle Shannara, armé de l'épée de Bremen. Ensemble, ils combattirent l'ennemi, qui, disait-on, avait reçu le soutien d'entités du plan des esprits invoquées et dominées par le Roi-Sorcier. Mais le courage du roi des elfes et le pouvoir de l'épée se révélèrent supérieurs aux créatures du monde des esprits, qui furent anéanties. Quand les trolls survivants tentèrent de battre en retraite au nord, en traversant les plaines de Streleheim, ils furent coincés entre l'armée des elfes et celle des nains, venue par l'est. Il y eut une terrible bataille. Les trolls furent pratiquement exterminés. Bremen disparut alors qu'il se battait aux côtés du roi des elfes – contre le Roi-Sorcier en personne. On ne revit jamais le druide ni le sorcier... Et on ne retrouva même pas leurs cadavres.

» Jerle Shannara porta l'épée que Bremen lui avait donnée jusqu'à sa mort, quelques années plus tard. Son fils remit l'arme au Conseil des druides, à Paranor, où elle fut posée sur un bloc de pierre-Tre et placée dans une chambre forte de la forteresse. À n'en pas douter, vous connaissez la légende de l'épée et tout ce qu'elle représente aux yeux du monde. Depuis cinq cents ans, l'arme repose à Paranor.

» Mon récit était-il assez clair, Valombriens ?

Tout excité, Flick eut un hochement de tête fasciné. Son frère, lui, décida qu'il en avait assez entendu. Qu'y avait-il d'avéré dans les propos d'Allanon ? Rien, à en croire ce que le peuple de Shea lui avait enseigné depuis l'enfance ! Le géant leur avait servi une légende tout juste bonne à émerveiller les enfants ! Par respect pour la réputation du grand Allanon, Shea avait patiemment écouté ce qu'on lui présentait comme l'entière et unique vérité sur l'histoire du monde. Mais l'histoire de l'épée était ridicule ! Shea en avait assez d'être traité en naïf.

— Quel rapport avec votre venue à Valombre ? lâcha-t-il avec un sourire méprisant. Vous nous avez parlé d'une bataille livrée il y a cinq cents ans qui ne concernait pas les humains, mais les trolls, les elfes, les nains et les dieux savent qui ! Vous mentionniez en outre des « créatures du plan des esprits » ? Désolé, mais j'ai du mal à gober tout ça ! La légende de l'épée de Jerle Shannara est bien connue. Mais il s'agit précisément d'une *légende* conçue pour éveiller un sentiment de loyauté et de reconnaissance chez les espèces concernées. Bref, la *légende* de Shannara est un mythe, un conte pour enfants que les adultes doivent oublier le jour où ils acceptent les responsabilités de leur âge. Pourquoi nous avoir fait perdre notre temps avec cette fable, quand tout ce que je demandais était une réponse à une question simple ? Pourquoi me cherchiez-vous ?

Shea vit le visage déjà sombre d'Allanon se fermer, durci par la colère. Sous ses sourcils broussailleux, ses yeux semblèrent lancer des éclairs.

Allait-il saisir Shea à la gorge pour l'étrangler séance tenante ?

Le géant se maîtrisa – non sans peine.

Flick recula, effrayé.

— Imbécile ! cracha Allanon. Vous en savez si peu... Vous n'êtes que des enfants, justement ! Que connaît l'homme de la vérité ? Qu'a-t-il fait, sinon se terrer dans les abris des Terres du Sud comme un misérable lapereau ? Vous osez comparer mes récits à des contes de fées, vous qui n'avez jamais connu les conflits, bien protégés dans votre précieuse vallée ! Je suis venu chercher un descendant de roi, et je trouve un gamin qui se retranche derrière des faux-semblants. Vous n'êtes qu'un enfant !

Flick aurait voulu que la terre s'ouvre sous ses pieds et l'avale ! À son grand étonnement, il vit Shea se redresser de toute sa taille, les poings serrés et le visage tordu par la fureur. De rage, il n'arrivait plus à parler, tremblant d'indignation devant son accusateur, qui ne sembla pas impressionné.

— Du calme, Shea ! Ne vous comportez pas comme un imbécile, et prêtez plutôt attention à ce que je vais dire. Tout ce que j'ai raconté a traversé les âges sous forme de légende, et c'est ainsi que l'homme considère encore ces événements. Mais le temps des contes de fées est révolu. En l'occurrence, il ne s'agit pas d'une légende mais de la stricte vérité. L'épée, bien réelle, est toujours à Paranor. Et, plus important que tout, le Roi-Sorcier n'a rien d'une invention. Le royaume du Crâne est son domaine !

Shea sursauta. Allanon parlait avec les accents de la sincérité, convaincu de la véracité de ce tissu de sornettes ! Quelque peu apaisé, Shea se rassit, ne quittant pas l'humain des yeux. Il se rappela soudain...

— Vous avez parlé de descendant de roi... Vous en cherchez un ici ?

— Quelle est la légende de l'Épée de Shannara, Shea ? Que dit l'inscription gravée dans le bloc de pierre-Tre ?

Shea fut incapable de s'en souvenir.

— Je l'ignore... Il est question je crois d'une « prochaine fois »...

— D'un fils ! s'exclama Flick. Quand le Roi-Sorcier réapparaîtra dans les Terres du Nord, un *fils* de la maison de Shannara viendra prendre l'épée et s'opposer à lui. Voilà ce que dit la légende !

Shea se tourna vers son frère. Maintenant, il se rappelait l'inscription.

— En quoi cela me concerne-t-il ? Je n'appartiens pas à la maison de Shannara. Je ne suis même pas un elfe, mais un sang-mêlé ! Je n'ai rien d'un roi. Eventine est l'héritier de la dynastie de Shannara. Insinueriez-vous que je suis un fils secret, un héritier disparu du royaume ? À d'autres !

Du regard, il sollicita le soutien de son frère. Mais Flick dévisageait Allanon, bouche bée.

— Vous avez du sang elfique, Shea, et vous n'êtes pas le fils de Curzad Ohmsford, vous le savez. En outre, Eventine n'est pas de la lignée directe de Shannara.

— On n'a jamais fait mystère de mon adoption. Mais je ne viens sûrement pas de... Flick, explique-lui !

Étonné, son frère resta sans réaction.

Shea secoua la tête, incrédule.

— Vous êtes bel et bien un rejeton de la maison de Shannara ! insista Allanon. Assez éloigné de la branche dynastique maîtresse des cinq cents dernières années, mais tout de même... Je vous connais depuis votre enfance, Shea, avant votre adoption par les Ohmsford. Votre père était un elfe très honorable et votre mère une humaine. Ils furent emportés par la mort quand vous étiez en bas âge et on vous a confié aux bons soins de Curzad Ohmsford, qui vous éleva comme son fils. Il n'en demeure pas moins que vous êtes un descendant de Jerle Shannara.

Troublé, Shea ne dit rien. Mais il n'était pas tout à fait convaincu.

Flick regardait son frère comme s'il ne l'avait jamais vu.

— Allanon, qu'est-ce que ça signifie ? demanda-t-il.

— Ce que je vous ai révélé, le Roi-Sorcier le sait aussi bien que moi. Il ignore encore où vous vivez et qui vous êtes. Mais tôt ou tard, ses émissaires vous débusqueront. Et ils vous tueront.

Shea leva la tête vers Flick, se souvenant de l'histoire de l'ombre aperçue près de Valombre. Son frère frissonna, encore secoué par la terreur abjecte qu'il avait éprouvée...

— Pourquoi ? demanda Shea. Qu'ai-je fait pour mériter ça ?

— Vous auriez beaucoup de choses à assimiler avant de comprendre la réponse, et je n'ai pas le temps de tout vous expliquer maintenant. Il faut me croire, vous êtes un descendant de Jerle Shannara ! Vous n'étiez pas l'unique fils de sa maison, mais vous seul avez survécu. Les autres, des elfes purs, furent retrouvés et éliminés les uns après les autres... Mais à quelque chose, malheur est bon : jusqu'à présent, le Roi-Sorcier ignorait qu'un sang-mêlé vivait au Sud, alors qu'il connaissait les descendants elfiques.

» Sachez-le, Shea : les pouvoirs de l'épée sont sans limites. C'est la grande angoisse de Brona, la seule puissance qu'il ne puisse espérer maîtriser. La légende de l'épée est une arme précieuse entre les mains des espèces. Brona a décidé d'y mettre un terme. Il y parviendra en exterminant la maison de Shannara, afin qu'aucun de ses fils ne puisse plus lever l'arme sur lui.

— Mais j'ignorais tout ça ! protesta Shea. Qui j'étais... l'Épée de Shannara. Sans compter que je ne sais rien des Terres du Nord ou de...

— Peu importe, coupa Allanon. Une fois abattu, vous ne serez plus une menace pour lui.

Sa voix mourut dans un murmure. Il se tourna vers les montagnes lointaines, au-delà de la ligne des ormes. Shea se rallongea sur l'herbe, face au ciel bleu pâle d'hiver où dérivaient de petits nuages blancs. Pour quelques instants, la présence d'Allanon et la menace de mort pesant sur sa tête disparurent, chassées par la torpeur de l'après-midi et la fraîcheur de l'ombre des grands arbres. Yeux clos, il repensa à Valombre, aux plans qu'il avait imaginés avec Flick, à leurs espoirs d'avenir. Si Allanon disait vrai, tout s'évanouirait en fumée.

Après mûre réflexion, il se rassit, prenant appui sur les coudes.

— Je ne sais que penser... Il y a tant de questions que je voudrais vous poser ! Être quelqu'un d'autre qu'un Ohmsford, et menacé de mort par... un mythe... ne peut que me troubler ! Que me suggérez-vous ?

Allanon sourit vraiment pour la première fois.

— Dans l'immédiat, rien. Réfléchissez à ce que je vous ai dit, et nous aborderons le reste la prochaine fois. Alors, je serai ravi de répondre à toutes vos questions. Mais en attendant, ne vous en ouvrez à personne, pas même à votre père. Faites comme si cet entretien n'avait jamais eu lieu. Et laissez-moi étudier le problème.

Après avoir échangé un regard, les jeunes gens donnèrent leur assentiment. Allanon se leva et s'étira, imité par les deux frères.

— Les légendes et les mythes qui n'existaient pas dans le monde d'hier existeront dans celui de demain. En sommeil depuis des siècles, des entités maléfiques, impitoyables et rusées s'ébroueront bientôt. L'ombre du Roi-Sorcier a commencé à s'étendre sur les Quatre Terres...

Son expression s'adoucit.

— Je ne voulais pas être dur avec vous, mais si mes avertissements sont ce qui vous arrive de pire dans les jours à venir, vous pourrez vous estimer heureux ! Une *réalité* vous menace, pas une légende ! C'est injuste, je sais, et vous apprendrez encore beaucoup de choses que vous n'apprécierez pas.

Il se tut, ombre grise qui se découpait sur la toile verte des lointaines collines, ses robes ramenées d'une main autour de sa silhouette émaciée...

L'historien posa l'autre sur l'épaule de Shea.

Puis il se détourna et s'en fut.

Chapitre 3

Le projet d'Allanon d'en reparler à l'auberge ne se réalisa pas. L'historien laissa les deux frères derrière l'établissement et retourna dans sa chambre. Shea et Flick vaquèrent à leurs occupations. Peu après, leur père les envoya faire une course hors de la vallée, au nord de Valombre. À leur retour, il faisait nuit. Ils foncèrent dans la salle à manger, espérant poser d'autres questions à l'historien... qui ne reparut pas. Ils mangèrent en silence, ne pouvant débattre en présence de leur père de ce qu'ils avaient appris. Ensuite, ils s'attardèrent une heure, mais Allanon ne vint pas. En désespoir de cause, ils décidèrent de monter jusqu'à sa chambre.

Flick n'avait guère envie de revoir leur visiteur, surtout après leur effrayante rencontre, la veille, sur la route de Valombre. Mais Shea insista, et son frère accepta de le suivre, histoire de lui prêter main-forte si cela s'imposait.

La porte de la chambre n'était pas verrouillée. Et l'étranger avait disparu. La pièce ne paraissait pas avoir été occupée récemment. Ils fouillèrent l'auberge et ses abords. En vain. Pour quelle étrange raison Allanon avait-il quitté Valombre sans prévenir ? Shea jugeait scandaleux ce départ précipité.

En même temps, il avait le sentiment déconcertant de ne plus être sous la protection de l'historien...

Flick se réjouissait de la fuite de l'inquiétant personnage. Installé avec Shea au coin du feu, sur les chaises à haut dossier de la salle commune, il assura que tout serait pour le mieux. Pour sa part, il n'avait jamais vraiment cru à l'histoire abracadabrante de l'historien sur les guerres du Nord et l'Épée de Shannara. À supposer qu'il y eût une part de vérité (ce qui faisait tout le sel des meilleurs mensonges !) les affirmations sur la lignée de Shea ou la menace représentée par Brona étaient d'un ridicule achevé. Quel conte à dormir debout !

Shea écouta les arguments de Flick avec de petits hochements de tête. Toutes ses pensées tournaient autour d'une seule préoccupation : et maintenant, que faire ? Il avait des doutes sur la véracité du récit d'Allanon. Quel but avait l'historien en venant le voir ? Il était arrivé à point nommé pour révéler à Shea son étrange passé et le prévenir d'un danger, puis il avait disparu sans préciser, par exemple, quel était son intérêt dans tout ça. Comment être sûr, dans ces conditions, qu'Allanon n'avait pas d'ambitions secrètes ? Voire un objectif inavouable ? Duper le Valombrien trop crédule et lui faire tirer les marrons du feu... ?

Il y avait décidément trop de questions et pas assez de réponses !

Fatigué de livrer des conseils « éclairés » à Shea, Flick cessa de parler. Tassé sur sa chaise, il contempla les flammes d'un œil résigné. Shea continua de réfléchir aux propos d'Allanon, toujours résolu à déterminer une ligne de conduite.

Après une heure de méditation, il leva les mains, écœuré... Son esprit tournait à vide. Tout ça ne le menait nulle part ! Il quitta la salle commune, Flick sur les talons. Aucun n'avait envie de parler. Dans leur petite chambre de l'aile est, Shea se laissa tomber sur un fauteuil. Flick s'écroula sur son lit, un œil maussade tourné vers le plafond.

Les deux chandelles, sur la table de chevet, éclairaient la pièce d'une pâle lueur. Se sentant glisser dans le sommeil, Flick se redressa d'un bond et s'étira. Ce faisant, ses mains rencontrèrent une enveloppe roulée glissée entre la tête de lit et le matelas.

Intrigué, il la récupéra. Le pli était adressé à Shea.

— Quoi, encore ? marmonna-t-il.

Il lança le message à son frère, allongé sur son lit.

Shea ouvrit l'enveloppe cachetée, parcourut la lettre... et se leva en sifflant d'étonnement.

Flick comprit soudain de qui était le message.

— C'est Allanon, confirma Shea. Écoute ça !

Je n'ai pas le temps de vous décrire davantage la situation. Un événement capital s'est produit. Je dois partir sur-le-champ. Peut-être est-il déjà trop tard... Vous devez me faire confiance et croire ce que je vous ai dit, même si je devais ne plus revenir dans la vallée.

Vous ne serez bientôt plus en sécurité à Valombre. Préparez-vous à fuir. Si vous êtes en danger, vous trouverez à Culhaven, dans les forêts de l'Anar, un refuge sûr. Je vous enverrai un ami pour vous guider. Fiez-vous à Balinor.

Ne soufflez mot à personne de notre rencontre. Le danger qui vous guette est effroyable. Dans la poche de votre manteau de voyage marron, j'ai glissé une bourse contenant trois Pierres Elfiques. Elles vous guideront et vous protégeront quand rien d'autre ne le pourra. Mais attention : destinées au seul Shea, elles sont un ultime recours, quand toute autre initiative se sera révélée vaine.

La marque du Crâne devra vous inciter à fuir. Que la chance soit avec vous, mon jeune ami, jusqu'à notre prochaine rencontre.

Shea tourna un regard brillant vers son frère. Enclin aux soupçons, Flick fronça les sourcils.

— Il ne m'inspire aucune confiance. De quoi parle-t-il, d'ailleurs ? Le Crâne, les Pierres Elfiques... Je n'ai jamais entendu parler d'un endroit appelé Culhaven, et les forêts de l'Anar s'étendent à des lieues d'ici. Soit des jours de marche ! Je n'aime pas ça.

— Les pierres ! s'écria Shea.

Il gagna le placard où était rangé son manteau de voyage et fouilla dans ses vêtements sous le regard anxieux de Flick. Puis il revint vers le lit, une bourse en cuir à la main. Il la soupesa, s'assit, ouvrit le cordon et la vida sur sa paume. Trois pierres bleu foncé y roulèrent, de la grosseur d'un petit caillou. Taillées comme des gemmes, elles scintillaient à la lumière des bougies. Les deux frères les examinèrent sous tous les angles, s'attendant à assister à un prodige. Sur la paume de Shea, les trois pierres luisaient comme des étoiles miniatures. Leur surface translucide faisait penser à du verre coloré.

Quand Flick eut le courage d'en effleurer une du bout du doigt, Shea les remit dans la bourse avant de la fourrer dans sa poche.

— Il disait vrai au sujet des pierres, lâcha-t-il après un petit moment.

— Peut-être. Et peut-être pas. Qui nous dit qu'il s'agit de Pierres Elfiques ? À quoi les reconnais-tu ? Tu n'en as jamais vu ! Quant au reste... Je ne connais personne du nom de Balinor, et je n'ai jamais entendu parler de Culhaven. Nous devrions oublier tout ça, à commencer par notre rencontre avec Allanon !

Incapable de répondre aux objections de son frère (pourtant frappées au coin du bon sens), Shea haussa les épaules.

— Pourquoi nous inquiéter ? Il nous suffira de garder les yeux ouverts et de nous méfier de la marque du Crâne – quoi que ce soit – ou de l'arrivée de l'ami d'Allanon. Peut-être ne se passera-t-il rien...

Flick continua à exprimer sa méfiance vis-à-vis de la lettre et de son auteur, puis il s'arrêta, gagné par le sommeil. Fatigués, ils convinrent de se coucher et éteignirent les chandelles. Avant de s'endormir, Shea eut soin de glisser la bourse sous son oreiller. Quoi qu'il en soit, il était décidé à garder les pierres à portée de la main.

Le jour suivant fut pluvieux. Des nuages noirs surgirent du nord et planèrent sur la vallée, voilant le soleil et déversant des torrents de pluie qui martelèrent le hameau avec une férocité inhabituelle. Les travaux des champs furent interrompus, et tout déplacement cessa entre la vallée et le monde extérieur. L'averse s'accompagna d'un orage titanesque, dont les roulements de tonnerre ébranlèrent la vallée. Il plut sans discontinuer pendant trois jours. Les habitants de Valombre commencèrent à craindre que des inondations, venues des collines environnantes, noient leurs modestes logis et leurs champs, que rien ne protégeait. Chaque jour, les hommes tinrent conseil à l'auberge autour de leurs chopes de bière en jetant des coups d'œil inquiets au déluge. Les frères Ohmsford se contentèrent d'écouter les conversations. Les Valombriens réunis en petits groupes dans la salle de l'auberge partageaient tous la même anxiété. Au début, ils avaient espéré que l'orage passerait vite. Trois jours après, aucun signe d'amélioration ne s'annonçait...

À midi, le jour suivant, l'averse devint une bruine mêlée à un épais brouillard. L'air humide désagréablement chaud mit à la torture une population déjà éprouvée. Les hommes retournant en hâte à leurs travaux, la taverne fut moins fréquentée.

Bientôt, Shea et Flick furent accaparés par le nettoyage des dégâts provoqués par l'orage. Les volets cassés et les bardeaux du toit arrachés jonchaient le périmètre de l'auberge. La toiture et les murs avaient des fuites ; la cabane à outils, à l'arrière de la propriété Ohmsford, avait été écrasée par la chute d'un orme déraciné.

Les jeunes gens passèrent des jours à boucher les fuites, réparer le toit et remplacer les bardeaux et les volets. Des travaux aussi fastidieux qu'épuisants...

Le temps passa lentement.

Dix jours plus tard, les gros nuages noirs quittèrent la vallée et le ciel redevint bleu, n'étaient quelques filaments blancs inoffensifs. Les inondations n'eurent pas lieu. Le soleil reparut et sécha le sol ;

une fois la gadoue résorbée, les champs se prêtèrent de nouveau aux cultures. De petites mares subsistèrent un temps, comme pour mettre la terre au défi de les absorber. Mais elles disparurent aussi. Et avec elles, toute trace de la fureur de l'orage.

Les réparations achevées, Shea et Flick s'attelèrent à reconstruire la cabane à outils. D'après leurs conversations avec les clients de l'auberge, personne ne se souvenait d'une tempête aussi féroce ou de pluies aussi violentes à cette période de l'année. On eût dit les tornades qui frappaient parfois les voyageurs imprudents dans les montagnes du Nord, les arrachant aux pistes et aux cols pour les précipiter vers leur mort...

Cet orage dévastateur obligeait les habitants du hameau à réfléchir aux rumeurs persistantes sur les étranges événements censés se dérouler au nord.

Les deux frères prêtèrent attention à ces récits, mais ils n'apprirent rien d'intéressant. Ils reparlaient souvent d'Allanon et de ses propos déconcertants sur l'héritage de Shea. Toujours pragmatique, Flick penchait pour un ramassis de sornettes. À moins qu'on ait voulu leur jouer un mauvais tour ? Shea écoutait, mais il était moins enclin que son frère à tenir tout ça pour des fadaises. Pourtant, en dépit de sa répugnance à juger ces révélations comme de la pure fantaisie, il n'arrivait pas vraiment à y ajouter foi.

Il avait le sentiment que beaucoup de faits lui échappaient. Sans oublier qu'il ignorait tout d'Allanon. Jusqu'à plus ample informé, il laisserait la question en suspens. Et le bénéfice du doute au géant.

Il conservait sur lui la bourse et les Pierres Elfiques. Alors que Flick marmonnait que garder ces cailloux colorés en permanence était idiot – comme de croire un mot des déclarations d'Allanon –, Shea étudiait les étrangers de passage à Valombre, examinant discrètement leurs affaires à la recherche de la marque du Crâne.

Le temps passant, il jugea l'histoire comme une expérience salutaire... dans l'art de se faire gruger.

Durant les trois semaines qui suivirent le départ précipité d'Allanon, rien ne modifia l'opinion de Shea. Un après-midi, alors que les deux frères avaient passé la journée à couper des bardeaux pour le toit de l'auberge, ils trouvèrent leur père dans la cuisine, devant une assiette fumante.

Il salua ses fils d'un signe de tête.

— Du courrier est arrivée pour toi, Shea, dit-il en tendant une feuille de papier pliée. Elle vient de Leah.

Shea s'empara vivement de la lettre.

— Je le savais ! gémit Flick. C'était trop beau pour être vrai... Le pire propre à rien des Terres du Sud a décidé qu'il était temps de nous faire encore souffrir ! Déchire la lettre, Shea !

Shea décacheta la missive et la parcourut, sourd aux commentaires de Flick. Avec un haussement d'épaules écœuré, celui-ci se laissa tomber sur un tabouret à côté de son père, retourné à son repas.

— Il veut savoir où nous étions cachés, dit Shea en éclatant de rire. Il aimerait que nous lui rendions visite dès que possible.

— Pour sûr, marmonna Flick. Jusqu'au cou dans les ennuis, il a besoin de quelqu'un à blâmer ! Pourquoi ne pas plutôt courir nous jeter du haut de la falaise la plus proche ? Tu te souviens de ce qui est arrivé lors de la dernière invitation de Menion Leah ? Nous nous sommes perdus dans les Chênes Noirs pendant des jours et nous avons failli être dévorés par les loups ! Je n'oublierai jamais cette mésaventure. Que les fantômes m'emportent si j'accepte une autre invitation de sa part !

Amusé, son frère lui passa un bras autour des épaules.

— Tu es jaloux parce que Menion, fils de roi, peut vivre comme il l'entend !

— Son royaume est grand comme un mouchoir de poche, rappela Flick. Et le sang royal, ça court les rues en ce moment ! Regarde, toi par exemple...

Il s'avisa de sa bévue et s'interrompit. Les deux jeunes gens jetèrent un coup d'œil rapide à leur père, qui semblait ne rien avoir entendu. Gêné, Flick haussa les épaules ; Shea lui fit un sourire encourageant.

— On te cherche, Shea, dit soudain Curzad Ohmsford. Un homme que je n'avais jamais vu à Valombre a parlé du grand type venu il y a quelques semaines... Il est dans la salle commune.

Flick se leva, blanc de peur. Shea avait été pris de court par le message, mais il fit signe à son frère de se taire. Si ce nouvel étranger était un ennemi, il devait s'en assurer rapidement. Il tapota sa poche, rassuré par la présence des Pierres Elfiques.

— À quoi ressemble-t-il ? demanda-t-il, ne voyant pas d'autre façon de se renseigner sur la marque du Crâne.

— Je l'ignore, fiston, répondit Ohmsford. Vêtu d'un manteau vert, il est arrivé cet après-midi à cheval – une superbe bête, d'ailleurs ! Il semble impatient de te parler. Tu devrais aller voir ce qu'il veut.

— Avez-vous vu des marques ? demanda Flick.

Son père fronça les sourcils.

— De quoi parles-tu ? Tu voudrais peut-être que je te dessine cet homme ? Qu'est-ce qui ne va pas ?

— Rien ! dit Shea. Flick se demandait seulement si cet individu ressemblait à Allanon... Vous vous souvenez de lui ?

— Oh, oui ! fit Curzad avec un sourire entendu. Et je n'ai pas remarqué de similitude frappante. Mais le bonhomme est grand, lui aussi, et il a une balafre sur la joue droite, sans doute due à un coup de couteau.

Shea remercia son père et entraîna Flick avec lui dans le couloir.

Devant les doubles portes, ils s'arrêtèrent, le souffle court. Shea entrouvrit un des battants et jeta un coup d'œil dans la salle commune. Il vit d'abord les visages familiers des habitués de l'auberge et des voyageurs réguliers, puis sursauta... et s'écarta du battant.

— Il est là, près de la cheminée ! Impossible de dire d'ici qui il est, ou à quoi il ressemble... Mais il porte le manteau vert dont nous parlait Père. Allons-y !

— Là-dedans ? souffla Flick. Tu as perdu la tête ? Il te repérera en un clin d'œil, s'il sait qui chercher !

— Alors, vas-y, toi ! Sous prétexte de remettre des bûches dans le feu, approche de la cheminée et examine-le discrètement. Vérifie s'il porte la marque du Crâne.

Les yeux écarquillés, Flick fit mine de détaler. Shea le retint par un coude et le poussa dans la salle. Après dix secondes, il entrouvrit de nouveau un battant pour observer la scène.

Son frère traversa la pièce d'une démarche mal assurée. Il approcha de l'âtre pour le tisonner, avant d'ajouter une bûche. Il prit son temps et se tourna de tous les côtés pour mieux étudier l'homme au manteau vert. Assis non loin de la cheminée, le dos vers Flick, l'étranger gardait un œil sur la porte derrière laquelle Shea s'était dissimulé.

À l'instant où Flick allait repartir, l'homme se tourna pour lancer un commentaire.

Flick s'immobilisa et répondit, non sans un rapide coup d'œil à la cachette de Shea... qui recula d'instinct dans l'ombre du couloir. D'évidence, leur manège n'était pas passé inaperçu. Il hésitait encore à fuir, quand Flick poussa la porte.

— Il t'a vu ! Cet homme a des yeux d'aigle ! Il m'a demandé de t'amener à lui.

Shea réfléchit, puis acquiesça, découragé. Où fuir ? On les retrouverait en quelques minutes...

— Il croit peut-être que nous savons où Allanon est parti... Réfléchis à ce que tu diras, Flick.

Shea passa le premier. Les deux frères s'arrêtèrent derrière l'inconnu. Sans se retourner, il leur fit signe de s'asseoir. Ils obéirent à contrecœur, puis tous les trois se regardèrent en chiens de faïence. L'étranger, grand et robuste, n'avait toutefois pas la taille d'Allanon. Le manteau dissimulait son corps et ses traits pourtant rudes étaient agréables à l'œil. Une cicatrice, partant du sourcil droit, lui zébrait la joue gauche jusqu'à la bouche. Ses yeux noisette d'une étonnante douceur exprimaient toute la gentillesse cachée sous sa rude apparence. Ses cheveux blonds coupés court encadraient un front large et de petites oreilles.

Son examen achevé, Shea trouva difficile de croire qu'il s'agissait d'un ennemi. Même Flick parut se détendre.

— Nous n'avons plus le temps de jouer, Shea, dit l'homme d'une voix douce pleine de lassitude. Votre prudence est de bon aloi, mais je ne porte pas la marque du Crâne. Je suis l'ami d'Allanon, Balinor. Mon père est Ruhl Buckhannah, le roi de Callahorn.

Les deux frères connaissaient ce nom, mais Shea ne voulait courir aucun risque.

— Qui me dit que vous êtes celui que vous prétendez être ?

— Il y a un moyen simple de vérifier, Shea. Sachez que je vous ai identifié grâce aux trois Pierres Elfiques que vous a remises Allanon.

Le Valombrien sursauta. Seul un émissaire de l'historien pouvait être au courant.

— Qu'est-il arrivé à Allanon ?

— Je n'en suis pas sûr... fit Balinor. Je n'ai plus de nouvelles depuis deux semaines. Quand je l'ai quitté, il allait à Paranor. On parlait d'une attaque contre la forteresse où est gardée l'épée. Il m'a chargé de vous protéger. Je serais arrivé plus tôt sans cet épouvantable orage... et sans les types qui prétendaient me filer !

Il dévisagea Shea de ses yeux durs.

— Allanon vous a révélé votre véritable identité et vous a prévenu du danger qui vous guettait. Que vous le croyiez ou non n'a aucune importance : le moment est venu. Vous devez fuir la vallée !

— Déguerpir, comme ça ? s'exclama Shea, ébahi. C'est hors de question !

— Vous le ferez si vous tenez à la vie. Les Porteurs du Crâne soupçonnent votre présence dans la vallée. D'ici un jour ou deux, ils vous trouveront, et c'en sera fini de vous. Vous devez partir tout de suite ! Voyagez vite et avec peu de bagages. Tenez-vous-en aux pistes connues et restez dans la forêt autant que possible. Si vous êtes contraint de continuer en terrain découvert, faites-le de jour, quand le pouvoir de vos ennemis est le plus faible. Allanon vous a dit où aller, mais vous devrez vous fier à vos propres ressources pour y arriver.

Shea se tourna vers Flick. Comment Balinor, fils de roi ou pas, pouvait-il lui demander de plier bagage et de prendre la route séance tenante ? C'était ridicule !

— Je dois partir, dit Balinor en se levant. Je vous aurais emmené avec moi si c'était possible, mais j'ai été suivi. L'ennemi s'attend à ce que je trahisse votre cachette. Je vous serai plus utile en l'envoyant sur une fausse piste. Pendant que je ferai diversion, vous partirez sans être remarqué. Je chevaucherai plein sud, puis je rebrousserai chemin vers Culhaven où nous nous retrouverons. Souvenez-vous : ne restez pas dans la vallée ! Fuyez dès cette nuit ! Et protégez les Pierres Elfiques, surtout. Ce sont des armes puissantes.

Shea et Flick se levèrent en même temps que lui et lui serrèrent la main, remarquant alors que son bras était couvert d'une cotte de mailles scintillante. Sans rien ajouter, Balinor traversa la salle et sortit.

— Et maintenant ? soupira Flick.

— Comment le saurais-je ? répondit Shea. Je ne suis pas un diseur de bonne aventure ! Encore une fois, qui nous prouve que cet homme était sincère ? Si Balinor a raison – et j'ai le sentiment qu'une partie de ses affirmations est fiable – je dois quitter la vallée dans l'intérêt de tous. Si on me traque, notre père et toi, par exemple, pourriez être en danger.

Découragé, il ne savait plus quelle décision prendre. Conscient de ne pouvoir lui être d'aucune aide, Flick partageait son inquiétude et sa confusion.

— Je viens avec toi, annonça-t-il.

— Tu n'y penses pas ! Père ne comprendrait jamais. De plus, rien n'est encore décidé. Je n'irai peut-être nulle part !

— Qu'a dit Allanon ? Que je le veuille ou non, je suis impliqué au même titre que toi. De plus, tu es mon frère. Je ne te laisserai pas partir seul.

Shea lui sourit, plein de gratitude.

— Nous en reparlerons... De toute façon, il faut d'abord déterminer notre destination et ce que nous emporterons. À supposer que nous nous décidions. Je laisserai un mot à Père. Déguerpir comme des voleurs dans la nuit, très peu pour moi ! N'en déplaise à Allanon et à Balinor. Père ne mérite pas un tel traitement !

Ils quittèrent la salle et allèrent dans la cuisine pour se restaurer. Le reste de la soirée fut mouvementé. Après le dîner, les jeunes gens regagnèrent leur chambre où Shea examina ses biens et les tria, mettant certains objets de côté. Flick craignait un peu que son frère parte pour Culhaven sans le prévenir.

Il regarda Shea fourrer des vêtements et un nécessaire de voyage dans un sac en cuir. Quand il lui demanda pourquoi il pliait bagage, Shea assura que c'était à titre de précaution, au cas où il leur faudrait fuir en toute hâte. Et non, il ne partirait pas sans le prévenir... À moitié convaincu, Flick résolut de tenir son frère à l'œil.

Il faisait nuit noire quand Shea fut réveillé par le contact d'une main sur son bras. Ayant le sommeil léger, il recouvra aussitôt sa lucidité. Le cœur battant à tout rompre, il lutta contre son adversaire invisible. Puis, il reconnut la silhouette trapue de Flick à la lueur des étoiles et de la lune qui filtrait par la fenêtre entrouverte.

— Flick ! Tu m'as fait si peur... !

Son soulagement fut de courte durée. Flick lui plaqua une main sur la bouche et lui souffla un « chut ! » impérieux. Shea vit de la peur sur le visage de son frère. Il voulut se redresser ; des bras puissants le retinrent.

Puis Flick l'attira à lui pour chuchoter, tremblant de terreur :

— Ne parle pas. Viens à la fenêtre, sur la pointe des pieds !

Accroupis sur le plancher, ils rampèrent en direction de la cloison, osant à peine respirer. Quand le mur fut atteint, Flick poussa Shea vers la fenêtre.

— Près du bâtiment... Regarde !

Effrayé, Shea leva quand même la tête. Dehors, il vit aussitôt la créature : une forme noire qui avançait vers l'auberge, son dos bossu couvert d'un manteau qui se soulevait d'une manière écœurante au rythme de ses pas. Le bruit hideux de sa respiration râpeuse troublait la quiétude nocturne, même à cette distance, et ses pieds raclaient bizarrement la terre.

Avant de replonger à l'abri, sous la fenêtre, Shea aperçut un pendentif d'argent en forme de crâne étincelant.

Chapitre 4

Shea se laissa retomber près de son frère. Tapis dans l'obscurité, ils entendaient la créature bouger. Les curieux raclements devenaient plus forts à mesure qu'elle se rapprochait. Ils n'avaient pas su tenir compte à temps des avertissements de Balinor ! L'oreille tendue, ils n'osaient plus chuchoter ni respirer. Shea avait une seule envie : fuir ! Mais qu'il reste là ou prenne ses jambes à son cou, la créature le tuerait dès qu'elle le repérerait. Mort de peur, Flick tremblait sous la morsure de la bise nocturne qui agitait les rideaux de la fenêtre.

Soudain, les aboiements furieux d'un chien se transformèrent en grognements et en glapissements. Les deux frères levèrent la tête, risquant un coup d'œil dehors. La créature au souffle rauque était accroupie au pied du mur, à l'aplomb de leur fenêtre. À quelques pieds de là, un grand chien-loup la menaçait, ses crocs blancs brillant sous les rayons de lune. Furieux, l'animal avança sur son adversaire. Avec un nouveau grognement de rage, il bondit sur l'intrus, gueule ouverte. Un bras griffu jaillit de sous le manteau noir pour l'attraper au vol...

La créature écrasa la trachée-artère du chien et le jeta au loin. Ce fut si rapide que les deux frères en oublièrent presque de replonger à l'abri de leur mur. L'instant suivant, les raclements reprirent. La créature se traînait vers l'auberge.

Les jeunes gens frissonnèrent de tous leurs membres. Aux aguets, l'oreille tendue, ils tentèrent de localiser leur ennemi. Puis Shea trouva le courage de se redresser et de jeter un coup d'œil par la fenêtre. Terrifié, Flick était prêt à filer vers la sortie la plus proche. Mais Shea lui indiqua d'un signe que la créature avait filé.

Flick rêvait déjà de la chaleur de son lit quand il vit Shea s'habiller dans l'obscurité. Il voulut parler, mais son frère lui posa un index sur la bouche.

Flick passa ses vêtements. Quel que fût le plan de Shea, il le suivrait.

Quand ils furent habillés, son frère lui murmura à l'oreille :

— Valombre sera en danger tant que nous resterons. Nous devons partir ! Es-tu toujours décidé ?

Flick hocha la tête.

— Bien. Filons à la cuisine emballer des vivres, juste de quoi subsister quelques jours. J'en profiterai pour laisser un mot à père.

Il sortit du placard le sac préparé un peu plus tôt et s'engagea sur la pointe des pieds dans le couloir obscur... Flick le suivit à tâtons. Il leur fallut de longues minutes pour gagner les portes de la cuisine. Ensuite, Shea alluma une chandelle et fit signe à Flick d'empaqueter des provisions pendant qu'il rédigeait son message. Quand il eut fini, il glissa le morceau de papier sous une chope.

Sa tâche achevée, Flick rejoignit son frère, qui se hâta de moucher la bougie.

— Une fois dehors, ne parle plus. Reste tout près de moi.

Flick hocha la tête, inquiet à l'idée du monstre qui les guettait, prêt à leur infliger le même sort qu'au chien. Mais l'heure n'était plus aux atermoiements. Shea ouvrit la porte donnant sur l'arrière-cour. Des bosquets touffus la bordaient. Il fit signe à Flick de le précéder et ferma la porte derrière eux. On y voyait mieux dehors, à la lumière des étoiles et de la lune. Il n'y avait personne. Dans une heure ou deux, l'aube poindrait, et le hameau s'éveillerait.

N'entendant aucun bruit suspect, Shea et Flick traversèrent la cour à pas de loup. Bientôt, ils eurent disparu à l'ombre d'une haie. Flick jeta un dernier regard mélancolique au foyer qu'il ne reverrait peut-être jamais.

Shea courut entre les maisons. Il se doutait que le Porteur du Crâne ne l'avait pas identifié à coup sûr, sinon il l'aurait capturé à l'auberge. Mais il y avait fort à parier que la créature savait où il vivait. Son incursion dans le hameau endormi était une reconnaissance des lieux. Le lointain héritier de la maison de Shannara était bel et bien recherché...

Shea passa en revue ses plans élaborés dans l'urgence. Si l'ennemi avait découvert où il était, comme Balinor l'en avait averti, tous les itinéraires de fuite possibles seraient surveillés. Alors, on se lancerait aussitôt à ses trousses. Et si d'autres créatures de ce genre quadrillaient la vallée...

Flick et Shea devraient faire appel à la plus grande discrétion pour quitter au plus vite Valombre et ses environs. Cela impliquait une marche forcée et très peu de sommeil. Un défi déjà assez pénible. Mais le vrai problème était de déterminer où fuir. Et dans quelques jours, il leur faudrait se réapprovisionner. Or, un voyage pour l'Anar prendrait des semaines. Qu'y avait-il au-delà de la vallée ? Sans doute d'autres routes et des hameaux que les Porteurs du Crâne ne manqueraient pas de surveiller. Dans leur situation, il fallait commencer par choisir une direction générale. Mais laquelle ? Quel chemin l'ennemi s'attendrait-il le moins à les voir emprunter ?

Shea étudia les possibilités, mais il avait déjà décidé. À l'ouest de Valombre s'étendait une campagne semée de villages. Aller par là, c'était s'éloigner de l'Anar. S'ils s'orientaient vers le sud, ils atteindraient peut-être la relative sécurité des grandes villes, Pia et Zolomach, où ils avaient des amis et de la famille. Mais les Porteurs du Crâne surveilleraient de très près toutes les routes, au sud de la vallée – le chemin logique pour leur échapper. De plus, la rase campagne, au-delà de la forêt de Duln, offrait peu de cachettes. Au cours du long voyage vers les cités du Sud, ils seraient inévitablement rattrapés et tués.

Au nord de Valombre s'étendait une région englobant la rivière Rappahalladran et le grand lac Arc-en-ciel, plus les lieues de territoires sauvages qui conduisaient au royaume de Callahorn. Les Porteurs du Crâne avaient dû les traverser en venant du nord. Ils connaîtraient probablement le terrain mieux que les deux jeunes gens et ne manqueraient pas de le surveiller s'ils se doutaient que Balinor arrivait de Tyrsis.

L'Anar se trouvait au nord-est de la vallée. La plus dangereuse des Terres du Sud ! Ce trajet direct serait le plus risqué – donc celui que l'ennemi s'attendrait le moins à les voir prendre. La piste traversait des forêts marécageuses et des basses terres qui coûtaient souvent la vie aux voyageurs imprudents.

À l'est de la forêt de Duln s'étendait un territoire dont même les Porteurs du Crâne devaient ignorer l'existence : les montagnes de Leah. Là, les deux frères pourraient demander sa protection à Menion Leah, l'ami intime de Shea. En dépit des réticences de Flick, il saurait leur indiquer le meilleur chemin à travers les territoires qui les séparaient de l'Anar.

Au sud-est de la ville, les deux frères firent halte près d'un vieil abri en bois et s'adossèrent aux planches disjointes. Tout restait brumeux malgré le clair de lune. Sur la gauche, des chiens aboyèrent. Les fenêtres des maisons voisines s'éclairèrent. Leurs habitants, aux paupières gonflées de sommeil, jetèrent des coups d'œil dehors. L'aube poindrait dans une heure. Shea et son frère n'avaient plus le choix : au risque d'être repérés, ils devaient courir jusqu'à l'embouchure de la vallée, avec l'espoir de gagner rapidement le couvert des arbres de Duln. S'ils étaient encore dans la vallée au matin, la créature lancée à leurs trousses les verrait gravir les collines. Et ils seraient vite rattrapés.

Shea flanqua une tape dans le dos de Flick puis courut en direction des bois. Dans le silence de la nuit, ils foulèrent une herbe humide de rosée. Des branches les giflèrent au passage, laissant des traînées humides sur leurs visages. Ils coururent à perdre haleine vers la pente douce couverte de taillis, à l'est de la vallée. Évitant les chênes et les noyers, ils slalomèrent entre les noix et les tapis de brindilles qui tapissaient le sol au pied des arbres.

Arrivés sur la pente, ils grimpèrent sans un regard en arrière, l'attention rivée sur les irrégularités du terrain. Dérapant souvent sur l'herbe humide, ils arrivèrent bientôt à la limite de Valombre. À l'est se dressaient de hautes parois rocheuses où s'accrochaient de rares arbustes. On eût dit une barrière conçue pour protéger le village du monde extérieur.

En excellente forme, Shea, qui paraissait voler au-dessus des obstacles, évitait avec l'agilité d'un cabri les broussailles et les rochers. Flick le suivait, les muscles puissants de ses jambes lui permettant de soutenir l'allure. Il regarda une fois en arrière, mais les arbres dissimulaient déjà leur hameau.

Léger et rapide, Shea fonçait vers la pente est de la vallée, à une lieue environ. Malgré la fatigue, Flick ne ralentissait pas, stimulé par la peur. Qu'allait-il leur arriver ? Devenus des fugitifs, ils étaient traqués par un ennemi qui n'aurait aucun scrupule à les abattre. Où pouvaient-ils aller pour échapper aux recherches ?

Pour la première fois depuis le départ d'Allanon, Flick aurait aimé qu'il reparaisse.

Les deux frères approchaient du bois. Aucun bruit suspect, pas de mouvements furtifs. Ils avaient le curieux sentiment d'être seuls au monde, égarés dans une arène géante sous le regard lointain du firmament.

Puis le ciel s'éclaircit, car la nuit touchait à sa fin. Les étoiles disparurent une à une, chassées par l'aube. Les jeunes gens continuèrent de courir, résolus à ne pas être surpris en terrain découvert par la lumière du soleil, qui se lèverait d'ici quelques minutes.

Quand ils atteignirent enfin la zone boisée, hors d'haleine, le cœur battant à tout rompre, ils s'effondrèrent sur l'humus tapissé de brindilles, à l'ombre d'un bosquet de noyers. Seule leur respiration haletante troublait le calme de la forêt. Puis Shea se remit péniblement debout et se tourna vers Valombre. Rien sur terre ou dans les airs. Apparemment, ils n'avaient pas été repérés. Mais ils n'avaient pas encore quitté la vallée. Tendant le bras, Shea tira Flick à lui et l'entraîna à travers bois sur une pente abrupte. Flick le suivit en silence, la tête vide.

Il s'agissait seulement de continuer à mettre un pied devant l'autre...

La pente dangereuse était couverte de rochers, de troncs d'arbre, de souches et de massifs d'épineux. Le sol inégal rendait la marche difficile. Shea imprimait la cadence, Flick sur les talons. Le ciel s'éclaircit encore. À la lisière de la vallée, le soleil colora le ciel d'orange et de jaune. Le souffle court, Shea commençait à tituber. Flick avançait en serrant les dents, les mains et les bras égratignés par les broussailles et les cailloux.

L'ascension leur parut interminable. Ils progressaient à une vitesse d'escargot, mais la peur les poussait à aller de l'avant. S'ils étaient rattrapés ici, à découvert, après tant d'efforts...

Aux trois quarts du chemin, Flick s'écroula, à bout de forces. Tournant la tête, Shea vit aussitôt une grande forme noire décoller de la lointaine Valombre et décrire dans le ciel des spirales de plus en plus larges.

Shea s'aplatit entre les rochers et les taillis. Faisant signe à son frère de ramper hors de vue, il pria pour qu'ils passent inaperçus. Le Porteur du Crâne se rapprochait inexorablement d'eux à mesure qu'il prenait de l'altitude. Son cri terrible enleva aux jeunes gens tout espoir de s'en sortir vivants. Ils éprouvaient le sentiment d'horreur primale qui avait paralysé Flick dans la forêt, quand Allanon et lui s'étaient cachés à l'approche du monstre. Cette fois, ils n'avaient aucun endroit où se dissimuler. Terrifiés, ils virent la créature plonger dans leur direction et crurent leur dernière heure venue.

Mais le monstre vira vers le nord, sa silhouette disparaissant rapidement à l'horizon.

Au milieu des taillis et des cailloux, les Valombriens ne bougèrent pas, craignant que la créature revienne à tire-d'aile au moindre mouvement. Mais leur angoisse se calma un peu. Tremblants comme des feuilles, ils se relevèrent et dans un silence maussade, reprirent leur ascension. Quand ils atteignirent la crête, ils se hâtèrent de quitter le petit plateau pour gagner le couvert de la forêt de Duln.

— Shea, pourquoi avons-nous pris ce chemin ? demanda Flick, sa propre voix lui paraissant bizarre après ce long silence. D'ailleurs, où allons-nous ?

— Là où Allanon nous l'a demandé : en Anar. Notre meilleure chance est de prendre le chemin que les Porteurs du Crâne s'attendront le moins à nous voir emprunter. Nous irons donc à l'est, vers les Chênes Noirs, et de là nous bifurquerons au nord, avec l'espoir de trouver de l'aide en chemin.

— Une minute ! s'exclama Flick, comprenant où son frère voulait en venir. Tu veux dire que nous passerons par Leah pour solliciter le soutien de

Menion ? Aurais-tu perdu la tête ? Pourquoi ne pas nous laisser tout de suite capturer par cette créature volante ? Au moins, ce serait une fin plus rapide !

— Nous n'avons pas le choix ! Menion Leah est le seul qui puisse nous tendre la main ! Il connaît les terres voisines de son pays et nous indiquera comment atteindre les Chênes Noirs.

— Pour sûr... marmonna Flick. As-tu oublié comment il nous a perdus, la dernière fois que nous l'avons écouté ? Il ne m'inspire aucune confiance !

— Il n'y a pas d'autre possibilité. Tu n'étais pas obligé de me suivre, tu sais ? (Gêné, Shea baissa les yeux.) Désolé de m'être énervé, mais il faut s'en tenir à mon plan, Flick.

Il se remit en route, déprimé. Son frère lui emboîta le pas, tout aussi découragé. Dès le début, fuir ne lui avait pas semblé une bonne idée. Même avec le monstre qui écumait la vallée. Mais aller voir Menion Leah serait pire ! Cet oisif arrogant les attirerait droit dans un piège – à supposer qu'il ne commence pas par les égarer, comme à l'accoutumée.

Menion s'intéressait uniquement à... Menion..., l'illustre aventurier friand d'expéditions dans la nature sauvage. L'idée même de lui demander de l'aide était ridicule !

Flick faisait montre de partialité. Depuis leur première rencontre, cinq ans plus tôt, il abominait Menion Leah et tout ce qu'il représentait. Seul héritier d'une famille qui régnait depuis des siècles sur son petit royaume des montagnes, Menion avait passé sa vie à voler d'une aventure rocambolesque à l'autre. Il n'avait jamais retroussé ses manches pour gagner son pain. À la connaissance de Flick, il n'avait rien accompli de valable, passant le plus clair de son temps à chasser ou à se battre – des activités que les Valombriens, infatigables travailleurs, considéraient comme de vulgaires passe-temps. Son attitude était tout aussi troublante. Rien de ce qui concernait sa vie, sa famille ou son royaume ne semblait le toucher. Il planait au-dessus des contingences de ce monde, un peu comme un nuage dans les cieux. Le genre d'homme à glisser sur l'existence sans se soucier d'y laisser sa griffe. À cause de cette approche insouciante de la vie, les deux frères, l'année précédente, avaient failli mourir dans les Chênes Noirs.

Pourtant, Shea avait des affinités avec Menion. À sa manière désinvolte, le montagnard semblait lui vouer une réelle affection. Mais Flick n'aurait pas juré que c'était une amitié sur laquelle on pouvait compter.

À présent, son frère s'apprêtait à remettre leur sort entre les mains d'un homme dépourvu du sens des responsabilités !

Il retourna la situation dans sa tête. Comment éviter l'inévitable ? Le mieux, sans doute, serait de surveiller Menion de près et d'avertir discrètement Shea si quelque chose éveillait ses soupçons. S'il se fâchait maintenant avec son frère, il n'aurait pas, plus tard, la possibilité de s'opposer aux conseils désastreux du prince de Leah.

L'après-midi était bien avancé quand ils atteignirent les berges de la rivière Rappahalladran. Ils les longèrent sur une lieue, approchant de l'endroit où le cours d'eau rétrécissait. La rive opposée étant toute proche, ils regardèrent la forêt, au-delà. Le soleil se coucherait dans une heure environ. Shea ne voulait pas être encore sur cette rive à la nuit tombée, car il se sentirait plus en sécurité avec l'étendue d'eau entre leurs éventuels poursuivants et eux. Il l'expliqua à Flick, qui se déclara d'accord avec lui.

Ils fabriquèrent un radeau avec leurs hachettes et leurs couteaux de chasse, histoire de faire traverser au sec leurs sacs et leurs vêtements. Hélas, ils n'avaient pas le temps d'en construire un qui fût assez grand pour eux. Ils franchiraient la rivière à la nage en tirant le radeau. Leur travail achevé, ils enlevèrent leurs sacs à dos et leurs habits et les attachèrent au milieu de leur esquif. Puis ils fendirent les eaux glaciales de la Rappahalladran. Le courant était vif, mais pas dangereux à cette époque de l'année. Le seul problème consisterait à dénicher un endroit convenable pour accoster sur l'autre rive, plutôt escarpée. Le courant les entraîna sur une demi-lieue, le temps qu'ils remorquent leur radeau. Puis ils abordèrent la berge opposée, près d'un petit bras de rivière. Ils sortirent de l'eau froide, frissonnant dans l'air du crépuscule, et tirèrent leur radeau sur la berge. Après s'être séchés, ils se rhabillèrent. Le tout leur avait pris un peu plus d'une heure. Le soleil avait sombré derrière la ligne des arbres, mais une lueur rougeâtre éclairait encore les cieux.

Shea suggéra de dormir quelques heures pour reprendre des forces, puis de repartir de nuit. Le bras de rivière semblait un endroit idéal pour cela. Sous un grand orme, ils s'enroulèrent dans leurs couvertures et s'assoupirent rapidement. Vers minuit, Shea secoua doucement Flick. Après avoir emballé leurs affaires, ils s'apprêtèrent à reprendre la piste.

Pensant entendre du bruit sur la rive opposée, Shea avertit son frère. Tous les sens en alerte, ils n'entendirent ni ne virent rien. Shea avait dû se tromper... Flick fit remarquer qu'entendre quoi que ce fût avec le grondement de la rivière était impossible. Mais selon toute probabilité, la créature devait encore les chercher à Valombre...

Ils marchèrent jusqu'au lever du soleil, s'orientant vers l'est sans pouvoir distinguer grand-chose au milieu des arbres. Les frondaisons, au-dessus de leurs têtes, dissimulaient les étoiles. Quand ils firent une pause, ils étaient encore dans la forêt de Duln, ignorant quelle distance les séparait des frontières de Leah. Soulagé, Shea vit le soleil se lever face à eux : ils allaient toujours dans la bonne direction. Débouchant dans une clairière, au cœur d'un bosquet d'ormes majestueux, les jeunes gens ne tardèrent pas à s'endormir, épuisés. À leur réveil, l'après-midi était bien avancé. N'allumant pas de feu pour éviter d'attirer l'attention, ils mangèrent de la viande séchée, des légumes crus et des fruits.

Flick reparla de leur destination.

— Shea... dit-il, hésitant, je ne voudrais pas radoter, mais tu es sûr que c'est le meilleur chemin ? Même si Menion consent à nous aider, nous pourrions facilement nous égarer dans les marais et les collines, au-delà des Chênes Noirs... Qui sait si nous en sortirions jamais ?

— C'est ça, ou s'aventurer plus au nord, où nous serions à découvert. Menion ne connaît pas cette contrée-là. Tu as une meilleure solution ?

— Non, reconnut Flick à contrecœur. Mais je ne cesse de repenser aux recommandations d'Allanon – ne pas répéter ses révélations et ne nous fier à personne. Il a été très clair sur ce chapitre.

— Ne recommençons pas ! Allanon n'est pas là et la décision me revient. Je ne vois pas comment nous pourrions atteindre les forêts de l'Anar sans l'aide de Menion. Il a toujours été un ami fidèle et c'est un des meilleurs escrimeurs que je connaisse. S'il faut livrer combat, nous aurons besoin de son expérience.

— Ce qui ne saurait manquer d'arriver, avec lui ! grommela Flick. De plus, quelles chances avons-nous contre cette créature ? Elle n'aura aucun mal à nous hacher menu !

— Ne sois pas aussi sinistre ! s'écria Shea en éclatant de rire. Nous ne sommes pas encore morts ! Et n'oublie pas la protection des Pierres Elfiques.

Flick ne fut pas particulièrement sensible à cet argument, mais il valait mieux parler d'autre chose pour le moment.

De fait, Menion Leah était un allié précieux au combat... À condition que l'imprévisible personnage daigne se ranger du bon côté ! Shea avait pour Menion une sympathie instinctive depuis ses séjours à Leah, les années précédentes. Mais Flick estimait que son frère manquait cruellement d'impartialité. Leah était une des rares monarchies des Terres du Sud. Partisan des gouvernements décentralisés, Shea abominait le pouvoir absolu. Pourtant, il se disait l'ami de l'héritier d'un monarque. Selon Flick, ces deux éléments étaient inconciliables. Soit on croyait en quelque chose, soit on n'y croyait pas. Si on voulait rester honnête avec soi-même, appartenir à deux camps opposés était impossible.

Ils finirent leur repas en silence tandis que le soir tombait. Les derniers rayons du soleil étaient passés du jaune doré au rouge foncé, illuminant les rameaux verts des arbres géants.

Les deux frères emballèrent leurs affaires et reprirent leur marche vers l'est, dos au soleil couchant. Les bois étaient étrangement calmes. Prudents, les Valombriens progressaient en silence. L'obscurité régnait, mais la lumière de la lune perçait parfois les frondaisons. Flick fut particulièrement troublé par le silence étrange de la forêt de Duln, qui lui rappela sa rencontre avec Allanon. Ils s'arrêtaient parfois pour tendre l'oreille puis reprenaient leur marche, en quête du chemin qui les conduirait vers les montagnes. Flick détestait ce silence oppressant. Il essaya de le briser en sifflotant, mais Shea lui fit signe de se taire.

Aux petites heures du jour, ils atteignirent la lisière de la forêt de Duln et abordèrent des prairies couvertes de taillis qui s'étendaient à perte de vue et les conduiraient jusqu'aux montagnes de Leah.

Ils continuèrent vers l'est, soulagés de quitter les bois et leur silence étouffant. Ils étaient peut-être davantage en sécurité dans la forêt, mais ils se sentaient plus aptes à affronter les dangers de la prairie que ceux qui rôdaient entre les arbres. Moins tendus, ils recommencèrent même à parler à voix basse. Environ une heure avant l'aube, ils débouchèrent dans un val broussailleux où ils firent halte pour se reposer et manger. À l'est se profilaient les montagnes de Leah. Un jour de marche et ils y seraient...

Shea estima qu'en reprenant la route à la tombée de la nuit, ils arriveraient à destination avant le matin suivant. Puis tout dépendrait de Menion Leah.

Avec cette pensée à l'esprit, il s'endormit rapidement.

Quelques minutes plus tard, les deux frères s'éveillèrent, pas à cause d'un mouvement, mais du silence anormal qui avait tout à coup envahi la prairie. Ils sentirent tous les deux, au même instant, la présence d'un autre être. En silence, ils se levèrent d'un bond et dégainèrent leurs couteaux.

Rien ne bougeait. Shea fit signe à son frère, et rampa le premier vers la crête du vallon... Immobiles, ils s'efforcèrent de distinguer, à la lueur de l'aube, ce qui rôdait si près d'eux. Ils n'avaient aucun doute : quelque chose était là. L'impression qu'ils avaient déjà ressentie, cachés derrière la fenêtre de leur chambre...

Sur le qui-vive, osant à peine respirer, ils se demandèrent si la créature les avait retrouvés. Avaient-ils été assez soigneux en camouflant leurs traces ? Il semblait impossible que la créature les rattrape maintenant, après tous ces efforts et alors que la sécurité était à quelques heures de marche seulement...

Dans un tourbillon de feuilles, la forme noire du Porteur du Crâne se détacha d'une longue rangée d'arbres, loin sur leur gauche. Comme incapable de se déplacer davantage, elle resta immobile sous le ciel coloré de rouge par l'approche de l'aube. Les deux frères s'aplatirent au bord de la pente, aussi silencieux que les taillis environnants. Comment la créature avait-elle pu les filer jusque-là ? À supposer qu'elle ne soit pas ici par hasard. Quoi qu'il en soit, les Valombriens restaient des fugitifs sur lesquels planait la mort.

La créature déploya lentement ses ailes... et vola vers leur cachette. Flick ne put retenir un cri d'angoisse. Il se terra entre les broussailles, serrant très fort le bras fin de Shea.

À quelques centaines de pieds de ses proies, la créature piqua vers un bosquet et disparut de leur vue.

— Vite ! murmura Shea. Fonçons vers ce fourré, là-bas !

Flick ne se le fit pas dire deux fois. Quand le monstre noir aurait fini d'explorer les arbres entre lesquels il avait atterri, il atteindrait leur cachette.

Flick gravit la pente aussi vite qu'il le put, terrifié à l'idée que le Porteur du Crâne puisse l'apercevoir. Shea le suivait de près. Ils traversèrent la zone à découvert et arrivèrent sans encombre au taillis. Alors, Shea se souvint de leurs sacs... La créature ne manquerait pas de les voir et devinerait rapidement où étaient cachés leurs propriétaires. Le demi-elfe sentit son estomac se nouer. Comment avaient-ils pu être aussi stupides ? Désespéré, il saisit l'épaule de son frère, qui avait aussi mesuré leur erreur.

Shea comprit qu'il n'avait pas le choix : il devait retourner chercher les sacs, même au risque d'être vu. Il se leva. À cet instant, la silhouette noire du chasseur apparut dans le ciel. Leur dernière chance était passée.

Une fois encore, ils furent sauvés par l'aube. Le soleil pointa à l'horizon, ses premiers rayons illuminant les collines occidentales. La créature nocturne s'envola aussitôt et s'éloigna en décrivant des cercles de plus en plus larges. Elle poussa un cri de haine qui imposa quelques instants le silence à la nature. Puis elle fila en direction du nord.

Incrédules mais ravis, les deux Valombriens regardèrent le ciel où plus rien ne bougeait.

Chapitre 5

En fin d'après-midi, le même jour, ils arrivèrent en vue de la cité de Leah, dans les montagnes. Les fortifications de pierre leur offriraient un abri sûr. Pourtant, sous le soleil, leur masse imposante paraissait inamicale aux jeunes gens, habitués aux vastes terres boisées de leur région natale. Mais l'épuisement leur fit oublier ce malaise et ils entrèrent par les portes ouest de la cité, où la clientèle des échoppes et des marchés se pressait déjà dans les rues étroites.

Ils atteignirent vite la demeure de Menion, un vieux manoir majestueux niché dans un écrin d'arbres et entouré de pelouses et de jardins bien entretenus. Aux yeux des habitants de Valombre, Leah était une grande ville – pourtant bien modeste comparée aux cités sises plus au sud, ou même à Tyrsis, la ville frontalière. Dans sa splendide solitude, Leah accueillait rarement des voyageurs. Elle vivait en quasi-autarcie, satisfaisant seule les besoins de ses habitants. Sa monarchie, une des plus anciennes des Terres du Sud, décidait de tout et ses sujets s'en contentaient très bien. Même si Shea restait dubitatif, les montagnards étaient en général contents de leur gouvernement et du mode de vie qu'on leur imposait.

Pendant que les Valombriens se frayaient un chemin à travers la foule, Shea réfléchit à son improbable amitié avec Menion Leah. À première vue, Menion et lui avaient très peu en commun : un homme des plaines et un habitant des montagnes, avec des origines et des vies si différentes qu'elles défiaient toute comparaison. Shea – enfant adoptif d'un aubergiste –, obstiné, pragmatique et élevé dans l'amour du travail bien fait... Menion, fils unique de la maison royale de Leah et héritier du trône, né avec des responsabilités qu'il se faisait un devoir d'ignorer, nanti d'une confiance en lui qu'il s'évertuait à dissimuler (avec peu de succès), et d'un instinct de chasseur si étrange qu'il lui valait l'admiration d'un critique aussi sévère que Flick. Leurs philosophies politiques étaient aussi différentes que leurs origines sociales. Conservateur dans l'âme, Shea défendait la tradition et les coutumes. Menion, lui, estimait que les méthodes d'antan s'étaient révélées inaptes à régler les conflits entre les races.

En dépit de toutes ces différences, leur amitié se fondait sur un respect mutuel. Menion trouvait que son jeune ami avait un mode de pensée parfois anachronique, mais il admirait sa conviction et sa détermination. Contrairement à ce que pensait Flick, Shea ne s'aveuglait pas sur les défauts de Menion, mais il lui reconnaissait une qualité que les gens oubliaient souvent : un sens aigu du bien et du mal.

Pour le moment, Menion Leah vivait sans se soucier de l'avenir. Il voyageait beaucoup, chassait dans les forêts et consacrait le plus clair de son temps à trouver des façons originales de s'attirer des ennuis. Dans sa position, son habileté à l'arc et ses talents d'éclaireur ne semblaient d'aucune utilité. Au contraire, ils avaient le don d'exaspérer un père qui, depuis toujours, s'ingéniait sans succès à intéresser son héritier aux subtilités politiques de son futur royaume. Un jour, Menion serait roi. Mais Shea doutait que son ami ait jamais accordé à son règne à venir davantage qu'une pensée distraite. Après tout, était-ce si étonnant ? La mère de Menion était morte depuis des années, peu après la première visite de Shea. Son père n'était pas très âgé, mais un souverain ne mourait pas forcément de vieillesse – loin s'en fallait. Par le passé, plus d'un dirigeant de Leah avait péri de mort violente et dans la fleur de l'âge... Si un malheur frappait son père, Menion deviendrait roi, qu'il y soit préparé ou pas. Il devrait apprendre – et vite – pensa Shea, amusé.

Le palais des rois de Leah était un beau bâtiment de pierre à un étage entouré d'un bosquet de noyers et de petits jardins d'agrément. De grandes haies l'isolaient de la cité. Un parc s'étendait devant et un sentier serpentait jusqu'au perron. À l'approche du portail central, les Valombriens virent des enfants jouer près d'une mare, à la croisée des chemins conduisant au parc. Dans la tiédeur de la fin d'après-midi, les citadins se hâtaient de rentrer chez eux ou d'aller retrouver des amis. À l'ouest, le ciel s'obscurcissait.

Les grilles de fer étant entrouvertes, les Valombriens gagnèrent rapidement le manoir après avoir slalomé entre les massifs d'arbustes qui bordaient le chemin pavé. Ils allaient atteindre l'entrée quand la lourde porte de chêne s'ouvrit sur Menion Leah. Vêtu d'un manteau multicolore et d'une jaquette vert et jaune pâle, il dégageait une grâce et une prestance félines. À peine plus élancé que ses visiteurs, il avait une belle carrure, ses longs bras ajoutant encore à sa silhouette nerveuse et élancée. Il se tournait vers un chemin de traverse quand il avisa les voyageurs épuisés et crottés. Ses yeux s'arrondirent de surprise.

— Shea ! s'écria-t-il. Que diable fais-tu... ? Qu'est-ce qui t'est arrivé ?

Il courut vers son ami pour lui serrer la main.

— Je suis content de te revoir, Menion, dit Shea, souriant.

Le montagnard recula d'un pas et étudia les voyageurs de ses yeux gris.

— Je ne pensais pas que ma missive serait si vite suivie d'effet... ! Voyons... Ne me dis rien, Shea. Je préfère supposer, au nom de notre amitié, que tu es là en visite. Et tu as amené ce bon vieux Flick, qui se méfie de moi ! Pour une surprise, c'est une surprise !

Il sourit à Flick qui hocha sèchement la tête, déjà exaspéré.

— Ce n'était pas mon idée, je t'assure !

— J'aurais préféré que notre amitié soit la seule raison de notre venue, soupira Shea. Et j'aimerais mieux ne pas te mêler à tout ça, mais nous avons de sérieux problèmes. Et toi seul peux encore nous tirer d'affaire.

Menion souriait. Devant l'air grave de son ami, il se reprit, adoptant une expression plus sobre.

— « Tout ça » me paraît une affaire sérieuse, non ? Mais d'abord, il vous faut un bon bain et un repas. Ensuite, nous parlerons de ce qui vous amène. Suivez-moi. Mon père est à la frontière, donc me voilà à votre entière disposition.

Menion envoya des serviteurs aux Valombriens. Après avoir pris un bain et revêtu des habits propres, les deux frères retrouvèrent le prince dans la grande salle où les attendait un repas assez copieux pour six. Ce soir-là, il suffit à peine à les contenter. Pendant qu'ils se restauraient, Shea raconta à Menion l'étrange histoire à l'origine de leur fuite. Il décrivit la rencontre de Flick avec Allanon et résuma la légende complexe de l'Épée de Shannara. En dépit de l'ordre d'Allanon – garder le secret –, il y était obligé s'il voulait obtenir la coopération de Menion. Il lui raconta ensuite l'arrivée de Balinor et son avertissement, puis comment ils avaient échappé de peu à la créature au Crâne.

Flick ne se mêla pas à la conversation. Résolu à se méfier de Menion, il résista à la tentation de commenter sa participation aux événements. Que l'un d'eux au moins garde la tête froide et la bouche close lui semblait judicieux.

Menion Leah écouta calmement le long récit et ne parut pas surpris avant la révélation sur les origines de Shea. La nouvelle parut le réjouir. Mais son visage hâlé resta impénétrable, ses véritables sentiments cachés derrière un fin sourire. Il comprit vite pourquoi les Valombriens étaient venus à lui. Ils ne pouvaient espérer traverser les basses terres de Clete et atteindre les Chênes Noirs sans l'aide de quelqu'un qui connaisse la région – et en qui ils aient confiance. Enfin, rectifia Menion intérieurement, quelqu'un en qui *Shea* ait confiance. Sans l'insistance de son frère, Flick ne serait jamais venu à Leah. Menion et lui n'avaient jamais été très amis. Quoi qu'il en soit, les deux frères étaient là et il lui serait impossible de laisser tomber Shea, même au péril de sa vie.

Son récit achevé, Shea attendit la réaction de Menion. Le montagnard resta perdu dans ses pensées, le regard baissé sur son verre de vin. Puis il prit la parole d'une voix lointaine.

— L'Épée de Shannara... Je n'avais plus entendu cette légende depuis des années et j'admets n'y avoir jamais cru. Maintenant, cette lame fait son retour, avec mon ami Shea Ohmsford comme héritier présomptif ! (Il leva la tête.) Mais l'es-tu vraiment ? Et si tu servais de leurre pour attirer à toi les créatures venues du Nord ? Comment se fier à la parole d'Allanon quand des vies sont dans la balance ? D'après ce que tu m'as raconté, ce grand historien, à la réflexion, semble aussi dangereux que ce qui te traque ! Qui nous dit qu'il n'est pas au nombre de tes ennemis ?

Flick sursauta, mais Shea secoua la tête.

— Je me refuse à le croire. Ça n'aurait aucun sens.

— Peut-être... et peut-être pas, dit Menion. Avec l'âge, on apprend à se méfier. En toute franchise, cette histoire est incroyable. À supposer qu'elle ait un fond de vérité, vous avez de la chance d'être arrivés jusqu'ici par vos propres moyens. Il circule beaucoup de récits sur les Terres du Nord, et les forces maléfiques tapies dans les terres sauvages, au-delà des plaines de Streleheim... Un pouvoir défiant l'imagination des simples mortels, dit-on.

Il s'interrompit pour boire une gorgée de vin.

— L'Épée de Shannara... La simple idée que cette légende puisse être fondée suffirait à... (il s'interrompit et sourit.) Comment me priver de l'occasion d'en avoir le cœur net ? Vous aurez besoin d'un guide pour atteindre l'Anar. Je suis votre homme !

— Je le savais ! s'exclama Shea en lui prenant les mains en signe de gratitude.

Flick gémit.

— Bon, fit Menion. Maintenant, voyons où nous en sommes. Et ces Pierres Elfiques ? Montre-les-moi.

Shea sortit la bourse de cuir et fit tomber les pierres au creux de sa paume. Les trois gemmes d'un bleu profond scintillèrent à la lumière des torches. Menion en toucha une, puis la prit entre le pouce et l'index.

— Elles sont magnifiques ! Je ne crois pas en avoir jamais vu d'aussi belles. Mais en quoi nous aideront-elles ?

— Je l'ignore pour le moment, avoua Shea. Je sais seulement ce qu'Allanon nous a dit : il faut y recourir en dernière extrémité. Ces pierres sont très puissantes.

— J'espère qu'il a raison ! lança Menion. Je détesterais découvrir qu'il s'est trompé une fois que nous serons aux abois ! Enfin... Qui vivra verra... Nous n'aurons pas le choix.

Il regarda Shea ranger les pierres dans la bourse et la glisser sous sa tunique. Quand le Valombrien releva les yeux, Menion s'abîmait dans la contemplation de son verre.

— J'ai entendu parler de Balinor, dit-il. C'est un bon guerrier. Solliciter le soutien de son père serait peut-être à notre avantage. Vous seriez mieux protégés par les soldats de Callahorn que par les nains de la forêt de l'Anar. Je connais les routes de Tyrsis. Elles sont sûres, alors que tous les itinéraires qui conduisent à l'Anar traversent les Chênes Noirs... Et nous ne parlons pas de l'endroit le plus paisible des Terres du Sud, comme vous le savez.

— Allanon nous a demandé d'aller en Anar, insista Shea. Il devait avoir une bonne raison. Jusqu'à ce que je le revoie, je ne veux pas courir de risques. De plus, Balinor nous a conseillé de suivre les instructions d'Allanon.

Menion haussa les épaules.

— Dommage. Au-delà des Chênes Noirs, je ne sais pas grand-chose des contrées qui nous attendent. On les dit peu peuplées. Les rares habitants sont surtout des gens du Sud et des nains. Ils ne devraient pas présenter de danger pour nous. Culhaven est un village de nains situé près de la rivière Argentée, dans l'Anar inférieur. Je doute qu'il soit difficile à localiser, si nous arrivons jusque-là. Mais il nous faudra d'abord traverser les basses terres de Clete, et ce sera particulièrement difficile à cause des dégels de printemps. Ensuite, les Chênes Noirs ! Le moment le plus périlleux de l'excursion.

— N'y a-t-il pas moyen de les contourner ? demanda Shea.

Menion se versa un autre verre de vin et passa la carafe à Flick, qui l'accepta sans sourciller.

— Ça prendrait des semaines. Au nord de Leah, nous trouverons le lac Arc-en-ciel. Quitte à passer par là, nous devrons le contourner vers le nord, à travers les monts de Runne. Les Chênes Noirs commencent au sud du lac et s'étendent sur une centaine de lieues. Si nous essayons d'aller au sud, puis de reprendre le chemin du nord une fois de l'autre côté du lac, il faudra au moins deux semaines. Et le terrain sera découvert tout du long. Pas la moindre cachette ! Nous devons partir vers l'est, traverser les basses terres et couper à travers les Chênes. C'est la seule solution.

Flick fronça les sourcils. Lors de leur dernière visite à Leah, Menion les avait égarés dans la forêt pendant des jours. Pourchassés par des loups, ils avaient failli mourir de faim.

— Ce bon vieux Flick se souvient des Chênes Noirs, dit Menion en éclatant de rire. Mais cette fois nous serons mieux préparés ! Si la forêt est dangereuse, nul ne la connaît mieux que moi. Et on ne risque pas de nous y suivre. D'autant moins que nous ne révélerons à personne notre destination. Nous prétendrons partir à la chasse quelques jours, voilà tout. De toute façon, mon père a des problèmes. Il ne s'apercevra même pas de mon absence. D'ailleurs, il a l'habitude que je m'éclipse des semaines d'affilée.

D'un regard, il vérifia avec Shea qu'il n'oubliait rien. Le Valombrien sourit, gagné par l'enthousiasme communicatif de son ami.

— Menion, je savais que je pouvais compter sur toi ! Je suis enchanté que tu viennes avec nous.

Flick grimaça de dégoût. Menion saisit cette occasion de se moquer un peu du frère de son ami.

— Nous devrions d'abord mettre une chose au point, dit-il soudain. Qu'est-ce que j'en retirerai, si je vous guide jusqu'à Culhaven ?

— Ce que tu en retireras ? s'exclama Flick. Pourquoi devrais-tu... ?

— Ne t'affole pas, coupa Menion. Je t'avais oublié, mon bon vieux Flick, mais pas de souci : je ne te subtiliserai pas ta part.

— Que veux-tu dire ? grogna Flick. Je n'ai jamais rien attendu de...

— Ça suffit ! coupa Shea. Pas question de voyager ensemble en se chamaillant à longueur de temps ! Menion, cesse d'essayer de mettre mon frère en colère. Et toi, Flick, oublie tes soupçons une fois pour toutes. Nous devrons nous faire confiance et nous serrer les coudes !

Menion baissa les yeux, vaguement honteux. Flick se mordit les lèvres, dubitatif.

— Tu as raison, déclara Menion après un moment. Flick, faisons une trêve dans l'intérêt même de ton frère.

Flick baissa les yeux sur la main tendue du prince... et la serra.

— Les paroles ne coûtent rien, Menion, dit-il. J'espère que tu es sincère, cette fois.

Le montagnard accepta la rebuffade avec le sourire.

— Faisons la paix, Flick !

Il vida son verre, conscient que le frère de Shea n'était toujours pas convaincu.

Les trois compagnons eurent soudain hâte d'arrêter leurs plans et de se retirer pour la nuit. Ils décidèrent de partir tôt le lendemain matin. Menion se chargerait de réunir l'équipement nécessaire : des sacs à dos, des manteaux de chasse, des provisions et des armes.

Il montra à ses amis une carte de la région située à l'est de Leah – peu détaillée, car ces contrées restaient relativement inconnues. Les basses terres de Clete, vers l'est, entre les montagnes et les Chênes Noirs, étaient représentées par un espace vide. Les Chênes Noirs se remarquaient tout de suite : une masse dense de terre boisée partant du sud du lac Arc-en-ciel, tel un mur dressé entre Leah et l'Anar...

Menion révéla rapidement aux Valombriens ce qu'il savait de la région et des conditions climatiques, à cette époque de l'année. Comme la carte, ses informations étaient sommaires. Prévoir ce qu'ils rencontreraient en chemin était une gageure. Et l'inattendu se révélait souvent dangereux...

À minuit, leurs préparatifs terminés, ils allèrent au lit. Dans la chambre qu'il partageait avec Flick, Shea se glissa voluptueusement sous les couvertures, le regard tourné vers la fenêtre ouverte. Des nuages s'étaient accumulés dans le ciel et la fraîcheur des brises vespérales avait chassé à l'est la chaleur de la journée. Une paisible solitude enveloppait la ville assoupie. Dans le lit voisin, Flick dormait déjà à poings fermés, le souffle bruyant et régulier. Pensif, Shea le regarda. Il avait la tête lourde et le voyage l'avait fatigué, mais il ne parvenait pas à s'endormir. Pour la première fois, il mesurait la gravité de leur situation. Leur fuite vers Leah était une étape – la première – d'un voyage qui durerait peut-être des années. À supposer qu'ils arrivent sains et saufs en Anar, ils seraient vite forcés de reprendre la route. La traque cesserait uniquement avec l'anéantissement du Roi-Sorcier – ou la mort de Shea. Jusque-là, retrouver leur foyer et leur père serait impossible. Où qu'ils aillent, les chasseurs ailés les retrouveraient.

Une vérité terrifiante. Dans l'obscurité, Shea Ohmsford se retrouva seul avec ses angoisses et lutta contre la terreur qu'il sentait monter en lui.

Le sommeil fut long à venir.

Le matin se leva, morne, maussade, humide et glacial. Partant vers l'est, Shea et ses compagnons commencèrent la traversée des montagnes brumeuses de Leah, puis la descente vers les basses terres où régnait un climat terrible. Sans desserrer les lèvres, ils s'engagèrent en file indienne sur les pistes étroites bordées de rochers et de massifs informes de broussailles à demi desséchées. Menion ouvrait la marche, son regard d'aigle repérant les traces parfois presque effacées de la piste. Sur un terrain de plus en plus accidenté, il progressait à grands pas avec une grâce féline. Accroché à son sac à dos, il portait un arc en frêne et un carquois. Sous le sac, nouée à sa taille par une lanière de cuir, se balançait la grande épée que son père lui avait remise au moment de sa majorité – l'héritage du prince de Leah. L'acier brillait faiblement à la chiche lumière du jour. Shea, qui le suivait à quelques pas, se demandait si cette arme avait aussi des pouvoirs, comme la légendaire Épée de Shannara.

Il plissa le front et essaya de sonder les ténèbres environnantes. Rien ne bougeait. Un pays mort où les vivants faisaient figure d'intrus. Une perspective guère rassurante ! Avec un sourire, Shea chassa ces sombres pensées.

Chargé du plus gros des provisions nécessaires à la traversée des basses terres de Clete et de la forêt des Chênes Noirs, Flick fermait la marche. À supposer que leur entreprise fût couronnée de succès, il leur faudrait ensuite acheter de la nourriture aux rares habitants du coin. En dernier recours, ils vivraient sur les ressources de la nature – plantes ou gibiers –, mais l'idée n'enchantait pas Flick. Depuis que Menion s'était joint à l'aventure, il se sentait un peu plus rassuré – mais pas entièrement. Quelle aide réelle le montagnard leur apporterait-il ? Leurs récentes mésaventures dans les Chênes Noirs étaient encore fraîches dans son esprit et il n'avait aucune envie de repartir pour un tour.

Le premier jour passa comme un rêve. Les trois compagnons franchirent la frontière du royaume de Leah pour atteindre les sinistres basses terres de Clete. Ils campèrent dans un vallon, sous la maigre protection de quelques arbres rachitiques et de broussailles. La brume ayant détrempé leurs vêtements, le froid nocturne les glaça jusqu'aux os. Le bois mort était tellement saturé d'humidité qu'il fut impossible de l'enflammer. Renonçant à regret au réconfort d'un peu de chaleur, ils se contentèrent des rations froides enveloppées dans les couvertures imperméabilisées qu'ils avaient pris soin d'emporter. Ils parlèrent peu. Aucun ne se sentant d'humeur loquace, ils marmonnèrent à peine quelques jurons sur le temps.

Aucun bruit suspect ne montait de l'obscurité environnante. Ce calme angoissait les voyageurs, qui tendaient l'oreille presque malgré eux, en quête de signes de vie. Mais le silence et les ténèbres régnaient en maîtres, sans un souffle de vent pour effleurer leurs visages...

Puis la fatigue eut raison d'eux et ils sombrèrent dans un sommeil troublé.

Les deuxième et troisième jours furent bien pires. Une bruine glaciale imbiba leurs vêtements avant de les geler jusqu'à la moelle. Leurs corps épuisés n'éprouvaient plus rien, excepté cette pénible sensation. L'air était humide et froid dans la journée, pratiquement glacial la nuit. Tout, autour des trois voyageurs, évoquait la mort. Les broussailles, elles-mêmes tordues et desséchées, s'étiolaient à vue d'œil. Aucun être n'aurait pu survivre en un pays aussi inhospitalier. Les plus petits rongeurs se seraient vite enlisés dans la terre détrempée par l'humidité glaciale des jours sans soleil.

Les trois compagnons marchaient vers l'est, perdus au milieu de ce royaume de désolation. Il n'existait pas de piste, ni d'indication que quiconque eût déjà emprunté cet itinéraire. Le soleil boudeur se cachait... Au-delà de cette terre oubliée des dieux, rien ne permettait de penser qu'il puisse exister un monde bruissant de vie.

Ce qui voilait si efficacement le ciel, était-ce seulement la brume, les nuages... ou les deux ?

En l'absence de réponse, les compagnons avançaient de leur mieux dans ces terres grisâtres.

Le quatrième jour, le désespoir les gagna. Le chasseur ailé du Roi-Sorcier ne s'étant pas remontré, les poursuites semblaient avoir cessé. Mais ce constat, pourtant encourageant, ne leur donna pas beaucoup de cœur au ventre.

Les heures passaient et le silence s'épaississait. Même la bonne humeur de Menion l'abandonnait. Pourtant d'un naturel optimiste et confiant, il commençait à avoir des doutes. S'étaient-ils perdus ? Avaient-ils tourné en rond ? Si Menion s'était égaré dans cette région vierge de repère, il n'aurait aucun moyen de retrouver son chemin.

Shea et Flick éprouvaient la même crainte – au centuple. Ignorant tout des basses terres, ils n'avaient pas, pour se consoler, l'expérience et l'instinct de chasseur de Menion. Ils se fiaient à lui, mais quelque chose clochait – même si le montagnard cachait ses inquiétudes pour ne pas troubler davantage ses amis...

Les heures passèrent encore sans rien changer au froid humide ou à l'aspect lugubre de la région. Lentement, leur confiance en eux mourait. Au crépuscule du cinquième jour, les basses terres s'étendant toujours à perte de vue sans que les Chênes Noirs se découpent à l'horizon. Épuisé, Shea se laissa tomber sur le sol... Puis il leva un regard perplexe sur le prince de Leah.

Examinant le terrain, Menion haussa les épaules. Son visage d'habitude avenant était durci par le froid.

— Inutile de mentir... murmura-t-il. Je ne suis pas sûr que nous ayons continué dans la bonne direction. Nous avons peut-être marché en rond... Il n'est pas exclu que nous soyons égarés.

Écœuré, Flick se délesta de son sac à dos.

Son expression était assez éloquente...

Je te l'avais bien dit !

— Je ne peux pas croire que nous soyons perdus sans espoir de nous retrouver ! dit Shea. Il n'y a aucun moyen de nous repérer ?

— Si tu as une idée, nous t'écoutons ! lança Menion en se débarrassant à son tour de son sac.

Il s'assit à côté de Flick.

— Qu'y a-t-il, mon vieux ? Je t'ai encore fourré dans les ennuis, c'est ça ?

Flick lui jeta un regard noir... avant de se raviser, car les yeux gris de Menion le ramenèrent à de meilleurs sentiments. Il y lut de l'inquiétude, et un rien de tristesse à l'idée qu'il avait failli à sa promesse.

Flick posa une main amicale sur l'épaule du prince.

Sans crier gare, Shea se leva d'un bond pour fouiller dans son sac.

— Les pierres peuvent nous aider ! s'écria-t-il.

Ses compagnons le regardèrent d'abord sans comprendre, puis ils se levèrent aussi, l'espoir renaissant dans leurs cœurs.

Shea sortit de ses affaires la bourse de cuir. Les Pierres Elfiques prouveraient-elles enfin leur valeur ? Leur permettraient-elles d'échapper à la désolation de Clete ? Il dénoua le cordon de la bourse et fit tomber les trois pierres bleues dans sa paume. Puis ils attendirent.

Il ne se passa rien.

— Soulève-les, Shea, proposa Menion. Elles ont peut-être besoin de plus de lumière.

Le Valombrien obéit, inquiet. Toujours rien. Il attendit encore, puis baissa la main. Allanon lui avait recommandé de recourir aux pierres en dernière extrémité. S'animaient-elles sous certaines conditions ?

Le désespoir revint au galop. D'évidence, l'emploi de ces pierres lui échappait.

Il tourna un regard vaincu vers ses amis.

— Tente autre chose ! s'écria Menion.

Désemparé, Shea frotta les pierres les unes contre les autres, puis il les secoua et les lança comme des dés. En vain. Il les ramassa sur le sol humide et les nettoya. Leur bleu profond l'inspirait. Il les étudia, fasciné, comme si toutes les réponses à ses questions s'y trouvaient.

— Tu devrais peut-être leur parler... avança Flick.

Le souvenir d'Allanon abîmé dans une intense contemplation s'imposa soudain à Shea. Pourquoi ne pas aborder le mystère des Pierres Elfiques sous un autre angle ?

Les gemmes sur sa paume ouverte, le Valombrien ferma les yeux et chercha *mentalement* le pouvoir dont ils avaient désespérément besoin. Du fond du cœur, il sollicita l'aide des pierres.

Des minutes angoissantes passèrent. Puis il rouvrit les yeux, les gemmes toujours dans sa main.

Ses compagnons retinrent leur souffle.

Soudain, les pierres devinrent d'un bleu si éclatant que les voyageurs titubèrent sous le choc, les mains aussitôt levées pour se protéger les yeux. Bouleversé par cette aura, Shea en laissa tomber son trésor. La lueur augmenta, éclairant le terrain comme le soleil n'avait jamais pu le faire. Puis la lumière passa du bleu profond à un bleu clair si éblouissant que les trois compagnons en furent comme hypnotisés. La lueur s'orienta soudain vers leur gauche, telle une balise lumineuse, et déchira la grisaille pour s'arrêter, à quelques milliers de pas d'eux, sur les premiers troncs tordus des Chênes Noirs...

Alors, la lumière disparut.

La brume et l'humidité reprirent aussitôt leurs droits.

Menion retrouva vite ses esprits. Il flanqua une claque amicale sur l'épaule de Shea, remit rapidement son sac à dos et examina la lisière redevenue invisible des Chênes Noirs.

Shea fourra les pierres dans sa bourse. Les Valombriens ramassèrent aussi leurs sacs et marchèrent dans la direction que la lumière leur avait indiquée, impatients d'atteindre la forêt. Ils ne sentaient plus le froid ni la pluie. Leur découragement oublié, il leur restait la conviction qu'ils quitteraient bientôt les basses terres.

Ils ne doutèrent pas un instant de ce que leur avaient indiqué les pierres. Les Chênes Noirs étaient la forêt la plus dangereuse des Terres du Sud. Mais en cet instant, comparée aux étendues de Clete, elle semblait un havre de paix et d'espoir.

Ils avancèrent. La brume disparut, révélant des troncs couverts de mousse dont les cimes se perdaient dans les nuées. Les trois amis s'arrêtèrent, levant des yeux enthousiastes sur les arbres géants, pourtant peu avenants. Les grands troncs aux racines profondes formaient une masse apparemment impénétrable. Ils étaient là depuis des siècles et y resteraient sans doute jusqu'à la fin des temps. Une vision impressionnante, même à la chiche lumière des basses terres.

Les jeunes gens sentirent la présence dans ces bois d'une force si incroyablement ancienne qu'elle forçait le respect. Comme s'ils allaient s'aventurer dans une époque révolue. Tout ce qui se dressait devant eux devait relever d'une légende antique, dangereuse et fascinante.

— Les pierres avaient raison... murmura Shea.

— Les Chênes Noirs... dit Menion, admiratif.

— Et nous voilà repartis ! soupira Flick.

Chapitre 6

Cette nuit-là, ils dormirent dans une clairière nichée au cœur des sous-bois touffus qui dissimulaient les terres désolées de Clete, à moins de cinquante pas à l'ouest. La brume s'étant levée dans la forêt, on apercevait les magnifiques cimes des arbres. Alors que les basses terres étaient un lieu sans vie, la forêt de chênes géants en fourmillait. Aux stridulations des insectes répondaient les cris des animaux nocturnes. Ravis après tant de silence, les voyageurs se détendirent pour la première fois depuis des jours. Mais le souvenir de leur première visite à ce paradis trompeur ne les quittait pas. Égarés, ils avaient failli finir dévorés par des loups. Sans parler des nombreux récits sur les voyageurs qui avaient tenté en vain la traversée de la forêt.

Pourtant, les jeunes gens se sentaient relativement en sécurité à la lisière des Chênes Noirs. Satisfaits, ils firent du feu. Le bois mort ne manquait pas et il était sec. Ils se déshabillèrent et pendirent leurs vêtements trempés sur un fil, près des flammes. Ils préparèrent un repas – le premier qui fût chaud depuis cinq jours –, et le dévorèrent. L'humus souple et lisse faisait un « lit » bien plus confortable que la terre détrempée de Clete. Allongés sur le dos, alors qu'ils regardaient onduler les cimes, la lueur vive du feu projeta dans le ciel des ombres qui donnèrent à la scène des allures d'autel éclairé au milieu d'un grand sanctuaire. La lumière dansait et scintillait sur l'écorce des arbres et la mousse verte qui la couvrait. De temps en temps, un insecte attiré par les flammes périssait dans un minuscule éclair. Ils captèrent une ou deux fois les mouvements d'un petit animal, à la lisière de la zone éclairée par le feu. À la faveur de l'obscurité, une bête des bois observait les intrus.

Menion roula sur le côté et dévisagea Shea.

— Quelle est l'origine du pouvoir de ces pierres ? Peuvent-elles exaucer n'importe quel souhait ? Je ne suis toujours pas sûr...

Il ne finit pas sa phrase. Avant de répondre, Shea réfléchit aux événements de la journée et s'avisa qu'ils n'avaient pas parlé des Pierres Elfiques depuis la providentielle vision des Chênes Noirs qu'elles leur avaient accordée.

Il jeta un coup d'œil à Flick, qui le dévisageait.

— Je ne pense pas avoir beaucoup de contrôle sur elles, avoua-t-il. J'ai plutôt eu le sentiment qu'elles avaient pris la décision... (Il s'interrompit.) Non, je ne crois pas que je les contrôle...

Menion hocha la tête et se rallongea. Flick se racla la gorge.

— Qu'importe ? Elles nous ont arrachés à ce territoire maudit, c'est l'essentiel !

Menion haussa les épaules.

— Savoir *quand* compter sur elles serait utile, tu ne crois pas ?

Il croisa les bras sous sa nuque, les yeux tournés vers les flammes. Mal à l'aise, Flick regarda tour à tour ses compagnons.

Songeur, Shea ne dit rien.

Le montagnard reprit vite la parole.

— Bon, au moins, on est arrivés jusque-là ! Maintenant, voyons ce qui nous attend !

Il s'assit et traça dans la poussière un croquis de la région. Shea et Flick se redressèrent aussi.

— Voilà où nous sommes, dit Menion, désignant le point qui représentait la lisière des Chênes Noirs. Du moins, je crois... Au nord se trouvent le marais des Brumes, et au-delà, le lac Arc-en-ciel, d'où la rivière Argentée part vers l'est et les forêts de l'Anar. La meilleure solution serait de prendre la direction du nord jusqu'à la lisière du marais des Brumes. Puis nous contournerons le marécage et nous quitterons les Chênes Noirs. De là, nous irons au nord jusqu'à la rivière Argentée, qui devrait nous conduire en Anar.

Du regard, il consulta ses compagnons, qui ne semblaient pas ravis.

— Qu'y a-t-il ? Ça nous permettrait de franchir les Chênes Noirs sans les traverser vraiment, nous épargnant ainsi bien des épreuves ! Pensez à ce qui a failli nous arriver, la dernière fois ! Avez-vous envie de retomber sur la meute de loups affamés qui doit encore rôder dans les parages ?

— Ta proposition a du bon, convint Shea, mais les récits qui circulent sur le marais des Brumes...

Théâtral, Menion porta une main à son front.

— Ciel ! Ne me dites pas que vous croyez à ces histoires de bonnes femmes sur le fantôme de la brume qui erre aux abords du marais, avide de dévorer les voyageurs égarés ?

— Ça te va bien de dire ça ! cracha Flick, exaspéré. Aurais-tu oublié ce que tu nous as raconté ? Selon toi, les Chênes Noirs étaient sans danger !

— Entendu, concéda le prince. Je ne prétends pas que cette région soit particulièrement sûre, ni que des créatures bizarres n'y rôdent pas. Mais personne n'a jamais vu le fantôme des marais, alors que les loups sont bien réels. Que préférez-vous ?

— J'imagine que ton plan est le meilleur, dit Shea, mais je préférerais que nous coupions vers l'est, par la forêt, afin d'éviter le plus possible le marais des Brumes.

— D'accord, répondit Menion, mais ça risque d'être difficile, puisque nous n'avons plus aperçu le soleil depuis trois jours. Il devient ardu de repérer l'est...

— Grimpe à un arbre, lâcha nonchalamment Flick.

— Un arbre... ? répéta Menion, abasourdi. Oh, mais où avais-je la tête ! Pourquoi n'y ai-je pas pensé plus tôt ? Escalader à mains nues deux cents pieds d'écorce humide couverte de mousse glissante ! Par moments, tu me coupes le souffle !

Il espéra que Shea le soutiendrait, mais le Valombrien se rangea dans le camp de son frère.

— Tu as apporté un équipement d'escalade ? demanda-t-il, stupéfait.

Flick hocha la tête. Shea lui flanqua une grande claque dans le dos.

— Des bottes spéciales, des gants et des cordes, annonça Shea à son ami. Flick est le meilleur acrobate de Valombre. Si quelqu'un peut vaincre un de ces géants, c'est lui !

Menion eut un regard dubitatif.

— Les bottes et les gants sont enduits d'une substance spéciale, dit Shea, qui leur permet d'adhérer à l'écorce, même humide ou couverte de mousse. Demain, il escaladera un de ces arbres et vérifiera la position du soleil.

Flick eut un sourire satisfait.

— Oh, merveille des merveilles ! soupira Menion. Si les moins intellectuels d'entre nous se mettent à réfléchir, nous irons loin !

Le matin, à leur réveil, il faisait encore noir, une pâle lueur rosée pointant à peine au sommet des arbres. De la lisière de la forêt, on voyait la brume monter des basses terres – toujours aussi sinistres. Il faisait froid dans les bois, mais l'air était sec et vivifiant.

Ils prirent un rapide petit déjeuner, puis Flick se prépara à s'attaquer à l'un des grands chênes. Il enfila les bottes et les gants que Shea avait enduits d'une substance pâteuse prélevée dans une flasque.

Menion les regarda sans mot dire. Sa curiosité se transforma en stupéfaction quand le robuste Valombrien saisit la base du tronc et, avec une agilité étonnante pour un homme de sa corpulence, s'éleva rapidement vers le sommet. Le rythme ralentit à mesure que Flick approchait des branches supérieures. Il disparut un moment dans le feuillage, puis redescendit vers ses compagnons.

Shea rangea l'équipement d'escalade et le petit groupe reprit sa route vers le nord-est. D'après la position du soleil repérée par Flick, ce cap leur ferait quitter la forêt quelque part à la lisière orientale du marais des Brumes. Menion estimait à un jour au plus la traversée de la forêt. Les trois compagnons, décidés à quitter les Chênes Noirs avant la tombée de la nuit, avancèrent d'un bon pas. Menion prit la tête, ses yeux d'aigle repérant le meilleur chemin. Mais dans l'obscurité, il devait se fier surtout à son sens de l'orientation. Shea le suivait et Flick fermait la marche, jetant de fréquents coups d'œil par-dessus son épaule.

Ils firent trois courtes pauses pour se reposer et manger. Bien qu'ils fussent peu diserts, leur humeur était meilleure que la veille. Le jour passa rapidement. Mais le crépuscule approcha et la forêt s'étendait toujours à perte de vue. Une brume grise se leva, différente de la veille. Loin d'avoir la légèreté du brouillard des basses terres, presque aussi épaisse que de la fumée, elle s'accrochait désagréablement aux corps et aux vêtements. On eût dit que des centaines de minuscules mains glacées tentaient d'entraver la progression des voyageurs. Tous les trois éprouvaient une répulsion instinctive pour le contact de la brume. Menion déclara qu'elle venait du marais : ils approchaient de la lisière de la forêt.

Le brouillard s'épaissit tant qu'ils ne voyaient rien à quelques pieds devant eux. Menion ralentit le pas. Les trois amis se rapprochèrent pour ne pas se perdre. La journée était si avancée que la forêt aurait été plongée dans les ténèbres, même sans la brume. Mais la muraille d'humidité en suspension interdisait toute orientation. Ils eurent l'impression de s'enfoncer dans des limbes. Seule la solidité du sol, sous leurs pieds, les reliait encore à la réalité... La visibilité baissa au point que Menion pria ses compagnons de s'attacher à lui avec une corde. Ainsi, ils ne seraient pas séparés. Conscient qu'ils étaient tout près du marais des Brumes, le prince tentait en vain de sonder les ténèbres, à la recherche de l'orée des bois.

Arrivé au bord du marécage qui longeait la lisière nord des Chênes Noirs, il s'en aperçut uniquement en s'enfonçant jusqu'aux genoux dans des eaux boueuses verdâtres. Il glissa sur la gadoue qui tapissait le fond et cria un avertissement à Flick et Shea pour leur éviter le même sort. Ses compagnons se hâtèrent de tirer sur la corde qui les reliait, le sauvant d'une mort certaine. Les eaux saturées de vase formaient une fine couche sur le limon qui, pour être moins expéditif que des sables mouvants, n'en enlisait pas moins ses proies. Tout être vivant pris dans ses rets était condamné à une mort lente et horrible. Depuis des temps immémoriaux, la surface immobile des eaux avait trompé nombre d'imprudents, les incitant à tenter la traversée. Leurs restes décomposés gisaient sous la surface faussement paisible.

Immobiles sur la rive, les voyageurs tremblaient d'horreur. Menion Leah frissonna au souvenir du contact de la boue sur son corps. Un pas de plus et il aurait rejoint des légions d'infortunés, au fond des marais. Un instant, ils crurent voir des morts défiler devant eux, semblables à des ombres.

— Que s'est-il passé ? demanda Shea. Nous aurions dû émerger des bois loin de ce marécage !

Menion leva la tête pour étudier leur nouvel environnement.

— Nous avons trop dévié vers l'ouest. Nous devrons longer le marécage vers l'est pour sortir de cette brume et de la forêt.

— Je ne veux pas camper ici ! s'exclama Flick. Je préfère marcher toute la nuit et même demain... Jusqu'au jour suivant s'il le faut !

Ils décidèrent de continuer à longer le marais des Brumes tant qu'ils n'aborderaient pas un territoire moins hostile, à l'est. Là, ils bivouaqueraient. Shea s'inquiétait d'être rattrapé en terrain découvert par les Porteurs du Crâne, mais la peur du marécage l'emporta sur ses angoisses. Il avait une seule idée en tête : s'en éloigner au plus vite. Les compagnons resserrèrent la corde autour de leurs tailles et repartirent en file indienne, les yeux rivés sur la piste à peine visible. Menion ouvrait la marche, multipliant les précautions pour éviter les racines et les herbes folles. À la lueur grise de la brume, leurs formes tourmentées semblaient presque vivantes. Par moments, le sol se transformait en une gadoue dangereusement semblable à celle du marécage. Alors, des détours s'imposaient.

Souvent, des arbres bloquaient le passage, leurs troncs penchés sur les eaux et leurs branches tristement inclinées, comme en l'attente d'un prédateur tapi au fond de la vase. Si les basses terres de Clete étaient une région à l'agonie, le marécage abritait une mort qui ne criait jamais gare avant de frapper. L'air froid et humide rappelait celui des basses terres, mais il s'y ajoutait un malaise indéfinissable, comme si la boue imprégnait la brume elle-même et torturait les voyageurs fourbus avec ses tentacules sans substance.

La brume tournoyait lentement. Pourtant, il n'y avait pas un souffle d'air. Aucune brise ne jouait entre les arbres desséchés.

Tout était d'une morne tranquillité.

Mais ce calme était celui de la mort, la véritable maîtresse de ce royaume.

Ils marchaient depuis une heure quand Shea s'avisa d'une anomalie. Cette intuition, sans raison précise, s'empara de lui jusqu'à devenir si forte qu'il n'eut plus qu'une idée en tête : savoir d'où venait le problème. Marchant en silence entre ses compagnons, il tendit l'oreille et examina les chênes et le marais avec une attention nouvelle. Très vite, il acquit une certitude terrifiante : ils n'étaient pas seuls. Dans la brume, on les observait.

Le jeune Valombrien en fut si épouvanté qu'il en perdit sa langue. Fou d'angoisse, il continua machinalement à mettre un pied devant l'autre, dans l'attente de l'inéluctable...

Toute sa volonté mobilisée, il se reprit assez pour s'arrêter, forçant ses compagnons à l'imiter.

Menion lui jeta un coup d'œil intrigué. Il allait parler quand Shea, un index posé sur les lèvres, lui fit signe de se tourner vers le marécage. Flick l'imita, averti par son sixième sens de la panique de son frère. Ils restèrent un long moment immobiles au bord du marais. Dans un silence oppressant, la brume avançait lentement au-dessus des eaux mortes.

— Je crois que tu t'es trompé, murmura Menion. Parfois, quand on est ivre de fatigue, on imagine des choses...

Shea secoua la tête.

— J'ai cru avoir perçu... Je ne sais pas...

— Un fantôme de brume ? railla Menion.

— Tu as peut-être raison, concéda Shea. Ce doit être la fatigue. Mon imagination me joue des tours ! Continuons. Plus vite nous serons sortis de là, mieux ce sera !

Ils repartirent, tous les sens en alerte. Rien ne se passa. Leurs pensées dérivèrent vers d'autres sujets...

Shea s'était persuadé d'avoir fait une erreur, victime de son imagination embrasée par le manque de sommeil, quand Flick cria.

Shea sentit aussitôt la corde se tendre et le tirer vers le marécage. Il perdit l'équilibre, incapable de voir ce qui se passait à cause de la brume. Un instant, il lui sembla apercevoir son frère, flottant plusieurs pieds au-dessus du marais, la corde toujours nouée à sa taille.

Puis Shea sentit la main glacée du marécage s'enrouler autour de ses chevilles...

Ils auraient peut-être péri tous les trois sans les réflexes de Menion. Au premier choc de la corde, il s'était cramponné à la seule chose capable de le retenir : un chêne si profondément enraciné dans le sol boueux que ses branches supérieures étaient à portée d'homme. Menion passa un bras autour de la plus proche et s'efforça de tirer ses compagnons vers lui. Enfoncé jusqu'aux genoux dans l'eau boueuse, Shea sentit la corde se tendre et se campa sur ses jambes pour joindre ses efforts à ceux de Menion. Flick poussait des hurlements de terreur, toujours suspendu dans les airs au-dessus du marécage. Menion et Shea lui crièrent de tenir bon. Soudain, la longueur de corde qui reliait Shea à son frère prit du mou. Le solide Valombrien émergea de la brume grisâtre, un tentacule verdâtre couvert d'algues enroulé autour de sa taille. Dans sa main droite, son couteau frappait sans relâche le prédateur. Shea tira de plus belle sur la corde pour aider son frère à se libérer.

Le tentacule lâcha prise et replongea, happé par la brume. Flick tomba...

Shea avait à peine sorti son frère du marécage, et détaché la corde, quand d'autres tentacules verdâtres jaillirent des ténèbres. Ils firent tomber Flick et prirent Shea par le bras gauche, l'entraînant vers la mort.

Il dégaina son couteau pour frapper le premier tentacule à sa portée. En se débattant, il aperçut une énorme créature, au fond du marécage, en partie dissimulée par l'obscurité et les eaux.

Deux autres tentacules emprisonnèrent de nouveau Flick, le tirant vers le marais. Shea se libéra de celui qui le retenait, le sectionnant d'un grand coup de couteau, puis il tenta d'atteindre son frère. Mais un tentacule enroulé autour de son mollet le fit tomber.

Sa tête heurtant une racine, il perdit conscience.

Une fois encore, ils furent sauvés par Menion.

Il jaillit des ténèbres et sa grande épée décrivit un arc de cercle pour sectionner le tentacule qui retenait Shea. Puis il vola au secours de Flick. Frappant les tentacules qui prétendaient l'entraîner, il libéra le Valombrien d'une série de coups précis. Les tentacules battirent en retraite dans la brume. Flick et Menion en profitèrent pour tirer Shea au sec avec eux. Avant qu'ils atteignent le couvert des grands arbres, les appendices verdâtres jaillirent de nouveau. Sans hésiter, Menion et Flick firent un bouclier de leurs corps à leur compagnon, toujours évanoui, et tailladèrent les tentacules. Les coups ne paraissaient pas affecter le monstre tapi dans le marais, qui revenait sans cesse à la charge. Menion se maudit de ne pas avoir eu la présence d'esprit de garder son arc à portée de main. Cribler de flèches un tel ennemi aurait été judicieux.

— Shea ! cria-t-il. Shea, reviens à toi ou nous sommes perdus !

Derrière le prince, son ami soupira.

— Debout, Shea ! supplia Flick, ses forces menaçant de l'abandonner.

— Les pierres ! cria Menion. Sers-toi des Pierres Elfiques !

L'esprit embrumé, Shea s'agenouilla. Mais un tentacule le renversa. Entendant Menion crier, il tâtonna à la recherche de son sac, qu'il avait lâché en se portant au secours de Flick.

Il l'aperçut, plusieurs pieds sur la droite, des tentacules ondulant au-dessus de lui. Menion comprit le danger au même instant et chargea avec un cri sauvage. Épée haute, il ouvrit une brèche pour ses compagnons. Flick le suivit, couteau au poing. Mobilisant sa volonté, Shea se remit debout avant de plonger sur le sac. Il esquiva les attaques de plusieurs appendices et fouilla dans ses affaires. Quand un tentacule lui saisit la jambe, il se débattit encore, refusant de s'avouer vaincu. Il y était presque ! Enfin, ses doigts se refermèrent sur la bourse, qu'il sortit du sac. Le coup assené par un tentacule la lui fit presque lâcher, mais il la serra contre sa poitrine et dénoua le cordon.

Tiré par les tentacules, Flick buta contre les jambes de Shea et tomba à la renverse. Seul Menion se dressait encore entre le monstre et eux, son épée tenue à deux mains.

Sans savoir comment elles y étaient venues, Shea vit les trois pierres bleues briller dans sa main. Il recula et se leva. Avec un cri de triomphe, il brandit les Pierres Elfiques dont la lumière bleue insoutenable déchira les ténèbres. Flick et Menion reculèrent à leur tour, une main devant les yeux. Les tentacules battirent en retraite. Puis la lumière des Pierres Elfiques déchira la brume comme un couteau coupe du beurre. Les compagnons la virent frapper avec une force inouïe le monstre qui les avait attaqués.

La lueur brilla avec l'intensité d'un soleil. Sous les gerbes de flammes bleues, l'eau bouillonna.

Puis la lueur et les flammes disparurent comme si elles n'avaient jamais existé. Lorsque la brume et l'obscurité furent revenues, les trois amis se retrouvèrent seuls dans les ténèbres du marécage.

Leurs armes rangées et leurs paquetages ramassés, ils battirent en retraite entre les grands chênes noirs.

Ils se laissèrent tomber au pied d'un chêne et inspirèrent à fond, heureux d'être en vie après ce cauchemar éveillé. Trempés de la tête aux pieds, Flick et Shea frissonnaient dans l'air glacial de la nuit.

Comprenant qu'ils devraient quitter le marécage au plus vite, Menion se leva d'un bond. Shea et Flick l'imitèrent avec moins de promptitude. Mais quelle direction prendre ? Le choix était simple : continuer à travers les Chênes Noirs, au risque de se perdre et d'attirer des hordes de loups, ou longer le marais et risquer de se frotter de nouveau au prédateur aux tentacules...

Aucune de ces perspectives ne les enchantait, mais la bataille contre le monstre du marécage était trop récente pour leur donner envie de recommencer. Ils décidèrent donc de rester dans les bois en suivant une trajectoire parallèle à la berge. Éreintés par des heures de marche, ils ne raisonnaient plus aussi clairement qu'au matin. Terrifiés par le monde étrange qu'ils traversaient, ils n'avaient plus qu'une hâte : quitter la forêt et se reposer enfin...

Ils en oublièrent de s'encorder.

Le voyage continua, Menion en tête, Shea au milieu et Flick fermant la marche. Ils avançaient avec détermination, stimulés par l'idée réconfortante d'aborder bientôt les plaines ensoleillées qui les conduiraient en Anar. La brume s'était un peu dissipée. Shea distinguait assez Menion pour le suivre. Mais par moments, la visibilité diminuait au point qu'il avait du mal à repérer sa silhouette. Le manque de sommeil n'arrangeait rien. Peu à peu, leur vue perdit de son acuité.

Des heures durant, ils avancèrent lentement dans la brume des Chênes Noirs, toute notion du temps et des distances irrémédiablement perdue. Mais s'en souciaient-ils encore ? Non, car ils marchaient comme des somnambules dans le silence éternel des chênes vénérables.

Puis le vent passa d'un murmure à un rugissement qui ébranla les esprits des voyageurs, vulnérables à ce nouvel envoûtement qui leur rappela la brièveté des jours, ceux d'hier comme ceux de demain, leur soufflant qu'ils étaient des créatures mortelles de peu d'importance et les poussant à se coucher et à se laisser emporter par le sommeil...

Ils luttèrent contre la tentation et s'acharnèrent à poser un pied devant l'autre.

Puis, relevant la tête, peut-être prévenu par son sixième sens, Shea fit une atroce découverte.

Menion avait disparu.

D'abord, il n'en crut pas ses yeux, car son esprit habituellement vif était embrumé par le manque de sommeil. Il continua d'avancer lentement en cherchant la silhouette du montagnard. Il s'arrêta, certain qu'ils avaient été séparés.

Sa volte-face manqua le jeter dans les bras de Flick. Ivre de fatigue, son frère le regarda sans comprendre. Son seul désir était de pouvoir enfin tomber comme une masse et dormir.

Dans la forêt, le vent ulula comme une bête féroce pendant que Shea appelait en vain le prince de Leah. Il continua, la voix rauque de peur et de désespoir. Sans résultat. Seul le vent mugissait entre les troncs et les branches.

Une fois, il crut entendre son nom et entraîna Flick vers l'endroit où avait selon lui retenti l'appel...

Il ne trouva rien !

Tombant à genoux, il s'acharna jusqu'à ce que sa gorge le trahisse.

Le vent moqueur finit par lui répondre qu'il avait perdu le prince de Leah.

Chapitre 7

Le lendemain, Shea se réveilla vers midi, étendu dans les herbes hautes. Un soleil de plomb lui brûlait les yeux à travers les paupières. Au début, il ne se souvint pas des événements de la veille, sinon qu'ils avaient été séparés de Menion dans les Chênes Noirs.

Les paupières gonflées de sommeil, il s'appuya sur un coude. Il était dans un champ, avec derrière lui la redoutable forêt des Chênes Noirs. Il avait donc réussi à en sortir avant de s'écrouler. Mais ses souvenirs étaient brumeux. Où avait-il trouvé la force de continuer à marcher ? Et comment avait-il repéré cette plaine ? Tout ce qu'il avait vécu la veille lui paraissait étrangement distant. Il se frotta les yeux et s'étira d'aise sous la chaude caresse du soleil, un air frais lui chatouillant les narines. Pour la première fois depuis des jours, les forêts de l'Anar cessèrent de lui paraître hors d'atteinte.

Soudain, de nouveau anxieux, il chercha son frère du regard. Il le repéra vite, encore assoupi à quelques pas de là. Il se leva, ramassa son sac et s'assura que la bourse aux Pierres Elfiques ne s'était pas volatilisée. Sac sur l'épaule, il rejoignit son frère et le secoua doucement. Flick grogna.

Shea dut insister avant qu'il ouvre un œil et pose sur lui un regard morne...

Puis il s'assit et examina les alentours.

— Nous avons réussi ! dit-il. Mais du diable si je me rappelle comment ! J'ignore ce que nous avons fait après avoir perdu Menion, sinon marcher jusqu'à ce que j'aie l'impression que mes jambes allaient se détacher de mon corps !

Shea lui flanqua une claque amicale dans le dos. Sa nonchalance lui inspirait de la gratitude : ils avaient traversé ensemble tant de moments difficiles ou dangereux. Et Flick trouvait encore le courage d'en plaisanter ! Il éprouvait un amour profond et sincère pour ce frère qui, même s'il n'était pas de son sang, lui était encore plus cher au vu de l'amitié sans faille qu'il lui témoignait.

— Oui, nous avons réussi, dit Shea. Et nous continuerons à condition que j'arrive à te persuader de te lever !

— La mesquinerie de certains individus est incroyable, marmonna Flick, faussement blessé.

Il se leva lourdement.

— Et Menion ?

— Nous l'avons perdu... J'ignore où...

Flick détourna le regard devant la morosité de son frère, peu enclin à admettre que la perte du prince des montagnes était une grave déconvenue. Alors qu'il lui devait la vie, il éprouvait toujours une méfiance instinctive pour l'héritier de Leah. Et ce n'était pourtant pas une dette que Flick oublierait aisément. Après réflexion, il posa une main rassurante sur l'épaule de son frère.

— Ne te ronge pas les sangs, Shea ! On le retrouvera, probablement au moment où on aura le plus besoin de lui !

Shea acquiesça. Puis la conversation roula sur la tâche qui les attendait. Le mieux serait de voyager vers le nord jusqu'à la rivière Argentée qui se jetait dans le lac Arc-en-ciel, puis de remonter en amont en direction de l'Anar. Avec un peu de chance, Menion suivrait aussi la rivière et les rattraperait en quelques jours. Son expérience de la forêt lui permettrait de sortir des Chênes Noirs et de retrouver leurs traces. Shea n'était pas enthousiaste à l'idée de laisser son ami en arrière, sans certitude sur son sort, mais il savait que toute tentative de recherches dans les Chênes Noirs les conduirait inévitablement à leur perte. De plus, les risques qu'ils courraient si les Porteurs du Crâne les localisaient seraient sans doute pires que tous ceux que Menion affronterait au fond des bois...

Les Valombriens étaient condamnés à aller de l'avant.

Ils traversèrent d'un pas vif la plaine verte et paisible, espérant atteindre la rivière Argentée à la tombée de la nuit. L'après-midi était déjà avancé, et ils n'avaient aucun moyen d'estimer la distance qui les séparait encore de la rivière. Avec le soleil comme point de repère, ils se sentaient plus en confiance que dans les profondeurs de la forêt, où leur sens de l'orientation, dont ils avaient été forcés de dépendre, les avait trahis. Ils parlaient sans retenue, encouragés par une lumière qui leur avait tant manqué ces derniers jours, et par le soulagement d'être encore en vie après leurs mésaventures du marais des Brumes. De petits animaux et des oiseaux s'égaillaient à leur passage. À la lumière rasante de la fin d'après-midi, Shea crut même apercevoir la silhouette voûtée d'un vieillard – très loin vers l'est. Mais à cette distance, il n'aurait pu jurer de rien. Peu après, il conclut à une illusion d'optique. Flick n'ayant rien remarqué, ils oublièrent rapidement l'incident.

Au crépuscule, ils aperçurent un long ruban scintillant, au nord. La rivière Argentée, source du lac Arc-en-ciel à l'ouest, et sujet d'innombrables récits épiques échangés au coin du feu. On parlait d'un roi de la rivière Argentée, sa richesse et sa puissance défiant l'imagination, mais dont le seul souci était la protection des eaux et leur libre accès. Les voyageurs le rencontraient rarement, disait-on. Il venait toujours en aide aux malheureux, mais punissait ceux qui osaient violer son domaine.

En découvrant la rivière, Shea et Flick s'émerveillèrent de sa beauté. Ses eaux avaient des reflets argentés – d'où son nom. Quand ils atteignirent la rive, le crépuscule empêcha les Valombriens de voir si elles étaient aussi pures qu'on l'assurait. Ils en puisèrent un peu et se désaltérèrent avec ravissement.

Ils découvrirent une clairière, sur la rive sud, nichée entre des érables centenaires. Le bivouac idéal. De nouveau fatigués – mais beaucoup moins que la veille –, ils se prononcèrent contre une marche de nuit sur ces terres découvertes. De plus, ils avaient pratiquement épuisé leurs provisions. Après le repas, il leur faudrait chasser pour les reconstituer. Ce n'était pas réjouissant avec, pour seules armes, des couteaux de chasse peu pratiques pour le gibier sauvage. Hélas, leur unique arc avait disparu avec Menion. Ils mangèrent leurs derniers vivres sans faire de feu pour ne pas risquer d'attirer l'attention, car la lune était à demi pleine et la nuit sans nuages.

Leur repas achevé, Shea se tourna vers son frère.

— As-tu réfléchi à ce voyage et à notre fuite ? Savons-nous vraiment ce que nous faisons ?

— Ça te va bien de me demander ça ! grommela Flick.

— Je sais, c'est un peu bizarre. Mais j'essayais de justifier tant d'efforts et de sacrifices, et ça n'est pas facile ! Je comprends les avertissements d'Allanon sur les dangers qui guettent les héritiers de l'Épée. Mais à quoi bon courir se cacher en Anar ? Brona doit vouloir autre chose que l'Épée de Shannara, sinon, il ne ferait pas autant d'efforts pour traquer les héritiers de la maison elfique. Que désire-t-il au juste ? Comment le savoir ?

Haussant les épaules, Shea jeta un caillou dans la rivière. À cause de son esprit embrumé, il était incapable de trouver une réponse sensée.

— Peut-être cherche-t-il davantage de pouvoir, avança-t-il. N'est-ce pas le cas de tous ceux qui en ont un peu ? Les ambitieux veulent toujours plus. C'est bien connu.

— Sans doute, dit Shea, mal à l'aise...

L'amour du pouvoir était précisément l'origine de la fameuse « mosaïque des espèces »... Mais le dernier conflit racial remontait à un passé lointain. Depuis, la création de communautés séparées avait permis de préserver la paix. Une solution peut-être lacunaire, mais efficace.

Shea se tourna vers Flick.

— Que ferons-nous une fois à destination ?

— Allanon nous le dira, répondit son frère – non sans hésiter.

— Allanon ne nous dictera pas toujours notre conduite. Et je ne suis pas plus convaincu que toi qu'il nous ait dit la vérité à son sujet...

Flick hocha la tête au souvenir de sa rencontre avec le géant, qui l'avait secoué comme une poupée de chiffon. Son comportement était celui d'un homme habitué à ne pas être contrarié. Et quand le Porteur du Crâne les avait presque découverts... Flick frémit de plus belle et dut admettre qu'Allanon lui avait sauvé la vie.

— Je ne suis pas sûr de vouloir connaître la vérité sur tout ça, murmura Flick. J'ignore si je comprendrais tout...

Étonné par cette confession, Shea admira les eaux de la rivière qui scintillaient au clair de lune.

— Nous sommes probablement des gens de peu d'importance aux yeux d'Allanon, dit-il. Mais dorénavant, je refuse d'agir sans une bonne raison !

— Peut-être ne serait-ce pas plus mal, approuva Flick. Cela dit...

Il ne finit pas sa phrase. Shea décida de s'en tenir là. Les deux frères s'allongèrent et s'endormirent rapidement, leurs esprits dérivant dans le monde des songes. Dans cette dimension fantasmatique, ils allaient affronter de nouveau les angoisses du passé et celles du futur et les vaincre – peut-être – dans le secret de leur âme...

Malgré les bruissements rassurants de la vie, autour d'eux, et le murmure apaisant de la rivière Argentée, une terreur mortelle se faufila dans leurs rêves. Elle envahit leur univers mental et les nargua de son sourire haineux. Les dormeurs s'agitèrent dans leur sommeil, incapables de chasser l'intruse sans substance tapie en eux.

Ce fut peut-être cette ombre inquiétante qui les tira en sursaut de leur sommeil.

Toute idée de se reposer les abandonna quand ils sentirent autour d'eux la menace qui manquait chaque fois les faire basculer dans la folie. Ils l'identifièrent aussitôt. N'osant plus remuer un cil, affolés, ils tendirent l'oreille, les nerfs à vif.

Le temps passa, et rien n'arriva. Pourtant, ils *savaient*... Ils *les* guettaient, muets d'horreur. Et ils *les* entendirent enfin. Les battements d'ailes du Porteur du Crâne !

Les yeux levés, ils virent la silhouette planer avec grâce vers la rivière. Arrivée des basses terres, elle volait en direction de leur cachette.

Pétrifiés, les Valombriens, incapables de penser et encore moins de réagir, regardèrent la créature approcher. Peu importait qu'elle ne les ait pas encore vus, voire qu'elle ignore leur présence. C'était une question de secondes. Ils n'avaient plus le temps de fuir ou de se cacher. Aucun espoir d'échapper au monstre ! La bouche desséchée, Shea se rappela soudain les Pierres Elfiques, mais un étrange engourdissement s'était emparé de lui.

Paralysé, il attendit la fin.

Par miracle, elle ne vint pas. À l'instant où le serviteur du Roi-Sorcier allait repérer ses proies, un éclair, sur l'autre rive, détourna son attention. La créature vira sur l'aile, s'éloignant des jeunes gens pour suivre la lumière – qui semblait avancer. Si le monstre espérait s'emparer de ses proies, il en fut pour ses frais. Il y eut un nouvel éclair, très bref. Furieuse, la créature plongea sur l'autre berge. La mystérieuse lueur reparut à l'intérieur des terres, comme pour défier le prédateur de la capturer.

Les deux frères, tapis dans les ténèbres, regardèrent le monstre s'éloigner jusqu'à ce qu'ils le perdent de vue.

Ils restèrent longtemps sans réaction. Une fois de plus, la mort les avait frôlés de son aile noire. Et ils avaient réussi à l'éviter.

Le souffle court, ils écoutèrent les stridulations des insectes et les cris des petits animaux nocturnes, qui s'étaient tus à l'approche du monstre volant. Après quelques minutes, ils respirèrent de nouveau, échangeant un regard de soulagement incrédule. Une fois encore, la créature s'était détournée d'eux. Pourquoi ?

Avant qu'ils puissent en parler, la mystérieuse lumière aperçue sur l'autre rive réapparut sur une butte, plusieurs pas derrière eux. Elle disparut, puis brilla de nouveau, plus proche. Éberlués, Shea et Flick la regardèrent gagner du terrain en zigzaguant.

Soudain, la silhouette d'un grand vieillard courbé par l'âge se matérialisa devant eux. L'homme portait des vêtements de forestier. Il arborait des cheveux argentés et une longue barbe blanche proprement coupée et peignée. À cette distance, l'étrange lumière, dans sa main, brillait avec un éclat soutenu. Pourtant, il n'y avait pas trace de flamme. Soudain dissipée, la lumière céda la place à un objet cylindrique.

Le vieillard sourit aux jeunes gens.

Shea sentit confusément que cet homme étrange méritait tout le respect du monde.

— La lumière, dit-il enfin. Comment... ?

— Le jouet d'un peuple disparu depuis des éons, répondit l'homme d'une voix sifflante. Disparu comme la créature maléfique, là-bas...

Il désigna la direction prise par le Porteur du Crâne. Intrigué, Shea ne sut quelle contenance adopter.

— Nous voyageons vers l'est ! lança soudain Flick.

— Vers l'Anar... dit le vieillard.

Il hocha la tête. Ses yeux aux paupières ridées étudièrent soigneusement les deux frères. Puis il passa devant eux pour gagner la rive, les invitant à le suivre et à s'asseoir au bord de l'eau. Shea et Flick obéirent sans hésiter, faisant d'instinct confiance à leur étrange sauveur.

Dès qu'ils furent assis, une curieuse torpeur s'empara d'eux. Leurs paupières se baissèrent toutes seules.

— Dormez, jeunes gens ! Votre voyage en sera écourté.

La voix se fit plus impérative dans l'esprit des deux frères. Résister étant impossible, ils s'étendirent sur la berge. L'homme debout devant eux se métamorphosa lentement. À travers leurs paupières mi-closes, ils le virent rajeunir, ses vêtements se transformant...

Shea tenta de rester éveillé pour comprendre. En vain. Les deux frères sombrèrent dans un profond sommeil.

Se souvenant des jours heureux, dans le paisible hameau qu'ils avaient quitté si précipitamment, ils se promenèrent dans la forêt de Duln et nagèrent dans les eaux fraîches de la rivière Rappahalladran, oubliant leurs peurs en un clin d'œil. Ils foulèrent les collines boisées et les vallons avec une sensation de liberté qu'ils n'avaient jamais connue. En rêve, ils eurent le sentiment de découvrir pour la première fois les plantes et les animaux, trouvant une importance nouvelle à toutes les créatures vivantes, fussent-elles minuscules. Ils dérivèrent sur les ailes du vent, sensibles à la fraîcheur de la terre et aux incomparables beautés de la vie dans la nature. Tout y était un kaléidoscope de couleurs et d'odeurs. Les seuls bruits qui atteignaient leurs esprits fatigués étaient ceux – tellement paisibles – de la campagne. Oubliés les jours éreintants à travers les sinistres basses terres de Clete, ces mornes heures grisâtres à marcher sur l'échine d'une terre à l'agonie... Oubliées les ténèbres des Chênes Noirs où les arbres géants leur cachaient le ciel et le soleil. Le souvenir du fantôme de brume s'effaça comme celui du Porteur du Crâne. Un long moment, les jeunes Valombriens évoluèrent dans un univers vierge des appréhensions et des soucis du monde réel. Le temps lui-même devenait un symbole annonciateur d'une paix infinie, tel un arc-en-ciel à la fin de l'orage...

Combien d'heures dérivèrent-ils ainsi, bienheureux, dans le monde des rêves ? Que leur arriva-t-il vraiment au cours de cette errance onirique ?

À leur réveil, ils surent aussitôt qu'ils n'étaient plus au bord de la rivière Argentée. Tout était nouveau, différent et empreint d'un délicieux sentiment de sécurité.

Quand il rouvrit les yeux, Shea découvrit de petites silhouettes penchées sur lui avec une touchante sollicitude. Puis une grande ombre se détacha du groupe pour poser une main étrangement familière sur l'épaule de Shea.

— Flick ? cria Shea, inquiet, en se frottant les yeux pour tenter de distinguer les traits de la silhouette encapuchonnée.

— Tu es en sécurité, Shea, dit une belle voix de basse. En Anar !

Le jeune Valombrien cligna des yeux et fit mine de se lever. La main le repoussa doucement. Shea découvrit son frère près de lui. Visiblement, il avait du mal à retrouver ses esprits. Les petits hommes étaient des nains, Shea les reconnut au premier coup d'œil. Se tournant vers l'homme accroupi près de lui, il remarqua sur son bras une cotte de mailles brillante qui couvrait également le dos de la main qui lui tenait l'épaule...

Alors il comprit que le voyage était terminé.

Ils avaient trouvé Culhaven et Balinor.

Pour Menion Leah, la dernière partie de l'excursion fut loin d'être aussi aisée. En comprenant qu'il était séparé de ses compagnons, il avait failli céder à la panique. Comment les Ohmsford parviendraient-ils par leurs propres moyens à sortir des Chênes Noirs ? Il les avait appelés en vain, au risque de se casser la voix en titubant dans les ténèbres. Dans ces conditions, des recherches étaient vouées à l'échec. Épuisé, il avait repris sa marche vers les basses terres qui s'étendaient de l'autre côté des Chênes Noirs. Le jour, il retrouverait ses compagnons. Cette pensée le soutenait et le consolait. S'attardant plus longtemps que prévu dans la forêt, il en sortit alors que l'aube allait poindre. La prairie atteinte, il s'effondra sur l'herbe.

Sans le savoir, il se trouvait un peu au sud de la clairière où les deux frères dormaient. À bout de forces, il s'était étendu dans les hautes herbes et endormi comme une souche...

À son réveil, il lui sembla avoir dormi très longtemps. En réalité, quelques heures étaient passées depuis que les deux frères avaient repris leur chemin vers la rivière Argentée. Pensant être très au sud de l'endroit où le groupe se dirigeait dans les Chênes Noirs, Menion décida de marcher vers le nord et de repérer la piste empruntée par ses compagnons. Sinon, il lui faudrait envisager la possibilité qu'ils soient toujours perdus dans les bois...

Son sac sur le dos, son arc et son épée en bandoulière, le prince reprit la direction du nord à bonne allure. Les dernières heures de jour passèrent rapidement alors qu'il cherchait des traces. Le crépuscule était presque tombé quand il repéra enfin des empreintes. La piste remontait à quelques heures et il y avait au moins deux voyageurs... À part ça, rien ne prouvait qu'il s'agissait bien de ses amis. Menion continua néanmoins, espérant les rattraper avant leur bivouac. Les Porteurs du Crâne les chercheraient aussi. Il chassa ses angoisses. Ces monstres n'avaient aucune raison de faire le lien entre sa présence et celle des Valombriens. Pour voler au secours de ses amis, de toute façon, il n'avait pas le choix. Il courrait le risque – un risque calculé.

Peu après, alors que le soleil sombrait à l'horizon, Menion aperçut une silhouette à l'est, dans la direction opposée à la sienne. Il l'appela. L'individu sursauta, alarmé par l'apparition du prince, et voulut s'éloigner. Menion le prit en chasse en criant qu'il ne lui voulait aucun mal et le rattrapa bientôt. Il s'agissait d'un colporteur d'ustensiles de cuisine qui circulait entre les villages isolés des basses terres. L'homme, déjà effrayé par la poursuite, fut terrifié à la vue du solide gaillard qui l'abordait ainsi. Menion se hâta de le rassurer, répétant qu'il ne lui voulait pas de mal ; il cherchait deux amis, dont il avait été séparé en traversant les Chênes Noirs. Il aurait difficilement pu s'y prendre plus mal : le colporteur en déduisit que l'étranger était fou à lier !

Menion envisagea de préciser qu'il était le prince de Leah, mais il se ravisa. Le colporteur consentit enfin à lui révéler qu'en début d'après-midi, il avait aperçu deux voyageurs correspondant à la description. Le prince se demanda si l'homme, poussé par la peur, avait tout inventé. Il lui souhaita pourtant une bonne soirée en le quittant. Ravi de s'en tirer à si bon compte, le colporteur ne se fit pas prier pour filer.

Menion constata qu'il faisait trop sombre pour continuer à remonter la piste. Cherchant où dresser son camp, il trouva deux pins dont la base formait un abri convenable, et s'y installa, sondant avec inquiétude le ciel, assez clair pour permettre à une créature venant du nord de repérer aisément un voyageur... Il espéra que ses amis avaient eu le bon sens de se dissimuler. une fois son sac et ses armes posés près de lui, il s'installa à l'abri des branches inférieures. Affamé, il dévora le reste de ses provisions. Les Valombriens aussi seraient bientôt à court de nourriture. Maudissant la malchance qui les avait séparés, il s'enroula dans sa couverture et s'endormit rapidement, l'épée de Leah dégainée et à portée de main.

Ignorant ce qui s'était passé plus loin au sud pendant qu'il dormait, Menion Leah se réveilla avec un nouveau plan à l'esprit. S'il coupait à travers la campagne, vers le nord-est, il rattraperait plus facilement les Valombriens. Ils suivraient à coup sûr la rivière Argentée, qui s'enfonçait vers l'est dans les forêts de l'Anar. Donc, il les croiserait plus loin en amont. Abandonnant la piste repérée la veille, Menion reprit sa route vers l'est. Parvenu à la rivière, s'il ne trouvait pas trace de ses amis, il descendrait à leur rencontre. Il espérait aussi débusquer une proie pour son dîner.

Il chantonna et siffla en marchant, ravi à l'idée de rejoindre ses camarades. Il imagina l'expression incrédule qu'aurait Flick en le voyant revenir. Ses longues enjambées avalaient sans peine la distance, c'était la moindre des choses pour un forestier et un chasseur expérimenté.

Ses pensées revinrent aux événements des derniers jours. Que fallait-il en conclure ? Il savait peu de chose sur l'histoire des Grandes Guerres, le règne du Conseil des druides et la mystérieuse apparition du Roi-Sorcier, suivie par sa défaite grâce à l'alliance de trois nations. Mais ce qui l'ennuyait était d'ignorer la légende de l'Épée de Shannara, cette arme restée tant d'années un symbole de liberté conquise par l'héroïsme. Maintenant, c'était l'héritage d'un orphelin inconnu, mi-humain mi-elfe. L'idée lui paraissait si ridicule qu'il n'arrivait pas à imaginer Shea dans ce rôle. Mais il se doutait qu'il manquait quelque chose au puzzle. Un élément si fondamental que, faute de le connaître, les trois amis étaient comme des feuilles ballottées au vent...

Menion avait aussi conscience de ne pas s'être embarqué dans cette aventure par pure amitié. À cet égard, Flick n'avait pas entièrement tort... Et il se demandait encore pourquoi il s'était laissé entraîner dans ce voyage. Il savait qu'il n'était pas à la hauteur de son rôle de prince de Leah. *Primo*, il ne portait pas assez d'intérêt à son peuple et ne brûlait pas d'envie de mieux le connaître... *Secundo*, il n'avait jamais tenté d'imaginer comment gouverner avec équité dans une société où la parole du monarque avait force de loi. Pourtant, il avait le sentiment d'être, à sa façon, un homme aussi valable que les autres. Shea le respectait et le considérait comme un modèle. Certes... Mais pour l'instant, sa vie avait surtout consisté en une longue suite d'équipées sauvages sans intérêt profond.

Les plaines des basses terres cédèrent la place à un paysage désolé de collines et de ravins qui ralentirent sa progression, rendant le périple dangereux par endroits. Menion chercha un terrain moins accidenté, mais le manque de visibilité, même sur les plus hautes buttes, rendait la tâche difficile. Il avança, se morigénant d'avoir continué dans cette direction. Laissant ses pensées vagabonder, il revint rapidement à la réalité en entendant une voix humaine qu'il écouta attentivement... sans rien découvrir de plus. Il mit l'incident sur le compte du vent ou de son imagination. Mais peu après, il capta de nouveau une voix de femme qui chantait doucement... Il pressa le pas. Ses oreilles lui jouaient-elles des tours ?

La voix mélodieuse devint de plus en plus audible. Bientôt, le chant emplit l'air d'une mélodie joyeuse et insouciante qui trouva un écho dans l'âme du montagnard, le poussant à se montrer aussi libre que la musique. En transe, souriant de toutes ses dents aux images que la chanson lui inspirait, il continua.

Dans un coin de son cerveau, il se demanda vaguement ce qu'une femme venait faire dans ces terres désolées, à des lieues de toute civilisation. Mais la joyeuse mélodie dissipa tous ses doutes.

Menion dénicha la chanteuse au sommet d'une butte un rien plus haute que les autres. Assise sous un arbrisseau tordu aux longues branches noueuses qui rappelaient des racines de saule, une superbe jeune femme, apparemment à l'aise dans cet environnement, chantait gaiement. À l'évidence, elle se souciait comme d'une guigne d'attirer des prédateurs ou des malfaisants.

Sans chercher à se dissimuler, Menion vint se présenter tout naturellement à la belle, s'arrêtant à quelques pas. Ému par sa fraîcheur et sa jeunesse, il lui fit un sourire, qu'elle lui rendit sans faire mine de se lever ni de le saluer.

Elle chantait toujours sa mélodie guillerette. Le prince de Leah ne s'approchant pas, elle lui fit signe de venir s'asseoir à côté d'elle, sous l'arbre à la forme étrange.

À cet instant, un instinct profondément enfoui en lui s'éveilla. Un sixième sens rétif au charme de la chanson exigea de savoir pourquoi cette jeune femme priait un inconnu animé d'on ne savait quelles intentions de venir s'asseoir près d'elle.

Il n'y avait pas d'autre raison à sa subite méfiance que celle, instinctive, du chasseur face à tout élément qui ne semble pas à sa place dans la nature.

Le montagnard s'arrêta net. À cet instant, la jeune femme et sa chanson disparurent. Menion se retrouva seul, face à l'arbre étrange qui dominait la butte désolée.

Il hésita, n'en croyant pas ses yeux. Puis il tenta de battre en retraite. Mais le sol s'ouvrit sous ses pieds, vomissant un entrelacs de racines noueuses qui s'enroulèrent autour de ses chevilles. Il recula, s'efforçant de se dégager. La situation était presque comique. Mais en dépit de tous ses efforts, se débarrasser des racines se révéla impossible. La bizarrerie de la scène atteignit son apogée quand l'arbre *avança*, ses racines-membres tendues vers l'humain. Leur extrémité était hérissée de minuscules aiguilles. Arraché à sa torpeur, Menion lâcha son sac et son arc pour dégainer son épée. La jeune chanteuse était une illusion destinée à attirer les proies à proximité de l'arbre !

Il entreprit de couper les racines qui emprisonnaient ses jambes, mais c'était un travail de longue haleine. Comme elles étaient enroulées trop étroitement autour de ses mollets et de ses cuisses, il ne pouvait pas les sectionner à grands coups.

Menion sentit la panique le gagner quand il comprit qu'il n'arriverait peut-être pas à se libérer à temps. Se forçant au calme, il défia du regard son adversaire végétal, qui était presque sur lui.

Quand il fut à sa portée, il trancha à grands coups d'épée plusieurs racines-membres. L'arbre recula, frissonnant de douleur. S'il voulait avoir une chance de vaincre, Menion comprit qu'il devrait toucher le centre nerveux du végétal dès la prochaine attaque. L'arbre en décida autrement : ramenant vers lui ses racines, il les tendit une par une vers sa proie, l'arrosant d'une pluie de minuscules aiguilles. Beaucoup le ratèrent et d'autres rebondirent, inoffensives, sur l'épais tissu de sa tunique ou sur ses bottes. Mais certaines se fichèrent dans ses mains ou sur son visage, et lui valurent une étrange sensation de picotement. Menion voulut les arracher, mais elles se brisèrent entre ses doigts, la pointe restant dans sa chair. Sentant une torpeur étrange s'emparer de lui, il comprit que les aiguilles contenaient une drogue ou un poison destiné à endormir la victime.

Le prince lutta contre l'engourdissement. Un combat perdu d'avance. Tombé à genoux, à bout de forces, il se prépara à mourir.

L'arbre avait gagné.

À sa grande surprise, Menion vit son vainqueur hésiter et reculer, ses membres de nouveau enroulés, comme en prélude à une nouvelle attaque. Des pas lourds résonnèrent derrière le prince, qui ne put tourner la tête pour voir qui approchait. On lui ordonna d'un ton sec de ne pas bouger. L'arbre se prépara à frapper. Un instant avant qu'il lâche ses projectiles, une massue s'abattit sur lui. Sous l'impact, le végétal tomba à la renverse. Bien que blessé, il tenta de se relever. Menion entendit derrière lui le pincement d'une corde d'arc. Une flèche à l'empennage noir se ficha dans le tronc. Les racines entortillées autour des jambes de Menion lâchèrent prise puis s'enfoncèrent dans l'humus.

L'arbre trembla et ses « membres » expédièrent à la ronde une nouvelle pluie d'aiguilles. Puis il s'affaissa lentement et s'immobilisa sur un dernier spasme.

Encore engourdi par le poison des aiguilles, Menion sentit les mains de son sauveur le saisir par les épaules et le pousser face contre terre tandis qu'il sectionnait les quelques racines toujours enroulées autour de ses pieds. Il leva les yeux vers l'inconnu : un nain puissamment bâti qui portait les vêtements vert et marron de forestier que son espèce affectionnait. Il était grand, pour un nain – un peu plus de cinq pieds – et plusieurs armes pendaient à sa ceinture.

Il regarda Menion et secoua la tête, l'air ébahi.

— Vous devez être un étranger pour faire un truc aussi stupide ! Personne de sensé ne s'approcherait ainsi des sirènes.

— Je viens de Leah... à l'ouest, haleta Menion.

— Un montagnard ! J'aurais dû m'en douter ! (Le nain éclata de rire.) Bon, ne vous en faites pas, vous serez remis dans quelques jours. Ce poison ne vous tuera pas si nous vous soignons, mais vous resterez inconscient un bon moment.

Le nain se tourna pour récupérer sa massue. Menion mobilisa ses dernières forces pour attraper au vol l'ourlet de sa tunique.

— Je dois aller... en Anar... à Culhaven... Amenez-moi à Balinor...

Le nain s'arrêta et se retourna, mais le jeune homme s'était évanoui.

En grommelant, le forestier récupéra ses armes et celles de l'étranger. Puis, avec une force surprenante, il le souleva et le hissa sur ses épaules.

Il partit d'un pas vif et s'enfonça dans les forêts de l'Anar sans cesser de marmonner.

Chapitre 8

Assis paisiblement sur un banc de pierre, sur une des terrasses les plus élevées des magnifiques parcs de Meade, à Culhaven, Flick Ohmsford avait une vue splendide sur les extraordinaires jardins installés à flanc de colline. Chaque niveau était délimité par une barrière en pierre taillée, le tout évoquait une cascade en pente douce. La création de ces jardins, sur une colline autrefois désolée, était un remarquable exploit. Grâce aux terreaux spéciaux importés de régions plus fertiles, des milliers de plantes et de fleurs poussaient toute l'année sous le climat tempéré de l'Anar inférieur. Les couleurs étaient incroyables. Les comparer à celles d'un arc-en-ciel serait revenu à sous-estimer leur variété. Essayant de recenser les différentes nuances, le Valombrien fut vite découragé. Il se concentra sur la clairière, au pied des jardins, où des nains vaquaient à leurs occupations.

À ses yeux, c'étaient des êtres étranges qui travaillaient dur et menaient une vie très organisée. Leurs activités étaient si planifiées que Flick lui-même, à l'esprit pourtant si prudent, était ébahi par le temps consacré aux préparatifs. Mais les nains étaient amicaux et toujours prêts à rendre service, une qualité appréciée des Valombriens, qui se sentaient un peu perdus dans ces lieux inconnus.

À Culhaven depuis deux jours, ils n'avaient toujours pas appris ce qui leur était arrivé, pourquoi ils étaient là et combien de temps ils y resteraient. Balinor ne leur avait rien précisé, avouant qu'il en savait très peu lui-même. Mais tout serait révélé en temps et en heure. Une dérobade que Flick trouvait mélodramatique. Allanon ne s'était pas montré... Pire, ils n'avaient aucune nouvelle de Menion, et on leur avait interdit de quitter le village.

Flick voulut savoir si son garde du corps personnel était toujours là, et il le repéra rapidement. Son ange gardien ne le quittait pas des yeux. Shea s'était indigné de cette mesure, mais Balinor avait souligné qu'il fallait quelqu'un près d'eux à tout moment, au cas où les créatures du Nord tenteraient de nouveau de les tuer. Flick avait capitulé, se souvenant trop bien de leurs rencontres avec le Porteur du Crâne...

L'apparition de Shea sur le chemin qui serpentait entre les jardins le détourna de ses sombres pensées.

— Des nouvelles ? lança-t-il dès que son frère se fut assis près de lui.

— Aucune, répondit Shea.

Il se sentait de nouveau épuisé malgré les deux jours qu'il avait eus pour se reposer du voyage.

Pleins de sollicitude, les nains semblaient s'intéresser réellement à leur bien-être. Mais personne ne leur avait donné de précisions sur ce qui arriverait ensuite. Tous, Balinor compris, paraissaient attendre... quoi ? L'arrivée d'Allanon, peut-être ?

Balinor n'avait pas su expliquer comment ils s'étaient retrouvés en Anar. Alerté par une mystérieuse lumière, il les avait trouvés endormis sur la berge d'une rivière, aux abords de Culhaven, et les avait amenés au village. Il ignorait tout du vieillard qu'ils avaient rencontré et de la façon dont ils avaient parcouru le chemin. Quand Shea mentionna les légendes du roi de la rivière Argentée, Balinor haussa les épaules, puis admit sans conviction que tout était possible.

— Aucune nouvelle de Menion ? demanda Flick.

— Non. Les nains sont toujours à sa recherche, mais ça risque de prendre du temps. J'ignore que faire, maintenant.

Pour Flick, cela résumait à merveille leur aventure. Ils auraient même pu adopter cette phrase pour devise ! Il regarda au pied des jardins de Meade, où un petit groupe de nains armés jusqu'aux dents s'était réuni autour de Balinor. De leur position, les Valombriens virent qu'il portait toujours une cotte de mailles sous son long manteau de chasse.

Balinor parla un long moment avec les nains, l'air pensif. Shea et Flick savaient peu de chose sur le prince de Callahorn, mais les habitants de Culhaven lui témoignaient un grand respect. Menion aussi le tenait en estime. Son pays natal, le royaume situé à l'extrême nord des Terres du Sud, était souvent appelé les terres frontalières. Une zone tampon avec les territoires situés à la pointe sud des Terres du Nord. Les habitants de Callahorn étaient surtout des humains. À l'inverse de beaucoup de leurs congénères, ils se mêlaient aux autres espèces et ne pratiquaient pas une politique isolationniste. La Légion Frontalière, une armée très respectée, était basée dans ce pays, sous le commandement de Ruhl Buckhannah, roi de Callahorn et père de Balinor. Au fil de l'histoire, les Terres du Sud s'étaient toujours fiées à Callahorn et à sa Légion pour ralentir l'avancée de troupes d'invasion. Cinq siècles après sa création, la Légion Frontalière n'avait toujours pas été vaincue.

Balinor entreprit de monter jusqu'au banc de pierre où les Valombriens attendaient. Il leur sourit en arrivant à leur hauteur, conscient de leur malaise et de leurs incertitudes. Sans oublier leur inquiétude pour leur ami. Il s'assit près d'eux et resta silencieux un moment avant de prendre la parole.

— Je sais combien tout ça est difficile pour vous... Les nains sont à la recherche du prince. S'il est dans les parages, ils le trouveront. Et ils ne sont pas du genre à baisser les bras, je vous assure !

Les deux frères hochèrent la tête, appréciant les efforts que faisait Balinor pour les rassurer.

— Ce peuple vit des temps difficiles. Je suppose qu'Allanon ne vous en a pas parlé, mais il est confronté à une menace d'invasion par les gnomes de l'Anar supérieur. Il y a déjà eu des escarmouches à la frontière et on a repéré une armée au-dessus des plaines de Streleheim. Vous devinez que tout ça est lié au Roi-Sorcier.

— Les Terres du Sud sont-elles également menacées ? demanda Flick.

— Ça ne fait aucun doute. C'est une des raisons de ma présence : mettre au point une stratégie défensive avec les nains, en cas d'assaut massif.

— Mais où est Allanon ? demanda Shea. Arrivera-t-il à temps ? Quel est le rapport entre tout ça et l'Épée de Shannara ?

— Hélas, j'ignore la réponse à ces questions. Allanon est un être très mystérieux, mais c'est aussi un sage qui fut toujours un allié fiable en temps de crise. Quand je l'ai vu pour la dernière fois, quelques semaines avant notre rencontre à Valombre, nous avions convenu d'un rendez-vous ici, en Anar. Il a trois jours de retard.

Balinor laissa son regard errer sur les jardins et les arbres des forêts de l'Anar et il écouta les nains vaquer à leurs occupations. Soudain, un cri retentit, au milieu d'un groupe, au pied des jardins.

Les trois hommes se levèrent, cherchant où était le danger. La main de Balinor vola vers son épée, sous son manteau de chasse.

Un nain monta le sentier à la course en gesticulant.

— Ils l'ont trouvé ! beugla-t-il, manquant tomber dans sa hâte de les rejoindre.

Shea et Flick se regardèrent. Le nain s'arrêta, haletant.

— Ils ont trouvé Menion Leah ? demanda Balinor.

Le nain hocha la tête, trop essoufflé par son escalade pour confirmer oralement la bonne nouvelle.

Balinor partit au pas de course, suivi par Flick et Shea. Ils atteignirent rapidement la clairière et prirent le chemin principal. Passant à travers les bois, il menait au village de Culhaven, quelques centaines de pas plus loin.

Avec force clameurs, les villageois félicitaient ceux qui avaient retrouvé le montagnard. Arrivés dans le village, les trois hommes, guidés par les cris, se frayèrent un chemin parmi les nains. Un cercle de gardes les laissa passer dans une cour cernée de bâtiments sur deux côtés et fermée par un mur au fond. Menion Leah gisait sur une table en bois, pâle et apparemment sans vie. Une équipe de guérisseurs s'activait au-dessus de lui. Shea voulut avancer. Balinor le retint par un coude et appela un des nains.

— Pahn, que s'est-il passé ?

Le solide gaillard en armure, qui faisait partie de l'équipe de recherche, se hâta de le rejoindre.

— Il sera en pleine forme quand nous l'aurons soigné. Il était entortillé dans les racines d'une sirène, du côté des basses terres de Tertre-Bataille, près de la rivière Argentée. Hendel s'est porté à son secours alors qu'il revenait des villes du sud de l'Anar.

Balinor chercha du regard le sauveteur de Menion.

— Il est parti faire son rapport à l'Assemblée, ajouta Pahn.

Balinor fit signe aux Valombriens de le suivre. Il sortit de la cour, se dirigeant vers le bâtiment de l'Assemblée où se trouvaient les bureaux des responsables du village et la salle de réunion.

Assis sur un banc, Hendel mangeait avec appétit pendant qu'un scribe notait son rapport.

Il leva les yeux, jeta un regard curieux aux Valombriens et salua Balinor de la tête sans cesser de se restaurer.

Balinor renvoya le scribe et les trois hommes s'assirent en face du nain.

— Quel idiot, s'attaquer à une sirène avec une épée ! Mais il a des tripes ! Comment va-t-il ?

— Tout rentrera dans l'ordre dès qu'il aura été soigné, assura Balinor. Comment l'avez-vous trouvé ?

— Je l'ai entendu beugler, répondit Hendel, apparemment décidé à dévorer l'assiette en même temps que son contenu. J'ai dû le porter sur sept lieues avant de rejoindre Pahn et son équipe, près de la rivière Argentée.

Il dévisagea les deux Valombriens sans dissimuler sa curiosité. Puis il se tourna de nouveau vers Balinor, sourcils froncés.

— Ce sont des amis du montagnard et d'Allanon, dit Balinor.

Hendel leur fit un bref salut.

— Je n'aurais jamais deviné qui il était s'il n'avait pas mentionné votre nom, dit-il en désignant Balinor. Ça m'aiderait qu'on m'informe de temps en temps de ce qui se passe. Avant, pas après !

Il n'ajouta rien. Balinor, amusé, sourit aux deux frères. Les nains n'étaient-ils pas réputés pour leur nature irascible ? Un peu inquiets, vu le tempérament du sauveteur de leur ami, Shea et Flick étaient restés silencieux, même s'ils avaient hâte d'en savoir plus.

— Quel est votre rapport sur Sterne et Wayford ? demanda Balinor, citant deux grandes villes situées au sud-ouest de l'Anar.

Hendel cessa de manger et éclata de rire.

— Les responsables de ces excellentes cités étudieront la question et nous enverront un rapport ! Des incompétents typiques, élus par un peuple apathique pour s'occuper de la patate chaude avant de pouvoir la refiler à d'autres imbéciles ! J'ai compris en cinq minutes qu'ils me prenaient pour un fou. Ils ne verront pas le danger tant qu'ils n'auront pas le couteau sous la gorge. Après, ils beugleront pour que ceux qui les avaient avertis volent à leur secours !

Dégoûté par le sujet, Hendel recommença à manger.

— J'aurais dû m'y attendre, je suppose, fit Balinor, inquiet. Comment les convaincre de la gravité de la situation ? Il n'y a plus eu de guerre depuis tant d'années que personne n'est prêt à croire qu'un nouveau conflit risque d'éclater...

— Ce n'est pas le fond du problème et vous le savez ! explosa Hendel, furieux. Ils pensent simplement qu'ils n'ont pas à s'en mêler ! Après tout, les frontières sont protégées par les nains, sans parler de Callahorn et de la Légion. Jusque-là nous avons assuré leur tranquillité. Pourquoi ne continuerions-nous pas ? Ah, les pauvres idiots...

Il se tut, fatigué par son long voyage. Il avait arpenté les routes pendant près de trois semaines... Et tout ça pour rien !

— Je ne comprends pas ce qui est arrivé, dit Shea.

— Vous n'êtes pas le seul, avoua Hendel. Et maintenant, je vais dormir au moins deux semaines. À plus tard !

Il se leva et quitta la salle sans un mot de plus, les épaules voûtées. Les trois hommes le regardèrent partir en silence. Quand il eut disparu, Shea se tourna vers Balinor.

— Le bon vieux contentement de soi, Shea, dit le guerrier. Nous sommes peut-être à la veille de la plus grande guerre depuis mille ans, mais personne ne veut l'accepter. Les peuples se sont encroûtés. Que les « alarmistes » gardent donc les portes de la ville pendant que les autres se prélassent dans leurs foyers ! À la longue, ça devient une habitude. Un jour, les « alarmistes » ne sont plus assez nombreux... Et l'ennemi envahit la ville !

— Y aura-t-il réellement la guerre ? demanda Flick, effrayé.

— C'est toute la question, répondit Balinor. Le seul d'entre nous qui connaisse la réponse brille par son absence...

Heureux d'avoir retrouvé Menion sain et sauf, les Valombriens avaient oublié Allanon et la raison de leur présence en Anar. Des questions devenues familières leur revinrent à l'esprit. Ayant appris à vivre avec elles, ils mirent pour le moment leurs doutes de côté.

Quand Balinor leur fit un petit signe, ils sortirent avec lui.

— Ne vous formalisez pas de l'attitude d'Hendel, dit-il. Il est brusque avec tout le monde, mais c'est un des amis les plus fidèles qui soient. Dans l'Anar supérieur, il combat les gnomes et les tient à distance depuis des années. Il protège son peuple et les citoyens des Terres du Sud, si prompts à oublier le rôle crucial des nains. Les gnomes aimeraient lui mettre la main dessus, je vous l'assure !

Shea et Flick eurent honte de l'égoïsme forcené de leurs congénères. Par la même occasion, ils prirent douloureusement conscience de leur propre ignorance en la matière – jusqu'à ce jour. La perspective d'une reprise des hostilités entre les espèces les inquiétait, surtout au souvenir des leçons de l'histoire sur les conflits entre les races et les ravages de la haine...

La possibilité d'une troisième guerre était terrifiante.

— Pourquoi ne retourneriez-vous pas dans les jardins ? suggéra Balinor. Je vous ferai parvenir un message dès qu'il y aura du nouveau au sujet de Menion.

Les deux frères acceptèrent à contrecœur, mais ils n'avaient guère le choix.

Avant de se coucher, cette nuit-là, ils s'arrêtèrent près de la pièce où reposait Menion. La sentinelle les informa que leur ami dormait et ne devait pas être dérangé.

L'après-midi suivant, le montagnard se réveilla et ses amis furent admis à son chevet. Flick fut soulagé de le voir tiré d'affaire, mais il ne put s'empêcher de souligner qu'il avait prédit leurs mésaventures dès que Menion avait suggéré de traverser les Chênes Noirs...

Menion et Shea éclatèrent de rire devant l'indécrottable pessimisme de leur compagnon – sans pour autant le contredire. Shea expliqua à Menion comment il avait été amené à Culhaven par le nain Hendel, puis il lui raconta de quelle mystérieuse façon Flick et lui étaient arrivés chez les nains. Aussi étonné qu'eux, Menion ne proposa aucune explication logique. Shea ne mentionna pas la légende du Roi de la rivière Argentée, devinant la réaction de son ami s'il invoquait un vieux mythe pour expliquer leur étrange aventure.

Le même soir, on les informa du retour d'Allanon. Shea et Flick s'apprêtaient à quitter leur chambre pour retourner près de Menion, quand ils entendirent des cris dans la rue. Tous les nains se précipitaient vers la salle de réunion.

Les Valombriens n'avaient pas fait deux pas dehors que quatre gardes, venus les entourer, les aidèrent à fendre la foule pour les entraîner dans une pièce adjacente à la salle de réunion, où on les pria d'attendre. Les gardes verrouillèrent la porte derrière eux et se postèrent devant. La pièce brillamment éclairée contenait uniquement des tables et des bancs. Les Valombriens s'y assirent, quelque peu étonnés par les fenêtres closes. Puis ils entendirent la voix de basse d'un orateur.

Quelques minutes plus tard, la porte se rouvrit et Menion entra, accompagné par deux gardes qui ressortirent aussitôt. Quand les trois amis furent seuls, Menion expliqua que les soldats étaient venus le chercher de la même étrange façon. D'après ce qu'il avait entendu en chemin, les nains de Culhaven, et peut-être ceux de l'Anar, fourbissaient leurs armes. D'évidence, les nouvelles que l'historien apportait avaient secoué la communauté naine. Menion pensait avoir aperçu Balinor dans la salle de réunion, campé sur l'estrade... Mais il n'en était pas sûr.

Dans la salle, une tempête se déchaînait. Les trois amis écoutèrent attentivement. Les cris se firent plus forts, repris en chœur par les nains massés dehors. Au moment où la clameur atteignait une intensité exceptionnelle, la porte se rouvrit et Allanon entra.

Il serra la main des Valombriens, les félicitant d'être parvenus à rallier Culhaven. Il était vêtu comme la première fois, le visage toujours caché par les plis de son capuchon. Bref, il avait comme d'habitude l'air sombre et impressionnant. Il salua Menion avant de s'asseoir sur un banc, faisant signe à ses compagnons de l'imiter. Balinor et plusieurs nains, sans doute les chefs de la communauté, dont Hendel, étaient entrés avec lui, suivis par deux frêles personnages en tenue de forestier qui s'installèrent à côté d'Allanon.

D'où il était, Shea les voyait clairement. Après les avoir observés, il déduisit qu'il s'agissait d'elfes venus des lointaines Terres de l'Ouest. Leurs traits fins, leurs sourcils à angle aigu et leurs oreilles pointues ne laissaient pas de doute. Shea se tourna et vit Flick et Menion le dévisager, surpris par sa ressemblance avec les deux inconnus. Aucun d'eux n'avait jamais vu d'elfes. Même s'ils savaient que Shea était un demi-elfe et avaient entendu des descriptions de ce peuple, ils n'avaient jamais eu l'occasion de le comparer à un de ses membres.

— Mes amis... commença Allanon de sa voix de basse.

Quand il se leva, imposant et autoritaire, les murmures moururent aussitôt et tous les visages se tournèrent vers lui.

— Mes amis, je dois vous annoncer ce que je n'ai encore dit à personne. Un drame s'est produit...

Il s'interrompit, mesurant l'inquiétude de son auditoire.

— Paranor est tombée. Une division de guerriers gnomes commandée par le Roi-Sorcier s'est emparée de l'Épée de Shannara !

Un silence de mort accueillit cette nouvelle. Puis les nains bondirent, hurlant de colère. Balinor tenta de les calmer pendant que Shea et Flick se regardaient, incrédules.

Seul Menion ne semblait pas étonné.

— Paranor a été trahie, continua Allanon quand un semblant d'ordre fut revenu. Inutile de se demander ce qu'il est advenu de ceux qui gardaient la forteresse et l'Épée : tous ont été exécutés. Personne ne sait exactement comment ça s'est passé.

— Y êtes-vous allé ? demanda soudain Shea – regrettant aussitôt sa question stupide.

— Je suis parti de Valombre si vite parce que j'ai été prévenu qu'une attaque serait lancée contre Paranor. Je suis arrivé trop tard pour soutenir ses défenseurs, et j'ai échappé de justesse au guet-apens... Autrement, j'aurais subi le même sort qu'eux. Voilà pourquoi j'ai mis tant de temps à atteindre Culhaven.

— Mais... Si Paranor est tombée et que l'Épée a été prise... ? demanda Flick d'une petite voix.

— Que faire ? acheva Allanon. C'est tout le problème ! Et nous devons trouver une solution immédiate. C'est la raison de ce conseil exceptionnel.

Allanon se leva, vint se camper derrière Shea et posa une main sur son épaule.

— L'Épée de Shannara ne sert à rien au Roi-Sorcier, car elle obéit uniquement à un fils de la maison de Jerle Shannara. Pour le moment, ça empêche notre ennemi de frapper. Il a pourchassé et éliminé tous les rejetons de cette maison, y compris ceux que j'avais tenté de protéger. Tous sont morts, sauf le jeune Shea. Ce demi-elfe est un descendant direct du roi qui porta l'Épée il y a tant d'années. À présent, à lui de la brandir !

Sans la main qui le tenait fermement, Shea aurait foncé vers la sortie. Il jeta un regard désespéré à Flick et lut sa propre peur dans les yeux de son frère. Menion semblait impressionné par la déclaration d'Allanon.

Mais ce qu'on exigeait de Shea était... insurmontable !

— Je crois que notre jeune ami est un peu secoué, ajouta Allanon avec un petit rire. Pas d'inquiétude, Shea. La situation est moins grave qu'il n'y paraît.

Il se détourna et revint au bout de la table, où il fit face à l'assemblée.

— Il faut récupérer l'Épée à tout prix. Nous n'avons pas le choix. En cas d'échec, nos pays seront plongés dans la pire guerre que le monde ait connue depuis la quasi-destruction de la vie, il y a deux mille ans... L'Épée est la clé. Sans elle, nous devrons nous fier à nos talents de combattants. Une telle bataille entraînera des milliers de morts de part et d'autre. Le Roi-Sorcier incarne le mal. On ne peut pas espérer le détruire sans l'Épée, et sans le courage d'une poignée de braves.

Un silence absolu accueillit cette déclaration. Allanon regarda les visages austères des nains.

Menion Leah se leva d'un bond.

— Vous suggérez que nous partions à la recherche de l'Épée. À Paranor !

Allanon hocha la tête, un sourire flottant sur ses lèvres pendant qu'il guettait la réaction de ses compagnons. Sous son grand front, ses yeux profondément enfoncés dans leurs orbites lancèrent des éclairs.

Menion se rassit lentement, l'air de ne pas en croire ses oreilles.

— L'Épée est toujours à Paranor, continua Allanon. Il y a de fortes chances qu'elle y reste. Ni

Brona ni les Porteurs du Crâne ne peuvent déplacer l'arme. Sa simple présence est un obstacle à leur existence dans le monde des mortels. S'ils y sont exposés pendant plus de quelques minutes, elle leur inflige d'atroces douleurs. En d'autres termes, le transport de l'Épée dans le royaume du Crâne devra être assuré par les gnomes qui se sont emparés de Paranor.

» Eventine et ses guerriers elfes ont pour mission de protéger la forteresse des Druides. Même si Paranor a été prise, les elfes tiennent toujours la partie sud des plaines de Streleheim, au nord de la forteresse. Pour rejoindre le Roi-Sorcier, il faudrait que l'ennemi franchisse leurs lignes... Apparemment, Eventine n'était pas à Paranor au moment de sa chute. Il tentera de récupérer l'Épée, ou au moins d'empêcher qu'on la déplace. Le Roi-Sorcier en a conscience, et à mon avis, il ne risquera pas de perdre l'Épée en la confiant inconsidérément aux gnomes. Il se terrera plutôt à Paranor en attendant que ses armées fassent route vers le sud.

» Il est possible que le Roi-Sorcier ne s'attende pas à ce que nous tentions de récupérer l'Épée. Il croit peut-être la maison de Shannara exterminée. Et il nous pensera occupés à renforcer nos défenses en prévision des assauts suivants. À condition d'agir vite, un petit groupe pourrait s'infiltrer dans la forteresse et reprendre l'Épée. Une mission dangereuse, mais s'il existe une chance de succès, le jeu en vaut la chandelle !

Balinor se leva, demandant à prendre la parole. Allanon la lui accorda et se rassit.

— Je ne comprends pas le pouvoir qu'a l'Épée sur le Roi-Sorcier, je l'avoue à ma courte honte, dit le frontalier. Mais je sais ce que représente la menace d'une l'invasion des Terres du Sud et de l'Anar par Brona et son armée. Nos rapports indiquent qu'il s'y prépare. Mon pays natal sera en première ligne... Si je peux l'en empêcher, mon devoir est clair. J'irai avec Allanon.

Les nains lancèrent des cris d'encouragement. Allanon leva les bras pour réclamer le silence.

— Les deux jeunes elfes qui m'accompagnent sont des cousins d'Eventine. Ils se joindront à moi, car leur intérêt dans l'affaire est au moins aussi grand que le vôtre. Balinor viendra aussi, et un des chefs nains, pas plus. Pour réussir, il faut nous en tenir à une petite équipe de chasseurs aguerris. Mes amis, désignez votre meilleur guerrier.

Allanon regarda en bout de table, où étaient assis Shea et Flick, aussi troublés l'un que l'autre. Menion Leah réfléchissait, les yeux dans le vague. Allanon consulta Shea du regard, radouci par sa mine effrayée. Il était venu de si loin et avait traversé tant d'épreuves pour s'entendre dire qu'il devait s'embarquer dans un nouveau voyage, encore plus périlleux ! Hélas, le temps avait manqué pour lui exposer les faits d'une manière plus... délicate.

Plein de doute, il attendait.

— Je crois que je devrais vous accompagner, dit soudain Menion en se levant. Je suis venu avec Shea pour m'assurer qu'il atteindrait Culhaven sain et sauf. C'est fait. Mais je dois à ma terre natale et à mon peuple de les protéger aussi.

— Quels talents avez-vous à nous offrir ? demanda Allanon, surpris que le montagnard se porte volontaire sans en parler d'abord avec ses amis.

Qui avaient d'ailleurs l'air fort perplexe.

— Je suis le meilleur archer des Terres du Sud, dit Menion. Et probablement le meilleur éclaireur, aussi...

Allanon hésita ; Balinor haussa les épaules. Le prince de Leah et l'historien se dévisagèrent, comme s'ils cherchaient à deviner leurs intentions respectives. Puis Menion fit un sourire glacial à l'austère Allanon.

— D'ailleurs, pourquoi vous devrais-je des comptes ? lança-t-il sèchement.

L'historien le regarda comme une bête curieuse. Un silence de mort tomba sur l'assemblée. Balinor recula d'un pas. Shea comprit que Menion cherchait encore des ennuis. Et chacun, autour de la table, savait quelque chose sur Allanon que les trois compagnons ignoraient.

Effrayé, Shea regarda Flick, qui avait pâli à la perspective d'une confrontation entre les deux hommes. Voulant éviter les problèmes, Shea se leva et se racla la gorge. Tout le monde se tourna vers lui.

Et il resta muet !

— Vous aviez quelque chose à dire ? demanda Allanon.

Shea hocha la tête, conscient de ce qu'on attendait de lui. Il regarda de nouveau Flick, qui lui fit un petit signe d'approbation. D'avance, il était d'accord avec tout ce que son frère déciderait.

Shea se racla de nouveau la gorge.

— Mon talent particulier est d'avoir vu le jour dans la mauvaise famille... Le sort en ayant décidé ainsi, qui suis-je pour tenter d'y échapper ? Flick, Menion et moi irons donc à Paranor.

Allanon eut un petit sourire, satisfait de la réaction du Valombrien. Shea devrait se montrer fort ! Il était le dernier descendant de la maison de Shannara, et tant de choses dépendaient de ce caprice du destin !

À l'autre bout de la table, Menion Leah se détendit, soupira de soulagement et se félicita de sa subtile stratégie. Il avait délibérément provoqué Allanon pour forcer Shea à voler à son secours et à se décider. Il avait gagné son pari, mais il était passé près d'un conflit fatal avec Allanon ! Bon sang, il avait eu de la chance !

Leur sourirait-elle encore lors du voyage qui les attendait ?

Chapitre 9

Shea attendait dans l'obscurité, devant la salle de réunion. L'air mordant de la nuit rafraîchissait ses joues brûlantes. Baigné par le clair de lune, Flick se tenait à sa droite. À quelques pas de là, Menion s'était adossé à un grand chêne. La séance étant levée, Allanon les avait priés d'attendre dehors. Avec les chefs des nains, il mettait la dernière main aux préparatifs pour repousser l'invasion de l'Anar supérieur. Balinor coordonnait les défenses de la Légion Frontalière de Callahorn et celles de l'armée des nains de l'Est. Shea se félicitait d'être sorti de la petite salle étouffante et de pouvoir repenser à sa décision. Il savait – et il se doutait que Flick ne l'ignorait pas non plus – qu'il leur serait impossible de fuir l'inévitable conflit concernant l'Épée de Shannara. Ils auraient pu rester à Culhaven, presque prisonniers, en espérant que les nains parviendraient à les protéger des Porteurs du Crâne...

Oui, ils auraient pu s'attarder sur cette terre étrangère, loin de tous ceux qu'ils connaissaient et sombrer peu à peu dans l'oubli. Seuls les nains se seraient souvenus de leur existence.

Mais ce destin lui paraissait plus insupportable que celui que leur réserveraient leurs ennemis.

Pour la première fois, Shea comprit qu'il devait accepter la réalité : il n'était plus simplement le fils adoptif de Curzad Ohmsford, mais celui de la maison elfique de Shannara, descendant de rois et héritier de la légendaire Épée. Même s'il eût préféré qu'il en aille autrement, il devait se soumettre aux diktats du destin.

En observant son frère, perdu dans ses pensées, les yeux rivés sur le sol, Shea se sentit coupable devant l'indéfectible loyauté de Flick, si courageux et dévoué. Mais il n'avait pas cherché à être mêlé aux événements qui les conduiraient au cœur du pays ennemi. Shea ne voulait pas que Flick soit impliqué. Tout cela ne le concernait pas ! Avec un peu de chance, il le persuaderait peut-être de rester, voire de retourner à Valombre expliquer à leur père tout ce qui leur était arrivé.

Des vues de l'esprit, se dit Shea. Flick ne voudrait rien entendre. Inutile de gaspiller sa salive. Quoi qu'il advienne, son frère ne l'abandonnerait pas.

— Autrefois, déclara Flick d'une voix sereine, j'aurais juré que toute ma vie se passerait à Valombre, tranquille et obscure. Et me voilà en train de sauver l'humanité...

— Tu crois que j'aurais dû faire un autre choix ? demanda Shea.

— Non... Mais souviens-toi de nos débats, en chemin, au sujet de ce que nous ne contrôlons et ne comprenons pas...

Il regarda son frère dans les yeux.

— Tu as fait le bon choix, j'en suis persuadé. Quoi qu'il arrive, je resterai avec toi.

Shea lui fit un grand sourire et lui posa une main sur l'épaule. Flick réagissait comme prévu, et cela comptait énormément à ses yeux. S'apercevant soudain que Menion approchait, il se tourna vers lui.

— J'imagine que tu me tiens pour un imbécile après ce qui s'est passé ici ce soir, lança le prince. Mais je suis dans le même cas que ce bon vieux Flick. Quoi qu'il arrive, nous lutterons ensemble, que notre ennemi soit un humain ou un fantôme !

— Tu as provoqué Allanon pour que Shea accepte de partir sans réfléchir ? s'écria Flick, indigné. La ruse la plus minable que j'aie jamais vue !

— Peu importe, coupa Shea. Menion savait ce qu'il faisait, et il a eu raison. Je serais parti de toute façon... Du moins, j'aime à le croire. Maintenant, oublions nos divergences et restons unis pour notre propre bien !

— Tant que je vois ce qu'il fait... grommela Flick.

La porte de la salle de réunion s'ouvrit et la silhouette de Balinor se découpa sur le seuil, éclairée par la lumière des torches. Il regarda les trois hommes qui attendaient dans l'obscurité, puis ferma la porte et les rejoignit en souriant.

— Ravi que vous ayez décidé de venir, dit-il. Il me faut ajouter, Shea, que sans vous, ce voyage n'aurait pas eu de sens. Si l'héritier de Jerle Shannara manque, l'Épée est un vulgaire bout de métal.

— Que pouvez-vous nous apprendre sur cette arme magique ? demanda Menion.

— Je laisserai Allanon vous expliquer. Il a prévu de vous en parler bientôt.

Menion acquiesça, troublé à l'idée de revoir le géant, mais impatient d'en savoir plus sur le pouvoir de l'Épée. Shea et Flick échangèrent un regard entendu. Enfin, ils apprendraient tout sur les derniers événements des Terres du Nord.

— Pourquoi êtes-vous là, Balinor ? demanda Flick, non sans hésiter, car il ne voulait pas donner l'impression d'être indiscret.

— C'est une longue histoire qui ne vous passionnerait pas !

Flick en conclut qu'il avait dépassé les bornes.

Devant son air gêné, Balinor lui fit un sourire rassurant.

— Ma famille et moi n'avons pas été en très bons termes, récemment. J'ai eu un... désaccord... avec mon frère cadet, et je voulais quitter la ville quelque temps. Allanon m'a demandé de l'accompagner en Anar. Hendel et les autres étant de vieux amis, j'ai accepté...

— J'ai entendu des récits de ce genre, dit Menion. J'ai eu moi-même quelques problèmes similaires...

Balinor lui fit un sourire mi-figue, mi-raisin. Apparemment, il ne trouvait pas la situation amusante. Ce qui l'avait forcé à quitter Callahorn semblait plus grave que ce que Menion avait connu à Leah.

Shea se hâta de changer de sujet.

— Que pouvez-vous nous dire sur Allanon ? Nous lui avons accordé une confiance aveugle et nous ne savons toujours rien de lui ! Qui est-il ?

Balinor sourit franchement. Mais comment répondre ? Il s'éloigna de quelques pas, réfléchit, se tourna de nouveau vers les trois compagnons et désigna la salle de réunion.

— Je n'en sais pas beaucoup sur lui... Il voyage, explore le pays, note l'évolution des terres et des peuples. Toutes les nations le connaissent bien. Je crois qu'il a été partout dans le monde ! Son savoir est extraordinaire. Même les bibliothèques sont loin de rivaliser avec ses connaissances. Un homme remarquable...

— Mais qui est-il ? insista Shea.

Il devait apprendre la véritable origine de l'historien.

— Je ne saurais le dire, car il ne s'est jamais vraiment confié à moi. Pourtant, je suis presque un fils pour lui. Selon les anciens des nains et de mon royaume, il serait le dernier des druides, ultime héritier d'un Conseil presque oublié qui gouvernait les hommes il y a plus de mille ans. Ils affirment qu'il serait un descendant direct de Bremen, voire de Galaphile. Je crois qu'il y a beaucoup de vérité dans cette affirmation. Car il est souvent allé à Paranor pour consigner tout ce qu'il avait appris dans de grands livres d'archives.

Les trois compagnons se regardèrent. L'historien était-il vraiment un descendant des druides, fort des connaissances accumulées au cours des siècles par ses ancêtres ? Shea se doutait qu'Allanon était un de ces anciens philosophes professeurs. De toute évidence, il en savait plus sur les espèces et les problèmes politiques actuels que quiconque d'autre au monde.

Shea se tourna vers Balinor, qui avait repris la parole.

— Je ne peux pas expliquer pourquoi, mais je suis persuadé que nous ne pourrions pas être en meilleure compagnie, même pour affronter le Roi-Sorcier en personne. Bien que je n'aie aucune preuve, ni même d'exemples à citer, je suis certain que le pouvoir d'Allanon dépasse tout ce que nous connaissons. Il ferait un ennemi très dangereux.

— Ça, je n'en doute pas ! marmonna Flick.

Peu après, la porte de la salle de conférences s'ouvrit et Allanon sortit. À la pâle lueur de la lune, grand et impressionnant, il ressemblait un peu aux Porteurs du Crâne tant redoutés. Son manteau claqua sur ses mollets quand il avança. Comme toujours, son visage restait caché sous son capuchon.

Ils se turent à son approche. Qu'allait-il leur dire ? Quel sort leur réserverait-on dans les jours à venir ? Peut-être devinait-il leurs questions, mais les trois compagnons, eux, furent incapables de percer à jour son masque insondable. Ils virent seulement le scintillement de ses yeux quand il s'arrêta devant eux, les regardant à tour de rôle.

— Le moment est venu pour vous d'apprendre toute l'histoire de l'Épée de Shannara et de connaître celle des espèces comme moi seul peux la raconter, dit-il. Il est essentiel que Shea comprenne. Comme vous partagerez les risques de cette aventure, vous devez aussi apprendre la vérité.

Il leur fit signe de le suivre dans la clairière, puis les guida dans l'obscurité de la forêt. Quand ils s'y furent enfoncés de plusieurs centaines de pas, il les conduisit à une autre petite clairière, presque invisible du chemin.

Allanon s'assit sur une souche et indiqua à ses compagnons de se disposer en cercle autour de lui. Ils obéirent, et attendirent en silence que l'historien rassemble ses pensées.

— Il y a bien longtemps, dit-il enfin, avant les Grandes Guerres et la naissance des espèces telles que nous les connaissons aujourd'hui, le pays était seulement peuplé par l'homme. Du moins, c'était ce qu'on croyait. La civilisation s'était développée des milliers d'années durant, au prix de terribles efforts qui avaient presque conduit l'homme à découvrir les secrets de la vie. Une époque extraordinaire et passionnante, si complexe que ses créations seraient au-delà de votre compréhension, si j'avais le pouvoir de vous les décrire. Mais, tandis que l'homme travaillait à découvrir les secrets de la vie, il ne parvint pas à échapper à sa fascination morbide pour la mort. Il en allait ainsi même dans les nations les plus civilisées. Étrangement, le catalyseur de chaque nouvelle découverte était le même : la quête incessante de la science. Pas celle d'aujourd'hui, l'étude de la vie animale, des plantes, de la terre et des techniques simples. Je parle d'une science des machines et du pouvoir, divisée en d'innombrables domaines visant le même objectif : découvrir de meilleures façons de vivre et des moyens plus rapides de tuer.

Il s'interrompit sur un sourire sans joie, la tête tournée vers Balinor.

— Il est très étrange, à la réflexion, que l'homme ait passé tant de temps à travailler à deux buts si opposés. Même maintenant, rien n'a changé. Après tous ces siècles...

Il se tut. Shea regarda ses compagnons. Tous étaient pendus aux lèvres de l'historien.

— Des sciences qui cherchaient le pouvoir sur la matière et la chair ! s'exclama soudain Allanon.

Shea tourna vivement la tête vers lui.

— C'était le but ultime, à l'époque. Il y a deux mille ans, les exploits du genre humain étaient sans égal dans l'histoire. L'ennemie éternelle de l'homme, la mort, ne frappait plus que ceux qui avaient atteint le terme naturel de leur existence. La maladie était presque éliminée. S'il en avait eu le temps, l'homme aurait découvert un moyen de prolonger presque indéfiniment la vie. Certains philosophes prétendirent que ces secrets étaient interdits aux mortels, et personne n'a jamais prouvé le contraire. Mais nos ancêtres auraient peut-être réussi. Hélas, le temps leur manqua. Les puissances qui avaient libéré la vie de la maladie et des infirmités faillirent la détruire pour de bon. Les Grandes Guerres éclatèrent à partir de querelles entre quelques peuples et embrasèrent rapidement toutes les régions. Les petits désaccords se transformèrent en haine raciale. Les nationalités, les frontières, les croyances... Tout fut remis en question ! Si vite que peu de gens comprirent ce qui se passait, le monde fut ravagé par les cascades de représailles lancées par différents pays. Des actes planifiés et exécutés d'une manière très scientifique. En un rien de temps, les connaissances issues de milliers d'années de recherche aboutirent à la destruction presque totale de la vie.

» Les Grandes Guerres... Un nom très adéquat ! La puissance mobilisée dès les premières heures du conflit ne parvint pas seulement à anéantir des milliers d'années de progrès humain. Elle généra une série de cataclysmes qui modifièrent radicalement l'aspect de la terre. Cette force provoqua la majeure partie des dégâts, tuant tous les êtres vivants sur quatre-vingt-dix pour cent de la surface de la planète. Mais ses effets ne s'arrêtèrent pas là. Les altérations et la destruction continuèrent. Les continents se fracturèrent et les océans s'asséchèrent, la terre et la mer devenant impropres à la vie pour des centaines d'années. Cela aurait dû être la fin de tout... Mais un miracle se produisit...

— Je n'arrive pas à y croire ! s'écria Shea.

Allanon eut un sourire moqueur.

— C'est pourtant l'histoire réelle des hommes civilisés, Shea. Ce qui arriva ensuite nous concerne plus directement. Des êtres humains survécurent à la terrible période qui suivit l'holocauste. Ces rescapés perdus dans des parties isolées du globe se battaient continuellement pour le minimum vital. Ce fut le début du développement des espèces telles qu'elles existent aujourd'hui : les hommes, les nains, les gnomes, les trolls, et, d'après certains, les elfes. En réalité, ils étaient là depuis toujours. Mais ça, c'est une autre histoire...

Au sujet des elfes, à Valombre, Allanon avait recouru à la même dérobade face aux deux frères. Shea brûlait de l'interrompre pour exiger des précisions sur la race elfique et ses propres origines. Mais il ne se risqua pas à irriter l'historien en le harcelant de questions, comme lors de leur première rencontre.

— Quelques hommes se souvenaient des sciences qui modelaient leur vie avant la destruction de l'ancien monde. Mais la majorité des survivants étaient devenus des êtres primitifs, et ceux qui avaient quelques connaissances n'en possédaient que des lambeaux. Pourtant, ils avaient réussi à préserver beaucoup de livres qui exposaient les secrets de la science d'antan. Ils les gardèrent à l'abri pendant des siècles. Incapables de mettre en pratique ce que les ouvrages leur révélaient, ils attendaient patiemment le moment où ils le pourraient de nouveau et lisaient ces textes avec un grand respect. Quand les livres devinrent si fragiles qu'il fut impossible de les sauver ou de les copier, ils mémorisèrent leur contenu. Les années passèrent, le savoir se transmettant religieusement de père en fils. Ainsi, chaque génération le protégeait de ceux qui l'auraient utilisé à mauvais escient pour recréer un monde susceptible de répéter les Grandes Guerres... À la fin, même quand on fut de nouveau en mesure de consigner l'ancien savoir, les hommes qui le détenaient s'y refusèrent, toujours apeurés par les conséquences d'une vulgarisation de ces connaissances. Ils se méfiaient des autres comme d'eux-mêmes, et décidèrent d'attendre le bon moment pour offrir leur trésor aux nouvelles espèces en voie d'évolution.

» Les années passèrent. Les peuples progressèrent, formèrent des communautés et tentèrent de bâtir une nouvelle vie avec les cendres de l'ancienne. Hélas, ils ne se montrèrent pas à la hauteur de leur objectif et se lancèrent dans des guerres pour la domination de la Terre. Ces disputes territoriales dégénérèrent, devenant des conflits interraciaux. Quand les héritiers des secrets de l'ancien monde virent que tout recommençait, ils décidèrent d'agir. Un homme appelé Galaphile comprit que l'histoire se répéterait si personne n'intervenait. Il rassembla les détenteurs des livres anciens pour fonder le Conseil de Paranor.

— C'est l'origine du premier Conseil des druides, murmura Menion Leah, impressionné. Une instance composée d'hommes avisés prêts à mettre leurs connaissances en commun pour sauver les peuples de leur propre folie...

— Une façon élégante de définir un effort désespéré qui visait à enrayer la destruction de la vie ! dit Allanon. Le Conseil des druides fut formé avec les meilleures intentions du monde. Les druides eurent une influence considérable sur les peuples, probablement parce qu'ils pouvaient leur offrir beaucoup de choses susceptibles de faciliter leur existence... Ils fonctionnaient en groupe, chacun apportant ses connaissances dans l'intérêt de tous. Bien qu'ils aient réussi à éviter une guerre totale – au début –, ils rencontrèrent des problèmes inattendus. Comme il fallait s'y attendre, le savoir s'était altéré au fil des générations. Certaines notions de base manquaient...

» L'incapacité de coordonner les différentes sciences compliqua encore la situation. Pour le Conseil, les informations transmises de génération en génération se réduisaient à des séries de mots sans suite impossibles à utiliser... Alors que les druides – un nom choisi en hommage à une antique confrérie avide de savoir – soutenaient le développement des espèces, ils furent incapables de donner un sens aux textes qu'ils avaient mémorisés afin de maîtriser les concepts vitaux des anciennes sciences. C'est-à-dire ceux qu'ils supposaient les plus aptes à aider les pays à prospérer...

— Les druides voulaient rebâtir le monde sous leurs propres conditions, résuma Shea. Ils entendaient empêcher les guerres qui l'avaient détruit en bénéficiant des avantages des anciennes sciences...

Flick n'y comprenait plus rien. Quel rapport avec le Roi-Sorcier et l'Épée de Shannara ?

— Exact, dit Allanon. Mais le Conseil des druides, malgré son érudition et ses bonnes intentions, négligea une donnée élémentaire de la vie. Quand une créature intelligente désire améliorer son sort et découvrir les secrets du progrès, elle trouve toujours un moyen, par une méthode ou par une autre. Les druides s'enfermèrent à Paranor, loin du tumulte du monde, et travaillèrent à maîtriser les secrets des anciennes sciences. La plupart se fiaient à ce qu'ils avaient à leur disposition : les connaissances des individus, mises en commun afin de retrouver les techniques permettant de dompter l'énergie. Mais quelques druides n'étaient pas satisfaits par cette approche. Au lieu d'essayer de comprendre scrupuleusement les mots et les idées des anciens textes, estimaient-ils, il fallait aller de l'avant et les mettre en application sans tarder. Selon eux, l'expérimentation était la voie royale...

» Certains membres du Conseil, conduits par Brona, se plongèrent dans la mise en œuvre des anciens mystères sans attendre d'avoir une parfaite compréhension de la science de leurs ancêtres. À leur façon, c'étaient des génies. Tous étaient impatients de maîtriser le pouvoir qui aurait été si utile au monde. Mais, par un étrange caprice du destin, leurs découvertes les entraînèrent de plus en plus loin des préoccupations du Conseil. Les anciennes sciences restant pour eux des énigmes sans solution, ils s'orientèrent vers d'autres domaines et s'engagèrent dans une voie que personne n'avait jamais maîtrisée et que nul n'aurait appelée une science : la sorcellerie ! Ils découvrirent certains secrets avant que le Conseil s'alarme et leur ordonne d'abandonner leurs travaux. Il y eut une grave querelle. Les adeptes de Brona quittèrent le Conseil, furieux et déterminés à continuer. Ils disparurent et nul ne les revit jamais.

Allanon marqua une courte pause.

— Nous savons désormais ce qu'il advint dans les années qui suivirent. Au cours de ses recherches, Brona maîtrisa les secrets majeurs de la sorcellerie. Mais il y perdit son identité et son âme, victime des pouvoirs qu'il convoitait tant. Oubliées, la science ancienne et ses nobles visées ! Oubliés, le Conseil des druides et son rêve d'un monde meilleur ! *Tout* fut oublié, sauf le besoin d'en apprendre toujours plus sur la sorcellerie, cette puissance qui permet d'accéder à d'autres univers. Brona était obsédé par sa volonté de dominer les hommes et le monde. Le résultat fut la Première Guerre des Races, où il parvint à influencer les esprits confus des hommes, les poussant à prendre les armes contre les autres espèces... Ironie du sort, un homme qui n'était plus véritablement humain avait perdu tout contrôle sur... lui-même !

— Et ses adeptes ? demanda Menion.

— Victimes du même phénomène, ils devinrent les esclaves de la sorcellerie. (Allanon parut sur le point d'ajouter quelque chose, mais il se ravisa.) Ces malheureux druides, animés de si nobles intentions, ont découvert l'opposé de ce qu'ils cherchaient ! En soi, c'est une leçon pour l'humanité. Avec encore plus de patience, ils seraient peut-être parvenus à retrouver les chaînons manquants et à se réapproprier les anciennes sciences.

Mais ils éveillèrent les pouvoirs terrifiants du monde des esprits, qui se nourrit de leurs cerveaux jusqu'à ce qu'il n'en reste rien. L'esprit humain n'est pas armé pour affronter les réalités de l'existence immatérielle. C'est plus qu'un être vivant ne peut en supporter.

Allanon se tut de nouveau. Son auditoire devinait désormais la nature de l'ennemi. Ils se dressaient contre un homme qui n'était plus humain, mais l'incarnation d'une force au-delà de toute compréhension et si puissante que l'historien craignait ses effets sur l'esprit des hommes...

— Le reste, vous le connaissez... dit Allanon. La créature nommée Brona, qui n'a plus apparence humaine depuis longtemps, fut la force motrice de la Guerre des Races. Les Porteurs du Crâne, ses adeptes, étaient des hommes quand ils faisaient partie du Conseil de Paranor. Aujourd'hui, comme leur maître, ils ne peuvent plus échapper à leur sort. L'apparence qu'ils ont adoptée souligne leur nature maléfique. Mais le plus important, pour nous, c'est qu'ils annoncent des temps sombres pour l'humanité et les peuples des Quatre Terres. La science ancienne a disparu à jamais – comme l'époque où les machines étaient la clé d'une vie facile – et elle a été remplacée par la sorcellerie. La pire menace que l'humanité ait connue depuis des millénaires... Ne doutez pas de mes paroles, mes amis : nous vivons à l'ère du sorcier et son pouvoir risque de nous tuer tous !

— Quel est le secret de l'Épée de Shannara ? demanda Shea après un long silence.

— Lors de la Première Guerre des Races, répondit Allanon, le pouvoir du druide Brona était limité.

Avec le soutien du Conseil, les autres espèces réussirent à vaincre son armée et le forcer à se cacher. Il aurait pu cesser d'exister, ces événements devenant une simple anecdote comme l'histoire en compte tant. Une guerre de plus entre mortels... Mais il parvint à découvrir un moyen de préserver son essence spirituelle bien après que sa dépouille fut retournée à la poussière. Il sauva son esprit et le nourrit avec les forces surnaturelles qu'il maîtrisait désormais, lui redonnant vie dans un autre plan d'existence que celui des mortels. Capable de jeter un pont entre les deux mondes, le nôtre et celui des esprits, il ramena à l'existence les spectres noirs restés dans les limbes pendant des siècles en attendant l'heure de la vengeance. Comme prévu, il vit les espèces s'éloigner les unes des autres au fil du temps et le pouvoir du Conseil des druides se réduire à mesure que son influence diminuait. Comme toutes les créatures maléfiques, il attendit que le poids de la haine, de l'envie et de l'avidité – des défauts humains mais pourtant communs à toutes les espèces – l'emporte sur la bonté et le souci du bien. Alors, il frappa. Il prit le contrôle des trolls des Rochers, les guerriers primitifs des monts Charnal, et joignit à leur armée des créatures venues du monde des esprits. Puis il attaqua les espèces divisées.

» Comme vous le savez, cette armée écrasa le Conseil. Quelques druides parvinrent cependant à se mettre en sécurité. Parmi eux se trouvait un vieil homme appelé Bremen. Anticipant le danger, il avait vainement tenté d'avertir les autres. Cet historien avait étudié la Première Guerre des Races et avait appris l'existence de Brona et de ses sbires.

Devinant que le druide renégat avait acquis des pouvoirs impossibles à combattre, il se lança dans l'étude de la sorcellerie avec une grande prudence et un immense respect pour les secrets qu'il pouvait découvrir. Après plusieurs années de recherches, il conclut que Brona vivait toujours et que la prochaine guerre serait déclenchée par la magie noire. Vous imaginez comment sa révélation fut accueillie ! Expulsé de Paranor, il entreprit de maîtriser seul la magie. Il n'était plus à Paranor quand le château tomba entre les mains des trolls. Avec la destruction du Conseil, il comprit que s'il n'agissait pas, les espèces seraient sans défense face aux sorts de Brona, une menace dont les mortels n'avaient aucune idée... Mais il restait un problème : comment vaincre une créature vieille de cinq siècles qu'aucune arme ne pouvait blesser ? Il contacta la plus grande nation de son époque, les elfes, gouvernés par un jeune roi courageux, Jerle Shannara, et lui offrit ses services. Ce peuple avait toujours respecté Bremen, car il le comprenait mieux que ses propres confrères. Avant la chute de Paranor, pendant qu'il étudiait la sorcellerie, il avait vécu des années avec les elfes.

— Je ne comprends pas, dit Balinor. Si Bremen était un maître en magie noire, pourquoi n'a-t-il pas pu défier le Roi-Sorcier ?

— Il finit par affronter Brona dans les plaines de Streleheim. Tous les deux disparurent lors d'une bataille impossible à voir pour des yeux de mortels. On supposa à l'époque que Bremen avait vaincu le Roi-Sorcier, mais on se trompait. Et maintenant...

Il s'arrêta, puis reprit le fil de son récit. Mais l'interruption ne passa pas inaperçue.

— Bremen comprit qu'il faudrait un artefact pour s'opposer au retour éventuel de Brona ou d'un ennemi similaire, à un moment où personne ne serait assez versé en sorcellerie pour protéger les peuples des Quatre Terres. Alors, il conçut une arme capable de vaincre le Roi-Sorcier. Bremen créa l'Épée de Shannara grâce à ses pouvoirs magiques. La forgeant avec bien davantage que du métal, il en fit une arme qui protégerait les hommes de l'inconnu. L'Épée tirerait sa force de l'esprit des humains, pour qui elle jouerait le rôle d'un bouclier. En dernière analyse, son pouvoir viendrait de leur soif de liberté – fût-ce au prix de leurs vies. Ce pouvoir permit à Jerle Shannara d'anéantir l'armée des Terres du Nord et les esprits qui l'accompagnaient. Il doit aujourd'hui renvoyer le Roi-Sorcier dans les limbes, l'y enchaîner pour l'éternité et l'empêcher de retrouver le chemin de notre monde... Hélas, tant qu'il possédera l'Épée, il nous tiendra en échec. Et cela, mes amis, est inacceptable.

— Mais pourquoi faut-il un descendant de la maison de Shannara pour agir ? demanda Shea, perturbé.

— L'ironie du sort ! s'écria Allanon. Si vous avez compris ce que je viens d'expliquer sur les modifications de la vie après les Grandes Guerres – le remplacement des sciences matérialistes de l'ancien monde par la sorcellerie –, vous saisirez ce que je vais maintenant expliquer. Le plus étrange phénomène de tous ! Alors que les sciences anciennes fonctionnaient avec des éléments qui pouvaient être vus, touchés et sentis, la sorcellerie obéit à un principe radicalement opposé. Son pouvoir dépend de la foi. Une spiritualité qui transcende les sens. Sans cette foi, elle n'a aucun effet. Le Roi-Sorcier le sait. La peur de l'inconnu, de tout ce que l'homme ne peut expliquer avec ses sens limités, lui fournit un tremplin idéal pour la pratique de la magie noire. Il se fie à ce principe depuis cinq cents ans. Pareillement, l'Épée de Shannara n'a aucune efficacité si celui qui la manie est un sceptique invétéré !

« Quand Bremen donna l'Épée à Jerle Shannara, il commit l'erreur de la confier à un roi et à sa dynastie, pas au *peuple* du royaume. À cause de l'incompréhension des humains et des interprétations erronées des historiens, on crut que l'Épée était l'arme du roi des elfes et de lui seul. À part ses descendants, personne ne pourrait la lever contre le Roi-Sorcier. De fait, si l'Épée n'est pas entre les mains d'un enfant de la maison de Shannara, aucun guerrier susceptible de la brandir ne sera convaincu de son bon droit. Comme chacun le sait, c'est la voie royale vers l'échec ! La tradition qui prétend que seul un descendant de Shannara peut manier l'Épée contraint tous les autres prétendants à douter. Et s'il y a doute, elle ne délivrera pas sa puissance et restera un morceau de métal comme un autre. Seuls le sang et la foi d'un descendant de Shannara peuvent encore réveiller son pouvoir.

Dans un silence de mort, Allanon réfléchit à la promesse qu'il s'était faite. Il n'avait pas tout dit, omettant ce qui aurait terrifié ses compagnons. Mais il était déchiré entre le désir d'être franc et la certitude que cela les priverait de tout espoir de victoire... Et il fallait qu'ils réussissent. Lui seul savait véritablement pourquoi.

Furieux contre les limites qu'il s'était volontairement imposées – s'interdisant de dire la vérité à ceux qui dépendaient de lui –, il se résigna à mentir.

— Donc, Shea est le seul qui peut utiliser l'Épée... résuma Balinor.

— Lui seul en a le droit grâce à sa haute naissance...

Tout était si calme qu'on eût dit que la forêt elle-même s'était tue, abasourdie par les révélations de l'historien.

L'enjeu était limpide : réussir ou sombrer dans le néant...

— Laissez-moi seul ! cria soudain Allanon. Et dormez si vous le pouvez. Au lever du soleil, nous quitterons ce havre de paix, en route pour Paranor !

Chapitre 10

Le matin arriva vite et la lumière dorée de l'aube surprit les compagnons en pleins préparatifs. Balinor, Menion et les Valombriens attendaient Allanon et les cousins d'Eventine. Pas vraiment réveillés, dans un silence maussade, tous réfléchissaient aux rigueurs du voyage. Assis sur un petit banc de pierre, plongés dans leurs réflexions, Shea et Flick repensaient au récit d'Allanon, se demandant quelles chances ils avaient de récupérer l'Épée de Shannara, de détruire le Roi-Sorcier et de retourner dans leur pays natal...

Shea était désormais au-delà de la peur. Une sorte d'engourdissement mental l'incitant à accepter sans rechigner et sans réfléchir qu'on le conduise au sacrifice comme un agneau. Pourtant, malgré sa résignation, au fond de lui, une petite voix cherchait à le persuader qu'il vaincrait ces obstacles apparemment insurmontables. Cette intime conviction ne le quittait pas, guettant l'heure du triomphe.

Pour le moment, se laisser dériver au fil de l'eau semblait plus simple. Ensuite...

Les Valombriens portaient les vêtements de forestier fournis par les nains. Leurs manteaux les protégeant de la fraîcheur matinale, ils gardaient à la ceinture leurs couteaux de chasse de Valombre. À cause de leur petite taille, on leur avait confié des sacs à dos raisonnablement chargés. Les contrées qu'ils traverseraient abondaient en gibier et ils croiseraient en chemin des communautés bien disposées envers Allanon et les nains. Mais c'était aussi le domaine des gnomes, les ennemis jurés des nains...

Il fallait espérer que l'expédition garderait l'avantage de la discrétion, évitant tout affrontement avec les guerriers gnomes.

Shea avait laissé les Pierres Elfiques dans leur bourse de cuir, sans les montrer à personne. Allanon n'en avait plus reparlé depuis son arrivée à Culhaven. Une omission volontaire ? En tout état de cause, Shea n'abandonnerait pas son arme la plus puissante !

Il cacha la bourse sous sa tunique.

Près de lui, Menion Leah faisait les cent pas. Il portait une tenue de chasse ordinaire, aux couleurs conçues pour se fondre dans le paysage, afin de faciliter sa mission d'éclaireur. Ses chaussures en cuir souple durci par des huiles spéciales lui permettraient de remonter une piste en silence et sans se blesser la plante des pieds. Il avait fixé dans son dos sa grande épée, son arc en frêne et son carquois, ses armes favorites pour les expéditions.

Balinor avait choisi un long manteau à capuche. Dessous, sa cotte de mailles scintillait à chacun de ses gestes. À sa ceinture pendaient un long couteau de chasse et l'épée la plus longue que les Valombriens aient jamais vue, sans doute capable de fendre un homme en deux d'un seul coup ! Le manteau la dissimulait, mais les deux frères avaient vu Balinor l'attacher à son flanc...

L'attente prit fin quand Allanon arriva de la salle de réunion, accompagné par les deux elfes à la silhouette élégante. Il leur dit bonjour sans s'arrêter et leur ordonna de se mettre en file pour le départ. Puis il les avertit : une fois la rivière Argentée traversée, à quelques lieues de là, ils seraient sur des territoires infestés de gnomes. Autant que possible, il leur faudrait éviter de parler. La piste les conduirait de la rivière vers le nord, à travers les forêts de l'Anar, puis dans les montagnes. Ils courraient moins de risques d'être détectés dans ces contrées sauvages que s'ils passaient par les plaines, plus accessibles à l'ouest. Le secret était la clé du succès. Si le but de leur expédition arrivait aux oreilles du Roi-Sorcier, ils seraient perdus...

Ils marcheraient de jour dans la forêt et les montagnes, puis de nuit, au risque d'être détectés par les Porteurs du Crâne, quand ils devraient traverser à découvert les plaines du Nord.

Le chef des nains avait choisi Hendel le taciturne, le sauveur de Menion. Puisqu'il connaissait le mieux la région, il ouvrit la marche pour quitter Culhaven. Menion cheminait à ses côtés, déterminé à ne pas irriter le nain avec de vains bavardages. À quelques pas derrière, les elfes avançaient avec leur grâce typique. Ils parlaient entre eux et Shea trouva leurs voix au timbre si mélodieux étonnamment apaisantes. Tous les deux portaient de grands arcs en frêne identiques à celui de Menion. Ils n'avaient pas de manteaux, mais les étranges vêtements moulants qu'il avait remarqués au Conseil, la veille.

Shea, Flick et l'historien les suivaient, les longues jambes d'Allanon avalant aisément la distance. Balinor formait l'arrière-garde. Shea et Flick comprirent que leur position, au centre, était destinée à leur assurer une protection maximale. On estimait Shea indispensable au succès de la mission. Mais à son grand désarroi, on le jugeait incapable de se défendre en cas de danger.

La colonne atteignit la rivière Argentée et emprunta un pont de bois qui enjambait une partie assez étroite du cours d'eau. Les conversations cessèrent quand les voyageurs furent sur l'autre rive. Tous les regards se tournèrent vers la forêt si dense qu'elle en devenait angoissante.

La piste restait facile à suivre, car le chemin qui s'enfonçait entre les arbres n'était pas accidenté. Le soleil perçait les frondaisons par endroits, réchauffant un peu l'air frais. Le tapis de feuilles mortes et de brindilles gorgées de rosée formait un coussin naturel idéal pour étouffer les bruits de pas et préserver la quiétude de la nature. Entourés des mille et un bruits de la faune, ils virent des oiseaux multicolores et quelques écureuils grimper vivement au sommet des arbres dès qu'ils les apercevaient. Sautant de branche en branche, les petits animaux bombardaient parfois les intrus de noix et de brindilles.

Trop serrés, les arbres gênaient la visibilité. Leurs troncs faisaient de trois à six pieds de diamètre et leurs énormes racines affleuraient par endroits comme des doigts géants désireux de labourer l'humus de la forêt. Pour avancer dans ce labyrinthe végétal, la colonne dut s'en remettre à l'expérience de Hendel et à la science des pistes de Menion.

Le premier jour se passa sans incident. Ils campèrent sous les arbres géants, au nord de la rivière Argentée et de Culhaven. Hendel étant apparemment le seul à se repérer, Allanon eut un bref conciliabule avec lui au sujet de leur position et du chemin à prendre le lendemain. Craignant qu'un feu les trahisse, les voyageurs mangèrent froid. Mais le moral restait bon et la conversation, agréable. Shea en profita pour s'entretenir avec les elfes. Cousins d'Eventine, ils avaient été choisis pour représenter leur peuple auprès d'Allanon et l'aider. Ils étaient frères. L'aîné, d'un naturel paisible, s'appelait Durin et inspirait d'emblée la confiance. Le cadet, Dayel, timide et d'un caractère très doux, était plus jeune encore que Shea. Son charme enfantin agissait sur les membres les plus âgés de la compagnie – à commencer par Balinor et par Hendel, des guerriers endurcis. Considéraient-ils sa jeunesse et son regard émerveillé sur la vie comme une chance de retrouver une fraîcheur perdue depuis longtemps ?

Durin informa Shea que son frère avait quitté leur foyer quelques jours avant son union avec une des plus belles filles de leur pays. Shea n'aurait jamais cru Dayel en âge de se marier. Quant à partir courir le monde, au risque de n'en jamais revenir, à la veille de ses noces ! Incompréhensible ! Durin assura que son frère avait librement choisi. Mais Shea confia à Flick que son lien de parenté avec le roi, selon lui, avait beaucoup contribué à cette décision.

Ce soir-là, assis avec ses compagnons sous les frondaisons, Shea se demanda si le jeune elfe regrettait d'avoir délaissé sa promise. Il aurait préféré que Dayel ne vienne pas risquer sa vie dans l'aventure et reste près des siens...

Un peu plus tard, Shea demanda à Balinor pourquoi Dayel avait été autorisé à prendre part à l'expédition. Le prince de Callahorn sourit des inquiétudes du Valombrien – à ses yeux, la différence d'âge entre les deux jeunes gens était insignifiante. Puis il répondit qu'à une époque où les terres de tant de peuples étaient menacées, personne ne se posait de questions sur les motivations des volontaires. On acceptait volontiers toute forme d'aide, d'où qu'elle vienne. Dayel était là parce que son roi l'en avait prié, et qu'un refus lui aurait coûté trop cher. Il se serait senti diminué et dévalorisé...

Balinor ajouta que Hendel se battait depuis des années contre les gnomes pour défendre son pays. Cette responsabilité lui revenait parce qu'il était un des guerriers les plus expérimentés et un expert des frontières de l'est. Il avait une femme et une famille et leur avait rendu une seule visite au cours des huit dernières semaines...

Les reverrait-il jamais ?

Tous les membres de la compagnie avaient beaucoup à perdre, conclut-il, sans doute plus que Shea le pensait...

Sans se répandre en explications sur sa dernière remarque, Balinor partit s'entretenir avec Allanon.

Frustré par la fin brutale de leur conversation, Shea rejoignit Flick et les elfes.

— Quel genre de souverain est Eventine ? demanda Flick au moment où Shea arrivait. J'ai entendu dire que c'était le meilleur de vos monarques. Mais comment est-il, en réalité ?

Durin sourit. Dayel éclata de rire, trouvant la question amusante et inattendue.

— Que pouvons-nous dire de notre propre cousin ?

— C'est un grand roi, répondit Durin après mûre réflexion. Il est très jeune, penseraient d'autres souverains. Mais il est prévoyant et adepte de l'efficacité. Pour lui, tout doit être fait en temps et en heure. Il a l'estime et l'affection de notre peuple. Ses sujets le suivraient jusqu'au bout du monde sans hésiter, et c'est une chance pour nous tous. Les Anciens de notre Conseil préféreraient ignorer les malheurs des autres pays et rester isolés. C'est absurde, mais ils ont peur d'une nouvelle guerre. Eventine se dresse contre cette politique. Il sait que l'unique chance d'éviter un désastre est de frapper les premiers et d'éliminer les chefs ennemis ! Il n'y a pas d'autre solution. Voilà pourquoi cette mission est capitale. Il faut enrayer l'invasion et l'étouffer dans l'œuf, avant que des escarmouches dégénèrent en conflit ouvert.

— Que savez-vous de l'Épée de Shannara ? demanda Menion, qui venait de les rejoindre.

— Peu de chose, reconnut Dayel. Pour nous, l'arme fait partie de l'histoire et pas de la légende. L'Épée a toujours symbolisé une promesse : notre peuple ne doit plus jamais craindre les créatures venues du monde des esprits. On a toujours supposé que cette menace avait disparu après la Deuxième Guerre des Races. Donc, personne ne s'est inquiété vraiment de l'extinction accélérée de la maison de Shannara... À l'exception, heureusement, de quelques lointains rejetons comme Shea, dont personne ne soupçonnait l'existence. La famille d'Eventine – la nôtre, celle des Elessedil – a pris le pouvoir il y a plus de cent ans. L'Épée est restée à Paranor, presque oubliée... Jusqu'à maintenant.

— Quel est son pouvoir ? insista Menion.

Son ton fit sursauter Flick, qui jeta un coup d'œil inquiet à Shea.

— Je l'ignore, répondit Dayel.

— Seul Allanon semble le savoir, ajouta Durin.

Ils se tournèrent vers la silhouette imposante de l'homme, en grande conversation avec Balinor à l'autre bout de la clairière.

— Par bonheur, continua Durin, nous avons avec nous Shea, un descendant de la maison de Shannara. Il découvrira le secret de l'Épée une fois qu'elle sera entre nos mains. Alors, nous frapperons le Roi-Sorcier avant qu'il puisse provoquer la guerre qui nous détruirait tous.

— Si nous trouvons l'Épée... souligna Shea.

Durin lâcha un petit rire.

— Il y a quand même quelque chose qui me turlupine, dans tout ça... marmonna Menion.

Il se leva et chercha un endroit où s'étendre. Shea le regarda s'éloigner et s'avisa qu'il partageait l'avis de son ami. Mais que faire contre cette sourde insatisfaction ? Pour le moment, il leur donnait si peu de chances de récupérer l'Épée, qu'il valait mieux se concentrer sur le voyage plutôt que de se mettre martel en tête. Shea ne voulait pas penser à ce qui arriverait ensuite.

Au réveil, dès l'aube, la compagnie reprit la route, guidée par Hendel, toujours sur le qui-vive. Le nain leur imposa un rythme d'enfer entre les grands arbres aux feuillages de plus en plus denses à mesure qu'ils s'enfonçaient dans l'Anar. La piste commença à grimper, car ils approchaient des montagnes. Plus au nord, ils devraient traverser leurs sommets pour atteindre les plaines de l'Est qui les séparaient de Paranor. La tension monta tandis qu'ils s'enfonçaient dans le domaine des gnomes.

Ils eurent bientôt le sentiment désagréable d'être épiés en permanence. Quel prédateur guettait le moment d'attaquer ? Seul Hendel paraissait à son aise, sans doute à cause de sa parfaite connaissance de la région.

Vers midi, le chemin devint abrupt. L'ascension proprement dite commença. Les arbres étant désormais plus espacés et le sous-bois moins dense, le ciel d'un bleu profond, sans le plus petit nuage, redevint visible. Le soleil brillait sur la forêt. Les compagnons rencontrèrent de petits amas de rochers puis abordèrent un terrain plus accidenté, avec ses pics et ses arêtes. Ils arrivaient dans le secteur sud des montagnes centrales de l'Anar. L'air se rafraîchit à mesure qu'ils grimpaient, rendant la respiration plus difficile. Après des heures d'efforts soutenus, l'expédition atteignit la lisière d'une forêt de pins morts tellement serrés les uns contre les autres qu'il était impossible de voir plus de vingt ou trente pieds devant soi. Des falaises à pic de centaines de pieds de hauteur bordaient le chemin, leurs sommets perdus dans le bleu du ciel. La forêt s'étendait à perte de vue avant de venir mourir au pied des falaises. À l'orée des pins, Hendel demanda une halte et parla avec Menion. Quelque chose semblait le tracasser.

Allanon les rejoignit et invita les autres à se regrouper.

— Les montagnes que nous allons traverser sont les Wolfsktaag, un territoire interdit pour les nains comme pour les gnomes, expliqua Hendel. Nous avons choisi cet itinéraire parce qu'il y a moins de risques de tomber sur des guerriers gnomes. Les monts Wolfsktaag, dit-on, sont habités par des créatures d'un autre monde. Une bonne blague, non ?

— Allez droit au but ! s'impatienta Allanon.

— Le « but », c'est que nous avons été repérés il y a un quart d'heure par un ou deux éclaireurs gnomes. Le montagnard a vu les traces d'une colonne importante. Comme les éclaireurs feront rapidement leur rapport et ramèneront des renforts, nous devons filer d'ici !

— C'est pire encore ! ajouta Menion. D'après les empreintes que j'ai repérées, des gnomes nous guettent déjà. Ils peuvent être derrière ces arbres, là-bas, ou même dedans !

— Peut-être, et peut-être pas, montagnard ! dit Hendel. Ce bois s'étend sur près d'une lieue, toujours bordé par les falaises, mais le chemin, après la forêt, rétrécit pour devenir le col du Nœud-Coulant : l'entrée des monts Wolfsktaag. C'est l'itinéraire que nous devons suivre. Tout autre chemin nous coûterait deux jours de marche supplémentaires, et nous risquerions de croiser un groupe de gnomes !

— Assez tergiversé ! dit Allanon. Allons-y ! Une fois le col traversé, nous serons dans la montagne. Les gnomes ne nous y suivront pas.

— C'est encourageant... marmonna Flick.

En file indienne, la colonne s'enfonça dans la forêt et slaloma entre les pins tordus. Des aiguilles jonchaient le sol, formant un épais matelas qui étouffait les bruits de pas. Les arbres à l'écorce blanche se dressaient comme des fantômes, leurs cimes squelettiques se mêlant pour former une toile d'araignée aux étranges entrelacs.

La compagnie suivait toujours Hendel, qui marchait d'un pas vif et déterminé.

Ils avaient parcouru quelques centaines de pas quand Durin leur fit signe de s'arrêter et de se taire.

Il inspira à fond.

— De la fumée ! s'écria-t-il. Ils ont mis le feu à la forêt !

— Je ne sens rien, dit Menion.

— Vous n'avez pas les sens aiguisés des elfes, lui rappela Allanon.

Il se tourna vers Durin.

— Pouvez-vous repérer le départ d'incendie ?

— Je sens aussi de la fumée ! s'écria Shea, ébahi de se découvrir des perceptions aussi développées que celles des elfes.

Durin tourna lentement sur lui-même, s'efforçant de déterminer d'où venait l'odeur.

— Non, Allanon... On dirait que les gnomes ont mis le feu à plusieurs endroits... Dans ce cas, la forêt s'embrasera très vite !

Allanon hésita, puis leur ordonna de se diriger vers le col du Nœud-Coulant. Ils accélérèrent l'allure pour ne pas être piégés. Ces arbres morts prendraient feu à la vitesse de chevaux lancés au galop et leur couperaient la route dès que l'incendie gagnerait leurs cimes...

Le rythme d'Allanon et de Balinor obligea Shea et Flick à courir pour ne pas se laisser distancer. Puis Allanon cria quelque chose à Balinor, qui ralentit, se laissa dépasser et fut bientôt hors de vue. Devant, Menion et Hendel avaient disparu et les elfes bondissaient gracieusement entre les pins. Allanon seul resta bien en vue, quelques pas derrière Shea et son frère, leur criant de courir plus vite. Des nuages de fumée blanche se faufilaient entre les troncs, agressant les poumons des compagnons. Par bonheur, il n'y avait toujours aucun signe du feu, qui ne s'était pas assez développé pour se propager aux broussailles et leur couper la route.

En quelques minutes, la fumée eut tout envahi. À chaque inspiration, Shea et Flick toussaient à fendre l'âme et leurs yeux brûlaient à cause de la chaleur.

Soudain, Allanon leur cria d'arrêter. Ils obéirent à regret. Son visage semblant étrangement gris dans l'épaisse fumée blanche, il regardait derrière lui.

Bientôt, la grande silhouette de Balinor apparut, étroitement emmitouflée dans son manteau de chasse.

— Vous aviez raison, Allanon, ils sont à nos trousses ! dit-il. Ils incendient la forêt sur nos talons. On dirait une nasse, pour nous pousser vers le col du Nœud-Coulant !

— Restez avec les Valombriens ! ordonna Allanon. Je dois rejoindre les autres avant qu'ils arrivent au col !

À une vitesse hallucinante, le chef de l'expédition fonça entre les arbres et disparut presque aussitôt. Balinor fit signe aux deux frères. Ils suivirent Allanon en luttant de leur mieux contre la fumée.

Puis ils entendirent les crépitements du bois en train de brûler. La fumée déferla comme un nuage de chaleur aveuglante. L'incendie les rattrapait ! Bientôt, il serait sur eux et ils seraient brûlés vifs !

Toussant et crachant, les trois amis coururent entre les arbres à l'aveuglette pour échapper à la fournaise. Jetant un coup d'œil vers le ciel, Shea vit que les flammes se propageaient entre les cimes, au-dessus d'eux et devant, le feu léchant les troncs...

Derrière l'écran de fumée et d'arbres, la muraille impénétrable des falaises se matérialisa soudain.

Les fuyards redoublèrent d'efforts. Peu après, alors qu'ils avançaient à tâtons le long de la falaise, ils retrouvèrent leurs compagnons accroupis dans une clairière, au-delà des arbres en flammes. Une piste en partait et serpentait entre les falaises pour disparaître dans le col du Nœud-Coulant.

La forêt entière était engloutie par l'incendie.

— Ils nous forcent à choisir entre rôtir vivants ou nous jeter dans la gueule du loup en traversant le col ! cria Allanon. Ils savent qu'il nous reste deux chemins possibles... Mais eux aussi n'ont plus le choix ! C'est là qu'ils perdent leur avantage ! Durin, allez jeter un coup d'œil à l'entrée du col et voyez si les gnomes nous ont tendu une embuscade.

L'elfe courut le long de la falaise. Ses compagnons le regardèrent disparaître entre les rochers, plus haut sur la piste. Shea se serrait contre ses amis, désolé de n'être d'aucun secours.

— Les gnomes ne sont pas des imbéciles, dit Allanon. Ceux du col se savent maintenant coupés des autres. À moins qu'ils arrivent à nous prendre de vitesse. Mais ils ne courraient pas le risque de battre en retraite à travers les monts Wolfsktaag. Ou les gnomes ont pris position dans le col, ce que Durin nous dira, ou ils ont une autre idée derrière la tête...

— Quoi qu'il en soit, ils essaieront d'attaquer dans le Nœud-Coulant, dit Hendel. À cet endroit, la piste se resserre tant qu'on doit y passer un par un.

— Je ne comprends pas comment ils ont prévu de nous arrêter, avoua Balinor. Ces falaises sont presque à la verticale ! Impossible de les escalader sans risquer de se rompre le cou. Les gnomes n'ont pas eu le temps d'accéder au sommet depuis qu'ils nous ont repérés !

Allanon semblait d'accord avec le frontalier, aussi incapable que lui de comprendre la stratégie ennemie. Menion Leah parla à voix basse à l'oreille de Balinor. Puis il quitta le groupe pour aller se camper à l'entrée du col, où les parois de la falaise rétrécissaient, et étudia le sol avec soin. La fournaise les avait contraints à s'enfoncer un peu dans le col. Ici, les nuages de fumée blanche crachés par la forêt à l'agonie se dispersaient lentement.

Le groupe attendit que Durin et Menion reviennent. Le montagnard étudiait toujours le sol à l'entrée du col, sa haute silhouette à demi cachée par la fumée. Enfin, il se releva et revint, l'elfe sur les talons.

— J'ai vu des empreintes de pas, mais aucun signe de vie dans le col, dit Durin. Tout semble calme jusqu'au goulot d'étranglement... Je ne suis pas allé au-delà.

— Il y a autre chose, dit Menion. À l'entrée, j'ai relevé des pistes très claires : deux séries d'empreintes entrent dans le col, et deux autres en sortent. Et ce sont des pieds de gnomes.

— Ils ont dû se glisser devant nous et ressortir en restant plaqués aux parois de la falaise pendant que nous progressions au milieu, à moitié aveuglés ! dit Balinor, furieux. Mais pourquoi nous auraient-ils précédés ?

— Nous ne le saurons pas en restant ici à pérorer ! lança Allanon. Hendel, marchez en tête avec le montagnard, et faites attention. Les autres, même formation qu'avant !

Le nain partit avec Menion et ils étudièrent chaque rocher sur le chemin qui rétrécissait pour devenir le col du Nœud-Coulant. Les autres les suivaient plusieurs pas en arrière. Regardant derrière lui, Shea vit qu'Allanon le talonnait. Mais Balinor n'était plus en vue. L'historien avait de nouveau posté le frontalier à l'arrière-garde, aux abords de la forêt en flammes, pour repérer l'approche des gnomes.

Shea comprit qu'ils étaient pris au piège. Les gnomes avaient tendu leur embuscade avec soin... Mais quelle forme prendrait-elle ?

La piste montait abruptement sur les cent premiers pas. Redevenant plus plane, elle rétrécissait au point qu'on ne pouvait plus s'y faufiler de front. Le col était en réalité un tunnel encaissé entre les parois des falaises, ses flancs incurvés se refermant presque au-dessus des têtes des compagnons. Le ruban de lumière qui tombait du ciel bleu éclairait à peine le chemin rocailleux, devant eux. Leur rythme de marche ralentit quand les éclaireurs cherchèrent les pièges éventuels des gnomes. Shea ignorait jusqu'où Durin était allé pendant sa mission de reconnaissance. Mais apparemment, il ne s'était pas aventuré dans le Nœud-Coulant. Un nom pittoresque et combien éloquent ! L'étroitesse du passage donnait le sentiment de passer la tête dans la corde d'un bourreau... Shea entendait la respiration heurtée de Flick, derrière lui. Il eut la désagréable impression d'être pris en tenailles entre les parois rocheuses.

Le groupe progressa lentement pour ne pas s'égratigner ni se couper sur les pierres saillantes.

L'allure ralentit encore. Derrière lui, Shea entendit Allanon exiger de savoir ce qui arrivait. Il voulait prendre la tête. Mais dans ce chas d'aiguille, il n'était plus possible de s'écarter pour laisser passer quelqu'un.

Devant, Shea remarqua de la lumière. Le chemin devait s'élargir. Ils étaient presque sortis du col du Nœud-Coulant. À l'instant où Shea se crut tiré d'affaire, il entendit des exclamations. Tous s'arrêtèrent. La voix de Menion retentit dans la pénombre, pleine de surprise et de colère. Avec un juron, Allanon ordonna au groupe de continuer...

Il fut obéi sans hâte ni enthousiasme.

Enfin, ils débouchèrent dans une petite clairière ombragée par les parois de la falaise, assez évasées pour révéler un ciel étincelant.

— C'est bien ce que je craignais ! grogna Hendel. J'avais espéré que les gnomes ne se seraient pas aventurés si profondément dans des terres qu'ils tiennent pour taboues... Mais ils nous ont pris au piège !

Shea déboucha de la pénombre sur une avancée rocheuse plate où le reste de la compagnie parlait à voix basse. Allanon sortit presque en même temps que lui. Ensemble, ils observèrent le terrain.

Le promontoire où ils se tenaient s'étendait sur environ quinze pieds après la sortie du col du Nœud-Coulant pour former une saillie qui donnait sur un précipice. Même en plein soleil, l'abîme paraissait sans fond. Dans leur dos, les parois de la falaise s'écartaient pour former un demi-cercle autour du gouffre. Apparemment d'origine naturelle, il avait la forme d'un nœud coulant irrégulier. Bien entendu, il n'y avait aucun moyen de le contourner. De l'autre côté pendaient les vestiges d'une passerelle de corde et de bois.

Huit paires d'yeux examinèrent les parois à pic. Impossible de les escalader ! De toute évidence, la seule solution était de franchir le précipice.

— Les gnomes savaient ce qu'ils faisaient en détruisant la passerelle ! dit Menion. Nous voilà pris entre le marteau et l'enclume ! Ils n'auront même pas à se donner la peine de nous débusquer. Il leur suffira d'attendre que nous mourions de soif et de faim. Quels imbéciles nous sommes !

Il s'étrangla de fureur. Tous avaient conscience de leur stupidité : s'être ainsi laissé pousser dans un piège grossier mais combien efficace !

Allanon approcha du bord du précipice, puis il examina le terrain alentour.

— Si le gouffre était un peu plus étroit, dit Durin, ou si j'avais la place de prendre de l'élan, je pourrais peut-être sauter de l'autre côté.

Shea estima la distance à environ trente-cinq pieds. Même si Durin avait été le meilleur sauteur en longueur du monde, Shea n'aurait pas donné cher de ses chances de réussite dans de telles conditions...

— Un moment ! cria Menion en désignant le nord. Et ce vieil arbre suspendu à la paroi, à gauche ?

Tout le monde regarda, sans comprendre ce que le montagnard voulait dire. L'arbre était accroché à la roche, à près de cent cinquante pas d'eux. Ses branches nues pendaient comme les bras et les jambes d'un géant fourbu.

Shea ne vit pas en quoi cela les aiderait.

— Si je tirais une flèche sur cet arbre, avec une corde attachée à l'empennage, quelqu'un de léger pourrait traverser et la fixer solidement pour que nous le suivions.

— Il y a plus de cent pas ! dit Allanon. Même si vous étiez le meilleur tireur à l'arc de l'histoire, avec le poids supplémentaire d'une corde, vous arriveriez à peine à atteindre votre cible, sans parler d'enfoncer assez la flèche pour soutenir le poids d'un homme.

— En tout cas, il faut trouver une solution, ou nous pouvons dire adieu à l'Épée de Shannara et à tout le reste ! grommela Hendel.

— J'ai une idée ! lança Flick en avançant.

Ses compagnons regardèrent le Valombrien comme s'ils le voyaient pour la première fois.

— Merveilleux ! cria Menion. Ne la garde pas pour toi ! De quoi s'agit-il ?

— S'il y avait un bon tireur à l'arc dans notre groupe (il jeta un regard venimeux à Menion), il pourrait envoyer une flèche lestée d'une corde dans les planches de la passerelle et nous permettre de la tirer vers nous.

— Une idée qui vaut la peine d'être essayée ! dit Allanon. Qui...

— Je m'en charge ! fit Menion avec un regard furibond pour Flick.

Allanon acquiesça. Hendel sortit de ses sacs une corde que Menion attacha au bout d'une flèche, nouant l'autre extrémité à sa ceinture de cuir.

Il encocha la flèche et chercha une planche bien visible entre les longueurs de corde. Retenant son souffle, ses compagnons le regardèrent armer le grand arc de frêne et tirer... La flèche vola au-dessus du précipice et fit mouche.

— Joli coup, Menion ! dit Durin.

Le montagnard sourit.

Ils tirèrent la passerelle à eux. Allanon chercha où attacher les cordes, mais les supports d'origine avaient été enlevés par les gnomes. En désespoir de cause, arc-boutés au bord du précipice, Hendel et Allanon tirèrent au maximum sur la passerelle pendant que Dayel traversait à la force des poignets, une deuxième corde à la ceinture.

Il y eut des moments périlleux, mais le nain et l'historien tinrent bon et Dayel arriva sain et sauf de l'autre côté.

Balinor vint leur annoncer que l'incendie s'éteignait. Les guerriers gnomes arriveraient bientôt...

La corde de Dayel retraversa le précipice dès qu'il eut attaché une extrémité aux débris de la passerelle. La longueur supplémentaire ainsi gagnée permit de l'enrouler autour des rochers, à l'entrée du col, et de la fixer solidement. Les autres membres de l'expédition traversèrent, un par un.

Puis la corde, sectionnée, tomba dans le précipice avec les vestiges de la passerelle.

Nul ne pourrait les suivre par cette voie.

Allanon ordonna à ses compagnons d'avancer sur la pointe des pieds, afin d'éviter que l'ennemi lancé à leurs trousses comprenne trop vite que le gibier avait filé ! Avant de se remettre en route, l'historien se rapprocha de Flick et lui posa une main sur l'épaule.

— Aujourd'hui, mon ami, vous avez vraiment gagné le droit d'être de l'aventure !

Laissant Flick rosir de plaisir et de fierté, il fit signe à Hendel de prendre la tête.

Shea flanqua une claque amicale sur l'épaule de son frère. Oui, il avait gagné le droit de faire partie de la compagnie ! Ce qui n'était peut-être pas son cas...

Chapitre 11

La compagnie parcourut dix lieues dans les monts Wolfsktaag avant qu'Allanon ordonne une halte. Le col du Nœud-Coulant et le risque d'une attaque gnome étaient désormais loin. Ils avaient rapidement traversé une forêt aux sentiers praticables et au terrain régulier malgré l'altitude. L'air piquant et frais rendait la marche presque agréable ; le soleil de l'après-midi réchauffait les compagnons, dont le moral aussi était au beau fixe.

Les bois se révélaient plutôt épars dans ces montagnes semées de corniches de pierre et de pics couronnés de neige. En ce pays tabou, même aux yeux des nains, il n'y avait rien de particulier à voir – ni signe de danger. Tout paraissait normal, du bourdonnement des insectes jusqu'aux chants joyeux des oiseaux multicolores de toutes les tailles et formes.

Les compagnons paraissaient avoir fait le bon choix pour gagner Paranor dans les meilleures conditions possibles.

— Nous bivouaquerons dans quelques heures, dit l'historien quand les autres se furent rassemblés en cercle autour de lui. Mais je vous quitterai au petit matin pour une mission de reconnaissance au-delà des monts Wolfsktaag. Je veux savoir s'il y a des signes du Roi-Sorcier ou de ses émissaires. Les montagnes passées, nous franchirons les forêts de l'Anar, et traverserons ensuite les plaines situées au-delà des dents du Dragon, juste au-dessous de Paranor. Si les créatures venues du nord ou leurs alliés ont bloqué l'accès aux plaines, je dois le savoir maintenant, pour que nous puissions choisir une autre route.

— Irez-vous seul ? demanda Balinor.

— Oui. Ce sera plus sûr pour tout le monde. Je ne courrai aucun danger et vous aurez besoin de tout le monde quand vous serez de nouveau dans les forêts de l'Anar. Les guerriers gnomes surveilleront tous les cols pour s'assurer que vous n'en sortirez pas vivants. Hendel vous guidera aussi bien que moi. Je vous rejoindrai en chemin, avant que vous arriviez dans les plaines.

— Quel itinéraire suivrez-vous pour quitter la montagne ? demanda le nain.

— Le col de Jade me semble la meilleure solution. Je baliserai le trajet avec des morceaux de tissu. Le rouge signifiera un danger. Suivez le chemin indiqué par le tissu blanc et tout ira bien. Maintenant, continuons tant qu'il fait encore jour.

Ils marchèrent jusqu'à ce que le soleil sombre derrière les montagnes, la piste étant devenue impossible à distinguer dans la pénombre. Par une nuit sans lune, à la faible lueur des étoiles, la compagnie dressa son camp sous une paroi rocheuse déchiquetée, éperon géant dans le ciel obscur. De part et d'autre du camp, des pinèdes formaient un demi-cercle autour de la falaise, leur offrant une protection idéale. Ils mangèrent de nouveau froid, pour ne pas prendre le risque d'attirer l'attention avec un feu. Hendel organisa les tours de garde, une précaution qu'il estimait essentielle en territoire hostile. Les membres du groupe se relaieraient pour que chacun ait le temps de dormir. Après le dîner, il y eut peu de conversations. Ceux qui n'étaient pas de garde s'enroulèrent dans leurs couvertures et s'assoupirent, morts de fatigue après une si longue journée de marche.

Shea se porta volontaire pour le premier tour de garde. Il avait hâte de se rendre utile, miné par le sentiment de n'avoir pas pu prouver sa valeur jusque-là, alors que les autres risquaient leurs vies pour lui. Au cours des deux derniers jours, son attitude vis-à-vis de Paranor avait changé. Il commençait à mesurer l'importance de l'Épée pour les peuples des Quatre Terres. Avant, il avait plutôt eu tendance à fuir les Porteurs du Crâne et à se lamenter d'être le dernier fleuron de la maison de Shannara...

À présent, il se préparait à affronter un pouvoir si effrayant que ses limites restaient indéfinies. Et ce, avec le courage de sept mortels pour toute protection. Même dans ces conditions, Shea savait que rechigner à aller de l'avant, ou à offrir le peu qu'il avait à offrir, serait une trahison de son héritage humain et elfique, sans parler de la négation de son altruisme naturel. Car il tirait une fierté légitime de se soucier du bien-être de tous avant de se préoccuper du sien. Lui eût-on solennellement prédit l'échec qu'il y serait allé quand même, refusant envers et contre tout de s'avouer vaincu.

Allanon s'était couché sans dire un mot. Il s'endormit vite. Shea l'observa pendant les deux heures de son tour de garde, puis il s'allongea dès que Durin prit le relais. Quand Flick se réveilla, après minuit, l'historien se leva d'un bond, toujours enroulé dans le grand manteau noir que le jeune homme lui avait vu pour la première fois sur la route de Valombre... Après un dernier regard aux dormeurs, puis à Flick qui s'était perché sur un rocher, il prit la direction du nord et s'enfonça dans la forêt.

Allanon marcha toute la nuit pour atteindre le col de Jade, l'Anar central, et, au-delà, les plaines de l'Ouest. Traversant la forêt avec la rapidité d'une ombre, il paraissait presque immatériel quand il passait devant de petits animaux qui l'apercevaient et l'oubliaient aussitôt. Pourtant, sans les transformer vraiment, son apparition fugace les laissait différents, en gravant son image dans leurs esprits privés de compréhension.

Il réfléchit une fois encore au voyage vers Paranor, et à ce qu'il devait taire au nom de la mission...

L'historien se sentait atrocement impuissant face à la fin annoncée d'un monde. Ses compagnons soupçonnaient qu'il avait joué un rôle de premier plan dans tout ce qui était arrivé – et ils pensaient que ce n'était pas fini ! Mais lui seul était contraint de vivre avec la prescience de sa destinée et de la leur. Il détestait ce fardeau. Mais pour lui, il n'y avait pas d'autre choix possible. Son visage reflétait son indécision, son inquiétude *et* la résolution inflexible qui soutenait son âme quand le cœur n'y était plus.

À l'aube, sur un terrain vallonné et rocheux, il traversa une étendue boisée particulièrement dense longue de plusieurs lieues. Il remarqua aussitôt un étrange silence, comme si une forme très particulière de mort avait posé sa main glacée sur la terre. La piste, derrière lui, était soigneusement balisée par de petits bouts d'étoffe blanche. Il ralentit l'allure. Jusque-là, rien ne l'avait inquiété. Mais son sixième sens lui souffla que tout n'était pas normal, ici. Il atteignit une bifurcation. Le premier embranchement, vers la gauche, était large et propre – une ancienne artère principale ? Il semblait mener, en contrebas, à une grande vallée. Mais plus loin, passé les premières centaines de pas, la forêt avait commencé à reprendre ses droits et à tout recouvrir.

Le second embranchement était obstrué par des broussailles si épaisses qu'un seul homme à la fois pourrait se frayer un passage. Il conduisait à une crête qui formait un angle avec le col de Jade.

Sur le chemin de la vallée, l'historien se figea, captant la présence d'un autre être, indéniablement maléfique. Il n'y avait ni bruit, ni mouvement. Ce prédateur, quel qu'il fût, saisirait ses victimes au passage.

Allanon déchira deux bouts de tissu, attachant le rouge à l'entrée du chemin de la vallée et le blanc à celle de la piste étroite. Puis il tendit de nouveau l'oreille. Il percevait toujours la présence maléfique, mais sans détecter de mouvement. Inférieur à celui d'Allanon, le pouvoir du prédateur n'en menacerait pas moins la compagnie. Vérifiant une dernière fois ses balises, il prit la piste ascendante et disparut dans les broussailles.

Une heure passa avant que la créature tapie sur le chemin de la vallée décide de faire des recherches. Très intelligente – une possibilité qu'Allanon n'avait pas envisagée –, elle savait que celui qui était passé plus tôt, sentant sa présence, l'avait délibérément évitée. Elle se doutait aussi que cet homme avait des pouvoirs supérieurs aux siens. Prudente, elle resta tapie dans la forêt, attendant qu'il ait disparu. Ensuite, elle avança jusqu'à la croisée des chemins, où deux morceaux de tissu flottaient dans la brise. Qu'il était stupide de laisser des marques comme celles-là ! pensa la créature.

Elle avança vers la fourche...

Balinor prit le dernier tour de garde. Quand l'aube pointa, inondant de lumière les montagnes, il tira ses compagnons de leur sommeil. Dans l'air frais du petit matin, après un petit déjeuner frugal, ils s'efforcèrent de se réchauffer. Puis ils emballèrent leurs affaires, prêts pour une nouvelle journée de marche. Quelqu'un demanda où était Allanon. Flick répondit d'une voix endormie qu'il les avait quittés vers minuit. Personne ne semblant s'étonner de ce départ discret, la question en resta là.

Une demi-heure plus tard, la colonne prit le chemin du nord, à travers les monts Wolfsktaag, et progressa à un rythme soutenu dans le même ordre que la veille. Hendel confia l'avant-garde à Menion Leah, qui marchait avec une grâce féline à travers les broussailles, ses pieds semblant à peine effleurer le tapis de feuilles mortes. Hendel éprouvait un grand respect pour le prince de Leah. Avec un peu d'expérience, il dépasserait tous les forestiers de sa connaissance. Mais le nain savait aussi le jeune prince impétueux et relativement inexpérimenté. En de tels territoires, seuls survivaient les combattants prudents et aguerris. Le seul moyen d'apprendre de ses erreurs étant de s'entraîner sur le terrain, le nain avait – à contrecœur – laissé le jeune homme prendre la tête. Mais il vérifiait derrière lui tout ce qu'ils rencontraient en chemin.

Un détail particulièrement inquiétant attira très vite l'attention du nain, même s'il échappa à tous ses compagnons. La piste ne portait aucune empreinte de l'homme censé l'avoir empruntée quelques heures auparavant. Hendel examina le sol et ne vit pas la plus petite trace. Les morceaux de tissu blanc étaient pourtant là, à intervalles réguliers, comme prévu. Alors comment expliquer cette contradiction ? Il n'y avait aucun signe du passage d'Allanon...

Hendel connaissait les légendes qui lui prêtaient des pouvoirs extraordinaires. Mais il n'aurait jamais cru qu'il puisse dissimuler aussi parfaitement tout indice de son passage. Le nain n'arrivait pas à comprendre comment il s'y était pris, mais il décida de garder ses doutes pour lui.

À l'arrière, Balinor aussi se posait des questions sur le personnage venu de Paranor, cet historien au fait de tant de choses arrachées à l'oubli, ce grand voyageur qui sillonnait inlassablement le monde et au sujet de qui, pourtant, on en savait si peu... Si Balinor connaissait Allanon depuis son enfance, dans le royaume de son père, il gardait de lui des souvenirs étonnamment vagues. Cet étranger allait et venait à sa guise, sans prévenir. Toujours aimable avec lui, il ne lui avait jamais révélé quoi que ce fût sur son mystérieux passé. Les sages du monde entier savaient qu'Allanon était un savant et un philosophe sans égal. Les autres le tenaient pour un voyageur avisé, toujours de bon conseil et dont l'austère bon sens n'était jamais pris en défaut.

Balinor avait beaucoup appris de lui et il lui faisait une confiance aveugle. Pourtant, pas plus que d'autres, il n'aurait pu prétendre connaître l'énigmatique historien, vivante dérobade à l'analyse. Plongé dans ses réflexions, il eut une brusque révélation : depuis toutes ces années, il n'avait jamais remarqué de changement dans son apparence !

Bordée d'arbres et de broussailles qui formaient des haies impraticables, la piste recommença à monter et à rétrécir. Menion avait suivi les balises blanches, sûr d'avoir pris le bon chemin. Mais il redoubla d'attention quand l'ascension devint plus difficile.

Vers midi, ils atteignirent un embranchement.

Menion s'arrêta, surpris.

— Voilà qui est étrange ! La piste se sépare et il n'y a pas de repère. Je ne comprends pas pourquoi Allanon n'en a pas laissé !

— Quelque chose a dû arriver à ses balises, soupira Shea. Quel chemin prendre ?

Hendel examina le sol. Sur le sentier qui montait vers la crête, il trouva les traces d'un passage récent. Sur la piste, il repéra des traces de pas presque effacées.

Le nain comprit qu'un prédateur était embusqué le long d'un des chemins. Voire des deux.

— Je n'aime pas ça ! Quelque chose cloche ! Les signes sont confus. Peut-être à dessein...

— Et si ces histoires de terres taboues n'étaient pas un tissu d'absurdités, tout compte fait ! lança Flick en s'asseyant sur une souche d'arbre.

Balinor vint s'entretenir avec Hendel. Le nain admit que la piste du bas serait la plus rapide pour gagner le col de Jade. De plus, c'était la route principale. Mais déterminer quel chemin Allanon avait pris n'était plus possible. Les bras au ciel, Menion exigea qu'on fasse un choix.

— Nous savons tous qu'Allanon ne serait pas passé sans laisser de repère. Conclusion : quelque chose est arrivé à la balise... ou à Allanon. Dans un cas comme dans l'autre, rester assis ici en attendant que la réponse tombe du ciel est exclu ! Il a dit que nous nous retrouverions au col de Jade ou au-delà, dans la forêt. En conséquence, je vote pour le chemin le plus rapide, celui qui descend.

Hendel répéta qu'il avait le sentiment qu'un danger les guettait sur cette voie – une impression partagée par Shea depuis qu'ils étaient arrivés à l'embranchement sans y trouver de morceau de tissu. Balinor et les autres en débattirent quelques minutes, puis se déclarèrent finalement d'accord avec le montagnard. Ils suivraient le chemin le plus rapide en redoublant de prudence jusqu'à ce qu'ils aient quitté ces montagnes.

Ils se remirent en formation. Menion en tête, ils prirent le chemin en pente douce qui menait vers une vallée dissimulée par des arbres géants si serrés qu'ils se touchaient presque. La route s'élargit et la pente devint à peine perceptible. Leurs craintes se dissipèrent quand il apparut que la route, jadis, était une voie majeure de communication pour les habitants de la région.

Ils marchèrent moins d'une heure pour atteindre la vallée. Se repérer par rapport aux chaînes de montagnes environnantes était difficile. Les feuillages cachaient presque tout, à part la piste et le ciel d'un bleu limpide.

Dans la vallée, la compagnie aperçut une construction inhabituelle. Dressée au milieu des bois, elle évoquait une immense charpente. Malgré sa configuration rectiligne artificielle, elle semblait faire partie de la forêt.

Quand ils furent assez près, ils distinguèrent une série de poutres métalliques géantes couvertes de rouille et disposées en carré. Les compagnons ralentirent et regardèrent prudemment autour d'eux pour s'assurer qu'il ne s'agissait pas d'un piège. Rien ne bougeant, ils continuèrent d'approcher, intrigués par leur découverte.

La route s'arrêta abruptement et l'étrange structure leur apparut dans sa totalité. Bien que rongées par l'âge, les poutres de métal étaient toujours aussi droites et robustes qu'autrefois. Elles faisaient partie d'une grande cité, fantôme d'un lointain passé depuis longtemps oublié. Une ville fantôme comme la vallée et les montagnes où elle gisait, pierre tombale géante d'une civilisation disparue. La charpente de métal s'élevait sur d'imposantes fondations de pierre usées par le temps et les intempéries. Par endroits, on apercevait des vestiges de murs. Ces cadavres de bâtiments s'étendaient sur des centaines de pas jusqu'à l'orée d'une forêt. Comme toujours, une tentative d'invasion de l'indestructible nature s'était soldée pour les humains par un échec cuisant.

Dans l'enceinte de la structure, et entre ses fondations, les broussailles et les arbrisseaux poussaient en telle quantité que la cité semblait plutôt étouffée par la végétation que détruite par le passage des siècles. En silence, la compagnie contempla cet étrange témoignage d'une ère révolue... Tout ce qui restait des efforts consentis par de lointains ancêtres pour domestiquer le monde...

Face à ces vestiges de pierre et de métal que les assauts de la nature auraient bientôt renvoyés au néant, Shea mesura toute la futilité des ambitions humaines.

— Où sommes-nous ? souffla-t-il.

— Dans les ruines d'une ville, répondit Hendel en haussant les épaules. Personne n'était venu ici depuis des siècles, je suppose...

Balinor approcha d'un bâtiment et frotta une poutre. De gros morceaux de rouille poussiéreuse en tombèrent, révélant une ossature gris acier qui attestait de la solidité de la structure. Ses compagnons emboîtèrent le pas au frontalier qui fit le tour de la charpente en examinant les fondations... La matière ressemblait bien à de la pierre.

Il s'arrêta, s'agenouilla et épousseta ce « mur », révélant une date encore lisible. Tous se penchèrent.

— Cette cité existait avant le début des Grandes Guerres ! s'exclama Shea. Je n'arrive pas à y croire ! Ce doit être la plus vieille agglomération du monde !

— Allanon nous a parlé des hommes qui vivaient ici, se souvint Menion. De cette grande époque, a-t-il dit, il reste des amas de métal rouillé...

— Si nous faisions une halte ? proposa Shea. J'aimerais jeter un coup d'œil aux autres bâtiments.

Mal à l'aise à l'idée de s'attarder dans ce cimetière, Balinor et Hendel consentirent pourtant à une courte pause – à condition que la compagnie ne se disperse pas trop. Flick sur les talons, Shea alla examiner les vestiges suivants. Hendel lorgna avec méfiance les squelettes architecturaux. Il détestait chaque instant passé dans cette jungle de métal si différente de sa terre natale !

Les autres suivirent Menion derrière le bâtiment à la plaque restée lisible. Sur un pan de mur écroulé, ils trouvèrent un nom à demi effacé.

Quelques minutes plus tard, Hendel se surprit à rêver à Culhaven et à sa famille. Arraché à cet instant délicieux, il fut vite rappelé à la réalité. Tout le monde était en vue, mais Shea et Flick, sur la gauche de la ville morte, examinaient les ruines en quête de signes révélateurs de l'ancienne civilisation.

Au même instant, le nain s'avisa qu'à l'exception des voix de ses compagnons, la forêt était devenue mortellement silencieuse. Pas un souffle de vent n'agitait les branches. Pas un vol d'oiseau dans le ciel ni le moindre chant d'insecte. À ses propres oreilles, son souffle semblait soudain trop fort.

— Bon sang ! jura-t-il en portant la main à sa massue.

Flick aperçut un objet oblong blanc à demi caché par les fondations, près du bâtiment que Shea et lui exploraient. Intrigué, il approcha de ce qui ressemblait à des bâtons de tailles et de formes différentes. S'éloignant sans s'en apercevoir de son frère, Shea étudiait les vestiges d'un autre bâtiment. Flick approcha encore des étranges objets – sans parvenir à les identifier. Quand il fut tout près, les voyant briller sur la terre sombre, il comprit avec un frisson que c'étaient des ossements.

Derrière le Valombrien, la végétation s'écarta avec un bruit de tonnerre pour laisser passer un monstre grisâtre géant doté d'une multitude de pattes. Un mélange cauchemardesque de chair et de métal. Ses jambes tordues supportaient un corps composé de plaques d'acier et de chair à la fourrure rêche. Une tête insectoïde s'agitait frénétiquement sur un cou métallique. Des tentacules prolongés par des dards surmontaient deux yeux étincelants et des mâchoires gigantesques. Créé par les hommes d'une époque révolue pour les servir, le monstre avait survécu à l'holocauste. Au fil des siècles, il avait greffé des bouts de métal à sa chair en décomposition, se transformant en une créature difforme avide de chair humaine.

Il fondit sur sa victime avant que quiconque ait le temps de réagir.

Shea était le plus près du monstre, qui frappa son frère d'un coup de patte, le renversant et le clouant au sol. Les mâchoires descendirent vers leur proie...

Le demi-elfe poussa un cri sauvage, dégaina son couteau de chasse et vola au secours de Flick. La créature avait déjà saisi sa prise dans sa gueule quand son attention fut détournée par une autre proie. Hésitante devant un assaut inattendu, elle lâcha sa première prise et fit un pas en arrière, prête à frapper encore, ses yeux verts rivés sur le ridicule moustique qui osait l'attaquer.

— Shea, non ! cria Menion, terrifié, en voyant le Valombrien frapper en vain un des membres tordus du monstre.

Hurlant de fureur, la créature lança une patte vers Shea avec l'intention de l'aplatir. Il évita le coup en bondissant sur le côté et braqua son arme ridicule.

Sous les yeux de ses compagnons, le monstre se jeta sur Shea à l'instant où il s'apprêtait à tirer Flick à l'écart. La créature le renversa et la scène disparut derrière des volutes de poussière.

La tragédie avait fondu sur les compagnons et personne n'avait eu le temps de réagir.

Hendel n'avait jamais vu de créature de cette taille et de cette férocité. Elle avait survécu tout ce temps, guettant ses victimes...

Le nain courut au secours des Valombriens. Comme arrachés à une transe, les autres passèrent aussi à l'action. Dès que le nuage de poussière fut assez retombé pour que la gueule du monstre redevienne visible, trois flèches se fichèrent dans sa fourrure noire. Sifflant de fureur, la créature se dressa sur ses pattes arrière, les pattes avant tendues pour capturer les ridicules petits guerriers et les croquer.

Le défi fut promptement relevé. Comme il avait oublié son arc, Menion Leah dégaina son épée, la tenant à deux mains.

— Leah ! Leah !

Sur ce cri de bataille, il chargea, enjambant les fondations et les murs effondrés. Balinor aussi avait tiré son épée, dont la grande lame scintillait au soleil. Il courut derrière le montagnard. Durin et Dayel expédièrent des volées de flèches sur le museau du prédateur géant. Ses beuglements de fureur redoublèrent et il arracha les projectiles de sa chair avec ses pattes avant. Arrivé le premier à portée du monstre, Menion frappa et sentit l'acier heurter l'os. Quand la bête se cabra, ripostant d'un coup de patte qui précipita le prince de Leah dans la poussière, elle encaissa simultanément un coup sur le crâne : la massue d'Hendel ne faisait pas de quartier !

Balinor se campa devant la créature, son manteau de chasse ouvert flottant dans son dos et sa cotte de mailles brillant au soleil. Au terme d'une magistrale série d'attaques, le prince de Callahorn trancha une patte de la bête, qui riposta, essayant en vain d'écraser ses adversaires. À grands renforts de cris de guerre, les trois petits combattants s'évertuaient à éloigner le monstre de ses victimes inconscientes. Leurs attaques gagnèrent en audace et en précision, forçant la bête à céder du terrain. Durin et Dayel continuaient d'arroser cette cible immanquable de volées de flèches. Beaucoup ricochaient, inoffensives, sur le blindage métallique, mais cet assaut avait au moins le mérite de détourner l'attention de la créature. À un moment, Hendel reçut un coup si violent qu'il perdit brièvement connaissance. Le cauchemar ambulant se jeta sur lui pour l'achever. C'était compter sans Balinor. N'écoutant que son courage, il se campa devant le monstre et le frappa à coups redoublés. Menion put relever le nain qui reprenait conscience, et le tirer hors de danger.

Les tirs de Durin et de Dayel finirent par aveugler à demi le monstre, lui crevant l'œil droit. Saignant déjà d'une dizaine d'autres blessures graves, la créature comprit qu'elle avait perdu le combat. Si elle ne battait pas en retraite, elle y perdrait sa peau. Après un dernier coup à son adversaire le plus proche, elle se détourna et fonça vers sa tanière, la forêt...

Au mépris du danger, Menion se lança à sa poursuite, mais la créature le distança et disparut derrière les arbres.

Les cinq amis se penchèrent sur les Valombriens, toujours inertes. Ayant au fil des ans acquis une certaine expérience des blessures reçues au combat, Hendel les examina. Les jeunes gens avaient des coupures et des hématomes, mais apparemment pas de fractures. Souffraient-ils de lésions internes ? Difficile à dire. Tous les deux avaient été piqués par les dards de la créature, Flick à la nuque et Shea à l'épaule. Les marques rouge foncé très enflées indiquaient que les pointes avaient pénétré les chairs. Du poison ?

Malgré les efforts déployés pour les ranimer, les deux frères restèrent inconscients. Leur respiration devenait laborieuse et leur peau virait au gris.

— Je suis incapable de traiter ça, reconnut Hendel. Il faut les amener à Allanon. Il en connaît un rayon sur le sujet et pourra probablement les sauver.

— Ils sont en train de mourir, n'est-ce pas ? murmura Menion.

Hendel hocha la tête.

Balinor prit aussitôt les choses en main. Il pria Durin et Menion de couper des branchages pour fabriquer des litières, pendant que Hendel et lui prépareraient des civières pour transporter les Valombriens. Dayel fut chargé de monter la garde, au cas où la créature reviendrait à la charge.

Une fois les civières confectionnées, les jeunes gens y furent attachés, des couvertures les protégeant des rigueurs de la nuit qui ne tarderait plus à tomber. La compagnie repartit, Hendel en tête, les quatre autres portant les civières. Ils traversèrent les ruines de la cité dans un silence de mort et découvrirent une piste qui conduisait hors de la vallée. La rage au cœur, le nain et ses amis regardèrent une dernière fois le squelette encore visible de la cité perdue.

Un sentiment d'impuissance absolue les submergea. Ils étaient arrivés dans la vallée pleins de confiance en eux et déterminés à mener à bien leur mission. En quittant les lieux, ils n'étaient plus que les victimes découragées d'un mauvais coup du destin.

Ils se hâtèrent de laisser la vallée derrière eux et gravirent le flanc de la montagne avant de s'engager sur un chemin sinueux ombragé par des arbres vénérables. Toutes leurs pensées allaient aux blessés. Les bruits familiers de la forêt indiquaient que le danger tapi au fond de la vallée était passé. Aucun compagnon ne fit le rapprochement, hormis le nain, qui notait tout naturellement ce type de phénomène. Il réfléchit au choix qui les avait entraînés dans cette vallée et se demanda ce qui avait pu arriver à Allanon et à ses balises. Selon toute probabilité, l'historien avait placé des repères avant d'emprunter la piste supérieure. La créature avait-elle saisi le sens des morceaux de tissu et les avait-elle enlevés pour mieux attirer ses proies ?

Mais non ! Exaspéré par sa propre bêtise, Hendel chassa ces absurdités de ses pensées.

Ils atteignirent la vallée et continuèrent sans s'arrêter, traversant un territoire hérissé de troncs et de branches si emmêlés qu'ils en cachaient presque le ciel. Le chemin rétrécit de nouveau, les obligeant à repasser en file indienne, les civières au centre. Le ciel de l'après-midi vira rapidement du bleu au rouge orangé, marquant la fin d'une journée de plus. Hendel calcula qu'il leur restait une heure de clarté. Il ignorait quelle distance les séparait du col de Jade, mais ils ne devaient plus être très loin. Tous savaient qu'ils ne s'arrêteraient pas cette nuit-là pour dormir, ni le lendemain, s'ils espéraient sauver les Valombriens. Ils devaient retrouver Allanon avant qu'il soit trop tard pour empêcher le poison d'atteindre leurs cœurs...

Personne ne jugea utile de débattre de la question. Ils n'avaient pas le choix.

Quand le soleil disparut derrière les montagnes orientales, une heure plus tard, les quatre porteurs avaient atteint les limites de leur endurance. Balinor ordonna une courte halte.

Les compagnons se laissèrent tomber sur le sol, le souffle court. Avec la venue de la nuit, Hendel laissa son poste à Dayel, visiblement le plus épuisé. Enveloppés dans leurs couvertures, les Valombriens restaient inconscients. Leurs visages aux traits tirés étaient couverts d'une pellicule de transpiration de fort mauvais augure. Hendel leur prit le pouls et le trouva bien faible. Menion s'abandonna à sa fureur, brûlant de trouver quelque chose sur quoi passer sa rage.

La compagnie reprit sa marche forcée après dix minutes de repos. Quand le soleil disparut, les voyageurs avancèrent dans une obscurité à peine troublée par la faible lueur des étoiles et d'un croissant de lune. Faute d'éclairage suffisant, l'allure ralentit. La progression devint plus pénible encore sur un terrain souvent inégal. Hendel avait remplacé Dayel derrière la civière de Flick et l'elfe mobilisait ses sens surdéveloppés pour suivre la piste dans les ténèbres. Le nain repensa aux morceaux de tissu qu'Allanon avait promis de laisser. Il en avait plus besoin que jamais, au nom des Valombriens, dont la survie dépendait de sa rapidité. Encore insensible au poids de la civière, réfléchissant à la situation, il se surprit à regarder les deux sommets qui brisaient la monotonie du ciel nocturne, sur sa gauche. Il lui fallut un moment pour comprendre de quoi il s'agissait... Le col de Jade !

Au même instant, Dayel annonça que la piste proposait de nouveau deux directions. Hendel précisa que la gauche les conduirait au col. Sans s'arrêter, ils prirent le chemin qui menait vers les deux pics. Presque au bout de leurs peines, ils redoublèrent d'efforts, stimulés par l'espoir qu'Allanon les attendait de l'autre côté du col.

L'état de Shea et de Flick s'était aggravé. Ils tremblaient de plus en plus violemment. Dans leurs corps, la mort et l'instinct de survie se livraient une lutte sans merci. Hendel se consola en pensant que ce combat était plutôt bon signe. Puis il vit que tous ses compagnons regardaient la lumière qui brillait à l'horizon, entre les pics jumeaux.

Venus de la même direction, le nain entendit un grondement et de lointains échos de voix.

Balinor demanda à Dayel de partir en reconnaissance et de garder les yeux ouverts.

— Que se passe-t-il ? demanda Menion.

— Difficile de savoir à une telle distance, répondit Durin, mais on dirait des tambours accompagnés de chants...

— Des gnomes, fit Hendel, sinistre.

Une heure plus tard, ils furent assez près pour s'apercevoir que la lumière venait de centaines de feux ; les roulements de tambours ponctuaient bien des chants. Et le vacarme était assourdissant.

Les deux pics qui signalaient l'entrée du col de Jade ressemblaient à d'immenses piliers. Selon Balinor, s'il s'agissait vraiment de gnomes, ils ne se seraient pas aventurés sur les terres taboues simplement pour y poster des gardes. La compagnie était donc en sécurité jusqu'à ce qu'elle atteigne le col. Le vacarme continua, faisant vibrer la forêt. Les guerriers qui s'étaient installés là n'avaient pas l'intention de partir de sitôt...

Peu après, la petite colonne arriva en vue du col de Jade, un peu en deçà du terrain éclairé par les feux.

Les compagnons tinrent brièvement conseil.

— Que se passe-t-il, Hendel ? demanda Balinor quand ils se furent accroupis au pied d'un arbre.

— Impossible à dire d'où nous sommes, il faudrait pouvoir lire dans leur esprit ! grogna le nain. Les chants ressemblent à ceux des gnomes, mais les paroles ne sont pas claires. Je devrais approcher pour vérifier.

— Non ! intervint Durin. C'est un travail d'elfe, pas de nain ! Je me déplacerai plus vite et plus discrètement que vous, et je reviendrai avec des informations.

— Alors, autant que j'y aille, dit Dayel. Je suis plus petit, plus léger et plus rapide que vous tous. Je reviens dans une minute !

Sans attendre de réponse, il s'éclipsa. Durin jura à voix basse, inquiet pour son jeune frère. Si des gnomes avaient vraiment pris pied dans le col de

Jade, ils n'hésiteraient pas à tuer un elfe surpris à rôder dans le noir. Hendel haussa les épaules, écœuré, et guetta le retour de Dayel. Shea gémissait. Repoussant ses couvertures, il manqua tomber de la civière. Flick ne tarda pas à l'imiter. Menion et Durin remirent les couvertures sur les Valombriens, les fixant avec des sangles de cuir.

Avec ce tumulte, les malheureux pouvaient gémir tant et plus, seuls leurs compagnons les entendaient...

Ils attendirent Dayel, surveillant avec inquiétude l'horizon d'où montaient les roulements de tambours. Bientôt, il leur faudrait de nouveau se battre pour se frayer un chemin.

Dayel surgit soudain des ténèbres.

— Ce sont des gnomes ? lança Hendel.

— Oui, par centaines ! Ils sont postés tout le long de l'entrée du col de Jade. À en juger par leurs mélopées et la cadence de leurs tambours, c'est une cérémonie. Et toutes les têtes sont tournées vers l'entrée du col. Personne ne pourrait entrer ou sortir sans être vu.

Il s'interrompit, les yeux baissés sur les Valombriens, dont l'état empirait. Puis il se tourna vers Balinor.

— J'ai examiné l'entrée et les pics, des deux côtés. Il n'y a aucun moyen de passer, sauf à traverser au milieu des gnomes. Nous sommes pris au piège !

Chapitre 12

Le rapport pessimiste de Dayel fit son effet. Menion bondit sur ses pieds, saisit son épée et menaça de traverser à la force du poignet ou de mourir. Balinor s'efforça de l'apaiser, mais pendant quelques minutes, le chaos régna. Les autres se joignirent au montagnard pour le soutenir. Hendel interrogea Dayel sur ce qu'il avait vu à l'entrée du col, et, après quelques questions, il ordonna à tous les autres de se taire.

— Les chefs des gnomes sont là, dit Dayel. (Balinor avait réussi à calmer assez Menion pour qu'il écoute.) Tous les grands prêtres et les habitants des villages voisins aussi. Il s'agit d'une cérémonie sacrée qui se tient une fois par mois. Ils viennent au coucher du soleil chanter des prières à leurs dieux pour qu'ils les protègent des maléfices de la montagne. La cérémonie durera toute la nuit. Au matin, il sera trop tard pour secourir nos jeunes amis.

— Les gnomes sont surprenants ! explosa Menion. Ils craignent les maléfices des Wolfsktaag alors qu'ils s'allient au royaume du Crâne ! J'ignore ce que vous en pensez, mais je refuse de baisser les bras à cause d'abrutis qui psalmodient des prières inutiles !

— Personne n'a parlé de renoncer, Menion, rappela Balinor. Nous quitterons ces montagnes cette nuit. Immédiatement, en fait.

— Comment avez-vous l'intention de procéder ? demanda Hendel. Traverser une marée de gnomes ? Ou voler par-dessus, peut-être ?

— Un moment ! cria Menion.

Il se pencha sur Shea, fouilla dans ses vêtements, puis exhiba une bourse de cuir.

— Les Pierres Elfiques nous permettront de nous en sortir ! annonça-t-il.

— Ça ne marchera pas, Menion, dit Balinor. Seul Shea a le pouvoir de les utiliser. De plus, Allanon m'a dit un jour qu'elles pouvaient seulement s'opposer aux phénomènes dont le pouvoir est au-delà de la matière. Des dangers qui menacent l'esprit... Ces gnomes sont faits de chair et de sang, ce ne sont pas des créatures du monde des esprits.

— J'ignore de quoi vous parlez, mais je sais que ces pierres ont été efficaces contre la créature du marais des Brumes. Je les ai vues à l'œuvre...

Menion réfléchit. Puis il reposa la bourse et son précieux contenu.

— À quoi bon ? Vous avez sûrement raison. Je ne sais même plus ce que je raconte !

— Il doit y avoir un moyen ! insista Durin. Tout ce qu'il nous faut, c'est une diversion, le temps que nous nous glissions dans le col...

Menion dressa l'oreille, trouvant l'idée intéressante. Mais comment détourner l'attention de milliers de gnomes ? Balinor fit les cent pas quelques minutes, perdu dans ses pensées, tandis que les autres lançaient des suggestions. Avec un humour sinistre, Hendel proposa de foncer au milieu des gnomes et de les laisser le capturer. Ils seraient si heureux de mettre la main sur celui qui leur damait le pion depuis tant d'années qu'ils en oublieraient tout le reste. Ne goûtant guère la boutade, Menion proposa de prendre le nain au mot, histoire de lui jouer un bon tour...

— Assez parlé ! rugit soudain le prince de Leah, à bout de patience. Ce qu'il nous faut, c'est un plan pour repartir d'ici immédiatement, avant que les Valombriens soient au-delà de toute intervention. Que faire ?

— Quelle est la largeur du col ? demanda Balinor sans cesser de marcher de long en large.

— Environ deux cents pieds à l'endroit où les gnomes sont réunis, répondit Dayel. (Il réfléchit, puis claqua des doigts.) Le côté droit est complètement ouvert, mais à gauche, des arbrisseaux et des buissons poussent le long de la falaise. Ils pourraient nous fournir une couverture.

— Insuffisante, dit Hendel. Le col de Jade est assez large pour qu'une armée puisse le traverser, mais essayer de passer dans ces conditions serait suicidaire. Tout gnome qui regarderait par là nous verrait aussitôt !

— Alors, il faut qu'ils regardent ailleurs ! grogna Balinor.

Une ébauche de plan germa dans son esprit.

Il s'accroupit puis traça un croquis grossier de l'entrée du col, consultant du regard Dayel et Hendel sur l'exactitude de son esquisse. Menion avait cessé de grommeler pour se joindre à eux.

— D'après ce plan, nous pourrions rester à couvert jusque-là, dit-il, désignant la paroi gauche de la falaise. La pente est assez douce pour nous permettre de rester au-dessus des gnomes, dans les buissons. Puis il y aura un espace dégagé de vingt-cinq ou trente pas, jusqu'à l'étendue boisée suivante, au pied de la paroi la plus abrupte. Là, nous redeviendrons aisément repérables par quiconque regardera dans notre direction. C'est ici qu'il faudra détourner l'attention des gnomes assez longtemps pour nous permettre de filer.

Il marqua une pause, remarquant l'inquiétude de ses quatre compagnons. Il aurait aimé avoir un meilleur plan, mais le temps pressait s'ils voulaient avoir une chance de récupérer l'Épée de Shannara. Pour le moment, rien n'avait plus d'importance que Shea, l'héritier de l'Épée – et l'unique espoir, pour les peuples des Quatre Terres, d'éviter un conflit qui les détruirait tous. Leurs propres vies ne comptaient pas par rapport à cet enjeu.

— Nous aurons besoin du meilleur archer des Terres du Sud, dit Balinor. Menion Leah ! (Le jeune homme releva la tête, surpris et immensément fier de cette déclaration inattendue.) Il aura une seule flèche. Si elle ne fait pas mouche, nous serons perdus.

— Quel est votre plan ? demanda Durin.

— Quand nous atteindrons le secteur dégagé, Menion repérera un des chefs gnomes, du côté le plus éloigné du col. Il le tuera d'une flèche. Dans la confusion qui suivra, nous passerons inaperçus.

— Ça ne marchera pas, mon ami ! grogna Hendel. À l'instant où un de leurs chefs tombera, les gnomes se déploieront à l'entrée du col et ils nous dénicheront en quelques instants.

Balinor secoua la tête.

— Non. Parce qu'ils se lanceront à la poursuite d'un leurre. À l'instant où un des chefs s'écroulera, l'un de nous se montrera, loin en arrière de notre véritable position. Les gnomes auront tellement hâte d'attraper leur ennemi qu'ils ne penseront pas à en chercher d'autres. Alors, nous traverserons.

Un lourd silence accueillit sa déclaration.

Les compagnons se dévisagèrent, une même idée à l'esprit.

— Ça semble parfait pour tout le monde... sauf pour le volontaire qui trahira sa position, dit Menion. Qui se chargera de cette mission suicide ?

— C'est mon plan, dit Balinor. À moi d'attirer les gnomes dans les Wolfsktaag, jusqu'à ce que je puisse rebrousser chemin et vous rejoindre plus tard, à la limite de l'Anar.

— Vous êtes fou de croire que je vous laisserai courir à votre perte, histoire de recueillir tous les lauriers ! rugit Menion. Si je tire cette flèche, pas question que je déguerpisse ensuite ! Et si je rate mon coup...

Il haussa les épaules, souriant. Balinor voulut protester, mais Hendel le devança.

— Le plan me paraît bon, mais nous savons tous que celui qui restera en arrière aura des milliers de guerriers à ses trousses ! Le volontaire devra très bien connaître les gnomes et leurs méthodes afin d'avoir toutes les chances de survivre. En l'occurrence, notre volontaire est un nain qui a consacré sa vie à les combattre ! Moi.

» De plus, je vous rappelle qu'ils veulent ma tête. Après un tel affront, ils sauteront sur l'occasion de se venger...

— Et *je* vous ai rappelé, insista Menion, que c'était mon...

— Hendel a raison ! coupa Balinor.

Tous le regardèrent, stupéfaits. Seul Hendel savait que la décision du frontalier était celle qu'il aurait prise lui-même si leurs positions avaient été inversées.

— Le choix est fait, et nous le respecterons. Hendel a les meilleures chances de survie.

Il se tourna vers le guerrier nain, lui tendant la main. Hendel la serra puis se détourna et fila, gravissant la piste au petit trot. Ses compagnons le regardèrent, mais il fut rapidement hors de vue. À l'ouest, le roulement des tambours et les psalmodies des gnomes continuèrent sans relâche.

— Bâillonnez les Valombriens pour qu'ils ne nous trahissent pas, ordonna Balinor.

Tout le monde sursauta. Fasciné, Menion ne quittait pas des yeux le chemin que Hendel avait pris. Balinor se tourna pour lui poser une main rassurante sur l'épaule.

— Prince de Leah, assurez-vous que votre flèche sera digne du sacrifice que Hendel a consenti pour nous.

Toujours très agités, les deux Valombriens furent attachés plus fermement sur leurs civières, des bâillons étouffant leurs plaintes. Les quatre compagnons ramassèrent leurs affaires, soulevèrent les civières et quittèrent le couvert des arbres, en route vers l'entrée du col de Jade. Les feux des gnomes illuminaient le ciel de jaune et d'orange. Le roulement des tambours continua et assourdit les compagnons quand ils approchèrent des campements. À entendre les chants, ils auraient juré que l'entière nation des gnomes était massée là. Ils éprouvèrent un sentiment d'irréalité, comme s'ils s'étaient égarés dans un monde primitif où les mortels et les esprits se côtoyaient pour accomplir d'étranges rituels. Les parois des falaises se dressaient dans le ciel nocturne, témoins distants mais impressionnants de la scène qui se déroulait à l'entrée du col de Jade. Leurs parois scintillaient d'une multitude de couleurs, rouge, orange et jaune, produites par les flammes. Ces reflets, sur la roche, éclairaient faiblement les visages des quatre porteurs de civières, trahissant la peur qu'ils tentaient de contenir.

Enfin, ils s'arrêtèrent dans le couloir du col, hors de vue des gnomes. Les parois s'élevaient abruptement de chaque côté. La partie nord n'offrait pratiquement aucune protection, tandis que le côté sud se hérissait de petits arbres et de buissons touffus. Balinor fit signe à ses compagnons de gravir cette pente-là. Il prit la tête afin de déterminer l'approche la plus sûre et avança avec précaution vers les petits arbres. Il leur fallut un moment pour atteindre les bosquets. D'un autre geste, Balinor indiqua l'entrée du col. À travers les arbres et les buissons, Menion aperçut les feux, en contrebas. Les flammes disparaissaient presque derrière les centaines de petites silhouettes qui adressaient de ferventes prières aux esprits des Wolfsktaag.

La bouche du prince se dessécha à l'idée du sort qu'on leur réserverait s'ils étaient découverts en territoire ennemi. Il eut une pensée inquiète pour Hendel. Soudain, il eut même très peur pour lui...

Les buissons et les arbres s'espaçaient à mesure qu'ils grimpaient. Balinor ne quittait pas les gnomes des yeux. Durin et Dayel avançaient à pas de loup. Ne faisant pas un bruit en passant entre les branches et les brindilles, ils se fondaient presque dans le paysage.

Menion regarda de nouveau les gnomes. Ils étaient de plus en plus près. Leurs silhouettes jaunâtres qui se balançaient au rythme hypnotique des tambours luisaient de transpiration après des heures passées à invoquer leurs dieux et à prier les esprits de la montagne.

Enfin, les quatre compagnons atteignirent la limite de l'endroit protégé. Balinor désigna le terrain à découvert qui s'étendait entre eux et les forêts de l'Anar. Une longue distance couverte d'herbe sèche et de buissons rachitiques. Au-dessous d'eux, les gnomes étaient idéalement placés pour voir quiconque tenterait de traverser la zone découverte brillamment illuminée, sur la pente sud. Dayel ne s'était pas trompé : risquer le tout pour le tout, dans ces conditions, serait suicidaire. Levant la tête, Menion constata que toute tentative d'atteindre une zone plus élevée serait également vouée à l'échec : la falaise haute de centaines de pieds s'inclinait légèrement vers le sommet. Il se tourna et regarda de nouveau le terrain découvert, qui lui sembla encore plus grand.

Balinor rassembla les membres de la compagnie autour de lui.

— Menion ira à la lisière du couvert des arbres, murmura-t-il. Une fois le gnome éliminé, Hendel attirera leur attention – et attisera leur colère – en se montrant de l'autre côté du col, sur la pente la plus élevée. Il devrait déjà y être. Quand les gnomes lui donneront la chasse, nous traverserons aussi vite que possible. Ne vous arrêtez sous aucun prétexte...

Ses trois compagnons hochèrent la tête. Puis tous les regards se tournèrent vers Menion, qui avait pris son grand arc en frêne et éprouvait la tension de la corde. Il choisit une flèche noire, vérifia qu'elle était droite, et étudia à travers le rideau d'arbres les centaines de gnomes qui s'agitaient toujours autour des feux. Soudain, il sursauta, comprenant vraiment ce qu'on attendait de lui. Il ne devait pas tuer dans le feu de l'action, ni sur un champ de bataille ou en combat loyal, mais de sang-froid, en embuscade. Et à moins d'un tir maladroit, il ne laisserait aucune chance à son adversaire.

Il comprit qu'il n'y arriverait pas. Il n'était pas un combattant aguerri comme Balinor, et il n'avait pas la froide détermination de Hendel. Impétueux, courageux, il était prêt à affronter n'importe qui à la loyale. Mais il n'avait rien d'un assassin !

Il se tourna vers ses compagnons, qui comprirent aussitôt son dilemme.

— Vous devez le faire ! murmura Balinor, les yeux lançant des éclairs.

Durin se détourna, ne sachant que dire. Dayel regarda Menion, effrayé par le conflit intérieur du montagnard.

— Je ne peux pas tuer de cette façon ! cria Menion. Même pour leur sauver la vie...

Il s'interrompit.

Balinor ne le quitta pas des yeux.

— Mais je ferai ce qu'il faut. En m'y prenant autrement, voilà tout.

Sans une explication, il se faufila entre les arbres et s'accroupit à la lisière de la végétation. Il étudia rapidement les gnomes et repéra un chef du côté le plus éloigné du col. Campé devant ses sujets, son visage jaunâtre levé vers le ciel, il tenait à bout de bras une belle coupe pleine de tisons ardents. Immobile face aux montagnes, il supervisait les chants liturgiques avec les autres chefs.

Menion sortit une autre flèche de son carquois et la posa devant lui. Puis, un genou en terre, il avança encore, quittant la protection du petit arbre derrière lequel il s'était dissimulé. Il encocha la première flèche et visa. Retenant leur souffle, ses trois compagnons n'osaient plus remuer un cil.

La corde se relâcha avec un claquement et la flèche vola vers sa cible. Dans le même élan, Menion encocha le deuxième projectile, visa et tira avec une rapidité extraordinaire avant de reculer derrière son tronc d'arbre.

Tout arriva si vite que personne ne comprit vraiment ce qui se passait. La première flèche frappa la coupe du gnome et la fit éclater. Les tisons brûlants volèrent à la ronde. Une fraction de seconde après, alors que le gnome et ses adeptes étaient muets de surprise, la deuxième flèche se planta dans le postérieur du chef.

Il poussa un hurlement de douleur indignée qui se répercuta dans tout le col de Jade. Les compagnons n'auraient pas pu mieux calculer leur coup ! Tout arriva si vite que le gnome, blessé dans sa dignité, n'eut ni le temps ni l'envie de se demander d'où venait l'assaut et où se terrait son infâme auteur. Il sautilla sur place un long moment, braillant toujours d'horreur et de douleur pendant que les autres gnomes le regardaient avec un mélange d'ahurissement et d'appréhension. Mais ces sentiments évoluèrent rapidement : leur cérémonie sacrée avait été interrompue et un de leurs chefs ignominieusement frappé par un tireur embusqué. L'humiliation et la rage succédèrent à l'étonnement.

Peu après les tirs, avant que quiconque ait eu le temps de reprendre ses esprits, une torche apparut, loin à l'intérieur du col, sur la partie supérieure de la pente nord... Bientôt, un feu de joie illumina le ciel nocturne comme si la terre s'embrasait, faisant écho aux cris des gnomes assoiffés de vengeance. Devant le brasier se découpa la silhouette trapue du nain Hendel, les bras levés, massue brandie.

— Venez m'affronter, misérables vers de terre ! rugit-il en riant aux éclats. Venez vous battre ! Il est clair que certains d'entre vous ne s'assiéront pas avant un bon bout de temps ! Vos dieux ridicules ne vous protégeront pas des pouvoirs d'un nain, et encore moins des esprits des Wolfsktaag !

Le rugissement de fureur des gnomes fut cataclysmique. Ils se précipitèrent dans le col de Jade, décidés à arracher le cœur du nain, histoire de laver dans le sang la honte et l'humiliation qu'il leur avait infligées. Attaquer un chef était déjà assez grave, mais oser insulter leur religion et leur courage devenait carrément impardonnable ! Certains reconnurent le nain et hurlèrent son nom à leurs congénères. Personne ne ferait de quartier !

Quand les gnomes foncèrent aveuglément dans le col, leur cérémonie oubliée et leurs feux brûlant sans surveillance, les quatre compagnons cachés sur la pente se levèrent d'un bond et saisirent les civières. Pliés en deux pour mieux échapper aux regards, ils coururent sur la pente sud à découvert, totalement exposés à la lueur des feux, en contrebas, leurs ombres démesurées se découpant sur la paroi. Aucun d'eux ne chercha à vérifier où étaient les gnomes. Ils foncèrent droit devant, les yeux rivés sur les ténèbres protectrices de la forêt de l'Anar, au loin.

Par miracle, ils atteignirent sans encombre le couvert des bois. Ils s'y arrêtèrent, haletant à l'ombre des grands arbres. En contrebas, le fond du col était désert, à l'exception d'un petit groupe de gnomes. L'un d'eux, pour secourir le chef blessé, s'efforçait d'extraire la flèche irrévérencieuse. Menion ricana devant ce spectacle.

Sa jubilation disparut vite quand il revit le feu de joie de la pente nord brûler avec toujours autant d'ardeur. Les gnomes grimpaient de tous les côtés, impressionnante marée montante de petits corps jaunâtres. Les premiers étaient arrivés près du feu de joie. Il n'y avait aucun signe de Hendel, mais selon toute probabilité, il était déjà pris au piège.

Après quelques instants, Balinor ordonna à ses compagnons de se remettre en route.

Bientôt, ils laissèrent derrière eux le col de Jade.

Dès qu'ils eurent dépassé la zone encore éclairée par les feux des gnomes, l'obscurité de la forêt les enveloppa. Balinor fit marcher en tête le prince de Leah, avec pour instruction de descendre la pente sud et de repérer la piste qui les conduirait vers l'ouest. Il ne leur fallut pas longtemps pour atteindre cette piste. Alors, les rescapés s'enfoncèrent dans l'Anar central. Les frondaisons bloquaient en grande partie la lumière des étoiles et les arbres majestueux bordaient le chemin comme autant de haies naturelles. Les Valombriens s'agitaient de nouveau sur leurs civières, gémissant sous leurs bâillons.

Les quatre compagnons commençaient à perdre espoir de les sauver. Le poison se répandait inexorablement dans leurs corps : dès qu'une quantité suffisante atteindrait leur cœur, la fin viendrait vite... Aucun des aventuriers n'aurait su dire combien de temps il restait aux deux frères, ni à quelle distance ils étaient d'Allanon. Le seul d'entre eux qui connaissait l'Anar central était resté en arrière, pris au piège dans les Wolfsktaag...

En sortirait-il ?

Un groupe de gnomes surgit si vite des bois qu'aucun porteur de civière n'eut le temps de quitter la piste pour éviter d'être repéré... Un instant, tout le monde se figea, les deux groupes se toisant, le front bas... La surprise passée, les quatre compagnons posèrent vivement les civières et se mirent en position de combat. Les gnomes, une dizaine en tout, se rapprochèrent ; l'un d'eux se sépara du groupe et disparut entre les arbres.

— Il file chercher des renforts ! murmura Balinor. Si nous ne les dépassons pas rapidement, nous courons au massacre !

Il venait de finir sa phrase quand les gnomes attaquèrent avec un cri de guerre, leurs épées brandies sous la lueur des étoiles. Les flèches des elfes et de Menion en abattirent trois. Le reste se jeta sur eux comme une horde de loups. Dayel fut renversé par l'assaut. D'un seul coup, Balinor coupa deux gnomes en deux.

Puis tout fut noyé par un tourbillon de cris, d'acier et de souffles rauques...

Sur l'étroit chemin, les combattants dansaient leur ballet de mort, les gnomes s'efforçant de percer la garde de leurs adversaires. Les quatre défenseurs manœuvraient pour s'interposer entre l'ennemi et leurs deux amis inconscients.

Puis le dernier gnome tomba et son corps s'ajouta à celui de ses semblables sur la piste ensanglantée, macabre monticule à la lumière des étoiles.

Dayel avait une blessure assez profonde, en travers des côtes, qui nécessita un pansement. Menion et Durin saignaient de plusieurs coupures sans gravité. Balinor était indemne, protégé des coups par sa cotte de mailles, intacte sous son manteau déchiqueté.

Les quatre compagnons pansèrent la blessure de Dayel. Puis ils reprirent les civières et avancèrent le long du sentier désert. Ils avaient de bonnes raisons de se hâter. Les guerriers gnomes se lanceraient à leurs trousses dès qu'ils trouveraient leurs camarades morts. Menion tenta d'estimer l'heure à la position des étoiles. Combien de temps avaient-ils marché depuis le coucher du soleil sur les monts Wolfsktaag ? La nuit étant bien avancée, ce devait être les petites heures du matin.

Le montagnard aux muscles endoloris sentit la fatigue le rattraper alors qu'il marchait à vive allure derrière Balinor, qui avait pris la tête. Tous étaient éreintés après l'affrontement contre le monstre de la forêt puis contre les gnomes. Mais faire une pause aurait signé l'arrêt de mort des Valombriens. Cela seul les forçait à continuer en dépit de l'épuisement. Une demi-heure après la brève bataille avec l'arrière-garde des gnomes, Dayel s'écroula, vaincu par l'hémorragie et la fatigue. Il fallut de longues minutes pour le ranimer et le remettre debout.

Ensuite, l'allure diminua sensiblement.

Peu après, Balinor fut obligé d'ordonner une halte. Ils devaient absolument se reposer un peu. Ils s'assirent sur le bas-côté, l'oreille tendue. Des cris et des roulements de tambour étouffés montaient dans le lointain. Apparemment, les gnomes avaient lancé une horde de guerriers à leur recherche. On eût dit que la forêt de l'Anar grouillait de guerriers furieux qui arpentaient les bois et les collines alentour pour débusquer l'ennemi qui leur avait filé entre les doigts, tuant une dizaine des leurs. Menion regarda les Valombriens aux visages livides couverts de sueur. Il les entendait gémir sous les bâillons et se raidir à mesure que le poison s'infiltrait dans leur corps. Il eut le sentiment de les avoir trahis au moment où ils avaient eu le plus besoin de lui. Ces malheureux allaient payer son échec de leur vie...

Quelle stupidité sans nom, ce voyage à Paranor pour récupérer une relique d'un autre âge censée les sauver du Roi-Sorcier !

Menion se calma vite, conscient qu'il avait tort de remettre en question une entreprise qu'il avait cautionnée, la considérant comme une solide chance de succès. Il jeta un coup d'œil mélancolique à Flick et regretta qu'ils n'aient pas été en meilleurs termes.

Un murmure de Durin les incita à quitter rapidement le sentier. Avec les civières, ils plongèrent à l'abri des grands arbres, à plat ventre, et attendirent, le souffle court.

Un claquement de bottes retentit sur la piste. À l'évidence, une meute de guerriers gnomes avançait vers leur cachette. Balinor comprit immédiatement qu'ils étaient trop nombreux pour être combattus et posa une main dissuasive sur l'épaule de Menion. Il ne fallait pas se trahir par des mouvements brusques. Les gnomes marchaient en formation. Sur leurs visages jaunâtres impassibles, leurs yeux largement écartés sondaient la forêt environnante. Arrivés à l'endroit où la compagnie se cachait, ils continuèrent, faute d'avoir repéré leurs ennemis, pourtant si proches.

Quand ils eurent disparu, Menion se tourna vers Balinor.

— Nous sommes perdus si nous ne trouvons pas très vite Allanon ! À moins d'avoir du secours, nous ne ferons pas une lieue de plus en portant Shea et Flick !

Balinor avait conscience de la gravité de la situation, mais il savait que s'arrêter maintenant serait pire que d'être capturés ou d'affronter de nouveau les gnomes. Il leur était tout aussi impossible de laisser les deux frères dans les bois en espérant revenir avec des renforts. Un risque inacceptable !

Il fit signe à ses compagnons de se redresser. Sans un mot, ils ramassèrent les civières et reprirent leur marche épuisante, se sachant désormais cernés par les gnomes...

Menion se demanda une fois de plus ce qui était arrivé à Hendel. Il semblait impossible que le nain, même avec ses aptitudes guerrières et sa connaissance de la montagne, ait pu échapper longtemps aux gnomes. Mais il ne pouvait pas être en plus mauvaise posture qu'eux, errant dans les forêts de l'Anar avec des blessés et aucun espoir à l'horizon. Si les gnomes les rattrapaient, Menion ne donnait pas cher de leur peau...

L'ouïe fine de Durin détecta de nouveau des bruits de pas. Tout le monde replongea à l'abri des grands arbres quelques instants avant que des silhouettes se profilent à travers les arbres... La pâle lumière des étoiles suffit à Durin pour reconnaître le chef de la petite colonne : un géant enveloppé d'un long manteau noir.

Allanon !

D'un geste, Durin étouffa l'exclamation de soulagement qu'allaient pousser Balinor et Menion. Y regardant de plus près, ils virent que les petits êtres vêtus de manteaux blancs qui accompagnaient l'historien étaient des gnomes !

— Il nous a trahis ! souffla Menion, furieux.

Sa main vola vers le couteau de chasse glissé à sa ceinture.

— Non, attendez ! ordonna Balinor.

Il leur fit signe de s'aplatir davantage quand l'ennemi approcha de leur cachette.

Allanon avançait sans hâte, les sourcils froncés. Menion comprit qu'ils allaient être découverts. Il s'apprêta à bondir, épée brandie. Son premier coup réglerait son compte au traître. Il n'aurait pas de seconde chance. Tout de blanc vêtus, les gnomes suivaient leur maître dans le plus grand désordre.

Soudain, Allanon sursauta. Il s'arrêta et regarda autour de lui, comme s'il sentait une présence...

Menion allait bondir quand une poigne de fer le retint.

— Balinor, dit l'historien d'une voix paisible.

— Lâchez-moi ! cria Menion au prince de Callahorn.

— Ils ne sont pas armés !

Le ton de Balinor incita Menion à examiner les gnomes de plus près. Ils ne portaient aucune arme visible.

Épée au poing, Balinor se releva et avança sur la piste. Derrière lui, Menion vit que Durin s'était posté à l'abri des arbres, une flèche encochée. Soupirant de soulagement, Allanon prit la main de Balinor... et la lâcha très vite en remarquant la méfiance du prince et l'amertume du montagnard. Étonné, il se retourna vers ses petits compagnons avant de lancer aux rescapés :

— Tout va bien ! Ce sont des amis. Ils n'ont pas d'armes et ne détestent pas les autres races. Ce sont des guérisseurs...

Lentement, Balinor rengaina son épée et serra la main tendue d'Allanon. Menion l'imita, sans cesser de surveiller les gnomes du coin de l'œil.

— Racontez-moi tout, ordonna Allanon. Où sont les autres ?

Balinor expliqua rapidement ce qui s'était passé dans les Wolfsktaag : leur mauvais choix de piste, la bataille avec la créature de la cité en ruine, leur voyage mouvementé jusqu'au col et le plan désespéré qui leur avait permis de passer au nez et à la barbe des gnomes. Quand il entendit parler des blessures des deux Valombriens, Allanon parla aux gnomes qui l'accompagnaient puis assura qu'ils soigneraient leurs amis et les sauveraient.

Balinor continua son récit pendant que les gnomes en vêtements blancs, massés autour des civières, auscultaient leurs patients sans dissimuler leur inquiétude. Menion les regarda appliquer un onguent sur les poitrines de ses amis et se demanda pourquoi ils étaient si différents de leurs congénères.

Quand Balinor eut achevé son récit, Allanon en fut consterné.

— C'est ma faute ! s'écria-t-il, furieux. J'ai réfléchi à la suite du voyage, au lieu de me préoccuper des dangers immédiats. Si ces deux malheureux expirent sous nos yeux, tous nos efforts auront été vains !

Il parla de nouveau aux gnomes. L'un d'eux partit en direction du col de Jade.

— Je l'ai envoyé voir ce qu'il était advenu de Hendel. S'il lui est arrivé quelque chose, je serai le seul responsable !

Il ordonna aux guérisseurs de ramasser les civières. Le groupe remonta la piste en direction de l'ouest, les porteurs de civière ouvrant la marche, les membres de la compagnie la fermant. Sa blessure étant soignée, Dayel avait recouvré toutes ses facultés. Tandis que la compagnie progressait le long de la piste déserte, Allanon expliqua pourquoi il n'y aurait plus de guerriers dans cette région.

— Nous approchons de la terre des Stors, les gnomes qui sont avec moi. Ce sont des guérisseurs qui vivent isolés du monde et de leurs congénères.

Ils vouent leur existence à secourir autrui, toujours accueillants pour ceux qui ont besoin d'un refuge ou de soins médicaux. Ils ont leur propre gouvernement et ne se mêlent pas des chamailleries des autres nations. La plupart des peuples devraient les prendre pour modèle ! Dans cette contrée, tout le monde les respecte et les honore. Leur pays, où nous arriverons bientôt, s'appelle Storland. C'est un territoire sacré où les guerriers gnomes n'osent pas s'aventurer, à moins d'y être invités. Soyez assurés que personne ne leur fera signe aujourd'hui !

L'historien précisa ensuite qu'il était l'ami de ce peuple bienveillant depuis des années. Il partageait ses secrets et vivait parfois des mois d'affilée chez lui. On pouvait compter sur les Stors, assura-t-il à Menion, pour sauver les jeunes Valombriens. C'étaient les meilleurs guérisseurs au monde ! S'ils accompagnaient Allanon depuis qu'il revenait vers le col de Jade, ça n'était pas un hasard. Dès qu'il avait entendu parler d'un guerrier gnome qui fuyait à toutes jambes, il avait prié les Stors de partir avec lui à la recherche de ses amis, craignant qu'ils aient été blessés en franchissant le col.

— Je n'avais pas compris que la créature dont j'avais détecté la présence serait assez intelligente pour retirer mes balises, avoua-t-il, furieux contre lui-même. J'aurais dû m'en douter, pourtant ! Et laisser d'autres signes pour m'assurer que vous ne prendriez pas ce chemin. Pire, j'ai traversé le col de Jade au début de l'après-midi, et je n'ai pas pensé que les gnomes se réuniraient ce soir pour bannir les mauvais esprits de la montagne ! J'ai été en dessous de tout !

— Nous sommes tous à blâmer, dit Balinor. (Menion estima qu'il n'avait peut-être pas entièrement raison.) Si nous avions tous été plus attentifs, rien ne serait arrivé. Ce qui compte maintenant, c'est de sauver Shea et Flick. Plus Hendel, s'il n'est pas déjà mort...

Ils marchèrent en silence, trop fatigués pour réfléchir, consacrant toute leur énergie à mettre un pied devant l'autre. La piste était interminable. Bientôt, les compagnons, hébétés, perdirent tout sens de l'orientation et toute notion de l'heure.

La nuit passa lentement. Puis les premières lueurs de l'aube apparurent enfin à l'horizon. Ils n'avaient toujours pas atteint leur destination. Il fallut une heure encore avant qu'ils aperçoivent la lueur des feux, dans le village des Stors. Ils y entrèrent et furent soudain entourés de gnomes silencieux comme des fantômes, tous vêtus des mêmes tenues blanches. Ils les regardèrent sans ciller, puis aidèrent les voyageurs épuisés à entrer dans un des petits bâtiments.

Les compagnons s'écroulèrent sur des lits, trop harassés pour se laver ou se déshabiller. Tous s'endormirent comme des souches, à l'exception de Menion Leah, qui chercha Allanon du regard. Ne le voyant pas, il trouva la force de se relever et gagna la porte qui donnait sur une autre pièce. S'y appuyant de tout son poids, il plaqua l'oreille contre le battant de bois et surprit des bribes de conversation entre l'historien et les Stors. Dormant presque debout, il écouta un bref dialogue concernant Shea et Flick. Les étranges petites créatures estimaient que les Valombriens guériraient avec du repos et des médicaments adaptés.

Puis une porte s'ouvrit dans l'autre pièce et plusieurs personnes entrèrent.

Menion entendit des exclamations de détresse avant que la voix grave d'Allanon couvre le tumulte.

— Qu'avez-vous découvert ? C'est aussi grave que nous le craignions ?

— Les gnomes ont attrapé quelqu'un dans la montagne, dit une voix. Impossible de déterminer qui c'était, ou même s'il s'agissait d'un être humain ! Ils l'ont taillé en pièces !

Hendel !

Bouleversé, le montagnard retourna vers son lit, n'osant croire ce qu'il avait entendu. Des larmes de colère impuissante lui montèrent aux yeux et coulèrent sur ses joues... jusqu'à ce qu'il sombre dans un sommeil réparateur.

Chapitre 13

Quand Shea rouvrit les yeux, l'après-midi était bien avancé. Blotti sous des draps et des couvertures propres, il constata que ses vêtements de chasse avaient été remplacés par une chemise blanche nouée autour du cou. Sur le lit voisin, toujours endormi, Flick avait bien meilleure mine. Ses joues naguère livides et marbrées avaient recouvré des couleurs. Les deux frères étaient dans une petite pièce aux murs de plâtre et au plafond soutenu par de grandes poutres de bois.

Par les fenêtres, le jeune Valombrien voyait onduler les arbres de l'Anar et scintiller l'azur du ciel de l'après-midi. Il ignorait combien de temps il était resté inconscient et ce qui avait pu arriver. Et encore plus comment il avait abouti dans cette chambre inconnue. Mais la créature des Wolfsktaag avait été bien près de le tuer. À n'en pas douter, Flick et lui devaient la vie à leurs compagnons.

La porte s'ouvrit, attirant son attention. Menion Leah entra, l'air anxieux.

— Eh bien, mon vieux, je vois que tu es revenu parmi les vivants ! s'exclama le montagnard. Tu nous as fait une sacrée peur, sais-tu !

— Nous nous en sommes tirés, non ? dit Shea.

Menion se tourna vers Flick, qui commençait à se réveiller. Il ouvrit lentement les yeux pour découvrir le visage souriant du prince.

— Je le savais ! gémit-il. C'était trop beau pour être vrai. Même mort, je ne peux pas lui échapper ! C'est une malédiction !

— Ce bon vieux Flick est guéri, lui aussi ! lança Menion. Shea, j'espère que tu apprécies à leur juste valeur les efforts que nous avons déployés pour porter jusqu'ici son encombrante carcasse !

— Le jour où tu travailleras, je demande à voir ça ! grommela Flick.

Il se frotta les yeux et tourna la tête vers son frère, qui souriait.

— Où sommes-nous ? demanda Shea, se forçant à s'asseoir malgré sa faiblesse. Combien de temps avons-nous été inconscients ?

Menion s'assit sur le bord du lit et leur raconta toute l'histoire, après qu'ils eurent échappé au monstre de la forêt : la marche vers le col de Jade, leur rencontre avec les gnomes, le plan pour franchir le col, et la suite. Il hésita un peu à mentionner le sacrifice de Hendel. Les Valombriens blêmirent quand ils entendirent le récit de la fin horrible du nain. Menion continua : abordant l'Anar, ils avaient été découverts par Allanon et les Stors, qui les avaient soignés.

— Ce pays s'appelle Storland, conclut Menion. Il est peuplé de gnomes qui consacrent leur vie à soigner les malades et les blessés. Leurs prouesses thérapeutiques ont de quoi laisser pantois ! Leur baume spécial permet de refermer et de guérir une plaie ouverte en moins de douze heures ! Je l'ai vue agir sur celle de Dayel.

Shea allait demander d'autres détails quand la porte se rouvrit sur Allanon. Pour la première fois, Shea lui trouva l'air satisfait. Un sourire éclairait même son austère visage.

Il approcha des lits.

— Je suis content que vous soyez tous les deux rétablis. J'étais très inquiet à votre sujet, mais les Stors sont des génies ! Vous sentez-vous assez bien pour vous lever et marcher un peu ? Peut-être même pour vous restaurer ?

Shea consulta Flick du regard ; tous les deux hochèrent la tête.

— Parfait. Allez avec Menion mettre vos forces à l'épreuve. Il faut que vous soyez assez en forme pour reprendre notre voyage dans les meilleurs délais.

Il sortit et ferma délicatement la porte derrière lui. Les deux frères le regardèrent partir, se demandant comment il pouvait être si froidement courtois envers eux.

Menion annonça qu'il allait récupérer leurs vêtements de chasse, donnés à nettoyer. Il partit et revint peu après avec leurs affaires. Encore faibles, les Valombriens se levèrent et s'habillèrent pendant que Menion leur en disait un peu plus sur les Stors. D'emblée, avoua-t-il, il s'était méfié d'eux en dépit des assurances d'Allanon. À ses yeux, un gnome restait un gnome ! Mais à voir avec quelle ferveur et quelle compétence ils avaient arraché ses amis à la mort, ses craintes et ses doutes s'étaient rapidement évanouis.

Les autres membres de la compagnie avaient dormi une bonne partie de la matinée. Profitant de ce court répit, ils s'étaient égaillés dans le village, y flânant à leur guise.

Les trois amis quittèrent la pièce pour gagner le bâtiment qui servait de réfectoire. On leur distribua de généreuses rations d'un repas chaud. Même affaiblis, ils engloutirent plusieurs assiettes. Leur estomac enfin rassasié, Menion les conduisit à l'air libre, où ils retrouvèrent Durin et Dayel, pleinement remis des épreuves de la veille. Les elfes furent ravis de revoir les Valombriens. Sur la suggestion de Menion, les cinq compagnons gagnèrent le sud du village pour admirer la fabuleuse mare Bleue dont les Stors avaient parlé à Menion un peu plus tôt. Il leur fallut quelques minutes de marche pour l'atteindre. Ils s'assirent au bord de la mare, sous un saule pleureur, et contemplèrent la paisible surface bleue. Puis Menion précisa que les Stors fabriquaient leurs pommades et leurs baumes à partir de cette eau, à laquelle ils prêtaient des vertus curatives uniques. Shea y goûta. Son palais lui confirma que l'eau de la mare différait de toutes celles qu'il avait pu boire. Et sa saveur était fort agréable.

Ses compagnons burent et se régalèrent aussi. La mare Bleue était si apaisante qu'ils en oublièrent leur voyage, repensant plutôt à leurs foyers, à leurs familles et aux amis qu'ils avaient laissés derrière eux.

— Cette mare me rappelle Beleal, ma patrie, dans les Terres de l'Ouest, dit Durin. Là-bas, nous savourons la même quiétude et le même genre de paix qu'ici.

— Nous serons de retour chez nous avant que tu aies le temps de t'en apercevoir ! dit Dayel. J'épouserai Lynliss, et nous aurons beaucoup d'enfants !

— Oubliez ça ! coupa Menion. Restez célibataire, c'est le gage du bonheur !

— Vous ne la connaissez pas, Menion, insista Dayel. Elle ne ressemble à personne ! C'est une jeune femme douce et tendre, aussi belle que cette mare est claire...

Menion fit la grimace. Puis il se fendit d'un sourire complice, histoire de montrer qu'il comprenait les sentiments de l'elfe pour sa fiancée.

Les cinq amis contemplèrent de nouveau les eaux bleues, perdus dans leurs pensées.

Au bout d'un moment, Shea se tourna vers ses compagnons.

— Vous croyez que nous sommes sur la bonne voie ? À votre avis, le jeu en vaut-il vraiment la chandelle ?

— Une question étrange venant de vous, Shea, dit Durin, pensif. D'après moi, c'est vous qui avez le plus à perdre dans cette aventure. De plus, sans vous, ce voyage n'aurait pas de raison d'être. Pensez-*vous* que ça vaille le coup ?

Shea réfléchit, troublé.

— Lui demander ça n'est pas loyal ! dit Flick.

— Ils ont raison, souffla Shea. Ils risquent tous leur vie pour moi et je mets sans cesse en doute notre démarche. Mais je ne peux pas répondre à ma propre question, car j'ai le sentiment que nous ignorons ce qui se passe vraiment. Je doute que nous ayons en main assez d'éléments pour être à même de juger.

— Je comprends, assura Menion. Allanon ne nous a pas tout dit sur l'Épée de Shannara.

— Quelqu'un l'a-t-il jamais vue ? demanda Dayel. (Tous secouèrent la tête.) Elle n'existe peut-être pas !

— À mon avis, si, affirma Durin. Mais quand nous l'aurons, qu'en ferons-nous ? Que pourra tenter Shea contre le Roi-Sorcier, même avec l'Épée de Shannara ?

— J'estime que nous devrons attendre qu'Allanon réponde à cette question, dit une voix familière, derrière eux.

Les cinq compagnons sursautèrent... et soupirèrent de soulagement en découvrant Balinor. Alors que le prince de Callahorn approchait, Shea se demanda pourquoi Allanon leur faisait parfois peur.

Le prince sourit et s'assit.

— Ma foi, il semble que nous n'ayons pas franchi en vain le col de Jade ! Ravi de vous voir en pleine forme.

— Nous sommes désolés au sujet de Hendel, dit Shea, mal à l'aise. C'était un de vos amis...

— Nous avons pris un risque calculé, répondit Balinor. La situation l'exigeait. Hendel savait ce qu'il faisait ! Il s'est sacrifié pour nous.

— Et maintenant ? demanda Flick.

— Allanon décidera du meilleur itinéraire pour la dernière partie du voyage. Et je vous répète qu'on peut lui faire confiance. C'est un grand homme, et un homme de bien, même si par moments il semble... différent. Il nous a dit ce qu'il estimait que nous devions savoir, et il se fait du souci, croyez-moi ! Ne soyez pas trop prompts à le juger.

— Vous savez qu'il ne nous a pas tout révélé, insista Menion.

— Je suis sûr qu'il nous a raconté *une partie* de l'histoire, admit Balinor. Mais lui seul mesure la gravité de la menace qui plane sur les Quatre Terres. Nous lui devons beaucoup. Et à tout le moins, notre confiance !

Guère convaincus par cette profession de foi, ses compagnons ne protestèrent pas, par respect pour lui. Menion admirait le courage de Balinor, le genre de guerrier qu'il aurait volontiers accepté pour chef.

Ils ne parlèrent plus du sujet, mais se lancèrent dans un débat sur les Stors, évoquant leur étrange histoire de branche dérivée du peuple gnome et leur longue amitié avec Allanon.

Le soleil se couchait quand l'historien les rejoignit près de la mare Bleue.

— Quand j'en aurai terminé, je veux que les Valombriens retournent au lit pour quelques heures de repos. Dormir ne ferait d'ailleurs pas de mal non plus aux autres. Nous partirons vers minuit.

— N'est-ce pas un peu rapide, après les blessures qu'ont reçues Shea et Flick ? s'inquiéta Menion. Je doute qu'ils soient tout à fait rétablis...

— Nous n'y pouvons rien, montagnard, dit Allanon. Le temps nous manque. Si notre mission, ou simplement notre présence dans cette région de l'Anar, parvenait aux oreilles du Roi-Sorcier, il tenterait aussitôt de déplacer l'Épée. Sans elle, ce voyage n'aurait plus de sens.

— Flick et moi y arriverons, dit Shea.

— Quel itinéraire suivrons-nous ? demanda Balinor.

— Cette nuit, nous traverserons les plaines de Rabb. Une marche d'environ quatre heures. Avec un peu de chance, personne ne nous attaquera, bien que les Porteurs du Crâne, à mon avis, soient toujours à notre recherche. L'unique espoir est qu'ils n'aient pas encore découvert notre présence en Anar. Je ne vous l'avais pas précisé pour ne pas ajouter à vos soucis, mais chaque fois que vous utilisez les Pierres Elfiques, elles indiquent votre position à Brona et à ses sbires. Le pouvoir des pierres est aisément détectable pour toute créature du monde des esprits, l'avertissant qu'une sorcellerie similaire à la sienne est à l'œuvre.

— Alors, quand nous avons utilisé les pierres dans le marais des Brumes... commença Flick, horrifié.

— ... vous avez signalé aux Porteurs du Crâne à quel endroit vous vous trouviez, conclut Allanon avec un sourire. Si vous ne vous étiez pas perdus dans la brume, puis dans la forêt des Chênes Noirs, ils auraient eu beau jeu de vous y rattraper !

Shea frissonna en mesurant à quel point ils avaient frôlé la mort – sans le savoir !

— Si vous saviez que ça attirerait les créatures du monde des esprits, pourquoi ne pas nous avoir prévenus ? s'écria-t-il, indigné. Pourquoi avoir présenté ces pierres comme une planche de salut alors qu'en réalité, vous nous jetiez en pâture à ces monstres ?

— Je vous avais averti d'être prudent, mon jeune ami, grogna Allanon. Sans elles, vous auriez été à la merci d'autres ennemis, tout aussi dangereux.

De plus, elles ont également un pouvoir de protection contre les créatures ailées.

Il refusa de répondre à davantage de questions. Pour lui, le sujet était clos. Shea en fut d'autant plus furieux et soupçonneux. Durin posa une main sur l'épaule du jeune Valombrien, l'incitant à plus de réserve.

— J'aimerais que nous revenions à la question principale, continua Allanon, plus calme. Je voudrais vous détailler l'itinéraire retenu pour les prochains jours. La traversée des plaines de Rabb nous conduira au pied des dents du Dragon à la tombée du jour. Ces montagnes nous offriront toute la protection souhaitable contre ceux qui nous traquent. Mais le vrai problème consistera à les franchir et à descendre de l'autre côté, dans les forêts de Paranor. Tous les cols des dents du Dragon seront surveillés par les alliés du Roi-Sorcier, et toute tentative d'escalade sans passer par un col entraînerait la mort de certains d'entre nous. Donc, nous traverserons les montagnes par un autre chemin, qui ne sera pas gardé.

— Un moment ! s'exclama Balinor. Vous n'avez tout de même pas l'intention de passer par la Salle des Rois ?

— Il n'y a aucune autre solution pour éviter d'être découverts. Nous entrerons dans la Salle des Rois au lever du soleil. Au crépuscule, nous aurons traversé les montagnes et nous serons aux environs de Paranor sans que les sentinelles des cols s'en doutent.

— Mais les légendes affirment que personne n'est jamais ressorti de ces cavernes ! cria Durin.

Aucun de nous ne craint les vivants, mais les esprits des morts hantent ces lieux ! C'est un suicide !

Balinor acquiesça et les compagnons regardèrent Allanon, la peur au ventre. Menion et les Valombriens n'avaient jamais entendu parler de l'endroit qui effrayait tellement leurs amis...

Allanon eut un étrange sourire.

— Vous n'avez pas entièrement raison, Durin, dit-il. Moi qui *ai* traversé la Salle des Rois, j'affirme que c'est faisable. L'aventure ne va pas sans risques, je vous l'accorde. Les cavernes sont effectivement hantées par les esprits des morts. Brona compte là-dessus pour nous dissuader de passer par cette voie-là. Mais mes pouvoirs devraient suffire à neutraliser ceux des esprits et à nous protéger.

Menion Leah se demanda quelles horreurs pouvaient contenir ces cavernes pour effrayer un guerrier comme Balinor. Depuis ses mésaventures dans le marais des Brumes et les monts Wolfsktaag, il ne mettait plus en doute ce qu'il avait appelé des « contes de bonnes femmes »... Mais de quels pouvoirs parlait Allanon l'intrépide, lui qui se proposait de les guider à travers les cavernes des dents du Dragon – rien que ça ! Et comment un être vivant, fût-il l'historien en personne, les protégerait-il des esprits ?

— Ce voyage est un risque calculé, rappela Allanon. Avant de l'entreprendre, nous savions tous quels dangers nous guettaient. Voulez-vous tourner les talons, ou préférez-vous mener notre tâche à bien ?

— Nous vous suivrons, dit Balinor après une brève hésitation. Vous le savez ! Nous ferions tout pour nous emparer de l'Épée de Shannara...

Allanon sourit. Puis son regard se posa sur Shea. En dépit de sa peur et de son incertitude, le Valombrien ne baissa pas les yeux. Il avait le sentiment que les prunelles d'Allanon lisaient ses pensées les plus secrètes, mettant au jour les doutes qu'il s'efforçait en vain d'étouffer.

— Très bien, conclut Allanon. Allez vous reposer, maintenant.

Il se détourna et partit vers le village. Balinor le suivit, ayant sans doute quelques ultimes précisions à demander. Les autres les regardèrent s'éloigner jusqu'à ce qu'ils soient hors de vue. Puis Shea s'avisa qu'il faisait presque nuit. Le soleil sombrait à l'horizon et le crépuscule colorait le ciel de pourpre.

Tous se levèrent et rentrèrent à leur tour au village pour dormir jusqu'à minuit, l'heure prévue du départ.

Shea eut l'impression qu'il venait de s'assoupir quand une main ferme le secoua. La lueur éblouissante d'une torche illumina la pièce. Une main en visière pour que ses yeux s'accoutument à la lumière, encore à demi endormi, il découvrit le visage déterminé de Menion Leah. Son regard inquiet indiquait que l'heure était venue.

Shea se leva, tituba un peu, puis s'habilla. Déjà réveillé et à moitié vêtu, Flick affichait son impassibilité coutumière, plutôt rassurante dans le silence inquiétant de la nuit. Shea sentit que ses forces lui étaient assez revenues pour lui permettre de supporter le voyage jusqu'aux dents du Dragon. Et plus loin si nécessaire !

Quelques minutes plus tard, les trois compagnons traversèrent le village endormi pour rejoindre le reste de la compagnie sous la faible lueur d'un ciel sans lune où des nuages épais dérivaient vers une destination inconnue. Une nuit idéale pour voyager à découvert. Shea fut rassuré à l'idée que les émissaires du Roi-Sorcier auraient beaucoup de mal à les repérer. En marchant, il s'aperçut qu'il entendait à peine leurs bottes de chasse marteler la terre humide. Oui, tout semblait jouer en leur faveur !

À la limite ouest du village, ils retrouvèrent leurs compagnons, à l'exception d'Allanon. Durin et Dayel faisaient les cent pas, à l'écoute des bruits de la nuit. Quand ils passèrent à côté de lui, Shea s'étonna une fois de plus des caractéristiques elfiques des deux frères : leurs étranges oreilles pointues et leurs sourcils inclinés vers le haut. Les humains le regardaient-ils avec le même étonnement ? Était-il si différent d'eux ?

Il s'interrogea de nouveau sur l'histoire des elfes, qu'Allanon avait qualifiée de « remarquable » en s'abstenant de préciser pourquoi. À la réflexion, leur histoire était aussi la sienne. Ce qu'il avait toujours soupçonné à son propre sujet ne faisait plus le moindre doute. Par la suite, il explorerait la question, ne serait-ce que pour mieux cerner son héritage et l'histoire de l'Épée de Shannara.

Il se tourna vers la grande silhouette de Balinor, à l'immobilité de statue. Indubitablement, c'était le pilier de l'expédition. Le frontalier avait un caractère indestructible, et sa force se communiquait à la compagnie pour lui donner du courage. Allanon n'inspirait pas les compagnons de cette façon, même si Shea ne doutait pas qu'il fût le plus puissant des deux. Allanon, qui paraissait comprendre beaucoup de choses, avait peut-être conscience de l'influence bénéfique de Balinor sur ceux qui l'approchaient et combattaient à ses côtés.

Voilà qui expliquait pourquoi son choix s'était porté sur lui.

— Précisément, Shea...

La voix d'Allanon résonna si près de son oreille que le Valombrien sursauta quand l'historien vêtu de noir fit signe qu'on se regroupe autour de lui.

— Nous marcherons à la faveur de la nuit. Restez soudés et gardez les yeux rivés sur ceux qui vous précèdent. Pas de conversation.

Sur ces mots, le géant les conduisit dans les forêts de l'Anar le long d'une piste étroite qui s'enfonçait à l'ouest de Storland. Shea marchait à côté de Menion, le cœur encore battant d'émotion. Il passa mentalement en revue ses rencontres avec Allanon... Ce qu'il avait soupçonné dès le début était-il donc vrai ?

Prudent, il résolut de garder ses doutes pour lui quand Allanon serait à proximité... Une tâche qui n'aurait rien d'aisé !

La compagnie atteignit la lisière ouest de la forêt de l'Anar et aborda les plaines de Rabb plus rapidement que Shea l'aurait cru. Malgré un ciel sans étoiles, on voyait se découper dans le lointain les sommets des dents du Dragon.

Allanon les guida à travers les plaines désertes sans s'arrêter ni ralentir l'allure. Ces terres mornes et plates étaient visiblement un monde sans vie. La végétation se limitait à des arbrisseaux et à des broussailles chétives. Par endroits, la terre tassée était si sèche que des crevasses s'y ouvraient. Les voyageurs progressaient dans un silence de plomb, tous les sens aux aguets. Trois heures après avoir atteint les plaines de Rabb, Dayel annonça qu'il avait entendu quelque chose de suspect derrière eux. Ils s'accroupirent, immobiles et silencieux pendant de longues minutes. Rien ne se passa. Haussant les épaules, Allanon fit signe de se remettre en formation et ils repartirent.

Ils atteignirent les dents du Dragon un peu avant l'aube. Le ciel était toujours obscur et nuageux quand ils s'arrêtèrent au pied des montagnes dressées comme autant de pieux énormes sur un portail en fer. Même après cette longue marche, Shea et Flick se sentaient bien. Ils informèrent leurs compagnons qu'ils étaient prêts à continuer sans prendre de repos. Allanon semblait avoir hâte de repartir, comme s'il avait un rendez-vous à honorer. Il les guida vers les montagnes le long d'une piste en pente douce qui s'enfonçait dans une poche au milieu des falaises. Flick étudia les pics dressés des deux côtés de la piste et se tordit le cou pour apercevoir leurs sommets déchiquetés. Les dents du Dragon, quel nom approprié !

De part et d'autre de la piste, les parois se refermèrent sur eux à mesure qu'ils progressaient. Au-delà de ce col se profilaient d'autres montagnes, plus hautes et de toute évidence impossibles à franchir pour qui ne savait pas voler...

Shea s'arrêta, ramassa un caillou et l'examina en reprenant sa marche. À sa grande surprise, le caillou était lisse comme du verre. Sa surface noire qui réfléchissait la lumière rappela au Valombrien le charbon que certaines communautés du Sud utilisaient comme combustible. Pourtant, ces cailloux semblaient plus solides, comme s'ils avaient été soumis à une forte pression et polis. Il passa sa trouvaille à Flick, qui y jeta un coup d'œil, haussa les épaules et... la jeta au loin.

La piste serpentait entre des amas de rochers éboulés qui dissimulaient momentanément les montagnes environnantes. Ils continuèrent de grimper, leur chef ne paraissant pas se soucier qu'aucun d'eux ne sût où ils allaient.

Ils atteignirent enfin une clairière d'où ils voyaient assez bien la montagne pour déterminer qu'ils n'étaient plus très loin du sommet de la piste. Elle repartirait ensuite vers le bas ou resterait à la même altitude. Balinor siffla doucement et la compagnie fit halte. Il s'entretint avec Durin, qui cheminait à ses côtés depuis qu'ils avaient entrepris l'escalade. Il se tourna ensuite vers Allanon et les autres.

— Durin est certain d'avoir entendu quelqu'un nous suivre ! dit-il. C'est indéniable, on nous file !

Allanon leva les yeux vers le ciel nocturne, le front plissé d'inquiétude.

Il regarda Durin.

— Je suis sûr qu'il y a quelqu'un, insista l'elfe.

— S'arrêter pour en avoir le cœur net est exclu ! dit Allanon. Je dois être dans la vallée avant l'aube. La créature qui nous suit devra être retardée jusqu'à ce que j'en aie fini. C'est essentiel !

Shea ne l'avait jamais entendu parler sur ce ton sans réplique. Allanon surprit le regard consterné qu'échangèrent Flick et son frère. Quelle qu'en fût la raison, il était impératif pour Allanon de ne pas être interrompu avant d'avoir accompli sa tâche.

— Je resterai en retrait, proposa Balinor en dégainant sa grande épée. Vous m'attendrez dans la vallée.

— Seul, il n'en est pas question ! dit Menion. Je ne vous quitterai pas, au cas où.

Balinor sourit et hocha la tête. Allanon sembla sur le point de protester, mais il se ravisa et invita les autres à le suivre. Les deux elfes emboîtèrent le pas à leur chef. Shea et Flick hésitèrent. Menion les poussa à partir aussi. Shea obéit. Laisser son ami en arrière lui déplaisait, mais s'il insistait pour rester, il serait de peu d'utilité.

Il jeta un dernier regard par-dessus son épaule, et vit les deux hommes se tapir dans les rochers, de part et d'autre de la piste étroite.

Allanon guida les quatre autres voyageurs à travers le labyrinthe de rochers, jusqu'à l'endroit où la paroi se divisait. Puis ils grimpèrent et furent bientôt à l'aplomb de la vallée. Quelques minutes plus tard, ils contemplèrent les terres qui s'étendaient devant eux.

La vallée était semée de rochers noirs luisants qui rappelaient le caillou que Shea avait examiné plus tôt. On ne distinguait rien d'autre, sinon un petit lac aux eaux boueuses ridées d'ondulations laissant penser que de la vie y prospérait. Shea remarqua aussitôt ces étranges mouvements. Il n'y avait pas de vent pour expliquer les frémissements de l'onde.

Shea regarda Allanon. À son grand étonnement, il vit une étrange lueur auréoler son visage. L'historien, perdu dans ses pensées, étudiait les eaux avec une évidente mélancolie.

— C’est la vallée de Schiste, le seuil de la Salle des Rois et la demeure des esprits des temps anciens, dit Allanon. Ce lac est l’Hadeshorn. Ses eaux sont mortelles pour les humains. Accompagnez-moi dans la vallée. Ensuite, je continuerai seul.

Sans attendre de réponse, il reprit la route d’un pied léger et slaloma entre les rochers éboulés, sans quitter le lac du regard. Intrigués, ses compagnons le suivirent. La suite des événements, devinaient-ils, serait déterminante. Ici, plus que partout ailleurs, Allanon régnait en maître...

Sans savoir comment, Shea comprit que l’historien, le voyageur, le philosophe et le mystique, celui qui les avait fait naviguer à vue à travers tant d’écueils pour une quête que lui seul comprenait – cet homme mystérieux était revenu – chez lui...

Allanon se tourna de nouveau vers ses compagnons.

— Attendez-moi là. Quoi qu’il advienne, ne me suivez pas. Ne bougez pas jusqu’à ce que j’aie terminé. Là où je vais, on trouve seulement... la mort !

Ils restèrent sur place tandis qu’Allanon continuait de fouler le terrain jonché de cailloux en direction du lac. Ils le regardèrent marcher sans hésiter vers son but, son manteau flottant derrière lui. Shea se tourna vers Flick, qui ne cachait pas son angoisse. Un instant, Shea pensa qu’il serait avisé de partir. Mais il comprit aussitôt que ce serait imprudent et posa une main sur la bourse aux Pierres Elfiques. Leur présence le rassura, bien qu’il sût qu’elles ne lui seraient d’aucun recours contre une opposition qu’Allanon ne pourrait pas vaincre...

Il regarda ses compagnons, puis se tourna de nouveau vers Allanon, qui était arrivé sur la berge de l'Hadeshorn. Il semblait guetter quelque chose. Un silence mortel était tombé sur la vallée. Les quatre compagnons ne quittèrent pas des yeux la silhouette sombre immobile à côté du lac.

L'historien leva lentement les bras. Les témoins virent les eaux du lac s'agiter comme si elles étaient furieuses. La vallée frémit, telle une forme de vie assoupie qui s'ébrouait. Les mortels terrifiés jetèrent des regards autour d'eux... Allaient-ils être avalés par une gueule couverte de cailloux qui se serait déguisée en « vallée » pour mieux les piéger ? Allanon ne bougea pas quand les eaux entrèrent en ébullition, lançant vers le ciel une giclée de brume ponctuée d'un sifflement aux allures de soupir de soulagement. Un gémissement sourd emplit l'air : le cri des âmes prisonnières que venait troubler le philosophe campé sur la rive du lac. Ces voix inhumaines glacèrent les sangs des quatre témoins. Leur cruauté était propre à saper le courage des cœurs les plus vaillants...

Incapables de réagir, de parler ou même de penser, ils restèrent pétrifiés, tandis que les sons venus du monde des esprits, sinistres hérauts de l'au-delà, les enveloppaient dans leurs filets...

Au milieu des gémissements, un tourbillon se forma au centre de l'Hadeshorn. De ses eaux boueuses émergea la silhouette d'un vieillard courbé par l'âge. Il s'éleva au-dessus de l'eau et sembla marcher sur le lac. D'un gris transparent fantomatique, sa silhouette scintillait autant que les eaux, à ses pieds.

Flick devint d'une pâleur de cire, convaincu que sa dernière heure avait sonné...

Impassible dans son manteau noir, Allanon se tourna vers le fantôme qui flottait dans les airs.

Ils durent échanger de mystérieux propos, mais les quatre amis n'entendirent rien à cause des gémissements inhumains du lac qui ponctuaient tous les gestes de la créature surgie des profondeurs de l'onde. Après un bref dialogue, le spectre leva un bras squelettique... vers eux ! Shea sentit un frisson glacé courir le long de son échine. La mort venait de l'effleurer !

Puis l'ombre se détourna, fit un geste d'adieu à Allanon et s'enfonça lentement dans l'Hadeshorn. Quand elle eut disparu, les eaux reprirent leur lente ondulation, et les hurlements retentirent de plus belle avant de mourir dans un long gémissement d'angoisse. La surface du lac redevint lisse et calme.

Les humains étaient de nouveau seuls.

Quand le soleil se montra à l'horizon, la silhouette noire, au bord du lac, vacilla puis s'écroula. Surmontant leur effroi, les quatre compagnons accoururent. Ils se penchèrent sur leur chef, ne sachant que faire. Durin le secoua et l'appela avec insistance. Shea frictionna les mains glacées d'Allanon, d'une pâleur inquiétante.

Après de longues minutes, il reprit enfin conscience. Il les regarda puis se leva lentement.

— La tension a dû être un peu trop forte... marmonna-t-il en se massant le front. Je me suis évanoui après avoir perdu le contact. Ça ira mieux dans quelques instants.

— Qui était cette créature ? demanda Flick.

Allanon réfléchit à la question. Après une étrange grimace, il reprit son air sévère habituel.

— Une âme égarée... Un être oublié de ce monde et de ceux qui le peuplent... Il s'est condamné à une sorte de semi-vie qui durera peut-être l'éternité.

— Je ne comprends pas, dit Shea.

— Peu importe ! s'impatienta Allanon. La poignante créature à qui je viens de m'adresser est l'Ombre de Bremen, le druide qui combattit autrefois le Roi-Sorcier. Je lui ai parlé de l'Épée de Shannara, de notre voyage à Paranor, et du destin de cette compagnie. J'ai appris très peu de chose de sa bouche, une preuve que notre sort ne se décidera pas dans un proche avenir. À une exception près.

— Que voulez-vous dire ? demanda Shea.

Allanon se remit péniblement debout et jeta des regards furtifs autour de lui comme pour s'assurer que le fantôme de Bremen ne reparaîtrait plus. Puis il se tourna de nouveau vers ses compagnons.

— Ce n'est pas facile à dire, mais vous êtes tous venus de si loin... Nous touchons au but. Vous avez gagné le droit de savoir. Quand je l'ai arrachée du monde des limbes, l'Ombre de Bremen a prononcé deux prophéties sur la destinée de notre compagnie. La première est que nous verrons l'Épée de Shannara dans deux jours. Le couronnement de notre quête ! Mais il a aussi prédit que l'un de nous n'atteindrait pas l'autre versant des dents du Dragon. Pourtant, c'est lui qui posera le premier les mains sur l'arme sacrée.

— Je ne comprends toujours pas, dit Shea. Nous avons déjà perdu Hendel. Il devait parler de lui...

— Vous vous trompez, mon jeune ami, soupira Allanon. Quand elle a fait cette prophétie, l'ombre vous a nommément désignés ! L'un de vous quatre n'arrivera jamais à Paranor !

Accroupi derrière un rocher, le long de la piste de la vallée de Schiste, Menion Leah guettait la créature qui les avait suivis dans les dents du Dragon. De l'autre côté, également caché, le prince de Callahorn gardait sa grande épée pointée vers les rochers. Menion s'efforça de sonder les ténèbres. Rien ne bougeait. Il voyait seulement à quinze pas devant lui, le reste de la piste étant dissimulé par un lacet du chemin.

Ils attendaient depuis une demi-heure, sans que rien ne se passe en dépit des affirmations de Durin. Menion se demanda si la créature qui les filait était un émissaire du Roi-Sorcier. Un Porteur du Crâne aurait pu emprunter la voie des airs pour les survoler et fondre sur les autres. Cette perspective le fit sursauter. Il s'apprêtait à s'en ouvrir à Balinor quand un bruit suspect attira son attention.

Il s'aplatit contre les rochers.

La créature, quelle qu'elle fût, ne se doutait pas de leur présence – ou ne s'en souciait pas –, car elle ne faisait aucun effort pour dissimuler son approche.

Peu après, une silhouette apparut sur le chemin, juste au-dessous de leur cachette. Menion lui jeta un coup d'œil. La carrure et la démarche de la créature lui rappelèrent Hendel, ce qui lui serra le cœur...

Retenant son souffle, il serra plus fort son épée, prêt à tout. Son plan était simple : il bondirait devant l'intrus et lui barrerait le chemin. Simultanément, Balinor lui couperait la retraite.

Rapide comme l'éclair, le montagnard jaillit de son abri et se campa devant l'inconnu, lui ordonnant sèchement de s'arrêter. La créature brandit aussitôt une massue...

Leurs yeux se croisèrent... D'émoi, ils en baissèrent leur garde.

— Hendel ! cria Menion.

Balinor surgit de l'ombre derrière le nain. Il vit Menion bondir de joie. Puis le jeune homme serra Hendel dans ses bras. Soulagé, le prince de Callahorn rengaina son épée. Stupéfait mais ravi, il vit le nain grogner sous cet assaut amical.

Pour la première fois depuis qu'ils avaient franchi le col de Jade, Balinor eut le sentiment que le succès était à portée de main et qu'ils parviendraient ensemble à Paranor pour découvrir l'Épée de Shannara.

Chapitre 14

L'aube grise et froide se leva au-dessus des pics des dents du Dragon. Le soleil était caché par des nuages bas et un brouillard épais. Le vent qui soufflait sur les rochers, dans les canyons, sur les pentes et sur les arêtes, faisait plier sous ses assauts la chiche végétation. Détail étrange, il ne poussait pas les nuages et ne dissipait pas la brume. Assourdissant, le mugissement du vent rappelait celui de l'océan lancé à l'assaut des plages.

Des oiseaux planaient sur les courants aériens, lâchant des cris aigus à intervalles irréguliers. Peu d'animaux vivaient à cette altitude : seules quelques hardes isolées d'une espèce particulièrement robuste de chamois et des petites souris à poil long qui nichaient dans les interstices des rochers. L'air était glacial à cause des sommets enneigés des dents du Dragon. Les changements de saison avaient peu d'influence à cette altitude.

Ces montagnes étaient incroyablement massives. Ce matin-là, on eût dit qu'elles attendaient un événement. Les compagnons venus de Culhaven ne pouvaient chasser le malaise qui les accablait tandis qu'ils s'enfonçaient dans la grisaille et le froid. La sinistre prophétie de Bremen et la perspective de braver tous les interdits de la Salle des Rois n'en étaient pas la source. Une entité les attendait, armée de patience et de ruse, une puissance cachée dans ce territoire aride et pleine d'une haine vindicative. Elle les observait tandis qu'ils progressaient péniblement, emmitouflés dans leurs manteaux de laine pour se protéger du froid... Les pentes et les canyons, couverts de pierres qui roulaient sous les pieds et constellés de fissures, rendaient la marche très dangereuse. Plus d'une fois, un membre de la petite colonne tomba en provoquant une gerbe de cailloux et de poussière. Pourtant, la créature préféra rester cachée, ravie de laisser sa présence se faire sentir et d'attendre que cette certitude mine la résistance des huit compagnons...

Alors, les chasseurs deviendraient le gibier...

Des doutes commencèrent à miner les voyageurs, nourris par les peurs secrètes de chacun. Isolés les uns des autres par le froid et le mugissement du vent, incapables de communiquer, leur malaise augmentait sans cesse. Seul Hendel était épargné. Son caractère taciturne et solitaire l'avait endurci contre le doute. Avoir échappé de si peu aux gnomes, dans le col de Jade, l'avait provisoirement affranchi de toute crainte de la mort. Il l'avait vue de si près ! Et son instinct l'avait sauvé...

Les gnomes convergeaient de tous côtés, assoiffés de sang. Le nain s'était dissimulé aux abords des Wolfsktaag, tapi dans les broussailles jusqu'à ce qu'un ennemi passe à sa portée. Il avait assommé le guerrier pour le revêtir de ses habits. Puis il avait appelé au secours. Dans l'obscurité et l'excitation de la traque, les gnomes, trompés par le manteau si caractéristique, avaient mis leur proie en pièces sans se douter qu'il s'agissait d'un des leurs.

Hendel s'était glissé dans le col le jour suivant.

Une fois de plus, il avait survécu !

Les Valombriens et les elfes n'avaient pas l'assurance inébranlable de Hendel. La prophétie de l'Ombre de Bremen les laissait sonnés et effrayés. Les mots résonnaient à l'infini dans leurs esprits tourmentés, ponctués par les sinistres hurlements du vent. L'un d'eux était sur le point de mourir. Certes, la prophétie ne le disait pas en ces termes, mais c'était évident. Une dure réalité que personne n'était prêt à accepter. Tous espéraient en secret trouver un moyen de faire mentir la prédiction.

Loin devant, Allanon réfléchissait aux événements de la vallée de Schiste. Il repensa pour la centième fois à son étrange rencontre avec l'Ombre de Bremen, le druide condamné à errer dans les limbes jusqu'à ce que le Roi-Sorcier soit enfin détruit. L'aspect du fantôme le troublait moins que la vérité enfouie sous ses sombres secrets...

Son pied heurta un caillou. Il trébucha, lutta pour garder l'équilibre et se tourna vers ses compagnons. Il avait appris davantage de Bremen que la prophétie. Mais il dissimulait la vérité à ses alliés, qui avaient pourtant mis leur sort entre ses mains, tout comme il passait sous silence des faits essentiels sur l'Épée de Shannara...

Ses yeux profondément enfoncés dans leurs orbites lancèrent des éclairs. Que de problèmes et de tracas ne s'infligeait-il pas ainsi en gardant pour lui ses informations ! Un moment, il caressa l'idée de tout dire au mépris des conséquences. Ces âmes vaillantes avaient tant donné de leurs personnes ! Hélas, les malheureux n'étaient pas au bout de leurs peines...

Allanon repoussa la tentation. Nécessité faisait loi ! Et en l'occurrence, la nécessité avait la préséance sur la vérité...

La grisaille de l'aube devint lentement la grisaille de midi. La marche vers les dents du Dragon continuait. Les arêtes et les pentes, qui se succédaient avec une régularité monotone, donnaient l'impression aux voyageurs fatigués de ne pas progresser du tout. Au loin, vers le nord, se dressait une chaîne de pics festonnée de brume. L'itinéraire semblait conduire vers une paroi de pierre infranchissable.

La compagnie s'engagea dans un grand canyon, d'où partait un chemin étroit et sinueux qui descendait abruptement entre deux falaises. Allanon les guida dans la pénombre. La ligne d'horizon disparut sous le brouillard. Le vent retomba. Pourtant, on eût dit qu'un doux murmure courait entre les rochers pour monter à l'oreille des voyageurs.

Quand le col s'élargit, la brume en partie dissipée révéla une énorme brèche dans la paroi de la falaise, là où le sentier aboutissait.

L'entrée de la Salle des Rois.

Majestueuse, impressionnante... et effrayante. Mesurant plus de cent pieds de hauteur, des statues sculptées dans la roche flanquaient l'obscure entrée rectangulaire. Les sentinelles de pierre représentaient des guerriers en armure qui montaient la garde dans la pénombre, la main posée sur le pommeau de leur épée, pointe de la lame tournée vers le sol. Malgré leurs visages barbus érodés par le temps et le vent, leurs yeux, presque vivants, toisaient les huit mortels venus braver le danger sur le seuil de l'antique salle qu'ils protégeaient. Gravés dans le roc, au-dessus de l'entrée, trois mots d'une langue oubliée depuis des siècles avertissaient les téméraires que ce lieu sacré était la tombe des rois.

À l'intérieur de la sépulture, tout était obscurité et silence.

Allanon rassembla ses compagnons.

— Il y a des années, avant la Première Guerre des Races, une secte aux origines obscures composait le clergé des dieux de la mort. Elle inhuma dans ces cavernes les monarques des Quatre Terres, avec leurs familles, leurs serviteurs, leurs objets favoris et une bonne partie de leurs richesses. Une légende naquit, affirmant que seuls les morts pouvaient « survivre » en ces lieux. Et, naturellement, à part les prêtres, nul n'avait le droit d'y enterrer les souverains. Toute autre personne n'en revenait jamais.

» Avec le temps, la secte disparut, mais les forces maléfiques présentes dans la Salle des Rois continuèrent à servir aveuglément des prêtres dont les os étaient pourtant retournés à la poussière depuis des lustres. Peu d'hommes sont jamais passés par ici...

Il s'interrompit, lisant dans les yeux de ses compagnons la question qu'ils n'osaient pas poser.

— Oui... Je suis de ceux-là. J'ai traversé la Salle des Rois. À mon époque, je fus le seul à tenter l'aventure. Et maintenant, c'est votre tour. Je suis le dernier druide vivant. Comme Bremen, et Brona avant lui, j'ai étudié la magie noire pour devenir un sorcier à part entière. Même si je n'ai pas les pouvoirs du Roi-Sorcier, je peux nous faire traverser ces cavernes sans courir de risques insurmontables.

— Et ensuite ? souffla Balinor.

— Une piste étroite à flanc de falaise appelée le Pli du Dragon conduit vers le bas, hors de la montagne. Alors, nous serons en vue de Paranor.

Allanon savait à quoi pensaient tous ses compagnons. N'en tenant pas compte, il continua.

— Au-delà du seuil, les passages et les salles sont un labyrinthe pour ceux qui ne connaissent pas le chemin. Certains tronçons sont dangereux, d'autres non. Peu après être entrés, nous arriverons dans le tunnel des Sphinx, des statues géantes comme ces sentinelles, mais celles-là sont mi-hommes, mi-bêtes. Si vous avez le malheur de croiser leur regard, vous serez instantanément pétrifiés. Il faudra donc vous bander les yeux. Nous allons aussi nous encorder. Concentrez-vous sur moi et pensez uniquement à moi, car le pouvoir de leurs esprits suffirait à vous obliger à enlever les bandeaux...

Les sept compagnons se dévisagèrent, dubitatifs. Cette nouvelle entreprise était-elle raisonnable ?

— Quand nous aurons dépassé les sphinx, nous franchirons plusieurs passages inoffensifs qui conduisent au couloir des Vents, un tunnel habité par des êtres invisibles qu'on a appelés des Banshees en référence aux légendaires esprits du mal. Ces voix désincarnées ont le pouvoir de rendre fous les mortels. Pour vous protéger, vous aurez les oreilles couvertes. Mais là encore, vous devrez à tout prix vous concentrer sur moi et laisser ma volonté vous éviter d'entendre ces voix maléfiques dans toute leur puissance. Détendez-vous et ne luttez pas contre mon emprise. Vous avez compris ?

Ses compagnons firent de petits gestes d'assentiment.

— Une fois franchi le couloir des Vents, nous serons dans la salle des Rois proprement dite. Il restera un seul obstacle...

Allanon s'interrompit, regardant avec méfiance l'entrée de la caverne. Il ouvrit la bouche pour finir sa phrase, puis se ravisa. Inquiets, les compagnons examinèrent les géants de pierre. La brume grise cachait en partie les parois qui les entouraient. L'entrée obscure évoquait la gueule béante d'une bête de proie prête à les avaler.

Allanon sortit de ses poches des bandes de tissu, qu'il distribua. Puis les compagnons s'attachèrent les uns aux autres avec une longueur de corde d'escalade. Durin prit la tête et le prince de Callahorn assura comme souvent l'arrière-garde. Une fois les bandeaux noués, le groupe forma une chaîne en se tenant par la main.

Ils se présentèrent devant l'entrée de la Salle des Rois.

La caverne était étrangement silencieuse ; le calme était rendu plus impressionnant encore par l'arrêt du vent et l'écho de leurs pas sur le sol rocheux lisse et régulier.

Le froid qui régnait dans la caverne pénétra rapidement les vêtements des compagnons. Personne ne souffla mot, chacun essayant de se détendre pendant qu'Allanon ouvrait la marche le long d'un chemin sinueux.

Shea sentit la main de Flick serrer la sienne. Depuis leur fuite de Valombre, ils s'étaient beaucoup rapprochés, davantage unis par les expériences communes que par leurs liens familiaux. Shea eut le sentiment qu'ils resteraient désormais très proches, quoi qu'il advienne. Il n'oublierait pas non plus tout ce que Menion avait fait pour eux. Pensant au prince de Leah, Shea se surprit à sourire. Le jeune homme avait tant changé au cours de ces derniers jours ! Tellement éprouvants, il était vrai, et fertiles en émotions...

Il était presque devenu un être différent. L'ancien Menion, qui existait toujours, avait acquis une nouvelle dimension que Shea trouvait difficile de définir. Mais ils avaient tous les trois – Menion, Flick et lui – changé de diverses façons. Le résultat – très subtil – n'était pas simple à analyser. Shea se demanda si Allanon, qui l'avait toujours traité comme un gamin, avait perçu ces changements en lui.

Ils s'arrêtèrent soudain et la voix impérieuse du druide retentit dans leurs esprits...

Souvenez-vous de mon avertissement. Tournez vos pensées vers moi, concentrez-vous uniquement sur moi... !

La colonne repartit, le bruit des bottes résonnant sur le sol de la caverne...

Tous sentirent qu'une présence était à l'affût. Une entité dotée d'une infinie patience...

Les secondes passèrent tandis que la colonne s'enfonçait dans la caverne. Peu à peu, les compagnons eurent conscience de la présence de silhouettes géantes alignées des deux côtés du passage : des personnages sculptés dans la pierre aux visages humains et aux corps d'animaux fantastiques. Les Sphinx. Dans leurs esprits, les compagnons virent leurs yeux brûlants se surimposer à l'image d'Allanon. Dès lors, ils eurent de plus en plus de difficulté à se concentrer sur le druide. La volonté des monstres de pierre s'imposait à eux pour les forcer à croiser leur regard sans vie. Tous éprouvèrent un besoin irrépressible d'arracher leurs bandeaux et de regarder les créatures qui les observaient en silence.

À l'instant critique où les murmures des Sphinx allaient briser la résistance du groupe et le détourner de l'image mentale d'Allanon, la volonté d'acier du druide le rappela à l'ordre.

Pensez seulement à moi !

Les esprits des sept voyageurs purent ainsi se dégager de l'emprise des monstres de pierre. L'étrange bataille mentale continua tant que les compagnons se frayèrent un chemin à travers ce labyrinthe d'images, liés par la longueur de corde, à leur taille, et par la voix mentale autoritaire d'Allanon. Personne ne perdit pied.

Les yeux rivés sur le sol, le druide les fit passer entre les Sphinx sans cesser de lutter pour protéger leurs esprits vulnérables. Puis les visages de pierre disparurent derrière eux, laissant les mortels seuls dans le silence et l'obscurité.

Ils empruntèrent une série de passages sinueux avant de s'arrêter de nouveau. Allanon ordonna à ses compagnons de retirer leurs bandeaux. Ils obéirent et découvrirent un tunnel étroit dont la pierre brute émettait une lueur verdâtre. Tournant leurs visages aux traits tirés baignés par cette étrange lumière, ils se regardèrent pour vérifier qu'ils étaient tous présents.

Le druide éprouva la solidité de la corde. Puis il annonça que le Couloir des Vents les attendait.

Après avoir bourré leurs oreilles de morceaux de tissu, les compagnons se reprirent par la main.

Ils avancèrent sous la lueur verte, les échos de leurs pas filtrés par les tampons improvisés.

Ils abordaient un secteur qui s'étendait sur plus d'une lieue. Le passage s'évasa et déboucha sur un couloir plongé dans l'obscurité. Les parois de pierre s'écartèrent. La voûte noyée dans les ténèbres disparut rapidement à la vue, laissant les compagnons dans des limbes où seul le sol lisse de la caverne les reliait encore à la réalité.

Allanon les guidait sans hésitation.

Soudain, des bruits retentirent. Leur incroyable violence les prit par surprise et manqua les plonger dans la panique. Le rugissement évoquait le hurlement d'une centaine de tempêtes. Sous cette clameur, inexplicablement, on entendait les plaintes d'âmes tourmentées qui hurlaient leur angoisse. Quelles horreurs inimaginables torturaient ces âmes damnées au-delà de tout espoir de salut ?

Le rugissement devint un cri si aigu, et si incompréhensible pour des esprits humains, que leur conscience commença à *se fracturer*. Les sons firent écho à leur propre désespoir, écorchant leurs nerfs déjà éprouvés jusqu'à ce qu'ils soient à vif.

Il avait suffi d'un instant. Un de plus, et ils auraient été perdus. Mais pour la deuxième fois, les voyageurs furent sauvés par la volonté d'Allanon, qui les isola du tumulte d'outre-tombe et protégea leurs esprits de la folie. Quand le visage austère du druide se projeta dans les consciences enfiévrées des sept mortels, les hurlements parurent diminuer et devenir un bourdonnement lointain.

Détendez-vous ! Pensez seulement à moi !

Ils avancèrent en titubant dans les ténèbres du tunnel, accrochés à la planche de salut qu'était pour eux l'esprit du druide. Les parois du couloir résonnaient de cris toujours audibles qui faisaient trembler la pierre. Une dernière fois, les voix des Banshees tentèrent de briser le mur érigé par l'esprit du druide. Mais il résista. Le pouvoir des voix, érodé, se transforma en un murmure sinistre.

Peu après, le tunnel rétrécit de nouveau et la compagnie laissa derrière elle le Couloir des Vents.

Secoués, le visage luisant de sueur, les voyageurs avaient les yeux dans le vague. Allanon ordonna une nouvelle halte. Tentant de reprendre leurs esprits, ils se désencordèrent et enlevèrent les tampons de leurs oreilles. Ils étaient dans une alvéole de taille modeste, face à deux belles portes de pierre encadrées par des supports métalliques. Les parois émettaient de nouveau l'étrange lueur verte. Allanon attendit qu'ils aient récupéré. Puis la marche reprit. Il poussa les battants de pierre qui pivotèrent sans un grincement.

De sa voix basse, le druide souffla :

— La Salle des Rois.

Mille ans durant, personne à part Allanon n'avait violé le mausolée. Et rien n'était venu troubler sa sérénité. La caverne circulaire aux parois lisses et polies et à la voûte scintillant d'une lueur verte analogue à celle des tunnels était l'orgueilleuse dépositaire de la majesté des monarques morts. Des fresques, sur la paroi circulaire, vantaient pour l'éternité leurs plus hauts faits d'armes et leurs titres de gloire. Les statues à leur effigie faisaient face au centre de la salle et à l'étrange autel en forme de serpent lové érigé au milieu. Devant chaque statue gisaient les trésors du défunt : des coffres pleins de métaux précieux et de bijoux, des fourrures, des armes...

Derrière chaque statue, dans une niche rectangulaire scellée, reposaient les morts : les rois, leurs familles et leurs serviteurs. Les inscriptions, au-dessus des cryptes, racontaient leur histoire dans des langues souvent inconnues de la compagnie. La crypte était baignée par la lueur verte, le métal et la pierre semblant absorber la couleur. Tout était couvert d'une poussière – le dépôt minéral des siècles – qui tourbillonnait sous les pas des compagnons et formait de petits nuages. Pendant plus de mille ans, rien n'avait troublé la quiétude du mausolée. Personne n'avait tenté d'en percer les secrets ni d'ouvrir les portes sacrées qui protégeaient les morts et leurs biens.

Personne, excepté Allanon. Et maintenant...

Shea frissonna sans savoir pourquoi. Sa place n'était pas là ! Une petite voix lointaine le lui soufflait. La Salle des Rois était une *tombe* sacrée ! Les vivants n'avaient rien à y faire ! C'était pire qu'un sacrilège, un absurde...

Une main implacable le saisit à l'épaule, le faisant sursauter. Allanon le dévisagea, puis appela à voix basse les autres membres du groupe. Ils se rapprochèrent, l'oreille tendue.

— Derrière ces portes, à l'autre bout de la Salle des Rois, se trouve l'Assemblée. (À l'extrémité de la salle ronde, il désigna une porte à deux battants.) Un escalier de pierre qui s'enfonce dans les entrailles de la terre conduit à une mare alimentée par une source, au cœur de la montagne. Au pied de cet escalier, devant la mare, se dresse le bûcher funéraire où les monarques défunts étaient exposés un nombre variable de jours, selon leur rang et leur fortune, probablement pour que leurs âmes aient le temps de passer dans l'au-delà. Nous devons traverser cette salle pour atteindre le passage qui nous conduira au Pli du Dragon, puis sur l'autre versant des montagnes.

Il marqua une pause et inspira profondément.

— Quand j'ai traversé ces cavernes, autrefois, j'ai réussi à dissimuler ma présence aux créatures qui hantent ces lieux pour anéantir les intrus. Je ne peux pas faire la même chose pour vous. L'Assemblée contrôle un pouvoir peut-être supérieur au mien. Bien que l'entité n'ait pas pu détecter ma présence, je sais qu'elle se cache dans les profondeurs de la mare. Sous l'escalier, de chaque côté de l'eau, des passerelles conduisent à l'autre bout de la salle, vers des tunnels de sortie. Ces passerelles sont le seul moyen de dépasser la mare. L'entité qui garde le bûcher funéraire nous attaquera à cet endroit. Balinor, Menion et moi emprunterons la passerelle de gauche. Cela devrait intriguer la créature et l'attirer à découvert. Dès que nous serons attaqués, Hendel fera traverser les autres par la passerelle de droite. Ne vous arrêtez surtout pas avoir d'avoir atteint le Pli du Dragon. Compris ?

Ils hochèrent la tête. Shea eut le sentiment d'avoir été piégé, mais il n'y avait rien à gagner à en parler maintenant.

Avec un sourire inquiétant, Allanon se redressa de toute sa hauteur. Le petit Valombrien sentit un frisson courir le long de son échine. Il se félicita de ne pas être l'ennemi de l'historien.

Balinor sortit sa grande épée. Hendel s'était déjà élancé dans la salle, massue au poing. Menion fit mine de le suivre, puis il hésita devant les trésors. Quel mal y aurait-il à en prélever une petite partie ? Des souvenirs de voyage... ?

Les Valombriens et les elfes avaient emboîté le pas à Balinor et à Hendel. Les bras croisés sous son manteau noir, Allanon se tourna vers le montagnard.

Menion l'interrogea du regard.

— Je ne ferais pas ça, à votre place... Tout est enduit d'une substance mortelle. Si vous touchez un de ces objets, vous serez foudroyé.

Menion ouvrit des yeux incrédules. Jetant un dernier coup d'œil au trésor, il suivit les autres. Il était à mi-chemin quand, pris d'une inspiration, il sortit deux flèches empennées de noir de son carquois et retourna près d'un coffre plein de pièces d'or. Il frotta les pointes des flèches contre les pièces. Puis, avec une satisfaction perverse, il rejoignit le reste de la troupe. L'entité qui les guettait derrière les portes éprouverait ainsi sa propre résistance au poison censé tuer tout être vivant.

La compagnie se réunit autour d'Allanon. Un calme étrange tomba sur la grande salle, seulement brisé par la respiration des huit aventuriers massés derrière les portes fermées. Shea regarda une dernière fois la Salle des Rois. Seules des traces de pas attestaient de leur passage. Le nuage de poussière soulevé par les intrus tourbillonnait encore sous la lueur verte. Après quelque temps, tout souvenir de leur venue aurait disparu...

Au premier contact d'Allanon, les battants de pierre s'écartèrent et la compagnie entra dans l'Assemblée. Une grande plate-forme nichée dans une alcôve formait un escalier naturel. La caverne qui s'ouvrait au-delà était immense et vierge de toute intervention humaine. De la voûte pendaient des stalactites formées au fil des millénaires par l'eau et les dépôts minéraux. Sous ces sculptures naturelles s'étendait une longue mare rectangulaire aux eaux vert foncé lisses comme un miroir. Quand une goutte d'eau tombait d'une stalactite, la surface se ridait à peine.

Les intrus avancèrent jusqu'au bord de la plateforme qui dominait l'autel de pierre, au pied de l'escalier. Par endroits, sa surface rongée par l'âge menaçait de s'écrouler. Des zones phosphorescentes, courant sur les parois à intervalles irréguliers, éclairaient chichement les lieux et ajoutaient à l'étrangeté du décor.

Ils descendirent lentement l'escalier et remarquèrent un mot écrit sur l'autel. Peu de gens auraient pu le déchiffrer. *Valg*... Un antique mot gnome qui signifiait « mort ». Dans la caverne, rien ne bougeait. Tout était comme pétrifié par l'âge et le silence.

Au pied du grand escalier, ils hésitèrent, les yeux rivés sur la mare. Allanon fit signe à Hendel et à son groupe de prendre sur la droite. Suivi par Menion et par Balinor, il s'engagea sur la passerelle de gauche. Un faux pas, à cet instant, eût été fatal. Resté sur la berge de la mare, Shea regarda les trois compagnons avancer à pas de loup sur la passerelle. Aucune ride suspecte dans les eaux paisibles. Quand ils furent à mi-chemin, Shea respira mieux.

Soudain, la mare bouillonna. De ses profondeurs surgit une créature de cauchemar. Le monstre d'apparence reptilienne sembla remplir toute la caverne, son corps luisant de vase dressé jusqu'à la voûte. Ses hurlements de fureur retentirent dans l'Assemblée.

Le monstre se souleva encore et se tortilla en émergeant des eaux. Ses longues pattes avant terminées par des serres lacérèrent les airs. Les énormes mâchoires claquèrent sur des dents noircies.

Les grands yeux rouges du prédateur saillaient entre les bosses et les cornes qui surmontaient sa gueule difforme. L'animal dégoulinant d'humeurs et de saleté venait sans doute des puits les plus profonds du monde sous-marin. Du venin coulait de sa gueule. Quand ce fluide touchait l'eau, de petits nuages de vapeur s'élevaient.

Il riva ses yeux haineux sur les trois guerriers de la passerelle et poussa un long sifflement.

Les mâchoires grandes ouvertes, il attaqua.

Mais ses proies ne restèrent pas les bras ballants. Avec une précision mortelle, Menion Leah expédia ses flèches empoisonnées dans la langue et les joues de la créature, qui se cabra de douleur. Balinor en profita pour prendre l'initiative. Campé au bord de la passerelle, il frappa la patte avant du monstre. À son grand désarroi, son épée égratigna à peine la peau couverte d'écailles et glissa sur l'épaisse couche de vase. De son autre patte avant, le monstre voulut flanquer une gifle à l'impudent et le rata de justesse.

Sur la deuxième passerelle, Hendel, qui fonçait vers le passage situé à l'autre bout de la mare, poussait devant lui les Valombriens et les elfes. L'un d'eux déclencha un piège ; une énorme dalle de pierre s'abattit, obstruant le chemin de la liberté.

Hendel se jeta dessus. En vain. La dalle ne bougea pas d'un pouce.

Attiré par le vacarme, le serpent aquatique se détourna de Menion et de Balinor pour charger les autres, plus petits et à l'air plus inoffensif. Ç'aurait été la fin de tout sans la réaction rapide du nain. Se détournant de la dalle, Hendel courut vers le monstre et lui propulsa sa massue dans l'œil. L'arme fit éclater le globe oculaire. Le serpent se cabra et écrasa les stalactites. Des morceaux de rocher coupants volèrent à la ronde. Flick tomba, touché à la tête par un fragment. Au bord de la mare, Hendel, enfoui sous une avalanche, ne bougeait plus. Les trois autres reculèrent contre l'issue bloquée tandis que la créature fondait de nouveau sur eux.

Allanon se joignit enfin à la bataille. Il leva les bras, tendit ses fines mains, et des globes luminescents apparurent au bout de ses doigts. Des rayons bleus incandescents en jaillirent pour frapper la créature à la gueule.

Cette nouvelle attaque prit le serpent par surprise. Désorienté, il se débattit au-dessus des eaux en hurlant de douleur et de fureur.

Sur la passerelle, le druide frappa encore. Ses flammes bleues s'enroulèrent autour de la tête du monstre qui, projeté en arrière par l'impact, s'écrasa contre la paroi. Dans ses soubresauts, le monstre délogea la dalle. Shea et les deux elfes avaient réussi à traîner Flick hors du chemin de la bête – juste à temps pour lui éviter d'être écrasé. Ils entendirent la dalle tomber. Une fois le passage dégagé, ils appelèrent à grands cris leurs compagnons. Balinor venait d'attaquer de nouveau, tentant en vain d'atteindre la tête du monstre, quand il tourna sa fureur vers lui.

Le druide ne quitta pas le serpent des yeux et leur fit signe de foncer vers le passage. Dayel et Shea soulevèrent Flick par les bras et les jambes et le portèrent dans le tunnel. Durin fit mine de les suivre, puis il hésita en voyant Hendel toujours enterré sous les décombres. Revenant en arrière, il se précipita vers la berge de la mare, saisit le bras du nain et le tira à lui. En vain.

— Partez ! cria Allanon, qui avait enfin remarqué la présence de l'elfe.

Profitant de cette diversion, le serpent frappa. D'un coup de patte, il expédia Balinor contre la paroi de la caverne avec une violence à lui briser les os. Menion bondit devant le monstre, mais ce mouvement trop brusque le fit basculer dans le vide. Le prince de Leah disparut de la vue de ses compagnons. Furieux à cause de ses multiples blessures, le serpent avait un seul but : atteindre la silhouette vêtue de noir et l'écraser.

La bête avait encore une arme dans son arsenal. Ses mâchoires dégoulinantes de venin béèrent devant sa proie, seule et sans protection, et elle cracha de grandes langues de flammes qui enveloppèrent le druide. Durin, à qui sa position permettait de voir toute la scène, poussa un cri de désespoir. Devant l'entrée du tunnel, Shea et Dayel virent aussi les flammes dévorer leur mentor.

Mais elles se dissipèrent et Allanon reparut, indemne, sous les yeux de ses compagnons. Il leva les mains et des flammes bleues en jaillirent pour frapper le serpent avec une telle force qu'il s'écrasa de nouveau contre la paroi. De la vapeur monta des eaux de la mare, se mêlant à la poussière et à la fumée pour former une brume qui interdit bientôt toute visibilité.

Émergeant de la purée de pois, Balinor réapparut à côté de Durin, avec son manteau en lambeaux, sa cotte de mailles souillée et le visage couvert de sueur et de sang. Ensemble, ils tirèrent le nain de sous les décombres. Le prince de Callahorn souleva Hendel et le hissa sur son épaule. Puis il fit signe à Durin de le précéder vers l'endroit où Shea et Dayel attendaient toujours à côté de Flick. Le frontalier leur ordonna de ramasser le blessé, puis il s'engagea dans le tunnel, le nain sur une épaule et l'épée au poing. Les elfes obéirent. Inquiet, Shea hésita, cherchant un signe de Menion.

L'Assemblée n'était plus que décombres, avec ses stalactites écrasées et sa passerelle à moitié démolie. Une brume chargée de poussière obscurcissait tout. D'un côté de la caverne, on apercevait toujours la forme massive du serpent, dont le corps était réduit à une bouillie d'écailles et de sang... De Menion ou d'Allanon, il n'y avait plus trace.

Pourtant, ils surgirent bientôt de la brume. Menion boitait légèrement mais il n'avait pas lâché son arc, ni l'épée de Leah. Couvert de cendres et de poussière, son manteau en lambeaux, le druide fit signe à ses compagnons de le précéder. Ils avancèrent dans l'entrée à demi bloquée par des éboulis.

Ce qui arriva ensuite resta très vague dans leurs esprits. Dans une sensation de ralenti, les compagnons couraient le long du tunnel, portant les deux blessés, quand ils émergèrent soudain à l'air libre, les yeux blessés par le passage de l'obscurité à la lumière du soleil de l'après-midi...

Ils étaient au bord d'une falaise dangereusement escarpée. À leur droite, le Pli du Dragon serpentait en direction des collines, en contrebas. Quand la montagne entière vibra, agitée de secousses, Allanon ordonna sèchement à ses compagnons de prendre la piste étroite et de descendre au plus vite. Balinor ouvrit la marche, portant toujours Hendel. Menion Leah le suivait à quelques pas. Durin et Dayel venaient ensuite, avec Flick comme fardeau. Derrière eux, Shea et Allanon jouaient les arrière-gardes.

Les grondements venus des tréfonds de la montagne ne s'apaisaient pas.

Sur l'étroit sentier aux tournants abrupts, le petit groupe se fraya un chemin entre des rochers déchiquetés et des précipices. Par moments, ils devaient se plaquer à la paroi de la falaise pour ne pas perdre pied et faire une chute fatale de plusieurs centaines de pieds. Le Pli du Dragon méritait bien son nom ! Les tournants exigeaient une grande habileté et une concentration totale. Le tremblement de terre ne facilitait pas l'épreuve.

Ils avaient parcouru une toute petite distance quand un rugissement sourd couvrit les grondements de la montagne. Shea fut incapable d'en déterminer la source jusqu'à ce qu'il arrive pratiquement au-dessus... Après un tournant particulièrement sec, il déboucha au bord d'une corniche, face au nord. De là, il découvrit, en face d'eux, une cascade à flanc de montagne. Des tonnes d'eau se déversaient avec un grondement effrayant pour se jeter dans une rivière, des centaines de pieds plus bas. La rivière courait entre les chaînes de montagne. Les rapides déferlaient à l'est, en direction des plaines de Rabb. La rivière passait sous la corniche où Shea se tenait et ses eaux vives martelaient les parois des deux pics qui la flanquaient.

Allanon arracha Shea à sa fascination morbide et lui ordonna de continuer. Le reste de la compagnie avait déjà pris de l'avance sur eux. Un moment, ils les perdirent de vue.

Shea avait dépassé la corniche d'une quarantaine de pas quand une secousse plus violente que les précédentes ébranla la montagne. Sous ses pieds, la piste glissa le long de la pente, l'entraînant avec elle...

Shea tenta d'orienter sa chute vers un surplomb escarpé...

La rivière rugissante serait-elle sa tombe ?

— Attrapez quelque chose ! cria Allanon. Ralentissez votre chute !

Shea ne demandait pas mieux. Au bord du précipice, il parvint à se cramponner à un rocher. Il y resta suspendu presque à la verticale, ses bras menaçant de céder sous l'effort...

— Tenez bon, Shea ! Je vais chercher une corde. Ne bougez pas d'un pouce !

Le druide appela leurs compagnons, plus bas sur la piste. Mais Shea ne sut jamais s'ils auraient pu leur être utiles. À l'instant où Allanon les appelait à l'aide, une autre secousse ébranla la montagne et délogea le Valombrien de sa position...

Agitant frénétiquement les bras et les jambes, il tomba vers la rivière, loin en dessous...

Allanon le regarda percuter l'eau, remonter à la surface et être ballotté par les rapides en direction des plaines, vers l'est...

Shea tourbillonna comme un bouchon de liège et disparut.

Chapitre 15

Au pied des dents du Dragon, Flick Ohmsford s'abandonnait à ses pensées. Les derniers rayons du soleil illuminaient sa silhouette robuste, projetant son ombre contre les rochers de la montagne géante, derrière lui. Dans un état second, il écoutait les bruits environnants, les murmures étouffés de certains de ses compagnons, sur la droite, et les pépiements des oiseaux dans la forêt.

Il avait encore à l'oreille la voix déterminée de Shea. De quel courage son frère avait fait preuve face aux dangers qu'ils avaient affrontés !

Maintenant, Shea avait disparu. Il était probablement mort, emporté par la rivière vers les plaines, sur l'autre versant de la montagne qu'ils avaient eu tant de mal à traverser. Flick se frotta doucement la tête, et tâta sa bosse encore douloureuse. Un éclat de rocher l'avait empêché de secourir son frère quand il avait le plus besoin de lui. Ils avaient été prêts à affronter la mort face aux Porteurs du Crâne, à périr au fil de l'épée des gnomes, ou dans les entrailles de la Salle des Rois...

Mais que tout finisse par un accident au bord d'une falaise, si près du salut, c'en était trop ! Flick en concevait une telle amertume qu'il aurait aimé la crier à la face du monde. Il en était incapable. Dévoré par une colère impossible à canaliser ou à sublimer, il s'abandonnait à un sentiment aigu de gâchis.

Menion Leah réagissait de manière presque opposée à Flick. Désespéré, il faisait les cent pas près du Valombrien, plié en deux comme s'il avait été blessé. Il brûlait d'une colère noire, semblable au type de rage insensée et futile que ressent un animal emprisonné quand il n'a plus aucune chance de fuir. Ce coup du sort leur avait littéralement arraché Shea. Savoir qu'il n'aurait rien pu tenter ne soulageait pas Menion, accablé par la culpabilité. Quand la corniche avait cédé, précipitant le Valombrien à sa perte, Menion n'était même pas près de lui ! Il aurait peut-être pu agir s'il n'avait pas laissé Shea seul avec le druide.

De quelle façon... ?

Quoi qu'il en soit, Allanon n'était pas en faute. Il avait au contraire tout fait pour protéger Shea. Menion arpentait furieusement le sol, y plantant le talon de ses bottes comme pour écraser ses ennemis. Il refusait d'admettre qu'ils devraient s'avouer vaincus alors que l'Épée de Shannara était presque à portée de main...

Il s'arrêta et réfléchit à l'objet de leur entreprise. À ses yeux, ça n'avait toujours guère de sens. Même muni de l'Épée, qu'aurait pu faire un jeune homme, presque un adolescent, contre les pouvoirs du Roi-Sorcier ? Maintenant, ils ne le sauraient jamais. À supposer que Shea ait miraculeusement survécu à sa chute, il était de toute façon hors de leur atteinte. Rien n'avait plus de sens. Menion Leah mesurait à quel point leur amitié insouciante et détendue avait compté pour lui. Ils n'en avaient jamais parlé, ni tenté de l'analyser. Mais elle n'en existait pas moins. Une amitié qui lui avait été chère.

Se mordillant les lèvres de colère, Menion continua à faire les cent pas.

Les autres membres de la compagnie s'étaient regroupés au pied du Pli du Dragon.

Durin et Dayel parlaient à voix basse. Leurs visages creusés d'inquiétude, les yeux baissés, ils se jetaient parfois de petits regards mélancoliques.

Adossé à un rocher, Hendel se reposait. Déjà taciturne, le nain était maintenant inabordable. Une épaule et une jambe bandées et son visage comme taillé dans la pierre portaient les cicatrices et les hématomes récoltés lors de son combat contre le serpent. Il repensait à sa terre natale, à la famille qui l'y attendait. Un court moment, il souhaita revoir une dernière fois les forêts de Culhaven avant la fin...

Sans l'Épée de Shannara et sans Shea pour la porter, son pays serait bientôt envahi par les armées des Terres du Nord...

Hendel n'était pas le seul à avoir de sombres pensées. Celles de Balinor suivaient à peu près le même cours. Ses yeux ne quittaient pas le géant solitaire réfugié dans un petit bosquet, à bonne distance des autres. Allanon était confronté à une décision impossible : abandonner la quête, rebrousser chemin vers leurs pays, avec l'espoir, peut-être, de retrouver Shea vivant en chemin, ou... continuer vers Paranor et tenter de s'emparer de l'Épée de Shannara sans le Valombrien. Un choix difficile, dont le résultat risquait de déplaire de toute façon aux survivants.

Il pensa avec amertume à sa dispute avec son propre frère. Lui aussi aurait une décision à prendre en revenant à Tyrsis, et elle ne serait pas agréable. Il ne s'en était pas ouvert à ses amis. Pour l'instant, ses problèmes personnels étaient secondaires.

Le druide se tourna vers ses compagnons. Ils le regardèrent revenir vers eux, ses vêtements noirs flottant derrière lui, résolu même en cet instant d'amère défaite. Menion s'arrêta de tourner en rond, le cœur battant la chamade. L'heure de la confrontation, inévitable, avait sonné. Car le montagnard aussi avait décidé ce qu'il ferait, et il soupçonnait que ce ne serait pas du goût d'Allanon... Flick vit passer une ombre de peur sur le visage du prince de Leah – en même temps qu'un étrange courage.

Tous se levèrent quand la silhouette sombre approcha d'eux, leurs esprits fatigués stimulés par la détermination de ne pas admettre la défaite. Ils ignoraient ce qu'Allanon ordonnerait, mais une chose était sûre : ils étaient venus de trop loin et avaient trop sacrifié pour abandonner maintenant.

Allanon se dressa devant eux, son visage devenu un masque de granit couturé de cicatrices.

— Nous sommes peut-être battus, mais tourner les talons à ce stade reviendrait à nous déshonorer à nos yeux et à ceux de tous les gens qui comptent sur nous. Même si notre destin est d'être vaincus par les forces du Nord et par les créatures du monde des esprits, nous avons le devoir de les affronter ! Nous ne pouvons pas battre en retraite et espérer un miracle pour nous sauver des griffes de l'ennemi. N'en doutons pas, il est déjà en route pour nous réduire en esclavage. Si la mort doit venir, elle nous trouvera les armes à la main, l'Épée de Shannara dressée devant elle !

Il se dégageait de lui une telle résolution que Balinor éprouva un frisson d'excitation guerrière. Muets d'admiration devant la force de caractère du druide, ses compagnons se sentirent pleins de fierté à l'idée d'avoir été choisis pour cette quête éminemment dangereuse.

— Et Shea ? demanda Menion.

Les yeux du druide se tournèrent vers le montagnard.

— Oui, qu'en est-il de Shea, la raison de cette expédition ?

— Je n'en sais pas plus que vous. Il a été emporté vers les plaines. Peut-être est-il encore en vie, et peut-être pas. Quoi qu'il en soit, nous ne pouvons plus rien pour lui.

— Vous nous proposez donc de l'oublier et de récupérer une Épée, qui, selon vos propres termes, est un bout de métal inutile sans la personne habilitée à la manier ! Pour ma part, je ne ferai pas un pas de plus sans savoir ce qui est arrivé à Shea, même si ça signifie renoncer à la quête et le chercher jusqu'à la fin de mes jours. Jamais je n'abandonnerai mon ami !

— Prenez garde, montagnard, grogna Allanon. Ne vous comportez pas comme un imbécile ! Et ne me rendez pas responsable de la perte de Shea. Plus que vous tous, j'aurais donné cher pour qu'il ne lui soit rien arrivé. Ce que vous suggérez est une insulte au bon sens.

— Assez de paroles de sagesse, druide ! beugla Menion en avançant vers Allanon au mépris de ce qui risquait de lui arriver. Nous vous suivons depuis des semaines, à travers des terres fourmillant de guets-apens et de périls, sans avoir jamais protesté contre vos décisions. Mais la coupe est pleine ! Je suis le prince de Leah, pas un vagabond qui se plie à tout ce qu'on exige de lui sans élever la voix, avec sa misérable peau pour unique souci ! Mon amitié avec Shea ne signifie peut-être rien pour vous. Pour moi, elle vaut plus que cent Épées de Shannara ! Et maintenant, laissez-moi passer ! Je suivrai mon propre chemin.

— Imbécile ! Jamais un prince digne de ce nom ne parlerait ainsi ! cria Allanon, les poings serrés.

Les autres pâlirent. Pressentant que l'affrontement verbal dégénérerait très vite, ils s'interposèrent pour tenter de ramener le calme. À ce stade, si la compagnie se séparait, ce serait la fin. Il n'y aurait plus la moindre chance de succès.

Écœuré par sa propre apathie, seul Flick resta sans réaction. Dès que le montagnard avait ouvert la bouche, il s'était fait l'écho de ses propres sentiments. Il ne repartirait pas sans en avoir le cœur net. Qu'était-il advenu de Shea ? Mais Allanon en savait plus long qu'eux. Lui seul avait tous les éléments en main pour décider. Ne pas tenir compte de son avis sous le coup de l'émotion serait absurde. Flick ne savait plus où il en était. À sa place, qu'aurait fait Shea ? Qu'aurait-il suggéré aux autres ?

Soudain, il devina la réponse.

— Allanon, il y a un moyen ! cria-t-il pour couvrir le tumulte.

Tous le regardèrent, surpris par sa détermination. Allanon fit signe qu'il était prêt à l'écouter.

— Vous avez le pouvoir de parler avec les morts, n'est-ce pas ? En conséquence, ne pouvez-vous déterminer si Shea a survécu à sa chute ? Si vous pouvez invoquer les morts, vous savez certainement aussi localiser les vivants...

— En effet, admit Allanon au grand soulagement de chacun. Mais je ne le ferai pas. Utiliser mes pouvoirs reviendrait à révéler notre présence au Roi-Sorcier et à ses laquais. Alertés, ils nous attendraient de pied ferme à Paranor.

— *Si* nous allons à Paranor, grogna Menion.

Allanon se tourna vers lui. De nouveau, un compagnon s'interposa pour les séparer.

— Arrêtez ! cria Flick. Se disputer ne sert à rien et ne nous ramènera pas Shea. Allanon, au cours de ce voyage, je ne vous ai jamais rien demandé. Après tout, je suis venu de mon propre chef. Mais j'en ai le droit maintenant, car Shea est mon frère. Peut-être pas par le sang, mais par tout ce qui compte d'autre ! Si vous refusez de le rechercher, je partirai avec Menion.

— Il a raison, Allanon, dit Balinor en posant une main sur l'épaule du petit Valombrien. Quoi qu'il advienne, ses deux amis ont le droit de savoir s'il reste une possibilité de secourir Shea. Je sais ce qui arrivera si nous sommes découverts, mais nous devons tenter le tout pour le tout.

Durin et Dayel approuvèrent. Le druide consulta Hendel du regard. Mais le nain ne trahit rien de ses pensées...

Allanon les regarda tous à tour de rôle. Il évalua leurs sentiments profonds et pesa la valeur de l'Épée face à la perte de deux membres de la compagnie. Puis il tourna un regard absent vers le soleil qui sombrait à l'horizon. Le crépuscule ajoutait des touches sombres aux couleurs rouge et pourpre du jour agonisant. Le voyage avait été long et difficile. Qu'en avaient-ils retiré, sinon la perte de leur indispensable héros ? Quel bien y avait-il à cela ?

Le philosophe comprenait leur refus de continuer. Il se tourna vers ses compagnons et vit leurs yeux s'éclairer à l'idée qu'il allait adopter la suggestion de Flick.

Sans un sourire, le druide lâcha :

— Le choix vous appartient. Je ferai ce que vous m'avez demandé. Reculez et ne m'adressez plus la parole.

La compagnie obéit. Tête inclinée, bras croisés, Allanon se concentra, les mains sous les plis de son manteau.

Puis il se raidit. Une lueur blanche jaillit de son corps pour devenir une aura éblouissante qui força les compagnons à lever les mains devant leurs yeux. La lueur sembla tout consumer, jusqu'à l'image même d'Allanon. Sur un dernier éclair, elle disparut.

Allanon s'affaissa lentement, une main sur son front.

Ses compagnons hésitèrent, puis se précipitèrent à ses côtés, craignant qu'il ait été blessé. Allanon les foudroya d'abord du regard, furieux qu'ils lui aient désobéi. Mais il lut sur leurs visages une inquiétude sincère. Comprenant ce qu'ils éprouvaient, étrangement ému, il les regarda l'entourer en silence. Face à la loyauté que lui vouaient ces six braves, même après tout ce qui était arrivé, il sentit une étrange chaleur se diffuser en lui. Pour la première fois depuis la disparition de Shea, Allanon éprouva une sorte de paix intérieure.

Il se remit péniblement debout en s'appuyant sur le bras robuste de Balinor. Puis il eut un pâle sourire.

— Notre jeune ami est vivant, même si j'ignore par quel miracle ! J'ai capté sa signature vitale de l'autre côté des montagnes, probablement à proximité de la rivière qui l'a emporté vers les plaines de l'Est. Des gnomes l'entouraient, mais je n'aurais pas pu déterminer toutes leurs intentions sans une sonde mentale complète qui aurait révélé notre position et m'aurait affaibli au point de me rendre inutile.

— Mais il est vivant, vous en êtes sûr ? lança Flick.

Allanon acquiesça.

Menion flanqua une claque amicale dans le dos de Flick.

— Dans ce cas, le problème est résolu ! Nous devons retraverser les dents du Dragon et récupérer Shea, puis reprendre le voyage vers Paranor.

Son sourire s'effaça quand Allanon secoua la tête. Les autres le regardèrent, atterrés. Ils auraient pourtant juré que le druide opterait pour cette mesure.

— Shea est entre les mains d'une patrouille de gnomes, dit-il. On l'emmène vers le nord, probablement en direction de Paranor. Nous ne pourrions pas le rejoindre sans nous battre pour repasser les cols des dents du Dragon puis traverser des plaines infestées de gnomes... Cela prendrait des jours et notre présence serait détectée en peu de temps.

— Comment savoir si nos ennemis ne sont pas déjà au courant de notre existence ? lança Menion, furieux. Vous l'avez dit vous-même ! Quel bien cela fera-t-il à Shea d'arriver à Paranor pour tomber entre les mains du Roi-Sorcier ? Et à quoi nous servira l'Épée, sans celui qui a le pouvoir de la manier ?

— Nous ne pouvons pas l'abandonner ! cria Flick

Silencieux, les autres attendirent les explications d'Allanon.

— Vous oubliez la prophétie, rappela-t-il. L'un de nous ne traverserait pas les dents du Dragon, mais il serait le premier à poser les mains sur l'Épée de Shannara. Nous savons maintenant qu'il s'agissait de Shea. La prophétie annonçait aussi que ceux qui franchiraient les montagnes verraient l'Épée avant que deux nuits se soient écoulées. Le destin nous réunira.

— Ça vous suffit peut-être, mais pas à moi ! lança Menion. (Flick hocha vigoureusement la tête.) Comment se fier à une promesse absurde faite par un fantôme ? Vous nous demandez de jouer la vie de Shea là-dessus !

Allanon lutta pour se maîtriser. Puis il tourna un regard calculateur vers les deux contestataires.

— N'avez-vous pas cru à une légende depuis le début ? N'avez-vous pas été témoins de l'emprise que le monde des esprits a déjà sur notre univers de chair et de sang, de pierre et de roc ? Ne nous battons-nous pas contre des êtres venus d'un autre plan d'existence et détenteurs de pouvoirs refusés aux mortels ? Vous avez été témoins de celui des Pierres Elfiques. Pourquoi vous détourneriez-vous maintenant de tout cela au profit de ce que vous suggère votre « bon sens » ? Pourquoi revenir à un processus de raisonnement qui se fie aux données du monde matériel – et ne vous sert à rien dans un plan d'existence où vos connaissances de base n'ont plus court ?

Tous comprirent qu'il avait raison. Mais comment abandonner Shea à son sort ? Ce voyage était né des rêves et des légendes. Se réclamer soudain du bon sens et décider de redescendre sur terre était effectivement d'un ridicule accompli ! Flick avait renoncé à la logique le jour où il s'était enfui de Valombre, la peur au ventre.

— À votre place, je ne me ferais pas trop de souci, mes jeunes amis, ajouta Allanon, grand seigneur. Shea détient toujours les Pierres Elfiques. Elles le guideront peut-être vers l'Épée, puisqu'elles vibrent en harmonie avec elle. Avec un peu de chance, nous le trouverons en même temps que l'Épée, à Paranor. Tous les chemins mènent désormais à la forteresse des Druides. Nous devons faire en sorte d'y être présents, afin d'apporter toute l'aide nécessaire à Shea.

Les autres compagnons avaient déjà ramassé leurs armes et leurs paquetages, prêts à repartir. Au nord, une forêt préludait aux plaines qui s'étendaient au-delà des dents du Dragon. Au centre, dressées comme un obélisque, les falaises de Paranor, avec au sommet d'une montagne, la forteresse des Druides et l'Épée de Shannara.

Leur destination...

Flick regarda le pic solitaire puis se tourna vers Menion. Le montagnard lui signifia son assentiment.

— Nous viendrons avec vous, murmura le frère de Shea.

Les eaux déferlaient entre les parois rocheuses. Fonçant vers l'est, elles emportaient avec elles les débris et le bois flotté tombés dans leurs griffes.

Elles quittaient les montagnes par une série de rapides puis se calmaient pour devenir un cours d'eau paisible qui irriguait la contrée semée de collines, au-dessus des plaines de Rabb...

Le malheureux, accroché par la ceinture à une souche déchiquetée, s'échoua sur la rive boueuse, inconscient et à demi noyé. Ses vêtements étaient en lambeaux et il avait perdu ses bottes. Livide et ensanglanté à cause des chocs répétés contre les rochers, il reprit conscience sur la terre ferme.

Il se dégagea de la souche et se traîna à quatre pattes vers le haut de la grève, avant d'atteindre une colline. D'un geste machinal, il chercha la bourse de cuir, à sa ceinture, et constata avec soulagement qu'elle était toujours là, tenue par de solides lanières.

Ses dernières forces étant épuisées, il sombra dans un sommeil profond.

Il revint à lui en fin d'après-midi, quand les herbes ondulèrent sous la brise. L'esprit moins fiévreux, reposé, il eut aussitôt conscience d'un danger. Mais à peine s'était-il levé, encore à demi assoupi, qu'une dizaine de silhouettes apparurent sur la crête de la colline, puis descendirent rejoindre le jeune homme. Au lieu de l'examiner avec soin pour s'assurer qu'il n'était pas blessé, les inconnus le mirent sans ménagement à plat ventre, lui tirèrent les bras en arrière et le ligotèrent avec des lanières de cuir qui lui mordirent cruellement les poignets. Ils lui attachèrent aussi les chevilles avant de le retourner sur le dos, lui permettant enfin de voir ceux qui l'avaient capturé. Ses pires craintes devinrent réalité : les petits êtres jaunâtres aux vêtements de forestiers, armés d'épées courtes, étaient faciles à reconnaître grâce à la description de Menion...

Shea regarda craintivement les gnomes, qui s'étonnèrent de ses traits mi-humains mi-elfiques, puis étudièrent ses vêtements en lambeaux, très inhabituels à leurs yeux.

Le chef se pencha et le fouilla méthodiquement. Shea se débattit et encaissa plusieurs claques bien senties.

Le gnome lui confisqua la bourse aux précieuses Pierres Elfiques.

Intrigués, ses congénères se rassemblèrent autour du chef, qui fit tomber les trois pierres au creux de sa paume. Il y eut un bref conciliabule auquel le prisonnier ne comprit pas un traître mot.

Il fut décidé que le captif et ses pierres seraient emmenés au camp principal de Paranor, devant les autorités supérieures. Les gnomes relevèrent leur prisonnier, coupèrent les liens de ses chevilles et l'emmenèrent vers le nord, n'hésitant pas à le pousser quand il montrait des signes de fatigue. Ils étaient toujours en chemin au coucher du soleil, au moment où, de l'autre côté des montagnes appelées les dents du Dragon, le chef d'une petite bande d'aventuriers s'efforçait de déterminer mentalement la position de leur ami disparu, Shea Ohmsford.

Aux petites heures du jour, enveloppée par les ombres de la forêt qui bloquait la rassurante lumière des étoiles et de la lune, la compagnie arriva enfin devant les falaises de Paranor. Cet instant ne s'effacerait jamais des esprits des compagnons. Pleins d'admiration, ils contemplèrent les parois escarpées sans repérer de piste praticable. La forteresse des Druides, au sommet, ressemblait à un château fort, avec ses murailles en pierre de taille, ses tourelles pointues et ses tours qui tutoyaient les cieux. C'était de toute évidence un fort bâti pour repousser les assauts des armées les plus ambitieuses. L'antique demeure d'une confrérie humaine pratiquement éteinte. Les druides ! Ce bastion avait longtemps été un monument à la gloire du triomphe des hommes sur les forces du monde des esprits. Il abritait la fantastique Épée de Shannara, qui incarnait encore aujourd'hui les espoirs et les rêves de toutes les espèces libres du monde.

Tandis que les sept compagnons observaient la forteresse des Druides, Flick revécut les événements survenus depuis leur départ des dents du Dragon, au coucher du soleil. Ils avaient rapidement traversé les plaines avant d'atteindre les bois de Paranor. Alors, Allanon les avait informés de la suite. La forêt, expliqua-t-il, était impénétrable à moins de savoir comment éviter les obstacles que le Roi-Sorcier y avait semés pour décourager toute tentative d'atteindre la forteresse. Des loups y rôdaient. Ces grandes bêtes grises étaient tout à fait capables d'attraper des bipèdes et de les égorger en un clin d'œil.

En plus des loups, au pied des falaises se dressait une barrière de buissons épineux enduits d'un poison contre lequel il n'existait aucun antidote. Mais le druide, plein de ressources, s'y était préparé.

Ils avancèrent rapidement dans la forêt obscure, soucieux de suivre le chemin le plus direct vers la forteresse. Allanon leur recommanda de rester près de lui. Un conseil inutile ! Seul Menion semblait désireux de caracoler en tête, mais il revint vers les autres aux premiers grondements des loups...

Peu après leur entrée dans les bois, les grandes bêtes grises attaquèrent les voyageurs. Leurs yeux rouge sang luisaient dans les ténèbres et leurs mâchoires claquaient au rythme de leur haine. Avant qu'elles bondissent, Allanon porta à sa bouche un étrange sifflet et souffla doucement. Un son trop aigu pour les oreilles de ses compagnons. Mais les loups se dispersèrent avec des cris de désarroi et des glapissements que la compagnie entendit longtemps après avoir perdu les bêtes de vue.

À deux reprises, des loups revinrent les menacer. S'agissait-il de la même meute ? Ils n'auraient su le dire. Pour avoir observé les effets de l'étrange sifflet, Flick pensait qu'il s'agissait d'autres animaux. Chaque fois, les loups reculèrent, terrifiés.

La compagnie atteignit sans difficulté la barrière d'épines. Mais l'entrelacs de végétation empoisonnée semblait vraiment impénétrable, même par le redoutable Allanon.

Puis Flick se souvint que ce lieu était la terre natale des druides, pas du Roi-Sorcier. Les guidant vers la droite, Allanon les conduisit jusqu'à un point précis de la barrière. Il avança vers un chêne qui ne différait en rien des autres.

Le druide marqua un endroit sur le sol, devant la barrière, et indiqua que ce serait le point d'entrée. Puis, à la stupeur générale, il marcha jusqu'à la barrière d'épines et s'y enfonça... pour en ressortir un instant plus tard, indemne. À voix basse, il expliqua qu'à cet endroit, la barrière était illusoire et sans danger : un « passage secret » vers la forteresse. Il en existait d'autres, aussi impossibles à repérer par tout œil non exercé.

La compagnie traversa la barrière et constata avec soulagement que ces épines-là étaient effectivement sans danger.

Ils étaient enfin au pied des murailles de Paranor !

Flick eut du mal à en croire ses yeux. Après un interminable voyage fourmillant d'embûches et de traquenards, et une cascade de dangers jamais écartés mais tout juste évités, ils touchaient enfin au but !

Il leur restait *seulement* à escalader les falaises et à s'emparer de l'Épée. Ce ne serait pas facile, mais à la réflexion, pas plus ardu que leurs précédents exploits. Flick leva les yeux vers les soubassements du château, puis étudia l'alignement des torches qui éclairaient les remparts. L'ennemi gardait ces murailles... et l'Épée. Mais quel ennemi, au juste ? Pas les gnomes ou les trolls : le véritable adversaire, la créature venue d'un autre monde pour envahir le leur et réduire les humains en esclavage.

Flick se demanda s'il connaîtrait jamais la raison ultime de tout ce qui leur était arrivé, celle de leur présence ici. Ils étaient des chasseurs lancés à la poursuite de la légendaire Épée de Shannara, dont ils savaient si peu de chose. Il eut le sentiment qu'il y avait une leçon à tirer de tout ça, mais pour l'heure, il ne voyait pas laquelle. Et il voulait seulement en finir et en sortir vivant.

Il revint au présent quand Allanon leur ordonna d'avancer le long des parois à pic de la falaise. Le druide semblait de nouveau chercher quelque chose. Peu après, il s'arrêta devant un pan de roche lisse et y posa une main. Une porte invisible à l'œil nu pivota pour révéler un tunnel. Il y entra, puis revint sur ses pas avec des torches éteintes qu'il distribua à ses compagnons. Ils le suivirent dans le passage et la porte de pierre se referma sans bruit derrière eux. Cillant dans les ténèbres, ils distinguèrent, grâce à la lueur d'une unique torche murale, les contours d'un escalier creusé à même la roche. Ils grimpèrent pour allumer leurs propres torches à la flamme. Un index sur les lèvres, Allanon leur recommanda un silence absolu. Puis il commença l'ascension de l'escalier aux marches humides, son manteau noir flottant derrière lui.

Les autres le suivirent sans un mot.

L'assaut de la forteresse des Druides était lancé !

L'escalier montait en spirale, leur donnant le tournis. Jusqu'où allait-il ? À quelle hauteur ? L'air se réchauffa et devint plus respirable. L'humidité des murs et des marches diminua puis disparut. Les bottes de chasse résonnaient contre la pierre, dans le silence de la caverne. Des centaines de marches plus haut, la compagnie atteignit la fin du tunnel. Une porte de bois et de fer fermait le passage. Allanon prouva une fois de plus qu'il connaissait le chemin. Dès qu'il l'effleura, la porte s'ouvrit sur une grande salle d'où partaient de nombreux couloirs, tous éclairés par des torches murales. Un coup d'œil révéla que la salle était vide. Allanon réunit ses compagnons autour de lui.

— Nous sommes au-dessous du château, précisa-t-il. Si nous atteignons sans être vus la pièce où est l'Épée de Shannara, nous pourrons peut-être nous enfuir sans avoir à livrer bataille.

— Il y a un problème, dit Balinor. Où sont les gardes ?

Allanon fit signe qu'il l'ignorait. Les autres lurent de l'inquiétude dans son regard. Quelque chose clochait.

— Le passage que nous emprunterons mène aux conduits de chauffage et à un escalier de service qui donne sur le hall central. Ne dites plus un mot jusqu'à ce que nous y soyons. Gardez les yeux bien ouverts !

Sans attendre de réponse, il fila vers un des tunnels, ses compagnons se hâtant de le suivre. Le passage montait et s'enroulait sur lui-même après une courte distance, comme s'il tournait en rond. Après quelques pas, Balinor se débarrassa de sa torche et tira son épée. Ses frères d'armes l'imitèrent rapidement. La lumière vacillante des torches fixées à des supports de fer, dans la roche de la caverne, projetait leurs ombres contre les parois, ces doubles immatériels évoquant des créatures furtives résolument rétives à la lumière.

Ils avancèrent dans les tunnels, tous les sens aux aguets, pris par l'excitation encore circonspecte typique de l'aboutissement d'une longue chasse...

À distance les uns des autres, armes au poing, prêts à réagir au moindre signe de danger, ils s'enfoncèrent au cœur de la forteresse des Druides.

Puis le silence fut remplacé par un bruit étouffé. On eût dit qu'une créature géante, quelque part, respirait lourdement.

La chaleur augmenta. Le passage se terminait sur une porte de pierre munie d'une poignée en fer dont les contours étaient soulignés par la lumière crue qui filtrait de derrière.

Le son augmenta de volume. C'était le bourdonnement des machines nichées dans la roche, sous eux, qui pulsaient à un rythme régulier.

Quand le druide ouvrit la porte, une bouffée d'air chaud fouetta le visage des compagnons et manqua les faire suffoquer. Ils avancèrent à contrecœur et la porte se referma sur leurs talons.

Ils comprirent aussitôt où ils étaient. La salle était constituée d'une passerelle circulaire courant au-dessus d'un puits profond d'une centaine de pieds. Au fond brûlait une fournaise alimentée par une source invisible. Ses flammes rouges léchaient le bord du puits, qui occupait la plus grande partie de la salle. Il restait de la place pour une petite passerelle de quelques pieds de largeur équipée d'une rambarde de fer sur la partie intérieure. Partant de la voûte et des murs, des tuyaux véhiculaient l'air chaud dans toute la structure. Un système de pompe invisible régulait la chaleur générée par la fournaise. Comme il faisait nuit, ce mécanisme était en veille et le niveau de chaleur, le long de la passerelle, restait supportable en dépit du brasier. Quand les soufflets fonctionnaient à plein régime, un humain qui se serait aventuré dans la salle aurait été grillé en quelques secondes.

Menion, Flick et les elfes s'arrêtèrent près de la rambarde pour examiner la machinerie. Hendel resta à l'écart, mal à l'aise entre des parois de pierre sans rapport avec les magnifiques forêts où il aimait vivre. Allanon approcha de Balinor et s'entretint quelques instants avec lui. Il jeta des regards inquiets aux portes fermées et désigna l'escalier en spirale qui conduisait aux étages supérieurs du château. Les deux hommes semblant d'accord, ils demandèrent à leurs compagnons de les rejoindre. Hendel ne se fit pas prier. Menion et les elfes s'éloignèrent de la rambarde. Seul Flick s'attarda, étrangement attiré par le brasier. Ce petit retard eut un résultat inattendu. Quand il leva les yeux, après un dernier regard à l'autre bout de la salle, il vit la silhouette sombre d'un Porteur du Crâne surgir du néant.

Flick s'immobilisa. La créature accroupie en face de lui n'était qu'une masse sombre, même dans la violente lumière de la fournaise. Les ailes couvertes d'une cape, le monstre avait des jambes tordues et des pieds terminés par des griffes qui semblaient capables de trancher la roche. Sa tête massive évoquait un tison grêlé de cicatrices. Les yeux rivés sur le Valombrien muet de terreur étaient d'un rouge brillant.

D'une démarche lente et laborieuse, la créature entreprit de faire le tour de la salle. Son souffle rauque ponctuant ses pas, elle approcha de Flick, qui aurait voulu crier, fuir, réagir de n'importe quelle façon, plutôt que d'être paralysé par ce regard de braise...

Il comprit que sa dernière heure était venue.

Remarquant sa soudaine immobilité, ses compagnons suivirent la direction de son regard, de l'autre côté de la salle... et virent le Porteur du Crâne avancer vers sa proie...

Vif comme l'éclair, Allanon bondit devant Flick pour rompre l'enchantement de la créature. Sonné, le Valombrien tituba et recula. Menion le prit dans ses bras. La compagnie tout entière se campa derrière le druide, armes au poing.

Toujours à demi accroupie, la créature s'arrêta à quelques pas d'Allanon. D'une aile et d'une main griffue, elle protégeait sa gueule de la lueur du brasier.

Ses yeux cruels restaient rivés sur la grande silhouette qui s'était interposée entre le petit Valombrien et elle.

— Druide, vous êtes un imbécile d'oser vous frotter à moi ! Vous étiez tous condamnés dès l'instant où vous avez décidé de vous emparer de l'Épée. Le Maître savait que vous viendriez !

— Déguerpis tant que tu le peux encore, monstre ! riposta Allanon. Tu ne nous fais pas peur ! Nous prendrons l'Épée, et tu ne t'interposeras pas. Recule, laquais, et que ton Maître se montre !

Le défi arracha un sifflement de fureur à la créature. Elle avança d'un pas, les prunelles brillant de férocité.

— Je vous détruirai, Allanon ! Il ne restera personne pour s'opposer au Maître. Depuis le début, à votre insu, vous n'étiez qu'un pion sur notre échiquier ! Maintenant, vous voilà en notre pouvoir, avec vos alliés les plus précieux. Regardez qui vous nous livrez pieds et poings liés : le dernier héritier de la lignée de Shannara !

À la surprise générale, la main griffue désigna Flick. La créature semblait ignorer que le véritable descendant de Shannara avait été séparé de la compagnie dans les dents du Dragon...

Après un lourd silence, le feu rugit au fond du puits, crachant un air brûlant qui roussit le visage des mortels.

Les griffes de la créature se tendirent vers eux.

— Maintenant, imbéciles, vous connaîtrez le genre de mort que mérite votre engeance maudite !

Chapitre 16

Dès que la créature eut lancé ses imprécations, tout arriva simultanément. Avec un grand geste – et un ordre si sec qu'ils sursautèrent –, Allanon fit courir ses compagnons vers l'escalier qui conduisait à la salle principale de la forteresse. Pendant que les six braves fonçaient, le Porteur du Crâne se jeta sur le druide.

Seul Flick n'avait pas bougé, déchiré entre le désir de fuir et celui d'observer le duel qui allait opposer deux êtres aussi puissants à quelques pas de la fournaise.

Il resta au pied de l'escalier et entendit les bruits des pas de ses compagnons mourir peu à peu.

Le Valombrien fut donc le seul témoin de l'incroyable bataille que livrèrent le druide et le Porteur du Crâne.

Ils étaient comme pétrifiés au bord de l'abîme, pris dans les filets invisibles d'une lutte sans merci, leurs visages haineux à quelques pouces l'un de l'autre. Les bras fins mais musclés du druide retenaient les membres griffus de la créature qui tentaient de se refermer sur sa gorge. Ses ailes noires battant furieusement pour ajouter de l'élan à son assaut, le Porteur du Crâne hurlait à la mort.

Soudain, il fit un croc-en-jambe au druide, qui s'écroula au bord du puits. Une main griffue s'apprêta à l'achever. Mais sa « victime » fut trop rapide. Allanon roula sur le côté, évita le coup mortel et se dégagea. Flick vit cependant les griffes frôler l'épaule du druide et lui entailler la chair. Le Valombrien cria d'effroi alors qu'Allanon se relevait déjà d'un bond... et que sa plaie se refermait comme par enchantement...

Des éclairs jumeaux de flamme bleue jaillirent de ses doigts et frappèrent le Porteur du Crâne avec une violence qui l'expédia contre la rambarde. Mais si ces éclairs avaient eu raison du serpent, lors de la bataille de la Salle des Rois, là, ils ralentirent seulement la créature des Terres du Nord...

Rugissant, elle contre-attaqua. Des éclairs rouges jaillirent de ses prunelles démoniaques. Allanon se protégea de son manteau levé comme un bouclier. Déviés, les rayons rebondirent sur les murs de pierre.

La créature hésita ; les deux adversaires se tournèrent autour, tels des animaux engagés dans une lutte à mort...

Pour la première fois, Flick remarqua que la température augmentait. Avec l'approche de l'aube, les ouvriers de la fournaise, réveillés, s'apprêtaient à répondre aux besoins diurnes du château. Sans se douter qu'un duel se déroulait sur la passerelle, ils avaient activé les soufflets, en bas du puits, attisant le feu pour l'amener au niveau qui permettrait à l'air chaud de se répandre dans toutes les pièces de la forteresse des Druides. Au bord du puits, les flammes étaient désormais visibles, et la température de la salle montait régulièrement. Flick sentit la sueur ruisseler sur son visage et imbiber ses vêtements de chasse, mais il se refusa à partir. Si Allanon était vaincu, ils seraient tous perdus. À quoi bon fuir ? Flick était décidé à connaître l'issue du duel qui déciderait de son sort. Et de celui de toute la compagnie. L'Épée de Shannara ne signifierait plus rien pour eux si l'homme énigmatique qui les avait conduits jusqu'à ce champ de bataille était abattu.

Avec une fascination croissante, Flick Ohmsford observa la lutte. La destinée des espèces et de leurs territoires allait être décidée par deux êtres apparemment indestructibles.

L'homme et la créature du monde des esprits...

À grand renfort d'éclairs bleus, Allanon revint à la charge, criblant de coups le Porteur du Crâne pour le forcer à réagir trop vite et à commettre une erreur fatale. Mais la créature n'était pas idiote. Elle puisait sa force et sa ruse dans les centaines de duels où elle avait eu le dessus, et renvoyé les vaincus à l'oubli éternel.

Elle évita les coups avec une aisance effrayante et retomba toujours sur ses pieds, dans sa position de combat à demi accroupie, à l'affût de la moindre faille.

Ailes noires déployées, elle prit son envol au-dessus de la fournaise pour atterrir de l'autre côté et fondre sur son adversaire. Des mains griffues se tendirent vers leur proie.

Flick fut certain que tout était perdu. Mais le druide échappa au pire, se retourna, et projeta le Porteur du Crâne par-dessus ses épaules. La créature s'écrasa contre le mur de pierre avec une violence effrayante. Elle se releva aussitôt, mais l'impact l'avait secouée. Ses réflexes étaient assez ralentis pour que le druide se jette sur elle.

Les deux combattants se plaquèrent contre le mur, inextricablement liés, leurs membres emmêlés comme des branches noueuses. Quand ils se redressèrent, Flick vit qu'Allanon était derrière le Porteur du Crâne, ses bras puissants enroulés autour de son cou. Les muscles saillant sous l'effort, il écrasait lentement la trachée-artère de la créature. Battant follement des ailes, elle lutta en vain pour briser la prise mortelle. Ses yeux rouge sang brûlaient d'une fureur au moins égale à celle du puits de feu. Des éclairs pourpres percèrent des trous fumants dans la paroi de la caverne.

Les combattants s'éloignèrent du mur et revinrent vers le puits central jusqu'à ce qu'ils soient de nouveau adossés à la rambarde. Flick pensa qu'ils allaient perdre l'équilibre et basculer dans le feu. Mais au prix d'un effort titanesque, Allanon se redressa et tira son adversaire quelques pas en arrière. Le mouvement fit pivoter la créature, assez pour que ses yeux tombent sur la silhouette de Flick. Saisissant cette occasion inespérée de distraire le druide, le Porteur du Crâne frappa le Valombrien, le prenant par surprise. Des flammes jumelles jaillies de ses yeux pulvérisèrent les premiers blocs de pierre de l'escalier, envoyant voler alentour des fragments coupants comme des lames de rasoir.

Flick sauta de l'escalier sur la passerelle, les mains et le visage lacérés, mais la vie sauvée par la rapidité de ses réflexes. À l'instant où il quitta l'escalier, l'entrée s'écroula, comme une cascade de pierres brisées et obstrua le passage supérieur. Un épais nuage de poussière jaillit des décombres.

Alors que Flick gisait sur la passerelle, terrifié, secoué mais conscient, les flammes jaillirent du puits pour lécher le nuage de poussière... Allanon relâcha sa prise d'un rien, hélas suffisant pour que la créature se dégage. Pivotant avec un cri de haine, elle frappa le druide à la tête et le fit tomber à genoux. Elle se jeta sur lui pour l'achever, mais il parvint à se relever à temps, les éclairs bleus jaillis de ses doigts la frappant à la tête. Des coups de poing suivirent jusqu'à ce que le monstre se détourne...

Les bras d'Allanon se nouèrent de nouveau autour de sa poitrine, empêchant les ailes de se déployer et les mains griffues de frapper. En position dominante, le druide aux yeux d'acier grinça des dents de fureur.

Flick entendit un horrible craquement quand quelque chose céda dans le corps du Porteur du Crâne. Les duellistes titubèrent, de nouveau appuyés à la rambarde, leurs visages se découpant à la lueur des flammes, leur grondement un instant couvert par le hurlement de la créature...

Le Porteur du Crâne fit appel à une réserve secrète de force et de haine pour une ultime démonstration de puissance. Il se jeta par-dessus la rambarde, ses doigts griffus ne lâchant pas son adversaire...

Entraînant son ennemi, la créature disparut dans les flammes.

Flick se remit péniblement debout et avança jusqu'au bord de la fournaise. La chaleur le contraignit à reculer. La sueur ruisselait sur son front et dans ses yeux, mêlée à des larmes de colère. Les flammes jaillirent au-delà de la rambarde, léchant la pierre de la passerelle, comme heureuses qu'on ait ajouté des créatures au combustible qu'elles consommaient avidement. À travers le voile de larmes qui lui brûlait les paupières, le Valombrien regarda le puits et ne distingua rien dans les flammes rouges. Il appela désespérément le druide. Ses cris résonnèrent contre les parois, puis moururent dans la fournaise.

Resté seul avec le grondement des flammes, le Valombrien dut enfin accepter que le druide avait disparu.

Paniqué, il recula. Avisant les décombres de l'escalier, il se souvint que le passage était obstrué... Accablé, il se laissa tomber au milieu des éboulis.

Il secoua la tête pour s'éclaircir les idées, vaguement conscient que la chaleur ne cessait d'augmenter. S'il ne quittait pas vite la salle, il finirait rôti vivant...

Il bondit vers la porte la plus proche, la poussa puis la tira pour tenter de l'ouvrir. Elle ne bougea pas d'un pouce. Il baissa les bras, les mains en sang. Repérant une autre porte, il approcha pour s'apercevoir qu'elle était bloquée de l'autre côté.

Il était pris au piège !

Il se força à avancer vers la troisième porte. Avec ses dernières forces, il poussa et tira frénétiquement. Écrasant par hasard un bouton dissimulé dans la pierre, il déclencha le mécanisme d'ouverture. Avec un cri de soulagement, le Valombrien se laissa tomber de l'autre côté du passage et referma la porte d'un coup de pied.

Il resta allongé dans la pénombre et savoura le bonheur d'être loin du brasier et d'une mort certaine.

De longues minutes, son corps se délecta de la fraîcheur du sol de pierre. La tête vide, il chassa tout souvenir du drame qui venait de se dérouler sous ses yeux. Il n'aspirait plus qu'à une chose : se perdre dans la paix et le calme du tunnel...

Il se força enfin à se mettre à genoux, puis à se relever. Encore sonné, il attendit que ses forces lui reviennent.

Ses vêtements étaient déchirés et brûlés, son visage et ses mains roussis sous l'effet de la chaleur. Il inspecta son nouvel environnement. La lueur de la torche plantée dans le mur, un peu plus loin, lui indiqua dans quelle direction aller. Il enleva la torche de son support et s'en servit pour s'éclairer.

Des cris parvinrent à ses oreilles. D'instinct, il porta la main à son couteau de chasse et le dégaina.

Après quelques minutes, les cris cessèrent. Que se passait-il ? Le couloir où s'alignaient des portes closes tournait d'une manière bizarre sans mener vers le haut ni se séparer... De temps à autre, une torche fixée à un support déchirait la pénombre, projetant l'ombre de Flick sur la paroi opposée...

Soudain, le passage s'élargit et la lumière augmenta. Flick hésita, le visage noirci de fumée et trempé de sueur. Mais une implacable détermination s'affichait toujours sur ses traits.

Il n'entendit aucun bruit. Bientôt, il le savait, il trouverait un escalier qui conduirait à la grande salle de la forteresse des Druides. Pour le moment, accablé par la futilité de ses efforts et la mort d'Allanon, il sentait le découragement l'envahir. Il regretta, un peu tard, d'être resté pour observer le duel, se coupant ainsi de ses frères d'armes.

Maintenant, il était prisonnier des couloirs interminables de Paranor. Qui savait quel sort avaient connu les autres dans l'intervalle ? Il ne les retrouverait peut-être jamais, condamné à errer dans ce labyrinthe jusqu'à sa mort. Il passa un tournant, non sans avoir au préalable jeté un coup d'œil prudent à ce qui l'attendait.

À son grand étonnement, il en émergea sur le seuil d'une salle circulaire où débouchaient d'autres passages. Des torches brûlaient au mur et la rotonde était déserte.

Flick se sentit soulagé, puis il s'avisa que ça ne l'avançait pas à grand-chose. Les autres passages ressemblaient tous à celui par où il était arrivé... Aucune porte ne donnait sur d'autres salles, nul escalier ne montait au niveau supérieur. Comment s'orienter dans ce dédale ?

Il tenta désespérément de sonder les passages, mais ses espoirs faiblissaient à chaque tunnel identique qu'il longeait. Ne sachant que faire, il s'assit et ferma les yeux...

Il était perdu.

Stimulée par l'ordre d'Allanon, la compagnie s'était précipitée vers l'escalier. Les plus proches des marches – et les plus rapides –, Durin et Dayel, étaient déjà à mi-hauteur alors que leurs compagnons n'avaient pas même commencé à les gravir. Les elfes semblaient voler, effleurant à peine la pierre. Hendel, Menion et Balinor arrivèrent sur leurs talons, quelque peu ralentis par leurs armes, leur corpulence et l'étroitesse de l'escalier. La course vers le niveau supérieur fut des plus désorganisées tant était grande leur hâte d'échapper à l'effrayante créature.

Sans compter que les aventuriers touchaient enfin au but.

Dans leur frénésie, ils ne remarquèrent pas que Flick ne les avait pas suivis.

Durin atteignit le palier et manqua trébucher quand il déboucha en courant dans la salle principale, son frère sur les talons. De dimensions impressionnantes, avec un plafond haut et des murs de bois poli, la pièce luxueuse était mise en valeur par la flamme des torchères et les premières lueurs de l'aube qui filtraient à travers les hautes fenêtres. Les murs étaient décorés de peintures et de bas-reliefs en pierre ou en bois. De riches tentures retombaient sur le sol en marbre. À intervalles irréguliers se dressaient des statues de fer et de pierre, sculptures d'un autre âge préservées au fil des siècles dans ce refuge hors du temps. Elles semblaient garder les lourdes portes de bois sculpté munies de poignées de cuivre fixées par des boulons de fer. Certaines, ouvertes, offraient un aperçu vertigineux sur d'autres salles aussi soigneusement conçues.

Les elfes n'eurent pas le loisir d'admirer la beauté sans âge de Paranor. Dès leur entrée, ils furent attaqués par des gardes gnomes. Leurs corps jaunâtres difformes jaillirent de derrière les statues, les portes et les murs eux-mêmes ! Armé de son long couteau de chasse, Durin réussit un moment à faire front avant d'être submergé. Dayel frappait de grands coups avec son arc, manié comme une massue. Jusqu'à ce qu'il se brise sur un claquement sec.

Alors qu'ils allaient être mis en pièces, avant que leurs frères d'armes plus robustes n'aient une chance de voler à leur secours, Durin se dégagea et arracha une lance à un des guerriers adverses. Au mépris des coupures qui le faisaient souffrir, il réussit à éloigner les gnomes de son frère, en très mauvaise posture.

Dos à dos, pantelants, couverts de blessures et du sang de leurs adversaires, les deux frères reculèrent contre le mur. Les gnomes brandirent leurs épées courtes, résolus à hacher les elfes menu...

Avec un cri de guerre, ils attaquèrent.

Hélas pour eux, les gnomes avaient oublié que les elfes n'étaient pas venus seuls. À l'instant où ils se ruaient sur Durin et Dayel, les trois autres aventuriers firent irruption dans la salle pour se jeter sur eux. Les gnomes n'avaient jamais eu à combattre de guerriers de cette trempe.

Au centre marchait le grand frontalier de Callahorn, sa lame étincelante se frayant un chemin sanglant à travers la forêt d'épées. Il faisait montre d'une telle férocité que les gnomes trébuchèrent les uns sur les autres pour tenter de lui échapper.

D'un côté, ils furent cueillis par la massue du nain, et de l'autre par la lame du montagnard. Ils se battirent contre les cinq enragés, mais cédèrent rapidement du terrain quand la victoire se profila – pour le camp adverse.

Tout espoir de triompher les abandonnant, ils tournèrent les talons et battirent en retraite.

Sans un mot, les cinq guerriers traversèrent la magnifique salle. Ils enjambèrent les blessés et les morts comme autant de haies, leurs bottes claquant sur le marbre poli... Les quelques gnomes qui tentèrent de leur résister se retrouvèrent vite à terre.

Après tout ce qu'ils avaient souffert et sacrifié, les cinq survivants entendaient cueillir la victoire à la pointe de l'épée ! Ils ne laisseraient plus rien les détourner de leur quête

Le désespoir leur donnait des ailes.

Au bout de l'antique salle aux tapisseries déchirées ou arrachées, maintenant jonchée de gnomes morts ou blessés, une dernière escouade de gardes se rassembla devant une porte de bois sculpté verrouillée. Leurs épées courtes au poing, ils se préparèrent à livrer leur ultime combat.

Leurs adversaires foncèrent, tentant de traverser la muraille d'épées grâce aux armes plus longues de Balinor et de Menion. Mais après une lutte acharnée, les gardes repoussèrent leur assaut.

Les compagnons reculèrent, épuisés, trempés de sueur et couverts de blessures. Durin, dont un bras et une jambe étaient constellés de coupures, tomba sur un genou. Menion avait reçu un coup sur la tempe et son sang coulait à flot. Dans le feu de l'action, le montagnard ne paraissait pas s'en apercevoir.

Les cinq braves revinrent à la charge et furent de nouveau repoussés. Le nombre de gnomes avait diminué de moitié ou presque, mais la compagnie n'avait plus beaucoup de temps devant elle. Il n'y avait plus signe d'Allanon et les gnomes recevraient bientôt des renforts. Même si l'Épée de Shannara n'était pas dans la salle qu'ils défendaient si désespérément...

Balinor courut à l'autre bout de la salle et renversa un pilier de pierre sur lequel reposait une urne de métal. Le pilier et l'urne s'écrasèrent avec un bruit de tonnerre.

La pierre aurait dû se fracturer, mais le pilier resta intact. Avec l'aide de Hendel, le colosse de Callahorn fit rouler son bélier improvisé vers la haie de gnomes et les portes qu'ils défendaient. Le pilier prit de la vitesse dans un bruit de tonnerre.

Épées levées, les créatures jaunâtres hésitèrent.

Vaincus par la terreur, les gnomes préférèrent battre en retraite. Les moins rapides furent écrasés sous le bélier improvisé quand il percuta les portes, qui frémirent sous le choc. Le bois se craquela et les charnières de fer s'arrachèrent...

Les portes ne s'ouvrirent pas immédiatement. Mais elles cédèrent quand le prince de Callahorn se jeta contre elles de tout son poids.

Les cinq aventuriers foncèrent dans la salle pour s'emparer de l'Épée de Shannara.

À leur grande surprise, ils trouvèrent la pièce vide. Ses hautes fenêtres s'ornaient de rideaux, et ses murs de splendides peintures ; plusieurs meubles de facture exquise complétaient le tableau. Mais nulle part on ne voyait trace de l'Épée tant convoitée.

Incrédules, les cinq compagnons regardèrent autour d'eux, sondant des lieux qui ne comportaient pas d'autre issue. Épuisé par la perte de sang et près de s'évanouir, Durin tomba à genoux. Dayel déchira des bandes de tissu pour panser ses plaies, puis l'aida à gagner une des chaises où il se laissa tomber, à bout de forces.

Menion inspecta les murs à la recherche d'une sortie. Balinor, qui avait parcouru la salle en examinant le sol de marbre, s'arrêta avec un cri. Une zone décolorée et abîmée indiquait qu'un objet lourd et carré avait reposé à cet endroit pendant des années.

— Le bloc de pierre-Tre ! s'exclama Menion.

— S'il a été déplacé, c'est tout récent, dit Balinor, le souffle court. Mais dans ce cas, pourquoi les gnomes se sont-ils acharnés à nous repousser ?

— Ils ignoraient peut-être qu'on venait de déplacer le trésor de la forteresse des Druides, suggéra Menion.

— Ou c'était un leurre ! s'écria Hendel. Mais pourquoi perdre du temps avec ça ? À moins que...

— Ils voulaient nous attirer ici parce qu'ils n'avaient pas eu le temps de mettre l'Épée en sécurité ! s'exclama Balinor. Ils nous ont retardés en nous faisant croire par leur résistance que nous touchions au but ! Alors, où est l'Épée maintenant, et entre quelles mains ?

Ils ignoraient que penser. Le Roi-Sorcier savait-il depuis toujours que la compagnie était en chemin, comme le Porteur du Crâne de la salle de la fournaise l'avait proclamé ? Et si leur attaque avait vraiment pris l'ennemi par surprise, qu'était-il arrivé à l'Épée depuis qu'Allanon l'avait vue pour la dernière fois, dans cette salle ?

— Un moment ! dit Durin en se relevant. Quand je suis arrivé par l'escalier, en venant de l'autre bout de la grande salle, je me rappelle avoir vu des hommes armés gravir un autre escalier...

— La tour ! s'écria Hendel en courant vers la porte. Ils ont déplacé l'Épée dans la tour !

Leur fatigue envolée, Balinor et Menion suivirent le nain. Durin et Dayel les imitèrent plus lentement. L'aîné s'appuyait lourdement sur le cadet, mais leurs yeux brillaient d'espoir.

Après quelques minutes de repos – et de mélancolie – Flick se releva. La seule chose qui lui restait à faire ? Choisir un passage et le remonter jusqu'au bout, avec l'espoir de dénicher un escalier qui menait aux niveaux supérieurs de la forteresse. Il repensa à ses compagnons, au-dessus de lui, peut-être déjà en possession de l'Épée... Ils ignoraient encore la fin d'Allanon – et la situation, à peine plus enviable, de Flick lui-même égaré dans ce labyrinthe. Il espérait qu'ils se lanceraient à sa recherche – sans trop se bercer d'illusions. S'ils s'empareraient de l'Épée, ils n'auraient pas le temps de tenter de le retrouver. Ils devraient fuir avant que le Roi-Sorcier leur envoie ses Porteurs du Crâne pour récupérer la précieuse lame...

Et qu'était-il arrivé à Shea ? Leurs frères d'armes avaient-ils pu le sauver ? Flick savait que Shea ne quitterait pas Paranor sans lui... Mais comment devinerait-il qu'il n'avait pas péri dans la pièce de la fournaise ?

Il dut reconnaître que sa situation était des plus précaires.

À ce moment, une clameur retentit dans un des tunnels : des bruits de bottes, en direction de la rotonde. Le Valombrien traversa la pièce et s'embusqua à l'entrée d'un autre tunnel, plaqué contre la paroi. Voyant encore la rotonde éclairée, il sortit son couteau de chasse.

Une patrouille de gardes gnomes traversa la salle au pas de course et disparut dans un autre tunnel. Flick ignorait ce qu'ils fuyaient, ou vers quoi ils se précipitaient, mais il était sûr d'une chose : il voulait aller là d'où venaient les gnomes ! Il y avait fort à parier qu'il s'agissait des salles supérieures de la forteresse.

Il revint dans la salle éclairée et la traversa pour gagner le tunnel par où les gnomes avaient surgi. Puis il longea un couloir désert et disparut dans l'obscurité. Son couteau à la main, il avança à tâtons le long des parois faiblement éclairées, jusqu'à atteindre la première torchère. Il s'empara de la torche et sonda le passage à la recherche d'un accès ou d'une volée de marches. Il avait parcouru une centaine de pas quand une partie de la cloison s'ouvrit en coulissant, à côté de lui. Un gnome en surgit.

Difficile de dire lequel des deux fut le plus surpris ! Le garde était un retardataire du groupe qui avait fui la bataille dans les niveaux supérieurs. Découvrir un autre intrus dans ce tunnel le terrorisa. Plus petit que le Valombrien, il était cependant musclé. Revenu de sa surprise, il attaqua.

Flick esquiva quand la lame s'abattit sur lui. Puis il sauta sur le gnome avant qu'il ait le temps de se reprendre, le fit tomber et essaya vainement de le désarmer. Dans la lutte, il perdit son couteau. Au contraire du gnome, Flick n'était pas rompu aux corps à corps. Une lacune qui donnait l'avantage à la petite créature jaunâtre. En outre, à l'inverse de son adversaire, résolu à le tuer, Flick tentait seulement de lui arracher son épée et de fuir.

De longues minutes durant, ils roulèrent sur le sol, bras et jambes emmêlés. Puis le gnome se dégagea. Portant un coup d'épée vicieux à l'humain, il rata de peu sa tête. Flick se jeta en arrière, cherchant son couteau à tâtons. Le garde se jeta sur lui à l'instant où ses doigts se refermaient sur le bois de la torche... L'épée du gnome le toucha à l'épaule, mais il riposta par un coup de torche bien senti.

Le garde s'écroula et ne bougea plus.

Flick se releva lentement et récupéra son couteau. Son bras le faisait souffrir et sa tunique de chasse était imbibée de sang... Craignant une hémorragie mortelle, il déchira des morceaux du manteau du garde pour bander son épaule. Puis, ramassant l'épée du vaincu, il avança vers le passage révélé par la dalle coulissante.

À son grand soulagement, il découvrit un escalier en spirale qui devait conduire aux étages supérieurs. Il se glissa dans le passage et tira la dalle derrière lui avec son bras indemne. Les marches étaient éclairées par la lumière désormais familière des torches. Avec circonspection, il commença à les gravir. Tout était calme. La lumière des torches suffisait pour monter sans danger les marches de pierre brute.

Atteignant une porte close, en haut de l'escalier, il s'arrêta et plaqua son oreille sur une fente, entre les charnières de fer. N'entendant rien, il ouvrit la porte et découvrit les antiques couloirs de Paranor. Il avait atteint son but.

Il s'engagea dans le corridor silencieux.

Une main d'acier se posa sur son bras droit et le tira à découvert.

Hendel hésitait au pied des marches qui conduisaient à la tour de la forteresse des Druides. Il inspecta la cage d'escalier obscure. Ses compagnons, silencieux, suivirent la direction de son regard. Les volées de marches étroites avaient l'air dangereuses. Elles décrivaient une spirale plongée dans les ténèbres en l'absence de torches et de jours dans les parois. De là où ils se tenaient, les compagnons ne voyaient pas grand-chose.

Menion s'aventura sur le palier pour sonder prudemment ses profondeurs. Il n'y avait aucune rambarde, ni à cet endroit ni le long des marches. Il laissa tomber un petit caillou dans l'abîme et attendit en vain de l'entendre atterrir. Aucun bruit ne lui parvint. Il regarda de nouveau les marches de pierre se perdre dans l'obscurité, au-dessus d'eux, puis se tourna vers ses compagnons.

— J'ai peur que ce soit un piège, dit-il.

— Probablement, approuva Balinor. Mais nous devons monter dans cette tour...

Menion haussa les épaules et passa le premier. Les autres le suivirent, Hendel derrière lui, Balinor sur les talons du nain et les elfes fermant la marche. Ils avancèrent plaqués au mur, loin du bord extérieur sans protection. Dans l'obscurité, Menion examinait chaque marche avant d'y poser un pied, sondant la paroi pour repérer une irrégularité susceptible de signaler un dispositif caché. De temps en temps, il jetait un caillou sur les marches, au-dessus d'eux, pour vérifier qu'il n'y avait pas de piège déclenché par une simple variation de poids.

Rien ne se passa. L'abîme, sous eux, était un trou noir dans les ténèbres. Aucun son ne filtrait de sa sinistre sérénité, à part le claquement des bottes sur les marches usées.

Enfin, la faible lueur des torches déchira les ténèbres, au-dessus d'eux. Des flammèches tremblotaient sous l'effet d'un courant d'air venu du sommet de la tour. Ils aperçurent bientôt un palier, et, plus loin, la forme indistincte d'une porte de pierre aux charnières de fer.

Ils étaient arrivés au sommet de la forteresse des Druides.

Menion déclencha le premier piège. Des lances jaillirent du mur quand il posa un pied sur la dernière marche. Sans la vivacité d'un des compagnons, les fers lui auraient déchiqueté les jambes, le précipitant dans l'abîme. Mais Hendel avait entendu le cliquetis du ressort un instant avant que le piège ne s'active... et tiré le montagnard en arrière au risque de faire tomber tout le monde.

Ils titubèrent dans la pénombre, à quelques pouces des lances.

Après avoir repris leur équilibre, les cinq compagnons se plaquèrent contre le mur et restèrent immobiles de longues minutes pour reprendre leur souffle. Puis le nain démolit les lances à coups de massue et dégagea le passage. Il prit la tête en silence, alors que Menion, secoué, passait derrière Balinor.

Hendel déjoua un deuxième piège du même type et brisa les lances avant de continuer.

Ils étaient presque arrivés sur le palier, se croyant tirés d'affaire, quand Dayel poussa un cri perçant. Il avait à son tour entendu le cliquetis de déclenchement d'un autre traquenard. Tous se figèrent, sondant les murs et les marches. En vain. Hendel décida d'avancer d'un pas. Rien ne se passa. Le nain monta jusqu'au sommet de l'escalier, qu'il atteignit sans encombre.

Quand il y fut arrivé, ses compagnons le suivirent.

Inquiets, tous regardèrent l'abîme où se perdait l'escalier. Ils ignoraient comment ils avaient échappé au troisième piège. Balinor pensait qu'il n'avait pas fonctionné correctement à cause de longues années sans entretien, mais Hendel ne se laissa pas persuader aussi aisément. Il ne pouvait pas se défaire du sentiment qu'ils passaient à côté d'une évidence.

La tour se dressait comme une ombre gigantesque au-dessus de la cage d'escalier, ses murs froids et humides formant une masse de blocs géants assemblés des siècles plus tôt. Ils avaient résisté obstinément aux ravages du temps. La grande porte semblait inexpugnable, ses charnières de fer étant aussi solides que le jour où elles avaient été scellées dans la roche.

Les cinq compagnons comprirent que rien, sauf un tremblement de terre, ne forcerait le battant de pierre à s'ouvrir.

Balinor approcha prudemment, passant les mains le long des charnières et du verrou avec l'espoir de localiser un mécanisme caché. Il tourna la poignée de fer et poussa. À la surprise générale, la porte pivota avec un grincement de fer rouillé.

Puis elle s'ouvrit en entier et percuta le mur intérieur avec un bruit de tonnerre.

Au centre de la salle ronde, sur le bloc de pierre-Tre, telle une croix d'argent et d'or, reposait la légendaire Épée de Shannara. Sa longue lame étincelait sous le soleil qui se déversait à flots des hautes fenêtres et se reflétait sur la surface noire polie du socle de pierre. Aucun des cinq compagnons n'avait jamais vu l'Épée, mais ils n'eurent aucun doute : c'était elle !

Stupéfaits, ils restèrent un moment dans l'encadrement de la porte, incapables de croire qu'après tant d'efforts, de marches interminables, de jours et de nuits passés à souffrir, ils avaient sous les yeux l'artefact pour lequel ils avaient tout risqué. L'Épée de Shannara était à eux ! Ils avaient su se montrer plus malins que le Roi-Sorcier.

Ils entrèrent dans la salle circulaire. Leur fatigue et leurs blessures oubliées, ils regardèrent l'arme, presque extatiques.

Ils ne parvenaient pas à se résoudre à s'emparer du trésor posé sur la pierre. Il semblait trop sacré pour des mains profanes de mortels. Mais Allanon avait disparu, comme Shea...

— ... Où est Flick ? demanda soudain Dayel.

Pour la première fois, les compagnons s'avisèrent de la disparition du jeune Valombrien. Ils se regardèrent, cherchant une explication. Puis Menion, de nouveau tourné vers l'Épée, vit l'impossible se produire. Le bloc de pierre-Tre et l'arme frémirent et devinrent transparents.

L'image se fit aussi fluctuante que de la fumée, puis elle se dissipa.

Les cinq guerriers étaient désormais dans une salle vide.

— Un piège ! Le troisième ! rugit Menion.

Derrière lui, il entendit la porte de pierre se refermer avec d'horribles grincements. Le montagnard courut se jeter contre le battant. Trop tard.

Les verrous s'enclenchèrent avec un cliquetis.

Menion se laissa tomber sur le sol, fou de rage et de frustration. Aussi désespérés que lui, ses compagnons n'avaient pas bougé. Ils regardèrent le prince de Leah se prendre le visage à deux mains.

Son rire se répercuta contre les murs glacés, se moquant de leur bêtise et ponctuant leur inévitable défaite.

De longs moments passèrent avant que les serviteurs effrayés, certains du départ de leur Maître, osent sortir des ombres et ramper vers le bassin pour confier leur indicible misère aux eaux impassibles...

Dans la haute tour de Paranor, au cœur d'une salle désormais inaccessible de la forteresse des Druides, quatre compagnons murés dans un silence morose faisaient les cent pas dans leur prison. Seul Durin restait assis au pied d'un mur, immobilisé par ses blessures. À côté d'une haute fenêtre à barreaux, Balinor étudiait l'angle des rayons du soleil qui en filtraient pour éclairer la salle en une succession de petits carrés fascinants. De la poussière en suspension dansait dans ces filets de lumière.

Ils se morfondaient là depuis plus d'une heure, coincés derrière la porte. Ils avaient perdu l'Épée et, avec elle, tout espoir de victoire. Au début, ils avaient guetté l'arrivée d'Allanon, qui viendrait forcément les délivrer, pulvérisant la barrière de pierre qui prétendait les priver de liberté et leur ôter la vie.

Ils avaient même scandé son nom, espérant qu'il les entendrait. Puis Menion avait rappelé à ses compagnons que Flick errait peut-être dans les couloirs de Paranor, à leur recherche. Rapidement, leur certitude avait fondu comme neige au soleil. Dans le secret de leur âme, les compagnons s'étaient contraints à regarder la réalité en face. Ils ne seraient pas sauvés. Le druide et le Valombrien avaient dû tomber entre les griffes du Porteur du Crâne. Le Roi-Sorcier avait déjà gagné.

Mais personne n'eut le courage de dire tout haut ce que tout le monde pensait tout bas.

En dépit de sa situation désespérée, Menion se tourmentait encore au sujet de Shea, se demandant quel sort avait connu son ami. La compagnie avait tenté l'impossible... sans réussir à le protéger.

Maintenant, qui pouvait dire ce qui lui était arrivé dans les contrées sauvages des Terres de l'Est ? Le demi-elfe était peut-être mort. Pourtant, Allanon affirmait qu'ils trouveraient Shea avec l'Épée. Laquelle avait disparu peu après son héritier. Et Allanon s'était également volatilisé, probablement tué dans la salle de la fournaise du Conseil des druides, sa demeure ancestrale. À supposer qu'il s'en soit sorti, on l'avait à tout le moins fait prisonnier et enchaîné dans quelque donjon, tout comme ils étaient bloqués dans cette tour. Ils y mourraient, et tout ça pour rien !

Menion aurait tellement aimé avoir une chance d'affronter leur véritable ennemi – de frapper le tout-puissant Roi-Sorcier !

Un murmure de Dayel, toujours sur le qui-vive, alarma ses compagnons, qui tournèrent aussitôt les yeux vers la porte, derrière laquelle résonnaient des bruits de pas.

Menion posa la main sur la garde de son épée et la dégaina. Près de lui, Balinor aussi avait tiré sa lame. Tous avancèrent à pas de loup vers l'entrée et formèrent un cercle. Durin se releva péniblement et rejoignit ses compagnons.

Les bruits de pas atteignirent le palier puis cessèrent. Il y eut un long moment de silence tendu.

La grande porte de pierre pivota en grinçant pour laisser passer...

... Flick Ohmsford !

Aussitôt, les épées et la massue de ses amis se baissèrent.

Le petit Valombrien avança lentement, à demi dissimulé par l'ombre de la grande silhouette noire qui le suivait.

Allanon !

Tous le regardèrent sans en croire leurs yeux. Couvert de sueur, de suie et de cendres, il avança, une main posée sur l'épaule de Flick.

Il sourit de leur stupéfaction.

— Je vais bien, assura-t-il.

Flick, lui, n'en revenait toujours pas... Le *druide* l'avait retrouvé !

— Je l'ai vu tomber dans le puits... souffla-t-il à ses compagnons éberlués.

— Flick, je vais très bien, insista Allanon.

Balinor approcha, comme pour se convaincre qu'il s'agissait bien de leur chef, pas d'une nouvelle illusion.

— Nous avions cru que vous étiez... perdu, dit-il.

Un sourire moqueur éclaira le visage austère du druide.

— Notre jeune ami l'a pensé aussi. Il m'a vu basculer dans la fournaise avec le Porteur du Crâne et m'a supposé mort. Ce qu'il ignorait, c'est que le puits est équipé d'une série de barreaux de fer pour permettre aux techniciens de descendre effectuer les réparations et assurer l'entretien. Paranor étant la demeure ancestrale des druides, je connaissais leur existence. Quand le monstre m'a fait basculer par-dessus la rambarde, je m'y suis accroché, à plusieurs pieds du bord... Flick ne m'a pas vu car j'étais trop bas. Et le grondement du feu a couvert le son de ma voix quand j'ai tenté de l'appeler.

Il s'interrompit pour épousseter ses vêtements.

— Il a eu la chance de parvenir à quitter la salle, mais il s'est perdu dans les tunnels. La lutte contre le Porteur du Crâne m'avait affaibli. Même si je bénéficie d'une protection spéciale contre le feu, il m'a fallu un moment pour ressortir du puits. Je suis parti à sa recherche dans le labyrinthe souterrain, et je l'ai presque fait mourir de peur quand je lui ai sauté dessus pour le tirer à la lumière. Puis nous sommes venus vous libérer. Maintenant, il faut partir. Et vite !

— L'Épée ? demanda Hendel.

— Elle n'est plus là. Emmenée il y a quelque temps... Nous en reparlerons. S'attarder ici serait très malsain. Les gnomes enverront bientôt des renforts pour s'emparer de Paranor, et le Roi-Sorcier lancera à nos trousses d'autres serviteurs ailés, histoire de s'assurer que nous ne lui causerons plus de problème. L'Épée de Shannara étant en sa possession, et vous croyant toujours prisonniers de la forteresse des Druides, il ne tardera pas à mettre en œuvre son plan d'invasion des Quatre Terres. S'il parvient à s'emparer rapidement de Callahorn et des pays frontaliers, le reste des Terres du Sud tombera sans résistance.

— Alors, nous arriverons trop tard ! s'écria Menion. Nous avons déjà perdu !

Allanon secoua la tête.

— Non. Nous avons perdu une bataille, pas la guerre, prince de Leah. Le Roi-Sorcier est persuadé de son triomphe. À ses yeux, nous ne comptons déjà plus. Voilà une faiblesse que nous aurons tout intérêt à retourner contre lui ! Pas question de céder au désespoir. Suivez-moi !

Chapitre 18

La patrouille de gnomes poussa Shea vers le nord jusqu'au coucher du soleil. Le Valombrien était déjà épuisé au début de la marche. Quand le groupe s'arrêta enfin pour la nuit, il s'endormit avant que les gnomes finissent de lui ligoter les jambes. Leur journée de marche les avait conduits des berges de la rivière sans nom vers le nord, dans une région de collines, à l'ouest de la forêt supérieure de l'Anar, située à la frontière des Terres du Nord. Le chemin devenait difficile : le groupe était passé de la marche à l'ascension et changeait sans cesse de direction pour éviter les plus hautes collines.

C'était un pays splendide aux étendues verdoyantes semées de taillis et de bosquets dont les branches ondulaient avec grâce sous les zéphyrs du printemps. Mais cette beauté n'impressionnait pas le Valombrien, qui parvenait à peine à se concentrer sur la nécessité de mettre un pied devant l'autre. Les gnomes le poussaient impitoyablement à avancer, lui refusant la moindre pause.

À la nuit tombée, la colonne s'était enfoncée très avant dans la région de collines. Si Shea avait eu la possibilité de consulter une carte, il aurait découvert que le camp avait été dressé à l'est de Paranor. Mais le sommeil l'emporta si vite qu'il se souvint seulement de s'être effondré sur l'herbe.

Les gnomes l'attachèrent comme la veille, puis préparèrent un feu pour cuire leur repas. Un soldat monta la garde... par la force de l'habitude. Dans leur pays natal, ses congénères étaient assurés de leur sécurité. Un deuxième gnome fut chargé de surveiller le prisonnier endormi.

Le chef n'avait pas identifié Shea, et encore moins mesuré la valeur des Pierres Elfiques – même s'il était assez intelligent pour se douter de leur valeur. Il entendait conduire le Valombrien à Paranor, où il se référerait à ses supérieurs. Peut-être sauraient-ils ce que les gemmes signifiaient et qui était le prisonnier. Le seul vrai souci du gnome était d'assurer avec honneur la mission dont on l'avait chargé : patrouiller dans la région.

Ensuite, il ne se sentait plus concerné.

Autour du feu, les gnomes mangèrent du pain et de la viande séchée puis se réunirent et examinèrent les trois Pierres Elfiques que le chef, sur leur insistance, avait sorties de la bourse de cuir. Leurs visages jaunes fripés se penchèrent vers le feu, fixant la main tendue de leur chef où brillaient les pierres.

L'un d'eux voulut en toucher une. Un coup de poing de son supérieur l'envoya bouler dans les ombres. Le chef, lui, manipula les pierres tout son content, les faisant rouler au creux de sa paume sous le regard fasciné des guerriers.

À la fin, les gnomes se lassèrent, et les pierres retournèrent dans leur bourse, sous la tunique du chef. Ils ouvrirent une outre de bière, histoire d'oublier le froid et de se réconforter. Les petits guerriers jaunes rirent et plaisantèrent tard dans la nuit. La sentinelle revint au camp, consciente que sa surveillance était sans objet. Leur bière terminée, les guerriers s'allongèrent, enveloppés dans leurs couvertures installées en cercle autour du feu. La sentinelle eut la présence d'esprit d'en jeter une sur le prisonnier endormi, car amener à Paranor un demi-elfe délirant de fièvre aurait eu peu d'intérêt. Le silence tomba sur le campement, tout le monde s'étant endormi, à part la sentinelle qui resta à son poste dans la pénombre.

Shea dormit d'un sommeil troublé. Des rêves le hantaient : sa fuite vers Culhaven avec Flick et Menion, le voyage vers Paranor...

Il revécut en songe la bataille contre le fantôme de brume et sentit de nouveau le froid humide et gluant de sa chair, puis sa terreur au contact des eaux mortelles du marais venues lécher ses jambes. Le désespoir s'empara de lui quand les trois compagnons furent séparés dans les Chênes Noirs. Mais cette fois, il était seul dans la forêt, condamné à y errer pour l'éternité. Il entendit les hurlements des loups pendant qu'il se frayait un chemin à travers le labyrinthe végétal...

La scène changea. La compagnie rôdait dans les ruines de la cité perdue des monts Wolfsktaag. Tous examinaient les poutres de métal, sans se douter qu'un terrible prédateur était à l'affût. Seul Shea savait ce qui allait se passer. Quand il essaya d'alerter ses amis, il s'aperçut qu'il lui était impossible de parler. La créature géante rampa hors de sa cachette pour attaquer ses proies. Shea était paralysé et ses compagnons semblaient ne s'apercevoir de rien. Montagne de poils noirs et de dents acérées, le monstre passa à l'attaque.

Puis Shea se retrouva dans les rapides, luttant pour garder la tête hors de l'eau. Mais le courant le tirait vers le bas. Il allait mourir noyé ! Il lutta de plus belle, battant frénétiquement des bras et des jambes alors que les rapides l'emportaient vers la mort...

Il se réveilla en sursaut. L'aube aux doigts rosés pointait. Les mains et les pieds engourdis par les liens de cuir, il jeta des regards anxieux autour de lui.

Les gnomes dormaient encore à poings fermés. Les collines étaient si tranquilles que le Valombrien entendait sa propre respiration. D'un côté du campement, il vit la sentinelle. Sa silhouette minuscule projetait une petite ombre à la lisière de la clairière, si indistincte dans la brume qu'il se demanda d'abord si elle ne faisait pas plutôt partie des broussailles... Appuyé sur un coude, Shea chassa les derniers miasmes de son sommeil troublé. Il tenta de dénouer ses liens. Mais il dut vite s'avouer vaincu. Ils étaient trop serrés pour qu'il puisse s'en dégager. Tête basse, découragé, il pensa qu'il était perdu.

À Paranor, les gnomes le livreraient pieds et poings liés aux Porteurs du Crâne. Et c'en serait fini de lui.

Soudain, il crut entendre un frémissement insolite, au-delà de la clairière. L'oreille tendue, il releva ses yeux perçants d'elfe pour étudier de nouveau le camp et les gnomes endormis.

Il lui fallut plusieurs minutes pour localiser la sentinelle solitaire, à la lisière des broussailles.

Une ombre noire se détacha des buissons et enveloppa la sentinelle qui disparut aussitôt. Incrédule, Shea battit des paupières... Là où se tenait le gnome quelques secondes plus tôt, il n'y avait plus rien !

Shea retint son souffle. Les derniers lambeaux d'obscurité disparaissaient rapidement, chassés par le globe doré qui émergeait des lointaines collines de l'est...

Il y eut un bruit, sur sa gauche et le Valombrien se tourna vivement. D'un bosquet émergea l'être le plus étrange que Shea ait jamais vu, vêtu de pied en cap de rouge écarlate – une couleur inconnue des habitants de Valombre. D'emblée, Shea pensa que c'était Menion à cause de la tenue de chasse pourpre qu'il lui avait vu porter un jour. Mais il s'aperçut rapidement de son erreur. L'inconnu n'avait rien de commun avec le prince de Leah. Sa taille, son allure, sa démarche... Tout était différent. Shea ne distinguait pas encore ses traits. L'homme tenait un couteau de chasse et un étrange objet pointu.

Il avança vers le prisonnier et se glissa derrière lui. Le couteau coupa les liens de cuir aussi facilement que du beurre. Puis l'autre main de son sauveur passa devant le visage de Shea, dont les yeux s'arrondirent de stupéfaction... En fait de « main gauche », il s'agissait d'une impressionnante pique de fer.

— Pas un mot, souffla une voix rauque. Ne regardez pas, ne pensez à rien, filez vers les arbres à gauche et attendez là. Vite !

Shea obéit. Quelle que fût l'identité de son sauveur, à entendre sa voix et à voir sa main mutilée, mieux valait suivre ses instructions, au moins dans l'immédiat. Shea courut dans les herbes hautes jusqu'au couvert des arbres. Là, il attendit. Mais à sa grande surprise, l'homme fit le tour du camp, comme s'il cherchait quelque chose.

Le soleil, plus haut dans le ciel, éclaira mieux l'inconnu quand il se pencha sur le chef des gnomes assoupi. Une main gantée se glissa avec précaution sous sa tunique et en ressortit avec la bourse de cuir des Pierres Elfiques. Réveillé en sursaut, le gnome saisit le poignet de son ennemi et dégaina son épée de l'autre main avec l'intention de tuer le voleur. Mais le sauveur de Shea était trop rapide pour être pris au dépourvu. La grande pique d'acier bloqua le coup avec un claquement métallique, puis égorgea le gnome.

Le voleur se releva d'un bond tandis que tout le camp se réveillait. Épée au poing, tous bondirent sur l'ennemi avant qu'il ait eu le temps de disparaître. Il fut contraint d'affronter ses adversaires, son couteau de chasse à la main.

Certain que c'en était fini de l'homme, Shea allait voler à son secours quand il repoussa le premier assaut des gnomes comme s'il s'agissait d'une troupe de souris, laissant deux individus mortellement blessés...

Il poussa un cri aigu quand la deuxième vague de gnomes se jeta sur lui. De l'autre côté du camp, une silhouette noire apparut et se jeta sur les gnomes, les éparpillant à grands coups de massue comme des feuilles mortes qu'on balaie...

En moins d'une minute, tous les gnomes mordirent la poussière. Allant de surprise en surprise, Shea vit l'énorme créature approcher de son sauveur à la manière d'un chien fidèle avide de l'approbation et de l'affection de son maître. L'inconnu parla doucement au géant puis rejoignit Shea pendant que son compagnon surveillait les gnomes.

— Je crois que tout y est, dit-il en arrivant près du Valombrien, la bourse dans la paume de sa main.

Shea le dévisagea, se demandant qui était ce bienfaiteur tombé du ciel. À la façon dont le type pavoisait, une chose était sûre : il avait une sacrée dose de confiance en lui, probablement justifiée par ses capacités de combattant. Son visage tanné était rasé de près, à l'exception d'une petite moustache coupée court. D'un âge indéfinissable, il avait des manières de jeune homme, mais un regard trop pensif et un visage trop marqué. À seconde vue, la quarantaine devait être pour lui un lointain souvenir, car sa chevelure sombre paraissait striée de gris. Difficile à dire dans la lumière incertaine de l'aube. Il avait un visage large, des traits marqués et une grande bouche au pli amical. En somme, une allure avenante...

Mais Shea devina que ce masque, soigneusement étudié pour inspirer la sympathie, cachait la véritable nature de l'homme.

L'inconnu toisait le Valombrien, attendant de voir quelle attitude il adopterait.

— Je tiens à vous remercier, dit Shea. Sans vous, c'en était fait de moi...

— Ce n'est rien, rien du tout ! Secourir les gens n'est pas exactement notre travail, mais ces petits démons vous auraient coupé en morceaux pour le plaisir. Je viens du Sud, moi aussi. Je n'y suis plus retourné depuis un moment, mais c'est tout de même ma terre natale. Vous en venez aussi, je le vois. Une des communautés des collines, peut-être ? Vous avez du sang elfique...

L'homme s'interrompit. Un instant, Shea fut persuadé qu'il savait qui il était. Était-il tombé d'un piège dans un autre ? Il jeta un coup d'œil à la créature qui surveillait les gnomes, histoire de s'assurer qu'elle n'était pas un Porteur du Crâne...

— Qui êtes-vous, mon ami, et d'où venez-vous ? demanda soudain l'inconnu.

Shea lui révéla son nom et ajouta qu'il était originaire de Valombre. Il expliqua qu'il explorait une rivière, vers le sud, quand son bateau s'était renversé. Le courant l'avait déposé, inconscient, sur une rive où les gnomes l'avaient surpris. Une version des faits assez proche de la vérité pour que l'homme y croie. Shea n'était pas disposé à se fier à des inconnus et à leur révéler la vérité tant qu'il n'en apprendrait pas un peu plus sur eux. Il acheva son récit en précisant que les gnomes avaient décidé de le capturer.

L'homme le dévisagea, un sourire amusé sur les lèvres pendant qu'il retournait la petite bourse entre ses doigts.

— Ma foi, je doute que vous m'ayez tout dit ! Mais je ne vous en blâme pas. À votre place, je passerais aussi certaines choses sous silence ! Nous aurons le temps d'en reparler plus tard. Je m'appelle Panamon Creel.

Il tendit sa main intacte, que Shea serra vigoureusement. Creel avait une poigne d'acier ; le Valombrien grimaça sous la pression. L'homme sourit et le lâcha avant de désigner le géant, derrière lui.

— Keltset, mon compagnon depuis environ deux ans. Je n'ai jamais eu d'ami plus fidèle, même si j'aimerais parfois qu'il soit plus bavard ! Keltset est muet.

— De quelle race est-il ? demanda Shea.

— On voit que vous ne connaissez pas la contrée ! Keltset est un troll des rochers. Il vivait dans les monts Charnal, jusqu'à ce que son peuple l'en exile. Nous sommes tous les deux des bannis dans un monde cruel, mais la vie distribue des cartes différentes à chacun... Nous n'avons pas eu le choix.

— Un troll des rochers, répéta Shea. Je n'en avais jamais vu. Je croyais que c'étaient des créatures sauvages, presque des bêtes. Comment avez-vous pu... ?

— Prenez garde à ce que vous dites, mon garçon ! Keltset n'aime pas ce genre de discours. Il y est assez sensible pour vous écraser comme un moustique si vous vous obstinez ! Vous le regardez et vous voyez un monstre sans commune mesure avec nous... Voilà le problème ! Naturellement, vous vous demandez s'il est dangereux. Puis je vous annonce que c'est un troll des rochers, et cette fois, votre opinion est faite : il tient plus de la bête qu'autre chose ! Je suppose que ces préjugés sont dus aux lacunes de votre éducation et à votre manque d'expérience. Vous auriez dû voyager avec moi ces dernières années. Vous auriez appris qu'un sourire amical ne cache pas toujours des dents acérées !

Piqué au vif, Shea examina de plus près le troll des rochers, penché au-dessus des gnomes pour s'assurer de n'avoir rien laissé dans les vêtements et les paquetages. Globalement, Keltset avait une forme humaine. Il portait des braies coupées aux genoux et une tunique tenue à la taille par une ceinture verte. À son cou et à ses poignets brillaient des cercles de métal protecteur. Sa seule réelle différence avec le genre humain, outre sa taille imposante, était sa peau qui évoquait une écorce rugueuse. La couleur rappelait celle de la viande bien cuite – sans être tout à fait calcinée. Son visage sombre était assez ordinaire, hormis son front saillant et ses yeux profondément enfoncés dans leurs orbites. S'il avait des pieds également ordinaires, ses mains, dépourvues d'auriculaires, comptaient un pouce et trois doigts presque aussi larges que les poignets du Valombrien.

— Il ne me semble pas très... domestiqué... dit Shea.

— Et voilà ! Le parfait exemple d'une opinion sans fondement ! Parce que Keltset n'a pas l'air civilisé ou très intelligent, vous le considérez comme un animal... Shea, mon garçon, vous pouvez me croire quand je vous affirme que c'est un être sensible qui éprouve les mêmes sentiments que nous. Dans les Terres du Nord, être un troll est aussi banal, pourrait-on dire, qu'être un elfe dans celles de l'Ouest ! Et ce n'est qu'un exemple ! Vous et moi sommes les anomalies dans cette région du monde !

Shea examina le faciès impassible de Keltset. Et il en conçut une méfiance instinctive. Ces deux compères-là n'étaient pas d'innocents voyageurs passés dans le coin à point nommé pour voler à son secours par amour de l'humanité ! Ils avaient surveillé le campement avec soin. Puis ils avaient exterminé la patrouille avec une efficacité impitoyable.

Et même si le troll des rochers paraissait redoutable, Panamon Creel était deux fois plus dangereux que lui !

— Vous en savez certainement plus que moi sur la question, reconnut le Valombrien. Comme je viens des Terres du Sud et que j'ai rarement voyagé hors de leurs frontières, je ne suis pas familier des peuples de cette région. Je vous dois la vie à tous les deux, et vous avez toute ma gratitude.

Creel sourit de plaisir face à ce compliment.

— Inutile de me remercier ! Venez vous asseoir avec moi pendant que Keltset en termine. Nous devons parler de la raison de votre venue dans les parages. Cette contrée est très dangereuse, surtout pour ceux qui voyagent seuls...

Il guida Shea vers l'arbre le plus proche, et s'assit dos au tronc. Il tenait toujours la bourse aux Pierres Elfiques. Selon Shea, l'heure de soulever la question n'était pas encore venue. Avec un peu de chance, Creel lui demanderait si elles lui appartenaient, et il les lui restituerait. Une fois les pierres récupérées, Shea se hâterait de reprendre la route de Paranor. Ses compagnons devaient être à sa recherche, à la lisière est des dents du Dragon, ou plus loin, aux environs de Paranor.

— Pourquoi Keltset fouille-t-il les gnomes ? demanda Shea.

— Ils ont peut-être sur eux une indication de l'endroit d'où ils venaient et où ils allaient. Ou de la nourriture, ce qui nous serait fort utile. Ou encore, qui sait, des objets de valeur...

Il regarda Shea, calculateur, puis leva la bourse et l'agita sous les yeux du Valombrien... Shea devina que l'homme se doutait depuis le début que les pierres lui appartenaient.

Il devait agir rapidement.

— La bourse et les pierres sont à moi.

— Vraiment ? fit Panamon Creel, un sourire carnassier aux lèvres. Je n'ai pas vu votre nom dessus ! Comment les avez-vous obtenues ?

— Elles m'ont été données par mon père, mentit Shea. Je les ai depuis des années et je les emmène partout avec moi. Ce sont des porte-bonheur, en quelque sorte. Quand les gnomes m'ont capturé, ils m'ont confisqué la bourse. Mais je vous répète qu'elle m'appartient.

Creel ouvrit la bourse. La tenant avec la pique de son autre bras, il la vida au creux de sa paume, soupesa les gemmes et admira leur pureté.

Il se tourna de nouveau vers Shea, un sourcil levé.

— Vous dites peut-être la vérité... Mais vous pouvez aussi les avoir volées. Selon moi, elles ont trop de valeur pour être transportées partout comme de simples porte-bonheur ! Je les garderai jusqu'à ce que je sois sûr que vous êtes leur propriétaire légitime.

— Mais je dois partir retrouver mes amis ! s'écria Shea. Il n'est pas question que je reste avec vous ! Encore une fois, ces pierres m'appartiennent !

Panamon Creel se leva et glissa la bourse sous sa tunique.

— Où est le problème ? Dites-moi où je pourrai vous joindre, et je vous apporterai les pierres dès que j'en aurai le cœur net. Je serai dans le Sud dans quelques mois.

Shea se releva d'un bond.

— Vous n'êtes qu'un voleur de grands chemins ! cria-t-il.

Panamon Creel éclata de rire. Il se calma au bout d'un moment, des larmes coulant sur ses joues. Ébahi, Shea se demanda ce qu'il y avait de si drôle dans l'accusation qu'il venait de lancer. Même le troll des rochers s'était tourné vers eux, son visage toujours aussi inexpressif.

— Shea, j'admire ceux qui ont le courage de leurs opinions, dit Creel. Et personne ne pourrait vous accuser de manquer de perspicacité !

Le Valombrien allait répliquer vertement quand il se ravisa. Que faisaient les deux étranges compagnons dans cette région du Nord ? Pourquoi s'étaient-ils donné la peine de le sauver ? À la réflexion, comment avaient-ils su qu'il était prisonnier des gnomes ? La vérité s'imposa soudain à lui. Une évidence si limpide aurait dû lui crever les yeux !

— Panamon Creel, le courageux sauveur ! cracha-t-il. Pas étonnant que vous trouviez ma remarque si amusante ! Votre ami et vous êtes bien des voleurs de grands chemins ! Vous vouliez vous emparer des pierres depuis le début ! Jusqu'où êtes-vous prêt à aller pour... ?

— Surveillez vos paroles, mon petit ! coupa l'homme en brandissant sa pique de fer sous le nez de Shea.

Le visage déformé par la haine et les yeux étincelant de colère, il eut un sourire mauvais.

— Votre opinion, gardez-la pour vous ! Depuis ma naissance, personne ne m'a jamais fait de cadeau ! Alors, celui qui me reprendra un bien n'est pas encore né !

Shea recula prudemment, effrayé d'avoir dépassé les bornes avec ces canailles. D'évidence, sauver un prisonnier leur avait paru secondaire, leur but étant de soutirer les Pierres Elfiques aux gnomes. Panamon Creel n'était pas un homme à prendre à la légère, et si Shea ne maîtrisait pas son indignation, il risquait d'y perdre la vie...

Le voleur toisa sa victime d'un œil cruel, puis recula lentement, radouci.

Sa suave amabilité reparut.

— Pourquoi le nier ? (Il fit encore quelques pas.) Nous sommes des voyageurs de fortune, Keltset et moi, et nous comptons sur notre intelligence et notre ruse pour survivre. Pourtant, nous ne sommes guère différents des autres, quand on y réfléchit. Seules nos méthodes peuvent sembler critiquables. Mais nous méprisons l'hypocrisie. D'une manière ou d'une autre, nous sommes tous des voleurs ! Au moins, nous n'avons pas peur d'appeler un chat un chat !

— Comment avez-vous déniché ce campement ? demanda Shea.

— Nous avons repéré le feu la nuit dernière, peu après le coucher du soleil, répondit Creel, son hostilité envolée. Je me suis approché de la lisière de la clairière pour y regarder de plus près, et j'ai vu mes petits camarades jaunes jouer avec les gemmes... Je vous ai vu aussi, ficelé et prêt à être livré à je ne sais qui. J'ai décidé d'appeler Keltset et de faire d'une pierre deux coups. Voyez-vous, je ne vous ai pas menti en disant que je n'aimais pas voir un de mes compatriotes du Sud entre les mains de ces démons...

Shea fit un signe d'assentiment, content de n'être plus prisonnier des gnomes. Pourtant... Était-il vraiment mieux loti maintenant ?

— Cessez de vous tracasser, mon ami, ajouta Panamon Creel. Nous ne vous ferons pas de mal. Nous voulons seulement les pierres. Elles nous rapporteront gros, et nous avons besoin d'argent. Vous êtes libre de retourner d'où vous venez.

Il partit rejoindre Keltset, qui l'attendait près d'une pile d'armes, de vêtements et d'objets de valeur récupérés sur les cadavres. La silhouette du troll faisait paraître petit son compagnon, pourtant de grande taille. Avec sa peau épaisse et sombre, on aurait dit un arbre tordu sous lequel l'humain venait s'abriter.

Les deux complices dialoguèrent un moment, Panamon parlant à voix basse et son ami répondant par des signes ou des hochements de tête. Puis Creel examina d'un œil exercé le tas de marchandises et en rejeta la plus grande partie.

Shea ne savait plus quoi faire. Sans ses pierres, il serait vulnérable dans cette contrée sauvage. Il avait perdu dans les dents du Dragon les seuls compagnons qui auraient pu l'aider à récupérer son bien. Venu de si loin, il lui semblait impensable de rebrousser chemin maintenant – à supposer qu'il ait pu s'y risquer sans y perdre cent fois la vie, ce qui n'était pas le cas... Mais la compagnie avait besoin de lui. Il n'abandonnerait jamais Flick ou Menion, quels que soient les dangers !

Panamon Creel regarda par-dessus son épaule. Le Valombrien faisait-il mine de partir ? Surpris, il constata qu'il n'avait pas bougé.

— Qu'attendez-vous ?

Shea hésita.

Le voleur lui fit signe de les rejoindre.

— Venez manger avec nous, Shea, dit-il en souriant. C'est le moins qu'on puisse pour vous avant que vous ne repartiez vers le sud.

Un quart d'heure plus tard, installés autour d'un feu de camp, ils regardaient des tranches de bœuf séché se réchauffer en répandant un fumet alléchant. Le troll muet était assis à côté du petit Valombrien, les yeux rivés sur la viande. Shea aurait aimé toucher sa peau épaisse si semblable à de l'écorce. Les traits du troll étaient d'une incroyable... neutralité... Même de près. Une parfaite immobilité de rocher sur lequel glissent les siècles.

Voyant Shea étudier son compagnon (ce qui lui arracha un grand sourire), Panamon Creel posa une main amicale sur l'épaule du Valombrien et le fit sursauter.

— Il ne mord pas ! Enfin, tant qu'on le nourrit ! Je ne cesse de vous le répéter, mais vous ne m'écoutez pas. C'est ça, la jeunesse ! Libre comme l'air, et aucun respect pour les anciens ! Keltset est comme vous et moi, mais en plus grand et en plus silencieux. C'est ce que j'apprécie chez un partenaire ! Il fait son travail mieux que tous mes anciens collaborateurs. Et j'ai travaillé avec pas mal de gens, je vous prie de le croire !

— Il fait ce que vous lui dites, j'imagine ? demanda Shea.

— Bien entendu ! (Penché vers Shea, Creel leva sa pique de fer, histoire de souligner sa remarque.) Mais ne vous y trompez pas, petit. Je ne veux pas dire que c'est une sorte d'animal... En cas de besoin, il est capable de réfléchir par lui-même. J'ai noué avec lui des liens d'amitié quand tout le monde le traitait comme un pestiféré. Et je dis bien tout le monde, sans exception ! À ma connaissance, personne n'égale sa force physique. Il pourrait m'écraser sans peine. Mais vous savez quoi ? Je l'ai battu ! Et maintenant, il me suit partout !

Il s'interrompit pour juger de la réaction de Shea, les yeux arrondis de satisfaction devant l'air stupéfait du Valombrien. Il éclata de rire et se flanqua une grande claque sur le genou.

— Je l'ai battu en usant d'amitié, pas de force ! Je l'ai respecté, traité en égal, et, pour ma peine, j'ai gagné sa loyauté. Ha, ha ! Je vois que je vous ai surpris !

Gloussant toujours, le voleur récupéra les tranches de viande et tendit la broche où elles étaient piquées au troll, qui en prit plusieurs et mâcha avec enthousiasme. Shea se servit le deuxième, soudain conscient d'avoir l'estomac dans les talons. À quand remontait son dernier repas ? Il engloutit le bœuf.

Panamon Creel hocha la tête, amusé, et offrit un deuxième morceau au Valombrien avant de se resservir lui-même. Les trois compagnons mangèrent en silence.

Puis Shea osa poser une autre question.

— Qu'est-ce qui vous a décidé à devenir des voleurs ?

— Qu'importent nos raisons ? Auriez-vous l'intention d'écrire l'histoire de notre vie ? (S'interrompant, il sourit de sa propre irritabilité.) Il n'y a pas de mystère. Je n'ai jamais été très doué pour gagner ma vie à la sueur de mon front, comme les honnêtes gens. J'étais un enfant exubérant qui aimait l'aventure et les voyages. Et je détestais la routine ! Après avoir accidentellement perdu une main, trouver un travail qui me permette de vivre confortablement et d'obtenir ce que je voulais devint encore plus difficile. À l'époque, je vivais dans les Terres du Sud, à Talhan. Peu à peu, j'ai connu les pires embarras... Et ça ne s'est pas arrangé... À mon corps défendant, je me suis retrouvé à sillonner les Quatre Terres en dévalisant les gens pour survivre. Le plus drôle, c'est que je me juge très doué pour ça ! Un vrai petit génie... Et pas question de revenir sur le droit chemin, je m'amuse trop ! Bref, cette vie me plaît ! Et voilà toute l'histoire ! La richesse, ce n'est pas pour demain, mais qu'importe ! J'ai tout mon temps, mon garçon...

— Vous n'avez jamais envisagé un retour à votre ancienne vie ? insista Shea. (Le bandit devait se mentir à lui-même, ça n'était pas possible !) Vous ne pensez jamais à fonder un foyer et... ?

— Allons, passez-moi le romantisme ! (Creel éclata d'un rire tonitruant.) Vous voudriez me faire pleurer et vous demander pardon en tombant sur mes vieux genoux fatigués ?

Sa nouvelle crise de fou rire attira l'attention du troll, qui l'observa un moment avant de revenir à son repas. Indigné, le rouge aux joues, Shea recommença à mastiquer avec une belle énergie pour cacher son embarras.

Le rire moqueur se transforma en gloussements avant de mourir. Le voleur secoua la tête et finit son morceau de viande. Puis, sans y être invité, il continua son récit d'une voix plus calme.

— L'histoire de Keltset est différente de la mienne, sachez-le. Je n'avais aucune raison de choisir ce mode de vie. Lui, en revanche, avait les meilleures motivations du monde ! Il est muet de naissance et les trolls n'aiment pas les handicapés. Quelle bonne blague, non ? Bref, ses aimables congénères lui avaient rendu la vie difficile en l'accablant de leurs railleries imbéciles et en le battant pour un oui ou pour un non. Il est pratique de se défouler ainsi quand on pique une colère ! Pourtant, il ne s'était jamais dressé contre ses bourreaux. Pourquoi ? Il n'avait qu'eux au monde, voilà pourquoi ! Poignant, non ?

» Puis il a grandi, et devant sa force phénoménale, les autres ont commencé à avoir peur de lui... Un soir, des adolescents turbulents se sont mis en tête de le blesser assez pour qu'il prenne la fuite. Et s'il en mourait, bon débarras ! Mais ça n'a pas marché comme ils l'espéraient. Cette fois, ces brutes ont été trop loin. Furieux, il a tué trois de ses agresseurs. En conséquence, il a été chassé de son village. Et un troll exilé ne retrouve jamais de foyer hors de sa tribu. Il a erré de par le monde, survivant d'expédients... Jusqu'à ce que je tombe sur lui.

Il sourit au troll occupé à terminer son repas.

— Cela dit, il sait parfaitement que je l'entraîne dans des affaires plutôt louches. Nous ne sommes pas d'honnêtes travailleurs ! Mais il est comme un enfant trop longtemps maltraité pour respecter encore qui que ce soit... Quand la vie a été aussi moche avec vous, comment garder le sens moral ? Son entourage ne lui a jamais manifesté de considération. De plus, nous nous cantonnons dans cette région où pullulent les gnomes et les nains, les ennemis naturels des trolls. Nous nous tenons loin du nord du pays, et nous aventurons rarement au sud. Bref, nous nous débrouillons bien.

Il retourna à son repas et mâcha son morceau de bœuf, l'air absent et les yeux rivés sur les braises qu'il tisonnait de temps en temps du bout de sa botte.

Shea ne posa plus de questions. Il se demandait toujours comment récupérer les Pierres Elfiques. Et il aurait donné cher pour savoir ce que devenait la compagnie.

Où étaient ses amis ?

Le repas terminé, le voleur se leva et éparpilla les cendres d'un coup de botte. Le troll des rochers se leva aussi et attendit patiemment que son ami décide de la suite. Le Valombrien se mit debout le dernier. Panamon Creel ramassa quelques objets et des armes et les fourra dans un sac qu'il tendit à Keltset. Puis il se tourna vers Shea.

— Ravi de vous avoir rencontré ! Bonne chance. Grâce aux gemmes, je penserai souvent à vous. Dommage pour vous, j'en conviens, mais au moins, voyez le bon côté des choses : vous avez la vie sauve. Grâce à moi ! Considérez la cession des pierres comme un dédommagement. Ça vous consolera peut-être. Maintenant, vous feriez mieux de partir si vous avez l'intention de rallier le Sud dans les prochains jours. Varfleet n'est pas très loin au sud-ouest. Vous y trouverez de l'aide. Prenez soin de rester à découvert.

Creel se détourna et fit signe à Keltset de le suivre.

Il avait fait quelques pas quand il jeta un dernier coup d'œil par-dessus son épaule. Le Valombrien n'avait pas bougé. Dans un état second, il les regardait s'éloigner.

Avec une moue dégoûtée, Panamon Creel reprit sa marche, s'arrêta, exaspéré, et se retourna.

Shea était toujours là où il l'avait laissé.

— Quel est le problème, petit ? lança-t-il. Ne me dites pas que vous vous êtes mis en tête de nous suivre pour récupérer les gemmes ! Ça gâcherait notre belle amitié et je me verrais contraint de vous tailler les oreilles un peu plus en pointe... ou pire ! Du vent ! Ouste !

— Vous ne comprenez pas ce que ces pierres représentent ! cria Shea, désespéré.

— Je crois que si ! Pour quelque temps, Keltset et moi ne serons plus des minables frappés par la pauvreté ! Car, avant un bon moment, nous n'aurons plus besoin de voler ou de mendier pour manger ! Ces gemmes bénies représentent beaucoup d'argent !

N'y tenant plus, Shea avança, obsédé par la nécessité de reprendre son bien...

Stupéfait, Panamon Creel le regarda... Le Valombrien serait-il assez fou pour les attaquer ? Avait-on jamais vu garçon plus obstiné ? Il venait pourtant de le sauver, de l'épargner et, magnanime, de lui rendre sa liberté ! Rien que ça ! Que lui fallait-il encore ?

Shea s'arrêta à plusieurs pas des deux bandits... Et maintenant ? À bout de nerfs, le Valombrien pensa que sa dernière heure était sans doute venue. Leur patience épuisée, les voleurs n'hésiteraient plus à se débarrasser de lui.

— Je ne vous ai pas dit toute la vérité... avoua-t-il. Je ne pouvais pas. Du reste, je ne sais pas tout moi-même. Les pierres sont très précieuses – pas pour moi, mais pour tous les peuples des Quatre Terres ! Pour vous comme pour tous les autres, Panamon !

Le voleur le dévisagea avec une surprise mêlée de méfiance. Si son sourire s'était envolé, ses yeux noirs ne trahissaient pas de colère. Il attendit que le Valombrien s'explique.

— Il faut me croire ! cria Shea. Tout ça a plus d'importance que vous le pensez.

— Vous en semblez persuadé, je vous l'accorde...

Keltset haussa les épaules face à l'étrange conduite de Shea. Puis il fit mine d'avancer vers le demi-elfe, qui recula aussitôt, terrifié. Panamon Creel leva une main pour arrêter son compagnon.

— Faites-moi une seule faveur ! supplia Shea, désireux de gagner du temps. Emmenez-moi avec vous au nord, en direction de Paranor.

— Vous êtes fou ! s'écria le voleur. Quelle raison pourrait vous contraindre à approcher de cette forteresse maudite ? Sans parler de ses abords, qui regorgent de dangers... Vous n'y survivriez pas cinq minutes ! Rentrez chez vous, mon garçon. Repartez vers les Terres du Sud, et fichez-moi la paix !

— Je dois aller à Paranor, insista Shea. C'est là que je me dirigeais quand les gnomes m'ont capturé. Mes amis y sont. Ils me cherchent sûrement. Il faut à tout prix que je les rejoigne !

— Paranor est un lieu maléfique où naissent d'immondes créatures ! beugla Panamon. Et si des amis vous y attendent, vous avez probablement prévu de nous attirer dans un piège, Keltset et moi, pour récupérer vos fichues pierres. C'est bien ça ? Suivez mon conseil et repartez vers le sud tant que vous le pouvez encore.

— Vous avez peur ! rugit Shea. De Paranor et de mes amis. Vous n'avez pas le courage de... !

Le voleur frémit de rage.

Shea joua son va-tout.

— Si vous refusez de m'emmener, je tenterai ma chance seul. (Il étudia leur réaction.) Tout ce que je demande, c'est que vous m'accompagniez aux abords de Paranor, pas plus loin. Et je ne vous tendrai pas de piège.

Panamon Creel secoua la tête, incrédule. Sa colère retombée, un sourire sur les lèvres, il se tourna vers le troll des rochers.

Puis il haussa les épaules.

— Pourquoi nous ferions-nous du souci à votre sujet ? C'est vous qui risquerez votre peau. D'accord, venez avec nous, Shea !

Chapitre 19

Jusqu'à midi, les trois étranges compagnons voyagèrent vers le nord à travers les collines. Puis ils s'arrêtèrent pour un repas frugal et un repos bien mérité. Le terrain n'avait pas changé depuis le début de la marche, au matin. Et les collines abruptes rendaient la progression très difficile. Même Keltset peinait, tant les montées et les descentes se succédaient. Les collines rudes et hostiles étaient couvertes d'herbes folles, de buissons et d'arbrisseaux. Il s'en dégageait une impression déprimante de vide et de solitude. Une mauvaise humeur insidieuse s'installait chez les voyageurs. Ployant sous les pas sans jamais rompre, l'herbe haute griffait les jambes à travers le tissu des braies. Regarder derrière soi était inutile pour se repérer. Shea aurait été incapable de dire si quelqu'un les avait précédés. Les arbres noueux et distordus donnaient l'impression d'être des laissés-pour-compte de la nature, abandonnés pour y survivre tant bien que mal. Il n'y avait aucun signe de vie animale, pas le moindre chant d'oiseau ni cri de petit mammifère. Depuis l'aube, les trois voyageurs n'avaient pas vu âme qui vive.

Mais la conversation allait bon train. Shea aurait même aimé que Panamon Creel se fatigue de sa propre voix – au moins quelques minutes. Le voleur menait un débat animé avec ses compagnons, avec lui-même, et, de temps à autre, avec personne en particulier. Il parlait de tout et de rien, pérorant sur des domaines qui semblaient de loin dépasser ses compétences... Le seul sujet de conversation qu'il évita soigneusement fut Shea lui-même. Il se comportait comme s'il était un simple frère d'armes, un voleur comme lui, avec qui s'épancher tout son soûl...

Il évoqua longuement sa vie aventureuse. Mais il évita consciencieusement de s'enquérir du passé de Shea, des Pierres Elfiques, ou du but de ce voyage. Il avait apparemment décidé que la meilleure façon d'aborder le problème serait d'amener le Valombrien à Paranor aussi vite que possible, de le rendre à ses amis... et de continuer enfin son chemin.

Shea ignorait où les deux voleurs avaient décidé d'aller avant de le rencontrer. À supposer qu'ils se fussent posé la question... Il écouta attentivement les radotages du voleur, glissant parfois un commentaire quand cela semblait approprié, ou lorsque son « interlocuteur » lui demandait son avis – sans doute histoire de reprendre son souffle. Mais toutes ses pensées tournaient autour des pierres. La situation se compliquait : les voleurs savaient aussi bien que lui qu'il tenterait de les leur reprendre. Ce serait de bonne guerre. La seule question concernait la méthode qu'il emploierait. Shea en était convaincu : Panamon Creel se jouerait de lui, laissant juste assez de mou à la corde pour le percer à jour avant de resserrer le nœud coulant autour de son cou !

Shea observait de temps en temps le troll des rochers. Que dissimulait son apparence impassible ? À en croire Panamon, Keltset était un inadapté rejeté par son propre peuple. Il se serait acoquiné à Panamon uniquement parce que le voleur lui avait témoigné de l'amitié. Une histoire plutôt bancale au premier abord, mais qui savait... Pourtant, quelque chose, dans le comportement du troll, incitait le Valombrien à douter qu'il fût vraiment un exilé. Il y avait une indéniable dignité dans son maintien et son attitude. Peut-être était-il vraiment muet, mais de l'intelligence brillait dans son regard. De là à en déduire que Keltset était un être plus complexe que ce que son compagnon en disait...

À l'instar d'Allanon, Panamon n'avouait pas tout. Mais au contraire du druide, le voleur était un menteur patenté. Le jeune Valombrien se demanda s'il devait croire quoi que ce fût dans ce flot intarissable de paroles. Il ne connaissait pas toute la vérité au sujet de Keltset, il en était certain, soit parce que Panamon avait menti, soit parce que le voleur lui-même ignorait la vérité.

Shea avait aussi la certitude que l'aventurier vêtu d'écarlate, ce bandit qui lui avait sauvé la vie avant de le dépouiller, était davantage qu'un voleur de grands chemins ordinaire...

Le déjeuner fut vite expédié. Pendant que Keltset emballait les ustensiles de cuisine, Panamon expliqua à Shea qu'ils étaient près du col de Jannisson, à la frontière nord de la contrée semée de collines. Au-delà, ils traverseraient les plaines de Streleheim, à l'ouest, pour atteindre Paranor. Là, leurs chemins se sépareraient, et Shea serait libre de retrouver ses amis ou d'aller à la forteresse des Druides. Attentif au ton qu'employait Creel, le Valombrien consentit à tout. Visiblement, le voleur s'attendait à une tentative de récupération. Il le guettait au tournant. Shea se garda bien de trahir ses sentiments, mais il avait parfaitement compris ce petit jeu.

Peu après, ils arrivèrent au pied des collines, face aux montagnes basses qui se profilaient dans le lointain. Shea estima que les monts les plus éloignés, sur sa gauche, étaient un prolongement des dents du Dragon qui aboutissait à une nouvelle chaîne où se dressait le col de Jannisson. Ils étaient désormais très près des Terres du Nord. Pour le Valombrien, rebrousser chemin devenait plus que jamais exclu.

Panamon Creel s'était lancé dans un autre de ses interminables récits épiques. Chose bizarre, il parlait plus rarement de Keltset, confirmant l'impression de Shea – il ne connaissait pas le troll des rochers aussi bien qu'il le prétendait...

Il apparut bientôt que la créature était aussi mystérieuse aux yeux de Panamon qu'à ceux de Shea. S'ils avaient vraiment uni leurs destinées depuis deux ans, comme Panamon le prétendait, certains de ses récits auraient dû inclure Keltset. De plus, alors que Shea avait cru que le troll suivait l'humain à la manière d'un chien fidèle, il s'aperçut, en l'observant de plus près, qu'il cheminait avec lui pour des raisons entièrement différentes. Shea ne parvint pas à cette surprenante conclusion en écoutant Panamon, mais en étudiant de près le comportement du troll. Quelle surprenante attitude, fière et détachée ! Pour exterminer la patrouille de gnomes, Keltset avait fait montre d'une belle efficacité. À la réflexion, ce massacre avait dû être le fruit de la nécessité, pas celui de la complaisance pour Creel ou de la cupidité.

En somme, Keltset se dérobait à l'analyse... Mais Shea était au moins sûr d'une chose : ce troll n'était pas un opprimé rejeté par son peuple.

La journée étant particulièrement chaude, Shea transpirait d'abondance. Le terrain ne s'était pas aplani et la traversée des collines restait laborieuse.

Panamon Creel parlait toujours à bâtons rompus, riant et plaisantant avec le Valombrien comme s'ils étaient de vieux amis... Il fit un portrait haut en couleur des Quatre Terres où il avait voyagé, se frottant à divers peuples et étudiant leurs mœurs. Shea estima qu'il restait un peu trop vague au sujet des Terres de l'Ouest, et douta qu'il eût appris grand-chose sur les elfes. Mais soulever la question ne serait pas des plus sage. Il écouta sans broncher le récit des frasques et des conquêtes galantes du bonhomme. Creel improvisa même une histoire abracadabrante sur la fille d'un roi qu'il aurait sauvée et dont il se serait épris... Hélas, le souverain avait mis un terme à cette mésalliance avant que les choses aillent trop loin, séparant les tourtereaux et éloignant la princesse de son calamiteux soupirant...

Le Valombrien fit montre d'une compassion outrée tout en riant sous cape quand le voleur lui confia avec angoisse qu'il n'avait toujours pas renoncé à retrouver sa dulcinée. Shea souligna que la belle princesse, s'il la dénichait, saurait certainement l'amener à renoncer à son mode de vie critiquable.

Désarçonné, l'homme lui jeta un regard curieux, ne sachant comment prendre la réflexion. Shea garda une mine très sérieuse. Perplexe, Creel parut envisager un instant cette intrigante possibilité.

Deux heures plus tard, ils atteignirent enfin le col de Jannisson. Le col, une faille large et facile d'accès entre les deux chaînes de montagnes, conduisait à une région de plaines. La grande chaîne du sud était bien le prolongement des dents du Dragon, mais celle qui faisait face au nord était inconnue de Shea. Il savait que les monts Charnal – la terre natale des trolls des rochers – se dressaient à l'est de cette chaîne, qui en était peut-être aussi le prolongement. Les pics désolés, quasi inexplorés, restaient une étendue sauvage à peine colonisée par les trolls. Ceux des Rochers étaient les plus grands de leur espèce, mais il en existait d'autres, dans ce secteur des Terres du Nord. Si Keltset était représentatif de sa race, les trolls étaient bien plus intelligents que les gens du Sud l'imaginaient. Shea trouva bizarre que son peuple soit aussi mal informé à leur sujet. Après tout, ne faisaient-ils pas partie du même monde ? Pourtant, les livres de son enfance décrivaient les trolls comme des êtres ignorants et frustes...

Panamon s'arrêta à l'entrée du col puis avança encore, seul, de quelques pas. Sur ses gardes, il examina avec attention les pentes abruptes, des deux côtés. Après plusieurs minutes d'examen, il ordonna à son compagnon d'explorer le col pour débusquer d'éventuels ennemis. Le troll disparut bientôt entre les collines et les rocs. Souriant de toutes ses dents, Panamon suggéra à Shea de s'asseoir... À en juger par son autosatisfaction, il se félicitait de son génie... Grâce à ce luxe de précautions, il éviterait les pièges que les amis de Shea avaient pu préparer à son intention. Certain que le Valombrien n'avait rien de menaçant, il ne craignait pas de le garder près de lui. Mais il redoutait que ses amis soient assez puissants pour lui causer des problèmes si l'occasion s'en présentait.

En attendant le retour du troll, l'aventurier raconta un autre volet extravagant de sa vie de voleur de grands chemins. Shea trouva le récit aussi invraisemblable que les précédents. Panamon semblait prendre un malin plaisir à tisser ces fadaises auxquelles personne de sensé n'aurait pu ajouter foi – même à supposer qu'on les entendît pour la première fois, pas la cinq centième... Prenant son mal en patience, Shea, qui s'efforçait de paraître pendu à ses lèvres, réfléchit à ce qui l'attendait en chemin. Ils devaient être très près des frontières de Paranor. Celles-ci franchies, il serait seul. S'il tenait à la vie, il lui faudrait rapidement retrouver ses amis ! Car le Roi-Sorcier et ses chasseurs le traqueraient sans trêve... Et s'ils le localisaient avant qu'il se soit remis sous la protection d'Allanon, il serait condamné. Pourtant, que ses compagnons se soient emparés de la forteresse des Druides et de la précieuse Épée de Shannara n'était pas tout à fait impossible. Peut-être avaient-ils déjà remporté la victoire ?

Keltset reparut soudain et leur fit signe. Ils le rejoignirent et s'engagèrent dans le col. Il y avait peu de cachettes, le long du chemin, d'où une embuscade aurait pu être tendue. À part quelques amas de rochers. Mais un ou deux adversaires seulement auraient pu s'y embusquer. Le col étant assez long, sa traversée prit presque une heure. La marche fut agréable et le temps passa rapidement.

Au nord, ils découvrirent des plaines et, dans le lointain, une chaîne de montagnes orientée à l'ouest.

Les trois voyageurs abordèrent les plaines qui s'étendaient dans une grande dépression délimitée sur trois côtés par des montagnes et des forêts. L'ouest était dégagé. Une herbe vert pâle poussait en touffes sur une terre assez sèche, au milieu de buissons malingres arrivant aux genoux de Shea. Même au printemps, ces plaines ne devaient jamais être très luxuriantes. Elles abritaient sans doute peu de formes de vie.

Shea devina qu'ils arrivaient à proximité de Paranor quand Panamon les fit tourner vers l'ouest, à des centaines de pas au nord de la forêt et de la montagne, sur leur gauche, afin de se protéger de toute attaque éclair. Quand le Valombrien demanda au voleur où ils étaient par rapport à Paranor, son « ami » eut un sourire sournois et répondit qu'ils en approchaient.

Inutile de le presser de questions, pensa Shea, résigné à ignorer où ils étaient jusqu'à ce que Creel décide de le relâcher.

Le Valombrien se concentra sur les plaines, ces effrayantes mais fascinantes étendues désertiques. C'était à ses yeux un monde nouveau. Malgré des appréhensions bien compréhensibles, il entendait profiter de tout ce qui s'offrirait à lui.

La fabuleuse odyssée dont Flick et lui avaient rêvé ! Et même si à la fin de l'histoire, ils étaient morts et oubliés, leur quête ayant échoué, Shea aurait au moins parcouru le monde et vécu de fantastiques aventures.

Au milieu de l'après-midi, les trois compagnons marchaient toujours, en sueur et de fort mauvaise humeur à cause de la chaleur. Keltset se tenait un peu à l'écart, son visage toujours vierge d'expression. Panamon s'était enfin arrêté de jacasser, sans doute pressé d'en finir et de se débarrasser d'un fardeau...

Tout le corps endolori, Shea sentait que sa résistance, déjà limitée, était sapée par deux jours supplémentaires de marche forcée. Ils avançaient vers le soleil, sans protection ni ombre, battant continuellement des paupières pour éviter d'être éblouis. À mesure que le soleil descendait vers l'horizon, voir loin devenait difficile. Après un moment, Shea renonça à tout effort, se fiant à Panamon pour atteindre Paranor. Ils approchaient de la chaîne de montagnes septentrionale, sur leur droite. Là où les pics cessaient, la plaine semblait s'étendre à perte de vue.

Quand Shea demanda s'il s'agissait des plaines de Streleheim, Panamon acquiesça – après un temps de réflexion.

Ils traversèrent la vallée en forme de fer à cheval qui débouchait sur la lisière des plaines de Streleheim, au nord et à l'ouest. Le terrain qu'ils allaient traverser, parallèle à la falaise et aux forêts situées sur leur gauche, était très vallonné. S'apercevoir de ce changement depuis la vallée était impossible. Par endroits poussaient des bosquets et des broussailles. Ainsi qu'un... *détail*... étranger à la terre. Les trois compagnons le remarquèrent en même temps. Panamon fit signe de s'arrêter, un regard soupçonneux tourné vers l'horizon. Une main en visière, Shea vit une série de poteaux étranges fichés dans le sol. Éparpillés sur des centaines de pieds dans toutes les directions, il aperçut aussi des tas de tissus colorés et des morceaux de métal ou de verre scintillant. Des objets noirs remuaient au milieu...

Panamon poussa des cris aigus. Au grand étonnement de Shea, des battements d'ailes et des hurlements inquiets lui répondirent. Les « objets noirs » étaient de grands vautours qui décollèrent péniblement et s'éparpillèrent à regret sous le soleil.

Panamon et Shea restèrent sur place et Keltset alla examiner la scène. Peu après, il revint et fit une série de gestes à l'attention de Panamon.

— Il y a eu une bataille, annonça le voleur à Shea. Ce sont des morts, là-bas !

Les trois compagnons approchèrent. Craignant de découvrir les cadavres de ses amis, Shea traînait la jambe. Les « poteaux » devinrent identifiables après quelques pas : des lances et des étendards. Les parties brillantes étaient les lames des épées et des couteaux, certaines jetées par des fuyards, d'autres toujours dans les mains des cadavres. Les « piles de tissu » se transformèrent en dépouilles trempées de sang qui rôtissaient lentement au soleil...

Shea s'étrangla quand l'odeur de la mort agressa ses narines. Des nuées de mouches bourdonnaient autour des défunts. Panamon se tourna vers le Valombrien avec un sourire amer. Le garçon n'avait sans doute jamais vu la mort ainsi... Il ne serait pas près d'oublier la leçon !

Shea lutta contre la nausée et se força à avancer sur le champ de bataille. Des centaines de cadavres gisaient à flanc de colline. Après la fureur du combat, rien ne bougeait plus. Les soldats étaient tous morts. À en juger par l'éparpillement des corps, Panamon conclut que la bataille avait été longue. On n'avait pas fait de quartier.

Le voleur repéra l'étendard des gnomes, puis leurs petits corps jaunes, aisément reconnaissables. Après un examen plus poussé de certains corps, il s'avisa que les adversaires des gnomes étaient des elfes.

Panamon s'arrêta au milieu des morts, ne sachant que faire.

Shea observait le charnier, son regard volant d'un gnome à un elfe, d'une terrible blessure à une autre... Confronté à la mort dans toute son horreur, il sentit la peur lui nouer le ventre.

Ici, il n'y avait pas d'aventure, de sens ou de choix... Seulement du dégoût et un malaise profond. Tous ces malheureux avaient péri pour quelque raison insensée, peut-être en ignorant au nom de quelle cause ils s'étaient battus. Rien ne justifiait pareil carnage.

Rien !

Un mouvement soudain de Keltset attira l'attention de ses compagnons. Ils virent le troll ramasser un étendard au fanion déchiré et ensanglanté, la hampe brisée en deux. L'emblème était une couronne qui dominait un arbre entouré par une guirlande de rameaux. Sourcils froncés, Panamon examina les corps les plus proches, s'éloignant en cercles de ses compagnons.

Keltset dévisagea Shea, apparemment fasciné par quelque chose...

Panamon revint près du troll, l'air angoissé.

— Nous avons de gros problèmes, ami Shea, déclara-t-il, les poings sur les hanches. Cet étendard est celui de la maison royale d'Elessedil, la garde personnelle d'Eventine. Je n'ai pas trouvé son cadavre, mais ça ne me rassure guère. S'il est arrivé malheur au roi des elfes, ça pourrait annoncer une guerre épouvantable. Le pays entier serait à feu et à sang !

— Eventine ! cria Shea. Il gardait les frontières nord de Paranor au cas où... !

Il se mordit la langue, craignant d'en avoir déjà trop dit. Mais Panamon Creel, qui parlait toujours, parut ne pas prêter attention à sa bévue.

— C'est insensé ! Des gnomes et des elfes qui se battent au milieu de nulle part ! Qu'est-ce qui aurait pu attirer Eventine si loin de son territoire ? Ils devaient s'affronter pour une raison qui m'échappe...

Il s'interrompit soudain.

— Qu'avez-vous dit, Shea, il y a un instant ? Au sujet d'Eventine ?

— Hum... Rien, bredouilla le Valombrien. Je n'ai rien dit...

Le voleur l'attrapa par le col de sa tunique et le souleva jusqu'à ce que leurs visages soient à quelques pouces l'un de l'autre.

— Ne faites pas le malin, petit ! rugit Panamon. Vous en savez plus que vous l'avouez. Alors, parlez ! Depuis le début, je m'en doutais ! L'heure de la vérité a sonné ! Et pas question de vous rebiffer...

Shea ne sut jamais quelle aurait pu être sa réponse. Il était encore suspendu dans les airs, se débattant contre la poigne d'acier du voleur, quand une ombre noire tomba soudain sur eux, puis les dépassa dans un froissement d'ailes.

L'horrible créature noire tourna lentement au-dessus du champ de bataille, à quelques pas seulement des trois voyageurs.

Shea sentit une terreur désormais familière s'emparer de lui à la vue du monstre. Panamon Creel, stupéfait, lâcha sa victime, qui tremblait de tous ses membres.

Shea eut l'impression que de la glace remplaçait son sang dans ses veines. Tout courage l'abandonna. La créature était un des Porteurs du Crâne du Roi-Sorcier ! Il n'avait plus le temps de fuir. C'en était fait de lui.

Les cruels yeux rouges glissèrent sur le troll, immobile, examinèrent rapidement le voleur vêtu d'écarlate, puis se posèrent sur le petit Valombrien, le brûlant comme s'ils lisaient ses pensées. Toujours ébahi par la vue du monstre ailé, Panamon Creel ne montrait cependant pas le plus petit signe de panique. Il se tourna vers la créature, un sourire espiègle sur son visage encore empourpré de colère.

Puis il cria :

— Peu m'importe d'où tu sors ! Ne te mêle pas de ça ! C'est une affaire entre lui et...

Les yeux brûlants lui jetèrent un regard plein de haine. Le voleur, incapable de continuer, resta bouche bée devant la créature.

— Où est l'Épée, mortel ? lança une voix menaçante. Je sens sa présence. Donnez-la-moi !

Panamon Creel regarda le monstre sans comprendre, puis il se tourna vers Shea et devina que cette horreur volante, pour une raison inconnue, était l'ennemi juré du Valombrien...

Et qu'elle était féroce.

— Inutile de nier que vous la possédez ! Je sais qu'elle est parmi vous ! La bataille est terminée. Le dernier héritier de l'Épée a été fait prisonnier et détruit. Vous devez me remettre l'Épée !

Pour une fois, Panamon Creel en resta sans voix. Il ignorait de quoi parlait la créature noire, mais de toute évidence, il valait mieux ne pas s'en vanter.

De toute façon, le monstre les tuerait. L'heure n'était plus aux palabres ! D'un gracieux mouvement du bras gauche, le voleur se caressa la moustache avec sa pique. Puis il regarda le géant immobile et tous deux communiquèrent en un éclair.

Ce serait une lutte à mort.

— Ne soyez pas idiots, mortels ! rugit la créature. Peu m'importent vos misérables existences ! Je veux seulement l'Épée. Je n'aurai aucun mal à vous détruire, même en plein jour.

Alors, une lueur d'espoir naquit dans l'esprit de Shea. Allanon l'avait dit : le pouvoir des Porteurs du Crâne faiblissait à la lumière du jour. Peut-être n'étaient-ils pas invincibles sous les rayons du soleil ? Les deux voleurs, des combattants aguerris, avaient-ils une chance de l'emporter ? Mais comment espérer détruire un être qu'animaient les lambeaux d'une âme morte ? Un fantôme réincarné dans une forme physique ?

La créature avança... Aussitôt, la main intacte de Panamon Creel dégaina la grande épée accrochée à son flanc. Vif comme l'éclair, il plia les jambes, se mettant en position de défense. Massue au poing, Keltset avança de quelques pas, instantanément transformé en une redoutable machine à tuer bardée de muscles. Le Porteur du Crâne hésita.

Ses prunelles ardentes se rivèrent sur le visage impassible du troll des rochers. Puis ses yeux rouges s'écarquillèrent d'étonnement...

— Keltset !

Comment le Porteur du Crâne connaissait-il le nom du troll ? À l'incrédulité de la créature répondit de l'incompréhension dans les yeux de Panamon Creel.

Sans crier gare, le troll passa à l'attaque. Sa massue tourna dans les airs et frappa la créature des ténèbres à la poitrine avec un craquement d'os écœurant. Panamon bondit, pique et épée brandies, et visa le cou et la poitrine de la créature. Mais le Porteur du Crâne ne se laisserait pas abattre si aisément ! D'une main griffue, il para le coup, envoyant Panamon bouler au loin. Puis des éclairs rouges jaillirent de ses yeux pour foudroyer le voleur, à demi assommé. Panamon roula sur le côté, mais les éclairs roussirent sa tunique écarlate. Avant que son adversaire puisse revenir à la charge, Keltset bondit.

Le troll et le Porteur du Crâne roulèrent à terre. Le monstre ailé, pourtant relativement grand, semblait frêle comparé à Keltset.

À genoux, Panamon secoua la tête pour essayer de retrouver ses esprits. Comprenant qu'il devait agir vite, Shea se précipita vers le voleur et le prit par le bras.

— Les pierres ! supplia-t-il. Donnez-les-moi si vous tenez à la vie !

Le visage meurtri du voleur se tourna vers lui et de la colère passa dans ses yeux.

Il repoussa le Valombrien.

— Restez en dehors de ça ! cria-t-il en se remettant péniblement debout. Ce n'est pas le moment de plaisanter !

Il récupéra sa lame et vola au secours de son compagnon, essayant en vain de frapper le Porteur du Crâne. De longues minutes durant, les trois combattants luttèrent au milieu des cadavres des gnomes et des elfes. Moins puissant que les deux autres, Panamon, rapide et endurant, esquivait prestement les coups et les éclairs rouges de la créature. La force incroyable de Keltset valait bien les pouvoirs magiques du monstre du Nord, qui commençait à perdre patience. Sa peau épaisse constellée de brûlures, le troll s'acharnait, refusant de concéder l'avantage à l'ennemi.

Shea aurait voulu intervenir, mais il se sentait minuscule face aux trois adversaires. Comparées aux leurs, ses armes passaient pour des jouets d'enfant.

S'il avait pu récupérer les pierres...

Enfin, les deux mortels commencèrent à accuser la fatigue face aux assauts de l'inépuisable créature. Leurs coups n'avaient pas d'effet durable et ils comprirent que la force *humaine* seule ne viendrait pas à bout d'un tel adversaire.

Soudain, Keltset perdit l'équilibre et tomba à genoux. D'un coup de sa main griffue, La créature en profita pour lui lacérer la peau de l'épaule à la taille. Hurlant de colère, Panamon redoubla d'efforts, mais le monstre para tous ses assauts. Déconcentré, le voleur baissa sa garde.

Conscient de sa vulnérabilité, l'émissaire du Roi-Sorcier le frappa plusieurs fois. Écartant la redoutable pique, il envoya des éclairs rouges sur l'homme sans défense. Les rayons le brûlèrent au visage et aux bras.

Il s'écroula, évanoui.

Le Porteur du Crâne s'apprêtait à l'achever quand Shea, ses frayeurs oubliées face au péril qu'affrontaient ses compagnons, jeta un fragment de lance à la tête de la créature, qui leva trop tard ses mains griffues pour se protéger le visage...

Le monstre tenta de retrouver ses esprits. Keltset le saisit par le cou et s'efforça de lui briser la nuque.

Encore quelques secondes et le Porteur du Crâne se dégagerait. Shea courut vers Panamon Creel qui revenait à lui, et lui cria de se relever. L'homme essaya courageusement, mais il retomba, aveuglé et épuisé. Shea le secoua pour le ranimer et le supplia de lui remettre les pierres.

Elles étaient leur unique chance de survie !

Horrifié, Shea vit que Keltset lâchait prise. Encore un peu et la créature se serait libérée.

Alors, tout serait perdu !

Shea sentit la main ensanglantée de Panamon lui glisser la bourse entre les doigts. Les précieuses pierres étaient de nouveau en sa possession !

Le petit Valombrien dénoua le cordon et fit tomber les trois pierres bleues au creux de sa paume. Au même instant, le Porteur du Crâne se libéra de l'étreinte de Keltset et s'apprêta à mettre fin au combat. Avec un cri sauvage, Shea leva les pierres vers son adversaire et pria pour que leur étrange pouvoir vienne à leur secours...

L'éblouissante lueur bleue jaillit.

Le Porteur du Crâne vit un peu trop tard que l'héritier de Shannara mobilisait contre lui la puissance des Pierres Elfiques. Il tenta d'orienter ses éclairs rouges sur le Valombrien, mais la lumière bleue les dévia avant de fondre sur leur expéditeur.

La lumière le frappa avec un crépitement aigu, le tint dans ses filets et arracha son esprit maléfique à son enveloppe mortelle.

La créature se tordit de douleur, hurlant sa haine à la face du ciel...

Keltset se releva d'un bond, ramassa une lance brisée et transperça le dos du monstre.

Il poussa un ultime hurlement et s'écroula. Son corps redevint poussière avant même de heurter le sol. Quelques secondes après, il disparut, laissant derrière lui un tas de cendres noires...

Immobile, Shea orienta la lumière bleue sur les cendres. De la poussière s'éleva un nuage noir qui vola vers le ciel comme une colonne de fumée avant de disparaître. La lumière bleue s'éteignit. La bataille était terminée.

Les trois mortels restèrent immobiles dans le silence pesant du champ de bataille.

Encore sous le choc, Shea et Keltset ne pouvaient détacher les yeux du petit tas de cendres noires, comme s'ils craignaient qu'elles reviennent soudain à la vie. Assis sur son séant, Panamon Creel tentait en vain de comprendre ce qui s'était passé.

Puis Keltset avança et poussa du bout d'une botte les cendres du Porteur du Crâne, histoire de s'assurer que ses yeux ne le trompaient pas...

Shea le regarda sans rien dire, et remit machinalement les Pierres Elfiques dans leur bourse, puis sous sa tunique. Ensuite, il se tourna vers le voleur blessé qui essayait déjà de se redresser, les yeux rivés sur le Valombrien. Keltset le rejoignit et l'aida à se relever. Creel avait le visage et la poitrine noircis par endroits, mais il ne semblait pas grièvement touché. Il regarda Keltset, puis repoussa gentiment son bras pour se diriger vers Shea d'un pas chancelant.

— J'avais raison ! grogna-t-il. Vous en saviez bien plus que vous l'avez dit. Surtout au sujet de ces pierres. Pourquoi ne pas m'avoir révélé la vérité dès le début ?

— Vous n'avez pas voulu m'écouter, lui rappela Shea. De plus, vous ne m'avez pas davantage dévoilé la vérité sur vous-même, ni sur Keltset. (Il tourna la tête vers le troll.) Pour tout dire, je doute que vous sachiez grand-chose à son sujet !

Un grand sourire éclaira le visage du voleur. On eût dit qu'il goûtait soudain tout le sel de la situation. Shea lut une ombre de respect dans ses yeux, sans doute à cause de la perspicacité de sa remarque.

— Vous avez peut-être raison ! Je commence à croire que j'ignore tout à son sujet...

Le voleur éclata de rire.

— Vous nous avez sauvé la vie, et c'est une dette que nous ne pourrons jamais rembourser. Pour commencer, je reconnais bien volontiers que les pierres vous appartiennent. Je ne discuterai plus sur ce point. En outre, sachez que mon épée et mes forces sont à votre service.

Il reprit son souffle, toujours secoué par les coups qu'il avait reçus. Shea s'approcha pour lui offrir son aide. D'un geste, le voleur l'en dissuada.

— Je suppose que nous serons désormais de grands amis, Shea... murmura-t-il avec un sérieux inhabituel. Et des amis n'ont pas de secrets les uns pour les autres. Vous me devez une explication sur ces pierres, sur la créature qui a failli mettre fin à mon illustre carrière, et sur la fichue épée que je n'ai jamais vue. En échange, je vous éclairerai sur quelques... malentendus... nous concernant, Keltset et moi. C'est d'accord ?

Shea fronça les sourcils. Comment deviner les véritables intentions de l'homme ?

Avec un sourire, il signifia son assentiment.

— Parfait, Shea ! lança Panamon en flanquant une claque amicale sur l'épaule du Valombrien...

... avant de s'écrouler sans crier gare. Ses deux compagnons se précipitèrent à ses côtés. Sourds à ses protestations, ils l'obligèrent à rester allongé pendant que Keltset lui nettoyait le visage avec un chiffon humide, comme une mère l'aurait fait pour son enfant. Shea fut surpris par l'effarante transformation du troll : de machine à tuer en infirmier dévoué. Il y avait quelque chose d'extraordinaire à son sujet. La conviction de Shea était faite : d'une étrange manière, le troll était lié au Roi-Sorcier et à sa quête de l'Épée de Shannara. Si le Porteur du Crâne l'avait reconnu, ce n'était pas un hasard. Il y avait gros à parier que ces deux-là ne s'étaient pas quittés en bons termes !

Pour l'instant, Panamon serait incapable d'aller bien loin. À plusieurs reprises, il tenta de se redresser, mais c'était compter sans la vigilance de Keltset. Son patient jura d'abondance, exigeant en vain qu'on le laisse tranquille. De guerre lasse, convaincu que son attitude puérile ne l'avançait à rien, il demanda qu'on l'emmène à l'ombre pour qu'il reprenne des forces. Mais les arbres étaient rares sur ces plaines nues. Shea vit que le seul abri disponible à une distance raisonnable se situait au sud, dans les forêts qui entourait la forteresse des Druides. Panamon avait déclaré n'avoir aucune intention de s'approcher de Paranor, mais la décision ne lui appartenait plus vraiment.

Shea désigna les forêts du Sud, à moins d'une lieue de là. Keltset hocha la tête. Le blessé, furieux, beugla qu'il refusait d'y être transporté, quitte à mourir sur place ! Shea tenta de le raisonner, lui assurant qu'ils n'auraient rien à craindre de ses compagnons, si d'aventure ils parvenaient à les localiser. Mais le voleur paraissait s'inquiéter plutôt des étranges rumeurs qui circulaient sur Paranor. Shea éclata de rire au souvenir des contes à dormir debout dont Panamon l'avait régalé – sa vie semée de périls, et ce gendre de fadaises...

Keltset examina les alentours d'un œil apparemment distrait. Soudain, il se pencha et fit un signe à Panamon qui sursauta et blêmit. Inquiet, Shea fit mine de se lever, mais le voleur le retint d'une main ferme.

— Keltset a repéré des mouvements suspects au sud, dans les broussailles. D'ici, il ne voit pas de quoi il s'agit. C'est à la limite du champ de bataille, à mi-chemin entre la forêt et nous...

Shea devint d'une pâleur de cendre.

— Préparez vos pierres, au cas où... ajouta Creel.

D'évidence, il craignait la présence d'un second Porteur du Crâne qui attendait le coucher du soleil pour se lancer à leurs trousses.

— Que faire ? demanda Shea, la bourse dans la main.

— L'avoir avant qu'il nous ait ! Nous n'avons pas le choix ! grogna Panamon, en faisant signe à Keltset.

Le géant se pencha et le prit dans ses bras. Shea récupéra l'épée du voleur blessé et suivit le troll.

Panamon n'arrêta pas de se plaindre parce que Keltset le secouait et que Shea ne marchait pas assez vite.

Le Valombrien jetait des regards furtifs de tous les côtés, guettant tout signe de danger. Dans la main droite, il tenait toujours la bourse de cuir. Les Pierres seraient leur seule arme contre les pouvoirs du Roi-Sorcier.

Ils s'étaient éloignés d'une centaine de pas du lieu de leur bataille contre le Porteur du Crâne quand Panamon les força à faire halte, arguant de son épaule blessée.

Keltset le posa doucement sur le sol.

— Mon épaule ne supportera pas plus longtemps qu'on se soucie si peu d'elle ! grogna le voleur.

En même temps, il jeta un regard lourd de sous-entendu à Shea, qui comprit d'instinct que c'était le moment ou jamais. Il desserra le cordon de la bourse et sortit les Pierres Elfiques.

Keltset empoigna sa massue.

Shea regarda les buissons, sur la droite de ses compagnons. Son cœur bondit dans sa poitrine quand ils bougèrent.

Keltset sauta au milieu des broussailles.

Ses compagnons le perdirent de vue.

Chapitre 20

Un cri aigu retentit dans les buissons. Panamon lutta pour se remettre à genoux et cria à Shea de lui donner sa grande épée, que le Valombrien serrait toujours dans la main gauche, la droite refermée sur la bourse de cuir.

Shea attendait l'assaut qui ne manquerait pas de venir. Panamon retomba sur le sol, épuisé, sans être parvenu à attirer l'attention du Valombrien et dans l'incapacité de le rejoindre. Il y eut encore quelques cris... Puis le silence revint.

Keltset ressortit, la massue dans une main. De l'autre, il tenait par le cou un gnome qui se tortillait comme une anguille. Son petit corps jaune ressemblait à celui d'un enfant dans les battoirs du troll et ses bras et ses jambes ondulaient comme des serpents tenus par la queue. Le gnome, un guerrier, était vêtu d'une tunique en cuir, de bottes et d'une ceinture d'où l'épée courte avait disparu. Shea devina que la lutte, dans le fourré, avait eu pour résultat son prompt désarmement. Keltset approcha de Panamon, qui avait réussi à s'asseoir, et tendit son prisonnier à bout de bras pour qu'il l'examine.

— Laissez-moi partir ! cria le gnome. Vous n'avez pas le droit de me retenir ! Je n'ai rien fait ! Et je ne suis même pas armé !

Panamon Creel étudia la minuscule créature, l'air soulagé. Le gnome continuant de se plaindre, le voleur éclata de rire.

— Quel terrible adversaire, Keltset ! Ma foi, il nous aurait tous tués si tu ne l'avais pas capturé ! Ça a dû être une lutte terrible ! Je n'arrive pas à y croire... Quand je pense que nous avons craint que ce soit un autre monstre ailé !

Shea ne trouvait pas la situation si amusante que ça, car il se souvenait des problèmes que la compagnie avait eus avec les petits êtres jaunâtres. De son point de vue, ces adversaires n'étaient pas à sous-estimer.

Panamon cessa de se moquer du prisonnier et se tourna vers le Valombrien.

— Ne soyez pas fâché. C'est par habitude plus que par stupidité que je ris de ce genre de choses. J'en ris pour braver la folie, pourrait-on dire ! Mais assez jacassé. Qu'allons-nous faire de notre petit camarade ?

Le gnome attendit que l'homme décide de son sort. Les yeux écarquillés, il gémit de nouveau.

— Je vous en prie, laissez-moi partir... supplia-t-il. Je filerai et ne dirai rien à personne à votre sujet. Je ferai tout ce que vous voudrez. Mais libérez-moi !

Keltset tenait toujours le gnome par le col, environ un pied au-dessus du sol devant Shea et Panamon. Le prisonnier avait du mal à respirer.

Le voleur indiqua au troll de reposer sa victime et de desserrer sa prise. Puis il regarda Shea et lui fit un clin d'œil. Se tournant de nouveau vers le gnome, il lui posa le bout de sa pique sur la gorge.

— Je ne vois aucune raison de te laisser vivre, sans parler de te libérer, gnome, annonça-t-il. Mieux vaudrait t'égorger sans tarder. Ainsi, aucun de nous n'aurait à s'inquiéter de ce que tu diras ou pas !

Selon Shea, le voleur ne parlait pas sérieusement, mais le ton de sa voix n'en laissait rien paraître. Le gnome gémit et pleura tellement que Shea en fut presque embarrassé pour lui.

Panamon savoura la terreur de la malheureuse créature.

— Non, je vous en supplie, ne me tuez pas ! Laissez-moi vivre ! Je peux vous être utile ! Vous donner des informations sur l'Épée de Shannara ! Je peux même me la procurer pour vous !

Shea sursauta à la mention de l'Épée.

Il posa une main sur l'épaule de Panamon.

— Ainsi, tu peux nous parler de l'Épée... dit le voleur d'une voix glaciale, ignorant l'intervention de Shea. Que diantre nous révélerais-tu à son sujet ?

Un peu rassuré, le gnome sauta sur l'occasion de survivre. Mais Shea lut dans son regard un sentiment difficile à définir. Une sorte d'avidité qu'il remarqua quand le gnome baissa un instant le masque.

Puis il redevint de nouveau le clown ridicule et soumis dont il jouait si bien le rôle.

— Je peux vous conduire à l'Épée si vous le souhaitez, murmura-t-il, comme s'il avait peur que des oreilles indiscrètes l'entendent. Je le ferai si vous me laissez la vie sauve !

Panamon ôta la pointe de sa pique de la gorge du gnome, laissant une petite trace de sang sur son cou jaune. Keltset n'avait pas bougé, comme s'il ne s'intéressait pas à ce qui se passait. Shea aurait aimé dire à Panamon que ce gnome était de la plus haute importance s'ils voulaient trouver l'Épée de Shannara. Mais il comprit que le voleur préférait laisser son prisonnier dans l'expectative. Que savait Panamon Creel sur de la légende de l'arme ? Jusque-là, il avait semblé ne pas se soucier des espèces et de leur sauvegarde. Connaissait-il seulement l'Épée de Shannara ?

Le visage austère du voleur se détendit un peu, un sourire sur les lèvres.

— Cette épée a-t-elle de la valeur ? demanda-t-il. Puis-je l'échanger contre un joli tas d'or ?

— Elle est sans prix pour les gens qu'elle intéresse, affirma le gnome. Certains ne reculeraient devant rien pour se la procurer. Dans les Terres du Nord...

Il se tut soudain, craignant d'en avoir trop dit. Avec un sourire de prédateur, Panamon fit signe à Shea.

— Selon le gnome, l'épée pourrait représenter beaucoup d'argent, dit-il d'une voix moqueuse, et il n'oserait sûrement pas mentir ! N'est-ce pas, gnome ? (Le prisonnier secoua frénétiquement sa tête jaune.) Bon. Nous te laisserons peut-être vivre assez longtemps pour nous prouver que tu as un objet précieux à échanger contre ta misérable carcasse. Je détesterais rater une occasion de m'enrichir simplement pour satisfaire mon envie de mettre un gnome hors d'état de nuire quand il m'en tombe un sous la main. Qu'en penses-tu, gnome ?

— Vous connaissez ma valeur ! gémit la petite créature. Je peux vous aider. Je vous enrichirai ! Comptez sur moi !

Panamon fit un grand sourire. Il posa sa main de chair sur l'épaule du prisonnier, comme s'ils étaient les meilleurs amis du monde, et lui tapota le dos un moment, histoire de le mettre à l'aise. Puis il regarda Keltset et Shea.

— Que fais-tu là, seul, si loin de chez toi, gnome ? grogna-t-il soudain. Au fait, quel est ton nom ?

— Je m'appelle Orl Fane. J'appartiens à la tribu Pelle, de l'Anar supérieur. J'étais parti de Paranor porter un message quand je suis arrivé sur ce champ de bataille. Tous les soldats étaient morts. Puis je vous ai entendus, et je me suis caché. Je craignais que vous soyez des elfes.

Il s'interrompit et regarda Shea, effrayé, car il avait remarqué les traits elfiques du jeune homme.

Shea guetta la réaction de Panamon, qui jeta un regard compréhensif au gnome et lui sourit amicalement.

— Orl Fane, de la tribu Pelle... répéta le voleur. Une grande tribu de guerriers courageux... (Il secoua la tête comme s'il regrettait vivement quelque chose, puis se tourna de nouveau vers le gnome.) Orl Fane, si nous devons nous rendre mutuellement service, il faudra apprendre la confiance ! Les mensonges nuiraient fâcheusement à notre association et compromettraient le succès de notre entreprise ! Il y avait un étendard de la tribu Pelle sur le champ de bataille. Tu étais sûrement avec tes frères d'armes quand la bataille a éclaté. Alors ?

Le gnome se tut, la peur et le doute passant de nouveau dans ses yeux verts. Panamon ne se départit pas de son sourire.

— Regarde-toi, Orl Fane ! Tu es couvert de sang et tu as une vilaine entaille au front, près du cuir chevelu. Pourquoi nous cacher la vérité ? Tu faisais partie du bataillon de gnomes, n'est-ce pas ? (Sa voix persuasive incita le rescapé à hocher la tête. Panamon éclata de rire.) Bien entendu ! Et quand les elfes ont attaqué, tu t'es battu jusqu'à ce que tu sois blessé. Tu as peut-être été assommé, et tu es resté là jusqu'à notre arrivée. C'est bien la vérité, n'est-ce pas ?

— Oui !

— Eh bien, non, ce n'est toujours pas la vérité !

Il y eut un moment de silence. Panamon souriait toujours. Orl Fane était tiraillé par diverses émotions. Le doute se lisait encore dans ses yeux, mais un demi-sourire flottait sur ses lèvres.

Shea regarda le voleur et son prisonnier, incapable de suivre ce qui se passait.

— Écoute-moi, misérable rat ! (Le visage de Panamon se durcit ; sa voix se fit froide et menaçante.) Tu nous mens depuis le début ! Un membre de la tribu des Pelle porterait son insigne, et tu n'en as aucun. Tu n'as pas été blessé au cours de la bataille : cette égratignure sur ton front n'est rien du tout ! Tu es un pillard. Un déserteur ! C'est bien ça ?

Le voleur avait saisi le gnome par le col de sa tunique et le secouait si fort que Shea entendit ses dents s'entrechoquer. Le prisonnier avait du mal à reprendre son souffle, incrédule face à ce soudain changement d'humeur.

— Oui, oui ! cria-t-il d'une voix étranglée.

Panamon le lâcha et le poussa vers Keltset.

— Un déserteur ! cracha le voleur, écœuré. L'être le plus méprisable qui existe ! Sur les champs de bataille, misérable vermine, vous rôdez pour détrousser les morts. Joli métier, vraiment ! Où est ton butin, Orl Fane ? Shea, fouillez les buissons où il se cachait.

Quand le Valombrien obéit, le gnome lâcha un hurlement si affreux qu'il crut que Keltset lui avait tordu le cou. Mais Panamon sourit et fit signe au demi-elfe de continuer, désormais certain que le gnome avait caché le fruit de ses rapines dans les buissons.

Shea se fraya un chemin entre les branches épaisses et chercha la cachette du butin. Le sol et les broussailles avaient été dévastés par la lutte entre Keltset et le gnome. À part ça, rien d'insolite ne sautait aux yeux. Shea était sur le point d'abandonner quand il vit quelque chose, à demi enterré sous des feuilles et de la terre. Avec son couteau de chasse, il dégagea rapidement un grand sac plein d'objets métalliques qui cliquetèrent. Il appela Panamon et l'informa de sa trouvaille. Le prisonnier se répandit en gémissements et en plaintes.

Shea sortit le sac, le tira hors des fourrés et l'apporta à ses compagnons. Orl Fane se débattait tant que Keltset dut le tenir à deux mains.

— Ce qui est là-dedans est sûrement capital pour notre petit camarade, dit Panamon en tendant la main.

Shea se rapprocha et le regarda défaire la lanière de cuir du sac. Le voleur fit mine d'y fourrer la main puis, changeant d'idée, il saisit l'autre extrémité et le renversa.

— De la pacotille ! grogna Panamon après un rapide examen. Ce gnome est trop stupide pour s'intéresser aux choses de valeur !

Shea étudia le butin en silence. Il y avait des dagues, des couteaux et des épées, certaines encore dans leur fourreau de cuir. Quelques bijoux bon marché scintillaient au soleil, ainsi que des pièces gnomes, sans valeur pour les autres espèces. Oui, ça ressemblait à de la vulgaire ferraille, mais Orl Fane, de toute évidence, y tenait considérablement. Pourquoi ? Shea éprouvait une vague pitié pour le gnome. Il avait tout perdu en devenant déserteur, et qu'avait-il récolté ? Quelques morceaux de métal et des bijoux bon marché. Et avoir osé mentir à Panamon Creel lui vaudrait peut-être de finir sur-le-champ sa misérable existence. Ainsi, il ajouterait l'infortune au déshonneur.

— Ça ne valait pas la peine de mourir pour ça, gnome ! grogna Panamon.

Il fit signe au troll qui leva sa massue.

— Non, attendez, je vous en supplie ! Je n'ai pas menti au sujet de l'Épée. Je le jure ! Je peux vous la procurer. Ne comprenez-vous pas ce que l'Épée de Shannara vaut pour le Roi-Sorcier ?

Shea saisit le bras du troll, qui sembla comprendre et baissa son arme, intrigué.

Furieux, Panamon Creel ouvrit la bouche, mais il se ravisa. Il voulait connaître la vérité sur la présence de Shea dans les Terres du Nord, et l'Épée y était de toute évidence liée.

Il regarda le Valombrien, puis se tourna vers Keltset et haussa les épaules.

— Ma foi, nous pourrons toujours te tuer plus tard, Orl Fane, si tu nous mens encore, gare à toi ! Keltset, mets-lui une corde autour du cou et emmenons-le. Shea, si vous voulez bien m'aider à me relever, je crois pouvoir arriver jusqu'aux bois. Keltset gardera un œil sur notre déserteur...

Shea aida le blessé à se remettre debout et s'efforça de le soutenir alors qu'il faisait quelques pas prudents. Keltset attacha le gnome et lui passa au cou une longueur de corde. Orl Fane se laissa ficeler sans protester, mais d'évidence, quelque chose le troublait. Shea se dit qu'il mentait encore en prétendant savoir où trouver l'Épée. Il devait se creuser la cervelle à la recherche d'un moyen de s'évader avant que ses ennemis découvrent son mensonge et le tuent...

Si le Valombrien n'avait pas tué le gnome, ni laissé ses compagnons le faire, il éprouvait peu de compassion pour lui. Orl Fane était un lâche, un déserteur, un pillard, une vermine pour qui l'amour de la patrie ne signifiait rien. Son humilité et ses gémissements masquaient sa vraie nature, rusée et cruelle. À la première occasion, il n'hésiterait pas à leur trancher la gorge. Shea aurait presque préféré que Keltset lui ait réglé son compte quelques instants plus tôt.

Il se serait senti plus tranquille !

Panamon assura qu'il était prêt à se diriger vers les bois, mais ils n'avaient pas fait deux pas quand les gémissements d'Orl Fane les arrêtèrent. Le gnome refusait d'avancer si on ne l'autorisait pas à garder le sac et ses trésors. Il fit un tel raffut que Panamon eut de nouveau envie de lui faire éclater le crâne comme une noix.

— Quelle importance, Panamon ? soupira Shea, exaspéré. Qu'il emporte ses babioles si ça lui fait plaisir. Nous nous en débarrasserons plus tard, quand il se sera calmé.

Panamon finit par céder. Il en avait déjà assez d'Orl Fane !

— D'accord, pour cette fois, dit-il. (Fane se calma aussitôt.) Mais s'il se permet encore de gémir de cette façon, je lui couperai moi-même la langue ! Keltset, ne le laisse pas approcher du sac. Je n'ai pas envie qu'il s'empare d'une de ces épées pour se libérer et nous liquider ! Ces mauvaises lames ne feraient probablement pas du bon boulot et je crèverais d'un empoisonnement du sang !

Ce fut plus fort que lui : Shea éclata de rire. Ces armes n'avaient pas fière allure ! Pourtant, l'épée dont la garde représentait un bras tendu tenant une torche allumée lui plaisait. La peinture dorée bon marché du pommeau s'écaillait et le fourreau de cuir usé dissimulait l'état de la lame. Mais entre les mains d'Orl Fane, elle pourrait encore être dangereuse. Keltset pendit le sac à son épaule et le groupe reprit sa marche vers les bois.

Le trajet était assez court. Cependant, quand ils arrivèrent à la lisière de la forêt, Shea était épuisé d'avoir soutenu le blessé. Panamon ordonna une halte, puis renvoya Keltset couvrir leurs traces et créer quelques fausses pistes pour tromper d'éventuels poursuivants. Shea ne protesta pas. Même s'il espérait qu'Allanon et les autres soient à sa recherche, des gnomes ou un autre Porteur du Crâne pouvaient tout aussi bien les pister.

Après avoir attaché Orl Fane à un arbre, le troll des rochers revint sur ses pas pour effacer tout signe de leur passage. Panamon se laissa tomber au pied d'un érable. Le Valombrien s'installa en face de lui, contempla la cime des arbres et remplit avec délice ses poumons de l'air vivifiant de la forêt. Le soleil disparaissait rapidement à l'horizon ; le ciel se colora de pourpre et de bleu foncé. Il restait moins d'une heure de lumière. La nuit les protégerait de leurs ennemis...

Shea repensa à ses amis : Allanon, le chef avisé aux pouvoirs étonnants, Balinor, Hendel, Durin, Dayel, Menion Leah, au courage indomptable... et Flick... Il aurait tant aimé que son frère soit avec lui, avec sa loyauté indéfectible et sa confiance aveugle. Si Panamon Creel se révélait un homme de valeur, et si Shea se réjouissait, tout compte fait, de l'avoir à ses côtés, ils n'avaient aucun véritable lien. Et pratiquement rien en commun. Le voleur vivait depuis trop longtemps d'expédients pour comprendre la véritable valeur de l'honnêteté et de la vérité.

Et Keltset ? Le troll était une énigme. Pour Panamon aussi ?

— Panamon, vous m'avez dit plus tôt que vous m'expliqueriez, au sujet de Keltset, rappela Shea. Si vous pouviez me révéler comment le Porteur du Crâne le connaissait...

N'obtenant pas de réponse, il s'assit pour voir si Panamon l'avait entendu.

L'homme le regardait.

— Un Porteur du Crâne ? Vous semblez en savoir bien plus que moi sur la question ! À vous de me parler de mon compagnon géant, Shea !

— Vous ne m'avez pas avoué la vérité à son sujet quand vous m'avez libéré, n'est-ce pas ? Ce n'est pas un malheureux chassé de chez lui par son peuple. Il n'a pas tué des villageois parce qu'ils l'avaient harcelé. Je me trompe ?

Panamon éclata de rire.

— Peut-être était-ce quand même la vérité... Qui sait si ce drame ne lui est pas réellement arrivé ? Pour ma part, je ne saurais le dire. Il m'a toujours semblé qu'un truc de ce genre avait dû se produire pour qu'il s'acoquine avec un ruffian comme moi. Ce n'est pas un voleur. J'ignore ce qu'il est. Mais c'est mon ami. Je n'ai pas menti à ce sujet.

— D'où vient-il ? demanda Shea.

— Je l'ai trouvé plus au nord, il y a environ deux ans. Il s'était traîné hors des monts Charnal, en piètre état. On l'avait battu et sa vie ne tenait plus qu'à un fil. J'ignore ce qui lui était arrivé. Il ne m'en a jamais informé, et je ne lui ai pas posé de questions. Il avait le droit de taire son passé, comme je garde le mien sous silence. Je l'ai soigné pendant des semaines. Je connaissais un peu le langage des signes et il le comprenait. Alors, nous avons pu communiquer. J'ai deviné son nom. Nous en avons appris un peu plus l'un sur l'autre. Juste un peu ! Quand il a été tiré d'affaire, je lui ai proposé de courir l'aventure avec moi et il a été d'accord. Nous avons eu de bons moments ! Dommage qu'il ne soit pas un vrai voleur !

Shea gloussa de cette dernière remarque. Panamon Creel ne changerait probablement jamais. Ce mode de vie lui convenant à merveille, il n'avait nulle envie d'en envisager un autre. Les seuls individus qu'il trouvait sensés étaient ceux qui invitaient le monde entier à aller se faire pendre ailleurs et s'emparaient sans vergogne de l'utile, du beau et du nécessaire. Mais l'amitié restait une valeur, même aux yeux d'un voleur, et Creel ne la rejetterait pas sans réfléchir.

Shea lui-même commençait à éprouver une étrange amitié pour Panamon, en dépit de leurs personnalités différentes et de leurs systèmes de valeurs opposés. Mais chacun comprenait ce que l'autre pensait, même si les raisons leur en échappaient parfois. De plus, ils avaient combattu ensemble. Peut-être n'en fallait-il pas davantage pour poser les bases d'une amitié.

— Comment le Porteur du Crâne pouvait-il le connaître ? insista Shea.

Panamon haussa les épaules comme s'il l'ignorait et s'en souciait peu. Shea soupçonna qu'il aurait donné cher pour en savoir plus sur l'apparition de Keltset, deux ans plus tôt. Son passé mystérieux était lié au Porteur du Crâne, qui l'avait reconnu. N'était-ce pas de la peur qui avait brillé au fond des yeux cruels de la créature ? Shea avait du mal à imaginer qu'un être mortel pût effrayer un Porteur du Crâne. Mais il n'avait pas rêvé. Panamon aussi l'avait vu. Il se posait certainement la même question.

Quand Keltset les rejoignit, le soleil était presque couché. Le troll avait effacé toute trace de leur passage à partir du champ de bataille... et laissé une multitude de fausses pistes. Panamon, qui se sentait assez remis pour marcher sans aide, demanda tout de même à Keltset de le soutenir jusqu'à ce qu'ils trouvent où camper. Shea fut chargé de tirer le gnome par sa longe. Une corvée qui ne l'emballait pas, mais qu'il accepta sans protester. Panamon voulut de nouveau abandonner le sac ; Orl Fane n'accepta pas d'être privé de ses trésors. Il poussa un tel gémissement d'angoisse que le voleur ordonna qu'on le bâillonne. Mais gémissant sourdement, il se jeta à plat ventre et refusa de bouger. Excédé, Panamon Creel lui flanqua quelques coups de pieds. Keltset aurait pu porter le prisonnier et soutenir Panamon, mais pourquoi se casser ainsi la tête ?

Marmonnant des malédictions, le voleur laissa Keltset ramasser le sac.

Les quatre compagnons s'enfoncèrent dans la forêt obscure.

Quand il fit trop sombre pour qu'ils voient où ils allaient, Panamon ordonna une halte dans une clairière bordée de chênes géants dont les branches entrelacées formaient une sorte de toit. Ils y seraient à l'abri. Orl Fane fut ligoté à un chêne pendant que les trois compagnons allumaient un feu et préparaient le repas. Quand la nourriture fut cuite, ils le détachèrent le temps de le laisser manger. Même si Panamon ignorait où ils étaient exactement, il se sentait assez en sécurité pour faire du feu, estimant que personne ne se lancerait de nuit à leur recherche.

Informé des dangers de la forêt qui entouraient les falaises noires de Paranor, il se serait senti un peu moins sûr de lui. Pour l'instant, les quatre voyageurs campaient à l'est des bois de Paranor. Le secteur était rarement fréquenté par les laquais du Roi-Sorcier. Il y avait donc peu de risques qu'on les découvre par hasard.

Fatigués et affamés, ils mangèrent en silence. Le gnome s'abstint de gémir en dévorant la viande, son visage jaune penché vers la chaleur du feu et ses yeux vert foncé volant d'un visage à l'autre. Shea ne lui prêta aucune attention ; il réfléchissait à ce qu'il devait révéler à Panamon sur lui-même, la compagnie, et surtout l'Épée de Shannara.

Le repas tirant à sa fin, il n'avait toujours pas décidé.

Le prisonnier fut rattaché à son arbre. Contre la promesse solennelle de ne plus pleurnicher, on lui fit grâce du bâillon.

Confortablement installé près du feu, Panamon se tourna vers le Valombrien.

— Shea, c'est le moment ou jamais de me dire ce que vous savez au sujet de cette Épée. Pas de mensonges, de faux-fuyants ou de demi-vérités, je vous prie, et ne dissimulez rien. Je vous ai promis mon aide, mais comme je le disais tout à l'heure à notre ami jaunâtre, nous devons nous faire confiance. J'ai été sincère et ouvert avec vous. Je n'en attends pas moins de votre part !

Shea lui raconta toute la vérité. Il n'en avait pas eu l'intention, incertain de ce qu'il devait révéler ou passer sous silence. Mais de fil en aiguille, il finit par tout dire. Il parla de la visite d'Allanon et de l'apparition du Porteur du Crâne qui l'avait obligé à fuir Valombre en compagnie de son frère. Il mentionna sa rencontre avec Menion, suivie par le voyage à travers les Chênes Noirs, en direction de Culhaven. Il passa rapidement sur les détails des dents du Dragon, dont une bonne partie restait d'ailleurs brumeuse dans son esprit, et termina par sa chute dans la rivière, puis son réveil dans les plaines de Rabb, où les gnomes avaient eu beau jeu de le capturer.

Les yeux ronds, Panamon l'écouta sans l'interrompre. Keltset était assis à côté de lui, impassible comme à son habitude.

Orl Fane marmonna des paroles inintelligibles pendant qu'il écoutait aussi, ses yeux balayant sans cesse le camp comme s'il s'attendait à voir surgir le Roi-Sorcier.

— L'histoire la plus fantastique que j'aie jamais entendue ! soupira Panamon. Elle est si incroyable qu'en temps ordinaire, j'aurais eu un mal fou à la gober ! Mais je vous crois, Shea, après avoir combattu à vos côtés le monstre ailé. Et parce que j'ai été témoin du pouvoir étrange que vous détenez sur les Pierres Elfiques, comme vous les appelez. Mais l'Épée, et votre statut de dernier héritier de Shannara... Là, j'ai quelques doutes. Y croyez-vous vraiment ?

— Au début, non, avoua Shea. Maintenant, je ne sais plus que penser. Tant de choses sont arrivées que j'ignore que croire ! De toute façon, je dois rejoindre Allanon. Peut-être ont-ils déjà l'Épée ? Et par la même occasion, la réponse à l'énigme concernant mon héritage et le pouvoir de l'arme...

Orl Fane éclata soudain d'un rire frénétique.

— Non, non, ils ne l'ont pas ! cria-t-il d'une voix hystérique. Moi, je pourrais vous la montrer ! Je vous y conduirai... Vous aurez beau chercher... Ah, ah, allez-y ! Mais je sais où elle est ! Qui la possède ! Moi seul !

— Je crois qu'il perd la tête... marmonna Panamon Creel. Keltset, bâillonne de nouveau cet enquiquineur ! Demain matin, nous lui ferons cracher le morceau. S'il a des informations sur l'Épée de Shannara, ce dont je doute, il nous les livrera, ou il le regrettera !

— Pourrait-il vraiment savoir qui la détient ? demanda Shea. Elle a tant d'importance pour nous et pour tous les peuples des Quatre Terres ! Nous devons apprendre ce qu'il sait réellement.

— Vous allez me faire pleurer avec votre foutue tirade sur les peuples des Quatre Terres ! lâcha Panamon. Ils peuvent tous aller se faire pendre, pour ce que je m'en soucie ! Ces gens n'ont jamais rien fait pour moi – à part voyager seuls et avec une bourse bien remplie, ce qui arrive trop rarement. (Devant l'expression déçue de Shea, il haussa les épaules.) Mais je suis curieux au sujet de l'Épée, et je serai peut-être prêt à vous aider. Après tout, vous m'avez sauvé la vie, et je ne suis pas homme à l'oublier.

Keltset bâillonna le gnome et les rejoignit près du feu. Sous son bâillon, Orl Fane lâcha encore des petits rires et des marmonnements incohérents. Mal à l'aise, Shea le regarda se tortiller comme si son petit corps jaune était possédé par un démon. Panamon tenta d'ignorer ses gémissements, mais il finit par perdre patience. Il se leva d'un bond et sortit son couteau, annonçant qu'il allait tenir parole et lui trancher la langue. Orl Fane se calma aussitôt.

— Pour quelle raison, demanda Creel, le monstre pensait-il que nous étions en possession de l'Épée de Shannara ? Il a dit sentir sa présence. C'est bizarre...

Shea réfléchit, puis haussa les épaules.

— La proximité des Pierres Elfiques a pu le tromper.

— Vous avez peut-être raison, fit Panamon, pensif. Franchement, je ne comprends pas grand-chose à tout ça ! Et toi, Keltset ? Qu'en penses-tu ?

Le troll regarda ses compagnons, la mine grave, puis fit une série de signes. Panamon se tourna vers Shea, l'air dégoûté.

— Il dit que l'Épée est vitale et que le Roi-Sorcier est un danger mortel pour nous tous. (Le voleur lâcha un rire sans joie.) Voilà qui nous est d'un grand secours !

— L'Épée est capitale, confirma Shea.

Dans la pénombre, les trois compagnons se turent, perdus dans leurs pensées.

La soirée était bien avancée. Dans la clairière, bien cachés par les arbres, ils entendaient le bourdonnement des insectes et les cris des créatures nocturnes. Le ciel apparaissait par endroits entre les frondaisons, tel un écrin bleu foncé où brillait çà et là une étoile. Le feu se mourait. Panamon se leva et dispersa les cendres d'un coup de pied. Il souhaita bonne nuit à ses compagnons d'un ton résolu qui coupa court à toute velléité de conversation. Keltset s'enveloppa dans sa couverture et s'endormit avant que Shea ait trouvé un endroit confortable où s'étendre. Après la longue marche de la journée et la bataille contre le Porteur du Crâne, le Valombrien se sentait ivre de fatigue. Laissant tomber sa couverture sur le sol, il se coucha, retira ses bottes et laissa son regard errer dans le ciel nocturne.

Il pensa à tout ce qui lui était arrivé et refit en esprit le long voyage depuis Valombre. Tant de choses restaient mystérieuses ! Et que d'épreuves il avait traversées, alors que le fin mot de l'histoire se dérobait encore et toujours. Le secret de l'Épée de Shannara, le Roi-Sorcier, son héritage... Tout ça n'était guère plus clair qu'au début. La compagnie devait être à sa recherche, sous la houlette d'Allanon. Lui seul semblait avoir les réponses à toutes ces questions – et il se gardait bien d'en parler. Pourquoi n'avait-il pas tout dit à Shea dès le début ? Pourquoi avait-il livré à la compagnie une version expurgée des faits, gardant par-devers lui certains éléments – sans doute critiques – de la vérité ? Pourquoi ce refus obstiné de donner la clé qui permettrait de mesurer pleinement les pouvoirs de l'Épée de Shannara ?

Shea roula sur le flanc et distingua dans la pénombre la silhouette endormie de Panamon Creel, à quelques pieds de là. À l'autre bout de la clairière, il entendait la respiration bruyante de Keltset se mêler aux bruits nocturnes. Orl Fane était assis, dos à l'arbre auquel il était attaché, ses yeux brillant dans les ténèbres comme ceux d'un chat. Il regardait fixement Shea. Le Valombrien soutint son regard puis se força à se tourner de l'autre côté et à fermer les yeux. Il s'endormit très vite, la bourse aux Pierres Elfiques serrée sous sa tunique.

Continueraient-elles de le protéger, les jours à venir ?

Shea fut réveillé en sursaut par une série de jurons lâchés par Panamon Creel. Il ouvrit les yeux sur la lumière grise du petit matin. Le voleur faisait les cent pas, fou de rage, braillant et jurant en même temps. Shea ne comprit pas immédiatement ce qui se passait. Il lui fallut quelques instants pour retrouver sa lucidité. Appuyé sur un coude, il avait la désagréable impression d'avoir dormi quelques minutes à peine, tant ses muscles étaient endoloris et son esprit confus. La fureur de Panamon ne retombait pas. Assis à l'ombre d'un grand chêne, Keltset ne bronchait pas. Puis Shea s'aperçut qu'Orl Fane n'était nulle part en vue. Il se leva d'un bond et se précipita vers l'arbre. Les cordes découpées gisaient sur le sol. Orl Fane s'était échappé. Emportant avec lui une chance peut-être unique de mettre la main sur la fabuleuse Épée.

— Comment s'est-il enfui ? s'exclama Shea. Je croyais que vous l'aviez attaché loin de tout objet tranchant !

Panamon Creel le lorgna comme s'il était idiot.

— Ai-je l'air d'un abruti congénital ? Bien entendu qu'il était attaché loin d'une arme ! Et bâillonné, de surcroît ! Il n'a pas coupé les liens et le bâillon avec une lame, mais avec ses dents !

Shea n'en crut pas ses oreilles.

— Je suis sérieux, affirma Panamon. Les cordes ont été rongées. Notre camarade était plus rusé encore que je l'avais imaginé.

— Ou plus désespéré, ajouta Shea, pensif. Je me demande pourquoi il n'a pas essayé de nous tuer. Il avait de bonnes raisons de nous détester !

— Vous lui prêtez des motifs bien peu charitables, ironisa Panamon. Mais je vous dirai volontiers pourquoi, puisque vous me le demandez. Il crevait de peur ! Ce gnome est un déserteur, un lâche de la pire espèce. Il n'a pas eu le courage de tenter autre chose que s'enfuir ! Qu'y a-t-il, Keltset ?

Le troll des rochers désigna le nord et fit une rapide série de gestes. Panamon secoua la tête, écœuré.

— Cette misérable créature a filé très tôt ce matin. Pire, ce chien a décampé vers le nord ! Le poursuivre ne serait pas très sain. Son peuple finira sans doute par le retrouver et lui régler son compte. Il ne donnera pas l'asile à un déserteur. Ne nous occupons plus de lui. Nous voilà débarrassés de cette vermine. De toute façon, il mentait probablement au sujet de l'Épée.

Shea acquiesça à regret, se demandant si le gnome avait vraiment menti. En dépit de son instabilité mentale, il avait semblé sûr de son fait, répétant qu'il savait où était l'Épée et qui la détenait. L'idée qu'il connaisse un tel secret mettait le Valombrien mal à l'aise. Et s'il était parti à la recherche de l'arme ? S'il savait réellement où la trouver ?

— Oubliez tout ça, Shea, conseilla Panamon. Ce gnome crevait de trouille et il avait une seule idée en tête : fuir. L'histoire de l'Épée était une ruse grossière pour nous empêcher de le tuer jusqu'à ce qu'il ait l'occasion de filer. Regardez ça ! Il est parti si vite, le bougre, qu'il a oublié son précieux sac !

Pour la première fois, Shea vit le sac, à demi ouvert, à l'autre bout de la clairière. Qu'Orl Fane ait abandonné ses trésors après avoir fait des pieds et des mains pour que ses ennemis les emportent était surprenant. Ce sac semblait avoir une telle valeur pour lui. Et voilà qu'il le laissait là. Shea alla l'examiner avec une curiosité mêlée de suspicion. Il le vida sur l'herbe, les dagues, les épées et les bijoux cliquetant les uns contre les autres. Il les étudia, conscient de la présence de Keltset à côté de lui. Ils examinèrent ensemble les « trésors » abandonnés par le gnome, comme s'ils contenaient quelque mystérieux secret. Marmonnant de dégoût, Panamon les rejoignit.

— Mettons-nous en route, dit-il d'un ton léger. Nous retrouverons vos amis, Shea, et avec leur aide, nous localiserons l'Épée. Que regardez-vous ainsi ? Vous avez déjà examiné ce tas de ferraille. Il n'a pas changé !

Shea constata que ce n'était pas exact.

— Si... Elle a disparu. Il l'a emportée avec lui.

— Qu'est-ce qui a disparu ? cracha Panamon en flanquant un coup de pied dans les armes. De quoi parlez-vous ?

— De la vieille épée dans son fourreau de cuir. Celle avec le bras et la torche...

Panamon examina les épées répandues sur l'herbe. Keltset se redressa et regarda Shea.

Lui aussi avait compris.

— Il a emporté une épée avec lui, grogna Panamon. La belle affaire ! Ça ne signifie pas que...

Il s'interrompit, bouche bée, et leva les yeux au ciel, incrédule.

— Oh, non ! C'est impossible ! Vous voulez dire qu'il a pris... ?

Il ne termina pas sa phrase. Désespéré, Shea le fit à sa place.

— ... l'Épée de Shannara.

Chapitre 21

Le jour où Shea et ses nouveaux compagnons découvrirent l'horrible vérité sur Orl Fane et l'Épée de Shannara, Allanon et les autres membres de la compagnie éprouvaient aussi des difficultés. Ils avaient fui la forteresse des Druides grâce aux connaissances de l'historien, qui les avait guidés à travers un labyrinthe de tunnels, au cœur de la montagne, pour émerger dans la forêt, non loin de la forteresse. Ils ne s'étaient heurtés à aucune résistance, exception faite de quelques gnomes isolés – les vestiges de la garde du palais mise en déroute.

Quand la petite compagnie arriva en vue de la forêt, la soirée commençait. Persuadé que les gnomes avaient emporté l'Épée de Shannara avant leur rencontre avec le Porteur du Crâne, dans la salle de la fournaise, Allanon ignorait cependant à quel moment précis. Eventine patrouillait dans le périmètre nord de Paranor. Si des gnomes avaient tenté de passer, ses guerriers les auraient interceptés. Peut-être que le roi des elfes, déjà en possession de l'arme, avait en plus trouvé Shea...

Allanon se faisait beaucoup de souci pour le petit Valombrien. Il avait espéré le revoir à la forteresse des Druides. En cherchant le jeune homme avec ses pouvoirs, à la sortie des dents du Dragon, il avait acquis la certitude qu'il n'était pas seul. Ceux qui l'accompagnaient cherchaient à rallier Paranor. Mais un contretemps les avait retardés. Cela étant, Shea était un garçon plein de ressources. En outre, les Pierres Elfiques assuraient sa protection. Le druide pouvait seulement espérer le retrouver bientôt sain et sauf, sans que d'autres obstacles se dressent encore sur leur chemin.

Mais Allanon avait des soucis plus immédiats. Les renforts appelés par les gnomes affluaient. Il ne leur fallut pas longtemps pour conclure que le druide et ses amis avaient fui le château et devaient se terrer dans la forêt de Paranor.

En réalité, les gnomes ignoraient qui ils traquaient. Le château ayant été envahi, les intrus devaient être capturés ou tués, voilà tout. Les émissaires du Roi-Sorcier n'étaient pas arrivés, et le monarque lui-même n'avait pas compris que ses proies lui avaient échappé une fois de plus. Dans les cavernes de son domaine, il était convaincu qu'Allanon avait péri dans la fournaise de Paranor, que l'héritier de Shannara et ses compagnons étaient prisonniers dans la salle sans issue, et que l'Épée de Shannara était en route vers les Terres du Nord, et serait interceptée par le Porteur du Crâne envoyé la veille pour assurer qu'elle ne serait pas reprise par ses ennemis.

Les renforts gnomes se firent un devoir de passer la forêt au peigne fin, persuadés que leurs ennemis avaient pris la direction du sud. Le gros des guerriers y fut envoyé.

Pendant ce temps, Allanon et ses compagnons se dirigeaient vers le nord. Parfois, l'arrivée de patrouilles gnomes ralentissait leur progression. Le petit groupe ne serait jamais passé inaperçu s'il avait pris la direction du sud. Au nord, en revanche, le nombre d'ennemis restait assez réduit pour que les aventuriers puissent se dissimuler des patrouilles et reprendre leur chemin dès qu'elles avaient disparu.

Il faisait jour quand ils arrivèrent enfin à l'orée de la forêt, au bord des plaines de Streleheim, leurs poursuivants loin derrière eux.

Épuisé, Allanon se tourna vers ses compagnons, les yeux toujours brillants de détermination. Il les dévisagea tous, comme s'il les voyait pour la première fois. Puis il parla d'une voix lasse :

— C'est la fin du voyage, mes amis. Il est temps de nous séparer et que chacun aille son chemin. Nous avons raté l'occasion de récupérer l'Épée, au moins pour le moment. Nous n'avons pas retrouvé Shea, et nous ignorons combien de temps il faudra pour le localiser. Mais la pire menace est l'invasion venue du nord. Nous devons assurer dès maintenant la protection des peuples des Terres du Sud, de l'Est et de l'Ouest. Nous n'avons vu aucun signe de l'armée d'Eventine, alors qu'elle était censée patrouiller dans ce secteur. Il semble qu'elle se soit retirée. En d'autres termes, le Roi-Sorcier a probablement commencé à lancer ses armées vers le sud.

— L'invasion serait déjà commencée ? demanda Balinor.

Allanon fit un signe affirmatif. Ses compagnons échangèrent des regards surpris.

— Sans l'Épée, nous ne vaincrons pas le Roi-Sorcier. Nous chercherons donc à retarder l'avance de ses troupes. Pour ça, il faut regrouper rapidement les armées des nations libres. Peut-être est-il déjà trop tard. À la tête de ses forces, Brona s'emparera du centre des Terres du Sud. Pour cela, il lui suffira d'anéantir la Légion Frontalière de Callahorn. Balinor, la Légion doit protéger les cités de votre royaume assez longtemps pour donner le temps aux nations de s'unir et de marcher sur l'envahisseur. Durin et Dayel vous accompagneront jusqu'à Tyrsis. De là, ils iront vers l'ouest en direction de leur propre pays. À la tête de ses armées, Eventine traversera les plaines de Streleheim pour appuyer Tyrsis. Si nous perdons la bataille à cet endroit, le Roi-Sorcier aura réussi à diviser nos forces. Pire encore, toutes les Terres du Sud seront sans défense. La Légion Frontalière de Callahorn est leur seule chance !

Balinor hocha la tête et se tourna vers Hendel.

— Quel soutien les nains peuvent-ils nous apporter ?

— Varfleet est la clé du secteur est de Callahorn, dit Hendel. Mon peuple doit assurer sa protection contre tout assaut venu de l'Anar, mais il pourra s'en charger seul. Pour tenir les cités de Kern et de Tyrsis, en revanche, vous devrez vous débrouiller sans nous.

— Les armées elfiques vous soutiendront à l'ouest, promit Durin.

— Une minute ! cria Menion, incrédule. Et Shea ? Vous l'oubliez !

— Vous parlez de nouveau sans réfléchir, lâcha Allanon.

Menion rougit de colère, mais attendit sagement la suite.

— Je n'abandonnerai pas les recherches, dit Flick.

— Je ne le suggérerai pas, affirma Allanon. Menion, vous et moi continuerons à chercher notre jeune ami et l'Épée. J'ai dans l'idée qu'en trouvant l'un, nous tiendrons l'autre ! Souvenez-vous des prophéties de l'Ombre de Bremen. Shea le premier posera la main sur l'Épée de Shannara... Peut-être est-ce déjà fait.

— Alors, continuons les recherches ! s'impatienta Menion.

— Nous partirons sans tarder, dit Allanon. Mais je vous en prie, surveillez votre langue ! Un prince de Leah doit parler avec sagesse, réflexion, patience et sagacité. Pas laisser libre cours à une colère irréfléchie !

Menion encaissa la remontrance sans broncher. Les sept compagnons se dirent adieu à regret et se séparèrent. Balinor, Hendel et les elfes prirent le chemin de l'ouest, longeant la forêt où Shea et les voleurs avaient passé la nuit, espérant contourner la forêt Inexpugnable et aborder les collines au nord des dents du Dragon. Ainsi, ils atteindraient Kern et Tyrsis en deux jours.

Allanon et ses deux jeunes compagnons partirent vers l'est. Le druide avait la conviction que le Valombrien avait pris la direction de Paranor. Peut-être était-il prisonnier d'un camp de gnomes. Le libérer ne serait pas forcément facile. Pourtant, la pire crainte de l'historien était que le Roi-Sorcier apprenne sa capture, découvre son identité, et ordonne aussitôt son exécution. Si cette calamité survenait, l'Épée de Shannara serait sans valeur pour eux. Il leur faudrait se fier aux armées divisées des Trois Terres assiégées. Une sombre perspective...

Allanon étudia le terrain qu'ils traverseraient bientôt. Menion marchait un peu en avant et examinait les traces de tous leurs prédécesseurs. Le temps l'inquiétait. S'il pleuvait, ils ne retrouveraient jamais la piste. Et même si le ciel restait favorable, les tempêtes caractéristiques des plaines de Streleheim auraient le même effet qu'une averse : effacer la piste. Flick, qui fermait la marche, espérait contre toute logique qu'ils trouveraient un signe du passage de Shea. Mais l'idée qu'il risquait de ne jamais revoir son frère le rongeait.

Vers midi, les plaines désertes miroitaient sous la chaleur torride du soleil. Les trois voyageurs marchaient au plus près de la lisière de la forêt, histoire de profiter de l'ombre fournie par les grands arbres. Seul Allanon semblait ne pas souffrir de la canicule, calme et détendu sous le soleil brûlant, sans verser une goutte de sueur. Flick avait peur de s'écrouler à tout moment, et même Menion Leah commençait à se sentir mal. Les yeux secs et la vision brouillée, ses sens lui jouaient parfois des tours. Il souffrait d'hallucinations visuelles et auditives, des images fantômes nées de son esprit embrumé venant le tourmenter...

Bientôt, les deux compagnons originaires du sud ne purent plus mettre un pied devant l'autre. Le druide ordonna une halte à l'ombre fraîche de la forêt, où ils mangèrent une chiche ration de pain et de viande séchée. Flick aurait aimé demander à Allanon quelles étaient les chances de survie de Shea dans ces terres désolées, mais il ne parvint pas à s'y forcer. La réponse était trop évidente ! Il se sentait étrangement seul, après la séparation de la compagnie. Toujours tourmenté par ses doutes sur les pouvoirs étranges du druide, il ne s'était jamais senti proche d'Allanon. Le druide restait pour lui une énigme, aussi mystérieux et dangereux, à sa façon, que les Porteurs du Crâne qui les traquaient avec tant d'acharnement. Allanon ? Une incarnation de l'esprit immortel de Bremen, qui était revenu de l'au-delà dans la vallée de Schiste. Un pouvoir et une sagesse bien en deçà du monde prosaïque et mortel de Flick. Le druide appartenait davantage à celui du Roi-Sorcier, un monde où la peur régnait en maître et que l'esprit humain ne pouvait pénétrer.

Flick n'arrivait pas à oublier le duel que s'étaient livré le grand druide et le Porteur du Crâne. Un combat de titans avec pour apothéose les flammes de la fournaise de la forteresse des Druides. Contre toute attente, Allanon s'en était sorti. Quel autre mortel y aurait survécu ? Pour Flick, c'était plus que bizarre : terrifiant ! Seul Balinor avait été à la hauteur pour traiter avec leur chef.

Ce dernier étant parti, Flick se sentait seul et vulnérable.

Menion Leah était encore moins confiant. Sans avoir vraiment peur du druide, il avait conscience qu'il ne pensait pas grand bien de lui et l'avait emmené à cause de son amitié avec Shea. Le demi-elfe lui avait fait confiance, alors que Flick doutait depuis toujours de ses motivations. Mais Shea n'était plus là. Menion le pressentait : pour peu qu'il irrite encore le druide, il déciderait de lui régler son compte.

Il mangea en silence. Pour le moment, la discrétion était la meilleure politique.

Le repas terminé, Allanon fit signe à ses compagnons de se lever. Ils reprirent leur marche vers l'est, le long de la lisière de la forêt, sous le soleil brûlant. De leurs yeux fatigués, ils sondaient la plaine à la recherche d'un indice. Cette fois, après un quart d'heure de marche, ils en trouvèrent un. Menion repéra des traces. Des gnomes étaient passés par là des jours auparavant, chaussés de bottes et armés...

Ils remontèrent la piste vers le nord sur une demi-lieue. Après avoir escaladé une petite butte, ils découvrirent les dépouilles des gnomes et des elfes tués pendant la bataille. Les corps pourrissants gisaient à moins de cent pas de la butte... En silence, les trois compagnons avancèrent, leurs narines agressées par la puanteur. Accablé, Flick resta à l'écart. Les deux autres continuèrent au milieu des cadavres.

Allanon examina les armes et les étendards, jetant de rapides coups d'œil aux cadavres. Menion découvrit une série de traces plus fraîches et les suivit. Flick ne vit pas exactement ce qui se passait, de là où il s'était arrêté, mais il lui sembla que le montagnard revenait plusieurs fois sur ses pas, en quête de nouvelles traces.

Enfin, il se tourna vers le sud, en direction de la forêt, et rejoignit lentement Flick. Pensif, il s'arrêta devant un fourré et s'agenouilla. Oubliant momentanément son malaise devant le champ de bataille jonché de cadavres, le Valombrien rejoignit Menion. Il était à peine arrivé près de lui quand Allanon lâcha un cri de surprise. Ses compagnons levèrent la tête alors qu'il se penchait en avant comme pour s'assurer de quelque chose. Puis il se redressa et revint vers eux à grandes enjambées.

Et il arborait son sourire moqueur familier.

— Extraordinaire ! Fantastique ! Notre jeune ami est plus débrouillard que je l'aurais cru ! J'ai trouvé un petit tas de cendres, les restes d'un Porteur du Crâne. Cette maudite créature a été calcinée par le pouvoir des Pierres Elfiques !

— Alors, Shea est bien passé par ici ! s'exclama Flick.

— Personne d'autre ne peut utiliser les pierres, confirma Allanon. Il y a des traces d'une terrible bataille. Les empreintes prouvent que Shea n'était pas seul. Mais je ne peux pas déterminer s'il voyage avec des amis ou des ennemis. Ni si le monstre fut abattu avant ou après la bataille des gnomes et des elfes. Qu'avez-vous découvert, montagnard ?

— Des fausses pistes laissées par un troll très malin, répondit Menion. Il m'est impossible d'en déduire grand-chose, mais je suis sûr qu'un troll des rochers a laissé ces traces un peu partout, aucune ne menant quelque part. J'ai repéré les signes d'une altercation, dans ces fourrés. Vous voyez les branches tordues et les feuilles arrachées ? Plus important, il y a de petites empreintes. Ce pourrait être celles de Shea.

— Il aurait été capturé par le troll ? demanda Flick.

Menion sourit, haussant les épaules.

— S'il a réussi à éliminer une des créatures maléfiques, je doute qu'il ait eu beaucoup de problèmes avec un troll...

— Les Pierres Elfiques n'offrent aucune protection contre les mortels, rappela Allanon. Y a-t-il moyen de connaître la direction prise par ce troll ?

Menion secoua la tête.

— Pour en être sûr, il aurait fallu trouver les traces tout de suite. Elles datent d'au moins un jour. Le troll savait ce qu'il faisait quand il a brouillé les pistes. Nous pourrions chercher indéfiniment sans découvrir vers où il est parti.

À ces nouvelles, Flick sentit tout espoir l'abandonner. Si Shea était prisonnier de cette créature, ils se trouvaient de nouveau dans l'impasse.

— J'ai découvert autre chose, annonça Allanon. Un étendard brisé de la maison d'Elessedil – la bannière personnelle d'Eventine. Peut-être était-il présent lors de la bataille et a-t-il été fait prisonnier... ou a-t-il été tué. Que les gnomes aient tenté de s'échapper de Paranor avec l'Épée n'est pas impossible. Le roi des elfes et ses guerriers les auront interceptés... Dans ce cas, Eventine, Shea et l'Épée pourraient être entre les mains de nos ennemis...

— Je suis sûr d'une chose, dit Menion. Les empreintes de troll et les signes de lutte, dans les fourrés, datent d'hier, alors que la bataille entre les gnomes et les elfes remonte à plusieurs jours.

— Vous avez raison ! répondit le druide. Il y a eu une suite d'événements dont l'enchaînement nous échappe, hélas, à cause d'un manque criant d'indices. Je crains que nous ne trouvions pas toutes les réponses ici...

— Que faire ? demanda Flick.

— Des traces mènent vers l'ouest, dit Allanon, à travers les plaines de Streleheim. Elles sont brouillées, mais ce sont peut-être celles des survivants...

Il regarda Menion, l'air interrogateur.

— Notre troll n'est pas parti par là, affirma le prince de Leah. Il ne se serait pas cassé la tête à fabriquer des fausses pistes pour en laisser une aussi claire ! Je n'aime pas ça.

— Avons-nous le choix ? demanda Allanon. Les seules traces évidentes sont celles de l'ouest... Suivons-les, en espérant que ce seront les bonnes.

Flick jugea cet optimisme bizarre, compte tenu de la situation, et trouva le commentaire atypique pour le druide. Mais avaient-ils le choix ? Ceux qui avaient laissé ces traces détenaient peut-être des informations cruciales sur Shea... Le petit Valombrien se tourna vers Menion et lui donna son approbation. Pour sa part, il suivrait le conseil du druide.

Menion n'était pas ravi de cette décision, convaincu qu'une autre piste, encore à trouver, leur en apprendrait plus long sur le troll et le défunt Porteur du Crâne.

Allanon leur fit signe de continuer. Revenus sur leurs pas, ils commencèrent la longue marche à travers les plaines de Streleheim, en direction des terres situées à l'ouest de Paranor. Flick jeta un dernier regard aux cadavres qui pourrissaient au soleil, oubliés des hommes.

Le destin qui guettait tout mortel.

Les trois voyageurs continuèrent jusqu'à la fin du jour. Ils parlèrent peu, perdus dans leurs pensées. Leurs yeux fatigués suivaient difficilement la piste brouillée, devant eux.

Le soleil rougit à l'horizon et le crépuscule tomba. Quand il fit trop sombre pour continuer, Allanon bifurqua vers la forêt. Ils y dressèrent un camp pour la nuit. Le trio était arrivé près du secteur nord-ouest de la Forêt Inexpugnable, une fois de plus en danger d'être découvert par les patrouilles gnomes ou harcelé par les meutes de loups.

Le druide défendit résolument sa position : les recherches de l'ennemi étant abandonnées, il restait le risque d'être repérés par hasard. Pour plus de sécurité, ils ne feraient pas de feu et monteraient la garde à tour de rôle, essentiellement pour se préserver des loups. Flick espéra que les meutes n'auraient pas osé approcher si près des plaines, se cantonnant aux profondeurs de la forêt et aux abords de la forteresse des Druides...

Ils prirent un repas froid insipide avant de se préparer pour la nuit. Menion proposa de se charger du premier tour de garde.

Flick s'endormit vite. Il lui sembla qu'il avait fermé les yeux une minute quand le montagnard le secoua... Vers minuit, Allanon approcha et lui ordonna de retourner se coucher. Le Valombrien montait la garde depuis à peine une heure, mais il obéit sans se faire prier.

Au réveil de Flick et de Menion, il faisait jour. À la lueur de l'aube, ils virent le druide adossé à un arbre. Sa grande silhouette sombre semblait se fondre dans le paysage, tant il était immobile. Pourtant, ils savaient qu'il avait monté la garde sans fermer l'œil une minute. Ils eurent du mal à croire qu'il s'était reposé.

Il se leva avec grâce, son visage austère détendu et alerte.

Ils prirent un petit déjeuner rapide et repartirent vers les plaines de Streleheim. Ce qu'ils découvrirent peu après les stupéfia. Autour d'eux, le ciel était clair et bleu sous la lumière du soleil levant, qui illuminait les lointaines chaînes de montagnes, à l'est. Mais au nord se profilait une muraille d'obscurité, comme si tous les nuages de la terre s'étaient réunis pour former une gigantesque lame de fond céleste. La masse terrifiante s'élevait dans les airs à perte de vue et s'étendait sur toutes les Terres du Nord. Son épicentre était le royaume du Roi-Sorcier. Elle annonçait l'inéluctable avènement d'une nuit sans fin.

— Qu'en pensez-vous ? souffla Menion, la gorge nouée.

Sans répondre, Allanon contempla la muraille de ténèbres. Les muscles de sa mâchoire se serrèrent sous sa courte barbe noire. Il plissa le front. Menion attendit patiemment. S'avisant enfin que le prince lui avait parlé, le druide se tourna vers lui.

— C'est le commencement de la fin... Brona a donné le signal de l'invasion. L'obscurité suivra ses armées quand elles déferleront sur les Terres du Sud, puis sur celles de l'Est et de l'Ouest... jusqu'à ce qu'elle ait recouvert la terre entière. Quand le soleil aura disparu de tous les pays, la liberté mourra avec lui.

— Sommes-nous battus ? demanda Flick. Réellement ? Allanon, la situation est-elle sans espoir ?

Sa voix inquiète émut le druide, qui lui lança un regard rassurant.

— Pas encore, mon jeune ami. Pas encore...

Allanon les conduisit vers l'ouest pendant des heures, toujours le long de la lisière de la forêt. Il recommanda à Menion et à Flick de garder les yeux ouverts afin de repérer toute trace de l'ennemi. Maintenant que le Roi-Sorcier avait commencé sa campagne, les Porteurs du Crâne voleraient de jour comme de nuit. Ne craignant plus le soleil, les créatures ne se dissimuleraient plus. Et leur maître ne se terrerait plus dans les Terres du Nord. Il affermirait son emprise sur les autres territoires, envoyant en reconnaissance ses fidèles créatures, tels des oiseaux de proie géants. Il leur permettrait de supporter les rayons du soleil grâce aux pouvoirs accumulés dans la muraille d'obscurité qui surplombait son royaume et ne tarderait pas à étendre son ombre sur les autres terres. Les jours de la lumière étaient comptés.

Au milieu de la matinée, les trois voyageurs tournèrent vers le sud sur les plaines de Streleheim, mais restèrent toujours près de la lisière occidentale des forêts de Paranor. À cet endroit, la piste qu'ils suivaient se fondait avec une autre, venue du nord et se dirigeant au sud, vers Callahorn. Cette piste-là était claire et facile à remonter. D'après sa largeur, Menion conclut que des milliers d'hommes étaient passés par là quelques jours plus tôt. Les empreintes étaient celles de gnomes et de trolls, un détachement des troupes du Roi-Sorcier...

Allanon en conclut qu'une formidable armée se regroupait sur les plaines, au-dessus de Callahorn, pour lancer l'invasion des Terres du Sud qui couperait les uns des autres les territoires libres et leurs soldats. La piste était tellement brouillée par l'afflux constant de renforts qu'il devenait impossible de déterminer si un groupe plus modeste s'en était détaché. Shea et l'Épée avaient peut-être pris un chemin différent à un certain point. Et ses amis le rateraient en continuant de suivre l'armée.

Ils marchèrent toute la journée, se reposant rarement pour rattraper la colonne avant la tombée de la nuit. La piste était si évidente que Menion jetait à peine un coup d'œil de temps à autre sur la terre piétinée.

Les plaines de Streleheim furent remplacées par des prairies verdoyantes. Flick eut l'impression de rentrer chez lui et guettait l'apparition des collines familières de Valombre, au-delà des plaines. Le temps était chaud et humide et le terrain considérablement moins difficile. Toujours à bonne distance de Callahorn, ils étaient d'évidence passés de la désolation des Terres du Nord au climat chaud et à la végétation luxuriante de leur pays natal. La journée passa rapidement et les voyageurs reprirent goût à la conversation. À la demande de Flick, Allanon leur en dit plus sur le Conseil des druides. Il raconta en détail l'histoire de l'homme depuis les Grandes Guerres, expliquant comment leur espèce avait évolué.

Menion se contenta d'écouter et de surveiller la campagne environnante.

Au début de la journée, le soleil était chaud et le ciel dégagé. Au milieu de l'après-midi, le temps changea brutalement. Des nuages apparurent, gris et bas, et l'atmosphère redevint désagréablement humide. Manifestement, un orage couvait. Ils avaient atteint la limite sud de la Forêt Inexpugnable et les sommets déchiquetés des dents du Dragon se profilaient au sud. Il n'y avait toujours aucun signe de l'armée. Menion se demanda de combien de lieues elle s'était déjà enfoncée dans les Terres du Sud. Ils n'étaient plus très loin des frontières de Callahorn qui jouxtaient les dents du Dragon. Si les armées du Nord avaient déjà pris d'assaut Callahorn, cette fois, c'était vraiment la fin !

La lumière grise de l'après-midi baissa rapidement ; le ciel devint de plus en plus bas et sinistre.

Le crépuscule tombait quand les premiers grondements se répercutèrent sur les pics géants... Menion les reconnut aussitôt pour les avoir déjà entendus dans les forêts de l'Anar. Les roulements de tambours des gnomes ! Leur rythme lancinant tapait sur les nerfs et la terre tremblait à cause de ce vacarme qui couvrait tous les bruits de la nature. Menion en déduisit qu'il y en avait beaucoup plus que dans le col de Jade. Si on pouvait mesurer la taille de l'armée d'invasion au bruit qu'elle produisait, elle comptait certainement des milliers d'hommes...

Les trois compagnons avancèrent, les tympans percés par le vacarme. Les nuages gris dissimulaient toujours le ciel, les laissant dans une obscurité quasi complète. Menion et Flick n'y voyaient plus assez pour trouver leur chemin seuls. Avec une précision presque effrayante, le druide les guida vers les plaines, à la pointe de Paranor. Accablé par le roulement des tambours, aucun ne parla.

Le camp de l'ennemi était devant eux.

Soudain, le terrain changea. Les collines basses et les buissons épars devinrent des pentes abruptes semées de rochers. Le pied sûr, Allanon s'y engagea, sa grande silhouette aisément repérable, même dans l'obscurité. Ses compagnons le suivaient pas à pas. Menion estima qu'ils avaient atteint les plus petites montagnes, au pied des dents du Dragon. Allanon avait choisi cet itinéraire pour éviter de tomber sur des éléments de l'armée du Nord. Déterminer où campait l'armée ennemie était une gageure, mais d'après le roulement des tambours, elle semblait assez proche.

Les trois compagnons se faufilèrent dans la nuit pendant près d'une heure, avançant parfois à tâtons entre les rochers et les fourrés. Malgré leurs vêtements déchirés et leurs membres égratignés, le druide ne ralentit pas l'allure. Il s'arrêta enfin et se tourna, un index sur les lèvres, pour recommander le plus grand silence. Ils approchèrent d'un amas de rochers, qu'ils entreprirent d'escalader sur la pointe des pieds. Soudain, des lumières apparurent au loin. Les lueurs tremblotantes de feux de camp.

Ils se mirent à quatre pattes au bord des rochers, puis levèrent la tête pour regarder en contrebas.

Ce qu'ils découvrirent était impressionnant ! À perte de vue, sur des lieues à la ronde, les feux de l'armée du Nord brûlaient tels des milliers de lucioles. Autour des feux, on apercevait les silhouettes difformes des gnomes et celles, imposantes, des trolls. Ils étaient des milliers, prêts à fondre sur le royaume de Callahorn.

Menion et Flick pensèrent que la légendaire Légion Frontalière elle-même ne parviendrait pas à arrêter une telle armée... On aurait dit que le peuple entier des gnomes et des trolls s'était rassemblé sur les plaines. En approchant par les bords des dents du Dragon, Allanon avait évité de croiser des éclaireurs. Maintenant, ses compagnons et lui se penchaient au-dessus de l'armée. De là, ils la voyaient dans son immensité, prête à envahir leur terre natale si mal défendue. Les roulements de tambours des gnomes augmentaient régulièrement, pendant que le trio survolait le campement du regard. Pour la première fois, tous mesuraient contre quel ennemi ils se dressaient. Après les avertissements d'Allanon, la réalité. Ils comprirent alors à quel point ils avaient besoin de l'Épée de Shannara, la seule arme capable d'anéantir le maître de cette armée.

Mais il était déjà trop tard...

De longues minutes durant, personne ne souffla mot.

Puis Menion toucha l'épaule d'Allanon et s'apprêta à murmurer quelque chose. Le druide lui plaqua une main sur la bouche et désigna le pied de la pente qu'ils surplombaient. Les yeux baissés, Menion et Flick virent des gardes gnomes patrouiller au pied de leur cachette. Aucun des deux jeunes gens n'avait pensé que l'ennemi placerait des gardes si loin du camp. De toute évidence, leurs adversaires n'entendaient courir aucun risque. Allanon fit signe à ses compagnons de reculer. Ils obéirent et le suivirent au milieu des grands rochers. Quand ils furent loin du bord, le druide et ses compagnons tinrent conseil.

— Nous devons rester très discrets, dit Allanon. Le son de nos voix aurait porté loin sur la falaise. Et de la plaine, en contrebas, on les aurait entendues... Les gnomes nous auraient repérés.

Menion et Flick acquiescèrent.

— La situation est plus grave que je le pensais, continua Allanon. Il semble que l'armée du Nord soit réunie là pour frapper Callahorn. D'entrée de jeu, Brona a l'intention d'écraser toute résistance dans le Sud, pour séparer les armées mieux préparées de l'Est et de l'Ouest et les vaincre l'une après l'autre. Il tient déjà toutes les terres au nord de Callahorn. Nous devons prévenir Balinor et les autres !

Il s'interrompit et regarda Menion Leah.

— Je ne peux pas partir maintenant ! Je dois vous aider à retrouver Shea !

— Nous n'avons pas le temps de débattre des priorités, coupa Allanon. Si Balinor n'est pas averti du danger, Callahorn tombera et le reste du Sud suivra, y compris Leah ! Prince, le moment est venu pour vous de penser au peuple. Shea est un *individu*, et à ce moment précis, vous ne pouvez rien pour lui. En revanche, il vous est encore possible de sauver les milliers d'habitants du Sud qui risquent de tomber entre les mains du Roi-Sorcier si Callahorn est prise !

La voix d'Allanon était si froide que Flick sentit un frisson courir le long de son échine. Il vit Menion se crisper, mais il resta silencieux face à la réprimande. Le druide et le prince s'affrontèrent du regard pendant d'interminables minutes.

Puis Menion détourna les yeux et hocha la tête. Flick soupira de soulagement.

— J'irai à Callahorn prévenir Balinor, marmonna Menion. Mais je reviendrai.

— Une fois que vous aurez rejoint Balinor et son groupe, vous serez libre de n'en faire qu'à votre tête, dit Allanon. Mais revenir à travers les lignes ennemies serait risqué. Flick et moi découvrirons ce qu'il est advenu de Shea et de l'Épée. Nous ne l'abandonnerons pas, montagnard, je vous le promets.

Menion le regarda, maussade, mais le druide était sincère.

— Restez à proximité de ces montagnes jusqu'à ce que vous ayez dépassé les patrouilles ennemies. Quand vous atteindrez la rivière Mermidon, au-dessus de Kern, traversez-la et entrez dans la ville avant l'aube. Je pense que l'armée du Nord marchera d'abord sur Kern. Il y a peu de chances que la cité puisse être défendue contre une menace de cette ampleur. Il faudra évacuer les habitants et les emmener à Tyrsis avant que les envahisseurs aient le temps de leur couper la retraite. Tyrsis est construite sur un plateau adossé à une montagne. Bien défendue, elle peut soutenir un siège pendant quelques jours. Cela devrait donner le loisir à Durin et Dayel d'atteindre leur terre natale et d'en revenir à la tête de l'armée des elfes. Hendel vous apportera également le soutien des Terres de l'Est. Callahorn tiendra peut-être assez longtemps pour qu'on puisse mobiliser et unir les armées des Trois Terres, afin de riposter à l'attaque du Roi-Sorcier. Sans l'Épée de Shannara, c'est notre seule chance !

Menion acquiesça et se tourna vers Flick, une main tendue. Souriant, le Valombrien la lui serra.

— Bonne chance, Menion Leah.

Allanon posa une main sur l'épaule du montagnard.

— Prince de Leah, souvenez-vous que tout dépend de vous. Le peuple de Callahorn doit être averti du danger qu'il affrontera bientôt. S'il hésite ou échoue, il est perdu, et avec lui, toutes les Terres du Sud... Ne manquez pas à votre mission !

Menion se détourna et partit. Le druide et le Valombrien le regardèrent disparaître entre les rochers.

Puis Allanon se tourna vers Flick.

— À nous de découvrir ce qui est arrivé à Shea et à l'Épée, dit-il en s'asseyant sur un rocher. Je suis inquiet au sujet d'Eventine. Cet étendard brisé, sur le champ de bataille, était sa bannière personnelle. Il a peut-être été fait prisonnier, et, dans ce cas, l'armée des elfes hésitera tant qu'il n'aura pas été arraché à ses ennemis. Son peuple l'aime trop pour risquer de le perdre, fût-ce au nom des Terres du Sud.

— Vous voulez dire que les elfes se soucient peu de ce qui arrivera aux gens des Terres du Sud ? s'écria Flick. Ignorent-ils quel sort on leur réservera si le Sud tombe entre les griffes du Roi-Sorcier ?

— Ce n'est pas si simple, soupira Allanon. L'entourage d'Eventine mesure la gravité du danger. Hélas, ce n'est pas le cas de tous les elfes. Certains estiment encore que leur peuple ne devrait à aucun prix se mêler des affaires des autres, à moins d'être directement attaqué ou menacé. Eventine étant absent, le choix ne sera pas facile, et les débats sur la conduite à tenir risquent de différer tragiquement l'intervention de l'armée des elfes...

Flick hocha la tête, se souvenant que Hendel avait parlé de prises de position similaires chez les habitants des cités du Sud. Que les gens puissent être aussi indécis face à un danger pareil était invraisemblable ! Pourtant, son frère et lui avaient réagi comme cela en apprenant la vérité sur l'héritage de Shea et la menace représentée par les Porteurs du Crâne. Jusqu'à ce qu'ils en voient un, lancé à leurs trousses...

— Je dois savoir ce qui se trame dans ce camp, annonça Allanon.

Il réfléchit et regarda le petit Valombrien.

— Mon jeune ami... dit-il avec un sourire à peine visible dans l'obscurité, que penseriez-vous de devenir un gnome un court moment ?

Chapitre 22

Allanon, Menion et Flick étant restés en arrière pour rechercher Shea, les quatre autres membres de la compagnie arrivèrent en vue des grandes tours de la cité-forteresse de Tyrsis. Le voyage leur avait pris deux jours, traverser les lignes des armées du Nord étant rendu encore plus dangereux par la formidable montagne qui séparait le royaume de Callahorn de Paranor. Le premier jour passa sans incident notable tandis que le petit groupe s'orientait au sud et franchissait les bois qui longeaient la Forêt Inexpugnable pour atteindre les plaines donnant sur les redoutables dents du Dragon. Les cols étaient tous gardés par des gnomes. Les emprunter sans livrer bataille paraissait peu probable. Mais une ruse simple attira la plupart des gardes loin de l'entrée de la montagne, vers le col de Kennon, plus haut et plus sinueux. Ainsi, les quatre compagnons purent passer sans ennuis. Ressortir de la montagne, à l'extrémité sud, exigea l'exécution discrète de plusieurs gnomes. Ils durent aussi assez effrayer une vingtaine d'autres petites créatures pour leur faire croire que la Légion Frontalière de Callahorn, s'étant emparée du col, allait passer toutes les sentinelles au fil de l'épée...

Hendel riait si fort, quand ils atteignirent les forêts du sud du col de Kennon, que les compagnons furent contraints de s'arrêter le temps qu'il reprenne ses esprits. Durin et Dayel se regardèrent, se souvenant du caractère austère et taciturne de Hendel... Ils ne l'avaient jamais vu rire de rien et son attitude leur semblait presque déplacée. Ils regardèrent Balinor, qui haussa les épaules. Ami de longue date de Hendel, il connaissait ses humeurs changeantes. Et le voir rire de nouveau n'était pas pour lui déplaire.

Au crépuscule, les quatre compagnons arrivèrent enfin en vue de leur destination. Ils étaient fatigués et courbatus, leur esprit habituellement vif se ressentant du manque de sommeil et des rigueurs d'un voyage harassant. Mais ils reprirent courage en voyant Tyrsis se dresser devant eux.

Ils s'arrêtèrent un moment à la lisière des bois qui s'étendaient des dents du Dragon à Callahorn. À l'est se trouvait Varfleet, sise sur le seul passage de bonne taille à travers les monts de Runne, une petite chaîne située au-dessus du lac Arc-en-ciel. La rivière Mermidon serpentait à travers la forêt, à l'est de Tyrsis. À l'ouest se dressait la petite cité-île de Kern. La rivière prenait sa source plus à l'ouest, dans les vastes étendues désertes des plaines de Streleheim. La grande rivière, une barrière naturelle, offrait une protection fiable aux habitants de la cité insulaire. Quand elle était en crue – un phénomène fréquent –, les eaux devenaient profondes et tumultueuses. Aucun ennemi n'avait jamais réussi à conquérir Kern.

Pourtant, alors que Kern, protégée par la rivière Mermidon et Varfleet, nichée au sein des monts de

Runne, étaient des villes bien défendues, l'ancienne cité de Tyrsis, elle, s'enorgueillissait de la présence de la Légion Frontalière qui, d'innombrables générations durant, avait préservé les frontières des Terres du Sud de toute invasion. La Légion Frontalière avait toujours essuyé les assauts dirigés contre les hommes et fourni la première ligne de défense. Tyrsis, une forteresse sans égale, était son berceau. L'ancienne cité avait été rasée lors de la Première Guerre des Races, puis reconstruite et agrandie au fil du temps, jusqu'à devenir une des plus grandes villes de cette partie des Terres du Sud.

Conçue comme une forteresse inexpugnable, elle était entourée de murailles immenses et de remparts et se dressait sur un plateau naturel, devant une falaise impossible à escalader. Chaque génération avait contribué à l'édification de la ville, la rendant toujours plus redoutable. Depuis plus de sept cents ans, l'enceinte, construite au bord même du plateau, étendait les limites de Tyrsis aussi loin que la nature le permettait. Dans les plaines, en contrebas de la forteresse, les fermes et les cultures nourrissaient la cité, grâce à ses terres irriguées par la rivière Mermidon.

La population de la campagne s'abritait derrière l'enceinte en cas d'invasion. Pendant des centaines d'années, après la Première Guerre des Races, les cités de Callahorn avaient repoussé les assauts de leurs voisins les plus hostiles. Aucune des trois villes n'était jamais tombée. La célèbre Légion Frontalière restait invaincue. Mais Callahorn n'avait jamais eu à affronter une armée de la taille de celle du Roi-Sorcier...

Balinor contemplait les tours lointaines avec des sentiments contradictoires. Son père avait été un grand roi, mais il se faisait vieux. Pendant des années, il avait commandé la Légion Frontalière, qui luttait contre les incursions de gnomes venus des Terres de l'Est. À plusieurs reprises, il avait dû livrer de longues et coûteuses campagnes contre les trolls du Nord, quand des tribus isolées avaient pris pied dans ses terres, avides de s'emparer des villes et de soumettre leurs habitants. Balinor était son fils aîné, et l'héritier du trône. Il avait étudié avec assiduité sous sa tutelle. Le peuple l'aimait. Un peuple dont l'amitié se gagnait seulement par le respect et la compréhension. Il avait travaillé aux côtés de ses sujets, apprenant beaucoup à leur contact, de sorte qu'il abordait désormais les problèmes à leur manière, ayant fait sienne leur approche de la vie. Il aimait assez son pays pour le défendre les armes à la main, comme maintenant, et comme depuis des années... Car il commandait un régiment de la Légion Frontalière qui portait son emblème personnel : un léopard sur le point de bondir.

Ce régiment était l'unité clé de la Légion. Pour Balinor, le respect et la dévotion de ses effectifs comptaient plus que tout au monde. Il les avait quittés depuis des mois, se résignant à un exil volontaire pour accompagner Allanon. Son père l'avait prié de reconsidérer sa décision. Mais quand il était décidé, rien ni personne ne le faisait changer d'avis. Pas même le roi.

Il plissa le front, gagné par un étrange sentiment de tristesse en regardant son pays natal. Machinalement, il porta une main gantée à son visage, la cotte de mailles frôlant la cicatrice qui courait de sa joue droite jusqu'à son menton.

— Vous repensez à votre frère ? demanda Hendel.

Ce n'était pas une question, mais une affirmation.

Balinor sursauta, puis hocha la tête.

— Vous devriez cesser de vous torturer avec ça, conseilla le nain. Si vous persistez à le considérer comme votre frère et pas comme un simple individu, il pourrait être une menace pour vous.

— Il n'est pas si facile d'oublier que son sang et le mien font de nous plus que des fils nés du même père, dit le frontalier. Je ne peux ignorer des liens aussi puissants.

Durin et Dayel se regardèrent sans comprendre de quoi parlaient leurs compagnons. Ils savaient que Balinor avait un frère, mais ils n'avaient pas entendu parler de lui depuis le départ de Culhaven.

Devant l'air étonné des elfes, Balinor sourit.

— Ce n'est pas si grave, assura-t-il.

Hendel fit la moue.

— Mon frère cadet Palance et moi sommes les seuls fils de Ruhl Buckhannah, le roi de Callahorn, dit Balinor. Enfants, nous étions très proches, comme vous deux. En grandissant, nous avons développé des idées très opposées sur la vie, et des personnalités différentes, comme tous les gens, qu'ils soient frères ou pas. J'étais l'aîné et l'héritier du trône. Palance l'a toujours su, bien entendu, mais à mesure que nous gagnions en maturité, cela nous a divisés, parce que ses idées sur la façon de gouverner le pays étaient souvent le contre-pied des miennes. Vous comprendrez que c'est un sujet délicat.

— Pas tant que ça ! ricana Hendel.

— Bon, d'accord, ça n'a rien d'inhabituel ! reconnut Balinor. (Hendel eut un sourire entendu.) Palance est convaincu que Callahorn devrait cesser de servir de première ligne de défense en cas d'attaque contre les peuples du Sud. Il veut disperser la Légion Frontalière et isoler Callahorn du Sud. Nous ne pourrons jamais être d'accord sur ce point...

Il s'interrompit, amer.

— Dites-leur tout, Balinor, fit Hendel d'une voix glaciale.

— Mon ami est persuadé que mon frère n'est plus maître de son esprit, qu'il parle en dépit de sa volonté... Il consulte un mystique appelé Stenmin, un homme qu'Allanon estime sans honneur, et qui conduira Palance à sa perte. Stenmin a dit à mon père et au peuple que Palance devrait régner. Il a monté ma famille contre moi. À mon départ, Palance aussi était persuadé que je n'étais pas digne de devenir roi de Callahorn.

— Et cette cicatrice ? demanda Durin.

— Une dispute que nous avons eue avant mon départ avec Allanon. Je ne me souviens pas de la cause, mais Palance s'est soudain mis en colère. J'ai lu de la haine dans ses yeux. Alors que je me détournais, il a pris un fouet pendu au mur. La lanière m'a ouvert la joue. Voilà pourquoi j'ai décidé de quitter Tyrsis un certain temps, pour donner à Palance le loisir de retrouver ses esprits. Si j'étais resté, nous aurions peut-être...

Il s'interrompit. Hendel regarda les elfes d'une façon qui ne laissa aucun doute planer dans leur esprit. Si les frères avaient eu une autre altercation...

Sourcils froncés, Durin se demanda quelle sorte d'individu pouvait se dresser ainsi contre quelqu'un comme Balinor. Le frontalier avait tant de fois prouvé son courage et sa force de caractère au cours du dangereux voyage vers Paranor. Allanon en personne s'était reposé sur lui.

Pourtant, son propre frère se dressait contre lui.

L'elfe éprouva une grande tristesse pour ce guerrier courageux contraint de revenir dans un pays natal où la paix lui était refusée au sein même de sa famille.

— Vous devez me croire quand j'affirme que mon frère n'a pas toujours été comme ça. Et je suis persuadé qu'il n'est pas devenu mauvais, continua Balinor, comme s'il essayait de se convaincre lui-même. Ce mystique, Stenmin, a sur Palance une sorte d'emprise qui le plonge dans ces accès de rage et le détourne de moi et de ce qu'il sait être juste.

— Ce n'est pas tout, intervint Hendel. Palance est un fanatique. Il convoite le trône et s'est retourné contre vous sous prétexte de défendre les intérêts du peuple. Son propre orgueil l'étouffera !

— Vous avez peut-être raison, Hendel, reconnut Balinor. Mais il n'en reste pas moins mon frère, et j'ai beaucoup d'affection pour lui.

— C'est ce qui le rend si dangereux, dit le nain. Lui, il ne vous porte plus aucune affection !

Balinor ne répondit pas, le regard rivé sur l'ouest et la cité de Tyrsis. Ses compagnons le laissèrent à ses pensées. Il se tourna enfin vers eux, calme et détendu, comme si de rien n'était.

— Il est temps de partir. Il faut atteindre les murs de la cité avant la tombée de la nuit.

— Je n'irai pas plus loin, Balinor, dit Hendel. Je dois retourner dans mon pays et préparer nos armées contre l'invasion de l'Anar.

— Vous pouvez au moins vous reposer une nuit à Tyrsis et partir demain, répondit Dayel, sachant à quel point ils étaient tous fatigués.

Hendel sourit, mais secoua la tête.

— Non. Je dois voyager de nuit. Si je reste à Tyrsis, je perdrai douze heures de voyage, et le temps nous est compté. Le sort des Terres du Sud dépend de la rapidité avec laquelle nous unirons nos armées pour répliquer au Roi-Sorcier. Si Shea et l'Épée de Shannara ont vraiment disparu, les armes décideront de notre sort. J'irai à Varfleet et je m'y reposerai. Prenez soin de vous, mes amis. Bonne chance !

— À vous aussi, Hendel.

Balinor tendit la main au nain, qui la serra avec chaleur. Puis il salua les elfes et disparut dans la forêt.

Ses trois amis attendirent qu'il soit hors de vue avant de reprendre leur chemin, en direction de Tyrsis. Le soleil sombrait à l'horizon. Le ciel était passé du rouge foncé au gris-bleu signalant l'approche de la nuit. Ils étaient à mi-chemin quand il s'assombrit et révéla les premières étoiles. À l'approche de la cité, le prince de Callahorn raconta en détail aux elfes l'histoire de la construction de Tyrsis.

Une série de défenses naturelles protégeait la forteresse. La cité se dressait sur un haut plateau qui donnait sur des falaises dangereuses malgré leur hauteur relativement modeste. Ces falaises bordaient le plateau au sud, et en partie à l'ouest et à l'est. Loin d'être aussi formidables d'aspect que les dents du Dragon ou les monts Charnal, elles étaient incroyablement escarpées. Celles qui faisaient face au nord se dressaient pratiquement à la verticale. Personne n'en avait jamais réussi l'escalade. La ville était si bien protégée sur ses arrières qu'il n'avait pas été nécessaire d'ériger des enceintes au sud. Le plateau faisait un peu plus de trois lieues à son point le plus large et descendait abruptement vers les plaines qui s'étendaient au nord et à l'ouest, vers la rivière Mermidon, et à l'est en direction des forêts de Callahorn.

La rivière Mermidon, aux eaux rapides, était la première ligne de défense naturelle contre les invasions. Peu d'armées l'avaient traversée pour atteindre le plateau de la cité. Et les téméraires se heurtaient rapidement aux parois abruptes du plateau, facile à défendre du haut des remparts. Le chemin d'accès à ce promontoire était une rampe de fer et de pierre – piégée. Faire sauter quelques chevilles dans les supports principaux suffirait à la saboter.

À supposer que l'ennemi atteigne le sommet du plateau, la troisième ligne de défense l'attendait : celle qu'aucune armée n'avait réussi à percer. À six cents pieds à peine du bord du plateau, entourant toute la cité, se dressait le mur d'enceinte, dont les extrémités étaient liées aux pans de falaises qui protégeaient le Sud. Avec ses blocs de pierre cimentés et sa surface polie pour rendre impossible toute escalade à mains nues, il faisait près de cent pieds de haut. Au-dessus couraient les remparts où se postaient les défenseurs. Des meurtrières permettaient aux archers d'arroser de traits mortels les assiégeants. Ainsi, la muraille avait tenu en respect les envahisseurs pendant près de mille ans. Aucune armée n'avait investi la cité depuis sa construction, après la Première Guerre des Races.

Derrière la muraille, la Légion Frontalière était cantonnée dans de longs baraquements séparés par des entrepôts et des armureries. Un tiers environ de cette force était de service en permanence, pendant que les autres soldats restaient avec leurs familles ou travaillaient comme ouvriers, artisans ou boutiquiers. Au besoin, les baraquements étaient prévus pour les abriter tous. Mais pour l'instant, ils étaient partiellement remplis.

Derrière les casernes et le terrain de manœuvre se dressait un deuxième mur qui séparait les quartiers des soldats de la cité proprement dite. Derrière encore, on trouvait les habitations et les commerces. Tous ces bâtiments étaient méticuleusement entretenus. La cité couvrait presque le plateau, s'étendant du deuxième mur jusqu'aux falaises du côté sud. À cet endroit, un troisième mur, moins haut, avait été érigé. Il défendait l'accès aux bâtiments du gouvernement et au palais du roi, avec son forum public et ses jardins. Les parcs plantés d'arbres du palais étaient les seules étendues sylvestres d'un plateau par ailleurs vierge de végétation. Le troisième mur était une ligne de démarcation entre la cité et son gouvernement. Il gardait le territoire réservé au roi. Seuls les parcs restaient accessibles à la population.

Balinor interrompit sa description pour souligner que le royaume de Callahorn était une des dernières monarchies éclairées du monde. Le royaume disposait d'un Parlement composé de représentants choisis par le peuple de Callahorn pour seconder le souverain et élaborer les lois. Le peuple était très fier de son gouvernement et de la Légion Frontalière, où pratiquement tous les fils du pays avaient servi.

En somme, une magnifique enclave de liberté valant tous les sacrifices !

Callahorn reflétait à la fois le passé et l'avenir. Ses villes avaient d'abord été conçues comme des forteresses visant à soutenir les assauts répétés de voisins belliqueux. La Légion Frontalière remontait aux temps anciens, quand les royaumes nouvellement formés étaient constamment en guerre, le nationalisme poussant trop souvent les pays dans de longues luttes frontalières. À l'époque, la fraternité entre les peuples des Quatre Terres était encore une lointaine possibilité. L'aménagement rustique de ces villes se démarquait des cités à croissance accélérée des pays situés plus au sud, où des cultures plus éclairées et des politiques moins guerrières se développaient. Pourtant, c'était Tyrsis, avec ses murailles de pierre et ses guerriers, qui avait toujours protégé ces terres, leur donnant l'occasion de se développer dans des directions nouvelles. Il y avait également dans cette région des signes d'évolution indiquant qu'une nouvelle ère était sur le point de s'ouvrir. Le peuple faisait montre d'une unité et d'une ouverture d'esprit garantes de tolérance et de compréhension entre toutes les espèces.

À Callahorn, à l'inverse des autres pays des Terres du Sud, davantage coupés des réalités, un individu était accepté pour ce qu'il était et traité en conséquence.

Tyrsis était la croisée des chemins des Quatre Terres. Dans ses murs transitaient des membres de toutes les nations et cela aidait son peuple à comprendre que les différences raciales étaient en réalité négligeables. Le peuple avait appris à juger ce qu'un être valait en se fiant à autre chose que son aspect. Un troll des rochers n'aurait jamais été rejeté par les gens de Callahorn à cause de son apparence grotesque. Du reste, les trolls étaient monnaie courante dans ce pays. Les gnomes, les elfes et les nains le traversaient régulièrement. S'ils étaient amicaux, les habitants leur réservaient un bon accueil.

Balinor sourit en parlant de ce phénomène, qui commençait à se répandre dans les autres terres. Il était fier que son peuple ait été parmi les premiers à rejeter les préjugés et à chercher un terrain d'entente et d'amitié avec les autres races. Durin et Dayel écoutèrent, d'accord avec lui. Les elfes savaient ce que c'était d'être entourés de gens qui refusaient de voir au-delà de leurs petites limites.

Balinor acheva son récit. Les trois compagnons quittèrent les hautes herbes de la plaine pour emprunter la belle route qui menait au plateau. Ils étaient maintenant assez près pour apercevoir les lumières de la ville et capter des mouvements, le long de la rampe de pierre. L'entrée, à travers la muraille, était signalée par la lumière de nombreuses torches. Les portes géantes, ouvertes, étaient gardées par un détachement de sentinelles vêtues de noir. La lumière des baraquements brillait dans la cour intérieure. Balinor trouva étrange de ne pas entendre de rires ou de plaisanteries. On parlait à voix basse. Pourquoi ? Intrigué, il y regarda à deux fois, se demandant soudain ce qui clochait. Rien d'insolite n'attira son attention. Hormis le silence inhabituel.

C'était probablement sans importance...

Les elfes suivirent Balinor sur le chemin qui conduisait au promontoire plongé dans l'obscurité. Parmi les passants qui croisèrent le trio, certains sursautèrent, visiblement troublés de côtoyer le prince de Callahorn. Balinor ne réagit pas aux regards éberlués qu'on lui jetait. Toute son attention se concentrait sur la cité, devant lui.

Les deux elfes échangèrent un regard inquiet. Quelque chose allait sérieusement de travers !

En atteignant le plateau, Balinor s'arrêta. Il regarda les portes de la ville, puis dévisagea les passants qui s'enfonçaient dans la nuit dès qu'ils découvraient son identité. En silence, les trois compagnons les regardèrent disparaître dans les ténèbres...

— Que se passe-t-il, Balinor ? demanda Durin.

— Je n'en sais rien, avoua le prince. Mais regardez les insignes des gardes du portail. Aucun ne porte le léopard, le symbole de ma Légion Frontalière. À la place, ils arborent un faucon, que je ne reconnais pas. Et les gens... Vous avez vu comment ils me lorgnaient ?

Les elfes indiquèrent qu'ils avaient remarqué.

— Peu importe, fit le frontalier. C'est toujours la cité de mon père, et ces gens sont mon peuple. Au palais, nous aurons le fin mot de l'histoire.

Il reprit la direction des portes, les elfes sur les talons. Le prince ne tenta pas de se dissimuler en approchant des quatre gardes, qui réagirent comme les passants. Ils ne firent pas mine d'arrêter le prince, mais l'un d'eux quitta promptement son poste et disparut dans les rues de la ville.

Balinor et les elfes passèrent sous le portail géant qui semblait suspendu au-dessus de leurs têtes comme un grand bras de pierre. Ils entrèrent dans la cour intérieure, où les baraquements abritaient la fameuse Légion Frontalière. Peu de fenêtres étaient éclairées. On eût dit les casernes désertes. Quelques hommes, dans la cour, portaient l'emblème du léopard, mais ils n'avaient ni armures ni armes. L'un d'eux les regarda, étonné, puis appela ses camarades. Une porte s'ouvrit brusquement et un vétéran en sortit. Quand il cria un ordre, les soldats se détournèrent, retournant vaquer à leurs occupations.

Le vétéran approcha des trois voyageurs et se mit au garde-à-vous.

— Mon seigneur Balinor, vous êtes enfin là !

— Capitaine Sheelon, je suis ravi de vous revoir. Que se passe-t-il ici ? Pourquoi les gardes portent-ils un faucon et pas notre léopard ?

— Mon seigneur, on a ordonné à la Légion Frontalière de se disperser. Une poignée d'hommes reste de service. Les autres sont retournés dans leurs foyers.

Les trois compagnons regardèrent le capitaine comme s'il était devenu fou. La Légion Frontalière démantelée à l'aube de la plus grande invasion qui eût jamais menacé les Terres du Sud ?

Ils se souvinrent aussitôt des paroles d'Allanon. La Légion Frontalière restait le seul espoir des pays menacés. Au moins temporairement, elle devrait retarder les forces rassemblées par le Roi-Sorcier... Et maintenant, l'armée de Callahorn avait été mystérieusement éparpillée... ?

— Sur les ordres de qui ? demanda Balinor.

— Ceux de votre frère, répondit Sheelon. Il a ordonné à ses propres gardes d'assurer notre service, et commandé à la Légion de se dissoudre jusqu'à nouvel ordre. Les seigneurs Acton et Messaline sont allés au palais supplier le roi de reconsidérer cette décision, mais ils n'en sont jamais revenus. Il n'y avait rien à faire, excepté obéir...

— Tout le monde est-il devenu fou ? cria le frontalier, en prenant le capitaine par le col. Et mon père ? Ne gouverne-t-il plus ce pays et la Légion Frontalière ? Que dit-il de cette histoire de fous ?

Sheelon détourna le regard, cherchant en quels termes avouer la vérité...

Balinor le secoua violemment.

— Je l'ignore, mon seigneur ! Nous avons entendu dire que le roi était malade et puis plus rien. Votre frère a pris le pouvoir il y a trois semaines.

Balinor lâcha l'homme et regarda sans les voir les lumières du palais, ce foyer vers lequel il était revenu avec tant d'espoir. Il avait quitté Callahorn à cause du conflit devenu intolérable entre son frère et lui. Une fuite calamiteuse dont il mesurait maintenant les conséquences. En voulant éviter le pire, il avait jeté de l'huile sur le feu ! À présent, il n'avait plus le choix : il lui faudrait affronter Palance dans des conditions qu'il n'avait pas choisies, et le persuader de la folie de ses actes. Sans la Légion Frontalière, ils couraient tous à la catastrophe !

— Allons au palais pour parler à votre frère ! s'impatienta Dayel.

Balinor le regarda, de nouveau frappé par sa jeunesse. Son propre frère était tout aussi jeune.

Raisonner Palance ne serait pas un mince exploit...

— Vous avez raison, dit-il d'une voix absente. Nous devons aller le voir.

— Non ! cria Sheelon. Tous ceux qui sont entrés au palais n'en sont jamais ressortis ! Des rumeurs circulent. Votre frère vous a déclaré traître à la patrie. Vous seriez en cheville avec Allanon, un serviteur des pouvoirs obscurs. Vous serez arrêté et mis à mort !

— C'est ridicule ! Je ne suis pas un traître et mon frère le sait parfaitement. Quant à Allanon, c'est le meilleur ami que les Terres du Sud aient jamais eu ! Je dois aller voir Palance. Nous ne serons peut-être pas d'accord, mais il ne jettera pas son propre frère en prison. Il n'en a pas le pouvoir !

— À moins que votre père soit mort, mon ami... dit Durin. C'est le moment ou jamais de redoubler de prudence, avant de pénétrer dans l'enceinte du palais. Hendel pense que votre frère est sous l'influence néfaste de Stenmin. Dans ce cas, vous êtes peut-être en plus grand danger que vous le pensez.

Balinor réfléchit et admit que c'était bien raisonné. Il décrivit à Sheelon la menace pesant sur Callahorn : une invasion par les armées du Nord. La mobilisation de la Légion Frontalière serait vitale pour la défense de leur pays.

Puis il prit le vieux soldat par l'épaule et se pencha à son oreille.

— Attendez quatre heures que je revienne ou que je vous envoie un messager personnel. Passé ce délai, si je n'ai pas reparu, courez trouver les seigneurs Ginnisson et Fandwick. Ils doivent rassembler immédiatement la Légion Frontalière ! Puis allez haranguer le peuple et exigez un débat public. Mon frère ne pourra pas le refuser. Vous enverrez aussi des messages à l'ouest et à l'est, aux elfes et aux nains, les informant que nous sommes prisonniers, les cousins d'Eventine et moi. Vous souviendrez-vous de tout ça ?

— Oui, mon seigneur, assura le capitaine. Il en sera fait selon vos ordres. Que la chance vous accompagne, prince de Callahorn !

Il se détourna et disparut dans les baraquements.

Furieux, Balinor se dirigea vers la cité. Durin murmura à l'oreille de son jeune frère, le priant de rester hors de la ville. Dayel lui opposa un refus obstiné. Durin baissa les bras et reconnut à Dayel le droit de les accompagner. L'elfe n'avait pas atteint ses vingt ans. Pour lui, la vie commençait... Tous les membres de la petite compagnie partie de Culhaven lui vouaient une affection particulière – cette amitié protectrice que les aventuriers témoignent toujours à leur benjamin. Sa candeur, sa fraîcheur et son abord si spontané et innocent étaient des qualités rares à une époque où la plupart des hommes vivaient dans le doute et la méfiance.

Durin s'inquiétait pour son frère cadet, à qui la vie avait encore tout à offrir. S'il lui arrivait malheur, Durin y perdrait une part essentielle de lui-même. En silence, il le dévisagea tandis qu'ils approchaient de Tyrsis.

Ils traversèrent rapidement la cour et franchirent les portes de la muraille intérieure. De nouveau, les gardes ne cachèrent pas leur étonnement, mais ils ne firent pas mine de les empêcher de passer.

Balinor donnait l'impression de grandir à mesure qu'ils remontaient la voie Tyrsienne, l'artère principale de la cité. La cotte de mailles scintillait sur le dos de ses mains et sur son cou. Droit et fier, il n'était plus un voyageur harassé arrivé au bout de ses peines, mais le prince de Callahorn de retour sur son territoire. Les gens le reconnaissaient au premier abord, s'arrêtaient et le regardaient avec stupéfaction. Encouragés par sa noble démarche, ils entreprirent de le suivre. Bientôt, des centaines de sujets escortèrent le fils favori de Callahorn, qui sourit à ses fidèles sans pour autant ralentir le pas. Après quelques cris isolés, les clameurs enflèrent. On scandait avec ferveur le nom du frontalier. Quelques hommes parvinrent à s'approcher assez pour lui murmurer des avertissements. Mais il refusa d'entendre les appels à la prudence.

La foule traversa le cœur de Tyrsis. Se bousculant sous les grandes arches, elle remonta la voie Tyrsienne en direction du pont de Sendic, qui marquait les niveaux inférieurs des parcs destinés à la population. De l'autre côté se dressaient les portes du palais. Au milieu de la grande arche du pont, le prince de Callahorn se tourna pour faire face à la foule. Les mains levées, il ordonna une halte. Les gens obéirent aussitôt. On fit silence pour écouter.

— Mes amis... citoyens de Callahorn, dit-il, sa voix résonnant dans l'obscurité, mon pays et son peuple m'ont manqué, mais je suis revenu, et je ne repartirai pas ! Ne craignez rien. Cette terre vivra éternellement. S'il y a des problèmes avec la monarchie, c'est à moi de les régler. Retournez chez vous et attendez le matin. Vous verrez que tout ira bien. Je vous en prie, retournez chez vous, comme je le fais !

Sans attendre, Balinor tourna les talons et marcha jusqu'aux portes du palais, les elfes toujours sur les talons. Des voix s'élevèrent derrière eux, mais la foule ne les suivit pas, même si beaucoup l'avaient voulu. Obéissant à ses ordres, les citoyens s'en furent, certains criant encore son nom, d'autres marmonnant des prophéties pessimistes sur le sort qui attendait le prince et ses amis dans l'enceinte du palais...

Les trois voyageurs perdirent rapidement le peuple de vue et arrivèrent devant les portes renforcées de métal du palais des Buckhannah. Balinor saisit l'anneau de fer et frappa de grands coups qui résonnèrent comme le tonnerre. Dans l'obscurité, l'oreille tendue, ils attendirent, partagés entre la colère et l'appréhension. Puis une voix basse demanda une identification. Balinor donna son nom, assorti de l'ordre d'ouvrir la porte immédiatement.

Les lourdes barres de protection furent retirées de leur logement et les portes s'ouvrirent pour laisser passer le petit groupe. Balinor entra dans le jardin sans un regard pour les gardes, les yeux levés vers le magnifique bâtiment à colonnades, droit devant lui. Les fenêtres étaient obscures, excepté celles du rez-de-chaussée de l'aile gauche.

Durin fit signe à Dayel de passer devant. Saisissant l'occasion de sonder les ombres, autour d'eux, il repéra rapidement une dizaine de gardes lourdement armés. Tous portaient l'emblème du faucon.

L'elfe comprit aussitôt qu'ils entraient dans une nasse... Comme il s'y attendait depuis leur arrivée dans la cité. Son premier élan fut d'arrêter Balinor et de le prévenir. Mais il comprit que le frontalier était un guerrier trop accompli pour ignorer où il mettait les pieds. Durin regretta que son frère n'ait pas accepté de rester à l'écart de tout ça...

Les trois compagnons traversèrent les jardins jusqu'aux portes du palais. Il n'y avait pas de gardes. Les battants s'ouvrirent sans résistance quand Balinor les poussa. Les couloirs de l'antique bâtiment étaient brillamment éclairés par une myriade de torches dont les flammes soulignaient la splendeur des fresques murales. Les lambris, soigneusement entretenus, étaient couverts de belles tapisseries et de plaques de métal représentant les armoiries familiales de tous les chefs de la nation. Tandis que les elfes suivaient le prince dans les couloirs silencieux, ils se souvinrent d'une autre forteresse récemment « visitée »... celle de Paranor. Là aussi, un piège leur avait été tendu au milieu d'une splendeur d'un autre âge.

Ils tournèrent à gauche dans un couloir, Balinor les précédant de quelques pas. Un instant, le prince de Callahorn rappela Allanon à Durin : grand, coléreux et redoutable quand il se déplaçait ainsi, silencieux comme un félin. Durin regarda Dayel, mais son cadet, les joues rouges d'excitation, ne semblait pas avoir fait le rapprochement. Durin posa une main sur le pommeau de sa dague, dont le contact lui parut rassurant. S'ils étaient de nouveau pris au piège, il ne se rendrait pas sans se battre.

Le frontalier s'arrêta soudain devant une porte ouverte. Les elfes le rattrapèrent et découvrirent une pièce éclairée. Au bout de la salle élégamment meublée attendait un homme de haute taille.

Blond et barbu, il portait une longue tunique pourpre frappée aux armes du faucon. De quelques années plus jeune que Balinor, il avait reçu en partage son maintien orgueilleux et sa façon d'en imposer. Les elfes comprirent aussitôt qu'il s'agissait de Palance Buckhannah. Balinor avança dans la salle, les yeux rivés sur son frère, qui garda les mains dans son dos.

Les elfes suivirent leur compagnon. Il y avait trop de portes et de tentures susceptibles de dissimuler des gardes. Il y eut d'ailleurs un mouvement suspect dans le couloir. Dayel se tourna vers la porte restée ouverte. Durin se plaça un peu à l'écart de ses compagnons, couteau de chasse dégainé.

Sans broncher, Balinor s'était campé devant son frère, stupéfait par la haine étrange qui brillait dans ses yeux. Il s'était attendu à un traquenard. Mais contre toute logique, il avait espéré rétablir un vrai dialogue fraternel.

Devant ce regard plein de fureur et de haine, ses dernières illusions s'envolèrent. Son frère était au-delà de toute raison. Avait-il définitivement perdu son équilibre mental ?

— Où est notre père ?

La question de Balinor fit long feu quand un grand filet de cuir et de cordages s'abattit sur les trois compagnons. Les poids fixés au piège les plaquèrent sur le sol, leurs armes inutilisables. Des portes s'ouvrirent de tous côtés sur des dizaines de gardes qui se précipitèrent pour maîtriser les prisonniers. Ils n'eurent aucune possibilité d'échapper au piège, ni même l'occasion de se défendre. On leur confisqua leurs armes et on leur attacha les mains dans le dos. Puis on leur noua un bandeau sur les yeux. Remis debout par des mains invisibles, ils entendirent quelqu'un approcher.

— Tu es un imbécile, Balinor, dit une voix glaciale. Ignorais-tu ce qui arriverait dès que je te remettrais la main dessus ? Tu es un traître et un lâche, pour ce que tu as infligé au peuple, à notre père, et à moi ! Qu'as-tu fait de Shirl ? Oui, qu'as-tu fait d'elle ? Tu mourras pour cet acte ignoble, je le jure ! Emmenez-le !

Les faisant se retourner, on les poussa dans le couloir, puis on les obligea à descendre des volées de marches jusqu'à un palier pour emprunter un corridor qui tournait dans tous les sens... Leurs pas résonnaient, sinistres, sur les pierres humides. Il n'y avait pas d'autre bruit.

Ils descendirent un autre escalier puis tournèrent dans un nouveau passage...

Ils sentirent l'air rance et glacial puis l'humidité qui suintait des murs et du sol de pierre. Des verrous coulissèrent avec un grincement de fer rouillé et une porte s'ouvrit. Des mains les firent pivoter et les poussèrent. Toujours attachés et les yeux bandés, ils tombèrent sur le sol, à demi assommés.

La porte se referma. Les trois compagnons écoutèrent. Les bruits de pas s'éloignèrent et disparurent.

Ils entendirent d'autres sons métalliques quand des portes se fermèrent. Puis il n'y eut plus que le souffle de leur respiration dans le silence de leur geôle.

Balinor était de retour chez lui !

Chapitre 23

Minuit approchait quand Allanon eut terminé de déguiser Flick, qui n'était pas vraiment ravi. Sortant un flacon de la bourse pendue à sa ceinture, le druide frotta les mains et le visage du Valombrien avec une étrange lotion jusqu'à ce qu'ils deviennent jaune foncé. Avec un morceau de charbon, il modifia l'ovale de son visage et le contour de ses yeux. C'était approximatif, mais dans l'obscurité, si on n'y regardait pas de trop près, il passerait pour un gnome plus grand et plus lourdement bâti que la moyenne...

Une mission dangereuse, même pour un chasseur aguerri. Pour un homme sans entraînement, elle ressemblait plutôt à un suicide. Mais il ne leur restait pas d'autre solution. Quelqu'un devait s'infiltrer dans le campement et découvrir ce qu'il était advenu d'Eventine, de Shea et de l'Épée. Il était hors de question qu'Allanon y aille. Même déguisé, il serait reconnu en un instant. Donc, la tâche revenait au malheureux Flick. Il s'introduirait dans le camp ennemi à la faveur de la nuit et côtoierait des milliers de gnomes et de trolls pour découvrir si son frère ou le roi des elfes y étaient prisonniers. Il s'efforcerait aussi d'apprendre où se trouvait l'Épée.

Pour compliquer les choses, le Valombrien devrait avoir quitté le camp avant l'aube, car son déguisement ne résisterait pas à un examen à la lumière du jour.

Allanon demanda à Flick de retirer son manteau de chasse et travailla sur le tissu, modifiant légèrement sa coupe. Il allongea le capuchon pour mieux dissimuler le porteur du vêtement. Quand il eut terminé, Flick remit le manteau. S'il le serrait, rien n'était plus visible, hormis ses mains et une partie de son visage, sous les ombres du capuchon. À condition de ne pas trop s'approcher des vrais gnomes et de se déplacer sans arrêt jusqu'à l'aube, il glanerait peut-être des indices et les rapporterait à Allanon.

Il vérifia que son couteau de chasse était à sa ceinture. Une arme peu efficace. Mais sa présence lui donnait l'illusion de ne pas être totalement vulnérable. Il se leva sans hâte, sa silhouette râblée enveloppée dans le manteau. Allanon l'examina attentivement avant de s'estimer satisfait.

Depuis une heure, le temps se gâtait. Le ciel était devenu un amas de nuages noirs menaçants qui voilait la lune et les étoiles, plongeant la terre dans des ténèbres quasi absolues. La seule lumière visible était celle des feux de camp ennemis. Les flammes montèrent, attisées par le vent du nord qui rugit à travers les dents du Dragon et se précipita sur les plaines. Un orage couvait. Il éclaterait probablement avant le matin.

Le druide espérait que les vents et l'obscurité offriraient au Valombrien une chance supplémentaire de passer inaperçu.

Il donna à Flick quelques ultimes conseils de prudence. Puis il lui expliqua comment le camp serait disposé et les sentinelles postées autour du périmètre principal. Enfin, il lui recommanda de repérer les étendards des chefs des gnomes et des Maturens, et ceux des trolls, qui seraient probablement plantés près des feux, au centre. Il devait éviter à tout prix de parler, car le timbre de sa voix trahirait à coup sûr ses origines.

Flick écouta, persuadé qu'il serait repéré quoi qu'il fasse. Mais sa loyauté lui interdisait de laisser ses angoisses compromettre le sauvetage de Shea. Allanon conclut en lui promettant de s'assurer qu'il franchirait sans encombre la première ligne de gardes postée au pied des pentes où ils se dissimulaient. Il exigea un silence absolu, puis fit signe à Flick de le suivre.

Ils quittèrent leur abri précaire, dans les rochers, pour se frayer un chemin vers la plaine. Il faisait si noir que Flick, qui ne voyait presque rien, donna la main au druide pour ne pas trébucher à chaque pas. Sortir du labyrinthe de rochers lui parut prendre un temps infini, mais ils y arrivèrent enfin. De nouveau, les feux de camp illuminaient la nuit, devant eux. Flick était épuisé par la descente à flanc de montagne, ses membres étaient endoloris et son manteau déchiré en plusieurs endroits. L'obscurité de la plaine se dressait comme un mur infranchissable entre les feux de camp et eux. Flick ne voyait et n'entendait pas les gardes qu'il savait pourtant postés là.

Silencieux, Allanon s'accroupit à l'abri des rochers et tendit l'oreille. Les compagnons restèrent immobiles quelques minutes, puis Allanon se leva, fit signe à Flick de ne pas bouger et disparut dans la nuit.

Le petit Valombrien regarda anxieusement autour de lui, effrayé parce qu'il n'avait pas la moindre idée de ce qui se passait. Une joue appuyée contre un rocher, il passa en revue tout ce qu'il devrait faire une fois dans le camp. Il n'avait pas de plan précis. Il faudrait éviter de parler et, si possible, de s'approcher des soldats. Il resterait loin des feux de camp, trop révélateurs. Les prisonniers, s'ils étaient là, seraient sous une tente, près du centre des feux. Son premier objectif était donc de localiser cette tente. Ensuite, il tenterait de jeter un coup d'œil à l'intérieur. À supposer qu'il y arrive – ce qui paraissait hautement improbable –, il retournerait vers les pentes escarpées, dans la pénombre, où Allanon l'attendrait et où ils décideraient de la suite.

Flick secoua la tête. Il ne parviendrait pas à donner le change avec son déguisement. Il n'était pas assez doué ni assez intelligent pour tromper l'ennemi à ce point ! Pourtant, depuis que Shea avait disparu dans le Pli du Dragon, son attitude avait beaucoup évolué. Son pessimisme et son sens pratique avaient été remplacés par un étrange désespoir. Son monde familier avait tellement changé au cours des dernières semaines qu'il ne se sentait plus capable de revenir à ses anciennes valeurs et à ses habitudes raisonnables. Le temps avait perdu toute signification à force d'enchaîner les journées de marche et les combats contre des créatures étrangères au monde matériel...

Les années passées à Valombre lui apparaissaient comme les lointains vestiges d'une jeunesse presque oubliée. La seule constante de sa vie, ces dernières semaines, avait été ses compagnons, et surtout son frère. Maintenant qu'ils étaient séparés, Flick restait seul, au bord de l'effondrement mental, son univers devenu un puzzle incompréhensible hanté de cauchemars et d'esprits qui le pourchassaient.

Allanon lui avait apporté peu de réconfort. Depuis leur rencontre, le druide était resté un mur impénétrable de secrets. Malgré la camaraderie qui s'était développée au sein de la compagnie pendant le voyage à Paranor et au-delà, le druide demeurait un étranger pour lui. Le peu qu'il avait raconté sur ses origines et ses buts avait à peine soulevé le voile de mystère.

Quand la compagnie était au complet, la domination du druide ne semblait pas aussi étouffante, même s'il était l'âme de leur quête. Maintenant, le petit Valombrien effrayé était seul avec l'imprévisible géant. Flick éprouvait une crainte respectueuse pour cet homme étrange. Il repensa à l'histoire de la fabuleuse Épée, et au refus obstiné d'Allanon de leur révéler toute la vérité sur ses pouvoirs. Ils avaient tout risqué pour s'emparer de cette arme, et personne, hormis le druide, ne savait comment elle pouvait être utilisée contre le Roi-Sorcier...

Comment se faisait-il qu'Allanon en sache autant à son sujet ?

Un bruit soudain, derrière lui, força le Valombrien à se retourner en un éclair, couteau de chasse à la main. Un murmure lui indiqua qu'il s'agissait d'Allanon. Une main se posa sur son épaule, le tirant à l'ombre de la pente couverte de rochers, où les deux hommes s'accroupirent dans les ténèbres. Allanon dévisagea Flick, comme pour évaluer son courage ou sonder ses pensées...

Le cœur battant de peur et d'excitation, Flick eut du mal à soutenir le regard pénétrant du druide.

— Les gardes ont été éliminés. La route est libre, dit la voix de l'historien, semblant sortir des entrailles de la terre. Allez-y, mon jeune ami. Et gardez votre courage et votre bon sens en éveil !

Flick hocha la tête, se leva et se glissa rapidement hors du couvert des rochers, vers l'obscurité de la plaine. Cessant de raisonner et de se poser des questions, il laissa son instinct le guider et avança vers les feux.

Le ciel restait plombé et la couverture de nuages bloquait la pâle lueur de la lune et des étoiles. La seule clarté venait des feux de camp.

Quelques buissons et de pauvres arbres tordus se dressaient de-ci, de-là. Il n'y avait pas un signe de vie, hormis le sifflement étouffé du vent qui se levait et la respiration haletante de Flick. Les feux de camp, qui ressemblaient de loin à une nappe de brouillard orangé, se séparèrent en foyers individuels à mesure que le Valombrien approchait. Certains brûlaient haut et clair. D'autres s'étaient transformés en tas de tisons, des guerriers assoupis tout autour...

Flick était désormais assez près pour entendre les murmures, mais sans en distinguer encore le sens.

Près d'une demi-heure passa avant qu'il atteigne le périmètre externe des feux de camp. Il s'accroupit à la lisière de la zone illuminée et étudia le terrain. Le vent frais de la nuit, venu du nord, attisait les flammes des grands feux et poussait des volutes de fumée vers la plaine, en direction du Valombrien. Le deuxième cercle de sentinelles disposées autour du camp était une simple ligne secondaire qui laissait de grands intervalles entre chaque soldat. Manifestement, l'armée du Nord estimait inutile de prendre plus de précautions si près du campement. Les sentinelles étaient surtout des gnomes, plus quelques trolls, dont Flick remarqua la silhouette massive.

Ils étaient tous de tailles différentes, avaient des membres épais, et leur peau sombre rappelait une écorce au grain rude. Les sentinelles et les quelques guerriers qui ne dormaient pas encore, au coin du feu, s'étaient enveloppés de manteaux. Flick hocha la tête, satisfait de ce qu'il voyait. Dans ces conditions, il lui serait plus facile de se glisser dans le camp sans être repéré.

D'après la fraîcheur croissante du vent, la température continuerait de baisser jusqu'au lever du soleil. À cause des nuages bas et de la fumée, on ne voyait pas grand-chose au-delà des feux les plus éloignés.

Étrangement, le camp semblait moins imposant, vu de près, que des hauteurs des dents du Dragon. Flick n'avait pas la même perspective de là où il se tenait, mais il ne se fit pas d'illusions : le camp s'étendait tout de même sur plus d'une lieue. Une fois franchie la dernière ligne de sentinelles, il lui faudrait se frayer un chemin au milieu de milliers de gnomes et de trolls endormis, et longer des centaines de feux assez brillants pour trahir son identité, et ce en évitant tout du long le contact avec les soldats ennemis encore éveillés. Au premier faux pas, l'espion serait démasqué. À supposer que la chance lui sourie, il resterait à localiser les prisonniers et l'Épée...

Rongé par le doute, Flick n'en avança pas moins d'un pas décidé mais prudent.

La curiosité naturelle du Valombrien l'aurait poussé à s'attarder près des feux pour étudier les gnomes et les trolls, mais il résista à la tentation. Le temps lui était compté. Bien qu'il eût vécu sur la même terre que ces deux espèces, elles lui semblaient venir d'un autre univers. Lors de son voyage vers Paranor, il avait combattu les gnomes à plusieurs reprises, et notamment au corps à corps dans les corridors de la forteresse des Druides. Mais il en savait toujours très peu à leur sujet. Pour lui, ils restaient des adversaires à abattre. Il n'avait rien appris sur les trolls, un peuple habituellement solitaire qui vivait surtout dans les montagnes du Nord et leurs vallées encaissées. Mais Flick savait que l'armée était placée sous le commandement du Roi-Sorcier. Il n'y avait aucun doute sur les buts qu'elle poursuivait !

Il attendit que le vent pousse la fumée entre la sentinelle la plus proche et lui. Puis il se leva et marcha d'un pas détendu vers le campement. Il avait choisi un point d'entrée où les soldats étaient tous endormis. La fumée et l'obscurité dissimulèrent sa silhouette trapue quand il sortit de l'ombre pour s'aventurer dans un cercle de feux de camp. Un instant plus tard, il se retrouva au milieu des soldats assoupis. La sentinelle, qui rivait un regard absent sur les ténèbres, n'avait pas remarqué son intrusion.

Le jeune homme s'enveloppa plus étroitement dans son manteau, capuchon rabattu sur le visage.

Il s'assura que seules ses mains restaient visibles. À l'ombre du capuchon, ses traits seraient difficiles à distinguer. Il regarda rapidement autour de lui et ne vit rien bouger. Il était arrivé jusque-là sans se faire remarquer ! Il inspira à fond, puis tenta d'estimer sa position par rapport au centre du campement. Il choisit une direction qui devait l'amener au cœur des feux et s'assura encore qu'on ne l'avait pas vu.

Il avança à pas calmes et mesurés. Désormais, il n'était plus question de rebrousser chemin.

Ce qu'il vit, entendit et vécut cette nuit-là laissa dans son esprit une empreinte qui resterait à tout jamais gravée dans sa mémoire. Il lui sembla vivre un cauchemar peuplé de créatures étranges. Des entités qui n'appartenaient pas à son monde et qui pourtant s'y étaient échouées, tel du bois flotté rejeté par la mer.

Peut-être étaient-ce la nuit et la fumée qui obscurcissaient ses sens, générant une atmosphère onirique. Ou était-ce la réaction d'un esprit tourmenté, mortellement las, confronté à des créatures dont il n'aurait jamais soupçonné l'existence... ni le nombre ?

La nuit passa lentement pendant que le petit Valombrien traversait le campement. Il avançait sans relâche, observant, cherchant, allant toujours plus loin. Il contourna des milliers de corps endormis blottis près des flammes. À chaque fois, il risquait d'être découvert et tué. Par moments, certain d'avoir été démasqué, il posait une main discrète sur son couteau de chasse, le cœur serré à l'idée de livrer une ultime bataille au nom de la liberté... en y laissant la vie. Des soldats se dressaient soudain devant lui comme s'ils le savaient un espion et s'apprêtaient à le démasquer. Mais ils passaient à côté de lui sans un mot. Flick était seul, petite silhouette solitaire perdue au milieu de milliers d'ennemis.

Plusieurs fois, il longea des groupes qui bavardaient et plaisantaient à voix basse autour des feux. Les gaillards se frottaient les mains au-dessus des flammes pour combattre le froid. À deux ou trois reprises, ils lui firent un signe de tête quand il passa près d'eux, son manteau enroulé autour de lui. Il répondit d'un petit geste, angoissé à l'idée de se trahir, par exemple en ayant omis de parler à un moment où les autres s'y seraient attendus, ou en ayant foulé un périmètre où il n'aurait pas eu le droit d'aller. Mais sa confiance augmentait à mesure qu'il progressait sans être arrêté.

Il erra des heures dans le camp sans trouver trace de Shea, d'Eventine ou de l'Épée de Shannara. À l'approche du matin, il commença à désespérer de découvrir quoi que ce soit. Il avait longé d'innombrables feux, de moins en moins vivaces à mesure que l'aube s'ébauchait. Il avait observé un océan de corps endormis, de visages tournés vers le ciel ou enfouis sous les plis des couvertures. Des tentes se dressaient partout, arborant les étendards des chefs ennemis, gnomes ou trolls. Mais aucune n'avait de gardes qui auraient indiqué une particularité quelconque. Il en avait vérifié certaines de plus près, espérant tomber par hasard sur un indice. En vain.

Il écouta des bribes de conversations entre les gnomes et les trolls insomniaques, essayant de rester discret tout en approchant assez pour tenter de comprendre leurs propos. Mais la langue des trolls lui était inconnue, et le peu qu'il comprenait de celle des gnomes ne lui apporta aucune information. L'ennemi ignorait-il donc tout des deux disparus et de l'Épée ? On eût dit qu'ils n'avaient jamais été dans ce camp...

Flick commença à se demander si Allanon ne s'était pas trompé sur les traces qu'ils avaient suivies ces derniers jours.

Il regarda avec appréhension le ciel nocturne lourd de nuages. Sans être sûr de l'heure, il savait que le temps lui était de plus en plus compté. L'affolement le menaçait. Il s'aperçut soudain qu'il n'aurait peut-être pas le loisir de revenir vers Allanon...

Chassant courageusement ses craintes, il se dit que dans la confusion de la levée du camp, à l'aube, il parviendrait toujours à se glisser entre les guerriers ensommeillés pour rejoindre les pentes escarpées des dents du Dragon avant que le soleil trahisse sa présence.

Il y eut un soudain mouvement, dans l'obscurité, sur sa droite. Quatre guerriers trolls armés jusqu'aux dents se dirigeaient vers un feu. Ils marmonnaient entre eux quand ils dépassèrent le Valombrien, qui les suivit à quelques pas de distance. Où allaient-ils ainsi équipés alors qu'il faisait encore nuit ? Ils avançaient à angle droit de l'itinéraire choisi par Flick pour s'infiltrer dans le campement. Il les fila aussi discrètement qu'il put. À plusieurs reprises, ils passèrent très près de tentes obscures... sans s'arrêter.

Le petit Valombrien remarqua que le style du campement changeait dans cette zone. Il y avait plus de tentes, certaines avec de hautes marquises éclairées au travers desquelles on voyait des mouvements. Il y avait moins de soldats endormis sur le sol et davantage de sentinelles patrouillaient autour des feux bien entretenus qui éclairaient les espaces dégagés, entre les tentes. Flick eut du mal à se dissimuler dans ce secteur mieux éclairé. Pour éviter les questions embarrassantes, il se plaça près des trolls, comme s'il faisait partie de leur groupe. Ils passèrent devant des sentinelles qui les saluèrent, mais personne ne s'intéressa au « gnome » enveloppé dans son manteau qui talonnait le détachement.

Les trolls tournèrent à droite et Flick les suivit machinalement, arrivant en vue d'une longue tente basse gardée par d'autres géants. Il n'avait plus le temps de rebrousser chemin ni de se dissimuler. Quand le groupe s'arrêta, le Valombrien continua et dépassa les trolls comme s'il ne s'était aperçu de rien. Les gardes ne remarquèrent rien d'anormal, lui jetant tout juste un coup d'œil morne au passage.

Hors de vue des gardes, il s'immobilisa dans l'obscurité, de la sueur dégoulinant le long de son corps, le souffle court et laborieux... Il avait à peine pu risquer un regard sous la tente par le rabat écarté, entre les sentinelles trolls armées de piques. Une seconde lui avait suffi pour entrevoir le monstre aux ailes noires entouré des silhouettes plus petites des trolls et des gnomes. Il aurait reconnu entre mille la créature qui les avait pourchassés à travers les Quatre Terres.

Et le frisson de terreur qui courut le long de son échine était bien trop familier.

Quelque chose de capital se tramait sous cette tente. Peut-être les prisonniers qu'il cherchait, et l'Épée, s'y trouvaient-ils, entre les griffes du serviteur du Roi-Sorcier. Une perspective terrifiante.

Flick aurait dû retourner y voir de plus près. Mais il n'en avait plus le temps et la chance qui lui avait souri jusque-là l'abandonnerait bientôt. Les gardes interdisaient toute approche. Et la présence du Porteur du Crâne n'arrangeait rien.

Flick s'accroupit dans l'obscurité, entre deux tentes et réfléchit à sa situation – franchement désespérée. L'énormité de la tâche le décourageait, mais quelle autre solution avait-il ? S'il retournait maintenant près d'Allanon, ils n'en sauraient pas plus qu'avant et sa nuit d'exploration aurait été vaine.

Il contempla le firmament, comme si les instances célestes avaient pu lui répondre. Le banc de nuages dissimulait la lumière de la lune et des étoiles. Mais la nuit finirait bientôt. Flick se leva et s'enroula plus étroitement dans son manteau, histoire de se réchauffer. Le sort avait peut-être décidé qu'il aurait tant souffert pour, finalement, être tué à cause d'une mission idiote.

Mais Shea comptait sur lui. Allanon et les autres aussi. Il devait savoir ce que cachait cette tente !

Il se redressa et avança...

L'aube se leva, lumière grisâtre à l'horizon, lourde de brume et de silence. Le temps ne s'était pas amélioré dans les plaines de Streleheim, au sud du mur d'obscurité qui marquait la progression du Roi-Sorcier. Des nuages d'orage planaient tel un linceul. Près de la base ouest des dents du Dragon, les sentinelles ennemies avaient abandonné leur poste pour retourner vers le campement.

Tapi sur les pentes rocheuses, son long manteau noir lui offrant une piètre protection contre l'air glacial et la bruine qui tournait rapidement à l'averse, Allanon avait veillé toute la nuit, cherchant un signe de Flick. Ses derniers espoirs s'étaient envolés avec l'arrivée du jour. Le camp ennemi se réveillait. Pourtant, le druide guettait toujours, espérant que le petit Valombrien était parvenu à dissimuler son identité, à se glisser dans le camp sans être découvert, à retrouver son frère, le roi des elfes et l'Épée disparue, puis à filer en évitant les sentinelles avant qu'il fasse trop clair.

L'armée levait le camp. Une fois les tentes démontées et emballées, la colonne couvrait la plaine.

Puis la machine de guerre du Roi-Sorcier s'ébranla et prit la direction du sud, vers Kern.

Le druide quitta l'abri des rochers et se posta à un endroit où le Valombrien le verrait s'il était dans le secteur.

Allanon attendit encore, immobile.

Seuls ses yeux trahissaient son amertume.

De guerre lasse, il prit la direction du sud, suivant une trajectoire parallèle à celle de l'armée. Ses grandes jambes avalèrent la distance tandis que la pluie commençait à tomber dru.

Les plaines redevinrent mornes et vides.

Peu avant l'aube, Menion Leah atteignit la rivière Mermidon, au nord de la cité-île de Kern. Allanon ne s'était pas trompé en l'avertissant qu'il aurait du mal à se glisser entre les lignes ennemies. Les postes de sentinelles s'étendaient au-delà du périmètre du campement – vers l'ouest, au-dessus de la rivière, jusqu'à la lisière sud des dents du Dragon. Tout ce qui était au nord de cette ligne appartenait au Roi-Sorcier. Les patrouilles ennemies arpentaient les frontières sud des dents du Dragon sans rencontrer de résistance, gardant les passages entre les pics.

Balinor, Hendel et les elfes étaient parvenus à tromper la vigilance d'une de ces patrouilles dans le col de Kennon, mais Menion n'avait pas la protection des montagnes pour se dissimuler. Quand il eut quitté Allanon et Flick, il fut contraint de traverser à découvert la prairie qui s'étendait au sud de la Mermidon. Il avait toutefois deux atouts : une nuit d'encre, et, plus important, ses qualités d'éclaireurs et de chasseur. Il pouvait se déplacer dans les ténèbres avec une rapidité et une discrétion impossibles à détecter pour des individus aux sens moins développés.

Il quitta ses compagnons, encore furieux qu'Allanon l'ait obligé à abandonner les recherches pour courir avertir Balinor et son peuple de l'imminence de l'invasion. Il se sentait étrangement mal à l'aise à l'idée de laisser Flick seul avec le druide à qui il n'avait jamais fait une confiance aveugle, sachant qu'il ne leur avait pas dit toute la vérité sur l'Épée de Shannara, et encore moins sur lui-même !

Ils avaient obéi sans renâcler à tous ses ordres, s'en remettant à lui chaque fois qu'une crise était survenue. Et bien leur en avait pris. Mais ils n'avaient pas mis la main sur l'Épée, et ils avaient perdu Shea. Comble de malchance, il semblait maintenant que l'armée du Nord allait envahir les

Terres du Sud ! Seul le royaume frontalier de Callahorn se dressait contre l'envahisseur. Devant la taille impressionnante de l'armée ennemie, Menion ne voyait pas comment la Légion Frontalière, malgré sa réputation, pourrait résister... Son bon sens lui soufflait que la seule tactique consisterait à ralentir assez la progression ennemie pour avoir le temps d'unir les armées des nains et des elfes à la Légion Frontalière.

Menion était convaincu que l'Épée était définitivement perdue. À supposer qu'ils retrouvent Shea, ils n'auraient plus la possibilité de repartir à la recherche de l'artefact.

Jurant à voix basse quand son genou percuta l'arête d'un rocher, il se concentra sur les difficultés présentes, toute spéculation sur l'avenir oubliée pour le moment. Aussi silencieux qu'un lézard, il descendit les pentes des dents du Dragon puis se fraya un chemin à travers les rochers, l'épée de Leah et le grand arc en frêne fixés à son dos. Il ne croisa personne. Sondant obstinément les ténèbres, il ne détecta aucun signe de vie. Il s'aventura sur la plaine et se ménagea des pauses régulières pour tendre l'oreille. Pour être efficaces, les sentinelles devaient patrouiller dans le coin...

Pourtant, il ne voyait rien.

Enfin, aussi silencieux que les ombres autour de lui, il marcha lentement vers le sud à travers la muraille d'obscurité, son couteau de chasse au poing. De longues minutes, rien ne se passa. Il commençait à penser qu'il avait franchi avec succès la ligne de sentinelles quand un petit bruit l'alarma. Il essaya de localiser sa source. Le phénomène se reproduisit : quelqu'un toussotait dans l'obscurité, droit devant. Une sentinelle s'était trahie juste à temps pour éviter au montagnard de se jeter dans ses bras !

Un seul cri aurait alerté les autres soldats.

Menion se laissa tomber à quatre pattes et rampa. Bientôt, il distingua mieux la silhouette dressée dans les ténèbres. D'après sa petite taille, il s'agissait d'un gnome. Menion attendit quelques minutes de plus pour s'assurer que le soldat lui tournait le dos, puis il rampa encore plus près. Arrivé à quelques pieds du garde, il se leva derrière lui et lui passa un bras autour de la gorge. Étouffant son cri, il l'assomma avec la garde de son couteau.

Menion ne s'arrêta pas, conscient qu'il y avait d'autres sentinelles à proximité, et pressé de se mettre hors de leur portée. Il garda sa lame au clair.

Le vent glacial balayait la nuit, qui semblait interminable.

Il arriva enfin à la Mermidon, au-dessus de la cité-île de Kern dont les lumières brillaient faiblement. Il marqua une pause, perché sur une butte dont la pente douce venait mourir au pied de la rivière pour former sa berge nord. À demi accroupi, il s'enroula dans son grand manteau de chasse pour se protéger du froid, étonné mais ravi de découvrir qu'il avait atteint la rive sans se heurter à d'autres sentinelles.

Il supposa qu'il y avait une autre ligne de gardes, qu'il avait par miracle évitée.

Menion étudia son nouvel environnement pour s'assurer qu'il n'y avait personne en vue. Puis il se leva et s'étira, mort de fatigue. Il devrait traverser la Mermidon plus en aval s'il voulait éviter de nager dans ses eaux glaciales. Une fois en face de l'île, il trouverait sans peine un bateau ou un bac pour le conduire dans la cité. Ajustant ses armes sur son dos, il se mit en route vers le sud, le long de la rive.

Il n'était pas allé très loin – environ un quart de lieue –, quand le sifflement du vent tomba brusquement. Dans le silence, il capta un murmure étrange, quelque part devant lui, et s'aplatit aussitôt contre une petite butte. Le vent recommença à souffler alors qu'il tendait l'oreille pour déterminer l'origine du son. La brise retombant, il capta de nouveau le murmure. Cette fois, il localisa son origine. Des bribes de voix humaines, près de la berge. Le montagnard rampa à reculons pour revenir derrière la petite élévation qui le coupait des lumières de la cité. Puis il se leva et courut parallèlement à la rivière. Les voix se firent plus distinctes, jusqu'à sembler venir de l'autre côté de la butte. Il écouta quelques instants, sans comprendre ce qui se disait, puis rampa vers le sommet de la butte et aperçut des silhouettes sombres, près de la rivière Mermidon.

La barque attachée à un buisson attira son attention. Il tenait son moyen de transport, s'il pouvait l'atteindre. Mais il renonça presque aussitôt à cette idée : autour de l'embarcation se tenaient quatre trolls en armes. Ils parlaient avec une cinquième personne, plus petite, vêtue de la tunique caractéristique des Terres du Sud.

Menion étudia la scène, s'efforçant de mieux voir les individus, mais la chiche lumière lui permit seulement d'apercevoir le visage de l'homme qui parlait aux trolls. Une courte barbe lui mangeait le visage et il la caressait nerveusement en parlant.

Le prince de Leah remarqua autre chose : sur un côté, un grand paquet couvert d'un lourd manteau et solidement attaché. À sa grande surprise, le « paquet » remua. Il contenait un être vivant ! Le prince cherchait comment approcher du petit groupe quand un troll souleva sans effort le « paquet » et le hissa sur son épaule. L'inconnu retourna au bateau, défit les cordages qui l'attachaient à la berge et sauta à bord, le poussant vers l'eau avec les rames avant d'échanger quelques mots d'adieux avec les trolls. Menion en comprit une partie.

Le dernier commentaire de l'inconnu, quand le bateau glissa sur les eaux, fut qu'il attendrait d'autres informations au sujet du prince.

Menion recula sur l'herbe humide de la butte et regarda l'homme et son esquif disparaître dans les brumes de la Mermidon. L'aube pointait enfin, maussade et grise, brouillant la visibilité presque aussi efficacement que la nuit. Le ciel était plombé de nuages bas qui semblaient vouloir épouser la terre. Bientôt, il pleuvrait dru. L'air était déjà saturé d'humidité, et la brume avait trempé les vêtements de Menion, glacé jusqu'aux os. Dans moins d'une heure, l'armée du Nord serait en route vers la cité-île de Kern et l'atteindrait probablement en milieu de journée. Il lui restait peu de temps pour prévenir les citoyens de Kern d'une attaque qu'ils ne pourraient pas repousser longtemps. Il fallait évacuer immédiatement la ville et envoyer ses habitants à Tyrsis, ou plus au sud, si nécessaire. Il convenait également d'avertir Balinor que la Légion Frontalière devait se dresser contre l'envahisseur le temps d'être rejointe par l'armée des nains et celle des elfes.

Le prince de Leah n'avait pas le loisir de s'interroger sur l'étrange scène qu'il avait surprise, mais il s'attarda néanmoins un peu pendant que les trolls se détournaient de la rive avec leur « paquet » pour se diriger vers la butte, sur sa droite. Menion en était sûr : le barbu venait de livrer un prisonnier aux soldats de l'armée du Nord ! Cette rencontre nocturne n'était pas le fruit du hasard. L'échange avait été planifié. Si les trolls et l'inconnu s'étaient donné tant de mal, le prisonnier devait être d'une importance capitale pour eux. Et donc pour le Roi-Sorcier.

Menion regarda les trolls s'éloigner dans la brume, n'ayant toujours pas décidé s'il devait intervenir. Allanon l'avait chargé d'une mission vitale, avec des milliers de vies dans la balance. Il n'avait pas le temps de vivre des aventures imprévues, histoire de satisfaire sa curiosité, fût-ce pour sauver...

Shea !

Et si le prisonnier était Shea ? L'idée traversa en un éclair l'esprit du prince de Leah, dont la décision fut instantanément prise. Shea était la clé de toute l'affaire. S'il y avait la plus petite possibilité qu'il soit entortillé dans ce paquet, Menion devrait tout tenter pour le délivrer !

Il courut vers le nord, d'où il venait, essayant d'avancer parallèlement aux trolls. Garder le sens de l'orientation dans la brume grise n'était pas un mince exploit, mais Menion ne s'en soucia pas. Il lui serait très difficile d'arracher ce prisonnier aux griffes de quatre trolls, chacun étant capable de le maîtriser à lui seul. Il restait, en outre, le danger qu'ils repassent les lignes de sentinelles de l'armée du Nord. S'il ne les arrêtait pas avant, il était perdu ! Pour avoir une chance, Menion devait conserver une voie de retraite vers la Mermidon...

Il sentit les premières gouttes tomber, annonciatrices d'un orage. Le tonnerre gronda et le vent redoubla de violence. Il chercha un signe des ravisseurs à travers la brume. Rien. Sûr d'avoir été trop lent, il courut sur la plaine comme un étalon noir sauvage, évitant les petits arbres et les buissons sans cesser de sonder la plaine vide. La pluie lui fouettait le visage, ruisselait dans ses yeux et le forçait à ralentir pour essuyer l'eau mêlée à sa transpiration. Il secoua la tête, furieux. Ils devaient être tout proches ! Il ne pouvait pas les avoir perdus si vite !

Soudain, les quatre trolls surgirent du brouillard, comme venus de nulle part, à gauche, derrière lui. Menion les avait dépassés. Il s'accroupit derrière un fourré et les regarda approcher. S'ils continuaient tout droit, ils passeraient à côté d'un grand massif de broussailles qu'ils ne voyaient pas encore. Le prince jaillit de son abri et rebroussa chemin. S'ils l'avaient aperçu malgré le brouillard, c'en était fait de lui ! Ils l'attendraient devant les broussailles. Mais s'ils ne l'avaient pas vu, il leur tendrait une embuscade à cet endroit et foncerait ensuite vers la rivière.

Il revint sur ses pas, jusqu'aux broussailles, où il se laissa tomber à quatre pattes, pantelant, avant de jeter un coup d'œil prudent entre les branches.

Un moment, il vit seulement le brouillard et la pluie. Puis quatre silhouettes se précisèrent, avançant en direction de sa cachette. Il enleva son manteau trempé. Il aurait besoin de sa vitesse de pointe pour échapper aux trolls quand il leur aurait enlevé leur prisonnier... Il retira aussi ses bottes et les coinça dans sa ceinture.

La sortant du fourreau, il posa à côté de lui l'épée de Leah, sa lame étincelante prête à entrer en action. Il banda la corde desserrée de son grand arc en frêne et prit dans son carquois deux longues flèches noires. Les trolls étaient désormais près de son abri, leurs silhouettes visibles à travers les branches. Ils allaient par deux, le prisonnier en travers des épaules d'un des premiers. Ils marchaient sans précaution, à l'aise sur un territoire qu'ils pensaient sous le contrôle de leur armée. Menion se dressa lentement sur un genou, une flèche encochée.

Il attendit.

Les trolls, qui ne se doutaient de rien, étaient presque arrivés devant les broussailles quand la première flèche jaillit avec un sifflement et toucha le mollet de celui qui portait le prisonnier. Avec un cri de rage et de douleur, il lâcha son fardeau, tomba et saisit sa jambe blessée à deux mains. Menion profita de la confusion pour tirer sa seconde flèche, qui s'enfonça dans l'épaule du second troll de tête. L'impact le poussa dans les bras des deux autres.

Alors, le montagnard sortit des broussailles et fonça sur les trolls en brandissant l'épée de Leah. Oubliant le prisonnier, les guerriers reculèrent de quelques pas. Leur adversaire s'empara du « paquet » et le hissa sur son épaule avant que les soldats du Nord, éberlués, pensent à réagir.

Il les dépassa, son épée entaillant l'avant-bras du plus proche, qui essaya en vain de lui couper la retraite. Le chemin de la Mermidon s'ouvrait devant Menion !

Deux trolls, dont un n'était pas blessé et l'autre légèrement, se lancèrent aussitôt à ses trousses sur la plaine rendue boueuse par les pluies. Leur armure et leur poids considérable les ralentissaient, mais ils se déplaçaient tout de même plus vite que Menion l'avait escompté. De plus, ils étaient en pleine forme, reposés et forts. Lui était déjà fatigué. Même sans son manteau et ses bottes, il ne pourrait pas courir très vite avec son fardeau. La pluie avait recommencé, tournant à l'averse.

Menion évita des arbres, des broussailles et des fondrières gorgées d'eau. Même pieds nus, il glissait sur l'herbe mouillée. Il trébucha plusieurs fois et tomba sur les genoux, mais parvint à se relever pour reprendre sa course.

À cause des cailloux dissimulés par l'herbe, il eut bientôt les pieds en sang. Mais il continua, l'ivresse de la réussite l'insensibilisant à la douleur. Les plaines furent le seul témoin de l'étrange poursuite entre les guerriers à la lourde démarche et leur proie, rapide et vive, sous une pluie battante et un vent glacial. Tous couraient sans rien voir ni entendre, absorbés par l'effort. Le silence terrifiant était uniquement brisé par la plainte du vent qui soufflait aux oreilles des trolls et de l'humain...

Rapidement, la poursuite devint une terrible épreuve de survie, un test de volonté et de résistance qui contraignit le jeune prince de Leah à puiser dans ses ultimes réserves.

Le temps cessa d'exister pour le montagnard tandis qu'il allait au bout de lui-même, dépassant même ses limites. Tous ses muscles protestaient.

Et toujours pas de rivière en vue ! Il ne cherchait plus à voir si les trolls gagnaient du terrain... Il sentait leur présence derrière lui et entendait leur souffle rauque. Ils se rapprochaient ! Il devait courir plus vite ! Atteindre la rivière coûte que coûte et libérer Shea.

Dans un état second, il repensa au malheureux enveloppé dans le paquet – son ami... Dès qu'il s'était saisi du prisonnier, sa minceur et sa petite taille avaient confirmé ses soupçons. Tout portait à croire qu'il s'agissait du Valombrien !

Ignorant ce qui se passait, le prisonnier gigotait et marmonnait. Haletant, Menion l'avait assuré une ou deux fois qu'ils seraient bientôt en sécurité. Avant de ne plus avoir de souffle à lui consacrer.

À présent, il pleuvait des hallebardes. On n'y voyait plus au-delà de quelques pieds. Les plaines détrempées devinrent rapidement un marécage. Trébuchant sur une racine, Menion s'étala de tout son long dans la gadoue, son fardeau arraché des mains. Endolori, presque à bout de forces, il réussit à se redresser à quatre pattes, cherchant du regard ses poursuivants. À son grand soulagement, ils n'étaient nulle part en vue ! À cause de la pluie et du brouillard, il avait momentanément réussi à les semer. Mais la mauvaise visibilité les ralentirait tout au plus quelques instants. Après...

Menion secoua la tête pour s'éclaircir les idées, puis rampa vers le paquet détrempé. Le prisonnier se débattait de plus belle. Une fois libéré, il foncerait à ses côtés, pensa Menion. Il savait qu'il lui serait impossible de continuer à le transporter.

Avec son épée, il coupa les liens. C'était sûrement Shea, se répétait-il sans cesse. Les trolls et le barbu s'étaient donné trop de mal pour conclure leur transaction...

Les liens cédèrent enfin. Il fallait que ce soit Shea !

Le manteau s'ouvrit...

Soufflé, Menion Leah essuya la pluie qui coulait sur son visage et n'en crut pas ses yeux : il avait sauvé une femme !

Chapitre 24

Une femme ! Pourquoi les armées du Nord en auraient-elles capturé une ? Menion croisa le regard bleu clair rivé sur lui, plein d'incertitude. En tout cas, elle était étonnamment belle, avec sa peau brun foncé, sa silhouette mince et gracieuse et ses splendides cheveux.

Menion n'avait jamais vu de chevelure comme la sienne. Même plaquée sur son crâne par une pluie battante, son étrange couleur roux foncé semblait percer la grisaille de l'aube.

Comme en transe, il examina la femme de pied en cap. Puis la douleur, dans ses pieds sanguinolents, le rappela à la cruelle réalité et au danger qui les menaçait toujours.

Il se leva et sursauta au contact du sol contre ses voûtes plantaires. Une fatigue telle s'abattit sur lui qu'il crut un instant défaillir. Son esprit indomptable repoussa vaillamment les brumes de l'inconscience. Se tenant à sa grande épée, il vacilla, comme ivre. Le visage effrayé de la jeune femme – oui, presque une adolescente encore – lui apparaissait comme à travers une brume grisâtre.

Elle s'approcha de lui pour le soutenir, lui parlant à voix basse. Hébété, il hocha stupidement la tête, sans comprendre.

— Ça ira maintenant, dit-il d'une voix pâteuse. Courons vers la rivière. Nous devons atteindre Kern...

Ils se remirent en route sous la pluie, trébuchant parfois à cause de la plaine si détrempée qu'elle en ressemblait à un marécage. Menion sentit son esprit s'éclaircir peu à peu et ses forces lui revenir à mesure qu'ils progressaient. La jeune femme le tenait par le bras, en partie pour le soutenir, et pour ne pas perdre pied elle-même. Les yeux d'aigle de Menion sondaient les alentours : les trolls ne pouvaient pas être très loin. Soudain, il entendit des clapotis. Ceux de la rivière Mermidon ! Gonflée par les pluies, elle inondait les berges en roulant vers le sud, en direction de Kern.

La jeune femme serra le bras de Menion en guise d'encouragement.

Quelques instants après, ils arrivèrent au sommet d'une butte parallèle à la rive nord. La rivière avait inondé la partie basse et continuait de monter. Menion ignorait où ils étaient par rapport à Kern, mais s'ils traversaient au mauvais endroit, ils passeraient à côté de l'île. Sans doute parvenue à la même conclusion, la rescapée guida son sauveur en aval, le long de la petite butte, en jetant de fréquents regards à la berge d'en face. Menion se laissa entraîner sans poser de questions. L'averse était redevenue bruine et la brume se dissipait. Après l'orage, la visibilité redeviendrait normale, laissant les fugitifs exposés à la vue des guerriers... Ils n'avaient plus le choix : ils devaient rapidement tenter la traversée.

Menion ignorait depuis quand la jeune femme le conduisait le long de la berge, lorsqu'elle s'arrêta et lui montra, impatiente, un petit esquif tiré sur la rive.

Le montagnard attacha rapidement sa lame dans son dos et ils mirent l'embarcation à flot. La Mermidon était glaciale et le choc du contact avec l'eau secoua Menion jusqu'aux os. S'armant de courage, il rama contre le courant, qui menaçait de les entraîner en aval.

Ce fut une rude bataille entre l'homme et la rivière.

Tout se brouilla dans l'esprit de Menion.

Ce qui se produisit alors ne fut jamais tout à fait clair à ses yeux. Il eut vaguement conscience que des mains se tendaient vers lui pour le tirer du bateau vers une berge où il s'effondra, épuisé. Il entendit la jeune femme lui parler de sa voix douce, puis sombra dans l'inconscience.

Il dériva dans les ténèbres, hanté par le sentiment d'un danger imminent... Mais son corps à bout de forces ne lui obéissait plus et il s'enfonça dans un profond sommeil.

À son réveil, il faisait encore jour malgré le ciel plombé. Il pleuvait à verse. Couché dans un lit douillet, reposé, Menion ne se ressentait plus de ses blessures aux pieds. On les avait désinfectées et pansées.

La pluie martelait les carreaux de la fenêtre qui laissait entrer la lumière. Il regarda autour de lui et remarqua un mobilier raffiné. Ce n'était pas la demeure d'un citoyen ordinaire, mais d'un monarque. Les insignes et les armoiries, sur les lambris, étaient ceux des rois de Callahorn. Un moment, le montagnard étudia la pièce, laissant le sommeil se dissiper lentement, et son esprit s'éveiller tout à fait. Il aperçut des vêtements secs, posés sur une chaise près de son lit, et s'apprêtait à se lever pour s'habiller quand la porte s'ouvrit sur une vieille servante chargée d'un plateau de nourriture. Avec un signe courtois et un sourire, elle approcha, posa le plateau sur les genoux de Menion, lui glissa des oreillers dans le dos pour le caler et l'invita à manger tant que c'était chaud.

Elle lui rappela sa mère, une femme douce et prévenante, morte alors qu'il avait douze ans. Dès qu'il commença son repas, la servante s'éclipsa, refermant silencieusement la porte derrière elle.

Menion savoura l'excellente nourriture. Ses forces lui revenaient. Il regarda la pluie, par la fenêtre, incapable de déterminer combien de temps il avait dormi. Un jour ? Davantage ?

En un éclair, il se souvint de sa mission à Kern : avertir la population de l'invasion des armées du Nord ! Il était peut-être déjà trop tard ! Glacé par cette perspective, la fourchette à mi-chemin de sa bouche, il vit la porte se rouvrir sur la jeune femme qu'il avait sauvée. L'air reposé, vêtue d'une robe ample aux tons chauds, ses longues mèches rousses illuminant une matinée pourtant pluvieuse, c'était la femme la plus ravissante que le prince de Leah eût jamais vue. Sa fourchette posée, il sourit. Elle ferma la porte et gagna gracieusement son chevet. Elle était incroyablement belle. Pourquoi l'avait-on enlevée ? Que savait Balinor sur elle ? Quelles réponses aurait-il pu fournir ?

Elle l'étudia de son regard bleu clair.

— Vous avez l'air bien remis, prince de Leah, dit-elle en souriant. Le repos et la nourriture ont fait merveille.

— Comment savez-vous qui je suis ?

— Votre épée porte les armes du roi de Leah. Qui d'autre, sinon son fils, aurait une telle arme ? Mais j'ignore votre nom.

— Menion, répondit le montagnard, étonné que la jeune femme connaisse son petit royaume natal, dont la plupart des étrangers n'avaient jamais entendu parler.

Elle lui tendit une main couleur bronze doré.

— Je m'appelle Shirl Ravenlock et nous sommes dans ma ville natale, la cité-île de Kern. Sans votre courage, je ne l'aurais jamais revue. Je vous en serai éternellement reconnaissante et resterai votre amie à tout jamais. Mais je vous en prie, finissez votre collation !

Elle s'assit à côté de lui, l'invitant à continuer. Docile, il levait sa fourchette quand il se souvint de l'invasion.

Il laissa le couvert retomber sur le plateau.

— Vous devez prévenir Balinor, à Tyrsis ! L'invasion a commencé ! Il y a une armée postée juste au-dessus de Kern, prête à... !

— Je sais. Ne vous inquiétez pas, répondit Shirl. Dans votre délire, vous nous en avez avertis avant de vous évanouir, terrassé par l'épuisement. Le message a été envoyé à Tyrsis. Palance Buckhannah règne en l'absence de son frère, car le roi est toujours très malade. La cité de Kern mobilise ses défenses, mais pour le moment, il n'y a pas de véritable danger. Les pluies ont fait sortir la Mermidon de son lit et rendent impossible toute traversée par une armée. Nous serons en sécurité le temps que des renforts arrivent.

— Balinor aurait dû arriver à Tyrsis il y a plusieurs jours, dit Menion, inquiet. Et la Légion Frontalière ? Est-elle entièrement mobilisée ?

La jeune femme le regarda sans comprendre. Elle ignorait tout de la situation de Balinor et de la position de la Légion. Menion repoussa le plateau et se leva. Sa nouvelle amie tenta de le calmer.

— Shirl, vous pensez peut-être être en sécurité sur cette île, mais je peux vous assurer que le répit sera de courte durée ! cria Menion en empoignant ses vêtements. J'ai vu la taille de cette armée. La crue de la rivière ne la ralentira pas longtemps. Et ne comptez pas sur de l'aide, à moins d'un miracle !

Il allait défaire le deuxième bouton de sa chemise de nuit quand il se rappela qu'il n'était pas seul. Sourcils froncés, il montra la porte à Shirl. Secouant la tête, elle se contenta de lui tourner le dos pour épargner sa mâle pudeur.

— Pourquoi avez-vous été enlevée ? demanda Menion. Savez-vous pourquoi vous étiez si importante aux yeux des soldats du Nord, à part le fait d'être une très belle femme ?

Il eut un sourire espiègle. Un peu de l'impétuosité, que Flick détestait tant, lui revenait. Le montagnard aurait juré que la jeune femme s'était empourprée.

Après un petit silence, elle répondit :

— Je ne me souviens pas exactement de ce qui est arrivé... Je dormais quand un bruit insolite m'a réveillée. Puis quelqu'un s'est emparé de moi, et j'ai perdu connaissance. Peut-être m'a-t-on frappée... Non, attendez ! On m'a posé sur le nez et la bouche un tissu gorgé d'un liquide à l'odeur infecte qui m'empêchait de respirer. Je me suis évanouie.

Quand j'ai repris conscience, j'étais allongée sur le sable, près de la rivière, la Mermidon, je suppose. Vous avez vu comment on m'avait entortillée dans cette horrible couverture... Je n'y voyais rien, et j'entendais peu de chose, dans une langue incompréhensible. Et vous, qu'avez-vous vu ?

Menion haussa les épaules.

— Pas grand-chose, avoua-t-il. Un homme vous a fait traverser la rivière et vous a livrée à quatre trolls. Je ne l'ai pas très bien vu, mais je le reconnaîtrais peut-être si je le croisais de nouveau. Et si vous répondiez à ma première question : pourquoi voulait-il vous enlever ? Vous pouvez vous retourner, je suis décemment vêtu.

Elle obtempéra et le regarda enfiler ses bottes.

— Je suis de sang royal, Menion... dit-elle doucement.

Il releva la tête. Il avait deviné qu'elle n'était pas une citoyenne ordinaire quand elle avait identifié les armoiries de Leah, sur son épée. Maintenant, il découvrirait peut-être la raison de son rapt...

— Mes ancêtres étaient les rois de Kern. Ils régnèrent même sur tout Callahorn avant que les Buckhannah prennent le pouvoir, il y a une centaine d'années. Je suis une... Ma foi, on pourrait dire que je suis une princesse *in absentia*. (Elle rit de l'absurdité de cette notion et Menion lui sourit.) Mon père est un des Anciens du Conseil qui gère les affaires internes de Kern. Le roi règne sur Callahorn, mais c'est un monarque éclairé qui intervient rarement dans le gouvernement de cette ville. Son fils Palance s'intéresse beaucoup à moi depuis quelque temps. Ce n'est un secret pour personne qu'il envisage de m'épouser. Il est possible qu'un ennemi ait voulu l'atteindre à travers moi.

Menion fit un signe de tête, frappé par une idée terrifiante. Palance n'était pas destiné au trône de Callahorn – à moins qu'un malheur arrive à Balinor. Pourquoi perdre son temps à exercer une pression sur un prince cadet, à moins d'être certain que l'héritier légitime du trône serait rapidement éliminé ? Menion se rappela que Shirl ignorait tout du retour du prince de Callahorn, qui aurait dû se produire des jours auparavant, et dont les villes environnantes auraient dû entendre parler...

— Shirl, combien de temps ai-je dormi ? demanda-t-il, inquiet.

— Presque un jour entier. Vous étiez épuisé quand on nous a sortis de la Mermidon hier matin, et j'ai pensé que le sommeil serait le meilleur remède. Vous nous aviez avertis...

— Vingt-quatre heures de perdues ! s'écria Menion, furieux. Sans la pluie, la cité serait déjà entre les mains de l'ennemi ! Nous devons agir, mais que faire ? Shirl, votre père et le Conseil ! Je dois leur parler immédiatement ! (Il lui prit le poignet pour souligner la gravité de sa requête.) Ne me posez pas de questions pour le moment, faites ce que je vous demande ! Où est la salle du Conseil ? Vite, montrez-m'en le chemin !

Sans attendre que la jeune femme réagisse, Menion la poussa hors de la chambre, dans le couloir. Ils sortirent de la maison vide et débouchèrent sur une grande pelouse ombragée d'arbres, courant pour échapper à la bruine du matin. Les corridors extérieurs du bâtiment d'en face étaient partiellement couverts, leur évitant d'être de nouveau trempés jusqu'aux os.

Pendant qu'ils couraient vers la salle du Conseil, Shirl lui demanda pourquoi il était dans cette région. Menion lui fit une réponse évasive, ne voulant pour le moment parler à personne d'Allanon et de l'Épée de Shannara. Il avait le sentiment que la jeune femme était digne de confiance, mais l'avertissement d'Allanon – ne rien révéler de l'histoire de l'Épée disparue – le retint.

Il lui expliqua qu'il était venu à la demande de Balinor, quand il avait entendu parler d'une invasion par les armées du Nord. Elle accepta sa réponse sans poser de questions, mais il se sentit quelque peu gêné de lui mentir. Pourtant, Allanon ne lui avait jamais révélé toute la vérité, et il en savait probablement moins encore qu'il se l'imaginait...

Ils atteignirent le Conseil, sis dans un grand bâtiment de pierre entouré de colonnades. Les gardes les laissèrent passer sans encombre. Ils entrèrent, traversèrent des couloirs puis gravirent un escalier en colimaçon, l'écho de leurs pas se répercutant le long des murs.

Le Conseil se réunissait dans les salles situées au quatrième étage du bâtiment. Quand ils arrivèrent enfin devant ses portes de bois, Shirl dit à Menion qu'il valait mieux qu'elle aille d'abord informer son père et les conseillers qu'il souhaitait leur parler. Le jeune homme accepta à regret. Quand elle fut entrée, il attendit dans le couloir, écoutant les murmures étouffés, derrière la porte, pendant que les secondes s'égrenaient lentement. La pluie continuait de battre les vitres des fenêtres.

Dans la paix et la solitude de l'antique bâtisse, le montagnard se remémora les visages de ses compagnons. Qu'étaient-ils devenus ? Quelles épreuves avaient-ils traversées depuis la fuite de Paranor ? Peut-être ne les reverrait-il pas. Ou peut-être ne seraient-ils plus jamais aussi proches que pendant ces jours terribles, sur la route semée d'embûches de la forteresse des Druides...

Mais il n'oublierait pas leur courage ni leurs sacrifices, et pas davantage la fierté qu'il éprouvait au souvenir des dangers affrontés ensemble. Flick lui-même avait fait preuve d'une bravoure et d'une résolution que Menion n'aurait jamais attendues de lui.

Et qu'était-il arrivé à Shea, son plus vieil ami ? Le Valombrien lui manquait, avec son étrange mélange de sens pratique et de croyances surannées. Shea semblait incapable de voir le temps passer autour de lui. Il ne comprenait pas que la terre et les gens se développaient, les guerres de jadis tombant lentement dans l'oubli. Il pensait qu'on pouvait tourner le dos à l'histoire et construire un monde nouveau, sans s'apercevoir que l'avenir était lié au passé, telle une inextricable tapisserie d'événements et d'idées. À sa façon, le Valombrien faisait partie de cet âge révolu, ses convictions étant un écho d'hier plutôt qu'une promesse de lendemain. Comme tout ça semblait étrange, pensa Menion, le regard perdu, debout entre les antiques murs de pierre. Shea et l'Épée de Shannara... Ils appartenaient à une ère révolue, tels des fantômes en sursis. Et pourtant, ils étaient le seul espoir d'avenir !

La clé de la survie !

Les lourdes portes de la salle du Conseil s'ouvrirent derrière le montagnard. Ses pensées revinrent au présent quand il entendit la voix de Shirl. Elle paraissait si petite et vulnérable, son beau visage creusé par l'anxiété. Pas étonnant que Palance Buckhannah désire faire d'elle son épouse !

Menion lui prit la main et ils entrèrent.

Le prince fut frappé par l'austérité de la pièce éclairée par la lumière grise qui coulait à flots des hautes fenêtres. Ancienne et imposante, la salle du Conseil était la pierre angulaire de la cité. Vingt hommes à l'expression étrangement similaire siégeaient autour d'une longue table de bois poli. Tous d'âge mur, sages et avisés autant que déterminés. Derrière leur apparence placide, leurs yeux trahissaient leur inquiétude pour leur cité et leurs concitoyens. Ils savaient ce que ferait l'armée du Nord dès que les pluies cesseraient. Et les eaux de la Mermidon baisseraient rapidement.

Menion s'arrêta devant les conseillers, la jeune femme à ses côtés.

Il pesa soigneusement ses mots, décrivant la formidable force ennemie massée sous le commandement du Roi-Sorcier. Il raconta en partie son long voyage vers Callahorn, puis parla de Balinor et de la compagnie formée à Culhaven – maintenant éclatée dans les Quatre Terres. Il passa sous silence l'Épée de Shannara, les origines mystérieuses de Shea et Allanon. Il n'y avait aucune raison d'informer les conseillers d'autre chose que du péril qui menaçait la cité de Kern, sur le point d'être prise d'assaut...

Quand il eut terminé en suppliant les sages d'évacuer la ville avant que toute retraite leur soit coupée, il éprouva une étrange satisfaction. S'il n'était pas arrivé à Kern, ses habitants auraient peut-être péri sans avoir eu l'occasion de fuir. À ses yeux, il était de la plus haute importance d'avoir mené cette tâche à bien.

Dès qu'il eut fini, les questions fusèrent. Certaines étaient pleines de colère et d'autres exsudaient l'angoisse. Menion répondit rapidement, s'efforçant au calme quand il assura que l'armée ennemie était aussi impressionnante que ce qu'il avait décrit.

L'attaque était inévitable.

L'agitation initiale se transforma en débat plus rationnel sur les possibilités d'action. Quelques Anciens estimaient que la ville pouvait être défendue jusqu'à ce que Palance Buckhannah arrive de Tyrsis à la tête de la Légion Frontalière. Mais la plupart étaient d'avis qu'avec la fin des pluies, d'ici quelques jours, l'armée d'invasion gagnerait aisément la rive de l'île. La cité serait alors sans défense.

Menion écouta le Conseil délibérer en réfléchissant aux possibilités. Enfin, un homme aux cheveux gris et au visage empourpré, le père de Shirl, se tourna vers lui et lui parla pendant que le Conseil continuait ses délibérations.

— Avez-vous vu Balinor, jeune homme ? Savez-vous où il est ?

— Il aurait dû atteindre Tyrsis il y a plusieurs jours, répondit Menion. Il entendait mobiliser la Légion Frontalière. Et il était accompagné par deux cousins d'Eventine Elessedil.

Le vieil homme fronça les sourcils, consterné.

— Prince de Leah, la situation est encore plus désespérée qu'elle en a l'air ! Le roi de Callahorn,

Ruhl Buckhannah, est tombé gravement malade il y a des semaines et son état ne semble pas s'améliorer. Balinor s'étant absenté, le cadet du roi a pris la relève. Il avait une personnalité assez instable. Récemment, son état s'est aggravé. Une de ses premières décisions fut de dissoudre la Légion Frontalière.

— La dissoudre ? s'écria Menion, incrédule. Mais pourquoi, au nom du... ?

— Il la trouvait inutile, répondit le haut conseiller. Il l'a donc remplacée par une petite compagnie formée de ses hommes. En réalité, il s'est toujours senti diminué par l'aura de son frère, et la Légion Frontalière était sous le commandement de Balinor, par ordre du roi. Il est probable que Palance estimait, à juste titre, qu'elle resterait loyale à son frère. Et il n'a aucune intention de céder le trône à Balinor quand le roi mourra, comme il l'a déjà fait savoir ! Les commandants de la Légion Frontalière et les fidèles de Balinor ont été jetés en prison, dans le plus grand secret pour que le peuple ne soit pas outragé. Notre nouveau roi a pris comme seul confident et conseiller un homme appelé Stenmin. Un gredin qui ne se soucie que de lui et se fiche comme d'une guigne du sort des habitants de Callahorn ou de Palance Buckhannah ! Je ne vois pas comment nous pourrions espérer affronter cette invasion quand notre propre royaume est si divisé. Je ne suis même pas sûr qu'il soit possible de convaincre le prince de la gravité de la situation avant que l'ennemi se dresse devant les portes ouvertes de la ville !

— Dans ce cas, Balinor s'est jeté dans la gueule du loup ! Il est allé à Tyrsis, sans savoir que son père était malade et que son frère avait pris le pouvoir. Nous devons le prévenir coûte que coûte !

Les conseillers s'étaient levés comme un seul homme, criant tous en même temps...

Il fallut plusieurs minutes aux quelques membres lucides du Conseil pour calmer les autres et rendre sa dignité au débat. Après quelques instants, Menion laissa ses pensées vagabonder, le regard tourné vers les fenêtres et le ciel, moins sombre qu'auparavant. La pluie semblait se calmer aussi. Le lendemain, elle aurait sans doute cessé. Alors, l'armée ennemie camperait devant la Mermidon en crue puis tenterait la traversée. Sans nul doute, elle parviendrait tôt ou tard à prendre pied sur l'île, même si les défenseurs de Kern faisaient courageusement face. Sans une armée bien organisée pour protéger la ville, les habitants seraient vite massacrés et Kern tomberait.

Menion repensa à Allanon. À sa place, qu'aurait fait le druide ? La situation n'était pas encourageante. Avec Tyrsis à la botte d'un usurpateur et le Conseil de Kern qui continuait à débattre des mesures à prendre quand il aurait fallu qu'elles soient déjà en cours d'exécution...

Menion n'en pouvait plus. C'était pure folie que de s'acharner à étudier des possibilités au lieu d'agir !

— Conseillers ! Écoutez-moi ! rugit-il.

Les Anciens de Kern se turent.

— Toutes les Terres du Sud, votre pays comme le mien, sont menacées de destruction si nous n'agissons pas *immédiatement !* Dès demain soir, Kern sera en cendres et les survivants réduits en esclavage. Notre seul espoir est de fuir vers Tyrsis.

Et notre unique recours, contre l'armée du Nord, est la Légion Frontalière, sous le commandement de Balinor. Les armées des elfes sont prêtes à combattre à nos côtés. Eventine les conduira à la victoire. Les nains, en conflit depuis des années contre les gnomes, ont aussi promis de nous soutenir. Mais nous devons tenir le coup séparément, en attendant d'être tous unis contre cette menace !

— Vos paroles sont sensées, prince de Leah, dit le père de Shirl. Mais proposez-nous une solution à notre problème immédiat, afin que nos citoyens puissent atteindre Tyrsis. L'ennemi s'est posté de l'autre côté de la Mermidon, et nous sommes pratiquement sans défense. Nous parlons d'évacuer près de quarante mille personnes pour les conduire à Tyrsis, à des lieues au sud ! L'ennemi a probablement posté des sentinelles autour de nos rives pour nous empêcher de traverser la Mermidon avant l'attaque. Comment surmonter ces obstacles ?

Un sourire fugitif flotta sur les lèvres de Menion.

— Nous attaquerons, répondit-il simplement.

Il y eut un silence atterré. Les conseillers dévisagèrent le jeune prince. Puis Menion leva une main pour endiguer le flot prévisible de protestations.

— Une attaque, voilà à quoi ils ne s'attendront jamais, surtout de nuit ! Si nous frappons rapidement leurs flancs, à condition de bien s'y prendre, ça aura l'avantage de les plonger dans la confusion. Ils imagineront être assaillis par des effectifs bien supérieurs à la réalité. L'obscurité et l'effet de surprise leur dissimuleront la vérité sur notre véritable force. Ce sera en outre le moyen radical d'attirer les sentinelles postées autour de l'île... Une petite escouade peut faire beaucoup de raffut, allumer des feux et les retenir au moins une heure, peut-être plus. Grâce à cette diversion, vous évacuerez la ville !

Un des Anciens secoua la tête.

— Une heure ne suffira pas, même si votre plan est assez hardi pour prendre les gens du Nord par surprise. À supposer que nous parvenions à faire passer les quarante mille citoyens sur la rive sud, il restera à atteindre Tyrsis, à près de cinquante lieues de là ! Dans des conditions normales, les femmes et les enfants auraient déjà besoin de plusieurs jours pour ce voyage. Quand l'ennemi découvrira le pot aux roses, il s'empressera de poursuivre la population. Nous n'aurons aucune chance de le distancer ! Pourquoi courir au massacre ?

— Qui parle de *distancer* ? riposta Menion. Vous n'emmènerez pas les habitants vers le sud par voie terrestre, mais fluviale ! En une nuit, il faudra mobiliser ou construire le plus d'embarcations possible, petits bateaux, radeaux, esquifs... Tout ce qui pourra flotter. La Mermidon coule vers le sud jusqu'à cinq lieues environ de Tyrsis. Débarquez à cet endroit, et tous atteindront la cité à l'aube, bien avant que l'armée du Nord ait eu le temps de se mobiliser et de vous poursuivre !

Le Conseil se leva comme un seul homme, manifestant bruyamment son approbation et stimulé par l'admirable détermination du montagnard. S'il existait une chance de sauver les citoyens de Kern, fût-ce au prix de la chute de la ville, il fallait la saisir.

Entre cet instant et le coucher du soleil, tous les citoyens participeraient à la construction de grands radeaux de bois capables de transporter des centaines de réfugiés. Il y avait déjà une multitude d'esquifs et de barques ancrés tout autour de l'île pour rallier le continent. De plus, des bacs de grande taille servaient aux transports en commun. Ceux-là seraient réquisitionnés les premiers. Menion suggéra d'ordonner à tous les soldats de Kern de patrouiller sur le rivage, afin d'interdire à quiconque de quitter l'île pour le moment. Aussi longtemps que possible, il faudrait envelopper de mystère les conditions de l'exode. Le premier souci du montagnard était qu'un traître prévienne l'ennemi, leur coupant la retraite avant qu'ils aient eu le temps d'agir.

Après tout, quelqu'un avait bien enlevé Shirl chez elle, au nez et à la barbe de son entourage, sur une île très peuplée, et l'avait emmenée sur un bateau avant de la livrer aux trolls. Un exploit impossible à quiconque n'aurait pas connu la cité-île comme sa poche...

Qui que soit le traître, il était toujours libre de ses mouvements. Et s'il apprenait les détails du plan d'évacuation, il se ferait un plaisir de courir prévenir l'armée du Nord. Le secret était une nécessité absolue pour que cette entreprise ait une chance de succès.

Le reste de la journée passa rapidement. Menion avait momentanément oublié Shea et ses amis de la compagnie. Pour la première fois depuis que Shea était venu le voir dans ses montagnes, le prince de Leah était confronté à un problème qu'il maîtrisait parfaitement. L'ennemi n'était plus le mystérieux Roi-Sorcier ni ses suppôts. Il était fait de chair et de sang. Des êtres qui vivaient et mouraient selon des règles identiques à celles des hommes. Et la menace qu'ils représentaient était on ne peut plus simple à comprendre et à analyser. Le temps étant le facteur crucial de son plan, Menion se lança à corps perdu dans l'entreprise de sa vie : sauver une ville d'un sort funeste.

Les conseillers mobilisés, il supervisa la construction des radeaux géants qui transporteraient les citoyens de Kern vers Tyrsis, en aval de la Mermidon, aux eaux toujours gonflées. Le point d'embarquement serait sur la rive sud-ouest, en dessous de la cité proprement dite. On trouvait là un bras de rivière, large mais bien dissimulé, d'où les radeaux et les vaisseaux plus petits partiraient à la faveur de l'obscurité. Sur la berge opposée, face au bras de rivière, il y avait une série de promontoires bas. De là, une poignée d'hommes déterminés pourrait passer la rivière à gué dès que l'attaque principale contre le camp ennemi commencerait, plus tard dans la nuit. Ils maîtriseraient le petit poste de garde qui s'y trouvait. Une fois les sentinelles éliminées, les bateaux et les radeaux quitteraient l'amarrage, voguant vers le bras sud de la Mermidon, puis jusqu'à Tyrsis. Rien ne leur assurait que les vaisseaux ne seraient pas repérés, mais c'était la seule solution possible.

Si le ciel restait bas et nuageux, si les sentinelles couraient en amont renforcer la défense contre l'assaut du camp principal, et si les insulaires ne faisaient aucun bruit, Menion estimait que l'évacuation avait de bonnes chances de réussir.

Hélas, en fin d'après-midi, la pluie se calma encore, les nuages laissant paraître de petites bandes bleues à travers la grisaille. L'orage fini, il semblait que le ciel nocturne serait dégagé, la terre étant exposée à la lumière de la lune et des milliers d'étoiles...

Menion était dans une des plus petites salles du Conseil quand il remarqua les signes avant-coureurs d'une éclaircie, un événement qui détourna momentanément son attention de la carte déroulée devant lui, sur la table. Il était en compagnie de deux membres de la Légion Frontalière démantelée par Palance : le capitaine Janus Senpre, l'officier le plus gradé, et un vétéran blanchi sous le harnais, Fandrez. Comme il connaissait mieux que quiconque les environs de Kern, on l'avait appelé pour conseiller les attaquants. Étonnamment jeune pour son grade, Senpre était un officier déterminé et intelligent qui avait une dizaine d'années de service derrière lui. Fidèle de Balinor, il partageait les inquiétudes de Menion à son sujet.

L'arrivée du prince n'avait pas été signalée...

Plus tôt dans l'après-midi, Senpre avait sélectionné deux cents soldats aguerris de l'ancienne Légion Frontalière pour former le commando.

Menion avait proposé son aide, aussitôt acceptée. Encore endolori, les pieds et les jambes couverts de plaies, le montagnard refusait de rester avec l'équipe d'évacuation alors que l'attaque du camp ennemi était son idée. Flick aurait considéré son insistance comme un mélange d'obstination et d'orgueil mal placé, mais Menion Leah ne se terrerait pas sur l'île pendant qu'une bataille se livrait de l'autre côté de la rivière. Il lui avait fallu des années pour trouver une cause qui vaille la peine et lui apporte davantage que l'irrésistible attrait de l'aventure. À présent que la menace la plus effrayante depuis des siècles se précisait, avec des risques d'extermination du genre humain, Menion Leah ne serait pas un spectateur passif des événements sur le point de décider du sort du monde.

— Cet endroit, là, près de la barre de Spinn, est le point à atteindre, déclara Fandrez.

Sa voix rauque rappela Menion à la réalité.

Janus Senpre jeta un petit regard au montagnard, qui fit signe qu'il écoutait.

— Ils auront posté des sentinelles tout le long de la barre, continua Fandrez. Si nous ne les éliminons pas très vite, elles risqueront de nous couper la retraite.

— Votre mission consistera à les tenir à l'écart de cet endroit pour garder la voie ouverte, ajouta le commandant de la Légion.

Menion ouvrit la bouche pour protester, mais Senpre l'interrompit.

— J'apprécie votre désir de vous joindre à nous, Menion. Mais nous devrons battre l'ennemi de vitesse, et vos pieds ne sont plus en état de courir, vous le savez aussi bien que moi. Donc, vous assurerez la patrouille, sur la rive. Gardez ouvert le chemin du retour vers les bateaux, et vous nous rendrez un bien plus grand service qu'en venant avec nous.

Menion céda malgré sa déception. Il aurait voulu être en première ligne. Au fond, il espérait encore découvrir que Shea était prisonnier du camp ennemi pour l'en délivrer. Ses pensées dérivèrent vers Allanon et Flick. Peut-être avaient-ils déjà retrouvé son ami disparu, comme le druide l'avait promis...

Il secoua tristement la tête.

Shea, pourquoi toi, le plus doux des êtres ? Pourquoi toi, qui ne demandais qu'à vivre en paix ?

La vie était parfois pleine d'une folie que l'homme devait accepter avec une colère résignée ou une brutale indifférence. Il n'y avait jamais de solution définitive. Excepté la mort.

La réunion se termina peu après. Déprimé et amer, Menion Leah sortit de la salle du Conseil et partit au hasard, perdu dans ses pensées. Presque sans s'en apercevoir, il sortit du grand bâtiment et refit le chemin vers la demeure de Shirl en restant près des passages couverts.

Où tout cela les mènerait-il ? Le Roi-Sorcier se dressait devant eux tel un mur infranchissable. Comment espérer vaincre une créature sans âme, soumise à des lois étrangères au monde où Menion était né ? Pourquoi un simple jeune homme venu d'un hameau perdu aurait-il été la seule âme mortelle capable de détruire un être d'une aussi grande puissance ?

Le prince avait désespérément besoin de comprendre quelque chose à ce qui leur arrivait, à ses amis et à lui. Même si ce n'était qu'une misérable pièce parmi les milliers qui composaient le puzzle infernal du Roi-Sorcier et de l'Épée de Shannara...

Devant les portes de la résidence des Ravenlock, il se détourna, peu désireux de croiser ses semblables pour le moment. Il avait besoin de solitude. Il bifurqua vers la véranda déserte et remonta à pas lents le chemin de pierre du petit jardin, sur un côté de la maison. Des gouttelettes d'eau tombaient encore des feuilles et des fleurs trempées. Il s'arrêta, ses pensées aussi brumeuses et mélancoliques que son environnement. Un instant, il s'abandonna au désespoir, pensant à tout ce qu'il avait perdu. Il ne s'était jamais senti aussi seul, même dans les montagnes de Leah, quand il partait chasser loin de son foyer et de ses amis. Une petite voix lui soufflait qu'il s'était embarqué dans une aventure sans retour. Les choses ne redeviendraient jamais comme avant. D'ailleurs, reverrait-il son foyer et ses proches ? Retournerait-il à son ancienne vie ? Au cours des derniers jours, à un moment difficile à définir, il avait *tout* perdu.

Des larmes perlèrent à ses paupières tandis que le crachin le glaçait jusqu'aux os.

Soudain, il entendit des pas sur les pierres du chemin. Une petite silhouette s'arrêta près de lui, de longues boucles rousses tombant sur les grands yeux qui se levèrent sur lui, puis se tournèrent vers le jardin. Ils restèrent ainsi sans parler un long moment, coupés du reste du monde. Dans le ciel, des nuages occultaient les dernières traces de bleu pendant que le crépuscule tombait.

La pluie avait recommencé à marteler Callahorn... Avec un soulagement détaché, Menion comprit que la nuit serait noire et sans lune sur l'île de Kern.

Minuit était passé depuis longtemps, et la pluie n'avait pas cessé, quand Menion Leah, épuisé, monta en titubant sur un petit radeau amarré sur un bras de rivière paisible, de la côte sud-ouest de l'île. Deux bras fins se tendirent vers lui pour le rattraper et il plongea son regard dans celui de Shirl Ravenlock. Elle l'avait attendu alors qu'il l'avait suppliée de partir avec les autres dès que l'évacuation commencerait. Couvert de coupures, ses vêtements déchirés, la peau humide à cause de la pluie battante et de son propre sang, il se laissa envelopper dans un manteau sec et chaud. Puis Shirl l'attira à elle. Accroupis dans les ombres, ils attendirent.

Quelques soldats étaient revenus avec Menion ; d'autres arrivaient maintenant, épuisés par la bataille, mais fiers du courage et des sacrifices consentis cette nuit-là, sur les plaines du nord de Kern. Le prince de Leah n'avait jamais été témoin d'une telle bravoure dans une situation aussi désespérée. Les braves d'entre les braves de la Légion Frontalière avaient tellement harcelé le camp ennemi que la confusion battait toujours son plein quatre heures après l'attaque initiale. Des milliers d'adversaires frappaient aveuglément tout ce qui passait à leur portée, y compris leurs propres camarades. D'autres sentiments que la peur ou la haine les animaient : le pouvoir inhumain du Roi-Sorcier, dont la fureur les poussait à la bataille comme des déments sanguinaires. Pourtant, les Légionnaires les avaient tenus en respect. Contraints à plusieurs reprises de céder du terrain, ils s'étaient regroupés pour revenir à la charge. Beaucoup étaient morts.

Menion ne comprenait pas par quel miracle il était encore en vie.

On lâcha les cordes d'amarrage ; le radeau commença à dériver loin de la berge, puis, saisi par le courant, il fut entraîné au milieu de la rivière Mermidon en crue. Quelques instants après, il s'engagea dans le bras principal, en aval, en direction de la cité-forteresse de Tyrsis où la population de Kern avait fui des heures plus tôt, lors de l'évacuation organisée de main de maître. Quarante mille personnes entassées sur des radeaux géants, des embarcations de toutes tailles, voire des canots à deux places, avaient fui la cité assiégée pendant que les sentinelles postées sur la rive ouest de la Mermidon retournaient vers le camp principal, qui semblait sous le coup d'une attaque massive des armées de Callahorn. Le martèlement de la pluie, le grondement de la rivière et des clameurs lointaines avaient empêché les sentinelles d'entendre les bruits étouffés produits par la population en fuite. Le ciel nuageux avait également dissimulé les fuyards.

Pour le moment, ils échappaient au Roi-Sorcier.

Menion somnola, coupé de tout sauf du balancement apaisant du radeau porté vers le sud par les eaux tumultueuses de la rivière. Des rêves étranges lui traversèrent l'esprit. Puis des voix lui parvinrent, le tirant de son assoupissement.

Une lueur rouge lui brûla les yeux. Paupières plissées, il se dégagea des bras de Shirl, troublé quand il vit le ciel, au nord, illuminé par une lumière rouge rivalisant avec la clarté de l'aube...

Shirl lui parla à voix basse.

— Ils ont incendié la cité, Menion... Ils ont mis le feu à ma ville natale !

Il prit la main de la jeune femme. Même si les habitants étaient parvenus à fuir, la cité-île de Kern n'était plus.

Au loin, son bûcher funéraire embrasait le ciel.

Chapitre 25

Les heures passèrent lentement dans la petite cellule obscure. Même quand leurs yeux se furent habitués au noir, les prisonniers continuèrent à éprouver un sentiment de solitude propre à engourdir les sens et à troubler toute estimation du temps. Dans l'obscurité, ils entendaient leur propre souffle, le bruit des pattes des rongeurs et le plic-plic infernal des gouttes d'eau qui tombaient sur la pierre usée. Bientôt, leurs sens perturbés leur firent entendre des sons inexistants.

Une éternité parut s'écouler. Personne ne vint.

Dans la ville, loin au-dessus d'eux, Palance Buckhannah décidait de leur sort, et, indirectement, de celui des Terres du Sud. Le délai de grâce de Callahorn était presque épuisé. Le Roi-Sorcier se rapprochait à chaque minute. Mais dans la geôle, cet univers coupé des vivants, le temps avait perdu tout son sens. Les jours se suivraient, semblables les uns aux autres. Quelqu'un finirait par venir. Pour les libérer et les rendre à la lumière du soleil, ou les transférer d'une prison obscure à une autre ? Trouveraient-ils en sortant le règne de la terrible mélancolie du Roi-Sorcier, son ombre planant sur

Callahorn et sur les contrées les plus éloignées des provinces du Sud ?

Peu après le départ de leurs geôliers, Balinor et les elfes s'étaient libérés de leurs liens, assez lâches, puisqu'ils ne risquaient pas de s'échapper. Après avoir enlevé leurs cordes et leurs bandeaux, ils se rapprochèrent les uns des autres dans les ténèbres et débattirent de leur sort. L'odeur de pourriture qui imprégnait l'antique cachot les empêchait presque de respirer et l'air glacial s'insinuait sous leurs manteaux. Le sol était en terre battue, les murs de pierre et de fer, et la pièce entièrement vide.

Balinor connaissait bien les caves, sous le palais, mais la cellule où on les avait emprisonnés ne lui disait rien. Les caves servaient surtout au stockage. Il existait plusieurs pièces réservées aux fûts de vin, mais celle-ci n'en faisait pas partie. Puis il comprit qu'ils étaient enfermés dans les cachots construits sous ce niveau, des siècles auparavant. Des cachots depuis longtemps scellés et oubliés. Palance avait dû découvrir leur existence par hasard et les rouvrir pour son usage privé. Les amis de Balinor y étaient probablement détenus aussi. Palance les y avait fait jeter dès qu'ils étaient venus protester contre la dissolution de la Légion Frontalière. Une prison idéale, loin des regards et des esprits...

Balinor doutait qu'on la découvre – pour autant qu'on les cherchât.

Le conseil de guerre tourna vite court. Il n'y avait pas grand-chose à dire. Balinor avait laissé des instructions au capitaine Sheelon. S'ils ne revenaient pas dans les quatre heures, l'homme avait mission d'aller trouver Ginnisson et Fandwick, deux des commandants les plus fidèles de Balinor, et de leur enjoindre de reconstituer la Légion Frontalière pour s'opposer à l'attaque du Roi-Sorcier. Sheelon avait aussi reçu l'ordre de prévenir les elfes et les nains de la situation et de solliciter leur soutien immédiat. Eventine ne permettrait pas que ses cousins restent prisonniers de Callahorn, et Allanon viendrait dès qu'il aurait vent de leur mésaventure. Mais les quatre heures imparties étaient passées depuis longtemps... estima Balinor. Il devait prendre son mal en patience. Hélas, le temps leur était compté. Palance étant déterminé à monter sur le trône de Callahorn, leurs vies ne tenaient plus qu'à un fil. Le frontalier regrettait de ne pas avoir écouté le conseil de Durin et évité d'affronter son frère tant qu'il était si vulnérable...

Pourtant, il n'aurait pas pensé que les choses puissent tourner aussi mal. Palance était enragé, dévoré par la haine au point qu'il n'avait même pas voulu écouter Balinor. Sa conduite irrationnelle restait toutefois assez peu mystérieuse. À elles seules, leurs divergences de points de vue n'expliquaient pas tout. Ni les réactions féroces du jeune homme, ni la grave maladie de leur père (dont Palance croyait Balinor responsable, pour une raison obscure...) Non, cela avait un rapport avec Shirl Ravenlock, la ravissante jeune femme dont Palance s'était épris des mois plus tôt, et qu'il avait juré d'épouser en dépit de tout. Quelque chose lui était arrivé. Et son frère accusait Balinor. Si elle avait effectivement disparu, comme les quelques mots de Palance le laissaient entendre, le prince ferait tout pour la récupérer saine et sauve.

Le frontalier expliqua la situation aux elfes. Il pensait que Palance viendrait bientôt les voir pour exiger des informations sur le sort de la jeune femme. Naturellement, il refuserait de croire leurs protestations d'innocence...

Plus de vingt-quatre heures passèrent sans que personne ne se montre. Ils n'avaient rien à manger. Malgré leurs yeux accoutumés à l'obscurité, ils n'avaient rien à voir non plus, sinon leurs propres silhouettes et les parois. Ils dormirent à tour de rôle, tentant d'économiser leurs forces, mais le silence anormal les empêchait de goûter un sommeil réparateur.

Ils se résignèrent à des siestes fractionnées qui ne les reposèrent pas. Ils avaient cherché le point faible des charnières de la porte de fer... hélas solidement fixée. Sans outils, il leur serait impossible de creuser le sol de terre battue. Les murs de pierre étaient anciens, mais solides, et le mortier ne s'effritait pas. Ils finirent par abandonner et s'assirent en silence.

Après des heures d'attente dans les ténèbres, ils entendirent des portes métalliques s'ouvrir, quelque part au-dessus d'eux. Ils captèrent aussi des voix étouffées, puis des bruits de pas quand quelqu'un descendit les marches usées.

Ils se levèrent et se postèrent près de la porte. Balinor reconnut la voix de son frère, étrangement hésitante et comme brisée. Les verrous s'ouvrirent. Le grincement du métal perça les tympans des prisonniers habitués à un silence sépulcral. Ils s'éloignèrent de la porte, qui pivota vers l'intérieur. La lumière des torches éclaira vivement la cellule.

Pendant que les prisonniers se réhabituaient à la lumière, quelqu'un entra.

Le fils cadet du roi de Callahorn avait les traits détendus, mais la haine qui le consumait se lut dans ses yeux quand son regard passa d'un prisonnier à l'autre. Son visage avait la même structure que celui de Balinor, la bouche large et le nez proéminent, sans parler de la carrure imposante. À ses côtés se tenait un homme que même les elfes reconnurent, alors qu'ils ne l'avaient jamais rencontré : Stenmin. Ascétique et un peu voûté, il portait des vêtements et des ornements rouges. Ses yeux étrangement voilés donnaient une idée du pouvoir qui avait su lui attirer les faveurs du nouveau roi. Se tordant nerveusement les mains, il caressait son collier de barbe noire. Derrière lui, deux gardes armés arboraient l'emblème du faucon. Dans le couloir, on apercevait deux gardes de plus. Tous portaient des piques. Un instant, personne ne parla ni ne bougea. Les deux groupes se dévisagèrent à la chiche lumière des torches. Puis Palance indiqua la porte d'un geste impérieux.

— Je veux parler seul à seul avec mon frère. Faites sortir les deux autres.

Il attendit que les deux elfes aient été conduits hors de la cellule, puis se tourna vers Stenmin.

— Je pensais que vous auriez peut-être besoin de moi ?

— Sortez ! Je m'entretiendrai seul avec mon frère.

L'homme se hâta d'obéir. La lourde porte se referma derrière lui, laissant les deux frères face à face dans un silence à peine troublé par le sifflement des étincelles de la torche. Balinor dévisagea

Palance, cherchant dans son regard les sentiments d'amour et d'amitié qu'ils avaient partagés, enfants... Il ne les trouva pas – à moins que son frère les ait soigneusement dissimulés dans un coin secret de son cœur. À leur place, il vit une étrange colère, peut-être due à l'insatisfaction plus qu'à la haine. Soudain, la fureur et le mépris disparurent de son visage, remplacés par un détachement glacial que Balinor trouva illogique... et simulé. Comme si Palance jouait un rôle sans avoir réellement compris le personnage.

— Pourquoi es-tu revenu, Balinor ? demanda-t-il. Pourquoi as-tu fait ça ?

Le frontalier ne répondit pas, désarçonné par ce brusque changement d'humeur. Son frère avait paru prêt à le mettre en pièces pour lui arracher la vérité sur la belle Shirl Ravenlock, et maintenant il semblait avoir oublié la question.

— Peu importe... ajouta-t-il avant que Balinor ait pu rassembler ses esprits. Tu aurais pu rester au loin, après... tout ce que... Ta traîtrise ! Je l'avais espéré car nous étions si proches, enfants... Après tout, tu es mon seul frère. Bientôt, je serai le roi de Callahorn... J'aurais dû être le premier né, de toute façon...

Sa voix mourut. Il est devenu fou, pensa Balinor, désespéré. Comment raisonner avec lui ?

— Palance, écoute-moi, je t'en prie ! Je ne vous ai fait aucun mal, à Shirl et à toi. J'étais à Paranor depuis des semaines, et je suis revenu prévenir notre peuple que le Roi-Sorcier a réuni une armée qui balayera les Terres du Sud si nous ne parvenons pas à l'arrêter ici ! Pour l'amour de toutes ces contrées, je t'en prie, écoute-moi...

Le rugissement de son frère lui déchira les tympans.

— Je refuse d'entendre un mot de plus sur cette prétendue invasion ! Mes éclaireurs, aux frontières du pays, n'ont rapporté la présence d'aucune armée. De plus, qui oserait s'attaquer à Callahorn... À moi ? Notre peuple ne court aucun danger. Et que m'importe le reste du Sud ? Nos voisins nous ont toujours laissés seuls face aux attaques ! Je ne leur dois rien !

Il fit un pas vers Balinor, un index pointé sur lui, la haine embrasant de nouveau ses prunelles...

— Tu t'es retourné contre moi, frère, alors que tu savais que je deviendrais roi un jour ! Tu as voulu m'empoisonner, comme tu as empoisonné notre père ! Tu cherchais à me rendre aussi vulnérable que lui. Et comme lui, je serais mort seul, oublié de tous ! Tu pensais avoir trouvé un allié en partant avec Allanon, ce traître ! Oh, comme je le hais, cet être maléfique ! Il doit être détruit ! Mais toi, tu resteras dans cette cellule, seul jusqu'à ta fin ! Tu connaîtras le sort que tu me réservais !

Il éclata de rire et retourna à la porte. Balinor crut qu'il allait l'ouvrir, mais il s'arrêta et se tourna de nouveau vers lui, le regard mélancolique.

— Tu aurais pu rester au loin, en sécurité... marmonna-t-il. Stenmin avait soutenu que tu reviendrais, alors que je lui assurais le contraire. Comme toujours, il avait raison... Pourquoi es-tu revenu ?

Balinor réfléchit très vite. Il lui fallait retenir assez l'attention de son frère pour découvrir ce qui était arrivé à son père et à ses amis.

— Je m'étais trompé. J'avais tort... Je suis revenu voir notre père. Et toi.

— Notre père... répéta Palance comme si le terme ne lui était pas familier. Il est au-delà de toute assistance. Il gît, comme déjà mort, dans une chambre de l'aile sud. Stenmin veille sur lui, et moi aussi, mais il n'y a rien à faire. Il ne semble plus vouloir vivre...

— Quel est le problème ? s'impatienta Balinor en faisant un pas vers son frère.

— Garde tes distances !

Palance recula et sortit une dague.

Balinor hésita. Il lui aurait été facile de lui arracher l'arme et de prendre le prince en otage. Quelque chose l'en empêcha, le dissuadant de courir ce risque. Les mains levées, il recula jusqu'au mur opposé.

— Tu dois te souvenir que tu es mon prisonnier, dit Palance d'une voix où, derrière la satisfaction, perçait une déroutante incertitude. Tu as empoisonné le roi et tenté la même infamie sur ma personne. J'aurais pu ordonner ton exécution. Stenmin m'avait conseillé de m'y résoudre, mais je ne suis pas un lâche, comme lui ! J'avais aussi un commandement dans la Légion Frontalière, avant... Mais elle n'existe plus, désormais. Elle a été dispersée et les soldats renvoyés à leurs foyers. Mon règne sera une ère de paix. Tu ne comprends pas, n'est-ce pas, Balinor ?

Le frontalier fit un signe négatif, tentant désespérément de retenir l'attention de son frère quelques minutes de plus. Palance était devenu fou, à cause d'un défaut congénital ou de ce qui lui était arrivé depuis le départ de Balinor en compagnie d'Allanon. Ce n'était plus le frère avec qui il avait grandi et qu'il avait aimé. Désormais un étranger vivait dans son corps. Un malade obsédé par la volonté d'être couronné roi de Callahorn...

Stenmin était derrière tout ça. Il était parvenu à pervertir l'esprit de son frère, à le plier à sa volonté, l'assommant de promesses sur sa destinée de roi... Palance avait toujours désiré régner sur Callahorn. Présent depuis le début, conseiller et ami intime du prince, Stenmin avait réussi à empoisonner son esprit. Mais Palance était un homme indépendant, un individu sain qui ne se serait pas laissé briser aussi aisément. Pourtant, il avait changé. Hendel s'était trompé à son sujet, et Balinor aussi. Aucun d'eux n'aurait pu prévoir ça.

Maintenant, il était trop tard.

— Et Shirl ? Qu'en est-il de Shirl ? demanda le frontalier.

La colère s'effaça de nouveau du visage de son frère. Un sourire naquit sur ses lèvres.

— Elle est si belle... si belle.

Soupirant comme un idiot, il lâcha la dague, qui tomba sur le sol.

— Tu me l'as prise, Balinor... Tu as essayé de l'éloigner de moi. Mais elle est en sécurité. Elle a été sauvée par un prince des Terres du Sud – comme moi. Non, je suis roi de Tyrsis, maintenant... Lui est seulement un prince. Il vient d'un minuscule royaume dont je n'avais jamais entendu parler. Nous serons de bons amis, Balinor, comme toi et moi, autrefois... Mais Stenmin me répète que je ne peux me fier à personne ! J'ai même dû faire enfermer Messaline et Acton qui sont venus me voir quand la Légion Frontalière a été renvoyée dans ses foyers. Ils voulaient me persuader de...

d'abandonner mes plans pour la paix, je suppose. Ils ne comprennent pas la raison de...

Il s'interrompit, les yeux rivés sur la dague momentanément oubliée. Il la ramassa et la remit au fourreau avec un sourire sournois. L'expression d'un enfant rusé qui échappe de justesse à une réprimande. Il n'y avait plus de doute pour Balinor : son frère était incapable de prendre une décision rationnelle.

Soudain, il se souvint de son intuition : s'il avait saisi la dague, ç'aurait été une grave erreur. Maintenant, il comprenait pourquoi son instinct l'en avait dissuadé. Conscient de l'état mental de Palance, Stenmin avait à dessein laissé les deux frères en tête à tête dans la cellule. Si Balinor avait désarmé Palance et tenté de s'échapper en le prenant en otage, le manipulateur aurait atteint son but en faisant d'une pierre deux coups. Il se serait arrangé pour les tuer tous les deux. Qui aurait mis sa parole en doute quand il aurait déclaré que Palance avait été tué au cours de la tentative d'évasion de son misérable frère ? Deux princes ainsi éliminés et leur père dans l'incapacité de gouverner, le mystique aurait alors eu beau jeu de s'emparer du pouvoir.

Ensuite, lui seul aurait décidé du sort des Terres du Sud.

— Palance, écoute-moi, je t'en prie... souffla Balinor. Nous étions si proches autrefois... Plus que de simples frères. Des amis, des compagnons, des confidents... Nous nous aimions, et nous avions confiance l'un en l'autre. Nous avons toujours réglé nos différends parce que nous nous entendions. Tu ne peux pas avoir tout oublié ! Un roi doit essayer de comprendre ses sujets, quelles que soient les difficultés... Tu es d'accord, n'est-ce pas ?

Palance fit un signe d'assentiment, le regard dans le vague. Une partie de son esprit devait mener une lutte farouche contre la brume insidieuse qui obscurcissait ses pensées...

Voyant la lueur de compréhension qui s'alluma soudain dans son regard, Balinor décida de tenter le tout pour le tout. Il devait toucher les souvenirs enfouis dans l'esprit malade de son frère, les ramener à la surface...

— Stenmin se sert de toi ! C'est un homme maléfique ! (Son frère sursauta et recula d'un pas comme pour éviter d'en entendre davantage.) Comprends-le, Palance : je ne suis pas ton ennemi, et encore moins celui de notre royaume. Je n'ai pas empoisonné notre père. Je n'ai fait aucun mal à Shirl. Je veux seulement aider... !

Sa tirade fut interrompue par l'ouverture de la porte et l'irruption de Stenmin, dont les yeux cruels se rivèrent sur Balinor.

— J'ai cru vous entendre m'appeler, mon roi, fit-il avec un sourire mauvais. Vous êtes resté si longtemps dans cette cellule que j'ai cru qu'il était arrivé quelque chose...

Palance le regarda sans comprendre, puis secoua la tête et se détourna. À cet instant, Balinor envisagea de sauter sur le mystique et de l'étrangler avant que les gardes aient le temps d'intervenir. Mais il hésita... Cet acte dicté par le désespoir le sauverait-il ? Aiderait-il son frère à recouvrer ses esprits ?

Le moment d'agir passa. Les gardes ramenèrent les elfes dans la cellule, puis rejoignirent leurs camarades. Soudain, Balinor se remémora ce que Palance avait mentionné à propos de Shirl : un prince venu d'un minuscule royaume du Sud, son sauveur... Menion Leah ! Mais comment était-il arrivé en Callahorn ?

Les gardes firent volte-face pour partir, suivis par Palance et son âme damnée. Le mystique se tourna une dernière fois vers les prisonniers, un rictus sur les lèvres.

— Au cas où mon roi aurait oublié de le mentionner, Balinor... les gardes de l'enceinte vous ont vu avec un certain capitaine Sheelon, anciennement de la Légion Frontalière. Il essayait de parler aux gens de vos... ennuis... quand il a été capturé et jeté en prison. La question est close. Avec le temps, vous serez aussi oublié.

Cette dernière nouvelle acheva de déprimer Balinor. Si Sheelon avait été arrêté avant d'avoir pu avertir Ginnisson et Fandwick, il ne resterait personne pour reconstituer la Légion Frontalière et appeler le peuple aux armes. Ses compagnons ne sauraient rien de son emprisonnement en arrivant à Tyrsis. À supposer qu'ils aient la puce à l'oreille, quelles possibilités auraient-ils de découvrir ce qu'il était advenu de lui ? Les niveaux inférieurs de l'antique palais étaient peu connus et leur accès bien caché...

Démoralisés, les prisonniers regardèrent les gardes poser du pain et une cruche d'eau près de la porte, puis sortir dans le couloir en emportant toutes les torches sauf une. Stenmin la tenait, attendant que Palance sorte à la suite des gardes. Mais le roi ne parvenait pas à détacher les yeux de son frère. La lumière tremblotante de la torche faisait danser sur son visage des reflets rougeâtres qui soulignaient cruellement la longue cicatrice qui lui balafrait la joue. Les deux frères s'affrontèrent du regard en silence, puis Palance revint à pas lents vers Balinor, se dégageant quand le mystique tenta de le retenir. Il s'arrêta tout près de son frère, les yeux braqués sur son visage impassible, comme pour s'imprégner de sa détermination. Il leva une main incertaine, hésita, et la posa sur l'épaule de Balinor, la serrant de toutes ses forces.

— Je veux... savoir, murmura-t-il. Déchirer le brouillard... Tu dois m'aider...

Balinor fit signe qu'il comprenait. Il posa ses doigts sur ceux de Palance et les serra à son tour en signe d'affection. Un instant, ils restèrent ainsi, soudés comme si leur amitié ne s'était jamais effacée. Puis Palance se détourna et quitta la cellule, suivi par Stenmin, que l'incident inquiétait. La lourde porte se referma avec un grincement, replongeant les trois compagnons dans les ténèbres. Les bruits de pas s'éloignèrent et moururent.

L'attente recommença. Cette fois, tout espoir semblait définitivement perdu.

Une silhouette indistincte se détacha de l'obscurité des arbres, dans le parc désert situé sous la haute travée du pont de Sendic, et courut vers le palais des Buckhannah. Par bonds rapides et sûrs, elle enjamba les haies basses et les broussailles et se faufila entre les ormes majestueux. Deux yeux attentifs étudièrent l'enceinte des jardins, cherchant la présence de gardes. Près des portes en fer forgé, au-dessus du parc, là où le pont débouchait sur un terre-plein, des sentinelles patrouillaient, l'emblème du faucon bien visible à la lueur des torches du portail. La silhouette furtive grimpa lentement la butte en pente douce menant aux murs couverts de mousse et de lierre. Arrivée au sommet, elle se fondit aussitôt dans l'ombre de la muraille.

Restant invisible de longs moments, elle s'éloigna du portail principal et de la lumière des torches. Puis elle réapparut sous la forme d'une tache sombre, contre le mur ouest faiblement éclairé par la lune. Des bras noueux s'agrippèrent au lierre. La silhouette corpulente se hissa vers le bord du mur. Ses yeux perçants examinèrent les jardins déserts du palais, s'assurant qu'il n'y avait pas de garde à proximité.

L'intrus escalada prestement le mur, sauta pardessus et atterrit avec un bruit étouffé au milieu des parterres de fleurs.

Il se tapit à l'ombre d'un saule. S'arrêtant, hors d'haleine, sous les rameaux de l'arbre, il entendit des bruits de voix se rapprocher de sa cachette. L'oreille tendue, il conclut qu'il s'agissait seulement de gardes qui parlaient de tout et de rien pendant leur ronde. Il attendit, certain de ne pas avoir été repéré. Son corps se fondait si bien au tronc de l'arbre qu'il était indétectable, sauf à approcher très près de sa cachette. Les sentinelles apparurent peu après, bavardant toujours. Elles passèrent devant l'arbre où se dissimulait l'intrus et eurent bientôt disparu de nouveau. L'inconnu se reposa quelques minutes de plus, sondant la masse sombre nichée au centre des jardins ombragés par des arbres séculaires : le palais des rois de Callahorn. Quelques fenêtres éclairées rompaient l'obscurité du bâtiment, illuminant les jardins déserts. D'autres bribes de conversation en filtraient, mais personne n'était en vue.

L'intrus traversa le terrain découvert menant au palais et s'arrêta sous une fenêtre obscure. Ses mains puissantes s'attaquèrent à l'antique fermeture, poussant pour desceller les charnières. Puis, avec un craquement si fort qu'il parut se répercuter dans tout le palais, la fenêtre s'ouvrit vers l'intérieur. Sans s'attarder à vérifier si les patrouilles avaient capté le bruit insolite, l'intrus se glissa dans l'entrebâillement. Une fois la fenêtre refermée sur lui, la faible lumière de la lune à demi voilée par les nuages révéla un instant le visage du redoutable Hendel.

Stenmin avait commis une erreur de taille en emprisonnant Balinor et les cousins d'Eventine. Son plan était simple : le vieux Sheelon ayant été pris dès qu'il avait quitté Balinor, il n'avait pas pu transmettre les instructions du prince à ses amis. Avec Balinor et les elfes au secret, et Acton et Messaline eux aussi en prison, Stenmin avait pu raisonnablement supposer que personne d'autre en ville ne viendrait lui poser de problème. Il avait fait courir le bruit que Balinor était venu rendre une brève visite à sa famille avant de retourner auprès d'Allanon. L'homme que Stenmin avait fait passer auprès de Palance Buckhannah et des habitants de Tyrsis pour un ennemi de Callahorn. Si d'autres amis de Balinor se manifestaient en mettant en doute cette version des faits, ils iraient d'abord au palais pour s'entretenir avec son frère, devenu roi. À chaque fois, ce serait un jeu d'enfant de se débarrasser d'eux en toute tranquillité.

Le plan aurait marché à tous les coups... Sauf avec Hendel ! Le nain se méfiait des manières perfides de Stenmin, se doutant qu'il avait établi sa domination sur l'esprit perturbé de Palance. Hendel n'était pas si bête : il ne révélerait pas sa présence avant d'avoir découvert ce qui était réellement arrivé à ses amis.

Un enchaînement d'événements singuliers l'avait ramené à Tyrsis. En quittant Balinor et les elfes près des forêts, au nord de la forteresse, il avait la ferme intention de rallier Varfleet dans les meilleurs délais puis de retourner à Culhaven. Une fois revenu chez lui, il contribuerait à mobiliser l'armée des nains pour défendre les territoires sud de l'Anar contre l'invasion. La nuit entière, il avait traversé la forêt, atteignant la ville au matin, où il était allé chez de vieux amis pour dormir. À son réveil, l'après-midi, il s'était lavé, restauré, puis préparé au départ pour son pays natal. Il n'avait pas franchi les portes de la cité qu'un groupe de nains épuisés s'était présenté, demandant à parler séance tenante au Conseil. Hendel avait suivi et interrogé un des guerriers, qu'il connaissait, pendant qu'on les escortait jusqu'à la salle du Conseil. À sa grande consternation, il avait appris qu'une armée venue des dents du Dragon, composée de trolls et de gnomes, marchait sur Varfleet. Dans un jour ou deux, elle serait aux portes de la ville. Les nains étaient les survivants d'une patrouille qui avait repéré la horde ennemie. Elle avait tenté de la battre de vitesse pour courir prévenir les habitants de Varfleet. La plupart des nains avaient été tués dans la bataille rangée qui avait suivi.

Si un corps d'armée menaçait Varfleet, un autre, plus important encore, devait déjà marcher sur Tyrsis. Hendel comprit que le Roi-Sorcier avait prévu de raser au plus vite les cités de Callahorn, préparant ainsi le terrain à l'invasion du reste des Terres du Sud.

Dans ces circonstances, le devoir du nain était tout tracé : courir prévenir son peuple. Mais rallier Culhaven prendrait deux jours. Et en revenir, deux de plus.

Il découvrit rapidement que Balinor s'était trompé en pensant que son père régnait toujours. S'il était tué ou emprisonné par son frère, qui souffrait d'une jalousie maladive, ou éliminé par Stenmin avant d'avoir pu reprendre son trône et assurer le commandement de la Légion Frontalière, Callahorn était condamnée...

Quelqu'un devait le joindre avant qu'il soit trop tard. Et seul Hendel le pouvait encore. En compagnie de Flick et de Menion Leah, Allanon cherchait toujours Shea dans les Terres du Nord.

Hendel s'était vite décidé, ordonnant à un des survivants de la patrouille de partir le soir même pour Culhaven. Quoi qu'il advînt par ailleurs, il fallut prévenir les Anciens que l'invasion avait commencé à Callahorn, et que leurs armées devraient voler au secours de Varfleet. Les cités de Callahorn ne devaient pas tomber, sinon le territoire serait divisé et ce qu'Allanon craignait arriverait : les armées des nains et des elfes seraient dans l'incapacité de se rejoindre, le Roi-Sorcier tiendrait la victoire.

Le volontaire promit solennellement à Hendel qu'il n'échouerait pas. Ses camarades et lui partiraient aussitôt pour l'Anar.

Il fallut plusieurs heures à Hendel pour retourner à Tyrsis. Cette fois, le voyage fut lent et dangereux. Les forêts grouillaient de patrouilles gnomes chargées de couper toute communication entre les cités de Callahorn. À plusieurs reprises, Hendel dut se cacher et fut contraint à multiplier les détours pour éviter les périmètres arpentés par de nombreuses sentinelles. Le réseau de postes de garde était beaucoup plus dense que celui des dents du Dragon, prouvant que l'attaque était imminente. Si l'armée du Nord prévoyait de frapper Varfleet le jour suivant, Tyrsis serait attaquée en même temps. La cité-île de Kern, plus petite, était peut-être déjà tombée.

Il faisait jour quand le nain approcha des plaines septentrionales de Tyrsis sans avoir été repéré par les gnomes. Le pire restait à venir : affronter le risque d'être découvert par Stenmin et Palance. Il avait rencontré le prince à plusieurs reprises, mais il était peu probable qu'il se souvienne de lui. Quant à Stenmin, il avait dû le voir une fois. Néanmoins, il trouvait plus sage de n'attirer l'attention de personne.

À la pointe du jour, il s'était infiltré à Tyrsis au milieu des voyageurs et des marchands. Une fois franchie la première enceinte, il avait erré des heures près des baraquements presque déserts de la Légion Frontalière, parlant avec les quelques soldats qui s'y trouvaient encore, en quête du moindre indice sur le sort réservé à ses amis. Il apprit enfin qu'ils s'étaient présentés au coucher du soleil, deux jours plus tôt, pour aller aussitôt au palais. On ne les avait plus revus. Selon des rumeurs invérifiables, ils étaient repartis après une courte visite au père de Balinor.

Hendel comprit ce que ça signifiait.

Il s'était posté à proximité du palais jusqu'à la tombée du jour.

Un palais bien gardé par des sentinelles arborant un faucon pour emblème. Il y avait aussi des soldats au portail et dans toute la ville. Leur unité était apparemment la seule de Tyrsis. Si Hendel retrouvait Balinor sain et sauf et parvenait à le libérer, reprendre le contrôle de la ville et mobiliser la Légion Frontalière ne serait pas un mince exploit.

Le nain n'entendit pas parler de l'invasion : le peuple de Tyrsis ignorait tout du danger ! Il trouvait invraisemblable qu'un homme, même aussi perturbé et mal conseillé que Palance Buckhannah, refuse de préparer la ville à affronter la menace. Si Tyrsis tombait, le fils cadet de Ruhl Buckhannah perdrait du même coup son trône usurpé.

Hendel avait étudié le parc public, qui s'étendait sous la grande arche du pont de Sendic. À la nuit tombée, il avait résolu de s'infiltrer dans le palais.

Il inspecta la pièce obscure aux murs couverts d'étagères pleines de livres soigneusement rangés et étiquetés. La bibliothèque personnelle de la famille Buckhannah. Un véritable luxe, en ces temps où peu de livres étaient rédigés et leur diffusion strictement réglementée. Les Grandes Guerres avaient presque rayé la littérature de la surface de la terre. Après, peu d'ouvrages avaient été écrits. Avoir une bibliothèque privée était devenu un privilège, même dans les sphères les plus favorisées des Quatre Terres.

Hendel se souciait fort peu de la vocation de la pièce. Il avança à pas de loup vers la porte, à l'autre bout, d'où filtrait un rayon de lumière. Il jeta un coup d'œil prudent au couloir éclairé. Personne en vue... Il s'avisa soudain qu'il ignorait que faire... Balinor et les elfes pouvaient être retenus n'importe où ! Après avoir évalué les possibilités, il conclut qu'ils étaient probablement dans les caves – vivants ou morts. Il commencerait son exploration par là. Écoutant un long moment sans rien entendre, le nain sortit dans le couloir.

Il connaissait le palais pour avoir plus d'une fois rendu visite à Balinor. Il ne se souvenait pas de l'agencement précis de toutes les pièces, bien entendu, mais il retrouverait celui des couloirs et des escaliers, et on l'avait parfois fait descendre dans les caves, où le vin et la nourriture étaient stockés. Au bout du couloir, il tourna à gauche, au croisement de quatre autres corridors, certain que l'escalier était devant lui. Une porte empêchait le froid des niveaux inférieurs d'envahir le palais. Soudain, des voix retentirent, derrière lui. Il tira sur la porte. À son grand dam, elle refusa de bouger. Il insista, les muscles bandés. En vain. Les voix se rapprochant, il chercha une cachette. Son regard tomba sur un verrou de sécurité, près du sol, qu'il n'avait pas remarqué. En dépit des bruits de pas de plus en plus forts, il ouvrit le deuxième verrou, fit pivoter la porte et fonça...

La porte se referma derrière lui à l'instant précis où les sentinelles tournaient au coin du couloir, en chemin pour relever la garde du portail sud.

Hendel dévala les marches pour aboutir dans les caves obscures. Il tâtonna le long du mur jusqu'à trouver un support en fer. Il prit la torche et l'alluma avec le silex conservé à côté.

Il inspecta la cave pièce par pièce. Le temps passa et il eut finalement exploré tout le niveau. En vain. Apparemment, ses amis n'étaient pas détenus là. Ils auraient pu, s'avoua Hendel à regret, être emprisonnés dans une des pièces du haut... Pourtant, il lui semblait étrange que Palance et son conseiller courent le risque de laisser des visiteurs apercevoir les prisonniers. Ou Balinor avait-il réellement quitté la cité à la recherche d'Allanon ? Une éventualité dont il mesura l'absurdité à la seconde où elle lui vint à l'esprit. Devant un tel problème, Balinor aurait affronté son frère.

Où le frontalier et les elfes étaient-ils cloîtrés, loin de tous les regards ? L'endroit logique était bien le sous-sol, dans les caves obscures aux murs aveugles qu'il venait d'explorer.

Soudain, Hendel se rappela l'existence des cachots, sous les caves ! Balinor les avait mentionnés un jour, précisant qu'ils étaient à l'abandon, tout accès condamné. Le nain s'efforça de se rappeler où était le passage. Cette fois, il n'y avait plus de doute : ses amis avaient été entraînés dans les profondeurs de la terre ! Dans de maudites oubliettes. Sans aucune chance d'être découverts. Personne ne connaissait l'existence de ces caves, excepté les membres de la famille royale et leurs amis intimes. Même les citoyens les plus âgés de Tyrsis n'en avaient probablement jamais entendu parler...

Quelle ignominie !

Ignorant les pièces adjacentes et les couloirs, Hendel sonda les murs et le sol de la salle centrale.

C'était là, se souvenait-il, qu'il avait remarqué l'entrée scellée. Si on l'avait rouverte, elle ne serait pas difficile à trouver. Mais les murs semblaient pleins, et la moisissure n'avait pas été touchée depuis des dizaines d'années. S'était-il trompé ? Découragé, il se laissa tomber contre un casier à bouteilles, au milieu de la salle vide, son regard étudiant encore les murs. Le temps lui était compté. S'il ne filait pas avant l'aube, il rejoindrait sans doute ses amis dans leur prison. Quelque chose lui échappait, il en était sûr ! Jurant tout bas, il se leva et refit lentement le tour de la pièce, tentant de se rafraîchir la mémoire. Il y avait un détail, au sujet des murs...

En un éclair, tout lui revint. Le passage ne se trouvait pas dans les murs, mais au centre de la pièce ! Étouffant un cri de triomphe, le nain courut vers les casiers contre lesquels il s'était adossé. Poussant ses muscles puissants presque au-delà de leurs limites, il écarta plusieurs tonneaux, jusqu'à ce que la dalle de pierre qui couvrait l'entrée secrète soit révélée. Saisissant à pleines mains l'anneau de fer inséré dans la dalle, il tira. Comme à regret, le bloc de pierre pivota vers le haut en grinçant et retomba lourdement. Hendel regarda dans le trou, torche vers le bas pour tenter de percer des profondeurs empestant le moisi. Un escalier de pierre, humide et couvert de mousse verdâtre, disparaissait dans les ténèbres...

Torche au poing, le nain descendit dans les cachots oubliés, espérant du fond du cœur qu'il ne commettait pas une erreur fatale.

Presque aussitôt, le froid glacial s'infiltra sous ses vêtements, lui collant vicieusement à la peau. L'atmosphère était à peine respirable. L'âcre odeur de moisissure lui fit plisser le nez de dégoût. Il se hâta de descendre, la peur au ventre. Les endroits clos, obscurs et humides, semblables à des tombes, l'effrayaient plus que tout au monde. Il se demanda si s'aventurer dans cette prison n'était pas de la folie. Mais si Balinor y était vraiment emmuré, le jeu en valait la chandelle ! Hendel n'abandonnerait pas ses amis à un sort aussi ignoble.

Arrivé au pied des marches, il découvrit un unique couloir. Il avança, cherchant à percer les ténèbres avec sa misérable torche. À intervalles réguliers, il aperçut des portes en fer encastrées dans les murs de pierre. Ces antiques huis rouillés dépourvus d'œilletons étaient fermés par de grands verrous métalliques. Pareils cachots auraient terrifié les hommes les plus hardis : une série de cellules sans ouvertures ni lumière, où il était facile d'enfermer un malheureux et de l'y oublier...

Maudites oubliettes !

Après les Grandes Guerres, les nains avaient longtemps vécu ainsi. Ils étaient revenus à demi aveugles dans un monde de lumière qui avait commencé à prendre des allures de légende... Ce souvenir s'était gravé dans la mémoire collective des nains, génération après génération, leur léguant une peur instinctive des endroits sombres et clos. Selon toute probabilité, ils ne vaincraient jamais cette terreur atavique. Hendel en souffrait maintenant et elle menaçait de lui ôter tous ses moyens.

Chassant l'angoisse qui lui nouait la gorge au prix d'un violent effort de volonté, il étudia les premières portes. Les fermetures étaient rouillées, le métal couvert de poussière et de toiles d'araignées... Longeant lentement les portes, il constata qu'aucune n'avait été ouverte depuis des années. Il perdit le compte de celles qu'il vérifia, car le couloir semblait plonger indéfiniment dans les ténèbres. Il fut tenté de crier, mais par la dalle ouverte, son appel risquait de se répercuter dans les salles au-dessus. Jetant un coup d'œil inquiet par-dessus son épaule, il s'aperçut qu'il ne voyait plus l'escalier. L'obscurité noyait tout, devant et derrière lui. Les dents serrées, se marmonnant des encouragements, il continua d'examiner chaque porte. Soudain, à sa grande surprise, il entendit un murmure troubler le silence.

Pétrifié, il tendit l'oreille. Ses sens lui jouaient-ils des tours ? Mais non, il ne rêvait pas. Il fit quelques pas rapides. Hélas, les voix désincarnées se turent aussi soudainement qu'elles s'étaient fait entendre. Hendel regarda les portes, de chaque côté du couloir. L'une était rouillée, mais l'autre avait des égratignures fraîches et la poussière et les toiles d'araignées avaient été en partie balayées ! Le verrou, huilé, avait récemment servi !

Le nain le tira et ouvrit la porte, torche brandie. La lumière tomba sur trois silhouettes, qui se levèrent lentement, à demi aveuglées.

Avec des cris de joie, les quatre amis se reconnurent et se jetèrent dans les bras les uns des autres. Les traits tirés de Balinor et des elfes, se détendirent. Un formidable soulagement faisait pétiller les prunelles bleues du frontalier. Une fois de plus, le nain leur sauvait la vie ! Mais ce n'était pas le moment de se perdre en effusions !

Hendel les guida vers l'escalier qui conduisait hors de cet enfer. Si l'aube les trouvait encore sous le palais, ils risqueraient d'être découverts et repris.

Ils devaient fuir immédiatement et se cacher dans la cité. Ils remontèrent le couloir au pas de course, la lueur vacillante de la torche éclairant le chemin.

Soudain, il y eut un bruit de mauvais augure. Un raclement de pierre, puis le choc d'une masse considérable contre le sol qui évoquait fâcheusement celui d'une dalle mortuaire.

Horrifié, Hendel accéléra... et s'arrêta net. Au-dessus de lui, l'énorme dalle avait été remise en place et verrouillée.

Le nain resta immobile près de ses trois amis, n'en croyant pas ses yeux. Sa tentative de sauvetage était un échec. Et elle lui valait d'être à son tour enterré vivant ! La torche, entre ses mains noueuses, avait presque fini de brûler.

Bientôt, ils seraient dans l'obscurité totale.

Et la terrible attente recommencerait...

Chapitre 26

— Des saletés sans valeur, mon œil ! grogna Panamon Creel, flanquant un coup de pied dans le tas de lames et de bijoux bon marché. Comment ai-je pu être aussi idiot ? J'aurais dû deviner la vérité tout de suite !

Accablé, Shea gagna lentement l'extrémité nord de la clairière, les yeux baissés sur les rares traces qu'Orl Fane avait laissées derrière lui. Il avait été si près du but ! Après avoir tenu la fabuleuse Épée, il l'avait perdue à cause de son stupide aveuglement ! À côté de lui, Keltset cherchait aussi une piste, son grand corps penché sur le sol humide jonché de feuilles. Son visage touchait presque celui de Shea pendant que ses yeux étrangement doux examinaient le terrain.

Shea revint près de Panamon.

— Ce n'était pas votre faute, dit-il. Vous n'aviez aucune raison de vous douter de la vérité. J'aurais dû écouter les vantardises de ce gnome avec plus de sagesse et moins de... Enfin, bref ! Je savais quels signes chercher et j'ai omis de garder les yeux ouverts au moment crucial !

Panamon haussa les épaules et se caressa la moustache du bout de sa pique. Après un dernier coup de pied rageur au tas de ferraille, il appela Keltset. Ils entreprirent de lever le camp, emballant les ustensiles et les armes. Shea les regarda faire, toujours furieux de son échec. Quand Panamon lui demanda de l'aide, il obéit dans un silence maussade. Il ne parvenait pas à faire face aux conséquences inévitables de ce désastre. Panamon Creel, de toute évidence, ne l'épaulerait plus. Il en avait assez de servir de chaperon à un petit Valombrien stupide égaré dans les territoires limitrophes de Paranor, à la recherche d'individus qui se révéleraient peut-être être des ennemis, et d'une Épée que Shea avait été incapable de reconnaître alors qu'elle lui brûlait les mains !

Le bandit de grands chemins et son compagnon avaient déjà failli périr à cause de cette arme. Une fois, c'était une de trop ! Le Valombrien n'avait plus le choix : il lui faudrait retrouver ses amis. Et ensuite, affronter Allanon et lui avouer sa risible déconvenue. Il frissonna à la perspective de faire face à l'austère druide et de sentir son regard pêcher dans son esprit toute la vérité. Ça n'aurait rien d'agréable.

Il se rappela soudain l'étrange prophétie qu'il leur avait rapportée, dans la vallée de Schiste, une semaine plus tôt... L'Ombre de Bremen les avait avertis des dangers qui les guettaient dans les dents du Dragon, ajoutant que l'un d'eux ne verrait jamais Paranor et n'atteindrait pas l'autre versant de la montagne, mais serait pourtant le premier à poser la main sur l'Épée de Shannara... Oui, tout cela avait été prédit... Mais dans l'excitation et la fatigue des derniers jours, Shea avait oublié la prophétie.

Il ferma les yeux pour s'isoler un instant du monde. Comment en était-il arrivé à devenir une pièce de la partie qui opposait le monde des esprits à l'univers des vivants ? Il se sentait si insignifiant et vulnérable. La façon la plus simple d'en finir serait encore de se cacher et de prier pour que sa vie s'achève rapidement. Tant de choses dépendaient de lui, s'il fallait en croire Allanon. Et depuis le début, il n'avait jamais été à la hauteur de la tâche. Incapable de se débrouiller seul, il avait dû compter sur les autres pour arriver jusqu'ici. Quand il pensait à tout ce qu'ils avaient sacrifié pour lui permettre de poser enfin les mains sur l'Épée magique.

Et quand il l'avait eue en sa possession...

— C'est décidé : nous partons à sa poursuite !

La voix de Panamon Creel résonna dans la petite clairière, faisant sursauter Shea, qui releva vers lui de grands yeux ronds.

— Vous voulez dire... dans les Terres du Nord ?

Le voleur vêtu d'écarlate lui jeta un regard furieux. Shea était décidément le dernier des idiots !

— Il s'est moqué de moi ! Je préférerais me trancher la gorge que laisser ce rat d'égout me filer entre les doigts ! Quand je lui remettrai la main dessus, je laisserai aux asticots à peine de quoi se remplir une dent creuse !

Le voleur était fou de rage et de haine. C'était l'autre visage de Panamon : le bandit sans états d'âme qui avait détruit un camp de gnomes et affronté ensuite un Porteur du Crâne. Une seule considération lui inspirait sa décision : pas le désir d'aider Shea, ni de retrouver l'Épée de Shannara, mais celui de laver son honneur.

Shea regarda Keltset, qui n'avait pas bougé. Le troll ne donnait aucun signe d'approbation ou de désapprobation. Son visage à la peau rugueuse restait sans expression, ses yeux ne révélant rien de ses pensées.

Panamon éclata de rire et se rapprocha du Valombrien.

— Réfléchissez, Shea. Ce foutu gnome nous a simplifié la vie en nous révélant l'emplacement de l'Épée que vous cherchiez depuis si longtemps. Maintenant, au moins, nous savons où elle est !

Shea hocha la tête, mais il se méfiait toujours des véritables motivations de l'aventurier.

— Avons-nous une chance de le rattraper ?

— Voilà qui est mieux ! L'attitude correcte contre les coups du sort... (Panamon eut un large sourire...) Évidemment que nous le rattraperons ! Pure question de temps. Seulement, il ne faudrait pas qu'un autre le déniche avant nous... Keltset connaît les Terres du Nord comme sa poche. Le gnome n'échappera pas longtemps à nos yeux exercés. Il s'est condamné lui-même à une longue fuite en avant, sans possibilité de répit, puisqu'il n'a personne vers qui se tourner, pas même son propre peuple... Comment il a trouvé l'Épée, et comment il s'est avisé de sa valeur, nous ne le saurons sans doute jamais. Mais je ne me trompais pas en affirmant que c'était un déserteur et détrousseur de cadavres. Un charognard !

— Il appartenait peut-être au détachement qui apportait l'Épée au Roi-Sorcier, suggéra Shea. Ou il était son prisonnier.

— La deuxième hypothèse, probablement...

Panamon hésita, comme s'il cherchait un souvenir fugace. Au nord, des brumes grises festonnaient la forêt. Le soleil dominait déjà la ligne d'horizon. Mais la brume, qui ne s'était pas encore dissipée, laissait le trio au milieu d'un curieux mélange d'aube et de crépuscule. Au nord, le ciel était étrangement noir et menaçant, même compte tenu de l'heure. Panamon, d'ordinaire si volubile, examina en silence la bizarre obscurité. Puis il se tourna vers ses compagnons.

— Il se passe quelque chose de bizarre, là-bas... Keltset, partons tout de suite. Nous retrouverons ce maudit gnome avant qu'il tombe sur une patrouille de guerriers. Je ne veux partager avec personne ses derniers moments sur terre !

Le troll des rochers prit la tête de l'expédition et entreprit de repérer les traces d'Orl Fane. Panamon et Shea le suivaient en silence. La piste de leur proie était claire pour les yeux exercés de Keltset. Il se tourna et fit un petit signe que Panamon traduisit à Shea : le gnome avait couru à toutes jambes, se souciant de la discrétion comme de sa première dent de lait... D'évidence, Fane savait où il allait.

Shea se demanda où il avait fui ainsi. L'Épée en sa possession, il pourrait peut-être se racheter aux yeux de son peuple. Quelle gloire pour les gnomes, s'ils la remettaient au Roi-Sorcier ! Mais Orl Fane avait paru à demi dément. Et Shea était sûr qu'il n'avait pas joué la comédie. Il radotait, victime d'une crise de folie. Ce n'était pas simulé. Par bribes, il avait à son corps défendant révélé la vérité sur l'Épée. Faute de réflexion, Shea n'avait pas su comprendre à temps... Sinon, il aurait deviné qu'Orl Fane avait l'arme avec lui.

Le gnome ayant basculé dans la folie, même temporairement, ses actes n'étaient plus prévisibles. Où escomptait-il se réfugier ?

— Je me souviens, maintenant ! s'écria soudain Panamon. En nous affrontant hier, cette maudite créature ailée nous a dit que nous étions en possession de l'Épée ! Elle a précisé qu'elle percevait sa présence... Et c'est logique, puisque ce chien d'Orl Fane était caché dans les broussailles avec son sac !

Shea acquiesça, morose. Le Porteur du Crâne leur avait à son insu livré une information capitale en révélant que l'Épée était dans le secteur. Là encore, ils n'avaient pas su réagir ! Dans le feu de l'action, ils n'avaient pas relevé cet indice crucial...

Panamon continua de tempêter contre Orl Fane. Il massacrerait le fourbe de mille et une façons, toutes plus déplaisantes les unes que les autres.

La forêt céda la place aux plaines de Streleheim.

Les trois compagnons s'arrêtèrent, incrédules, face à un spectacle impressionnant : au nord s'élevait entre ciel et terre une muraille d'obscurité qui s'étendait d'un horizon à l'autre. On eût dit que le Roi-Sorcier avait enveloppé la terre d'un linceul d'obscurité. C'était bien davantage que la noirceur d'une nuit couverte : des brumes venues du royaume du Crâne qui avançaient inexorablement vers le reste du monde.

Le phénomène le plus terrifiant que Shea eût jamais contemplé ! Sa terreur fut encore aggravée par la certitude soudaine et inexplicable que cette horreur rampait vers le sud afin d'étouffer le monde entier.

En d'autres termes, le Roi-Sorcier était en chemin.

— Au nom du ciel, qu'est-ce... ? lâcha Panamon.

Shea secoua la tête. Il n'avait pas de réponse. Cette monstruosité dépassait l'entendement des mortels. Les compagnons la contemplèrent de longs moments, comme en attente d'un miracle. Puis Keltset se pencha vers les herbes, devant eux, et s'éloigna de plusieurs pas avant de désigner le centre de la terrifiante brume noire...

Panamon sursauta.

— Le gnome fuit vers ce foutu truc ! marmonna-t-il, furieux. Si nous ne le rattrapons pas très vite, l'obscurité dissimulera ses traces, et nous le perdrons !

À plusieurs lieues de là, à la lisière grisâtre de la muraille noire, Orl Fane hésita... Il était épuisé par sa fuite et ses yeux verts regardaient sans comprendre l'obscurité tourbillonnante. Il se dirigeait vers le nord depuis son évasion, aux petites heures du matin. Il avait couru aussi longtemps que ses forces le lui avaient permis, avant de ralentir, guettant toujours d'inévitables poursuivants. Toute logique l'avait abandonné. Depuis des semaines, il survivait grâce à ses instincts et à la chance, dépouillant les morts et évitant les vivants. Il n'avait plus de pensée que pour sa survie ; l'instinct de conservation le dominait tout entier. Ses semblables avaient refusé de l'accepter comme un des leurs. Son propre peuple l'avait rejeté, avec le mépris qu'on réserve à la vermine ! Dans ces contrées sauvages, survivre seul quand on était livré à soi-même tenait de la gageure. Pourtant, il avait échappé au pire, encore et encore, son esprit malade replié sur lui-même avec ses hantises pour uniques compagnes...

Maintenant, il avait basculé dans une folie irréversible.

Pourtant, sa raison avait combattu pied à pied cette lente et inéluctable agonie. D'autant que le sort lui avait joué un tour cruel, lui donnant soudain une ultime lueur d'espoir... Le destin ne lui avait-il pas livré sur un plateau le moyen de se racheter, de retrouver la chaleur de la compagnie de ses semblables ? Alors qu'il survivait à force d'expédients et de rapines, détroussant les cadavres et livrant une bataille perdue d'avance pour tromper la mort, il avait appris la présence de l'Épée de Shannara des lèvres d'un moribond, sur les plaines de Streleheim...

Et voilà, tout bêtement, comment il avait récupéré l'Épée. La clé du pouvoir absolu sur les mortels... entre les mains d'Orl Fane !

Mais la folie était une maîtresse exigeante. Les angoisses et les doutes embrumant son esprit, il avait tardé à décider de la conduite à tenir. Cette hésitation fatale lui avait valu d'être capturé et de perdre l'Épée tant convoitée. Son esprit déjà déséquilibré avait alors basculé dans une démence irréversible. Il lui restait une seule idée en tête : posséder l'Épée, ou c'en était fini de lui.

Mais il s'était stupidement vanté de savoir où se trouvait l'Épée, gâchant ainsi sa dernière chance. Par bonheur, ces crétins de geôliers n'avaient pas su en tirer parti, décidant qu'il était fou. Ensuite, l'Épée récupérée, il avait fui vers le nord.

Il regarda le mur mystérieux qui lui barrait la route. Le nord, le nord, le nord... marmonna-t-il avec un sourire mauvais, les pupilles dilatées. Là, il trouverait l'apaisement et la rédemption ! Au fond de son âme, l'étrange désir de tourner les talons et de rebrousser chemin le tenaillait. Mais l'idée que sa seule planche de salut l'attendait dans les Terres du Nord était trop ancrée en lui. Là, il y aurait le Maître ! Le Roi-Sorcier...

Son regard tomba sur l'antique lame attachée à sa ceinture et qui traînait inélégamment dans la poussière. Ses mains jaunes et noueuses se posèrent sur la garde sculptée où un bras brandissait une torche. La peinture dorée qui la couvrait s'écaillait, révélant la garde brillante. Il saisit la poignée, comme pour y puiser des forces. Les imbéciles ! Tous ces imbéciles ne l'avaient pas traité avec le respect qu'il méritait : il était, après tout, le porteur de l'Épée, le gardien de la plus fabuleuse légende du monde, et ce serait lui qui...

Il coupa court à son délire, craignant soudain que cette terre désolée lui vole ses pensées les plus secrètes.

Devant Orl Fane, l'effrayante obscurité attendait qu'il y pénètre. Il en avait peur, comme de presque tout au monde. Mais il n'avait nulle part où aller. Il se souvenait vaguement de ses poursuivants : le troll géant, le manchot plein de haine et le jeune hybride. Quelque chose le tourmentait au sujet de ce dernier, mais il ignorait quoi.

Quelque chose qu'il ne s'expliquait pas...

Secouant la tête, le gnome se rapprocha de la muraille noire et le silence lui-même disparut, happé par un vent subit, glacial et humide. Quand le gnome tourna la tête, il vit avec horreur qu'il n'y avait plus autour de lui que cette impénétrable obscurité...

Le vent surnaturel se déchaîna. Fane s'aperçut que d'autres créatures arpentaient les ténèbres avec lui. Ce fut d'abord une vague présence, dans son esprit, puis il entendit des cris étouffés portés par la brume. Enfin, ces créatures apparurent et palpèrent sa chair de leurs doigts hésitants. Il éclata d'un rire malsain, conscient de ne plus être dans le monde des vivants, mais dans un royaume de mort où des êtres sans âme erraient dans leur prison éternelle, cherchant en vain à s'échapper. Il tituba au milieu des créatures, riant, parlant, et chantant gaiement, son esprit définitivement affranchi de son corps. Les résidents du monde obscur le suivaient, conscients que le mortel fou était désormais un des leurs. Ou presque. Une simple question de temps. Quand sa vie prendrait fin, il serait semblable à eux : perdu pour l'éternité.

Orl Fane serait enfin avec les siens...

Près de deux heures passèrent. Les trois poursuivants arrivèrent devant le mur de brume où leur proie s'était évanouie. Ils s'arrêtèrent, étudiant l'obscurité qui marquait le seuil du royaume du Roi-Sorcier. La brume semblait recouvrir la terre par couches toujours plus sombres et plus hostiles.

Panamon Creel fit les cent pas devant le « mur », essayant de trouver en lui assez de confiance pour avancer. Après un bref examen du sol et un signe indiquant que le gnome avait continué vers le nord, Keltset s'était immobilisé, les bras croisés et les yeux plissés sous son front épais.

Ils devaient y aller, pensa Shea. Malgré la disparition temporaire – il l'espérait – du gnome dans l'obscurité, il ne perdait pas espoir. Il avait retrouvé un peu de sa foi, certain qu'ils rattraperaient Orl Fane et récupéreraient l'Épée. Une petite voix l'encourageait, le rassurait, lui soufflait qu'il n'échouerait pas... Quelque chose, dans son cœur, lui redonnait du courage.

Il attendit impatiemment que Panamon donne le signal.

— Ce que nous faisons n'est pas exempt de folie, lâcha le voleur en passant à côté de Shea. La mort plane...

Il s'arrêta, guettant sa réaction.

— Nous devons continuer, affirma le jeune homme.

Panamon regarda son ami troll, qui ne bougeait pas. Creel se sentait troublé. Keltset n'avait jamais donné son avis depuis qu'ils avaient entrepris ce voyage vers les Terres du Nord. Auparavant, quand ils faisaient équipe, le géant avait toujours indiqué son accord quand Panamon lui demandait son soutien. Mais depuis l'irruption de Shea dans leur vie, le troll gardait ses opinions pour lui...

L'aventurier fit un signe affirmatif et ils plongèrent dans la brume. La plaine était déserte. Un moment, ils avancèrent sans difficulté. Puis, alors que la brume s'épaississait, leur vision se brouilla graduellement et ils devinrent des silhouettes indistinctes les uns pour les autres. Panamon donna l'ordre de s'arrêter. Tirant une corde de son paquetage, il suggéra qu'ils s'attachent pour éviter d'être séparés. Cela fait, ils reprirent leur chemin. Il n'y avait aucun son, excepté celui de leurs bottes sur la terre dure. La brume collait à leur peau d'une façon très désagréable, rappelant à Shea l'atmosphère fétide et malsaine du marais des Brumes. Elle semblait se déplacer de plus en plus vite à mesure qu'ils progressaient. Pourtant, aucun vent n'aurait pu expliquer ces mouvements.

Une fois enveloppés par la brume, ils furent plongés dans le noir.

Ils marchèrent pendant ce qui leur parut être des heures, car leur notion du temps était perturbée par l'obscurité qui les cernait de toutes parts. Mais la corde les sauvait d'un sentiment de mortelle solitude. Ce lien semblait les rattacher encore au monde de lumière et de soleil qu'ils avaient laissé derrière eux.

Le lieu où ils avaient osé s'aventurer était un univers fantôme qui étouffait les sens et stimulait l'imagination pour faire naître des peurs incontrôlées. On sentait la présence de la mort dans l'obscurité, çà et là, effleurant les créatures vivantes qu'elle ne manquerait pas de capturer un jour ou l'autre... L'irréel devenait presque acceptable dans ces limbes qui libéraient les sens humains de leurs inhibitions, et encourageaient les visions – celles du subconscient...

Un moment, cette immersion dans un rêve éveillé fut presque délicieuse. Puis elle se transforma en une sorte d'hébétude qui n'était ni agréable ni déplaisante, simplement abrutissante. La sensation persista, poussant leurs esprits vers le désintérêt et un vague ennui, et laissant leurs corps et leurs esprits bercés par la somnolence passive des mangeurs de lotus de jadis...

Le temps disparut ; le monde de brume s'étira à l'infini.

Venue des profondeurs de son être encore rattachées à l'univers des vivants, une sensation monta en Shea : une douleur brûlante qui faillit le faire hurler. Son esprit fut aussitôt arraché à l'apathie, et la pression augmenta dans sa poitrine. Encore somnolent, le corps comme affranchi de la gravité terrestre, il tripota maladroitement sa tunique à la recherche de la source de l'irritation : une petite bourse en cuir...

Le choc l'arracha à sa transe. Il revint à lui.

Horrifié, il constata qu'il était étendu de tout son long sur le sol, pas en train de marcher. D'ailleurs, il avait oublié où il voulait aller. Il saisit la corde nouée à sa taille, tira frénétiquement dessus et entendit un grognement étouffé : ses compagnons étaient toujours avec lui. Il se releva et comprit enfin ce qui était arrivé. Le sommeil éternel avait presque réussi à faire d'eux ses victimes. Il les avait bercés de fausses promesses, émoussant leurs sens jusqu'à ce qu'ils tombent et se laissent dériver vers une mort inévitable. Seul le pouvoir des pierres les avait sauvés.

Shea se sentait incroyablement faible. Mobilisant le peu d'énergie qui lui restait, il tira sur la corde, secoua ses compagnons et les entraîna peu à peu vers le monde des vivants. Il cria à gorge déployée en agitant la corde et finit par flanquer des coups de pied dans les corps immobiles de ses amis jusqu'à ce que la douleur les ramène à la conscience. Après d'interminables minutes, les deux complices se réveillèrent assez pour comprendre ce qui s'était produit. Avec la conscience revint la volonté de survivre. Ils se relevèrent péniblement et se soutinrent l'un l'autre, leurs membres alourdis par le sommeil de la mort...

Ils luttèrent pour rester conscients. Puis ils se remirent à marcher à l'aveuglette, le pas mal assuré dans les ténèbres. Chaque enjambée exigeait une incroyable dépense d'énergie et un incessant combat de l'esprit et du corps contre la léthargie. Shea ouvrait la marche. Incertain de la direction à prendre, il se fiait à son instinct et aux Pierres Elfiques.

Ils continuèrent, luttant pour rester éveillés et lucides tandis que la brume tourbillonnait autour d'eux. L'étrange sensation de mort leur collait toujours à la peau, acharnée à vaincre leurs esprits puis à pousser leurs corps épuisés à accepter le repos des bienheureux... Mais ils résistèrent avec une détermination d'acier, conservant contre vents et marées le courage opiniâtre qui refuse de céder devant l'adversité.

Enfin, leur torpeur les quitta, comme si elle retournait à la brume, sa matrice. Pour cette fois, la mort avait échoué, et le désir de survivre l'avait emporté. Il y aurait d'autres épreuves pour les trois compagnons. Pour l'instant, ils resteraient encore quelque temps dans le monde des vivants...

Leur léthargie disparue, la somnolence s'effaça. Les trois compagnons se retrouvèrent soudain en pleine forme, l'esprit détendu, leur musculature aussi tonique que s'ils n'avaient jamais dormi. Ils n'éprouvaient aucun besoin de s'étirer ou de bâiller et gardaient un vague souvenir de leur effrayante expérience : le sommeil de la mort était un état sans sensation ni durée.

Personne ne parla pendant de longues minutes ; ils étaient tous perdus dans des lambeaux de réminiscence de cet étrange contact avec la mort. Naturellement, un jour, elle reviendrait réclamer son dû et les emporterait pour l'éternité. Quelques secondes peut-être, ils avaient été à la lisière de la vie, à contempler le monde qui s'étendait au-delà, un privilège en principe interdit aux mortels dont l'heure n'était pas venue.

Avoir été si près de la frontière restait effrayant et incompréhensible.

Ils n'auraient jamais dû survivre !

Puis le souvenir s'effaça. Ils en gardèrent seulement la certitude de l'avoir échappé belle. Reprenant leurs esprits, ils continuèrent à chercher une issue dans cette obscurité étouffante. À voix basse, Panamon demanda à Shea s'il était sûr d'aller dans la bonne direction. Le Valombrien hocha la tête. Quelle différence, s'il n'en était pas sûr ? pensa Shea, presque furieux. Quelle autre direction auraient-ils pu suivre ? Si ses instincts le trompaient, rien ne saurait les tirer d'affaire. Les Pierres Elfiques l'avaient sauvé plus d'une fois. Il continuerait de s'en remettre à elles.

Comment Orl Fane, qui les avait précédés, s'en était-il sorti ? Le gnome fou avait peut-être échappé aux effets anesthésiants de la brume, mais ça semblait peu probable. Et s'il était tombé en chemin, l'Épée gisait quelque part dans l'obscurité. Ils ne la retrouveraient pas à temps. Cette perspective poussa le petit Valombrien à réfléchir... Où pouvait être l'Épée ? Dans cette brume grise, qui savait si elle n'était pas à quelques pas seulement, attendant qu'on la découvre...

Abruptement, l'obscurité devint une grisaille lugubre et le mur de brume se dressa... derrière eux ! Ce fut si soudain qu'ils sursautèrent. À un moment, ils étaient entourés de ténèbres, voyant à peine leurs compagnons. Le suivant, ils marchaient sous le ciel plombé des Terres du Nord.

Ils étudièrent les alentours. La contrée la plus sinistre que Shea eût jamais vue, plus impressionnante que les basses terres désolées de Clete ou l'effrayante forêt des Chênes Noirs, dans les lointaines Terres du Sud. Le terrain était aride et morne, une étendue de terre brunâtre dépourvue de soleil et de flore. Il n'y avait pas même un buisson rabougri. C'était bien le royaume du Roi-Sorcier ! La contrée s'étendait à perte de vue, série de collines basses et irrégulières, sans une trace d'herbe. Des rochers érodés se dressaient à l'horizon grisâtre. Les basses terres étaient, par endroits, creusées de ravines poussiéreuses. Des lits de rivières depuis longtemps asséchées. Aucun bruit ne brisait le silence, pas même le bourdonnement des insectes. Il ne restait que la mort dans cette contrée autrefois vivante. Loin vers le nord, on apercevait une chaîne de pics déchiquetés.

Shea devina qu'il s'agissait de la tanière de Brona, le Roi-Sorcier.

— Et maintenant ? demanda Panamon Creel. Nous avons perdu sa piste. Nous ignorons même si le gnome est sorti vivant de cette brume. En fait, je suis presque sûr du contraire.

— Nous devons continuer à le chercher, affirma Shea.

— Pendant que les créatures volantes continuent aussi à nous traquer, rappela le voleur. Nos chances de succès diminuent à chaque instant, Shea. Je n'ai pas peur de le dire, je suis en train de perdre tout intérêt pour cette poursuite, en particulier parce que j'ignore ce que je combats. Nous avons failli mourir, tout à l'heure, et je n'ai pas pu voir ce qui nous tuait !

Shea fit signe qu'il comprenait. Pour la première fois, Panamon Creel était assez inquiet pour envisager de battre en retraite malgré sa fierté blessée. Un peu à l'écart, Keltset manifestait son approbation muette. Une fois encore, Shea fut frappé par l'intelligence qui brillait dans les yeux de la créature. Il ne savait toujours rien du troll, mais il y avait beaucoup de choses qu'il brûlait d'apprendre. Keltset était la clé d'un secret capital. Et Panamon, qui prétendait être son ami, n'en savait pas plus que Shea !

— Nos choix sont limités, admit le petit Valombrien. Nous pouvons chercher Orl Fane de ce côté et tenter notre chance contre les créatures, ou prendre le risque de retraverser...

Il ne précisa pas sa pensée. Inutile. Panamon Creel pâlit.

— Je ne retournerai pas dans ce truc... En tout cas, pas tout de suite ! dit-il sur un ton catégorique.

Il leva sa main-pique, comme pour mieux chasser une idée aussi folle. Puis, presque timidement, il sourit. Et l'ancien Panamon Creel reprit le dessus ! La vie l'avait trop endurci. En grand champion du petit jeu de la survie, il ne laissait rien l'effrayer bien longtemps. Il bannit de son esprit ce qu'il avait éprouvé dans le monde des ténèbres et mobilisa son expérience d'aventurier et de voleur de grands chemins pour regagner sa confiance en lui. S'il était destiné à périr dans cette aventure, il irait au-devant de son destin avec le courage et la détermination qui l'avaient soutenu pendant tant d'années.

— Réfléchissons à tout ça, dit-il, faisant les cent pas. Si le gnome n'est pas ressorti de la barrière de brume, l'Épée y est toujours. Autant dire que nous la récupérerons quand nous voudrons. Mais s'il s'est échappé, comme nous, où... ?

Il s'interrompit et étudia le terrain, sans doute pour réduire le champ des possibilités. Campé près de lui, Keltset désigna les pics déchiquetés, vers le nord, qui marquaient la frontière du royaume du Crâne.

— Oui, bien entendu, c'est bien raisonné, approuva Panamon avec un petit sourire. Il devait viser cette destination depuis le début. C'est le seul endroit où il peut aller !

— Chez le Roi-Sorcier ? souffla Shea. Lui apporte-t-il l'Épée ?

Son compagnon fit oui de la tête. Le demi-elfe pâlit à l'idée de poursuivre le gnome jusqu'au seuil du royaume du Roi-Sorcier, sans l'aide des pouvoirs d'Allanon. S'ils étaient découverts, ils seraient sans défense... Et même si les Pierres Elfiques étaient plus puissantes que les Porteurs du Crâne, que pourraient-elles contre une créature aussi effrayante que Brona ?

D'abord, il fallait déterminer si Orl Fane était sorti de la brume. Ils décidèrent de suivre vers l'ouest la lisière du mur tourbillonnant, en quête des traces que le gnome avait peut-être laissées. S'ils ne trouvaient rien dans cette direction, ils porteraient leurs efforts sur l'est. Et en cas de nouvel échec, ils seraient fondés à penser que le gnome avait péri dans la brume. Alors, ils devraient s'y aventurer de nouveau à la recherche de l'Épée.

Une perspective qui n'avait rien de réjouissant. Shea promit d'utiliser les pierres pour localiser l'arme perdue. Ça avertirait le monde des esprits de leur présence, mais pour retrouver quelque chose dans cette obscurité, ils n'auraient pas le choix.

Ils partirent vers l'ouest, les yeux perçants de Keltset scrutant le sol à la recherche de traces du gnome. Des nuages cachaient le ciel, plongeant les Terres du Nord dans un déprimant brouillard gris. Shea essaya d'évaluer combien de temps avait passé depuis leur entrée dans le mur de brume. Il n'y parvint pas. Ils étaient peut-être restés des heures dans les ténèbres, ou des jours. Mais la lumière, qui déclinait rapidement, signalait l'approche du crépuscule et la fin provisoire de leurs recherches.

Les nuages s'amassaient et noircissaient le ciel. Le vent souffla sur les collines et dans les ravines, poussant rageusement les quelques rochers qui osaient lui résister. La température, en chute libre, força les trois compagnons à s'envelopper plus étroitement dans leurs manteaux. Avant longtemps, il fut clair qu'un orage menaçait. Furieux, ils comprirent que la pluie effacerait les empreintes laissées par le gnome... Alors, il leur faudrait deviner s'il avait fui le mur de brume, ou s'il y avait péri...

Mais la chance leur sourit enfin : Keltset découvrit une série d'empreintes qui sortaient du mur de brume et continuaient vers le nord. Le troll montra à Panamon que la dimension des traces indiquait un être de petite taille, probablement un gnome, et qu'il était sorti en titubant à cause d'une blessure ou d'une extrême fatigue. Soulagés par cette découverte, et certains qu'ils avaient retrouvé Orl Fane, ils suivirent la piste vers le nord.

Oubliée, l'épreuve du matin ! Oubliée, la menace représentée par l'omniprésent Roi-Sorcier, dont le royaume se trouvait sur leur chemin ! Oubliés, la fatigue et le désespoir qu'ils éprouvaient depuis la perte de la précieuse Épée de Shannara. Orl Fane ne leur échapperait pas !

Les cieux continuèrent à s'assombrir. Très loin, à l'ouest, ils entendirent les roulements du tonnerre portés par le vent de plus en plus violent qui balayait les Terres du Nord. L'orage promettait d'être redoutable, comme si la nature avait décidé de ramener la vie dans cette terre moribonde en la purifiant pour en faire un sol de nouveau fertile. Le fond de l'air était mordant. Même si la température se stabilisait, le vent s'infiltrait sous les vêtements des aventuriers, les glaçant jusqu'à la moelle. Pourtant, ils le sentaient à peine, tout à leurs recherches. La piste devenait plus fraîche : le gnome n'était plus très loin !

Le terrain changea. La plaine désolée était toujours présente, avec sa terre ingrate semée de rochers épars, mais elle se vallonnait. Le chemin de plus en plus défoncé rendait la progression difficile.

Alors que les collines gagnaient en hauteur et les vallons en profondeur, le trio eut de plus en plus de mal à avancer.

Le vent d'ouest leur hurlait aux oreilles avec une force capable de leur crever les tympans. Par moments, il renversait presque les compagnons. La terre sèche voletait sous ses assauts impitoyables, leur fouettant la peau et manquant les étouffer.

Bientôt, le vent devint si violent que la plaine entière fut balayée par un tourbillon de poussière qui évoquait une tempête de sable dans un désert. Il était difficile de respirer et de voir. Même les yeux perçants de Keltset ne distinguaient plus la piste qu'ils suivaient. Il n'y avait probablement plus rien à repérer, tant le vent avait fouaillé la terre nue, mais les trois amis continuèrent.

Le grondement lointain du tonnerre s'était transformé en un roulement terrifiant. À l'ouest, des éclairs illuminaient le ciel à intervalles réguliers. Avec l'effet aveuglant du vent et de la poussière, ils remarquèrent à peine les cieux d'une noirceur surnaturelle.

Puis la situation se détériora au point que Panamon Creel hurla pour couvrir l'infernale tourmente et demander une halte.

— Inutile de continuer ! Trouvons un abri avant que l'orage soit sur nous !

— Nous ne pouvons pas abandonner maintenant ! répliqua Shea.

Un coup de tonnerre couvrit presque ses protestations.

— Ne soyez pas idiot ! rugit le voleur.

Se laissant tomber sur un genou à côté de Shea, il s'abrita les yeux des particules soufflées par le vent. Sur sa droite, il repéra une colline semée de rochers qui semblaient pouvoir offrir un abri contre les rafales. Faisant signe à ses compagnons, il abandonna la marche vers le nord. Des gouttes de pluie commencèrent à tomber, leur glaçant la peau. Les grondements du tonnerre étaient assourdissants. Shea continua de sonder les ténèbres. Il refusait la décision de Panamon de mettre fin à la poursuite alors qu'ils touchaient au but...

Ils étaient presque arrivés aux rochers quand Shea capta un mouvement suspect. Un éclair illumina une silhouette menue, près de la crête d'une colline, loin devant eux. Le petit Valombrien prit Panamon par un coude et désigna la colline, redevenue presque invisible dans l'obscurité. Les trois compagnons sondèrent les ténèbres tandis que l'orage éclatait. En un clin d'œil, ils furent trempés jusqu'aux os. Un autre éclair illumina la lointaine colline. La créature se frayait toujours un chemin vers le sommet.

Puis l'image disparut et il plut des hallebardes.

— C'est lui ! *C'est lui !* cria Shea. Je me lance à sa poursuite !

Sans attendre, il dévala la pente humide, décidé à ne plus laisser l'Épée lui échapper.

— Shea, non ! cria Panamon. Keltset, arrête-le !

Le troll rejoignit le Valombrien en quelques bonds. Il le prit sans effort sous un bras, et le ramena à Panamon, hurlant et flanquant des coups de pied dans l'air...

L'orage battait son plein et la pluie emportait par pans entiers les versants des collines. La terre et les rochers dévalaient les pentes pour s'entasser au fond des ravines, où se formèrent de petites rivières aux eaux rapides.

Sourd aux menaces, aux imprécations et aux supplications de Shea, Panamon les conduisit entre les rochers, à la recherche d'un abri sur la pente est de la colline, la plus protégée de la pluie et du vent. Après avoir étudié plusieurs endroits possibles, il en choisit un, près du sommet. De grands rochers l'abritaient sur trois côtés : une protection correcte contre la tempête – pas contre l'humidité et le froid. Éreintés, ils grimpèrent vers ce refuge en luttant contre la poussée du vent. Quand ils atteignirent enfin l'abri, ils s'y écroulèrent. Panamon fit signe à Keltset de libérer Shea, qui se débattait toujours. Le Valombrien se campa devant l'aventurier, la pluie dégoulinant sur son visage et dans ses yeux.

— Êtes-vous devenu fou ? cria-t-il pour couvrir les mugissements du vent et les grondements du tonnerre. J'aurais pu l'attraper ! Je le sais !

— Shea, écoutez-moi ! dit Panamon. (Il soutint le regard furibond de son compagnon.) Il était trop loin pour être rattrapé sous un orage comme celui-là ! Nous aurions été renversés par le vent, ou enfouis sous une avalanche de boue... Ces collines sont trop dangereuses pour y crapahuter par un temps pareil ! Calmez-vous ! Nous récupérerons les restes du gnome quand cet enfer sera passé !

Shea aurait voulu protester encore, mais il sentit la colère le quitter et son bon sens reprendre le dessus.

Panamon avait raison.

L'orage était si violent qu'il remodelait la terre autour d'eux, arrachait les couches supérieures arides et modifiait la disposition du terrain. Lentement, les collines étaient emportées par l'averse. La boue coulait dans les ravines saturées d'eau. Les plaines de Streleheim s'agrandirent ainsi – en direction des Terres du Nord.

De son refuge, Shea regarda des torrents de pluie balayer cette terre naguère desséchée. Ses compagnons et lui devaient être les seules créatures vivantes égarées dans la contrée. Si l'orage ne s'éloignait pas, seraient-ils emportés par les flots ?

À l'intérieur de leur refuge, la pluie ne tombait pas directement, mais ils ne pouvaient rien contre l'humidité glaciale de leurs vêtements détrempés. Ils restèrent d'abord assis, attendant que l'orage se calme et qu'ils puissent de nouveau pister Orl Fane. Progressivement, fatigués de leur surveillance solitaire, ils trouvèrent d'autres occupations, persuadés que la pluie et le vent dureraient toute la journée. Ils mangèrent, plus par nécessité que par faim, puis tentèrent de dormir en dépit du manque de place. Panamon avait récupéré dans son paquetage deux couvertures enveloppées dans un tissu étanche. Il les passa à Shea, qui déclina l'offre pour les laisser à ses amis. Mais Keltset, que rien ne perturbait vraiment, s'était déjà endormi. Panamon et Shea prirent chacun une couverture et s'y entortillèrent, pelotonnés l'un contre l'autre.

Ils regardèrent encore l'averse.

Puis ils parlèrent du passé, des moments paisibles de leurs vies, et des endroits lointains, partageant des souvenirs pour tromper leur solitude et leur découragement. Comme toujours, le plus gros de la conversation reposa sur Panamon. Mais le ton de ses anecdotes avait changé. Le panache n'y était plus. Pour la première fois, Shea eut le sentiment que le voleur parlait du véritable Panamon Creel. La conversation était détendue et naturelle, comme s'ils avaient été de vieux amis réunis après une longue séparation.

Panamon évoqua sa jeunesse et les temps difficiles que son entourage connaissait alors... Sans regrets, sans fioritures, il ranima tout simplement une époque lointaine qui survivait dans sa mémoire. Le petit Valombrien lui parla de son enfance avec Flick, et de leurs expéditions dans la forêt de Duln. Il décrivit en souriant son amitié avec Menion Leah, qui lui rappelait vaguement un Panamon Creel plus jeune.

Le temps passa ainsi, leur faisant oublier l'orage et les rapprochant pour la première fois depuis leur rencontre. À la nuit tombée, Shea s'avisa qu'il en était venu à comprendre son compagnon d'une façon qu'il n'aurait jamais crue possible. Peut-être le voleur comprenait-il aussi Shea un peu mieux... En tout cas, le Valombrien se plaisait à le penser.

Enfin, la nuit enveloppa la contrée, les empêchant de voir plus longtemps le déluge. Ils écoutèrent le vent et le martèlement monotone de l'averse sur les flaques et les rivières. La conversation porta sur Keltset, toujours endormi. Les deux hommes se posèrent des questions sur les origines du troll. Pourquoi avait-il accompagné Panamon et était-il resté quand Shea était arrivé ? Pourquoi s'était-il joint à leur voyage suicidaire dans les Terres du Nord – même si c'était son pays natal ? Avait-il l'intention de retourner dans les monts Charnal ? Mais n'avait-il pas été banni de son pays, sinon par son propre peuple, du moins par un ennemi puissant ? Le Porteur du Crâne l'avait reconnu. Comment était-ce possible ?

Panamon lui-même l'admettait : Keltset était davantage qu'un voleur de grands chemins et un aventurier. Il se comportait avec une grande fierté et beaucoup de courage, accompagnés d'une vive intelligence et d'une détermination stoïque. Il y avait, dans son passé, un secret qu'il refusait de partager avec quiconque. Quelque chose d'inavouable lui était arrivé, sans doute en rapport avec le Roi-Sorcier...

Et le Porteur du Crâne avait eu peur face au troll !

Les deux amis parlèrent encore un peu. Puis ils se laissèrent emporter par le sommeil.

Chapitre 27

— Eh, toi ! Une minute !

L'ordre retentit dans les ténèbres, privant Flick du peu de courage qui lui restait. Le Valombrien se retourna lentement, sans avoir la présence d'esprit de fuir. Il avait été découvert ! Inutile de brandir son couteau de chasse, qu'il tenait toujours sous son manteau. Ses doigts se raidirent sur l'arme tandis qu'il regardait la silhouette indistincte de son ennemi approcher. Il comprenait mal le langage des gnomes, mais le ton avait suffi. Il regarda la silhouette trapue émerger de l'obscurité en jurant d'abondance.

— Ne reste pas planté là ! Aide-moi, bon sang !

Le Valombrien regarda de plus près son interlocuteur. Les bras chargés de plateaux et d'assiettes, il était sur le point de tout laisser tomber. Machinalement, Flick le débarrassa de la couche supérieure de plateaux. Il sentit le fumet appétissant de viandes et de légumes fraîchement cuits filtrer des couvercles des assiettes chaudes.

— Ah, voilà qui est mieux ! soupira le gnome. J'aurais tout renversé si j'avais dû faire un pas de plus tout seul ! Il y a toute une armée stationnée ici, et je ne trouve personne pour m'aider à porter les repas des chefs ! Aucun soldat ne m'a proposé de venir avec moi ! Je dois tout faire tout seul ! C'est hallucinant, ma parole ! Toi au moins, tu es un chic type ! Tu auras un bon repas pour la peine ! Qu'en dis-tu ?

Flick ne comprit pas la majeure partie de la péroraison, mais ça n'avait pas réellement d'importance. Il n'était pas démasqué ! Soupirant de soulagement, il répartit la charge sur ses avant-bras, pendant que son nouveau camarade continuait à discourir joyeusement de tout et de rien, les plateaux en équilibre précaire sur ses bras boudinés. Le Valombrien hocha la tête d'un air entendu, toujours dissimulé par son capuchon, l'attention rivée sur les ombres de la grande tente, devant eux.

L'idée refusait de quitter son esprit : il devait s'y faufiler ! Et savoir ce qui s'y passait... Comme s'il avait lu dans les pensées de l'espion, le gnome se dirigea à pas prudents vers la tente avec ses plateaux, son visage jaune tourné vers son nouvel ami pour qu'il ne perde pas une miette de son monologue. D'évidence, ils allaient livrer les repas aux chefs des deux nations de la gigantesque armée, et au terrible Porteur du Crâne.

De la folie ! pensa Flick, pris de panique. *Je serai repéré dès qu'ils poseront un œil sur moi !*

Mais les dés étaient jetés...

À l'entrée, ils attendirent en silence devant les deux gardes trolls. Flick ne put pas se forcer à lever les yeux. S'il s'était redressé de toute sa hauteur, il se serait trouvé face au poitrail du troll, pas à son visage !

En dépit de sa petite taille, le « nouvel ami » de Flick ne manquait pas de culot. Il cria un ordre, exigeant qu'on le laisse entrer, sans doute persuadé que sa présence était ardemment souhaitée par les occupants de la tente – dont le ventre devait crier famine ! Une des sentinelles se glissa sous la tente et s'entretint rapidement avec quelqu'un. Puis elle ressortit et fit signe aux deux compères d'entrer. Le gnome passa fièrement devant les gardes. Osant à peine respirer, le Valombrien le suivit...

La grande structure de toile était éclairée par des torches à combustion lente fixées sur des étendards en fer, autour de la table dressée au centre. Des trolls allaient et venaient, transférant des cartes enroulées depuis la table jusqu'à un coffre cerclé de cuivre. Les autres se préparaient à manger. Tous arboraient les insignes et les galons des Maturens, les chefs des trolls.

L'arrière du pavillon était dissimulé par une tenture que la lumière des torches ne traversait pas. L'air enfumé et fétide était si lourd que Flick eut du mal à respirer. Des armes et des armures s'empilaient çà et là ; des boucliers cabossés pendaient aux étendards de fer, maladroite tentative de décoration. Flick sentit la présence du terrifiant Porteur du Crâne. Le monstre était sans doute derrière la tenture. Il ne mangeait pas car son enveloppe mortelle était depuis longtemps retournée à la poussière. Son esprit avait seulement besoin des feux du Roi-Sorcier pour apaiser ses fringales.

Près de la tapisserie, à demi caché par la fumée et les trolls, le Valombrien remarqua une silhouette assise sur une chaise. Flick ne put en détacher les yeux, d'abord certain qu'il s'agissait de Shea.

Les trolls lui bouchèrent la vue, en venant le soulager des plateaux de nourriture qu'ils posèrent sur la table.

Flick se recroquevilla sous les plis de son manteau et chercha à échapper à la lumière des torches. Il aurait dû être démasqué, mais les commandants trolls ne se doutaient de rien. Fatigués et affamés, ils étaient trop préoccupés par les détails du plan d'invasion pour remarquer les caractéristiques inhabituelles du gnome qui apportait leur repas.

Le dernier plateau en place sur table, les Maturens s'attaquèrent à leur nourriture avec un bel entrain. Le gnome qui avait introduit Flick sous la tente se tourna pour partir, mais le Valombrien s'attarda, fasciné par la silhouette solitaire.

Ce n'était pas Shea mais un elfe d'environ trente-cinq ans aux traits remarquables d'intelligence. Flick eut l'intime conviction de contempler Eventine, le jeune roi des elfes qui, d'après Allanon, ferait toute la différence entre la victoire et la défaite pour les Terres du Sud. À l'ouest, dans le grand royaume isolé des elfes, se trouvait l'armée la plus puissante du monde libre. Si l'Épée de Shannara était perdue, seul ce souverain pourrait encore arrêter le Roi-Sorcier.

Et il était prisonnier, risquant à tout moment d'être passé par les armes !

Flick sentit une main se poser sur son épaule et sursauta.

— Allons, nous devons partir ! souffla le gnome. Tu auras le temps de le dévisager plus tard ! Il sera encore là.

Flick hésita. Un plan audacieux germa dans son esprit enfiévré. S'il avait pris une minute pour y réfléchir, l'idée l'aurait épouvanté. Mais le temps lui était compté et il avait dépassé depuis longtemps le stade de la réflexion rationnelle. Il était déjà trop tard pour quitter le camp et rejoindre Allanon avant le lever du soleil et il s'était risqué dans cet endroit horrible pour accomplir une mission vitale. Il ne partirait plus maintenant.

— Allons, dépêche-toi... ! Eh, qu'est-ce que tu fais ?

Le gnome glapit quand Flick le saisit rudement par un coude et le poussa vers les commandants trolls, qui s'étaient interrompus en entendant crier. Ils tournèrent vers les deux petits êtres un regard intrigué. D'une main, Flick désigna le prisonnier attaché. Les trolls se tournèrent machinalement vers lui. Flick retint son souffle quand un des commandants donna un ordre, ses pairs haussant les épaules.

— Tu as perdu la tête ! haleta tout bas le gnome. Que t'importe que l'elfe soit nourri ou pas ? Ça te pose un problème, qu'il s'étiole et crève de faim ?

Il fut interrompu par le cri d'un troll, qui tendit un plateau de nourriture aux deux « gnomes ». Flick dévisagea son compagnon, qui marmonnait des paroles indistinctes.

— Ne me regarde pas comme ça ! s'écria-t-il enfin. C'est ton idée ! À toi de le nourrir !

Flick ne comprit pas tout ce qu'il disait, mais le sens général était clair. Il s'empara du plateau et ne regarda personne en face, le capuchon cachant efficacement son visage.

Avançant avec circonspection vers le prisonnier, il se félicita que son plan ait si bien marché. S'il approchait assez d'Eventine, il lui murmurerait qu'Allanon était dans les environs, et qu'on ferait tout pour le libérer.

Toujours méfiant, il jeta un coup d'œil aux occupants de la tente, mais les commandants étaient retournés à leur repas. Seul le cuisinier gnome observait Flick. S'il avait osé pareil tour de force ailleurs dans le camp, le Valombrien était persuadé qu'on l'aurait aussitôt démasqué. Mais ici, au sein des quartiers généraux de l'armée, avec le terrifiant Porteur du Crâne à quelques pas seulement, et la zone fourmillant de milliers de soldats du Nord, l'idée qu'un espion s'infiltre sous cette tente était parfaitement absurde.

Flick approcha du prisonnier, le visage toujours dissimulé par les plis de son capuchon. Eventine était d'une taille normale pour un homme, mais très inhabituelle pour un elfe. Il portait une tenue de forestier et les lambeaux d'un gilet en cotte de mailles où on voyait encore les armes de la maison d'Elessedil. Son visage aux traits vigoureux était tailladé et couvert d'hématomes, sans doute à cause de la bataille qui avait abouti à sa capture. Au premier abord, il ne semblait pas très remarquable, et on ne l'aurait pas forcément repéré du premier coup au sein d'une foule... Il gardait un visage fermé et une expression stoïque. Flick s'arrêta devant lui. Eventine bougea légèrement, comme s'il avait vu qu'on l'observait. Ses grands yeux verts se rivèrent sur la petite silhouette du Valombrien.

Quand Flick leva les yeux, il se pétrifia sous le choc. Ses iris reflétaient une telle détermination, une telle force de caractère et une telle conviction que l'elfe rappela Allanon à Flick, aussi bizarre que cela parût... Les mystérieuses prunelles couleur émeraude s'emparèrent en quelque sorte de ses pensées, exigeant son attention et son obéissance. Le Valombrien n'avait jamais croisé un regard pareil, pas même celui de Balinor, pourtant plein d'une aura et d'une autorité remarquables.

Comme celui du druide, le regard du roi des elfes effraya Flick. Il baissa la tête et examina la nourriture avec une attention bien simulée. Puis il piqua un morceau de viande encore tiède avec la fourchette. Ce coin de la grande tente étant moins bien éclairé, le nuage de fumée contribua à dissimuler ses agissements à l'état-major ennemi. Seul le gnome le regardait avec attention, il en était sûr. S'il commettait une erreur, tous lui tomberaient dessus...

Il leva lentement la tête jusqu'à ce que la lumière révèle son visage au prisonnier. Quand leurs yeux se croisèrent, l'elfe leva un sourcil interrogateur. Flick lui fit signe de rester silencieux avant de baisser de nouveau les yeux vers la nourriture. Ligoté, Eventine ne pouvait pas manger. Le Valombrien entreprit de lui donner la becquée tout en se creusant la cervelle. Le roi prisonnier savait maintenant que Flick n'était pas un gnome, mais s'il lui parlait, même un murmure, il craignait que quelqu'un l'entende. Il se souvint que le Porteur du Crâne était derrière la tenture, peut-être à quelques pouces seulement, et pour peu que ses capacités auditives aussi soient surnaturelles... Hélas, il n'avait pas le choix. Il devait communiquer avec le prisonnier avant de partir. Cette occasion en or ne se représenterait probablement pas ! Rassemblant le peu de courage qu'il lui restait, le Valombrien se pencha vers l'elfe sous prétexte de lui offrir une autre bouchée de nourriture.

— Allanon...

Un murmure presque inaudible. Eventine avala la bouchée avec un petit hochement de tête, son expression toujours impénétrable. Flick sentait que ses nerfs allaient le lâcher. C'était le moment ou jamais de partir, avant que sa chance l'abandonne... Prenant le plateau à demi vide, il se détourna et revint lentement vers le cuisinier gnome, qui l'attendait, mi-écœuré, mi-inquiet. Les trolls mangeaient toujours quand ils passèrent à côté d'eux. Débattant stratégie à voix basse, ils ne prêtèrent aucune attention aux deux « gnomes ». Flick tendit le plateau à son compagnon, qui marmonna quelque chose d'incohérent, puis sortit avant que le cuisinier puisse réagir. Alors qu'il s'éloignait de la tente à grands pas, son « ami » sortit à son tour et brailla de colère dans un langage que le Valombrien ne risquait pas de comprendre. Il se tourna et fit un signe amical au bonhomme blême d'indignation.

Puis il disparut dans les ténèbres.

À l'aube, l'armée du Nord s'ébranla vers le sud, en direction de Callahorn. Flick n'avait pas pu sortir du campement avant. Pendant qu'Allanon, soucieux, continuait d'observer la zone depuis son abri, sur les pentes des dents du Dragon, l'objet de ses inquiétudes était contraint de rester avec l'ennemi un jour de plus. Les pluies du matin avaient affolé le Valombrien, le persuadant quasiment de tenter de fuir, car il craignait que l'averse n'efface la teinture jaune d'Allanon sur son visage et ses mains. Mais s'échapper était impossible en plein jour. Enveloppé dans son manteau, il fit de son mieux pour rester discret. À sa grande surprise, la coloration jaunâtre de sa peau résista. Certes, elle s'était un peu éclaircie, mais dans l'excitation de la levée du camp, personne n'avait de temps à perdre à examiner les autres sous toutes les coutures... En fait, le climat épouvantable empêcha Flick d'être démasqué. S'il avait fait beau et chaud, les soldats auraient été sans doute plus enclins à échanger des paroles aimables... Sous un grand soleil, le lourd manteau de chasse devenu inutile, Flick aurait attiré l'attention s'il s'était obstiné à le porter. Et une fois le manteau retiré, les soldats du Nord auraient percé à jour son déguisement sommaire. La lumière aurait révélé à tous que le Valombrien ne ressemblait pas le moins du monde à un gnome...

La pluie et le vent protégèrent Flick de ces dangers, lui permettant de rester à l'écart pendant que la force d'invasion traversait les prairies en direction du royaume de Callahorn.

Le mauvais temps continua toute la journée. La pluie tomba, poussée par les vents d'ouest. Parfois, elle se transformait en une bruine mélancolique qui donnait à penser que la fin de l'orage approchait... L'air était mordant, presque glacial... Trempés jusqu'aux os, les soldats étaient malheureux comme des pierres.

Flick avança avec l'armée toute la journée, lavé par la pluie battante, mais soulagé de se déplacer sans attirer l'attention. Il prenait garde de ne pas suivre de groupe précis trop longtemps et fuyait toute situation qui aurait pu le forcer à entamer une conversation. L'armée d'invasion était si importante qu'éviter de croiser deux fois les mêmes soldats fut l'enfance de l'art. Les choses lui furent encore facilitées quand l'absence de tout ordre de marche précis lui apparut. La discipline était relâchée, à moins que les officiers estiment inutile de faire régner l'ordre en battant la campagne. Hésitant à souscrire à cette dernière hypothèse, Flick supposa que la peur des Porteurs du Crâne et de leur mystérieux Maître dissuadait les soldats de sortir – figurativement parlant – du rang... Bref, le petit Valombrien resta un élément anonyme de l'armée du Nord et attendit la tombée de la nuit pour agir. Alors, il tenterait de rejoindre Allanon.

Au milieu de l'après-midi, l'armée atteignit les rives de la rivière Mermidon en crue, devant la cité-île de Kern, et campa de nouveau. Les commandants avaient compris que traverser la Mermidon serait risqué. Sans compter la nécessité de construire de nombreux radeaux pour conduire les soldats à la conquête de la berge opposée. Car des radeaux, l'armée n'en avait pas ! En fabriquer prendrait des jours. À ce moment, l'orage aurait probablement cessé et la décrue permettrait une traversée facile.

Dans la cité, on avait repéré l'armée du Nord pendant que Menion Leah dormait d'un sommeil réparateur dans la résidence de Shirl Ravenlock. Les habitants commencèrent alors à mesurer la gravité du danger. La force d'invasion ne pouvait pas contourner Kern et fondre sur Tyrsis, son objectif principal. Kern devait donc tomber d'abord. Vu la taille de la cité et ses maigres effectifs, ce ne serait pas difficile. Seuls la rivière en crue et l'orage retarderaient sa chute. Mais ce n'était qu'une question de temps...

Occupé à réviser son plan de fuite, Flick ignora tout de ces considérations. L'orage s'éloignerait dans quelques heures, le laissant sans défense au milieu des hordes ennemies. Pire encore, l'invasion des Terres du Sud avait commencé, et une bataille contre la Légion Frontalière de Callahorn paraissait inévitable. Et s'il était forcé d'affronter ses propres amis ?

Depuis sa rencontre avec Allanon, à Valombre, des semaines plus tôt, Flick avait beaucoup changé, se découvrant une force intérieure, une maturité et une confiance en lui qu'il s'ignorait. Ces dernières vingt-quatre heures avaient été le baptême du feu, une épreuve de courage que même un combattant aguerri comme Hendel aurait trouvée effrayante. Le petit Valombrien, vulnérable et sans entraînement, était sur le point de céder à la tension nerveuse, laissant la peur et le doute le dominer...

Au début, le « destin » de Shea l'avait poussé à entreprendre le voyage vers Paranor. Les qualités de son frère équilibraient le caractère pessimiste et peu confiant de Flick... Maintenant, Shea avait disparu depuis des jours. Était-il mort ou vivant ? Même s'il refusait de perdre tout espoir, Flick ne s'était jamais senti aussi seul. Il errait en terre étrangère, impliqué dans un conflit contre une créature qui n'appartenait pas au monde des vivants, et isolé au milieu de milliers de soldats ennemis qui le tueraient sans hésiter s'ils découvraient qui il était. Une situation impossible ! Flick commençait à douter que tout ce qu'il entreprendrait encore puisse y changer quoi que ce fût.

Pendant que l'armée dressait son camp sur les berges de la rivière Mermidon, en fin d'après-midi, le petit Valombrien, la peur au ventre, se cramponnait désespérément à sa résolution défaillante. La pluie tombait toujours et trempait avec un bel esprit égalitaire les êtres comme la terre. Faire des feux avec ce temps de chien était impossible. Le soir fut aussi morne et sombre que la journée, sinon plus. Alors qu'il se déplaçait à pas de loup, Flick notait la disposition des quartiers des commandants, le déploiement des gnomes et des trolls, et le placement des sentinelles. Autant de renseignements critiques pour le sauvetage du roi des elfes.

Il retrouva sans difficulté la grande tente qui abritait les Maturens et leur prisonnier. Une tente sombre et froide, à l'instar du reste du camp, entourée d'un linceul de brume et de pluie. Comment savoir si Eventine y était toujours ? Il aurait pu être sous une autre, ou emmené hors du camp pendant la marche vers le sud. Les deux sentinelles étaient postées à l'entrée. Il n'y avait aucun signe de mouvement à l'intérieur. Flick étudia la tente un long moment avant de s'éloigner.

À la nuit tombée, quand les trolls et les gnomes s'étendirent pour un sommeil peu agréable dans le froid et la pluie, le Valombrien décida de fuir. Il n'avait aucune idée de l'endroit où était Allanon. Il pouvait seulement supposer que le druide avait suivi l'armée. Sans certitude aucune. Dans l'obscurité saturée d'humidité, il lui serait pratiquement impossible de le localiser. Le mieux serait de se cacher jusqu'à l'aube, puis de se lancer à sa recherche. Il se dirigea vers la limite est du campement et se faufila entre les soldats étendus, les paquetages et les armures, toujours étroitement enveloppé dans son manteau de chasse détrempé.

Une nuit pareille, il aurait probablement pu circuler à visage découvert. En plus de l'obscurité et de la pluie, qui tournait au crachin, une brume venue des prairies jetait sur tout un voile si efficace qu'on y voyait à peine à quelques pieds devant soi. Malgré lui, Flick repensa à Shea. Retrouver son frère, voilà ce qui l'avait poussé à se glisser dans le camp ennemi, déguisé en gnome. Comme il s'y attendait, il n'avait rien appris sur le sort de Shea. Il s'était préparé à être démasqué et capturé dans les minutes suivant son intrusion. Et il était encore libre ! S'il s'échappait maintenant et retrouvait Allanon, ils parviendraient peut-être à libérer le roi des elfes, et...

Flick s'accroupit près d'une pile de paquetages couverts d'une toile. À supposer qu'il déniche le druide, que pourraient-ils pour Eventine ? Il leur faudrait du temps pour rejoindre Balinor, dans la cité-forteresse de Tyrsis. Et là encore, le temps leur était compté. Qu'arriverait-il à Shea pendant qu'ils s'évertueraient à sauver Eventine, devenu sur l'échiquier du destin une pièce bien plus importante que son frère depuis la perte de l'Épée de Shannara ? Et si Eventine avait eu vent du sort de Shea ? Peut-être le roi savait-il où il était, et où l'Épée avait été emportée ?

Flick envisagea rapidement les possibilités. Il devait retrouver Shea. Rien d'autre n'avait d'importance pour lui. Il n'y aurait personne pour l'aider, puisque Menion était parti prévenir de l'invasion les cités de Callahorn. Même Allanon semblait avoir épuisé ses ressources. Sans résultat. Mais Eventine savait peut-être où était Shea...

Frissonnant dans l'air glacé, il essuya la pluie de son front et de ses yeux, étonné par le tour que prenaient ses pensées fébriles. Comment pouvait-il songer à retourner dans le camp ? Il était déjà au bord de la panique et de l'épuisement ! Courir des risques supplémentaires était une folie ! Pourtant, la nuit sombre, brumeuse, impénétrable se prêtait à la perfection aux entreprises les plus téméraires... Une telle occasion ne se représenterait peut-être pas, et personne d'autre que lui n'était mieux placé pour en tirer le maximum.

De la folie furieuse ! se répéta-t-il, au désespoir. S'il rebroussait chemin maintenant, s'il essayait de libérer Eventine, ce serait un suicide.

Pourtant, il se décida. Seul Shea comptait réellement et le roi des elfes saurait peut-être ce qu'il était advenu de lui. Jusque-là, contre toute attente, Flick avait survécu dans le camp ennemi... Il était même parvenu à se faufiler sous la tente de l'état-major troll, et à s'approcher assez du roi pour lui chuchoter un message d'espoir ! La fortune sourit aux audacieux, disait-on... C'était peut-être en effet le fruit inespéré d'une chance miraculeuse. Quoi qu'il en soit, pouvait-il partir maintenant, après – à la réflexion – avoir accompli si peu ? Il sourit de son soudain héroïsme. Mis au défi par le destin, il se sentait perdu d'avance. Il courait à sa perte. Glacé, proche de l'effondrement mental et physique, il allait tenter cet ultime coup d'audace, simplement parce que le hasard avait voulu qu'il soit là à ce moment précis. Lui et personne d'autre.

Comme Menion Leah se moquerait de lui s'il le voyait maintenant... pensa Flick. Pourtant, il aurait donné cher pour que le montagnard soit avec lui, lui insufflant un peu de son courage. Mais Menion n'était pas là, et le temps filait.

Avant d'avoir vraiment compris comment, il eut retraversé le camp. Hors d'haleine, il s'accroupit à quelques pas de la tente des Maturens. La brume se mêlait à la sueur, sur son front, puis coulait en ruisselets le long de ses joues empourprées et sous ses vêtements trempés. Il n'avait d'yeux que pour son objectif. Des doutes revinrent le tourmenter. La terrible créature qui servait le Roi-Sorcier était là, tel un instrument de mort sans âme qui détruirait Flick sans hésiter. Selon toute probabilité, elle guettait une tentative idiote de cet ordre. Pire encore, le roi des elfes avait pu être emmené ailleurs.

Flick chassa ses doutes, inspira à fond, rassembla son courage et finit son examen de la tente. Dans l'obscurité, il ne voyait même plus les silhouettes des gardes. Il passa une main sous sa tunique trempée et tira le couteau de chasse de son fourreau : son unique arme.

Enfin, il reconstitua mentalement l'endroit où Eventine était ligoté quand il l'avait nourri, la veille.

Puis il rampa vers son objectif.

Il s'accroupit près de la toile humide, le tissu glacé pressé contre sa joue brûlante. Dans le brouillard et l'obscurité, il écouta d'interminables minutes les respirations lourdes et les ronflements des soldats endormis. Il envisagea d'entrer crânement par le rabat, mais y renonça vite. Il lui faudrait se frayer un chemin dans l'obscurité au milieu de trop de trolls endormis, avant d'atteindre Eventine... Il choisit un pan de toile à l'endroit où il estimait que se trouvait la « cloison », là où le roi des elfes était attaché la veille. Avec une lenteur effrayante, il enfonça la pointe de son couteau dans la toile détrempée et entreprit de trancher le tissu.

Il ne se souvint jamais du temps qu'il lui fallut pour pratiquer l'incision nécessaire. Absorbé par son labeur dans le silence de la nuit, il était épouvanté à la perspective qu'un bruit de déchirure réveille les occupants. Au fil de ces minutes d'angoisse, il eut l'étrange sentiment d'être seul dans le camp, toute sa vie aspirée par le linceul de brume et de pluie. Personne ne passa à côté de lui. Rien... Aucun son...

Il aurait réellement pu être seul au monde pendant ces quelques minutes si brèves et pourtant si longues.

Enfin, une fente verticale récompensa ses efforts, bâillant comme si elle l'invitait à entrer. Il s'y risqua en redoublant de prudence.

Il n'y avait que le sol de toile, sec mais aussi froid que la terre humide. Il passa la tête et sonda l'obscurité troublée par les ronflements des dormeurs. Retenant son souffle le temps que ses yeux s'accoutument à une obscurité presque totale, il se sentit terriblement exposé.

Ses yeux mettaient trop longtemps à s'adapter. À ce stade, il ne pouvait pas risquer d'être découvert par hasard ! Il se glissa dans l'ouverture et s'abrita sous la tente. Les ronflements continuèrent. Quelqu'un se retourna dans son sommeil, mais personne ne se réveilla. Flick resta accroupi plusieurs minutes et tenta de discerner les formes des trolls, des tables et des paquetages.

Après ce qui lui parut une éternité, il put mieux repérer les soldats assoupis enroulés dans leurs couvertures et s'aperçut qu'un des dormeurs était étendu tout près de lui. S'il avait voulu ramper plus loin avant que ses yeux se soient habitués à l'obscurité, il aurait heurté le soldat et l'aurait probablement réveillé. La peur qui l'avait à peine quitté le reprit. Il lutta contre la panique qui le poussait à tourner les talons et à fuir à toutes jambes. La sueur ruisselait le long de son corps, sous ses vêtements trempés. Sa respiration se fit plus laborieuse. À cet instant, il était conscient de chaque sensation, l'esprit poussé aux limites de la rupture. Pourtant, ensuite, il ne se souviendrait d'aucun détail. Il resterait à peine une image gravée dans sa mémoire : celle des Maturens endormis et de l'objet de sa quête, Eventine.

Le roi des elfes n'était plus assis devant la tenture, mais couché sur le sol, à quelques pieds seulement de lui, ses yeux grands ouverts suivant tous ses mouvements. Flick ne s'était pas trompé en repérant son point d'entrée. Il rejoignit le roi et coupa prestement les cordes qui lui entravaient les poings et les chevilles.

L'elfe libéré, les deux silhouettes se faufilèrent vers l'accès ménagé par le Valombrien. Eventine s'arrêta pour ramasser quelque chose, à côté d'un troll endormi. Sans s'en occuper, Flick se hâta de sortir. Puis il s'accroupit près de la tente et jeta des regards anxieux à la ronde. Seul le martèlement de la pluie brisait le silence.

Quelques instants après, la toile s'écarta de nouveau sur le roi des elfes qui s'accroupit à côté de son sauveur. Il portait un long manteau de pluie et brandissait une épée. Enveloppé dans le vêtement, il fit un pauvre sourire à Flick et lui serra la main pour exprimer sa gratitude.

Le Valombrien lui rendit son sourire avec un signe de tête.

Ainsi fut délivré le roi Eventine, enlevé au nez et à la barbe de l'ennemi ! L'heure de gloire de Flick Ohmsford ! Sûr que le pire était passé et que, une fois Eventine libéré, fuir serait un jeu d'enfant, il n'avait pas accordé une pensée à la suite. À vrai dire, il n'avait pas réfléchi au-delà de son entrée sous la tente ! Le moment était venu de s'en occuper. Mais alors qu'ils marquaient une brève pause, leur délai de grâce prit soudainement fin. Trois sentinelles trolls armées jusqu'aux dents surgirent de nulle part et repérèrent aussitôt les silhouettes suspectes, accroupies près de la tente d'état-major. Un instant, tout le monde resta immobile. Puis Eventine se releva lentement et se déplaça pour cacher la fente pratiquée dans la toile. À l'étonnement de Flick, le roi des elfes fit signe aux trois gardes d'approcher en leur parlant dans leur langue. Non sans hésiter, mais piques baissées, les sentinelles obéirent, décontenancées de s'entendre interpeller ainsi. Avec un signe discret d'avertissement à Flick, Eventine fit un pas sur le côté, révélant soudain la fente. Ne se doutant de rien, les trolls se précipitèrent vers la tente. Le Valombrien fit aussi un pas de côté, la main sur son couteau de chasse, sous son manteau. Alors que les trolls avaient les yeux rivés sur la toile déchirée, le roi des elfes les attaqua.

Deux sentinelles furent égorgées en un instant. La troisième lâcha un cri d'alarme et riposta, entaillant l'épaule d'Eventine avant de s'effondrer à son tour. Le silence retomba.

Livide, Flick regarda les trolls morts pendant qu'Eventine tentait en vain d'empêcher sa blessure de saigner. Des bruits de voix résonnèrent, tout près.

— Vers où ? souffla le roi, l'épée ensanglantée au poing.

Le petit Valombrien lui désigna les ténèbres, droit devant. Les voix se rapprochaient, venues de plusieurs directions. Sans un mot, les deux compagnons fuirent les quartiers de l'état-major troll. Trébuchant entre les tentes, incapables de progresser rapidement sur la terre détrempée, aveuglés par la nuit et la brume, ils s'efforcèrent pourtant de distancer leurs poursuivants. Bientôt, les voix se firent plus lointaines.

Ils entendirent un cri d'alarme quand quelqu'un découvrit les cadavres des sentinelles. Puis le son grave et obsédant d'un cor de guerre troll réveilla tous les soldats.

Flick avait pris la tête et fouillait dans sa mémoire pour retrouver le chemin le plus rapide vers la sortie du camp. Il courait à l'aveuglette, plus terrifié que jamais, avec une seule idée à l'esprit : sortir de ce détestable campement !

Son épaule saignant abondamment, Eventine comprit que son jeune sauveur cédait à la panique. En vain, il l'exhorta à la prudence.

Trop tard. Ils se jetèrent tête la première sur un groupe de soldats à demi endormis. Tous roulèrent sur le sol, incapables d'éviter la collision. Des mains invisibles arrachèrent son manteau de chasse à Flick pour mieux le tabasser. Épouvanté, il répliqua à coups de couteau, tailladant tout ce qui passait à sa portée. Des hurlements de douleur et de rage récompensèrent ses efforts. Se dégageant, il bondit sur ses pieds. Et retomba sous l'assaut de plusieurs adversaires. Quand il aperçut l'éclat d'une lame près de sa tête, il leva d'instinct son couteau pour parer.

Le chaos dura plusieurs minutes alors que le Valombrien se frayait un chemin entre les mains tendues qui cherchaient à le retenir. Il reçut des coups en grand nombre, retomba souvent à terre, mais il se releva toujours et continua à se battre et à appeler Eventine à grands cris.

En réalité, ils étaient tombés sur un groupe désarmé et pris au dépourvu. Les soldats tentaient de maîtriser le Valombrien qui, terrifié, se débattait trop violemment pour qu'ils y parviennent. Eventine se jeta dans la mêlée. Découragés, leurs adversaires finirent par abandonner la partie et par se disperser dans l'obscurité. Faisant rapidement un sort au seul qui n'avait pas abandonné la lutte, un gnome d'assez grande taille qui se cramponnait des pieds et des mains à Flick, le roi des elfes saisit son sauveur par le col de sa tunique et le remit debout.

Le Valombrien continua de se débattre. Voyant enfin qui le tenait, il s'arrêta net... Autour de lui, le son des cors de l'armée du Nord retentissait dans tout le camp, se mêlant aux cris des soldats. Flick essaya en vain d'entendre ce que criait son compagnon, la tête encore endolorie par les coups.

— ... trouver le chemin le plus rapide pour filer ! Ne courez pas, marchez ! Ça attirera moins l'attention sur nous. Allons !

Eventine le fit pivoter. Leurs yeux se croisèrent un instant. Flick crut être foudroyé par le regard perçant du roi des elfes, comme s'il sondait son cœur envahi par l'épouvante...

Côte à côte, armes au poing, ils avancèrent. Les pensées plus claires, Flick se remémora quelques points de repère. Cette fois, il allait dans la bonne direction. Sa peur fut momentanément remplacée par une froide détermination, en partie née de la présence rassurante du roi des elfes. Il aurait pu s'agir d'Allanon, tant la confiance du souverain était impressionnante.

Des dizaines de soldats en armes passèrent en courant à côté d'eux, certains à quelques pas à peine, mais personne ne les interpella. Ils traversèrent tranquillement le chaos qui régnait dans le campement depuis l'appel aux armes et s'approchèrent des postes de garde affectés à la protection éloignée du camp. Derrière eux, les cris et les clameurs mouraient peu à peu. La pluie avait momentanément cessé, mais la brume ensevelissait toujours la prairie des plaines de Streleheim jusqu'à la Mermidon. Flick jeta un coup d'œil inquiet à son compagnon et remarqua qu'il était légèrement voûté sous l'effet de la douleur, son bras gauche blessé pendant le long de son flanc et saignant abondamment. L'elfe épuiserait vite ses ressources à cause de l'hémorragie. Il pâlissait d'instant en instant mais se forçait à continuer. Flick ralentit et se rapprocha de son compagnon pour le soutenir au cas où il trébucherait.

Ils atteignirent si vite le périmètre extérieur du camp que les nouvelles alarmantes sur les quartiers généraux des Maturens n'étaient pas encore arrivées aux oreilles des sentinelles. Mais le cor les avait mises sur leurs gardes. Par petits groupes, armes au poing, elles surveillaient le camp. Une chance pour les fugitifs, elles étaient persuadées que le danger venait de l'extérieur. Leur attention étant rivée partout ailleurs que sur le campement, Flick et Eventine approchèrent sans mal. Le roi des elfes n'hésita pas : il dépassa les sentinelles d'un pas rapide et déterminé, comptant sur l'obscurité, la brume et la confusion générale.

Encore quelques minutes et l'armée entière serait sur le pied de guerre. Dès que la nouvelle de l'évasion d'Eventine se répandrait, des éclaireurs seraient lancés à ses trousses. Le salut se trouverait en direction de Kern, au sud, ou dans les dents du Dragon et ses forêts environnantes, à l'est. Dans les deux cas, y parvenir prendrait au mieux des heures, et les forces du roi l'abandonnaient. Mais s'arrêter maintenant, au risque d'être aperçu par les gardes sur ce terrain découvert, était exclu.

Les compagnons avancèrent hardiment entre deux groupes de sentinelles. Ils abordèrent la prairie, au-delà du camp, et réussirent à ne pas attirer l'attention jusqu'à ce qu'ils aient dépassé le périmètre de surveillance. À ce moment, plusieurs sentinelles les aperçurent et les interpellèrent. Eventine se tourna à demi. Il répondit en langue troll et continua à avancer. Flick le suivit, méfiant, tandis que les sentinelles hésitaient. Puis un des soldats lança un ordre bref et leur fit signe de revenir.

Eventine cria à Flick de courir.

La poursuite commença. Près de vingt gardes se lancèrent à leurs trousses à grand renfort de beuglements.

D'emblée, c'était une lutte inégale. Tous deux nettement plus légers que les trolls, en temps normal, Eventine et Flick auraient aisément semé leurs adversaires. Mais l'elfe était sérieusement affaibli et le Valombrien se sentait épuisé par les épreuves et les singulières émotions des deux derniers jours.

Leurs poursuivants étaient forts, bien reposés et bien nourris. Flick pensa que seules la brume et l'obscurité les sauveraient peut-être. La respiration rauque, trébuchant à chaque pas, ils allèrent bien au-delà de leurs limites. Tout devint flou devant eux. Sentant l'herbe glissante sous leurs pieds, ils coururent jusqu'au bout de leurs forces. Et toujours pas de cachette en vue. Ni montagne ni forêt. Rien !

Soudain, une pique troua le manteau d'Eventine et le cloua au sol. Le périmètre extérieur de sentinelles, pensa Flick, horrifié. Il les avait oubliées ! Une silhouette jaillit de la brume pour se jeter sur l'elfe. Avec ses dernières forces, le roi roula sur le côté pour éviter l'épée qui se planta dans la terre, en lui frôlant la tête. En même temps, il avait dressé son arme. Son assaillant finit embroché sur la lame.

Flick chercha d'autres adversaires du regard. Mais il y avait seulement une sentinelle ! Il se rua au côté de son compagnon, arracha la pique pour le libérer et l'aida à se relever. Eventine fit quelques pas... et s'effondra. Le Valombrien s'agenouilla pour tenter de le ranimer.

— Je n'en peux plus, dit Eventine d'une voix rauque. Je n'irai pas plus loin...

Les cris des soldats se rapprochaient. Flick essaya en vain de remettre l'elfe debout. Eventine s'était évanoui. Armé de son fidèle couteau, le Valombrien regarda autour de lui, désespéré. C'était la fin...

Ne sachant plus quoi faire, il appela le seul être au monde qui pouvait encore les secourir.

— Allanon ! Allanon !

Sa voix mourut dans les ténèbres. La pluie avait recommencé à tomber, formant des flaques boueuses sur le sol déjà saturé d'eau. L'aube se lèverait bientôt, même s'il était difficile de deviner l'heure, avec un temps pareil. Flick s'accroupit près de l'elfe, écoutant leurs poursuivants se rapprocher. Au son de leurs voix, ils n'étaient plus bien loin... Une question de minutes, sans doute, avant qu'ils repèrent les fuyards. Et même si Flick avait libéré Eventine, il ignorait toujours tout du sort de Shea...

Soudain, des cris, sur sa gauche, le firent pivoter. Il vit des silhouettes se découper dans le brouillard.

Ils l'avaient trouvé !

Il se leva pour leur faire face.

Mais l'obscurité qui les séparait fut déchirée par un éclair qui sembla jaillir de la terre. Sa force terrifiante renversa Flick sur l'herbe où il resta étendu, aveuglé et sonné. Une pluie d'étincelles et d'herbe carbonisée retomba sur lui pendant qu'une série d'explosions ébranlait le sol.

Ses ennemis furent auréolés par la lumière éblouissante, puis disparurent de nouveau dans l'obscurité. Des colonnes de flammes filèrent vers le ciel comme autant de piliers dressés dans l'obscurité et le brouillard.

Le front plissé, Flick, témoin de ce maelström de destruction, fut persuadé que c'était la fin du monde... La muraille de feu flamba plusieurs minutes avec une fureur vengeresse, sa chaleur se communiquant à l'air nocturne au point que la peau du Valombrien commença à brûler.

Puis tout s'arrêta aussi soudainement que cela avait commencé.

Flick se releva sur un genou et sonda l'obscurité. Des bruits de pas résonnant derrière lui, il fit volte-face. Une grande silhouette émergea de la brume. Vêtue de longues robes noires, elle fondait sur lui comme un ange de la mort venu réclamer son dû...

D'abord terrifié, Flick reconnut soudain son « agresseur ».

Le druide vêtu de noir qu'il avait appelé un peu plus tôt.

Allanon était enfin arrivé !

Chapitre 28

L'aube venait de poindre, éblouissante dans un ciel bleu limpide, quand le dernier groupe de réfugiés de la cité-île de Kern franchit les portails de l'enceinte de Tyrsis. La brume avait disparu, comme les nuages noirs qui obscurcissaient le pays de Callahorn depuis tant de jours. Les prairies détrempées étaient constellées de mares que la terre saturée d'humidité n'avait pas encore absorbées. Les pluies laissaient enfin la place au soleil, donnant à la matinée un petit air de fête et de gaieté. Depuis des heures, les rescapés arrivaient par groupes, horrifiés par ce qui était arrivé et inquiets pour l'avenir, même si certains citoyens de Kern ne savaient toujours pas que les envahisseurs du Nord avaient incendié la ville après l'attaque surprise de leur campement...

L'évacuation avait été un miracle. Même s'ils avaient tout perdu, les habitants étaient toujours en vie. Et pour le moment, ils étaient en sécurité. Les soldats du Nord n'avaient pas remarqué leur fuite, leur attention étant détournée par l'escouade de Légionnaires qui avait attaqué le campement. Ils avaient même attiré au loin les sentinelles des avant-postes, leur faisant croire qu'une armée entière s'était portée à leur rencontre. Quand les guerriers ennemis avaient compris qu'il s'agissait d'une feinte, l'île était évacuée et ses habitants loin en aval de la Mermidon...

Menion Leah fut un des derniers à entrer dans la forteresse. Ses blessures aux pieds s'étaient rouvertes pendant la marche de cinq lieues entre la Mermidon et Tyrsis, mais il avait refusé qu'on le porte. Il épuisa ses dernières forces à gravir la rampe menant aux portes de la première enceinte, soutenu d'un côté par la fidèle Shirl, qui avait refusé de le quitter, même pour dormir, et de l'autre par Janus Senpre, aussi fourbu que lui.

Le jeune commandant de la Légion s'était enfui sur le même radeau que Menion et Shirl. L'épreuve les avait rapprochés. Pendant le voyage vers le sud, ils avaient parlé, à voix basse, de la démobilisation de la Légion Frontalière. Et ils étaient d'accord : pour avoir une chance de repousser les assauts d'une force aussi puissante que l'armée du Nord, Tyrsis aurait à tout prix besoin de la Légion. Seul Balinor disposait des connaissances nécessaires pour la commander, et il avait disparu ! Ils devaient retrouver le prince et le replacer à la tête de ses troupes, même si son frère tentait de s'y opposer – comme ce serait le cas. Il ne faisait aucun doute que Palance s'opposerait aussi à la mobilisation de la Légion Frontalière, qu'il avait si stupidement renvoyée dans ses foyers !

Ni le montagnard ni le commandant de la Légion n'avaient mesuré à quel point leur tâche serait difficile, même s'ils se doutaient que Palance avait jeté Balinor en prison à son arrivée à Tyrsis, quelques jours plus tôt. Néanmoins, ils avaient décidé que Tyrsis ne tomberait pas aussi facilement que Kern ! Cette fois, ils se dresseraient contre l'ennemi !

Une escouade de gardes du palais vêtus de noir accueillit le petit groupe aux portes de la ville, leur transmettant les salutations chaleureuses du roi, qui les attendait. Quand Janus Senpre rappela que le souverain était gravement malade, le capitaine de la garde se hâta d'ajouter que Palance leur transmettait l'invitation au nom de son père. Rien n'aurait pu plaire davantage à Menion, qui avait hâte d'entrer au palais pour jeter un coup d'œil. Il en oublia sa fatigue et ses souffrances, même si ses compagnons guettaient la moindre occasion de lui offrir leur soutien. Le capitaine fit signe aux gardes. Un superbe carrosse fut rapidement amené pour conduire les invités au palais. Menion et Shirl y prirent place. Janus Senpre préféra d'abord superviser l'installation de ses soldats dans les baraquements déserts de la Légion. Mais il promit de les rejoindre plus tard.

Tandis que le carrosse s'éloignait, le jeune commandant salua Menion. Puis, accompagné par le vétéran Fandrez et plusieurs officiers triés sur le volet, il gagna les baraquements de la Légion.

Dans le carrosse, Menion, un petit sourire sur les lèvres, tenait Shirl par la main.

L'attelage s'engagea au trot dans l'artère principale de Tyrsis, la voie Tyrsienne. Ce matin-là, les habitants de la cité-forteresse s'étaient levés tôt pour accueillir les réfugiés et offrir le gîte et le couvert aux amis comme aux étrangers. Chacun voulait en savoir plus sur la force d'invasion. Les gens parlaient anxieusement entre eux en regardant passer le carrosse escorté par les gardes du palais. Quelques-uns firent un salut étonné à la jeune femme, dont la chevelure roux foncé dissimulait à demi le visage aux traits tirés. Près d'elle, Menion souffrait de nouveau de ses blessures aux pieds. Encore heureux qu'il n'eût plus, pour l'instant, besoin de marcher !

La ville défilait sous leurs yeux, avec ses bâtiments et ses ponts suspendus bondés de citoyens de tous âges et de toutes conditions, hommes, femmes et enfants... Tous allaient quelque part en grande hâte. Le montagnard se renfonça dans son siège rembourré sans lâcher Shirl, et laissa ses pensées dériver.

Il était sur le point de s'assoupir quand on le secoua doucement par l'épaule. Il sursauta et rouvrit les yeux. La grande avenue du pont de Sendic longeait les jardins du palais. Le jeune homme regarda défiler les parcs et les jardins ensoleillés, sous le pont, leurs pelouses ombragées d'arbres et semées d'innombrables parterres de fleurs soigneusement entretenus. Tout était calme et chaud, comme affranchi des turbulences de l'existence humaine...

De l'autre côté du pont, les portails du palais s'ouvrirent. Menion découvrit les soldats alignés au garde-à-vous sur le chemin d'accès, tous vêtus de l'uniforme noir orné de l'emblème du faucon. Des trompettes annoncèrent l'arrivée du carrosse et de ses passagers. Le montagnard en fut stupéfait. On leur accordait l'accueil en principe réservé aux grands dirigeants des Quatre Terres ! Cette pompe prouvait que Palance Buckhannah était résolu à ignorer les circonstances de l'arrivée de ses invités et à se moquer des traditions respectées depuis des siècles par les monarchies des Terres du Sud.

— Il doit être fou à lier ! cria le montagnard, furieux. Que croit-il faire ? Nous sommes assiégés, et il mobilise ses troupes pour une parade !

— Menion, prenez garde à ce que vous lui direz. Nous devons être patients si nous voulons avoir une petite chance de venir en aide à Balinor. Souvenez-vous aussi qu'il est amoureux de moi – même s'il n'est pas payé de retour. Jadis, c'était un homme de bien. Et il reste le frère de Balinor.

En dépit de son impatience et de sa fougue, Menion savait que Shirl avait raison : il n'aurait rien à gagner à laisser éclater sa colère. Et il serait bien avisé de fermer les yeux sur les caprices du prince jusqu'à la libération de Balinor.

Il se cala sur son siège, calmé, et examina au passage les rangées de soldats impavides qui formaient la garde personnelle du roi. Dans la cour d'honneur, au son d'une fanfare, un escadron de cavalerie caracola en l'honneur des visiteurs. Puis le carrosse s'immobilisa. La grande silhouette du nouveau monarque de Callahorn apparut. Il arborait un sourire ravi mais nerveux.

— Shirl ! Je pensais que je ne vous reverrais jamais !

Tendant une main, il aida la jeune femme à descendre, et l'étreignit un instant avant de reculer.

— J'étais vraiment persuadé de vous avoir perdue !

Bouillonnant intérieurement, Menion descendit du carrosse et fit un sourire peu convaincu à Palance quand il se tourna vers lui.

— Prince de Leah, vous êtes le bienvenu en notre royaume ! lança Palance. Vous m'avez rendu... un très grand service ! Tout ce que j'ai vous appartient ! Tout ! Nous serons de grands amis, vous et moi. De grands amis... Il y a si longtemps... que...

Il s'interrompit, soudain perdu dans ses pensées. Il parlait avec affectation, comme s'il était incertain de ce qu'il disait. S'il n'était pas encore fou à lier, pensa Menion, d'évidence, il ne tournait plus très rond !

— Je suis ravi d'être à Tyrsis, répondit le prince de Leah, même si j'aurais souhaité que ce soit en des circonstances plus plaisantes...

— Vous parlez de mon frère, bien entendu ? cracha Palance, comme s'il sortait d'une transe, le visage empourpré.

Menion le regarda, stupéfait.

— Palance, il parle de l'invasion de l'armée du Nord, de l'incendie de Kern, dit doucement Shirl.

— Ah oui... Kern...

Palance regarda anxieusement autour de lui, comme s'il cherchait quelqu'un. Menion s'avisa que Stenmin brillait par son absence. Bizarre ! D'après Shirl et Janus Senpre, le prince n'allait nulle part sans son conseiller...

Menion croisa le regard attentif de Shirl.

— Y aurait-il un problème, mon seigneur ? demanda-t-il, utilisant à dessein le titre pour attirer l'attention de son interlocuteur.

Ainsi, il jouait le rôle de l'ami inquiet prêt à apporter son aide. Sa ruse lui valut des résultats inespérés.

— Vous pouvez m'aider... et aider ce royaume, Menion Leah, répondit aussitôt Palance. Mon frère tente d'usurper le trône ! Il veut ma mort ! Mon conseiller, Stenmin, m'a sauvé, mais j'ai d'autres ennemis... tout autour de moi... Vous et moi devons être amis et nous dresser contre les conspirateurs ! Surtout contre ceux qui ont osé enlever cette adorable jeune femme ! Je ne peux pas parler à Stenmin, comme je le ferais avec un ami. Mais avec vous, c'est possible !

Tel un enfant plein d'espoir, il semblait pendu aux lèvres de Menion Leah. Qui ne put réprimer un élan de pitié face à la déchéance mentale du fils cadet de Ruhl Buckhannah. Il aurait réellement aimé pouvoir guérir ce malheureux.

Avec un sourire attristé, il hocha la tête.

— Je savais que vous me comprendriez ! s'exclama Palance, ravi. Nous sommes tous deux de sang royal, et cela... nous rapproche. Nous serons de grands amis, vous et moi, Menion. Maintenant... vous devez vous reposer.

Palance sembla se souvenir que les soldats étaient toujours au garde-à-vous, attendant patiemment qu'il les autorise à rompre les rangs.

Il conduisit ses invités au palais des Buckhannah, faisant signe au commandant de sa garde personnelle qu'il pouvait renvoyer les hommes à leurs occupations. Le trio franchit les portes de l'antique demeure, où des serviteurs attendaient pour escorter les invités jusqu'à leurs chambres. S'arrêtant un instant, le roi se tourna vers ses hôtes.

— Mon frère est emprisonné dans les cachots sous le palais, murmura-t-il. Inutile d'avoir peur.

Son regard vola vers les serviteurs, qui attendaient, à distance.

— Il a des amis partout, vous savez !

Menion et Shirl acquiescèrent, conscients que Palance n'accepterait pas d'autre réaction.

— Il ne risque pas de s'échapper ? demanda Menion, histoire d'en apprendre un peu plus.

— Il a fait une tentative, la nuit dernière... avec ses amis. (Palance eut un sourire satisfait.) Mais nous les avons attrapés, et enfermés pour toujours ! Stenmin est avec eux en ce moment... Il faut que vous le rencontriez...

Sur ces mots, il appela les serviteurs pour leur ordonner de conduire ses amis à leurs appartements, où ils auraient loisir de se baigner et de se changer avant de le rejoindre pour le petit déjeuner. L'aube était levée depuis une heure seulement, et les réfugiés de Kern n'avaient rien mangé depuis la veille. Menion avait besoin de soins. Le médecin du palais changerait les bandages et appliquerait les onguents nécessaires. Il aurait aussi eu besoin de repos, mais cela attendrait. Le petit groupe s'engageait dans un couloir quand une voix inquiète appela Shirl. Le nouveau maître de Callahorn approcha de la jeune femme étonnée, s'arrêta devant elle et la prit dans ses bras. Menion, qui avait tourné la tête par délicatesse, entendit néanmoins les murmures du prince.

— Vous ne devez plus me quitter, Shirl. Votre nouveau foyer sera Tyrsis, où vous régnerez à mes côtés...

Malgré la douceur de sa voix, c'était un ordre, non une requête.

Il y eut un long silence.

— Palance, je crois que nous...

La voix de Shirl trembla. Comment inciter le prince à réfléchir ?

— Non, ne dites rien, coupa Palance. Aucune réponse n'est nécessaire. Plus tard... quand nous serons seuls... que vous serez reposée... Vous savez que je vous aime... depuis toujours. Et vous m'aimez... je le sais.

De nouveau, il y eut un long silence. Puis Shirl passa vivement devant Menion, obligeant les serviteurs à se précipiter pour ouvrir le chemin vers les chambres des invités. Le montagnard suivit la jeune femme, n'osant pas la toucher tant que leur hôte les regardait. La tête baissée, Shirl se tordait nerveusement les mains. Personne ne parla pendant que les serviteurs les conduisaient vers leurs chambres, dans l'aile ouest de l'antique demeure. Ils se séparèrent, puis Menion laissa le médecin traiter ses blessures et les couvrir de bandages neufs. Des vêtements propres étaient posés sur le grand lit à baldaquin, et un bain chaud l'attendait. Troublé, Menion ignora ces commodités.

Il se glissa rapidement dans le couloir désert, frappa doucement à la porte de Shirl et entra.

Elle se leva du lit quand il referma la lourde porte de bois et courut se jeter dans ses bras.

Ils restèrent enlacés de longues minutes, sentant la chaleur de la vie couler dans leurs corps. Menion caressa doucement les boucles roux foncé et serra le beau visage de la jeune femme contre sa poitrine. Elle comptait sur lui. Cette idée encourageante traversa son esprit fatigué. Quand sa force et son courage l'avaient abandonnée, elle s'était tournée vers lui.

Menion comprit qu'il était amoureux d'elle.

Il trouva étrange qu'une telle chose lui arrive alors que leur monde s'écroulait et que la mort les guettait !

Au cours des dernières semaines, la vie déjà agitée de Menion l'avait entraîné de bataille en bataille. Une spirale infernale. Et ces luttes avaient uniquement un sens si on croyait aux légendes de l'Épée de Shannara et du Roi-Sorcier. Au cours des journées terribles qui s'étaient enchaînées depuis Culhaven, la vie l'avait ballotté comme un bouchon sans jamais lui laisser le loisir de la réflexion. Tel un guerrier infatigable volant de combat en combat. Pour finir, il ne savait plus lui-même où tout cela le mènerait. Sa grande amitié pour Shea, et sa camaraderie maintenant brisée avec les membres de la compagnie partie à Paranor, lui avaient donné une certaine stabilité – une constante sur laquelle compter quand le reste du monde aurait disparu.

Puis il avait découvert Shirl Ravenlock. Le tourbillon des événements et des dangers, combinés à une attirance naturelle, les avait rapprochés et liés l'un à l'autre.

Yeux clos, Menion serra plus fort la jeune femme contre lui.

D'une certaine façon, Palance venait de leur fournir un atout important en révélant que Balinor et ses compagnons étaient emprisonnés sous le palais. Une première tentative d'évasion avait échoué. Menion, lui, ne commettrait pas d'erreur.

Il parla avec Shirl de la question, essayant d'arrêter une ligne d'action. Si Palance insistait pour garder Shirl près de lui pour assurer sa protection, ses mouvements seraient gravement entravés. Pire encore, le prince était déterminé à l'épouser, et persuadé à tort que la jeune femme lui rendait son amour. Palance Buckhannah semblait au bord de la folie furieuse. Son équilibre, des plus précaires, risquait d'être rompu à tout moment. Et si cela arrivait alors qu'il tenait Balinor à sa merci...

Menion s'arracha à ses sombres réflexions, conscient que l'heure n'était pas aux spéculations. Quand la force d'invasion arriverait aux portes de la ville, il serait trop tard pour agir ! Balinor devait être libéré immédiatement ! Menion avait un allié de poids en la personne de Janus Senpre, mais le palais était gardé par des soldats en noir dévoués à Palance Buckhannah. Personne ne paraissait savoir ce qu'il était advenu du vieux roi. On le disait incapable de se lever, mais seul son fils en attestait. Et ce fils se fiait à la seule parole de Stenmin...

De son propre aveu, Shirl n'avait jamais vu Palance en tête à tête plus de quelques instants. Son conseiller n'était jamais loin. Pourtant, ce matin, Stenmin continuait de briller par son absence. Étrange, d'autant plus que chacun savait maintenant qu'il était le véritable maître. Le prince à l'esprit chancelant était devenu son pantin. Comme l'avait souligné le père de Shirl dans la salle du Conseil de Kern, ce triste personnage semblait avoir un étrange ascendant sur le fils cadet de Ruhl Buckhannah. Si Menion parvenait à en découvrir la nature... À tout coup, le mystique était à l'origine du comportement erratique du prince. Mais faute de temps, Menion devrait faire au mieux avec le peu qu'il savait.

Quand il quitta Shirl et retourna dans sa chambre, prêt pour le bain chaud et les vêtements propres, il avait imaginé le début d'un plan pour libérer Balinor. Il peaufinait les détails quand il sortit de son bain. On frappa. Il passa une robe de chambre, traversa la pièce et ouvrit. Un serviteur lui apportait l'épée de Leah. Le remerciant d'un sourire, le prince mit l'arme sur le lit. L'ayant posée sur un siège du carrosse pendant le trajet, il avait oublié de la récupérer. Le temps qu'il s'habille, son esprit vagabonda et il se souvint des batailles livrées avec elle. Il avait vécu tant de choses depuis que Shea était arrivé à Leah, quelques semaines plus tôt...

Pour certains, cela aurait rempli une vie entière !

Il repensa tristement à son ami disparu et se demanda pour la millième fois si le petit Valombrien était encore de ce monde. Il n'aurait pas dû être à Tyrsis en ce moment. Shea comptait sur lui pour le protéger. Il fallait croire qu'il avait mal placé sa confiance ! Menion s'était laissé manipuler par Allanon ! Chaque fois, sa conscience l'avait prévenu qu'il trahissait son ami en suivant les injonctions ou les conseils du druide. Il était furieux à l'idée d'avoir ainsi négligé ses responsabilités envers le petit Valombrien... Pourtant, les choix qui l'avaient conduit à Tyrsis étaient les siens. Des malheureux autres que Shea avaient désespérément besoin de lui.

Traversant la chambre à petits pas, toujours perdu dans ses pensées, il se laissa tomber sur le grand lit moelleux, la main posée sur le métal frais de son épée. Il joua avec l'arme du bout des doigts en réfléchissant aux problèmes qu'il affrontait. L'expression effrayée de Shirl le hantait. La jeune femme avait pris pour lui une importance capitale. Il ne la quitterait pas pour se remettre à la recherche de Shea, quelles qu'en soient les conséquences. Un choix difficile, car son devoir allait au-delà de ces deux existences. Il concernait Balinor et ses camarades emprisonnés, et, en fin de compte, le peuple de Callahorn. Il reviendrait à Allanon et à Flick de retrouver et de sauver Shea s'il était encore vivant. Tant de choses dépendraient d'eux, désormais, pensa-t-il, son esprit et son corps infiniment las glissant vers le sommeil dont il avait tant besoin. Il leur restait à prier. Et à attendre.

Menion s'endormit enfin.

Un instant après, quelque chose le tira de son assoupissement. Y avait-il eu un bruit insolite ? Ou son sixième sens venait-il de l'avertir ? En tout cas, ce qui l'avait ramené à la conscience l'arracha d'un sommeil dont il ne se serait sinon jamais éveillé.

Immobile, il tendit l'oreille. Un grattement, venu du mur le plus éloigné... À travers ses paupières mi-closes, il vit une tapisserie frémir. Une partie du mur de pierre, derrière la tapisserie, pivota ; une silhouette enveloppée d'un manteau écarlate entra à pas de loup.

Menion se força à ralentir sa respiration, même si son cœur battait la chamade, le poussant à bondir du lit pour sauter sur l'intrus.

L'homme examina la pièce un instant, puis se tourna vers le montagnard apparemment endormi. Il était à quelques pieds du lit quand il dégaina une dague.

La main de Menion reposait toujours sur l'épée de Leah, mais il ne bougea pas. Il attendit que l'intrus soit à un pas environ de lui, son arme à hauteur de la taille. Alors, avec la rapidité d'un félin, il passa à l'attaque. Son corps mince et racé bondit vers l'intrus, brandissant son épée encore au fourreau. Du plat de la lame, il frappa l'homme au visage, le faisant reculer. L'épée frappa une deuxième fois ; l'arme de l'intrus tomba avec un bruit métallique tandis que ses doigts soudain paralysés se recroquevillaient de douleur. Menion se jeta sur l'homme vêtu d'écarlate, le renversa sur le plancher et l'immobilisa. Il lui tordit le bras derrière le dos, son autre main le tenant à la gorge.

— Parle, assassin !

— Non... Attendez ! Vous vous trompez ! Je ne suis pas un ennemi... Je vous en prie, je ne peux plus respirer !

Son souffle devint irrégulier.

Mais le montagnard se contenta de dévisager sa victime de ses yeux noirs indéchiffrables. À sa connaissance, il n'avait jamais rencontré cet homme. À examiner ses mâchoires serrées de colère et ses iris brûlants de haine, il comprit qu'il ne l'avait pas accusé à tort. Faisant un pas sur le côté, il força l'assassin à se remettre debout, une main toujours serrée sur son cou.

— Dites-moi à quel moment je me suis trompé à votre sujet. Vous avez une minute. Après, je vous couperai la langue et je vous livrerai aux gardes !

Il lâcha le cou de l'homme pour le saisir par le col de sa tunique. Jetant son épée sur le lit, il empoigna la dague pour se défendre si le tueur faisait encore mine de l'attaquer.

— C'était un cadeau, prince de Leah... Un cadeau du roi. Il voulait vous témoigner sa gratitude, et... je suis entré par une autre porte pour ne pas vous déranger...

Il s'interrompit comme s'il attendait quelque chose. Il se moquait de savoir si son histoire serait crue. C'était autre chose. Comme s'il espérait que Menion voie il ne savait trop quoi...

Le prince de Leah le secoua, rapprochant son visage du sien.

— C'est le mensonge le plus mal ficelé que j'aie jamais entendu ! Qui êtes-vous ?

— Stenmin, le conseiller personnel du roi ! Et je ne vous ai pas menti. La dague était un cadeau de Palance Buckhannah. Il m'a prié de vous l'apporter. Je ne vous voulais aucun mal. Si vous ne me croyez pas, demandez au roi !

Son assurance fit comprendre à Menion que Palance confirmerait l'histoire, qu'elle fût vraie ou pas. Il avait entre les mains l'homme le plus dangereux de Callahorn, le manipulateur devenu l'éminence grise de la monarchie, celui qu'il s'agirait d'éliminer s'il voulait sauver Balinor. Pourquoi avait-il décidé de l'attaquer alors qu'il ne le connaissait pas ? Il l'ignorait, mais une chose était claire : s'il le libérait maintenant, ou s'il le traînait devant Palance pour obtenir réparation, Menion mettrait sa vie en danger. Il poussa rudement l'homme sur un fauteuil et lui ordonna de ne pas bouger. Il obéit, mais ses yeux firent le tour de la pièce, tandis que ses mains caressaient nerveusement son bouc. Menion le surveilla d'un œil absent en réfléchissant aux choix qui s'offraient à lui. Il lui fallut un court moment pour trancher. Il ne pouvait plus attendre et compter sur la chance pour libérer ses amis. La décision lui avait été retirée.

— Levez-vous, mystique, ou quel que soit le nom que vous vous donnez !

L'homme le nargua sans bouger. Furieux, Menion le tira de son siège.

— Je devrais vous éliminer sans autre forme de procès ! Le peuple de Callahorn s'en porterait mieux ! Mais pour le moment, j'ai besoin de vous. Conduisez-moi jusqu'au cachot où Balinor et ses compagnons sont enfermés. Immédiatement !

Au nom de Balinor, Stenmin écarquilla les yeux.

— Comment êtes-vous informé de tout ça... Un traître à son royaume ? Le roi a ordonné que son frère soit emprisonné à vie, prince de Leah, et même moi, je...

Sa protestation s'acheva sur un gargouillis quand Menion le saisit à la gorge et serra.

Le visage de Stenmin devint violacé.

— Je n'ai demandé ni excuses ni explications. Conduisez-moi à Balinor !

Il serra encore sa prise. Haletant, son prisonnier hocha la tête. Quand Menion le lâcha, il tomba sur un genou, le souffle court. Le montagnard se débarrassa rapidement de sa robe de chambre, passa ses vêtements et prit ses armes. Il envisagea de réveiller Shirl, mais abandonna vite l'idée. Son plan était dangereux et il n'y avait aucune raison de risquer aussi la vie de la jeune femme. S'il réussissait à délivrer ses amis, il aurait le temps de revenir la chercher. Il se tourna vers son prisonnier, et tira la dague de sa ceinture pour le menacer.

— Le cadeau que vous avez eu la bonté de m'apporter vous sera rendu au centuple si vous essayez de me tromper ou de me trahir ! Ne jouez pas au plus malin avec moi. Quand nous quitterons cette chambre, vous me guiderez discrètement jusqu'à la prison où Balinor et ses compagnons sont détenus. Ne tentez pas de prévenir les gardes, vous ne seriez pas assez rapide. Si vous en doutez, autant vous prévenir tout de suite : Allanon m'a envoyé dans cette ville !

En entendant le nom du druide, Stenmin devint blanc comme un linge et ses yeux s'écarquillèrent de peur. Apparemment effrayé au point de ne plus oser désobéir à son ennemi, il avança vers la porte, Menion sur les talons. Le prince avait remis la dague à sa ceinture, gardant une main prudente sur la poignée. Le temps était plus que jamais un facteur crucial. Menion devait agir vite, libérer Balinor et les autres, puis maîtriser Palance avant que les gardes du palais soient alertés. Ensuite, un message envoyé à Janus Senpre ferait venir à leur secours les soldats encore loyaux à Balinor. Idéalement, la monarchie légitime serait restaurée sans qu'une goutte de sang soit versée.

L'armée du Nord devait être sur les prairies de l'île de Kern, se préparant à marcher sur Tyrsis. Si la Légion Frontalière était rapidement rassemblée et déployée, il restait une chance que l'envahisseur soit arrêté sur la berge nord de la Mermidon. Traverser la rivière en crue serait une tâche presque impossible si une force de défense tenait la rive opposée, et il faudrait à l'ennemi plusieurs jours pour exécuter une manœuvre par le flanc. Cela donnerait amplement le temps aux armées d'Eventine d'arriver...

Menion savait que tout reposerait sur les quelques minutes à venir.

Les deux hommes sortirent de la chambre. Le prince chercha du regard des sentinelles vêtues de noir, mais le couloir était désert. Il fit signe à Stenmin de passer devant lui. À regret, le mystique se dirigea vers le centre du palais à travers des corridors déserts en évitant avec soin les pièces occupées. À deux reprises, ils passèrent devant des membres de la garde ; tête basse, Stenmin s'abstint de les saluer ou de leur parler.

À travers les fenêtres, Menion aperçut les jardins ornementaux de la splendide demeure des Buckhannah. Le soleil caressait les parterres de fleurs. On était déjà au milieu de la matinée. Avant longtemps, des visiteurs en quête de quelque faveur royale se présenteraient. Il n'y avait aucun signe de la présence de Palance Buckhannah. Menion espérait qu'il était occupé ailleurs.

Pendant qu'ils remontaient les couloirs, des voix retentirent un peu partout. Les serviteurs, de plus en plus nombreux, vaquaient à leurs occupations quotidiennes. Ils se firent un devoir d'ignorer Stenmin et son compagnon, un signe certain qu'ils n'aimaient pas le mystique et se méfiaient de lui. Personne ne leur demanda ce qu'ils faisaient là, ni ne chercha à savoir si on pouvait leur être agréable de quelque façon que ce fût.

Ils arrivèrent enfin devant la porte des caves du château. Deux sentinelles y étaient postées. Une barre de métal tenait les verrous en place.

— Attention à ce que vous direz, souffla Menion tandis qu'ils approchaient des gardes.

Ils s'arrêtèrent devant la porte. Le montagnard resta tout près de Stenmin. Les soldats le regardèrent un instant avec curiosité, puis se tournèrent vers le conseiller du roi.

— Ouvrez ! Le prince de Leah et moi souhaitons inspecter les caves à vin et les cachots.

— L'entrée est interdite par ordre du roi, mon seigneur, rappela le garde de droite.

— Je suis ici par ordre du roi ! cria Stenmin.

— Sentinelle, cet homme est le conseiller privé

du roi, pas un ennemi du royaume, dit Menion avec un sourire mielleux. Nous visitons le palais, et, comme j'ai eu l'insigne honneur de secourir la fiancée du roi, il a pensé que je pourrais peut-être identifier ses ravisseurs. Si vous m'y forcez, j'irai déranger votre suzerain et le prierai de venir en personne devant vous...

Il laissa aux gardes le soin d'imaginer la suite, espérant qu'ils avaient été assez échaudés par la conduite irrationnelle de Palance pour y réfléchir à deux fois avant de le contrarier. Après quelques hésitations, les hommes ouvrirent les verrous et enlevèrent la barre. Ils firent pivoter la porte, révélant un escalier de pierre qui s'enfonçait sous terre. Sans un mot, Stenmin prit de nouveau la tête. Apparemment, il avait décidé de suivre à la lettre les instructions de Menion. Mais le montagnard savait que l'homme n'était pas un imbécile. Si Balinor était libéré et rendu à son commandement, Stenmin perdrait tout pouvoir sur le trône de Callahorn. Il mijotait certainement un mauvais coup, guettant le premier faux pas du prince de Leah pour agir.

Les portes se refermèrent doucement sur eux. Ils commencèrent leur descente dans la cave éclairée par la lumière des torches.

Menion repéra aussitôt la trappe, au milieu de sol. Les gardes ne s'étaient pas souciés de la dissimuler de nouveau sous les tonneaux de vin, y fixant simplement une série de verrous et de barres de fer. Menion ne pouvait pas le savoir, mais les prisonniers n'avaient pas été ramenés à leur cellule après leur tentative de fuite un peu plus tôt, le même jour. On les laissait en fait croupir dans l'obscurité des couloirs...

Deux soldats postés près de la trappe se tournèrent vers les visiteurs. Menion vit une assiette avec des restes de fromage et de pain posée sur un tonneau, et deux coupes de vin à côté d'un flacon à moitié vide. Ils avaient bu...

Menion fit mine d'examiner le cellier avec intérêt et interpella jovialement Stenmin, toujours silencieux. Sans hâte, les soldats se levèrent et se mirent au garde-à-vous devant le conseiller du roi – décidément plus renfrogné que jamais ! Les deux hommes ayant été pris sur le fait à cause de cette visite impromptue, le montagnard décida d'en profiter.

— Je comprends mieux ce que vous me disiez, mon seigneur, fit-il avec un coup d'œil d'avertissement pour Stenmin. Ces hommes ont le toupet de boire pendant le service ! Imaginons que les prisonniers se soient échappés alors qu'ils cuvaient ? Le roi en sera informé aussitôt que nous en aurons terminé ici !

Les gardes pâlirent.

— Mon seigneur, vous vous trompez ! s'écria l'un d'eux. Nous dégustions simplement un peu de vin avec notre repas. Et nous ne sommes coupables d'aucune négligence !

— Le roi en décidera, trancha Menion.

— Mais... Il ne nous écoutera pas...

Stenmin bouillonnait de fureur. Les gardes pensèrent que sa colère était dirigée contre eux et qu'il exigerait qu'on les châtie. Le mystique voulut les détromper, mais Menion se plaça devant lui, comme pour protéger les fautifs de ses foudres. En réalité, il sortit sa dague et la pressa sur la poitrine de son prisonnier.

— Je sais qu'ils mentent ! ajouta Menion. Mais votre suzerain est très occupé par les affaires du royaume, et je détesterais le déranger pour des broutilles de ce genre ! Peut-être une réprimande suffirait-elle...

Les gardes hochèrent vivement la tête, ravis d'échapper au pire. Comme tous dans le royaume, ils étaient effrayés par l'ascendant que Stenmin avait sur Palance.

— Parfait. Considérez-vous donc comme réprimandés. (Menion rengaina la dague et se tourna vers les sentinelles.) Maintenant, ouvrez les cachots et amenez-nous les prisonniers.

D'un regard, il dissuada Stenmin de tenter une folie. Mais l'homme avait les yeux rivés sur la dalle de pierre. Les sentinelles se regardèrent, hésitant.

— Mon seigneur, le roi a interdit à quiconque de voir les prisonniers... Pour quelque raison que ce soit ! Je ne peux pas les sortir du cachot.

— Vous mécontenteriez le conseiller du roi et son invité d'honneur ? riposta Menion. Dans ce cas, nous n'avons pas le choix : nous allons de ce pas en référer à votre suzerain, qui viendra en personne...

Il n'en fallut pas plus. Les sentinelles se précipitèrent sur la dalle et retirèrent rapidement les verrous et les barres avant de tirer sur l'anneau de fer. La dalle fut vite soulevée et retomba en arrière, découvrant un trou béant. Épée au poing, les sentinelles ordonnèrent aux prisonniers de sortir.

Des bruits de pas résonnèrent sur les antiques marches de pierre. Alarmé, Menion resta près de Stenmin. De sa main libre, il le tenait par un bras et lui souffla de ne rien dire ni faire s'il voulait vivre.

Balinor apparut le premier, suivi de près par les elfes et Hendel, dont la tentative avait échoué quelques heures plus tôt. Le montagnard avança sans lâcher Stenmin.

— Surveillez-les bien. Les gaillards comme eux sont toujours dangereux !

Les prisonniers relevèrent la tête, cachant à grand-peine leur étonnement. Menion leur fit un clin d'œil dans le dos des gardes, mais Dayel ne put réprimer un petit sourire à la vue de leur vieil ami. Ils étaient à quelques pieds des gardes qui tournaient le dos au montagnard. Avant que Menion ait le temps de réagir, Stenmin se dégagea et bondit sur le côté en criant.

— Traître ! Gardes, c'est une ruse... !

Dès que les sentinelles se retournèrent, Menion sauta sur le mystique avec la grâce d'un félin, le plaquant au sol. Les soldats comprirent trop tard leur erreur. Les prisonniers entrèrent en action et les désarmèrent promptement.

En quelques secondes, les gardes attachés et bâillonnés furent traînés dans un coin de la cave où on ne les verrait pas depuis l'entrée.

Stenmin fut rudement remis debout face à ses ennemis. Menion regarda avec inquiétude la porte fermée, en haut de l'escalier de la cave, mais personne ne se montra. Apparemment, les gardes postés à l'extérieur n'avaient pas entendu le cri de Stenmin. Balinor et ses compagnons entourèrent Menion et lui flanquèrent de grandes claques dans le dos.

— Menion Leah, notre dette envers vous est colossale ! s'exclama le frontalier. Considérez-nous comme vos obligés à vie ! Je ne pensais pas vous revoir un jour ! Où est Allanon ?

Menion raconta rapidement comment il avait laissé Allanon et Flick cachés au-dessus du campement de l'armée du Nord pour foncer prévenir Callahorn de l'attaque imminente de Tyrsis. Il s'interrompit pour bâillonner Stenmin, au cas où il tenterait d'alerter les gardes de l'extérieur. Ensuite, il résuma le sauvetage de Shirl Ravenlock, la fuite vers Kern et l'évacuation vers Tyrsis après la destruction de la cité-île.

Ses amis écoutèrent dans un silence tendu.

— Quoi qu'il advienne désormais, montagnard, dit Hendel, vous avez fait vos preuves aujourd'hui ! Nous ne l'oublierons jamais.

— La Légion Frontalière doit être mobilisée et chargée de tenir la Mermidon, ajouta Balinor. Nous devons prévenir les miens... Ensuite, je courrai retrouver mon père... et mon frère ! Mais j'entends reprendre le palais et l'armée sans coup férir. Menion, pouvons-nous nous fier à Janus Senpre ?

— Il vous est loyal, ainsi qu'au roi...

— Vous lui demanderez de venir au plus vite, dit le prince de Callahorn, se postant devant Stenmin. Nous resterons ici. Quand il arrivera avec des renforts, nous ne devrions pas avoir de problèmes. Mon frère sera sans soutien. Mais qu'en est-il de mon père ?

Il retira le bâillon du mystique et le dévisagea froidement. Stenmin soutint son regard. Si Palance était capturé et « détrôné », le mystique se savait perdu. Ce serait l'échec de tous ses plans !

Menion attendait près des elfes et d'Hendel pendant que Balinor affrontait le prisonnier. Qu'avait espéré Stenmin en aggravant ainsi les symptômes de Palance ? Et en le poussant à agir de la sorte ? Porter un prince fou au pouvoir avait du bon. Avec le frère de Balinor comme nouveau roi de Callahorn, Stenmin était assuré de tenir dans l'ombre les rênes de la monarchie. Mais pourquoi avoir encouragé la démobilisation de la Légion Frontalière alors qu'une armée menaçait de conquérir le royaume ? Pourquoi s'était-il donné tant de peine pour emprisonner Balinor et enfermer son père dans une aile isolée du palais, quand il aurait été si facile de les éliminer discrètement ? Et pourquoi avait-il voulu tuer Menion Leah, un homme qu'il n'avait jamais rencontré ?

— Stenmin, déclara Balinor, votre règne sur ce pays et son peuple prend fin dès à présent, tout comme votre domination perverse sur mon frère. Que vous voyiez ou non le jour se lever demain dépendra de ce que vous allez faire maintenant. Où est mon père ?

Il y eut un long silence. La mine cendreuse, le mystique jeta des regards désespérés à la ronde.

— Il... Il est dans l'aile nord... dans la tour...

— Si vous lui avez fait du mal...

Balinor se détourna, oubliant le conseiller. Stenmin se ratatina contre un mur, sans quitter le prince des yeux, et il se caressa nerveusement la barbe...

Menion s'apitoyait presque sur son sort quand quelque chose explosa dans son esprit. Il revit mentalement une scène dont il avait été témoin plusieurs jours auparavant, sur les rives de la Mermidon, au nord de l'île de Kern, caché sur une petite butte surplombant la plage. Il reconnaissait soudain ce tic nerveux !

Et il comprit enfin ce que Stenmin essayait de faire depuis le début.

Fou de colère, Menion se campa devant Balinor.

— Vous êtes l'homme de la rivière ! cria-t-il à Stenmin. Le ravisseur de Shirl ! Vous vouliez me tuer avant que je vous identifie et vous dénonce ! Monstre ! Vous aviez l'intention de tous nous trahir en livrant également la ville au Roi-Sorcier !

Sourd aux clameurs de ses compagnons, il se rua sur le mystique, qui parvint à éviter sa première attaque et à foncer vers l'escalier. Menion bondit à sa poursuite, l'épée de son père au poing.

Il le rattrapa à mi-hauteur de l'escalier et le tira vers lui, l'entendant à peine hurler de terreur. Il n'eut pas le temps de frapper, car la porte de la cave s'ouvrit...

... pour laisser passer Palance Buckhannah.

Chapitre 29

Un moment, personne ne bougea. Vert de peur, Stenmin se laissa tomber au pied du mur, le regard tourné vers la haute silhouette campée en haut de l'escalier. Les traits tirés, le prince était livide. Son regard exprimait une colère mêlée de confusion. Menion Leah baissa sa garde, oubliant sa haine pour le mystique. S'il n'agissait pas vite, leur vie était en danger. Il releva Stenmin d'une main dédaigneuse pour le pousser vers le prince.

— Voilà le traître que vous cherchez, Palance ! Le véritable ennemi de Callahorn ! L'homme qui a livré Shirl Ravenlock aux soldats du Nord ! Celui qui voulait de même livrer Tyrsis au Roi-Sorcier... !

— Mon seigneur, vous arrivez à temps !

Le mystique avait assez retrouvé ses esprits pour interrompre Menion et plaider sa cause. Il gravit les dernières marches pour se jeter aux pieds de Palance et désigna d'un index vengeur les hommes massés en bas de l'escalier.

— Je les ai surpris en train de s'échapper, et j'allais courir vous prévenir ! Le montagnard est un ami de Balinor ! Il est venu vous tuer !

Les mots se bousculaient sur ses lèvres. Il ne se souciait plus de dissimuler sa haine, agrippant à pleines mains la tunique de son bienfaiteur.

— Ils m'auraient assassiné, et vous ensuite, mon seigneur ! Vous ne voyez donc pas ce qui se passe ?

Menion réprima son envie de bondir sur le mystique pour lui couper la langue. Il se força au calme.

— Cet homme vous a trahi, Palance Buckhannah. Il a empoisonné votre cœur et votre esprit. Ce chien vous a privé de votre volonté et de votre libre arbitre. Il se soucie peu de vous, et encore moins de ce pays. D'ailleurs, il l'a vendu à l'ennemi qui a déjà détruit Kern ! (Stenmin grogna de fureur, mais Menion ne se laissa plus interrompre.) Vous disiez que nous serions amis, et des amis se doivent une confiance aveugle. Ne vous laissez plus abuser, ou votre royaume sera définitivement perdu !

Au pied de l'escalier, Balinor et ses compagnons observaient la scène, craignant qu'une diversion vienne briser le charme. Palance écoutait, son esprit luttant pour démolir le mur de confusion qui l'entourait. Il avança sur le palier, ferma doucement la porte derrière lui et passa à côté de Stenmin comme s'il ne le voyait pas. Son conseiller regarda la porte de la cave. Ne serait-il pas plus sage de s'enfuir ? Mais il refusa de s'avouer vaincu. Il empoigna Palance par un bras.

— Êtes-vous fou ? Aussi dérangé que certains le prétendent, mon roi ? chuchota-t-il. Allez-vous renoncer au pouvoir ? Tout rendre à votre frère ? Était-il destiné à être le roi, ou est-ce vous ? Tout ça est un tissu de mensonges ! Le prince de Leah s'est acoquiné à Allanon !

Les yeux ronds, Palance se tourna vers Stenmin.

— Oui, Allanon ! répéta le mystique, conscient d'avoir touché une corde sensible. Qui a capturé votre fiancée dans sa résidence de Kern, à votre avis ? L'homme qui vous parle d'amitié était du complot ! Il s'agissait d'une ruse pour s'introduire au palais et vous assassiner.

Hendel voulut intervenir, mais Balinor le retint. Menion ne bougeait pas, sachant qu'un mouvement brusque confirmerait les accusations de Stenmin aux yeux de Palance.

Il jeta un regard mauvais au mystique, puis se tourna vers Palance.

— C'est un traître à la solde du Roi-Sorcier !

Palance descendit plusieurs marches. Regardant Menion, il se tourna ensuite vers son frère, qui attendait au pied de l'escalier et eut un sourire, troublé.

— Qu'en penses-tu, mon frère ? Suis-je vraiment... fou ? Ou le seul à être sain d'esprit ? Dis quelque chose, Balinor. Nous devrions parler, maintenant. Avant que... J'avais quelque chose à te dire...

Se redressant, il regarda derrière lui. Stenmin avait à présent l'air d'un animal aux abois.

— Vous êtes pitoyable, Stenmin ! Redressez-vous ! rugit soudain Palance. Conseillez-moi, *conseiller !* Que dois-je faire ? Ordonner qu'on tue tout le monde ? Cela me protégera-t-il ?

Stenmin se précipita à ses côtés.

— Appelez vos gardes, mon seigneur. Faites éliminer ces assassins sans tarder !

Palance hésita, ses yeux errant sur les murs comme s'il ne se souvenait de rien. Menion comprit que le prince de Callahorn perdait pied et retombait dans la folie. Stenmin s'en aperçut aussi. Un sourire mauvais naquit sur son visage haineux. Et il se caressa la barbe.

Mais Palance reprit la parole.

— Non. Je n'appellerai pas les soldats. Il n'y aura pas de tuerie. Un roi doit avant tout être un homme de bon sens. Balinor est mon frère, même s'il veut me prendre mon trône. Nous devons parler... Qu'on ne lui fasse pas de mal... pas de mal... (Il se tourna vers Menion et lui sourit.) Vous m'avez ramené Shirl saine et sauve... Je pensais l'avoir perdue à jamais. Pourquoi... l'auriez-vous fait... si vous étiez mon ennemi ?

Stenmin cria de rage et tira sur la tunique de Palance, mais le prince ne lui prêtait plus aucune attention.

— Il m'est difficile... de penser clairement, Balinor, murmura Palance. Tout est confus. Tes ambitions démesurées ne m'inspirent même plus de colère. J'ai toujours voulu être roi. C'est vrai, tu sais ! Mais je dois avoir... des amis... des gens à qui parler...

Il se tourna vers Stenmin, le regard absent. Quelque chose força alors le mystique à lâcher la tunique de sa victime et à se ratatiner de nouveau contre le mur de pierre, fou de peur. Seul Menion était assez près pour comprendre. L'ascendant que le « conseiller » avait sur Palance Buckhannah n'existait plus. Les facultés de raisonnement déjà très perturbées du prince avaient cédé à la pression et il ne reconnaissait quasiment plus personne. Stenmin était désormais pour lui un visage parmi tous ceux qui hantaient son univers de cauchemar.

— Palance, écoutez-moi, dit doucement Menion, déchirant une dernière fois le voile de ténèbres qui s'abattait sur le malheureux. Appelez Shirl. Elle vous entendra. Elle viendra.

Le prince hésita, comme s'il tentait de se souvenir, puis un sourire éclaira son visage et un calme profond s'afficha sur ses traits. Il se rappela la voix douce de la jeune femme, ses manières paisibles, sa beauté fragile. Des souvenirs de paix et de sérénité, une affection qu'il n'avait jamais éprouvée pour personne. S'il avait seulement pu passer un moment avec elle...

— Shirl... dit-il doucement.

Il se tourna vers la porte de la cave, une main tendue. Quand il passa près de lui, Stenmin parut devenir fou. Hurlant de rage et de frustration, il se jeta sur Palance, l'attrapant par le col de sa tunique. Menion Leah se précipita aussitôt vers le palier pour séparer les deux hommes. Trop tard ! Il était encore loin quand Stenmin leva la dague qu'il avait tirée de sous sa tunique. Balinor poussa un cri de détresse. Le traître frappa. Palance Buckhannah sursauta et se redressa de toute sa taille, l'arme enfoncée jusqu'à la garde dans la poitrine.

— Je vous rends votre frère, imbécile ! cria Stenmin en poussant sa victime au pied de l'escalier.

Le prince tomba dans les bras de Menion, le projetant contre le mur. Le prince de Leah perdit ainsi la possibilité d'arrêter Stenmin, qui tira sur la grande porte de la cave. Balinor bondit pour le retenir, les elfes sur les talons.

L'homme vêtu d'écarlate se glissait dehors, vers la liberté, quand Hendel, toujours au pied de l'escalier, ramassa une massue oubliée dans un coin et la lança. Elle frappa le fuyard à l'épaule avec une force terrible et lui arracha un cri de douleur. Pourtant, il disparut dans le couloir.

Ils l'entendirent hurler que les prisonniers avaient assassiné le roi.

Après un dernier regard au corps de son frère, entre les bras de Menion Leah, Balinor sortit. Deux gardes du palais voulurent lui barrer le chemin. Vu l'intérêt qu'il leur porta, ils auraient pu être des statues. Il les renversa sans ménagement, s'empara de l'épée de l'un d'eux et partit au pas de course. Durin et Dayel le suivirent. Menion resta seul sur les marches, tenant toujours le prince dans ses bras. Hendel approcha, et secoua tristement la tête.

Le prince vivait encore, comme le prouvait sa respiration rauque. Le nain retira la dague de la blessure et la jeta au loin. Puis il aida le montagnard à soulever le blessé dont les yeux s'écarquillèrent soudain. Palance murmura quelque chose, puis retomba dans l'inconscience.

— Il a appelé Shirl, murmura Menion, les larmes aux yeux. Il l'aime toujours !

Dans le couloir, Balinor et les elfes s'efforçaient de rattraper Stenmin. Partout, la confusion régnait. Les gardes, les serviteurs et les visiteurs couraient en tous sens, affolés. Des cris de terreur retentissaient, des voix annonçaient la mort du roi et avertissaient que des assassins avaient envahi la demeure !

Les clameurs d'une autre bataille, aux portes du palais, ajoutèrent au chaos et à la panique.

Balinor et ses compagnons se frayèrent un chemin parmi une foule terrifiée que la vue de leurs armes précipita dans l'hystérie. Quelques gardes isolés tentèrent de leur barrer le chemin, mais le frontalier les repoussa, continuant à poursuivre la silhouette vêtue d'écarlate...

Stenmin était toujours en vue quand les trois hommes déboulèrent dans le hall d'honneur. Il fendait la foule à toute vitesse. Balinor se lança à sa poursuite et renversa sur son passage tous les infortunés qui ne s'écartaient pas assez vite...

Les portes du palais frémirent sous l'assaut de dizaines de combattants, puis s'ouvrirent avec un craquement sinistre devant le frontalier et les elfes. La confusion fut totale quand un autre groupe entra, scandant à tue-tête le nom de Balinor.

Le prince se demanda un moment qui étaient ces soldats. Puis il aperçut l'insigne du léopard de la Légion Frontalière ! Les quelques gardes qui restaient furent faits prisonniers. Les Légionnaires reconnurent Balinor. Ils coururent vers lui et le hissèrent sur leurs épaules avec des cris de victoire.

Durin et Dayel furent séparés de lui et les soldats en liesse les empêchèrent de se lancer à la poursuite de Stenmin.

Balinor se débattit désespérément pour tenter de se dégager. En vain.

À son corps défendant, la foule le ramena en direction des caves.

Les elfes se faufilèrent enfin entre les humains et coururent derrière leur proie, qui avait tourné dans un autre couloir. Très rapides, ils rattrapèrent le terrain perdu en quelques secondes.

Durin se maudit de ne pas avoir pensé à s'emparer d'un arc. Soudain, le fuyard s'arrêta et s'acharna à ouvrir une des nombreuses portes, sur sa gauche. Le verrou résista à ses efforts désespérés. Renonçant, il courut jusqu'à la porte suivante. Durin et Dayel n'étaient plus qu'à quelques pas quand Stenmin réussit à ouvrir, s'engouffra dans la pièce et referma derrière lui.

Les elfes s'aperçurent que la porte était verrouillée de l'intérieur et se mirent en devoir de la forcer à la pointe de l'épée. Le verrou, solide, céda après plusieurs minutes...

Quand ils entrèrent dans la pièce, épées hautes, elle était vide.

Menion Leah attendait devant l'accès principal de la demeure des Buckhannah pendant que Balinor et les chefs de la Légion Frontalière se concertaient à voix basse. Un bras passé sous le sien, Shirl était soucieuse. Menion lui sourit et la serra contre lui. Derrière la première enceinte de la ville de Tyrsis, deux divisions de la Légion Frontalière reformée attendaient les ordres qui les conduiraient à la bataille contre l'armée du Nord. La force d'invasion avait atteint les rives nord de la rivière Mermidon et commençait à la traverser en ce moment même. Si la Légion protégeait la rive sud, même pour quelques jours, cela donnerait aux armées des elfes le temps d'arriver.

Le temps... pensa Menion, amer. Il fallait encore un peu de temps pour sauver le monde. Et ils n'avaient pas gagné une minute de répit. La ville reprise et Balinor réinstallé dans ses droits, la Légion Frontalière avait été reformée au plus vite. Mais l'armée d'invasion avait déjà atteint la Mermidon et commencé à préparer sa traversée.

Balinor était devenu roi de Callahorn dans des circonstances dramatiques. Son frère restait très proche de la mort. Les meilleurs guérisseurs de

Tyrsis l'avaient examiné pour tenter de déterminer les causes de sa conduite irrationnelle. Après s'être concertés, ils avaient conclu qu'on lui avait administré une drogue assez longtemps pour briser sa résistance et le transformer en marionnette. Vers la fin, le dosage avait été augmenté au point de pousser son corps et son esprit au-delà de leur résistance.

Bref, il était réellement devenu fou.

Balinor avait tristement écouté leurs conclusions. Une heure plus tôt, il avait découvert son père dans une chambre isolée de la tour du palais des Buckhannah. Le vieux roi était mort depuis plusieurs jours. Le rapport d'un guérisseur confirma qu'il avait été empoisonné. Stenmin ayant interdit à quiconque d'approcher de cette pièce, excepté le prince et lui-même, le secret du régicide avait été aisément gardé. Si le mystique avait tué Balinor, il lui aurait été encore plus facile de persuader Palance d'ouvrir les portes de la cité aux armées du Roi-Sorcier, signant ainsi la perte de Tyrsis. Le traître avait failli réussir ! Et rien ne prouvait qu'il ne parviendrait pas à ses fins... Car il avait échappé aux elfes. À l'heure actuelle, il devait se tapir quelque part dans la cité.

Le sort des Terres du Sud était entre les mains du prince de Callahorn. La population de Tyrsis comptait sur la dynastie Buckhannah pour assurer un gouvernement fiable et puissant et la Légion Frontalière fonctionnait à plein régime sous les ordres de Balinor. Le frontalier était le dernier membre de sa famille, celui vers qui chacun se tournait. Si un malheur lui arrivait, la Légion perdrait son commandant, la source même de son énergie et de sa force. Et avec lui, la cité perdrait le dernier des Buckhannah.

Les habitants qui mesuraient la gravité de la situation savaient que Tyrsis ne devait à aucun prix tomber devant l'armée du Nord. Sinon, les Terres du Sud seraient perdues, et les armées des elfes et des nains irrémédiablement séparées. Allanon avait été clair : si cela devait arriver, le Roi-Sorcier aurait gagné. En somme, Tyrsis était la clé du succès ou de l'échec, et Balinor, la clé de Tyrsis...

Janus Senpre avait joué son rôle à la perfection. Quand Menion l'avait laissé aux portes de la cité, il était aussitôt allé chercher Fandwick et Ginnisson, les commandants les plus proches de Balinor. Ils avaient secrètement rappelé les membres de la Légion et, agissant avec célérité et discrétion, s'étaient emparés de toutes les portes et des baraquements de l'armée. Progressant rapidement vers le palais, ils avaient renforcé leurs rangs sans rencontrer d'opposition, jusqu'à ce que la ville entière, autour du palais des Buckhannah, soit de nouveau protégée. Alors qu'ils attendaient le signal de Menion, les trois commandants et leurs soldats avaient entendu l'assassin crier. Craignant le pire, ils avaient pris les portes d'assaut et étaient entrés au bon moment... pour empêcher Balinor de rattraper Stenmin.

Il n'y eut pratiquement aucune victime lors du soulèvement. Les soldats de Palance furent emprisonnés ou libérés pour rejoindre leur ancienne unité, dans la Légion. Deux des cinq divisions avaient été reformées. Les trois autres seraient réunies et armées au coucher du soleil. Mais des éclaireurs avaient rapporté à Balinor des nouvelles préoccupantes sur la progression des soldats du Nord, qui avaient atteint la Mermidon... Il faudrait agir très vite pour les empêcher de traverser.

Hendel et les elfes attendaient aussi sur les marches des escaliers du palais. Le nain était plus résolu que jamais. Durin paraissait accablé par l'idée de ce qui les attendait. En dépit de ses incertitudes, Dayel lançait des sourires encourageants à Menion et à son amie.

Le prince de Leah se concentra sur Balinor et l'état-major. Ginnisson, lourdement bâti, avait une crinière de cheveux roux et des bras musclés. Fandwick était un vétéran aux moustaches blanches tombantes et à l'air renfrogné. De taille moyenne et d'aspect ordinaire, Acton était donné pour le meilleur cavalier qui fût. Bâti en force, Messaline semblait quelque peu arrogant. En récompense de ses actes de bravoure à Kern et de son rôle essentiel dans la reprise de Tyrsis, Janus Senpre avait été promu au grade de commandant.

Menion les dévisagea de longues minutes, comme pour s'assurer de leur valeur militaire et humaine. Puis Balinor approcha du prince, faisant signe à Hendel et aux elfes de le rejoindre.

— Je pars immédiatement pour la Mermidon, annonça-t-il.

Menion ouvrit la bouche, mais Balinor le prit de vitesse.

— Inutile ! Je sais ce que vous voulez, et la réponse est non. Vous resterez tous ici. Je remettrais sans hésiter ma vie entre vos mains. Comme mon existence est secondaire comparée à celle de Tyrsis, je vous demande de protéger la ville en mon nom. Si quelque chose m'arrivait, vous sauriez continuer la lutte. Janus restera à la tête des défenses. Il a pour instructions de prendre toutes les décisions en concertation avec vous.

— Eventine viendra ! lança Dayel.

D'évidence, il cherchait à s'en persuader lui-même.

Balinor sourit.

— Allanon n'a jamais échoué. Il ne commencera pas maintenant !

— Ne vous exposez pas inutilement, grogna Hendel. Cette cité et ses habitants dépendent de vous. Ils ont besoin d'un roi vivant !

— Au revoir, mon vieil ami, dit Balinor. Je compte sur vous plus que sur quiconque. Votre expérience vaut deux fois la mienne, et vous êtes bien meilleur stratège que moi. Prenez soin de vous !

Il se détourna, fit signe à ses commandants de le suivre et monta dans le carrosse qui les conduirait aux portes de la ville. Janus Senpre salua Menion quand l'attelage démarra, l'escorte se mettant en formation à sa suite. Les quatre compagnons et Shirl Ravenlock regardèrent le groupe s'éloigner. Puis Hendel annonça qu'il allait fouiller le palais une fois de plus à la recherche de Stenmin et entra dans la résidence des Buckhannah. Troublés, Durin et Dayel le suivirent. C'était la première fois qu'ils étaient séparés de Balinor depuis le début du voyage vers Paranor. Ils n'aimaient pas le laisser partir seul pour la Mermidon.

Menion comprenait ce qu'ils éprouvaient. Sa nature fougueuse le poussait à rejoindre le frontalier dans la bataille décisive contre les hordes du Roi-Sorcier. Mais deux nuits blanches ajoutées à une série d'épreuves avaient achevé de le mettre à genoux. La bataille de Kern, la fuite sur la Mermidon et la libération de Balinor et de ses compagnons avaient sérieusement miné son endurance, pourtant considérable. Titubant, il guida Shirl vers les jardins latéraux du palais et s'assit sur un banc. La jeune femme prit place à côté de lui et le regarda fermer les yeux pour tenter de se détendre.

— Je sais ce que vous pensez, Menion, dit-elle. Vous préféreriez être avec lui...

Le montagnard sourit et acquiesça.

— Il faut pourtant que vous dormiez...

Menion hocha de nouveau la tête et repensa soudain à Shea. Où était-il ? Où le Valombrien avait-il échoué dans sa quête inutile de l'Épée ?

Il se leva d'un bond, brusquement réveillé, et se tourna vers Shirl, comme hanté par l'angoisse qu'elle ne fût qu'un rêve. Épuisé, il avait pourtant besoin de lui parler. Il n'en aurait peut-être plus l'occasion. À voix basse, il lui raconta tout sur Shea et sur lui, brossant par petites touches le portrait de l'amitié qui les liait depuis des années. Il finit par dévoiler la vérité sur le voyage vers Paranor et la recherche de l'Épée de Shannara. Il tenta d'expliquer les raisons de leur amitié, les sentiments qu'ils partageaient et la philosophie qui les opposait. Au fil de ce long monologue, Shirl s'aperçut que ce n'était pas Shea que Menion essayait de décrire mais surtout... lui-même.

Finalement, elle l'interrompit en posant une main sur ses lèvres.

— C'est la seule personne que vous avez réellement connue, n'est-ce pas ? demanda-t-elle. Vous le considérez comme votre frère, et vous vous sentez responsable de ce qui lui est arrivé ?

Menion haussa les épaules, troublé.

— Je n'aurais pas pu agir autrement. Si je l'avais persuadé de rester à Leah, ça aurait retardé l'inévitable, voilà tout. Mais le savoir ne m'aide pas ! J'éprouve toujours un sentiment de culpabilité...

— S'il a autant d'affection pour vous que vous en avez pour lui, où qu'il soit maintenant, il sait dans son cœur que vous avez fait de votre mieux. Personne ne peut vous reprocher d'avoir manqué de courage. Et je vous aime, Menion Leah !

Il la regarda, stupéfait. Cette déclaration d'amour l'avait pris par surprise. Riant de sa confusion, la jeune femme l'enlaça, ses boucles rousses tombant autour de son visage comme un rideau soyeux. Menion la serra contre lui, puis, la tenant par les épaules, la poussa doucement pour la dévisager encore. Elle ne baissa pas la tête.

— Je voulais vous le dire au moins une fois, Menion. Si nous devons mourir demain...

Elle détourna les yeux. Le montagnard vit des larmes couler sur ses joues. Il les essuya en souriant. Puis il se leva, l'attirant vers lui.

— J'ai fait beaucoup de chemin... dit-il doucement. J'aurais pu être tué cent fois, mais j'ai survécu. J'ai vu le mal qui existe dans notre monde, et dans d'autres, dont les mortels ne soupçonnent pas l'existence. Rien ne peut nous atteindre ! L'amour nous donne une force capable de résister à la mort. Il faut seulement un peu de foi. Crois en nous, Shirl !

Elle lui sourit à travers ses larmes.

— Je crois en toi, Menion Leah. Souviens-toi aussi de croire en toi-même !

Le jeune homme lui serra la main. C'était la plus belle femme qu'il eût jamais vue, et il l'aimait plus que sa propre vie. Il se pencha et l'embrassa.

— Tout se passera bien, assura-t-il. Tu verras...

Ils restèrent longtemps ainsi, enlacés et seuls au monde. Menion fit des efforts surhumains pour ne pas s'assoupir, bercé par tant de quiétude et de contentement. Shirl exigea qu'il prenne un peu de repos tant qu'il en avait la possibilité. Souriant toujours, il retourna dans ses appartements, s'allongea tout habillé sur son grand lit moelleux et tomba aussitôt dans un sommeil profond.

Les heures passèrent. L'après-midi devint le crépuscule. À la nuit tombée, le montagnard se réveilla, reposé mais étrangement troublé. Il alla voir Shirl et ils se lancèrent à la recherche d'Hendel et des elfes.

Ils firent une pause dans la chambre où gisait Palance Buckhannah, veillé par des guérisseurs aux mines indéchiffrables. Son état restait stationnaire. Son corps et son esprit blessés luttaient pour survivre, mais l'ombre de la mort planait sur lui.

Quand ils quittèrent la chambre, Shirl avait de nouveau les larmes aux yeux.

Persuadé que ses amis étaient allés aux portes de la ville guetter le retour de Balinor, Menion sella deux chevaux et ils descendirent la voie Tyrsienne.

Menion savoura la brise délicieuse de cette nuit agréablement fraîche. À cette heure, la voie Tyrsienne était presque déserte. Bien qu'éclairées, les demeures qui la bordaient ne laissaient pas filtrer de rires. La cité assiégée se taisait en l'attente de la furie et de la mort qui accompagnaient toutes les batailles.

Les deux cavaliers sentirent cet étrange silence peser sur eux et tentèrent de puiser quelque réconfort dans la beauté du ciel constellé d'étoiles qui semblait promettre des lendemains sans fin.

Au loin se dressait la première enceinte. Sur les remparts, des centaines de torches éclairaient le chemin du retour pour les soldats de Tyrsis. Ils étaient partis depuis longtemps, pensa Menion. Mais ils avaient peut-être mieux réussi qu'on n'osait l'espérer. Avaient-ils tenu la Mermidon contre les hordes du Nord ?

Les jeunes gens descendirent de leurs montures devant les portes géantes. Les baraquements de la Légion bourdonnaient d'activité, car la garnison fourbissait fiévreusement ses armes. Il y avait des groupes de soldats un peu partout. Menion et Shirl se frayèrent un chemin vers les remparts, où ils furent accueillis par Janus Senpre. Depuis le départ de Balinor, le jeune commandant montait la garde sans répit, le visage creusé par l'angoisse et la fatigue. Bientôt, Durin et Hendel les rejoignirent, suivis peu après par Dayel, qui avait exploré les lieux. Le petit groupe attendit en silence, sondant les ténèbres en direction du nord, de la Mermidon et de la Légion Frontalière.

Ils entendaient des cris lointains, charriés par le vent nocturne...

Janus annonça qu'il avait envoyé six éclaireurs vers la rivière ; aucun n'en était revenu. Ce n'était pas bon signe. À plusieurs reprises, il avait déclaré vouloir y aller en personne, mais Hendel lui rappelait sans cesse qu'il était responsable de la défense de Tyrsis. À regret, Janus s'inclinait.

Durin avait décidé qu'il partirait à la recherche de Balinor à minuit. En toutes circonstances, un elfe était capable de se faufiler partout sans être repéré. Pour le moment, comme tout le monde, il attendait, de plus en plus inquiet.

Shirl parla de l'état stationnaire de Palance Buckhannah, mais personne ne s'y intéressa beaucoup. Elle renonça à la tâche impossible de détourner les esprits tourmentés de la bataille qui se livrait près de la rivière.

Le petit groupe attendit une heure, puis deux. Les clameurs, pleines de désespoir, se rapprochaient... L'ennemi allait-il porter la guerre jusqu'au pied de la cité ?

Soudain, une formation de cavalerie et des fantassins surgirent des ténèbres, sur la grande rampe de pierre menant à la cité. L'approche avait été si discrète que tous les guetteurs poussèrent des cris de surprise. Janus Senpre se précipita vers le mécanisme de verrouillage des portes géantes, craignant que l'ennemi ait réussi à contourner l'armée de Balinor. Mais Hendel le rappela. Il comprit avant tout le monde ce qui était arrivé. Penché aux créneaux, il cria quelques mots dans sa langue. On lui répondit presque aussitôt. Hendel désigna à ses compagnons le cavalier de haute taille qui avançait en tête de la colonne.

Le visage couvert de poussière de Balinor se leva vers eux, son expression sinistre confirmant ce qu'ils avaient soupçonné : la Légion Frontalière n'était pas parvenue à tenir la Mermidon.

L'armée du Roi-Sorcier marchait sur Tyrsis.

Il était presque minuit quand les cinq membres de la compagnie se rassemblèrent dans une salle à manger du palais des Buckhannah pour prendre un rapide repas. La bataille pour la Mermidon était une défaite – mais le coup porté à l'ennemi restait terrible. Un moment, les vétérans de la Légion Frontalière avaient paru sur le point d'empêcher les soldats du Nord de gagner la rive sud. Mais les ennemis se comptaient par milliers. Et là où des centaines d'hommes échouaient, des milliers finissaient par réussir. Les cavaliers d'Acton avaient parcouru les lignes de la Légion, rapides comme l'éclair, empêchant l'ennemi de déborder les fantassins. L'adversaire avait payé sa percée avec le sang de centaines de gnomes et de trolls. Le massacre le plus effroyable que Balinor eût jamais vu. La Mermidon en avait coulé rouge...

Pourtant, à l'instar de marionnettes sans volonté, sans sentiment, sans compréhension et sans peur, les soldats du Nord avaient continué à avancer. Le pouvoir du Roi-Sorcier sur ses soldats était tel que même le spectre de la mort n'avait plus prise sur eux.

Des trolls des rochers avaient enfoncé la pointe droite de la ligne de défense de la Légion. Ils furent massacrés jusqu'au dernier, mais leur diversion avait néanmoins forcé les Tyrsiens à dégarnir leur flanc gauche.

Alors, les soldats du Nord avaient traversé.

À ce moment, le soleil était presque couché. Balinor avait compris que les meilleurs soldats du monde, dans l'obscurité, seraient dans l'impossibilité de reprendre et de tenir la rive sud. La Légion ayant subi des pertes assez légères au cours de l'après-midi, il avait ordonné aux deux divisions de battre en retraite vers une petite butte, à plusieurs centaines de pas au sud de la Mermidon, et de se remettre en formation de combat.

Il avait laissé la cavalerie continuer sur les flancs gauche et droit, attaquant l'ennemi par à-coups, histoire de le déséquilibrer et de prévenir une contre-offensive organisée. Puis il avait attendu l'obscurité. Les hordes du Nord avaient traversé en force dès le crépuscule. Quel effarant spectacle ! Une armée si formidable qu'elle couvrait le sol des deux côtés de la Mermidon, jusqu'à l'horizon !

Mais sa taille limitait ses capacités de manœuvre et sa stratégie semblait confuse. Il n'y eut aucun effort sérieux pour déloger les Tyrsiens de leur butte. Le gros de l'armée tourna en rond sur la rive sud de la Mermidon, comme si les soldats attendaient des instructions. Plusieurs groupes de trolls armés jusqu'aux dents lancèrent une série d'attaques contre le commandement de la Légion, mais les vétérans les repoussèrent à chaque fois.

Quand l'obscurité fut enfin tombée, l'armée ennemie commença à s'organiser par colonnes. Balinor comprit que la première attaque organisée mettrait la Légion en pièces.

Fort des capacités et de l'audace qui avaient fait de lui l'âme de la Légion Frontalière et le meilleur commandant des Terres du Sud, le prince de Callahorn osa une manœuvre tactique des plus difficiles. Sans attendre que l'ennemi frappe, il divisa son armée en deux et attaqua le premier, loin à gauche et à droite des colonnes du Nord. Tirant avantage de l'obscurité et d'un terrain qu'ils connaissaient sur le bout des doigts, les Légionnaires se portèrent sur les flancs de l'ennemi et formèrent un demi-cercle grossier. Chaque fois que l'ennemi avançait, les Tyrsiens reculaient. Balinor et Fandwick tenaient le flanc gauche, tandis qu'Acton et Messaline commandaient le droit.

Furieux, les soldats du Nord chargèrent en trébuchant sur ce terrain inconnu. Les Légionnaires reculaient toujours de quelques pas pour rester hors d'atteinte. Balinor fit se rapprocher lentement les flancs de son armée et entraîna avec lui les soldats ennemis. Puis, quand les fantassins eurent complètement battu en retraite sous le couvert de l'obscurité, la cavalerie se regroupa, passa entre les mâchoires du piège en train de se refermer et disparut. Les flancs droit et gauche de l'armée du Nord se trouvèrent face à face, chacun croyant que l'autre était l'ennemi qui leur échappait depuis des heures. Ils attaquèrent sans hésiter.

Nul ne saurait jamais combien de trolls et de gnomes avaient été massacrés par leurs propres camarades. Mais la bataille faisait toujours rage quand Balinor et les deux divisions de la Légion Frontalière atteignirent les portes de Tyrsis. Les sabots des chevaux et les bottes des soldats avaient été enveloppés de chiffons pour que leur retraite passe inaperçue. À l'exception d'un escadron de cavaliers égaré trop loin vers l'ouest qui avait été exterminé, la Légion revenait indemne. Pourtant, les pertes infligées à l'armée du Nord n'avaient pas arrêté sa progression, et la Mermidon, la première ligne de défense de la cité de Tyrsis, était tombée.

Maintenant, le camp ennemi se dressait sur les prairies, ses feux brûlant à perte de vue. À l'aube, Tyrsis serait prise d'assaut. Les gnomes et les trolls, soumis à la volonté du Roi-Sorcier, se jetteraient contre les tours de la première enceinte.

Tôt ou tard, une des tours finirait par céder...

Assis en face de Balinor, à la petite table, Hendel se souvint du malaise qu'il avait éprouvé, plus tôt dans la journée, en inspectant avec Janus Senpre les fortifications de la cité. Indubitablement, la muraille était une barrière formidable, mais il y avait un problème. Hendel n'avait pas pu le définir, voilà pourquoi il y repensait, certain qu'on avait oublié un détail vital lors des préparatifs de soutien du siège.

Il passa en revue la disposition des lignes de défense. Au bord du promontoire, les Tyrsiens avaient érigé des fortifications basses visant à empêcher l'ennemi de prendre pied sur le plateau. Si l'armée du Nord ne pouvait pas être arrêtée sur les prairies, la Légion Frontalière battrait en retraite dans la cité même et compterait sur la première enceinte pour endiguer l'avance ennemie. Tyrsis ne pouvait pas être prise à revers du fait des falaises qui s'élevaient immédiatement derrière les jardins du palais. Balinor avait assuré que leur escalade était impossible. Elles étaient lisses, sans prises qui auraient pu inciter des casse-cou à tenter l'exploit.

Les défenses de Tyrsis étaient apparemment impénétrables. Mais Hendel restait mal à l'aise.

Ses pensées dérivèrent vers sa terre natale – Culhaven et sa famille – qu'il n'avait plus revue depuis des semaines. Il n'avait jamais eu l'occasion de s'attarder longtemps avec les siens, accaparé par des escarmouches frontalières incessantes... Les bois et leur ombre délicieuse lui manquaient cruellement. Il se demanda soudain comment il avait pu passer autant de temps loin de son foyer. Peut-être n'y retournerait-il jamais.

Cette idée lui traversa l'esprit, puis disparut.

Pas de temps à perdre en lamentations !

Durin et Dayel parlaient avec Balinor, leurs pensées tournées vers les Terres de l'Ouest. Dayel, comme Hendel, rêvait à son foyer. Il redoutait la bataille à venir, mais surmontait ses appréhensions, encouragé par la présence de ses frères d'armes et décidé à ne pas faire moins qu'eux face à l'ennemi. Il se souvint de Lynliss. Son visage tendre et timide ne le quittait pas. Il se battrait pour elle !

Durin remarqua le sourire de son frère. Inutile de lui en demander la raison...

Rien ne comptait plus pour Durin que de préserver son frère. Il s'était promis de ne jamais s'éloigner de lui et de le protéger en toutes circonstances. Ils avaient failli perdre la vie à plusieurs reprises lors du voyage. La journée de demain serait plus périlleuse encore. Comme toujours, Durin veillerait sur son frère.

Il repensa à Eventine et aux armées elfiques. Arriveraient-elles à temps à Tyrsis ? Sans leur soutien, les hordes du Roi-Sorcier finiraient par briser les défenses de la cité.

Il prit son verre et but une gorgée de vin. Ses yeux perçants se posèrent sur ses camarades et s'attardèrent sur le visage troublé de Menion Leah.

Sans rien dans le ventre depuis près de vingt-quatre heures, le montagnard avait avalé son repas avec appétit. Ayant fini bien avant ses compagnons, il avait siroté son vin en bombardant Balinor de questions sur le déroulement de la bataille de l'après-midi.

À présent, aux petites heures du matin, le vin provoquant une légère somnolence, il lui apparut soudain qu'Allanon était la clé de tout ce qui était arrivé depuis Culhaven, et de tout ce qui se produirait dans les jours à venir.

Shea, l'Épée de Shannara et même Shirl s'effacèrent devant la silhouette impressionnante du druide. Allanon avait les réponses à toutes les questions. Lui seul détenait le secret de l'artefact que les hommes appelaient l'Épée de Shannara. Lui seul connaissait la raison de l'apparition du fantôme de la vallée de Schiste, le druide Bremen, mort depuis plus de cinq cents ans. Lui seul, à toutes les étapes du dangereux voyage vers Paranor, savait à quoi s'attendre et comment réagir.

Pourtant, il restait une énigme...

Maintenant, il les avait quittés, et seul Flick, s'il était encore vivant, aurait pu lui demander ce qui arriverait ensuite. Ils dépendaient tous d'Allanon, mais que pourrait faire le druide ? Que lui restait-il, une fois l'Épée perdue, et le jeune héritier de Jerle Shannara disparu – probablement mort ?

Menion se mordilla les lèvres de colère quand cette idée détestable lui traversa l'esprit. Shea était vivant ! Il devait l'être !

Il maudit l'enchaînement de circonstances qui avait conduit à la situation actuelle. Ils s'étaient laissé prendre au piège ! Désormais une seule voie s'ouvrait encore à eux. Dans la bataille à venir, des êtres humains mourraient, et bien peu sauraient pourquoi. Il en avait toujours été ainsi au cours des guerres. Mais celle-là était au-delà de la compréhension humaine : un combat titanesque entre un être sans substance et des mortels ! Comment détruire une créature maléfique dont on ne saisissait pas la nature ? Seul Allanon était à même de l'appréhender. Mais où était-il donc, quand on avait tant besoin de lui ?

Quand la cire des bougies eut fondu, l'obscurité régna dans la pièce isolée. Sur les murs lambrissés, des torches crachotaient dans leurs supports de fer. Les cinq voix se transformèrent en murmures, comme si la nuit était un enfant dont on ne voulait pas troubler le sommeil. La cité de Tyrsis s'était assoupie. Dans les prairies, l'armée du Nord dormait aussi.

Bercées par la paix et la solitude de la nuit, toutes les formes de vie se reposaient. La guerre, avec son cortège de mort et de douleur, redevenait un souvenir, presque oublié.

Mais les cinq compagnons qui parlaient à voix basse de jours meilleurs et d'amitié étaient incapables d'occulter la réalité : la guerre et ses horreurs les attendraient au lever du jour, aussi inévitables que les ténèbres du Roi-Sorcier, qui se répandaient inexorablement pour étouffer leurs fragiles existences.

Chapitre 30

Au matin du troisième jour de la poursuite d'Orl Fane, les pluies torrentielles qui avaient balayé les Terres du Nord cessèrent. À travers l'obscurité de la muraille noire du Roi-Sorcier, le soleil reparut sous la forme d'une boule de feu blanc aux contours troubles, qui transforma la boue en lave et le sol en un tapis de pierre brûlante. L'orage avait modifié la topographie des lieux. Emportant presque tous les points de repère, le déluge laissait quatre horizons identiques semés de collines et de vallées boueuses.

Au début, l'apparition du soleil fut agréable. La chaleur de ses rayons chassa la détestable obscurité et dissipa le froid de l'orage. Puis la température continua à monter, et l'aspect de la terre changea une fois de plus. En moins d'une heure, il fit une chaleur d'enfer. Les cours d'eau, dans les ravines creusées par les pluies torrentielles, commencèrent à s'évaporer sous l'effet de la canicule. L'humidité se répandit dans l'air, trempant tout malgré la fournaise...

Les plantes ravigotées par l'orage s'étiolèrent et moururent, étouffées par la chaleur de la brume grise qui montait des rivières. La terre boueuse sécha vite et se craquela, pour devenir une croûte aride où rien ne pourrait survivre. Les rivières, les lacs et les flaques s'évaporèrent à vue d'œil. Les rochers absorbèrent la chaleur comme des fers posés sur des braises...

La contrée redevint lentement identique à ce qu'elle était avant les pluies : une étendue aride sous des cieux limpides. Le seul mouvement était celui du soleil. Lancé dans sa course quotidienne, d'est en ouest, il transformait les jours en années et les années en siècles.

Trois silhouettes sortirent avec circonspection de leur abri, sous une alcôve rocheuse.

Tertres, monticules, éminences, buttes... Tout se suivait et se ressemblait. Les rescapés s'étirèrent pour détendre leurs corps ankylosés. Examinant le mur de brume, ils sondèrent ses sinistres ténèbres, la terre agonisante qui semblait s'étirer à l'infini, puis les rochers disséminés comme autant de pierres tombales dédiées aux fous qui avaient eu la hardiesse de s'aventurer dans ce royaume interdit. Un silence absolu régnait, tel un message de mort filtrant à travers la brume grisâtre.

Pleins d'appréhension, les trois êtres vivants, examinèrent les terres désolées.

Shea se tourna vers ses compagnons. Panamon Creel s'étirait et se massait pour réveiller ses muscles engourdis. Sous sa chevelure hirsute, son visage était mangé par une barbe de trois jours. Il avait l'air hagard, mais ses yeux perçants croisèrent le regard interrogateur de Shea.

Keltset s'était campé sur la crête d'une colline pour inspecter l'horizon, au nord.

Trois jours durant, ils s'étaient blottis dans l'alcôve rocheuse tandis que la tempête faisait rage. Trois jours de perdus dans la poursuite d'Orl Fane et de l'Épée de Shannara ! Trois jours pendant lesquels les traces du gnome avaient été irrémédiablement effacées. L'orage les empêchant de tenter quoi que ce fût, ils avaient dû rester recroquevillés à l'abri des rochers. Mangeant sans appétit, ils avaient tenté de tromper leur attente en dormant. Qu'auraient-ils pu faire d'autre ? Panamon et Shea en étaient venus à mieux se comprendre au fil de leurs dialogues, mais Keltset restait une énigme. Et Shea était persuadé qu'ils auraient dû braver l'orage pour poursuivre le gnome. Panamon n'avait rien voulu entendre. Nul n'aurait pu aller loin sous un tel ouragan. Orl Fane aussi avait dû se trouver un abri, ou risquer d'être englouti sous une avalanche de boue.

De toute façon, avait ajouté le voleur, il ne pouvait pas avoir pris beaucoup d'avance sur eux.

Keltset revint et fit un geste rapide de la main. L'horizon était dégagé.

Ils ne parlèrent plus de leur plan car ils avaient amplement eu le temps d'en décider. Leurs maigres possessions rassemblées, ils descendirent la pente escarpée et se dirigèrent vers le nord. Pour une fois, Shea et Panamon partageaient le même avis. La recherche de l'Épée de Shannara était davantage qu'une affaire de fierté blessée ou qu'une quête magique. L'arme restait leur seul espoir de survivre aux troubles qui s'annonçaient.

La forteresse du Roi-Sorcier se dressait au centre des grands pics noirs. Au-delà s'étendait la muraille de brume maléfique qui délimitait la frontière du royaume du Crâne. Pour échapper à cette terre maudite, il faudrait choisir un de ces deux chemins. Le plus évident consistait à revenir en arrière pour retraverser les ténèbres. Mais même si les Pierres Elfiques leur indiquaient le sud, les utiliser signalerait leur position à l'ennemi. Allanon avait prévenu Shea avant le départ de Culhaven, et le demi-elfe avait répété ses avertissements à Panamon. Seule l'Épée de Shannara les protégerait du Roi-Sorcier, leur offrant au moins une chance de survie. Leur plan consistait donc à la récupérer et à retraverser le mur de brume au plus vite. Une stratégie assez peu brillante. Mais dans ces conditions, ils s'en contenteraient.

Malgré l'orage, rien n'avait vraiment changé. Le sol était redevenu dur, couvert d'une fine couche de terre arable qui glissait sous les semelles. Les compagnons ne tardèrent pas à être crottés de la tête aux pieds, et contusionnés par de multiples chutes. À cause de l'irrégularité du terrain, s'orienter était difficile. Quant à calculer son itinéraire... Faute de repères, tout se confondait à perte de vue.

Le temps passa lentement, n'apportant aucun progrès. L'humidité augmenta. Les vêtements des trois amis furent bientôt trempés de sueur et d'eau. Ils retirèrent leurs manteaux, les nouant dans leur dos en prévision du froid nocturne.

— C'est là que nous l'avons vu pour la dernière fois ! lança Panamon.

Le souffle court, il s'arrêta au sommet de la grande colline qu'ils venaient d'escalader. Shea le rejoignit et jeta des regards incrédules à la ronde. Toutes les collines alentour étaient identiques à celle-là, à quelques détails près. Il aurait même été incapable de dire d'où ils venaient !

— Keltset, tu vois quelque chose ? demanda Panamon.

Le troll des rochers balaya lentement du regard le sommet de la colline, scrutant le sol à la recherche de traces du petit gnome, mais l'orage avait tout balayé... Il se tourna vers ses compagnons avec un signe de dénégation. Le visage couvert de poussière de Panamon s'empourpra de colère.

— Il était pourtant là ! Continuons un peu.

Ils reprirent leur chemin en silence, descendant une colline pour en gravir une autre. Ils ne desserrèrent plus les lèvres, car il n'y avait plus rien à dire. Si Panamon se trompait, personne n'avait de meilleure idée à proposer. Une heure passa ainsi. Toujours rien. Shea commençait à mesurer l'étendue du défi. Il faudrait un hasard miraculeux pour réussir – un coup de pouce du destin ! Car vouloir fouiller toute la contrée d'est en ouest était une vue de l'esprit. Si le gnome s'était déplacé latéralement d'une cinquantaine de pas par rapport à leur position, ils ne sauraient jamais de quel côté il était parti. Et peut-être avait-il été enfoui avec l'Épée sous un glissement de terrain.

Ils ne le retrouveraient jamais.

Les muscles endoloris par les escalades en série, Shea envisagea de demander une halte pour revoir leur stratégie. Mais un regard de Panamon lui fit comprendre qu'une telle suggestion serait fort mal accueillie. Cette expression lui rappela celle que l'aventurier avait en exterminant les gnomes, des jours auparavant. Creel était un chasseur. Et si Orl Fane lui tombait entre les mains, son compte serait bon.

Avec un frisson, Shea détourna le regard.

Plusieurs collines plus loin, ils trouvèrent enfin un indice encourageant. Du haut d'un tertre, Keltset repéra un objet à demi enfoui dans la poussière, au fond d'un petit ravin.

Il descendit rapidement et se précipita vers sa trouvaille pour la tendre à ses compagnons : une bande de tissu, la manche d'une tunique. Ils l'examinèrent, puis Shea se tourna vers Keltset. Avait-elle appartenu à Orl Fane ? Le troll géant hocha solennellement la tête.

Avec un sourire féroce, Panamon Creel embrocha le bout de tissu sur sa pique.

— Nous le tenons, ce petit salaud... Cette fois, il ne nous échappera pas !

Mais ce jour-là, ils en furent pour leurs frais, ne découvrant aucun autre signe. Dans l'épaisse poussière, les traces de pas du gnome auraient dû se voir clairement. Il n'y en avait pas ! En dépit des estimations de Panamon, le fuyard avait bravé l'orage, échappant sans doute aux glissements de terrain et à la noyade. La pluie avait effacé ses empreintes, ne laissant de visible que la manche déchirée. Mais en déduire d'où le gnome venait et où il allait était tout simplement impossible.

À la nuit tombée, les ténèbres se révélèrent si épaisses qu'ils durent à regret s'arrêter pour la nuit. Keltset prit le premier tour de garde. Panamon et Shea s'écroulèrent, éreintés, et s'endormirent presque aussitôt. L'air nocturne était frais, l'humidité imprégnant tout.

Les trois compagnons s'enroulèrent dans leurs manteaux, maintenant à moitié secs.

Le matin se leva trop vite à leur goût. Moins humide que la veille, la nouvelle journée n'en était pas plus agréable pour autant. Une brume épaisse et grise voilait presque le soleil. Dans un silence malsain, les trois compagnons eurent le sentiment aigu d'être coupés du monde des vivants. La morne étendue aride commençait à porter sur les nerfs de Shea et de Panamon. Le premier faisait montre d'une grande nervosité, le second d'un mutisme aux antipodes de sa nature. Seul Keltset ne bronchait pas, ses traits plus impavides que jamais.

Ils avalèrent un petit déjeuner sans saveur et continuèrent leurs recherches, mais le cœur n'y était plus, tant ils auraient donné cher pour en finir au plus vite. Ils continuaient pourtant, motivés par l'instinct de conservation. De toute façon, ils n'avaient plus nulle part où aller. Au fond d'eux, Panamon et Shea se demandaient encore pourquoi Keltset partageait leur sort. De retour dans son pays natal, il aurait probablement survécu sans peine s'il avait choisi de les quitter. Shea et Panamon avaient tenté, sans succès, de comprendre les motivations du troll. Pourquoi diable était-il resté avec eux pendant les trois jours d'orage ?

Maintenant, trop fatigués pour réfléchir encore, ils en étaient venus à accepter sa présence avec une certaine dose de méfiance. Mais ils avaient décidé d'apprendre qui était réellement Keltset avant la fin du voyage.

Ils continuèrent dans la poussière et la brume...

Soudain, Panamon s'arrêta et glapit de joie.

— Une piste !

Il fonça vers un petit ravin, sur leur gauche, laissant Keltset et Shea ébahis. Peu après, le trio se pencha sur une série d'empreintes nettes. Leur origine ne faisait aucun doute. Shea lui-même reconnut les traces de bottes du gnome, usées et craquelées aux talons. La piste menait vers le nord, avec de curieux détours. Décidément, le gnome devait errer sans but...

Sur un signe de Panamon, le trio reprit sa traque. Les traces dataient de quelques heures. À en juger par leurs zigzags, Orl Fane, épuisé, serait aisément appréhendé et maîtrisé. Panamon ne cachait pas sa jubilation à l'idée de lui régler enfin son compte. Sans rien ajouter, les trois compagnons reprirent la direction du nord avec une détermination renouvelée.

Ce jour-là, ils rattraperaient Orl Fane !

La piste serpentait entre les collines. Par moments, les compagnons bifurquaient presque vers l'est. Une fois, ils durent même rebrousser chemin. L'après-midi passa ainsi.

Keltset indiqua que les empreintes étaient plus fraîches. Pourtant ils ne gagnaient guère de terrain sur le fuyard... Si la nuit tombait avant qu'ils aient rattrapé leur proie, ils risquaient de la perdre de nouveau. À deux reprises, ils avaient été sur le point de fondre sur Fane. Des circonstances inattendues les avaient forcés à abandonner la poursuite. Ils n'étaient pas d'humeur à subir un troisième coup du sort.

Shea se jura qu'il traquerait le gnome dans les ténèbres, si nécessaire.

Au loin, les pics géants du redoutable royaume du Crâne se dressaient, menaçants. Leurs cimes déchiquetées rappelaient des pointes de couteau. L'angoisse avait envahi l'esprit du Valombrien et il ne parvenait pas à la chasser. Au contraire, elle s'aggravait à mesure qu'ils s'enfonçaient dans les Terres du Nord... Il avait l'impression d'avoir entrepris une tâche plus insurmontable encore que tout ce qu'il avait pu croire au départ. La recherche d'Orl Fane et de l'Épée de Shannara était-elle le sommet d'un redoutable iceberg ?

Sans céder vraiment à la panique, Shea était taraudé par la nécessité de conclure au plus vite cette poursuite insensée pour revenir dans son pays natal.

Au milieu de l'après-midi, le terrain devint une plaine vallonnée qui permettait de voir plus loin et de progresser de manière presque détendue pour la première fois depuis la muraille noire. Le pays n'inspirait pourtant que mélancolie et désespoir : une plaine aride et désolée, de la terre brune et des rochers grisâtres jusqu'aux grands pics bordant le royaume du Crâne... La demeure du Roi-Sorcier !

Ces plaines étaient jonchées de rochers et de chemins qui partaient vers les formidables pics.

Sur l'étendue nue, brûlante et sinistre, régnait un étrange silence. Rien ne frémissait, ni animal, ni insecte, ni oiseau. Pas le moindre souffle d'air. L'absence totale de vie, le domaine de la mort...

Les traces sinueuses d'Orl Fane conduisaient à cette désolation et disparaissaient au loin comme si la terre les avait englouties.

Les trois compagnons firent une pause comme s'ils rechignaient à s'enfoncer davantage dans ces terres inhospitalières.

Puis, n'ayant pas vraiment le choix, ils continuèrent. Comme le chemin était assez visible dans ces plaines vallonnées, ils purent suivre une trajectoire plus directe et gagner du temps.

Peu après, Keltset fit signe qu'ils étaient à moins d'une heure de leur proie. Le crépuscule approchait. La lumière déjà mourante était voilée par une brume grisâtre omniprésente qui donnait à tout ce qui les environnait un aspect bizarrement flou.

Ils avaient remonté les traces jusqu'à un canyon formé par une série de hautes corniches couronnées de grandes formations rocheuses. Les derniers rayons du soleil se perdaient dans les ombres de la vallée. Panamon Creel, qui avait pris la tête, dut cligner des yeux pour distinguer les empreintes, dans l'épaisse couche de poussière. Il étudia la piste et sursauta quand les empreintes disparurent abruptement. Shea et Keltset le rejoignirent aussitôt. Après un examen soigneux du sol, ils déduisirent qu'on avait effacé les traces...

Au même instant, de grandes silhouettes sombres se détachèrent des ombres du ravin, avançant d'un pas lourd sous la lumière du crépuscule. Shea les vit le premier et crut d'abord que ses yeux lui jouaient des tours. Panamon fut plus prompt à comprendre ce qui se passait. Se redressant d'un bond, il dégaina sa grande épée, pique levée. Il aurait peut-être réussi à éviter un encerclement, mais Keltset, dont le comportement était d'habitude des plus prévisibles, fit exception à la règle. Il se jeta sur Panamon pour le tirer en arrière. Le voleur leva un regard éberlué vers son compagnon... avant de baisser sa garde, à regret.

Il y avait une dizaine de silhouettes autour d'eux. Une bande de trolls venait de les découvrir !

Les cavaliers elfes arrêtèrent leurs montures épuisées et évaluèrent l'impressionnante largeur de la vallée de Rhenn. Deux lieues à l'est, les flancs de la vallée donnaient sur des arêtes rocheuses semées de bosquets et de broussailles. Depuis un millier d'années, le col servait de passage entre les plaines de Streleheim et les forêts de l'ouest, un portail naturel vers le pays natal des elfes. Dans ce col, la formidable armée du Roi-Sorcier avait été battue par les légions elfiques et Jerle Shannara. Brona y avait affronté le vieux Bremen et le mystérieux pouvoir de l'Épée de Shannara, avant de fuir avec son armée en direction des plaines. Où il avait été arrêté par les nains, pris entre deux feux et détruit avec ses troupes.

Le col de Rhenn avait ainsi été témoin de la fin de la pire menace que le monde eût connue depuis les Grandes Guerres. Tous les peuples considéraient cette vallée paisible comme un monument naturel. Certains voyageurs venaient de très loin s'imprégner de l'atmosphère des lieux, désireux de participer à leur façon à ce terrible événement.

Jon Lin Sandor donna l'ordre de descendre de cheval. Les cavaliers obéirent avec soulagement.

Préoccupé par l'avenir immédiat, Sandor se souciait peu du passé. Inquiet, il contempla l'horrible muraille noire venue du nord qui menaçait les plaines de Streleheim, approchant chaque jour davantage du pays des elfes. Ses yeux perçants explorèrent l'horizon, à l'est, où l'obscurité enveloppait déjà les forêts de l'antique forteresse de Paranor. Il jura à voix basse, se maudissant d'avoir quitté le roi, son vieil ami. Il avait grandi avec Eventine. Après le couronnement, il était resté à ses côtés en qualité de conseiller personnel et de garde du corps. Ensemble, ils s'étaient préparés à l'invasion des armées de Brona, le Roi-Sorcier que chacun avait cru anéanti lors de la Deuxième Guerre des Races... Le mystérieux voyageur, Allanon, avait prévenu les elfes. Si certains avaient ricané de dédain, Eventine ne s'y était pas trompé. Allanon n'avait jamais tort et il pouvait voir l'avenir...

Écoutant les conseils d'Eventine, les elfes s'étaient préparés à la guerre. Mais l'invasion avait échappé à toutes les prévisions. Puis Paranor était tombée, et avec elle l'Épée de Shannara. Encore une fois, Allanon était venu les prier de patrouiller dans les plaines de Streleheim, au-dessus de Paranor, pour empêcher les gnomes de la forteresse des Druides d'emporter l'Épée au nord, dans le château du Roi-Sorcier.

Ils l'avaient de nouveau écouté.

Mais l'inattendu s'était produit au moment où Jon Lin Sandor et Eventine avaient dû se séparer. Les gnomes de Paranor avaient soudain décidé de retourner vers la sécurité du Nord profond. Trois patrouilles armées jusqu'aux dents avaient attaqué les elfes. Eventine et Jon Lin commandaient chacun un groupe. Sans l'intervention d'une importante force de gnomes et de trolls détachée de l'armée d'invasion du Roi-Sorcier, ils n'auraient pas eu de mal à vaincre. Mais le bataillon de Jon Lin avait pratiquement été exterminé. Par miracle, il avait survécu au carnage, sans pouvoir rejoindre à temps Eventine... Et le roi avait disparu avec tout son détachement.

Jon Lin Sandor le cherchait depuis bientôt trois jours.

— Nous le reverrons, Jon Lin, dit Breen. Il a la vie dure ! Il aura trouvé un moyen de survivre...

L'elfe fit un signe de tête à peine perceptible.

— C'est étrange, mais je sais qu'il est vivant, continua Breen. Je ne peux pas l'expliquer... Je le perçois, c'est tout.

Breen Elessedil était le frère cadet d'Eventine – et son successeur en cas de malheur. Mais il ne se sentait pas prêt à régner sur les Terres de l'Ouest. D'ailleurs, il n'avait jamais convoité le trône. Depuis la disparition d'Eventine, au lieu de prendre le commandement des armées ou de présider le Conseil, il s'était joint aux recherches. Un acte courageux, mais qui avait plongé le royaume dans le chaos. Divisés et effrayés, les elfes ne savaient que faire, car personne ne se déclarait prêt à assumer le pouvoir.

Mais le peuple elfique ne céderait pas à la pression. Son courage, son ingéniosité et son sens de la discipline sauraient tôt ou tard redresser la barre. Cela dit, Eventine était une forte personnalité au charisme indéniable. Depuis son accession au trône, le peuple le suivait aveuglément. Encore jeune, mais doté d'une force de caractère exceptionnelle et d'un bon sens infaillible, il avait toujours su guider les siens sur la voie du succès, de la sagesse et de la prospérité.

La rumeur de sa disparition avait gravement ébranlé la confiance de son peuple.

Pour l'instant, Breen Elessedil et Jon Lin avaient pour unique préoccupation de retrouver le roi disparu. Après avoir évité des patrouilles de gnomes et le corps principal de l'armée du Nord, ils étaient passés par Koos, un hameau isolé, où on leur avait fourni des chevaux frais et des provisions.

Ils étaient repartis très vite pour reprendre leurs recherches.

Jon Lin Sandor pensait savoir où trouver Eventine, s'il était encore vivant. Près d'une semaine plus tôt, l'armée du Nord était partie pour le sud en direction du royaume de Callahorn. Tant que la célèbre Légion Frontalière ne serait pas anéantie, elle n'irait pas plus loin. Si Eventine était prisonnier, comme Breen et Jon Lin le pensaient, il serait détenu au sein de l'état-major de Brona, comme un otage de premier plan. Eventine Elessedil vaincu, des chefs plus pusillanimes que lui envisageraient certainement une reddition...

Le Roi-Sorcier mesurait l'importance d'Eventine aux yeux de son peuple. Depuis Jerle Shannara, c'était le chef le plus aimé et le plus respecté des elfes. Ses sujets tenteraient tout pour l'arracher à l'ennemi. Vivant. Car son exécution risquait de plonger la nation entière dans une telle fureur qu'elle pourrait parvenir à renvoyer Brona au néant. Eventine ayant une valeur incalculable, son peuple hésiterait à mettre sa vie en péril.

Dans ces conditions, Jon Lin Sandor et Breen Elessedil ne se berçaient pas d'illusions : Eventine ne leur serait jamais rendu sain et sauf, même à supposer que leur armée refusât d'intervenir contre l'invasion des Terres du Sud. Jon Lin et Breen agissaient donc de leur propre chef, espérant contre vents et marées retrouver leur roi avant que Brona se débarrasse d'un otage devenu inutile...

Avant la chute des Terres du Sud !

— Ça suffit. En selle !

L'ordre de Jon Lin claqua comme un coup de fouet dans le silence. Les cavaliers se hâtèrent d'obéir. Breen à ses côtés, Jon Lin regarda une dernière fois l'horizon et sa muraille noire, puis enfourcha prestement sa monture, prenant avec grâce les rênes d'une main. Peu après, le petit détachement s'éloigna au trot en direction de la vallée. La matinée était grise, l'air encore humide des pluies de la veille. Sous les sabots des chevaux, les hautes herbes étouffaient les sons. Loin au sud, une petite bande de ciel bleu était apparue entre les nuages. La journée s'annonçait fraîche. Les elfes chevauchèrent sans inconfort, goûtant la température modérée.

Ils atteignirent rapidement le bout de la vallée et ralentirent l'allure en abordant le couloir est du col. Les cavaliers échangèrent quelques mots à voix basse, car les frontières du Nord étaient juste au-delà de l'entrée du col. Ils slalomèrent entre les hautes crêtes de l'est pour déboucher bientôt sur les plaines de Streleheim. Jon Lin sursauta, tirant brusquement sur les rênes.

— Breen ! Un cavalier !

Son compagnon et lui regardèrent l'inconnu qui galopait vers eux. Distinguer ses traits dans la lumière grisâtre se révéla impossible. Un instant, Breen se convainquit qu'il s'agissait de son frère. Mais ses espoirs s'évanouirent vite. L'inconnu était de trop petite taille pour que ce soit Eventine. Et ce n'était visiblement pas un bon cavalier ! À son approche, les elfes virent qu'il se tenait aux rênes et à la selle comme s'il craignait de vider les étriers à tout moment.

Ce n'était pas un elfe, mais un habitant des Terres du Sud.

Il tira sur les rênes, s'arrêta maladroitement devant le détachement, inspira à fond pour reprendre son souffle... et vira au cramoisi en croisant le regard amusé des elfes.

— On m'a chargé de retrouver le bras droit du roi des elfes, annonça l'homme...

Les guerriers redevinrent aussitôt sérieux. Leur chef se pencha vers le cavalier.

— Je suis Jon Lin Sandor.

— Je m'appelle Flick Ohmsford et je viens de Callahorn pour vous chercher. (Descendant maladroitement de cheval, il massa son arrière-train endolori.) Si vous me laissez me reposer quelques minutes, je vous conduirai près d'Eventine.

Shea avançait entre deux trolls, incapable de chasser l'idée que Keltset les avait trahis. L'embuscade avait été montée avec soin, mais ils auraient au moins pu tenter de fuir... À cause de Keltset, ils n'avaient offert aucune résistance, se laissant stupidement désarmer. Shea avait espéré que leur compagnon connaissait un des trolls. Ou qu'étant des leurs, il les convaincrait de les relâcher. Mais au lieu d'essayer de communiquer avec eux, il les avait docilement laissés lui ligoter les poings. On avait aussi ligoté Panamon Creel et Shea après leur avoir confisqué leurs armes.

Puis les trois prisonniers avaient été poussés vers le nord, à travers les plaines désolées. Le petit

Valombrien détenait toujours les Pierres Elfiques... inutilisables contre des trolls.

Il étudia la posture de Panamon qui marchait devant lui. Que pensait le voleur ? Surpris par la reddition immédiate de son compagnon, il n'avait plus soufflé mot depuis. D'évidence, il refusait de croire qu'il s'était trompé à ce point sur le géant muet dont il avait sauvé la vie, et dont l'amitié avait tant d'importance à ses yeux. Plus que jamais, la conduite du troll était un mystère pour ses compagnons. Mais si Shea était intrigué, Panamon en souffrait. Keltset avait été son ami, le seul en qui il ait jamais eu confiance. La déception de l'aventurier se transformerait rapidement en haine, pensa Shea. Et il était bien placé pour mesurer à quel point se faire un ennemi de Panamon Creel était dangereux...

Il leur était impossible de dire où on les emmenait. La nuit des Terres du Nord était d'une noirceur d'encre. Shea devait se concentrer pour mettre un pied devant l'autre tandis que la colonne se frayait un chemin à travers les rochers éboulés des hautes crêtes couvertes de terre sèche et de cailloux. De plus, Shea n'entendait rien au langage des trolls. Panamon se murant dans un silence mélancolique, le Valombrien ne put rien apprendre de plus. Si les trolls avaient des raisons de soupçonner son identité, ils les livreraient certainement au Roi-Sorcier. Mais on ne lui avait pas pris les Pierres Elfiques, et cela laissait penser que ses compagnons et lui étaient considérés comme de simples intrus. D'où leur capture. Hélas, ce constat n'était pas d'un grand réconfort. Tôt ou tard, les trolls découvriraient son identité. Il se demanda soudain ce qui était arrivé à Orl Fane. Ses traces finissaient sur le lieu de leur déconfiture. Le gnome aussi avait dû être fait prisonnier. Mais où les trolls l'avaient-ils emmené ? Et qu'était-il advenu de l'Épée de Shannara ?

Ils marchèrent des heures dans les ténèbres impénétrables. Shea perdit vite toute notion du temps. Enfin, à bout de forces, il s'écroula et finit le voyage porté comme un sac de farine sur l'épaule d'un troll. Il se réveilla brièvement à la lueur vacillante d'un feu de bois quand la colonne entra dans un campement. Puis on le posa et on le poussa sous une tente. Enfin, on vérifia la solidité de ses liens et on lui entrava les pieds.

Il était seul. Panamon et Keltset avaient été emmenés ailleurs.

Il voulut se débarrasser des lanières de cuir, mais elles ne cédèrent pas et il finit par abandonner. Rattrapé par la fatigue d'une longue marche, il glissa dans le sommeil. Son corps meurtri et endolori avait besoin de repos. Pourtant, il lutta contre l'inconscience afin d'échafauder un plan d'évasion. Mais plus il s'acharnait, plus penser clairement lui devenait difficile.

Cinq minutes après, il s'endormit.

Il lui semblait s'être reposé quelques secondes quand des mains brutales le secouèrent. Il se leva, encore sonné et abruti par les paroles incompréhensibles dont un troll l'accabla en désignant une assiette de nourriture. Puis le garde quitta la tente.

Shea cligna des yeux dans la pénombre et s'aperçut qu'on lui avait retiré ses liens. Il se frotta les bras et les jambes pour rétablir la circulation et mangea rapidement.

À en juger par les cris et les hurlements de trolls qui couraient en tous sens, dehors, il se passait du vilain...

Une fois restauré, le Valombrien décida d'aller jeter un coup d'œil par la fente du rabat, mais un garde entra et l'invita à le suivre.

Shea obéit sans enthousiasme, une main sur sa tunique pour sentir la présence rassurante des Pierres Elfiques.

On l'escorta à travers un camp de tentes et de huttes de pierre construites sur un grand promontoire entouré de corniches basses. Shea s'aperçut qu'ils étaient en hauteur par rapport aux plaines désolées traversées la veille. Le camp était désert et les voix que Shea avait entendues s'étaient tues. Les feux étaient éteints, les tentes et les huttes, vides. Un frisson courut le long de l'échine du prisonnier. On le conduisait probablement à son exécution. Il n'y avait aucun signe de Panamon ou de Keltset. Allanon, Flick, Menion Leah et les autres erraient quelque part dans les Terres du Sud, ignorant tout de son sort. Il était seul face à la mort. Paralysé par la terreur, il ne pensa même plus à essayer de fuir. Entre ses geôliers, il traversa comme un somnambule le camp silencieux. Ils dépassèrent les huttes et les tentes et s'arrêtèrent dans une grande clairière.

Ébahi, Shea contempla le spectacle.

Des dizaines de trolls étaient assis en demicercle face à la corniche. Leurs têtes se tournèrent un instant vers lui. À la base de la corniche siégeaient trois trolls dont les diverses tailles, pensa Shea, devaient correspondre à différentes générations.

Chacun tenait un bâton aux couleurs vives orné d'un fanion noir. Panamon Creel se tenait à l'intérieur du cercle, sur un côté, arborant une expression pensive qui ne changea pas quand il aperçut Shea. L'attention générale allait à Keltset, campé au milieu du cercle. Bras croisés, face aux trois porteurs de bâton, il ne se retourna pas quand Shea fut conduit dans le cercle, à côté de Panamon Creel. Il y eut un long silence. Le spectacle le plus étrange que Shea eût jamais vu ! Puis un des trois trolls se leva cérémonieusement et frappa le sol avec son bâton. Les trolls se levèrent aussi, se tournèrent vers l'est et prononcèrent plusieurs phrases dans leur langue.

Et tout le monde se rassit.

— Vous arrivez à y croire ? Ils étaient en train de prier !

Les premiers mots de Panamon Creel depuis un sacré bout de temps ! Shea sursauta. Il regarda le voleur, qui s'était tourné vers Keltset. Un des trois trolls se leva et parla à l'assemblée en désignant à plusieurs reprises Panamon et Shea. Le petit Valombrien se tourna de nouveau vers son compagnon, des questions plein les yeux.

— C'est un procès, Shea, répondit le voleur d'une voix étrangement calme. Mais pas le mien ni le vôtre. Nous serons conduits dans la montagne du Crâne, au-delà du Fil du Couteau, dans le royaume du Roi-Sorcier, où nous serons détenus pour les dieux seuls savent quoi ! Je doute qu'ils connaissent nos identités. Le Roi-Sorcier a ordonné que tous les étrangers lui soient amenés. Il reste un peu d'espoir...

— Mais, ce procès... ?

— Celui de Keltset. Il a demandé à être jugé par son peuple au lieu d'être livré à Brona. Une ancienne coutume. Cette requête ne peut pas être refusée. Il a été capturé en notre compagnie, alors que son peuple est en guerre contre le nôtre. Tout troll surpris avec un humain est *ipso facto* considéré comme un traître. Il n'y a pas d'exception à la règle.

Shea regarda leur compagnon, assis avec l'impassibilité d'un rocher au milieu de l'assemblée tandis que le président continuait son discours. Ils s'étaient trompés sur le compte de Keltset, comprit le Valombrien, soulagé. Il ne les avait pas trahis. Mais pourquoi avoir permis qu'ils soient faits prisonniers aussi facilement ?

— Quel est le châtiment d'un traître ? demanda Shea.

Un sourire amer flotta sur les lèvres de l'aventurier.

— Je sais ce que vous pensez, dit-il. Il joue son va-tout sur ce procès. S'il est déclaré coupable, il sera précipité du haut de la falaise la plus proche.

Pour la première fois, il regarda le Valombrien dans les yeux,

— Moi non plus, je ne comprends pas.

Ils retombèrent dans le silence pendant que l'orateur se rasseyait. Un autre troll se présenta devant le trio de juges et fit une brève déposition. Plusieurs guerriers l'imitèrent, chacun parlant brièvement avant de répondre aux questions. Shea ne comprenait rien, mais il supposa que ces trolls appartenaient à la patrouille qui les avait faits prisonniers la veille. L'audience parut durer une éternité.

Keltset n'avait pas bougé d'un poil.

Shea regarda le géant, ne comprenant pas pourquoi il avait laissé les choses se gâter à ce point. Panamon et lui se doutaient depuis quelque temps que Keltset n'était pas un exilé ordinaire, chassé de son foyer et de son pays à cause de son mutisme. Il n'était pas davantage le voleur et l'aventurier que Panamon avait voulu faire de lui. Il y avait de l'intelligence dans ses yeux étrangement doux. Et il connaissait tout sur l'Épée de Shannara, sur le Roi-Sorcier et même sur Shea. Un passé étrange enfoui dans le cœur du géant. Il était tellement semblable à Allanon... comprit soudain Shea. Ces deux êtres détenaient la clé du pouvoir de l'Épée de Shannara !

Une étrange révélation. Au point que le Valombrien, désemparé, douta de son raisonnement – et de son intuition. Mais l'heure n'était plus aux questions.

Les dépositions des témoins achevées, les trois juges prièrent l'accusé de se lever et de procéder à sa défense. Il y eut un long silence, chacun attendant que Keltset obéisse. Le troll ne bougea pas, comme en transe. Shea aurait voulu crier pour briser ce silence insupportable. Il se retint à grand-peine. Les secondes passèrent avec une lenteur effrayante.

Soudain, Keltset se leva.

Il se dressa de toute sa taille et sembla devenir une créature supérieure aux simples mortels. Plein de fierté, il affronta le tribunal, les yeux rivés sur les trois juges. Sans détourner le regard, il passa une main sous sa ceinture de cuir et en tira un pendentif de métal noir accroché à une chaîne. Il le leva devant les juges qui se penchèrent, visiblement surpris. Shea aperçut une croix gravée dans un cercle.

Le géant tint la chaîne à bout de bras avant de se la passer au cou.

— Par tous les dieux qui nous ont donné la vie... Je n'arrive pas à y croire ! fit Panamon.

Les juges aussi se levèrent. Quand Keltset se tourna vers le cercle de trolls, des cris éclatèrent. Chacun se leva, désignant avec excitation le géant.

Shea ne comprit rien à ce qui se passait.

— Panamon, qu'est-ce que ça signifie ?

Les rugissements de l'assemblée manquèrent couvrir ses paroles. Panamon Creel se leva d'un bond et prit Shea par l'épaule.

— Incroyable ! Tout ce temps passé avec lui, et je ne m'en étais jamais douté ! Voilà ce qu'il nous cachait, mon jeune ami ! C'est pour ça qu'il a accepté la capture sans combattre ! Mais il doit y avoir encore autre chose...

— Allez-vous enfin me dire ce qui se passe ? demanda Shea.

— Le pendentif, Shea, la croix dans le cercle ! cria Panamon. C'est l'Irix noir, la plus haute récompense et le plus bel honneur que des trolls puissent faire à un des leurs ! Quand on en distribue trois au cours d'une génération humaine, c'est déjà beaucoup ! Pour en recevoir un, il faut incarner tout ce que les trolls respectent et s'efforcent d'accomplir. Et être aussi proche d'une divinité que nous, les humains, pourrions l'espérer. Keltset a gagné cet honneur suprême et nous ne nous en sommes jamais doutés !

— Mais on l'a pourtant surpris en notre compagnie ?

— Un porteur de l'Irix ne trahit jamais les siens ! s'exclama Panamon. Cet honneur implique une confiance absolue. Le détenteur de ce médaillon ne s'écarte jamais des lois de son peuple. Il est censé en être incapable. Les trolls sont persuadés que la violation de cette confiance serait punie par une éternité de tourments trop horribles à envisager. Aucun d'eux ne s'y risquerait.

Shea regarda Keltset. Sous les ovations, le troll s'était de nouveau tourné vers ses juges, qui essayaient vainement de rétablir l'ordre. Il fallut dix minutes avant que les clameurs retombent assez pour que quelqu'un se fasse entendre. Les trolls se rassirent, attendant que Keltset prenne la parole.

Après une pause, un interprète apparut à côté de l'accusé muet. Keltset utilisa le langage des signes et son assistant répéta ses explications en langue troll. Il y eut avec un juge un bref dialogue que Shea ne comprit pas. Mais Panamon avait décidé de tout traduire pour son compagnon.

— Il explique qu'il vient de Norbane, une des premières villes trolls à la pointe nord des monts Charnal. Son nom est Mallicos – celui d'une famille très ancienne et honorée. Tous ses membres furent tués, prétendument par des nains venus piller leur demeure familiale. Le juge de gauche a demandé à Keltset comment il avait échappé au massacre. Ça a dû être une sinistre affaire pour que même ce village éloigné en ait entendu parler ! Puis... Écoutez ça, Shea ! Keltset vient de révéler que les émissaires du Roi-Sorcier étaient les véritables coupables du massacre ! Il y a deux ans, les Porteurs du Crâne allèrent à Norbane pour s'emparer du pouvoir et soumettre les armées à leur volonté ! Ils persuadèrent la population que Brona, revenu d'entre les morts, avait survécu des millénaires. À présent, plus aucun mortel n'avait le pouvoir de le tuer.

» Les Mallicos étaient une des familles dirigeantes de Norbane. Ils refusèrent de se soumettre, exigeant que la cité tienne bon contre le Roi-Sorcier. Et la parole de Keltset avait un grand poids, car il portait l'Irix noir. Voilà pourquoi Brona fit exécuter toute sa famille, à l'exception de Keltset, enfermé dans sa forteresse du Fil du Couteau. L'histoire des pillards nains était une tromperie visant à convaincre les citoyens de se joindre à l'invasion des Terres du Sud...

» En chemin pour la forteresse, Keltset a réussi à s'échapper et il a erré vers le sud jusqu'à ce que je le trouve. Le Roi-Sorcier avait ordonné de le rendre muet pour l'empêcher de communiquer, mais il a appris le langage des signes. Et il guettait la première occasion de retourner dans les Terres du Nord.

Un juge posa une question et Panamon s'interrompit quelques instants.

— Il demandait pourquoi Keltset est revenu maintenant. Notre ami a répondu qu'il avait appris que Brona redoutait le pouvoir de l'Épée de Shannara. Selon la légende, un héritier de la maison des elfes doit revenir prendre possession de l'arme...

Panamon se tut quand l'interprète se tourna vers Keltset. Pour la première fois, le troll fit face à Shea, ses yeux étrangement doux rivés sur lui.

Un frisson courut le long de l'échine du demi-elfe.

Keltset fit un geste en direction des juges. Panamon hésita avant de traduire à voix basse :

— Il dit qu'ils doivent venir avec nous au royaume du Crâne... Une fois dans la forteresse, Shea, vous détruirez le Roi-Sorcier !

Chapitre 31

Palance Buckhannah mourut à l'aube sans avoir repris connaissance. La fin survint, paisible et presque inattendue, quand les premiers rayons du soleil caressèrent l'horizon.

Quand on l'en informa, Balinor fit un signe de tête et se détourna.

Au chevet du mort, ses amis restèrent un moment avec lui, avant que Hendel les prie de le laisser seul. Ils se rassemblèrent dans le couloir, devant la chambre mortuaire et parlèrent à voix basse. Balinor était le dernier des Buckhannah. S'il mourait dans la bataille, le nom de sa famille disparaîtrait de la surface de la terre.

Seule l'histoire s'en souviendrait.

L'heure d'après, l'assaut commença... presque en douceur.

Quand la Légion Frontalière regarda les plaines grises, en contrebas, le soleil levant lui révéla que l'armée du Nord, en ordre de bataille, couvrait presque tout le terrain depuis la Mermidon.

L'armée resta un moment immobile et silencieuse. Puis elle s'ébranla. Le silence fut brisé par le roulement des tambours des gnomes qui se répercutait contre les murs de Tyrsis.

Les soldats du Nord avançaient lentement mais régulièrement. Le tonnerre des tambours faisait écho au martèlement de leurs bottes et aux claquements métalliques des armes et des armures. Des milliers de soldats sans visage, à la chiche lumière du petit matin...

Les roues cerclées de métal de grandes rampes en bois et en fer grincèrent quand des trolls les poussèrent en direction du promontoire fortifié.

Les secondes passèrent et la vague d'assaut arriva à une centaine de pieds de la Légion. Les tambours continuaient de donner la cadence. Le premier quart du disque solaire couronna l'horizon, marquant la fin de la nuit.

Les tambours cessèrent soudain et l'armée s'arrêta. Un instant, le silence régna... Puis un rugissement assourdissant monta des rangs des soldats du Nord. L'armée chargea la Légion Frontalière.

Derrière les portes fermées de la première enceinte, Balinor observait le déroulement de l'assaut, l'air impassible. D'une voix calme, il donna des ordres à ses messagers, en envoyant un à Acton et Fandwick, sur le flanc gauche, et l'autre à Messaline et Ginnisson, sur le droit. Ses yeux retournèrent au terrifiant spectacle qui continuait sous les fortifications.

Derrière leurs barricades improvisées, les archers et les soldats de la Légion attendaient l'ordre d'entrer en action. Balinor savait qu'ils tiendraient bon grâce à leur position défensive supérieure, mais il fallait d'abord détruire les cinq grandes rampes qui roulaient lentement vers la base du promontoire. Il avait deviné que ces engins seraient utilisés pour escalader le plateau et ses fortifications, tout comme l'ennemi s'était douté qu'il démolirait la rampe d'accès de la cité. L'avant-garde de l'armée du Nord était à cinquante pas du promontoire. Le nouveau roi de Callahorn continua d'observer et d'attendre.

Soudain, le sol s'ouvrit sous les pieds des ennemis, qui tombèrent en hurlant dans les puits camouflés creusés à la base du plateau. Deux rampes y basculèrent aussi, les roues arrachées.

La première vague d'assaut hésita. Du sommet des fortifications, les archers de Balinor bondirent pour obéir à l'ordre qu'ils attendaient depuis longtemps : tirer à bout portant sur les rangs ennemis. Les morts et les blessés jonchèrent bientôt la plaine, sauvagement piétinés quand la deuxième vague d'assaut fut déclenchée.

Les trois rampes qui avaient évité les pièges continuaient à rouler vers les fortifications. Les archers de la Légion lâchèrent une volée de flèches enflammées sur le bois vulnérable, mais des dizaines de petits êtres jaunes et agiles grimpèrent sur la machine de guerre pour étouffer les départs d'incendie. Les archers gnomes s'étaient aussi mis en position. Plusieurs minutes, un feu roulant de projectiles enflammés martela les deux armées ennemies. Les gnomes qui s'affairaient sur les rampes furent taillés en pièces. Partout, des soldats tombaient en hurlant quand les traits mortels les frappaient. En partie protégés par les fortifications, les blessés de la Légion Frontalière pouvaient être soignés, mais ceux du Nord restaient longtemps sur le sol. Des centaines furent tués avant d'être évacués.

Si les trois rampes avançaient toujours vers la base du promontoire fortifié, l'une d'elles était en flammes. Des nuages de fumée en montaient, obscurcissant tout à cent pas à la ronde. Quand les deux dernières rampes furent à vingt pas des fortifications, Balinor fit signe de mettre en jeu son ultime défense. Des chaudrons d'huile bouillante furent vidés sur le chemin des rampes roulantes. Avant que les soldats du Nord aient le temps de retourner les machines de guerre, des torches atterrirent au milieu de l'huile... Le secteur entier s'embrasa, dans une mortelle éruption de flammes et de fumée noire...

L'assaut ennemi se brisa quand les nouvelles vagues hésitèrent, terrifiées par le mur de flammes. Les premiers rangs avaient été brûlés vifs. Seuls quelques soldats échappèrent au carnage.

Le vent latéral poussait la fumée noire vers les plaines, à l'ouest. Le centre et le flanc gauche de l'armée furent vite hors de vue, coupés des blessés et des mourants qui gisaient au milieu de l'incendie.

Balinor saisit l'occasion. Dans ces circonstances, une contre-attaque avait de bonnes chances d'enrayer l'assaut et de mettre en déroute l'armée du Nord. Se levant d'un bond, il fit un signe convenu à Janus Senpre, le commandant de la garnison, posté sur les créneaux de la première enceinte. Aussitôt, les portes renforcées de fer s'ouvrirent. Armé d'épées courtes et de longues piques à crochet, l'étendard au léopard claquant fièrement au vent, le régiment monté de la Légion Frontalière sortit sur le promontoire et tourna vers la gauche pour emprunter le chemin qui longeait l'enceinte de la cité. En quelques instants, il atteignit le flanc gauche de la ligne de défense de la Légion, où

Acton et Fandwick commandaient les frontaliers retranchés. Une rampe amovible descendit du bord du promontoire et se posa sur les plaines enfumées, en contrebas. Sous la conduite d'Acton, les cavaliers de la Légion la descendirent et tournèrent à gauche pour former un grand cercle.

Les ordres de Balinor stipulaient que le régiment d'élite contourne la muraille de fumée et lance une attaque soutenue contre le flanc droit de l'ennemi... Quand les soldats du Nord se tourneraient pour répondre, Balinor lancerait un régiment de fantassins pour frapper l'avant-garde exposée de l'armée du Nord, la repoussant vers la Mermidon. Si la contre-attaque échouait, les deux commandants tourneraient les talons, se dissimulant dans la fumée, et ramèneraient leurs troupes par la rampe mobile.

Un pari hardi. Les troupes de Tyrsis se battaient au bas mot à un contre vingt. Si la retraite leur était coupée, elles seraient exterminées.

De petits groupes de fantassins étaient déjà descendus le long de la rampe mobile, sur le flanc gauche, lançant une contre-attaque éclair pour protéger le seul lien de la cavalerie avec la cité assiégée. Pour le moment, l'ennemi semblait disparaître, caché par la fumée qui montait des rampes en flammes, au centre de la ligne de défense.

Sur le flanc droit des défenseurs, la bataille faisait rage. À cet endroit, seule une brume légère obscurcissait la visibilité entre les deux armées et l'assaut des soldats du Nord ne se relâchait pas. Les archers retranchés de la Légion avaient enrayé la première vague d'assaut, mais la deuxième, qui avait atteint la base du promontoire, tentait à présent de gagner les hauteurs fortifiées avec des échelles de corde grossières. Des rangs d'archers gnomes décochaient des centaines de flèches sur les fortifications, essayant de distraire l'ennemi assez longtemps pour laisser aux grimpeurs le temps de passer par-dessus les défenses. Les archers de la Légion retournèrent les tirs pendant que leurs camarades repoussaient les grimpeurs avec leurs piques à pointe de fer.

Ce fut une bataille longue et âpre, sans le moindre répit. Des trolls des rochers d'une singulière hardiesse percèrent les défenses de la Légion et s'engouffrèrent sur le promontoire. Une lutte féroce eut lieu quand le commandant Ginnisson, un homme râblé au visage aussi rouge que sa longue chevelure, rallia les siens contre les trolls. Au prix de corps à corps sanglants, les soldats de Ginnisson massacrèrent les trolls et colmatèrent la brèche.

Du haut de la première enceinte, quatre vieux amis et Janus Senpre assistaient au terrible spectacle. Hendel, Menion Leah, Durin et Dayel étaient chargés d'observer la bataille. Ils contribuaient également à coordonner les mouvements de la Légion. Les nuages de fumée leur dissimulaient les manœuvres de sa cavalerie, et seuls des guetteurs postés sur les remparts pouvaient les renseigner. C'était vital si on voulait lancer au bon moment des contre-attaques efficaces à partir du centre de la ligne de défense.

Le roi se fiait particulièrement au jugement d'Hendel, qui participait depuis près de trente ans aux guerres frontalières de l'Anar.

Le vétéran, le prince de Leah et les deux elfes regardaient anxieusement le « spectacle » dans les plaines. Sur le flanc droit des forces de défense, la bataille faisait rage, les soldats du Nord étant déterminés à escalader le promontoire. La Légion tenait bon. Elle donnait tout ce qu'elle avait dans les tripes. Face au centre des fortifications, les plaines étaient couvertes par la fumée de l'huile et des rampes transformées en torches géantes. À la lisière des colonnes de fumée, les soldats du Nord désorganisés tentaient en vain de reformer leurs lignes de bataille pour mieux revenir à la charge. Sur la gauche, les cavaliers de la Légion, sortis du couvert de la fumée noire, se heurtaient aux premiers signes de résistance.

Un escadron de cavalerie gnome posté sur le flanc d'attaque droit servait de mesure défensive contre la manœuvre en cours d'exécution. Mais les soldats du Nord avaient espéré être avertis à temps d'un assaut sur leurs flancs. Ils furent donc pris au dépourvu. Les cavaliers gnomes, mal entraînés, furent vite mis en déroute par la Légion. Alors, l'attaque du flanc exposé de l'armée du Nord se déclencha. Piques à crochet baissées, le régiment se déploya vers le nord.

Puis il chargea.

Acton lança ses soldats dans une attaque précise qui pénétra profondément le flanc exposé et faillit mettre en déroute l'aile droite de l'armée adverse. Sous l'œil attentif du petit groupe réuni sur la première enceinte, l'ennemi reconfigura aussitôt son aile droite pour répondre à cette nouvelle menace. Alors, Hendel fit signe à Balinor. Une deuxième rampe mobile toucha le sol au centre des lignes de défense, et la haute silhouette de Messaline parut, à la tête d'un régiment de fantassins de la

Légion. Face à la prairie enfumée, une arrière-garde resta postée au pied de la rampe mobile pendant que le deuxième régiment disparaissait, happé par le brouillard. Balinor ferma ses lignes de défense et rejoignit ses amis sur les créneaux pour suivre le résultat de sa contre-attaque.

Une offensive parfaitement exécutée. Au moment où le flanc droit de l'armée du Nord se tournait face à la charge du régiment monté de la Légion, les fantassins de Messaline, surgissant de la fumée, attaquèrent du centre des lignes de défense. En phalanges serrées, protégés par un mur de boucliers, les légionnaires enfoncèrent le centre de la formation adverse, mal préparée et plongée dans la confusion. Les soldats du Nord, repoussés comme du bétail, tombèrent par dizaines, les morts et les blessés sauvagement piétinés.

Les cavaliers d'Acton continuèrent de pousser leur avantage sur la gauche. L'aile droite de l'armée ennemie commença à céder. Les cris de terreur emplirent l'air d'un tel vacarme que même l'assaut féroce contre le flanc droit des défenseurs se relâcha... Éberlués, les soldats du Nord regardaient vers l'ouest, cherchant en vain à découvrir ce qui se passait.

Au sommet de l'enceinte, Menion Leah ne dissimulait pas sa stupéfaction.

— Incroyable ! La Légion les force à reculer ! Ils sont battus !

— Pas encore, dit Hendel. La véritable épreuve commencera d'ici peu...

Les soldats du Nord continuaient à reculer sous la poussée de la Légion, mais quelque chose se préparait derrière les lignes adverses. L'armée du

Roi-Sorcier ne serait pas battue si aisément, car son manque d'entraînement était compensé par le nombre. Déjà, un détachement de gnomes montés arrivait derrière les fantassins, appelé pour répliquer à l'attaque des cavaliers de la Légion. Les gnomes se réunirent au nord des hommes d'Acton. Soutenus par plusieurs lignes d'archers et de guerriers armés de frondes, ils se lancèrent à l'attaque.

De l'arrière des lignes ennemies, un régiment de hautes silhouettes en armure progressait vers les fantassins de la Légion à travers ses propres lignes mises en déroute.

Les observateurs de l'enceinte de Tyrsis sursautèrent quand les guerriers se frayèrent un chemin sanglant à travers les rangs de leur propre armée. L'acte le plus féroce dont Menion eût jamais été témoin.

— Des trolls des rochers ! cria Balinor. Ils vont massacrer Messaline et ses hommes ! Janus, donnez le signal de la retraite !

Le commandant hissa aussitôt un grand fanion rouge.

Menion Leah dévisagea avec curiosité le frontalier silencieux. La bataille paraissait presque gagnée... Pourtant il donnait l'ordre de battre en retraite.

Il croisa le regard du roi. À la question qu'il lut dans les yeux de son ami, Balinor eut un sourire lugubre.

— Les trolls des rochers sont entraînés à se battre dès le berceau. C'est leur façon de vivre. Au corps à corps, ils sont meilleurs que notre Légion. Contre eux, nous n'avons rien à gagner et tout à perdre. De toute façon, nous leur avons infligé des pertes et nous tenons toujours le promontoire. Si nous voulons vaincre, il faudra éroder leurs ressources peu à peu.

Menion fit signe qu'il comprenait. Balinor quitta les remparts pour rejoindre son détachement. À cet instant, son seul souci était de protéger la voie de la retraite pour ses régiments. Donc, de défendre les rampes mobiles, seul lien des soldats avec la ville fortifiée.

Le montagnard regarda le roi s'éloigner, puis retourna à ses observations. Le carnage, sur la plaine, était effrayant. Des morts et des blessés gisaient du promontoire jusqu'aux lignes arrière de l'armée du Nord. Le pire massacre auquel les membres de leur petit groupe aient jamais assisté...

Personne n'avait le cœur à bavarder.

Au loin, les fantassins de la Légion commandés par Messaline avaient commencé une retraite en bon ordre. Mais les trolls des rochers, qui avaient presque réussi à se frayer un chemin à travers les rangs de leur propre armée, s'apprêtaient à les poursuivre. Alors que les fantassins se retiraient sans rencontrer d'opposition, la cavalerie était confrontée à une résistance inattendue des gnomes. À la gauche des trolls, une féroce bataille se déroulait. Voyant ses cavaliers harcelés par les archers gnomes postés au nord de sa position, Acton semblait incapable de s'éloigner des assaillants. Un détachement composé de gnomes et de trolls avait réussi à les contourner. Maintenant, Acton était pris au piège sur trois côtés.

Hendel marmonna dans sa barbe. Pour la première fois, Menion s'inquiéta. Même Janus Senpre faisait les cent pas sur les remparts.

Leurs pires craintes se réalisèrent. Le détachement de trolls s'était si vite rapproché que les Tyrsiens, fatigués par leur contre-attaque, n'arrivèrent pas à regagner le promontoire. À cent pas des rampes mobiles, ils durent faire volte-face et se battre encore. La fumée se dressa comme un mur noir face aux fortifications, cachant la vue à Balinor, posté aux portes de la cité. Mais du haut des créneaux, la scène était nettement visible pour les témoins...

— Je dois prévenir Balinor ! cria Hendel. Ce détachement va être réduit en pièces !

Janus Senpre partit avec lui. Impuissants, Menion et les elfes virent les trolls des rochers fondre sur les hommes épuisés de Messaline... Les Légionnaires s'étaient rapprochés, boucliers levés et lances pointées vers le sol pour soutenir l'assaut. Les trolls formaient une phalange, plus large que longue. D'évidence, ils comptaient encercler les Tyrsiens sur trois côtés et briser leur résistance par la force brute. Menion se pencha sur les remparts. Balinor n'avait pas bougé, ignorant encore qu'un régiment de la Légion Frontalière était sur le point de succomber.

À l'instant où le montagnard se tournait vers la plaine, il vit Hendel et Janus rejoindre Balinor en gesticulant. Ils n'arriveraient pas à temps. C'était trop tard !

Mais quelque chose de bizarre se produisit. Momentanément oubliés par les observateurs de la bataille, les cavaliers d'Acton se dégagèrent et se remirent en formation pour s'élancer vers l'est, à la poursuite des trolls des rochers. Les Légionnaires passèrent au grand galop à travers les lignes de la cavalerie gnome, qui tentèrent en vain de leur barrer la route. Au mépris des volées de flèches, ils foncèrent vers les trolls. Piques baissées, le régiment frappa les lignes arrière de la phalange troll dans un superbe mouvement de ratissage puis continua à balayer la plaine vers l'est. Des dizaines de guerriers géants tombèrent, fauchés par les piques.

Mais les trolls étaient les meilleurs combattants du monde. Reprenant rapidement leurs esprits, ils reformèrent les rangs et se retournèrent pour affronter cette nouvelle menace. Quand les cavaliers d'Acton pivotèrent une fois de plus vers l'ouest, fonçant à travers les lignes arrière de la phalange des trolls pour la deuxième fois, les soldats du Nord ripostèrent à coups de lances et de massues. Plus d'une dizaine de cavaliers vidèrent les étriers. Autant s'affaissèrent sur leurs selles, blessés, tandis que le régiment chargeait vers l'ouest puis galopait vers le sud et la sécurité de Tyrsis...

Acton avait atteint son but : sa diversion avait permis au régiment de Messaline d'aller se dissimuler dans la fumée... Une manœuvre brillamment exécutée.

Du haut de la première enceinte, des clameurs admiratives éclatèrent.

Poursuivis par des trolls furieux, les fantassins de la Légion avaient pu se dissimuler aussi dans le rideau de fumée. Grâce au renfort d'une escouade commandée par Balinor, la plupart purent se mettre en sécurité sur la rampe mobile. Une rude bataille eut lieu au pied du promontoire pendant que le régiment s'efforçait de retirer la rampe avant que l'ennemi puisse s'en emparer.

Pour finir, ils durent la désolidariser des fortifications et la laisser tomber sur la plaine, en contrebas...

Les Tyrsiens y mirent le feu.

Sur le flanc gauche des défenseurs, l'arrière-garde lutta bravement pour tenir l'autre rampe, pendant que les troupes d'Acton se mettaient une fois encore à portée des archers gnomes.

Les cavaliers durent traverser une ligne de soldats résolus à leur couper la retraite. Ils atteignirent le promontoire, galopèrent sur la rampe et foncèrent vers les portes ouvertes de la cité, où ils furent accueillis par des soldats et des citoyens qui les acclamaient à tue-tête. Quand le dernier cavalier eut gagné les hauteurs, l'arrière-garde se retira derrière les lignes de défense et la rampe fut rapidement hissée.

Midi... Un soleil de plomb écrasait le champ de bataille. L'armée du Nord se retira pour se regrouper, laissant derrière elle des centaines de morts et de blessés. La fumée de l'huile enflammée couvrait la prairie redevenue étrangement silencieuse.

Le vent tomba. Devant le promontoire, la terre était jonchée de cadavres carbonisés et des feux brûlaient çà et là. Le bois fracassé des rampes ennemies se consumait aussi. Une odeur fétide monta du carnage. Les charognards volants et rampants apparurent et poussèrent des cris aigus à l'idée du festin qui les attendait. Les hostilités suspendues, les deux armées s'observaient. Les hommes, épuisés, brûlaient pourtant de recommencer la tuerie.

De longues heures, la plaine naguère verte resta vide sous un ciel limpide, tandis que la chaleur du soleil faisait sécher le sang. Les soldats qui laissaient leurs désirs prendre le pas sur la réalité crurent le pire passé. La destruction avait pris fin. Se détournant de la bataille, du carnage et des efforts pour survivre, ils préféraient penser à leurs familles et à leurs amis, l'ombre de la mort provisoirement écartée.

En fin d'après-midi, l'armée du Nord repassa à l'attaque. Tandis que des formations d'archers gnomes martelaient les fortifications et le promontoire de volées de flèches apparemment inépuisables, de grandes escouades gnomes et trolls fondirent sur les soldats du Sud, à la recherche d'une faille. Pour ouvrir une brèche dans les défenses de la Légion, ils tentèrent tout : des rampes mobiles, des échelles de corde et des grappins. En vain. À chaque fois, les assaillants furent repoussés. Mais ils revenaient à la charge, féroces et infatigables. Leur but évident était de décourager les Tyrsiens.

La mêlée dura jusqu'au crépuscule et se termina dans les ténèbres et la tragédie pour la Légion Frontalière. Tandis que la nuit tombait sur la terre gorgée de sang, l'ennemi lança une dernière attaque à la lance et à l'arc. Une flèche perdue traversa la gorge d'Acton à l'instant où il revenait du flanc gauche de son détachement. Le grand guerrier tomba de son cheval.

Et il expira dans les bras de son second.

Le royaume du Roi-Sorcier était l'endroit le plus désolé et le plus inhospitalier du monde : une étendue aride truffée de pièges mortels. La nature dispensatrice de vie avait depuis longtemps été chassée de ce domaine de ténèbres. Les rares vestiges de sa présence agonisaient sous une chape de silence.

Les frontières orientales s'engluaient dans l'obscurité et la puanteur fétide du marécage de Malg, une étendue sinistre qu'aucune créature vivante n'avait jamais traversée. Sous ses eaux peu profondes où flottaient des algues incolores qui naissaient et mouraient au quotidien, la terre s'était transformée en sables mouvants avides d'aspirer les imprudents... On disait le Malg insondable. Les rares bandes de terre ferme et les troncs squelettiques des arbres à l'agonie étaient eux aussi lentement engloutis.

À travers les étendues septentrionales qui allaient de l'ouest au marécage de Malg, une chaîne de montagnes basses n'avait pas volé son appellation : les monts du Rasoir. Il n'y existait aucun col. Les sommets étaient autant d'aiguilles déchiquetées qui semblaient surgir des entrailles de la terre... Un alpiniste expérimenté et déterminé aurait pu traverser les monts du Rasoir – un ou deux téméraires avaient même tenté l'aventure –, n'eût été l'espèce particulièrement venimeuse d'araignées qui y nichaient par colonies entières... Les os blanchis de leurs victimes, éparpillés sur les rochers, témoignaient de leurs ravages.

Là où les monts du Rasoir se transformaient en collines, au nord-ouest du royaume, une brèche s'ouvrait dans ce cercle mortel. Sur plus de cinq lieues vers le sud, on pouvait facilement traverser la contrée. Il n'y avait aucune protection naturelle contre les intrus, mais ce portail, la voie évidente, était en fait la porte de la cage où le maître des lieux guettait les aventuriers... Ses suppôts gardaient l'étroite bande de terre et le cercle pouvait être refermé instantanément.

Le désert de Kierlak courait vers le sud sur près de cinquante lieues. Une vapeur lourde, empoisonnée mais invisible couvrait les plaines. Elle venait de la rivière Léthé, un cours d'eau méphitique qui souillait de son venin la plaine, vers le sud, avant d'aller se jeter dans un petit lac. Quand des oiseaux volaient trop près des vapeurs mortelles, ils tombaient foudroyés. Les créatures victimes de la terrible fournaise et de l'air nocif pourrissaient en quelques heures et, redevenues poussière, ne laissaient aucune trace de leur passage.

Mais la barrière la plus formidable s'étendait le long de la frontière sud du domaine interdit. Naissant au bord sud-est du désert de Kierlak, vers l'est, elle touchait les limites du marécage de Malg. On la nommait le Fil du Couteau.

Évoquant de grandes lances de pierre qu'un géant de légende aurait plantées dans la terre, ces montagnes tutoyaient les nuées, chaîne de pics saillants qui bloquaient l'horizon comme des doigts tendus. À leur pied coulaient les eaux toxiques de la rivière Léthé, qui prenait sa source dans le marécage de Malg et serpentait vers l'ouest à la base de la barrière rocheuse, pour disparaître ensuite dans les vapeurs toxiques du désert de Kierlak.

Seul un fou furieux se serait attaqué au Fil du Couteau.

À travers cette muraille, un petit canyon sinueux ouvrait sur une série de collines déchiquetées qui couraient sur quelques lieues jusqu'au pied d'une montagne solitaire. Les ravages du temps et des intempéries donnaient au versant sud de la montagne un aspect singulièrement menaçant. Au premier coup d'œil, on ne pouvait manquer d'être frappé par la ressemblance frappante avec un crâne humain : les orbites vides, les joues creuses, les mâchoires, et les dents sans lèvres...

Ce lieu de désolation était la demeure de Brona, le Roi-Sorcier. On y voyait partout la marque du Crâne, la signature indélébile de la mort.

Il était midi. Mais le temps semblait étrangement en suspens autour de la forteresse. La grisaille habituelle des Terres du Nord dissimulait le soleil et le ciel, le sol d'un marron fade restant vierge de toute forme de vie. Pourtant, ce jour-là, quelque chose semblait traverser le silence et le vide pour pénétrer dans la chair des guerriers qui, en colonnes, franchissaient l'entrée du Fil du Couteau. Un sentiment d'urgence régnait sur le domaine du Roi-Sorcier, comme si l'approche de la victoire, après tant de siècles d'attente, lui redonnait une sorte particulièrement sinistre de vie...

Les trolls, aux grandes silhouettes écrasées par la hauteur impressionnante des pics, avançaient lentement dans le canyon. On eût dit une colonie de fourmis au milieu des rochers sans âge.

Ils entrèrent dans le royaume des morts comme des enfants pénètrent dans une pièce inconnue, d'un pas effrayé et hésitant, pourtant déterminés à en percer le mystère.

Personne ne s'interposa, mais leur présence ne pouvait pas passer inaperçue. On les attendait et leur arrivée ne provoqua aucune surprise. Les soldats et les serviteurs du Maître les laissèrent passer sans chercher à leur nuire. Leurs visages impassibles dissimulaient leurs intentions. Sinon, ils n'auraient jamais franchi les rives sud de la rivière Léthé, car, en leur sein, marchait le dernier héritier d'une lignée que le Roi-Sorcier avait crue détruite : l'ultime rejeton de la maison elfique de Shannara.

Shea avançait derrière Keltset, les mains apparemment attachées dans le dos. Panamon Creel le suivait, « entravé » de la même manière, ses yeux gris menaçants rivés sur les parois rocheuses. Leur ruse avait fonctionné. « Prisonniers » des trolls des rochers, ils avaient été amenés sur les rives de la rivière Léthé, le cours d'eau empoisonné qui flanquait les limites sud du royaume du Crâne. Les trolls et leurs faux captifs étaient montés à bord d'un radeau en bois pourri tenu par de gros clous en fer rouillé, dont le capitaine, une créature muette, avait un aspect plus animal qu'humain. Si son visage était dissimulé sous les replis du capuchon de son manteau noir moisi, ses mains à crochets couvertes d'écailles furent bien visibles quand elles se posèrent sur la perche tordue pour guider l'embarcation sur les eaux tièdes. Ses passagers, mal à l'aise, sentirent leur répulsion augmenter à chaque seconde. Ils furent soulagés quand, sur la rive opposée, leur « capitaine » les laissa débarquer avant de s'éloigner de nouveau avec son radeau. La partie basse des Terres du Nord disparaissait entièrement, noyée par la grisaille. L'autre berge n'était plus visible. En revanche, les pics noirs du Fil du Couteau se dessinaient clairement, les grands doigts rocheux effilochant la brume sous la lumière voilée de midi...

La colonne longea le couloir naturel qui traversait les montagnes et s'enfonça dans le domaine interdit du Roi-Sorcier.

Le Roi-Sorcier... Shea avait le sentiment étrange d'avoir su depuis le début – dès qu'Allanon lui avait révélé sa lignée – que les choses finiraient ainsi tôt ou tard. Les circonstances exigeraient qu'il affronte la créature acharnée à sa perte.

Le temps et les événements se fondirent, un vortex de souvenirs lui montrant les longues journées passées à fuir... jusqu'à cette confrontation inéluctable. Au moment fatidique, Shea devrait faire face à son adversaire sur la terre la plus sauvage du monde, ses amis éparpillés aux quatre vents, avec pour seuls compagnons des trolls des rochers, un voleur de grands chemins et un géant muet décidé à se venger... Keltset avait persuadé le tribunal de placer sous ses ordres un groupe de guerriers – moins parce que les juges étaient convaincus que le Valombrien avait les moyens d'anéantir l'immortel Brona que parce que leur compatriote détenait l'Irix noir.

Les trois juges leur avaient aussi révélé ce qu'il était advenu d'Orl Fane. Environ une heure avant de piéger ses poursuivants, les trolls avaient capturé le gnome, l'amenant sous bonne garde au campement. Le tribunal avait rapidement conclu que le petit être était fou à lier. Il avait parlé de secrets et de trésors, son petit visage jaune défiguré par un rictus hideux. Par moments, il semblait invoquer des créatures invisibles et se frottait les bras et les jambes comme si des bêtes s'y étaient fixées. Son seul lien avec la réalité semblait être une antique épée, son unique bien. Il s'y cramponnait si fort que les trolls avaient renoncé à la lui enlever.

En désespoir de cause, ils l'autorisèrent à garder le bout de ferraille sans valeur, lui ligotant les mains autour du fourreau rouillé. Dans l'heure, il fut emmené vers les cachots du Roi-Sorcier...

Le canyon serpentait à travers les pics du Fil du Couteau. Sur la piste étroite, les trolls avalèrent la distance sans marquer de pause. Certains d'entre eux s'étaient déjà aventurés dans le secteur et ils guidaient leurs congénères. La vitesse était essentielle. S'ils tardaient trop, le Roi-Sorcier apprendrait qu'Orl Fane et l'arme qu'il refusait de lâcher croupissaient dans ses propres geôles !

Shea frissonna à cette idée. C'était peut-être déjà arrivé. Dans ce cas, ils marchaient vers l'échafaud ! À chaque fois, depuis le départ de Culhaven, le Roi-Sorcier avait prévu leurs mouvements, leur fauchant l'herbe sous les pieds.

Courir un tel risque était de la folie ! Et à supposer qu'ils réussissent et que Shea prenne possession de l'Épée... Que se passerait-il alors ?

Shea eut envie d'éclater d'un rire ironique... Pourrait-il affronter le Roi-Sorcier sans Allanon à ses côtés, ni la moindre idée de ce qui activerait le pouvoir de l'Épée ?

Le Valombrien ignorait tout des intentions de ses compagnons. Mais sa décision était prise : si par miracle il parvenait à mettre la main sur l'Épée, il s'enfuirait avec ! Que les autres fassent ce que bon leur semblerait ! Panamon Creel aurait approuvé son plan, il le savait, mais il n'avait pas eu l'occasion de lui parler depuis qu'ils marchaient vers le royaume du Crâne.

Shea le sentait : pour la première fois dans une vie faite de dangers et d'incertitudes, Panamon était réellement effrayé. Mais il restait avec Shea et Keltset, ses seuls amis, parce que sa fierté lui interdisait d'agir autrement. Oubliant son instinct de conservation, il refusait de se laisser humilier sans réagir, même s'il y allait de sa survie.

Les motivations de Keltset étaient moins évidentes. Shea pensait comprendre pourquoi le troll avait insisté pour récupérer l'Épée de Shannara. La soif de vengeance n'était pas l'unique raison, loin s'en fallait. Quelque chose, en lui, rappelait Balinor à Shea : une confiance apte à redonner force et courage à tout son entourage.

Shea l'avait senti quand Keltset lui avait fait comprendre qu'ils devaient se lancer aux trousses d'Orl Fane. Ses yeux doux et intelligents avaient assuré au Valombrien qu'il lui faisait confiance. Même si Shea ne se l'expliquait pas en termes rationnels, il avait su que se dérober était impossible. Son curieux ami le lui demandait. S'il avait renoncé après des semaines de recherches, il aurait trahi ses amis *et* lui-même.

Les parois des falaises devinrent soudain moins hautes et le canyon déboucha sur une vallée. La terre aride était semée de buttes rocheuses et de lits de rivières asséchées. Le groupe s'arrêta, tous les regards tournés vers la montagne dressée au centre de la vallée. Son versant sud les fixait de ses orbites vides de squelette.

Soudain, Shea sentit ses cheveux se hérisser.

Surgies de derrière des rochers, des créatures difformes avancèrent vers eux, leurs corps aussi ternes que la terre moribonde et leurs visages quasiment dépourvus de traits. Autrefois, elles avaient peut-être été humaines. Ce n'était plus le cas. Elles marchaient sur deux jambes et avaient deux bras, mais la ressemblance s'arrêtait là. Leur peau avait la texture d'une gelée grisâtre et leur démarche syncopée était celle d'animaux décérébrés.

Les créatures de cauchemar cernèrent les trolls puis les examinèrent d'un regard vide comme pour déterminer quels fâcheux venaient leur rendre visite...

Keltset se tourna et fit un signe à Panamon.

— Les trolls les appellent des Mutens, murmura l'aventurier. Doucement... Souvenez-vous que nous sommes censés être prisonniers. Restez calme.

Un des monstres parla d'une voix râpeuse aux trolls de tête et désigna les deux « captifs ». Après un bref dialogue, un troll s'adressa à Keltset, qui fit aussitôt signe à Shea et à Panamon. Tous les trois se séparèrent de la colonne. Accompagnés par deux autres trolls, ils suivirent en silence un Muten qui partit d'un pas saccadé en direction de la paroi de la falaise, sur leur gauche.

D'un coup d'œil par-dessus son épaule, Shea vit les trolls se poster à l'embouchure du canyon, sans doute pour guetter le retour de leurs compagnons. Les autres Mutens n'avaient pas bougé.

La paroi de la falaise était balafrée par une longue fissure de plusieurs centaines de pieds de hauteur. Le groupe s'y engagea et tenta de s'accoutumer à l'obscurité soudaine. Le guide s'arrêta pour prendre une torche accrochée à la paroi et l'alluma, la tendant à un troll avant de repartir.

La colonne entra dans une caverne humide à l'odeur fétide qui donnait sur plusieurs passages obscurs. Shea crut entendre, au loin, le faible écho de hurlements se répercuter le long des parois rocheuses. Lustré de sueur, Panamon jura à voix basse. Le Muten emprunta un des passages. La faible lueur qui filtrait de la fissure disparut, happée par les ténèbres.

Seul l'écho de pieds bottés troubla le silence pendant que le groupe progressait le long du couloir obscur bordé de portes en fer boulonnées dans la roche. Les hurlements résonnaient toujours, plus faibles. Rien ne filtrait des cellules devant lesquelles ils passèrent. Enfin, le guide s'arrêta face à l'une d'elles, gesticula et parla d'une voix gutturale aux trolls. Puis il se détourna. Il avait à peine fait un pas qu'un des trolls lui fracassa le crâne d'un coup de massue.

Le Muten tomba, foudroyé.

Keltset retira leurs liens à ses amis pendant que les deux autres trolls surveillaient les alentours. Une fois Shea et Panamon libérés, Keltset fit glisser les verrous et tira. La porte s'ouvrit avec un grincement de métal rouillé.

— Et maintenant, à nous deux ! grogna Panamon.

Prenant sa torche à Keltset, il entra dans la cellule, ses compagnons sur ses talons.

Orl Fane était recroquevillé au fond de la geôle. Des chaînes scellées au sol de pierre lui liaient les chevilles. Sale et déguenillé, il n'était plus que l'ombre de la créature qu'ils avaient capturée sur les plaines de Streleheim, quelques jours plus tôt...

Il regarda les trois amis sans paraître les reconnaître. Un rictus tordant son visage jaune, il marmonnait des mots sans suite, les prunelles étrangement dilatées à la vive lueur de la torche. Il tournait la tête en tous sens, comme s'il y avait dans la cellule d'autres prisonniers que lui seul voyait.

Les compagnons évaluèrent son état au premier coup d'œil. Leurs yeux se posèrent sur ses mains osseuses qui serraient toujours le vieux fourreau de cuir.

L'objet de leur quête !

La garde brillait, leur permettant d'apercevoir le bras levé qui tenait la torche. C'était bien l'Épée de Shannara !

Un moment, personne ne bougea. Le gnome fou serrait toujours l'arme contre sa poitrine. Il eut un éclair de lucidité en voyant la pique du bras mutilé de Panamon...

L'aventurier se pencha vers Orl Fane.

— Je suis venu te régler ton compte ! cracha-t-il d'un ton féroce.

Le gnome sursauta en entendant la voix de Panamon. Un cri de terreur lui échappa et il se plaqua contre le mur.

— Donne-moi l'Épée, vermine ! ordonna le voleur.

Sans attendre, il saisit l'arme, tentant de l'arracher à la prise étonnamment tenace du gnome. Mais Orl Fane refusait d'abandonner son bien le plus précieux, même si la mort le regardait en face. Furieux, Panamon lui flanqua un coup sur le crâne avec l'attache en fer de sa pique. Le gnome s'effondra, inconscient.

— Nous poursuivons ce misérable crétin depuis si longtemps ! s'indigna le voleur. Je pensais avoir au moins le plaisir de le regarder mourir. Mais il n'en vaut plus la peine !

Écœuré, il tendit une main vers la garde de l'Épée pour la sortir de son fourreau. Mais Keltset l'empoigna par l'épaule. Toujours furieux, le voleur jeta un regard froid au troll, qui désigna Shea. Puis il recula, entraînant Panamon avec lui.

L'Épée de Shannara était l'héritage de Shea... qui hésita. Il avait vécu tant de choses, traversé tant d'épreuves uniquement pour cet instant ! Et l'heure venue, plus que jamais, la peur le tenaillait et il tremblait à la vue de l'artefact.

Il pensa à refuser, une partie de lui ne se sentant pas de taille face aux responsabilités dont on voulait l'accabler. Puis il se remémora en un éclair le terrible pouvoir des trois Pierres Elfiques. Qu'en était-il de celui de l'Épée de Shannara ?

Il imagina ses amis, Flick, Menion et tous ceux qui avaient lutté avec tant de courage et d'acharnement pour qu'il ait cette Épée. S'en détourner maintenant, c'était trahir leur confiance. Fouler aux pieds tous leurs efforts et tous leurs sacrifices...

Comment leur expliquer ensuite que tout avait été inutile par sa faute ? Il revit l'énigmatique Allanon lui reprocher son idéalisme et son refus de tenir les hommes pour ce qu'ils étaient. Il lui devrait aussi des comptes et le druide ne serait pas ravi...

Tel un somnambule, Shea avança vers le gnome évanoui et se pencha. Ses doigts se refermèrent sur le pommeau de métal de l'arme. Il sentit au creux de sa paume les contours du bras à la torche...

Alors, il sortit lentement l'Épée de Shannara de son fourreau.

Chapitre 32

Le deuxième jour de la bataille de Tyrsis, le massacre des soldats du Nord continua, aussi effroyable que la veille. Sous les roulements des tambours des gnomes, la force d'invasion attaqua à l'aube, avançant en formation vers le promontoire. Les tambours se turent à cent pas de l'objectif, puis, avec un cri de guerre à percer les tympans, l'armée chargea vers les hauteurs.

À corps perdu, les assaillants se jetèrent sur les défenses extérieures de la Légion Frontalière.

Ils attaquèrent sans leurs rampes d'assaut, qu'ils n'avaient pas eu le temps de reconstruire, et utilisèrent des milliers d'échelles et de cordes à grappins.

Ce fut une bataille féroce et sans merci. D'emblée, des centaines de soldats du Nord périrent.

Sans Acton, Balinor ne voulut pas lancer une deuxième fois le régiment monté dans une contre-attaque. Il décida donc de se retrancher sur l'avant du promontoire et de tenir aussi longtemps que possible.

L'huile enflammée et les archers de la Légion firent des ravages dans les rangs de l'ennemi, mais cette fois, il ne tourna pas les talons. Les soldats du Nord affluaient toujours, vague après vague, pour atteindre enfin la base du grand plateau où ils placèrent des échelles contre le promontoire. Des essaims de soldats les gravirent.

Les corps à corps s'engagèrent.

Pendant près de huit heures, les défenseurs de Tyrsis repoussèrent un ennemi vingt fois supérieur en nombre. Les assiégeants étaient repoussés dès qu'ils mettaient un pied sur les barricades : les échelles et les grappins étaient méthodiquement coupés, et les brèches dans les lignes de défense, colmatées au plus vite.

Les Légionnaires se battirent dans des conditions impossibles, conscients que l'ennemi ne ferait pas de quartier s'ils échouaient.

Pendant huit heures, l'armée du Nord s'acharna à traverser les fortifications. En vain. Puis une brèche s'ouvrit sur le flanc gauche des défenseurs. Avec des hurlements de victoire, l'ennemi grimpa sur le promontoire.

Depuis la mort d'Acton, le vieux Fandwick était le seul chef de cette section des lignes de défense. Faisant appel à ses réserves, déjà fort diminuées, il se porta au-devant de l'armée du Nord. Une bataille féroce s'ensuivit tandis que les assaillants déterminés tentaient d'agrandir la brèche. Des dizaines de braves moururent dans les deux camps, y compris le vaillant Fandwick.

Balinor envoya d'autres réserves colmater la brèche, et ils finirent par y arriver. Peu après, une deuxième, puis une troisième faille s'ouvrirent dans le flanc gauche de la défense, qui commença à céder. Balinor comprit que son armée ne tiendrait plus longtemps les défenses extérieures. Les commandants survivants reçurent l'ordre de battre en retraite.

Mobilisant le flanc gauche qui menaçait de s'effondrer, le frontalier rappela ses défenseurs les plus éloignés, puis fit rapidement rentrer l'armée dans la cité.

L'armée du Sud se mit en position sur la première enceinte. Mais celle du nord ne pressa pas inconsidérément son avantage. Elle démantela les fortifications de fortune pour les pousser contre la paroi du promontoire, construisant ainsi à peu de frais ses propres positions défensives, hors de portée des archers de la Légion.

Du haut des remparts, tandis que l'après-midi touchait à sa fin, les Légionnaires épuisés regardèrent travailler l'adversaire. Le camp gagnait du terrain, passant des plaines au pied de la ville. À la nuit tombée, l'armée du Nord alluma ses feux.

Aux dernières lueurs du jour, l'ennemi révéla une partie du plan qu'il avait imaginé pour escalader les murs de Tyrsis. De grandes rampes inclinées furent rapidement mises en place, soutenues par des armatures de pierre et de bois. Au crépuscule, trois tours de siège arrivèrent, chacune aussi haute que l'enceinte. Elles furent installées à l'arrière du campement ennemi, à la vue des assiégés. Une manœuvre d'intimidation destinée à démoraliser la Légion Frontalière.

Au-dessus des portes, Balinor, impassible, observait les événements en compagnie de ses commandants et de ses amis. Il envisagea brièvement un assaut nocturne pour brûler les tours de siège, mais y renonça vite. L'armée du Nord s'attendrait à cette tentative, et les portes de la cité seraient sans aucun doute l'objet d'une étroite surveillance. De plus, incendier ces tours le lendemain, pendant l'assaut, ne poserait pas de problème à la Légion, qui avait déjà brûlé les rampes la veille.

Balinor fronça les sourcils. Quelque chose ne collait pas du tout dans le plan d'attaque de l'armée du Nord. Mais il n'arrivait pas à mettre le doigt dessus. L'ennemi savait sûrement que les tours de siège ne lui permettraient pas de franchir la première enceinte. Il devait avoir autre chose à l'esprit. Balinor se demanda pour la centième fois si les elfes arriveraient à temps pour secourir la cité assiégée. Il refusait de croire qu'Eventine pût les abandonner à leur sort.

Après avoir ordonné de doubler la garde sur tout le périmètre du mur, il invita ses amis et ses commandants à partager un repas.

Cachés dans un bosquet au sommet d'une petite corniche, plusieurs lieues à l'ouest de Tyrsis, des cavaliers observaient la bataille alors que le soir tombait. Ils regardèrent les tours de siège se mettre en position, prêtes pour l'assaut du lendemain contre la cité fortifiée.

— Nous devrions leur faire parvenir un message, murmura Jon Lin Sandor. Balinor serait heureux de savoir notre armée en chemin.

Flick jeta un coup d'œil plein d'espoir à Eventine, qui avait retrouvé toute sa superbe depuis que sa blessure avait été bandée.

— J'espère que l'armée est en chemin ! dit-il. Breen est parti depuis bientôt trois jours. S'il n'est pas revenu demain, j'irai à sa rencontre.

Sandor posa une main sur l'épaule indemne du roi.

— Tu n'es pas en état de voyager, Eventine. Ton frère ne te décevra pas. Balinor est un combattant aguerri et les murs de Tyrsis n'ont jamais cédé devant un ennemi. La Légion défendra la cité le temps qu'il faudra.

Il y eut un long silence. Flick se demanda si ses amis étaient tous sains et saufs. Menion devait être là-bas, aussi. Comment se serait-il douté de ce qui était arrivé à Flick ou à Eventine ? Ou encore à l'imprévisible Allanon, qui, pour une raison connue de lui seul, avait disparu peu après le retour du Valombrien avec la patrouille d'elfes. Même si le druide était sciemment resté vague sur beaucoup de points, il n'était jamais parti sans donner d'explications.

Peut-être avait-il parlé à Eventine...

— La ville est encerclée et surveillée, dit le roi. Traverser ces lignes serait très difficile. Mais tu as raison, Jon Lin : Balinor doit être informé que nous ne l'avons pas oublié.

— Nous n'avons pas de détachement assez important pour frapper l'arrière-garde de l'armée du Nord, dit pensivement son ami. Mais...

Il regarda de nouveau les tours de siège, à l'arrière des lignes ennemies.

— Il suffit parfois d'un *petit* geste... conclut le roi.

Vers minuit, Balinor fut appelé en hâte sur la tour de guet, au-dessus des portes de la cité. Peu après, il se posta sur les remparts, en compagnie de Hendel, de Menion, de Durin et de Dayel. Muets d'étonnement, ils regardèrent le chaos qui régnait sur le camp ennemi encore à moitié assoupi. À l'arrière du campement, la tour de siège centrale s'était transformée en un brasier qui éclairait la prairie à des lieues alentour. Des soldats luttaient frénétiquement pour empêcher l'incendie de s'étendre aux autres engins de siège. L'envahisseur était visiblement désemparé face à ce coup du sort.

Balinor sourit de toutes ses dents. La suite s'annonçait prometteuse ! Et les renforts n'étaient pas si loin, après tout !

L'aube du troisième jour se leva sur un calme maussade qui n'augurait rien de bon. On ne battait plus du tambour, on n'entendait plus de cris de bataille ni de martèlement de bottes.

Le soleil rougeoya à l'horizon, se déversant comme un flot de sang sur la nuit agonisante. Un brouillard épais couvrait la terre. Il n'y avait ni bruit, ni mouvement.

Sur les remparts de Tyrsis, les Légionnaires fouillaient la pénombre du regard...

Balinor avait sous son commandement la partie centrale de la première enceinte. Ginnisson était chargé de la droite, et Messaline de la gauche. Janus Senpre commandait de nouveau la garnison et les réserves. Menion, Hendel et les elfes flanquaient toujours Balinor, qui frissonnait dans l'air frais du petit matin. Ils avaient mal dormi, mais se sentaient tout de même alertes et étrangement calmes.

Après deux jours d'enfer, ils commençaient à accepter la situation. Et pour avoir vu des braves mourir par milliers, leurs propres vies leur paraissaient insignifiantes.

Les prairies étaient éventrées, la terre gorgée de sang et jonchée de morts... Qu'espérer, sinon une incessante répétition de ces horreurs jusqu'à ce qu'un camp ou l'autre rende les armes ? Les défenseurs de Tyrsis avaient oublié toutes leurs nobles motivations. Combattre était devenu un réflexe et ils ne se souciaient plus de justifications.

Le soleil rouge du petit matin brilla plus fort. Les silhouettes des guerriers et des chevaux de l'armée du Nord redevinrent distinctes. Une toile d'araignée de bataillons en formation s'étendait sur le champ de bataille de la veille, des défenses du promontoire jusqu'aux ruines carbonisées de deux tours de siège. Personne ne parlait ni ne bougeait. Tous attendaient.

Hendel murmura quelques mots à Balinor. Le commandant de la Légion envoya des messagers à ses subordonnés pour les prévenir de ce qui était susceptible de se passer. Les soldats devraient rester calmes et tenir leurs positions.

Menion allait demander de quoi il retournait quand il y eut soudain du mouvement sous les portes de la cité. Un guerrier en armure, seul, avança et s'arrêta devant le mur géant. Il portait un long bâton muni d'un fanion rouge. Il le planta en terre, puis recula, se retourna et repartit vers ses lignes.

Un cor sonna et d'autres lui firent écho.

— La marche de la mort... souffla Hendel. Ça signifie qu'ils ne feront pas de quartier. Ils ont l'intention de nous tuer jusqu'au dernier.

Les tambours de guerre prirent la relève des cors et le tableau figé s'anima. Des milliers de flèches gnomes noircirent les cieux, volant vers les remparts de la cité. Des lances, des piques et des massues les suivirent. Émergeant de la brume qui couvrait encore les plaines, la dernière tour de siège apparut, poussée par des centaines de soldats le long de la rampe installée la veille...

Les archers de la Légion arrosèrent les assaillants de flèches, tandis que les fantassins, derrière les remparts, guettaient les ordres de Balinor.

Le frontalier attendit que la tour de siège soit à vingt-cinq pas du mur. Déjà, l'ennemi s'efforçait de l'escalader avec ses grappins et ses échelles. La muraille était constellée de silhouettes acharnées à atteindre le sommet. Des chaudrons furent vidés sur les soldats et la tour, saturant d'huile la paroi du promontoire. Des torches enflammées suivirent.

La vague d'assaut de l'armée du Nord fut engloutie par les flammes. La tour de siège et ses servants disparurent à la vue quand la fumée noire monta vers le ciel. Mais les cris de terreur et de douleur percèrent les tympans des défenseurs. Les assiégeants qui tentaient l'escalade étaient pris au piège. Quelques-uns arrivèrent aux remparts, d'où ils furent promptement éjectés, mais la plupart lâchèrent prise, ou furent asphyxiés par la fumée.

Tous retombèrent en hurlant dans les flammes.

L'assaut fut repoussé en quelques minutes. L'armée du Nord avait disparu, dissimulée par les incendies.

Les Tyrsiens postés sur les remparts sondèrent de leur mieux les colonnes de fumée, essayant de deviner quelle forme prendrait le prochain assaut.

Balinor fronça les sourcils, incrédule.

— C'était de la bêtise pure et simple ! Ils devaient savoir ce qui se passerait. Pourtant, ils ont attaqué. Sont-ils fous ?

— Peut-être l'ont-ils fait pour nous déconcerter, marmonna Hendel. Ou pour obtenir l'écran de fumée que nous venons obligeamment de leur fournir !

— Tous ces morts pour un rideau de fumée ? s'écria Menion, n'en croyant pas ses oreilles.

— Si c'est le cas, déclara Balinor, ils ont une idée bien précise derrière la tête. Une tentative qu'ils jugent vouée au succès. Gardez un œil sur les événements. Je descends.

Il dévala l'escalier en colimaçon qui menait au pied des remparts. Ses amis le regardèrent partir puis se concentrèrent sur les combats. Des nuages de fumée noire obscurcissaient tout, car l'huile répandue sur la plaine continuait à brûler. Les cris d'agonie avaient cessé, remplacés par un étrange silence.

— Que mijotent-ils ? demanda Menion.

Personne ne répondit.

— J'aurais aimé pouvoir rattraper Stenmin... dit enfin Durin. Je ne me sens pas en sécurité en sachant ce fou en liberté dans la ville.

— Nous avons failli l'avoir ! grogna Dayel. Nous l'avions suivi dans une pièce, mais il en a disparu comme par enchantement. Il devait y avoir un passage secret.

Durin acquiesça... et la conversation mourut de nouveau. Menion regarda la fumée en pensant à Shirl, qui l'attendait au palais, à Shea et à Flick, à son père et à son pays natal...

Comment tout cela se terminerait-il pour eux ?

— Par l'enfer ! cria soudain Hendel. Je suis un imbécile ! C'était sous mon nez depuis le début ! Un passage secret ! Dans les sous-sols du palais, sous la cave à vin, dans les cachots scellés depuis tant d'années, un tunnel conduit à travers les montagnes vers la plaine ! Le vieux roi m'en avait parlé un jour... Stenmin connaît sûrement ce passage secret !

— Un moyen d'entrer dans la ville ! rugit Menion. Ils auront beau jeu de nous prendre à revers ! Hendel ! Shirl est au palais !

— Il nous reste peu de temps, dit Hendel. Menion, suivez-moi ! Dayel, courez retrouver Janus Senpre et dites-lui de nous envoyer immédiatement des troupes au palais. Durin, allez prévenir Balinor. Dépêchez-vous tous, et priez pour que nous n'arrivions pas trop tard !

Ils descendirent l'escalier, puis traversèrent les baraquements en courant comme des possédés. Hendel et Menion foncèrent vers les portes de la voie Tyrsienne, bousculant des soldats sur leur passage.

Nous n'arriverons jamais à temps ! pensa Menion, harassé.

Il faillit faire trébucher Hendel quand ils foncèrent vers des montures de réserve, sellées et attachées. Poussant le garde qui essayait d'intervenir, ils sautèrent en selle et galopèrent vers la cité. Passant devant les réserves massées à l'abord des portes, les chevaux les franchirent au grand galop.

Une fois le chemin libre, ils filèrent vers le palais.

La suite se déroula si vite que le temps et l'espace semblèrent ne plus exister. Les silhouettes humaines et les bâtiments défilèrent comme un éclair sous leurs yeux, le long de la voie Tyrsienne. Après quelques secondes qui parurent une éternité, le pont de Sendic se découpa au loin, enjambant le parc public pour conduire au palais des Buckhannah. Des chariots s'éparpillèrent au pied du pont quand les deux cavaliers le dépassèrent sans ralentir pour foncer vers les portes ouvertes de la demeure royale.

Dans la cour, Hendel et Menion arrêtèrent leurs chevaux épuisés devant le perron et sautèrent à terre.

Tout était normal, à première vue. Un serviteur intrigué s'arracha à l'ombre d'un grand saule pour prendre les rênes des montures. Avec un regard peu amène, Hendel le renvoya puis fit signe à Menion.

Il entra dans le palais. Toujours rien. Peut-être arrivaient-ils à temps. À moins qu'ils se soient trompés...

Les couloirs de la résidence étaient déserts quand les deux amis s'arrêtèrent dans le vestibule, examinant les portes ouvertes, les alcôves, les tentures tirées et les fenêtres masquées par des rideaux. Menion s'apprêtait à partir à la recherche de Shirl quand Hendel l'arrêta. La fille aux cheveux roux devrait attendre.

À pas de loup, le nain guida le montagnard le long du couloir opposé, en direction des caves. Arrivés à destination, ils hésitèrent, puis se plaquèrent contre le bois poli, risquant un coup d'œil prudent.

La porte de la cave à vin était ouverte. À l'entrée, trois hommes armés montaient la garde. Tous portaient l'insigne du faucon. Menion et Hendel reculèrent en silence.

Le prince s'aperçut qu'il était parti sans emporter d'arme. L'épée de Leah était restée accrochée au pommeau de la selle de son cheval. Il inspecta rapidement le couloir, derrière lui, ses yeux se posant sur un râtelier de piques. Cela n'était pas l'idéal, mais il n'avait pas le choix. Il récupéra une des lances mal équilibrées et rejoignit Hendel.

Les deux compagnons échangèrent un long regard. Il faudrait agir vite. Si quelqu'un verrouillait la porte de l'intérieur avant qu'ils puissent intervenir, ils auraient perdu l'occasion de coincer Stenmin et de localiser le passage secret. Mais ils étaient deux ! Combien d'ennemis auraient-ils à affronter ?

Ils ne s'appesantirent pas sur la question. Sortant de leur cachette, ils coururent le long du couloir. Les trois gardes eurent à peine le temps de comprendre ce qui leur arrivait. Menion transperça de sa lance le plus proche de la porte et se jeta sur le deuxième. Le troisième tomba sans un cri, foudroyé par un coup de massue...

Les deux combattants entrèrent dans la cave à vin puis dévalèrent les marches de pierre usées pour livrer la bataille la plus terrible de leur vie.

La cave était brillamment éclairée par une multitude de torches, leur lumière évoquant celle d'un matin brumeux. Une fois la dalle de la trappe ouverte, des raclements de métal contre la pierre montaient des profondeurs des cachots. La cave regorgeait de soldats armés, qui se jetèrent sur les intrus.

Hendel et Menion lancèrent une contre-attaque féroce qui les entraîna au milieu de leurs assaillants. Le montagnard avait récupéré une épée sur le cadavre d'un des gardes. Dos à dos, Hendel et lui entreprirent d'éclaircir les rangs ennemis. Du coin de l'œil, Menion aperçut une silhouette familière vêtue d'écarlate. À la vue de Stenmin, il sentit la colère monter en lui. Avec une fureur redoublée, il chargea pour atteindre l'homme qui les avait trahis.

Une terreur abjecte s'afficha sur le visage chafouin du mystique, qui recula aussitôt.

Toujours dos à dos, le nain et le montagnard se battirent comme des possédés. Autour d'eux, des morts et des mourants jonchaient le sol. Blessés à des dizaines d'endroits, tout à l'ivresse des combats, ils ne sentaient plus rien. À deux reprises, Menion avait glissé sur une flaque de sang... À chaque fois, Hendel avait tenu leurs ennemis en respect le temps que son ami se relève.

Quand cinq soldats seulement se dressèrent encore devant eux, Hendel et Menion Leah étaient presque à bout de forces. Trempés de sang et de sueur, les membres engourdis, ils se battaient avec une obstination d'automates.

Comme s'il retrouvait soudain ses esprits, Stenmin courut jusqu'au bord du puits et appela des renforts. Le prince de Leah réagit aussitôt. Mobilisant ses dernières forces, il fit mordre la poussière à deux adversaires de plus. Le troisième bondit sur lui, mais le montagnard lui enfonça son épée dans le corps. Sans se soucier de la récupérer, il empoigna une lance, se jeta sur le mystique et l'assomma. Alors, il saisit le bord de la dalle et tenta de la refermer.

On l'aurait crue enchaînée au sol. Elle ne bougea pas d'un iota. Dessous, les frottements métalliques cessèrent, remplacés par le claquement des bottes des soldats qui couraient vers l'escalier. Il restait quelques secondes. S'ils arrivaient aux marches, Menion était un homme mort. Il banda ses muscles et pesa de tout son poids sur la dalle. Cette fois, elle bougea. Gémissant sous l'effort, il la souleva à la verticale. Alors, elle retomba sur le trou avec un bruit de tonnerre. Les mains tremblantes, il passa la chaîne à travers les anneaux et verrouilla le tout avec une barre de fer. Le passage était condamné. Si l'armée du Nord voulait passer par là pour envahir le palais, il lui faudrait traverser plusieurs pieds de pierre.

Le silence fut soudain brisé par un murmure rauque.

— Menion...

Le prince de Leah était tombé à genoux. Il vit une épée devant lui, la saisit, puis releva la tête. Ses yeux se posèrent sur son ami, à l'autre bout de la salle jonchée de morts et de mourants. Adossé au mur, près du pied de l'escalier, sa massue toujours à la main, le nain était cerné de cadavres. Aucun de ses adversaires n'avait échappé à la mort.

Ses yeux durs croisèrent ceux de Menion. Le montagnard eut le sentiment de le revoir tel qu'il était lors de leur première rencontre, dans les basses terres de Tertre-Bataille, au-delà des Chênes Noirs : taciturne, austère et toujours plein de ressources.

La massue lui échappa et ses yeux se voilèrent. Avec un long soupir, il s'écroula, s'abandonnant à la mort qui l'avait finalement terrassé.

Hendel !

Menion répéta le nom du nain pendant qu'il se relevait. Il resta un instant chancelant dans la pénombre où vacillait la lumière des torches. Des larmes montèrent à ses yeux et coulèrent le long de ses joues. Il approcha du nain en enjambant les cadavres ennemis, fou de fureur et d'impuissance.

Il s'aperçut à peine que Stenmin reprenait conscience, derrière lui. Arrivé près du nain, il s'agenouilla et serra doucement son corps sans vie contre sa poitrine.

Combien de fois Hendel lui avait-il sauvé la vie ? Combien de fois les avait-il *tous* sauvés ? Il n'avait plus la force de penser, seulement celle de pleurer. Tout semblait se briser en lui.

Stenmin se redressa lentement et regarda les cadavres. Ses hommes étaient tous morts, la dalle de la trappe remise en place. La peur lui noua les tripes. Un des intrus était encore vivant ! Le montagnard ! Il haïssait tant cet homme qu'il envisagea de le tuer. Mais la peur reprit le dessus, plus pressante que jamais. Fuir et survivre, voilà tout ce qui comptait ! Il y avait un seul chemin : l'escalier. Mais il lui faudrait passer à côté de l'homme agenouillé.

Il se leva et avança vers les marches que plus personne ne surveillait.

Le montagnard lui tournait le dos, le cadavre du nain dans les bras. Des gouttes de sueur perlèrent sur le front de Stenmin et ses lèvres dessinèrent un rictus de panique. Mais la peur le poussait à continuer. Quelques pas de plus, et il serait libre ! La cité était condamnée, tous ses habitants mourraient, mais lui, il vivrait ! Luttant contre une absurde envie d'éclater de rire, il effleura d'une main la pierre de l'escalier, puis posa un pied sur la première marche. Tout près de là, le montagnard ne se doutait de rien. La porte était ouverte, personne ne la surveillait... La liberté !

Encore quelques marches...

Menion se retourna. Terrorisé, Stenmin tenta de monter les marches plus vite et se prit les pieds dans sa tunique.

Il était à mi-hauteur de l'escalier quand Menion le rattrapa.

Devant les murs de Tyrsis, l'impossible était en train d'arriver. Après être descendu des remparts de la première enceinte, Balinor avait rapidement gagné les portes de la cité, où les sentinelles de la Légion s'étaient mises au garde-à-vous. Tout paraissait en ordre. Les verrous intérieurs, commandés mécaniquement à partir de la tour de guet, étaient enfoncés dans les fentes où les battants pivotaient quand on les ouvrait. La lourde barre de fer, une garantie supplémentaire, était nichée dans ses supports, de chaque côté des portes.

Balinor regarda le grand mur, toujours inquiet. Quelque chose allait se produire, il le sentait ! Les portes étaient le seul point faible du grand mur de Tyrsis. Les tours de siège, les échelles et les grappins s'avéraient inutiles contre pareille enceinte. Le Roi-Sorcier le savait certainement.

Les portes étaient la clé de tout !

Balinor leva les yeux vers la tour de guet qui abritait le mécanisme des verrous. Deux Légionnaires étaient postés devant l'unique entrée. Une escouade d'hommes triés sur le volet par Balinor et commandés par le capitaine Sheelon était chargée de protéger le mécanisme. Des deux côtés du petit bâtiment, les hommes de la Légion Frontalière défendaient les remparts. Il semblait impossible que l'armée du Nord puisse s'emparer de la tour. Et pourtant...

Le frontalier s'engagea dans l'escalier qui menait aux remparts. Des cris détournèrent son attention. Une volée de flèches s'était abattue sur les défenseurs de la première enceinte.

Balinor continua à monter et se pencha sur les créneaux. Le promontoire était jonché de corps et de débris. Par endroits, l'huile continuait à brûler. Les soldats du Nord avaient provisoirement renoncé à tout assaut direct. Leurs archers, alignés sur cinq rangs, arrosaient sans répit les défenseurs des remparts.

La raison de cette nouvelle tactique crevait les yeux. Au bord du promontoire, un détachement de trolls des rochers en armures poussait un bélier mobile aux flancs protégés par des plaques de fer.

Pendant que la Légion Frontalière était distraite par les archers, les trolls mettraient le bélier géant en place et défonceraient les portes.

À première vue, le plan était absurde. Mais si la tour qui abritait le mécanisme tombait aux mains de l'ennemi, les verrous intérieurs pourraient être ouverts. Alors, il resterait seulement la barre de fer pour tenir les portes. Et elle ne résisterait pas longtemps au bélier.

Balinor courut vers la tour. À sa vue, les gardes se redressèrent. Il leur jeta un coup d'œil au passage, la main posée sur la poignée de la porte.

Sheelon n'était pas en vue...

Balinor avait fait un pas dans la pièce quand il s'avisa qu'il n'avait jamais vu les deux sentinelles !

Son instinct lui permit d'éviter l'attaque du garde, derrière lui. Il empoigna la lance qui lui effleura le dos et l'arracha à son propriétaire.

Dos au mur, le roi disposa d'un instant pour balayer du regard la pièce chichement éclairée. Sheelon et ses hommes avaient été abattus puis dépouillés de leurs vêtements et de leurs armures. Un groupe de soldats surgit de l'ombre, à l'arrière de la bâtisse, et chargea Balinor.

Il projeta la lance sur eux et fonça vers la porte. Mais l'autre sentinelle, restée dehors, se hâta de la fermer. Pris au piège, Balinor n'eut pas le temps de se jeter sur le battant pour l'enfoncer. Il eut à peine celui de dégainer son épée avant que ses assaillants soient sur lui. Ils le plaquèrent au sol, leurs dagues déviées par la tunique en cotte de mailles qui lui avait si souvent sauvé la vie.

Balinor repoussa ses assaillants et se releva dans la pénombre. Mais ses yeux commençaient à s'y accoutumer.

Il chargea. Deux silhouettes tombèrent, transpercées par sa lame.

Les survivants repassèrent à l'attaque.

Balinor fut de nouveau poussé à terre, mais il se dégagea et se releva. La lutte continua d'un bout à l'autre de la pièce. Le vacarme de la bataille qui faisait rage dehors couvrait celui de la petite bâtisse en pierre. Balinor savait que personne ne viendrait à son aide, à moins qu'il parvienne à rouvrir la porte.

Dos au mur, il attendit les tueurs de pied ferme. Trois étaient morts et plusieurs, blessés. Mais les survivants commençaient à l'épuiser avec leurs fichus assauts. Il devait en finir rapidement ou c'en était fait de lui.

Un grincement de leviers et de roues le fit sursauter. Horrifié, Balinor comprit qu'un complice était en train d'ouvrir les verrous ! Il voulut courir vers le mécanisme de commande, mais les soldats lui barrèrent le chemin, le forçant à reculer loin de son objectif. Il y eut un grincement de métal contre du métal, suivi par une série de coups de marteau. Les salauds étaient en train de briser les leviers ! Au mépris du danger, Balinor se jeta sur ses derniers ennemis.

La porte s'ouvrit à la volée et le corps de la fausse sentinelle s'écroula dans la pièce. À la lumière grise du jour, la silhouette svelte et racée de Durin apparut, comme surgie de nulle part. Côte à côte, Balinor et lui se battirent en silence, forçant les quelques adversaires encore debout à s'éloigner du mécanisme et leur barrant toute retraite. Impitoyables, ils les tuèrent tous.

Sans un regard pour les morts, le roi courut vers le mécanisme endommagé. Fou de colère, il examina les leviers et les engrenages tordus...

Il se jeta de tout son poids sur le levier principal, qui ne bougea pas.

Durin pâlit.

— Nous n'avons plus le temps ! cria Balinor.

Un bruit de tonnerre résonna dans la tour de pierre...

— Les portes ! cria Durin.

Un deuxième impact, puis un troisième, ébranla la tour. Il y eut des bruits de course sur les remparts et Messaline apparut sur le seuil. Il ouvrit la bouche, mais Balinor lançait déjà des ordres.

— Faites nettoyer ce bâtiment, et que nos mécaniciens réparent les engrenages ! Les verrous sont bloqués en position ouverte ! (Messaline le regarda comme s'il avait été frappé à mort.) Renforcez les portes avec du gros bois et mettez vos meilleurs hommes en formation à cinquante pas de chaque côté de la porte. L'armée du Nord ne doit passer à aucun prix ! Que deux lignes d'archers prennent position sur la première enceinte pour couvrir l'entrée ! Les réserves et la garnison défendront l'enceinte intérieure. Tous les autres resteront où ils sont, près de la première. Nous la tiendrons aussi longtemps que possible. En cas d'échec, la Légion se repliera derrière le deuxième mur. Si nous le perdons aussi, nous nous regrouperons sur le pont de Sendic. Ce sera notre dernière ligne de défense ! Des questions ?

Durin expliqua rapidement au roi où Hendel était parti.

— Nous avons été trahis de tous côtés ! rugit Balinor. Hendel devra se débrouiller seul pour le moment. Si le palais est envahi et s'ils nous attaquent aussi à revers, nous sommes fichus ! Messaline, vous commanderez le flanc droit de la phalange, Ginnisson le gauche, et je serai au centre. L'ennemi ne doit pas passer ! Priez pour qu'Eventine arrive avant que nos forces soient submergées par le nombre !

Messaline repartit en courant. Les impacts du bélier continuaient de secouer le mur d'enceinte alors que Balinor et Durin se regardaient à travers la petite pièce. La lumière grise du jour déclinait. Et l'ombre du Roi-Sorcier, menaçante, se précisait. La cité semblait condamnée. Ce n'était plus qu'une question de temps...

Le frontalier prit la main de son ami elfe.

— Adieu... C'est la fin... Notre délai de grâce est épuisé.

— Eventine ne nous aurait pas abandonnés à notre sort... dit l'elfe. Il a dû...

— Je sais. Allanon non plus. Mais il n'a pas trouvé l'Épée, ni l'héritier de Shannara. Le temps l'a rattrapé, lui aussi.

Il y eut un bref silence brisé par les cris des hommes sur les remparts et l'impact du bélier contre les portes de Tyrsis. Balinor essuya le sang qui coulait d'une coupure, au-dessus de son œil.

— Rejoignez votre frère, Durin. Mais avant de quitter l'enceinte, ordonnez qu'on verse le reste d'huile sur ce bélier et qu'on y mette le feu. Faute d'enrayer leur avance, ça leur donnera au moins du fil à retordre...

Il eut un sourire sans joie et quitta la tour. Durin le regarda partir. Quel destin pervers les avait poussés dans cette impasse ? Balinor était l'homme le plus remarquable que l'elfe eût jamais rencontré. Pourtant, il avait tout perdu : sa famille, sa cité, son foyer. Et maintenant, sa vie ne tenait plus qu'à un fil. Comment une telle injustice était-elle possible ? Dans quel monde vivaient-ils, qui permettait à des hommes de bien d'être dépouillés de tout, et à des créatures sans âme, mortes depuis des siècles, de prospérer dans leur haine et leur méchanceté ?

Il avait été si sûr qu'ils n'échoueraient pas, qu'ils détruiraient le haïssable Roi-Sorcier et sauveraient les Quatre Terres...

Ce rêve venait de tomber en cendres sous ses yeux.

Durin releva la tête quand plusieurs mécaniciens de la Légion entrèrent pour tenter de réparer le mécanisme. L'elfe retourna sur les remparts. Il lui fallait retrouver Dayel.

La lutte pour la première enceinte était d'une incroyable férocité. En dépit du déluge d'acier lancé sur la Légion Frontalière par les lignes d'archers gnomes, les défenseurs parvenaient à éclaircir les rangs des trolls qui manœuvraient le bélier devant les portes.

Les derniers chaudrons d'huile furent vidés sur le bélier. Des torches suivirent. Toute la zone fut engloutie par une mer de flammes et de fumée noire. Les plaques de métal fondirent et les trolls brûlèrent vifs dans leurs armures.

D'autres les remplacèrent et le bélier continua de marteler les portes de la cité avec une force qui fit plier la barre et les poutres de renfort, puis les fissura.

Le ciel devint noir de fumée, enveloppant les murs de la cité et leurs défenseurs d'un brouillard sinistre.

L'odeur de la chair brûlée monta aux narines des soldats de la Légion.

Un moment, il sembla que le jour finirait sans aucune modification de la situation des deux armées.

Mais la grande barre se cassa et les poutres de renfort éclatèrent. Alors, le bélier géant défonça les portes de Tyrsis. Les premiers soldats du Nord se précipitèrent dans la brèche puis sur le terrain de manœuvre, où ils furent aussitôt éliminés par les archers postés sur les remparts. Répartis en trois groupes, les fantassins de la Légion s'apprêtèrent à repousser l'ennemi.

Le bélier frappa de nouveau et les portes s'ouvrirent un peu plus. Les premiers rangs de l'armée du Nord traversèrent la brèche et... se jetèrent sur les lances de la Légion Frontalière.

Les défenseurs de Tyrsis reculèrent un peu sous le choc, mais ils tinrent bon et leurs ennemis furent taillés en pièces par les archers postés devant et derrière eux. En quelques instants, le terrain de manœuvre fut jonché de morts et de blessés. La brèche étant momentanément colmatée, les forces d'invasion ne purent plus avancer.

Durin s'était placé près de la tour du mécanisme. De là, il regarda l'assaut se briser sur la phalange de la Légion. Il avait découvert que son frère était parti pour le palais avec Janus Senpre. Il avait alors décidé de rester avec Balinor aussi longtemps que possible.

L'ennemi tentait de reprendre son élan sur les plaines. Des Maturens orientaient les trolls vers la brèche pratiquée dans les portes de la cité. L'armée du Nord mettait en jeu le gros de ses forces pour écraser les défenseurs de Tyrsis. La première enceinte était assaillie par des hordes de gnomes et de trolls munis d'échelles, de cordes et de grappins. Les défenseurs restant sur les remparts se battirent désespérément pour les empêcher de passer. Mais les Légionnaires mouraient sans être remplacés, tandis que les ressources de l'ennemi semblaient inépuisables.

La Légion ne pouvait plus espérer vaincre.

Dans le ciel obscur, au nord de la cité assiégée, deux silhouettes ailées s'élevèrent et planèrent, menaçantes. Durin crut que son sang se glaçait dans ses veines. Des Porteurs du Crâne ! Étaient-ils si sûrs de la victoire qu'ils osaient paraître en plein jour ? L'elfe sentit ses derniers espoirs s'envoler. Il avait fait tout ce qu'il pouvait. Il était grand temps de rejoindre Dayel. Quel que fût leur sort, désormais, il l'affronterait au côté de son frère.

Il courut le long du mur, plié en deux, jusqu'à l'arrière du flanc gauche de la phalange de la Légion. Un chemin en pente raide menait aux baraquements nichés entre les murailles de la cité, des centaines de pas derrière la Légion. Un grondement assourdissant jaillissait des gorges des hommes. Alors que Durin approchait du bas de la rampe, il vit les trolls des rochers en armure se jeter à travers la brèche.

Il s'arrêta, devinant que les quelques minutes suivantes seraient cruciales pour la Légion Frontalière.

La phalange resserra les rangs, prête à soutenir l'assaut, quand les trolls avancèrent vers le centre des lignes défensives que commandait Balinor. Dix pieds séparaient encore les combattants, quand, à la surprise générale, le régiment troll changea abruptement de direction et se rua sur le flanc gauche. Il y eut un vacarme terrible lorsque les deux forces ennemies se battirent à coups de lances et de massues, les boucliers frappant les armures. La Légion tint bon. Les trolls de tête furent vite tués. Mais la supériorité numérique de l'armée du Nord força les Légionnaires à reculer jusqu'à ce que l'aile droite de la formation commence à céder.

Ginnisson se campa dans la brèche, sa crinière rousse flottant au vent, et tenta coûte que coûte de tenir la position. Les trolls furent en effet repoussés quand Balinor les attaqua par la droite et Messaline par l'arrière. Le corps à corps le plus féroce que Durin ait vu depuis le début du conflit. Impressionné, il regarda les trolls des rochers repousser la Légion et avancer de nouveau. L'instant suivant, la brèche, dans la formation, fut rouverte. Ginnisson disparut quand un groupe d'adversaires le submergea et se précipita vers les baraquements.

Durin était sur leur chemin. Il aurait peut-être eu le temps de courir à l'abri des murs, mais il mit un genou en terre et arma son arc. Le premier troll tomba à cinquante pas, le deuxième dix pas plus près, le troisième à trente-cinq. Des Légionnaires venus des remparts passèrent à l'attaque. Les archers s'efforcèrent désespérément d'enrayer l'offensive ennemie. Devant l'elfe, tout devint confus. Les trolls et les Légionnaires avançaient vers lui tout en se battant. Durin tira ses dernières flèches au milieu des trolls.

Il jeta son arc et, pour la première fois, pensa à fuir. Mais il n'avait plus le temps. Par réflexe, il s'empara d'une épée abandonnée avant que la masse d'assaillants soit sur lui et lutta pour garder l'équilibre tandis qu'on le poussait contre les murs des baraquements.

Un troll se dressa au-dessus de lui. Quand une massue s'abattit, l'elfe pivota pour éviter le coup. En vain. Il sentit une atroce douleur à l'épaule gauche, suivie par un étrange engourdissement...

Il lutta pour rester conscient et la douleur revint, abominable.

Il s'aperçut qu'il gisait face contre terre. Entendant la bataille se déplacer, il tenta de voir ce qui se passait, mais ses forces l'abandonnèrent.

Il perdit connaissance.

En sang, Menion Leah se pencha sur Hendel et le souleva doucement. Il se fraya un chemin entre les cadavres ennemis, puis monta l'escalier de la cave, passant au-dessus du corps sans tête qui gisait dans ses robes trempées de sang.

Le montagnard émergea dans le couloir, le cadavre de son ami toujours serré contre lui. Ses yeux vides et son visage blême témoignaient de sa détresse.

Entendant des bruits de pas dans le couloir est, il posa son fardeau sur le sol de pierre polie et attendit que la jeune femme aux cheveux roux l'ait rejoint.

— Menion... murmura-t-elle. Qu'ont-ils fait ?

Il voulut parler, mais aucun son ne sortit de ses lèvres. Shirl l'enlaça, son visage pressé contre le sien. Puis elle sentit les bras vigoureux du jeune homme serrer son torse. En silence, il s'abandonna à son chagrin, perdu dans la chaleur et la tendresse de sa compagne.

Sur les remparts de la deuxième enceinte, Balinor acheva de passer en revue les défenses de la Légion et s'arrêta à l'aplomb des portes barricadées. Les soldats du Nord se préparaient à l'assaut final. Quelques instants plus tôt, la première enceinte, qui n'avait jamais été prise, était tombée entre les mains de l'armée adverse. Les Légionnaires avaient dû se replier sur la deuxième ligne de défense.

La rage au cœur, Balinor regarda l'ennemi prendre pied sur la muraille et serra la garde de son épée jusqu'à ce que ses phalanges blanchissent sous la cotte de mailles. Son manteau et sa tunique avaient été mis en pièce lors du combat devant les portes de la première enceinte. Sous son commandement, le centre de la Légion avait résisté, mais les deux ailes s'étaient effondrées. Ginnisson mort, Messaline gravement blessé, des centaines de Légionnaires étaient tombés pour protéger les portes aussi longtemps que possible.

Durin aussi avait disparu dans la mêlée.

Le roi de Callahorn restait seul.

Il fit signe aux hommes qui renforçaient les madriers de support des portes, sa cotte de mailles scintillant sous la lumière grisâtre. À une dizaine d'endroits, le métal avait été entaillé et affaibli.

Un instant, le roi se laissa submerger par le désespoir. Tout le monde avait échoué : Eventine et l'armée elfique, Allanon... Les Terres du Sud entières... Tyrsis était au bord du néant et avec elle le royaume de Callahorn. Personne n'était venu à leur secours. La Légion s'était battue seule. La dernière défense des Terres du Sud... Et tout ça pour quoi ?

Il se reprit, chassant le doute et le désespoir. Pas question de se laisser aller ! Il y avait trop de vies à sauver et c'était sur lui que tout le monde comptait.

L'armée du Nord se regroupait le long de la première enceinte, préparant les échelles, les cordes et les grappins pour l'assaut. Des groupes isolés de trolls avaient déjà escaladé la deuxième muraille pendant la bataille sur le terrain de manœuvres et ils s'étaient infiltrés dans la cité proprement dite. Balinor se demanda ce qui était arrivé à Hendel et à Menion Leah. Ils avaient dû réussir à protéger le palais, sinon la ville serait déjà tombée aux mains de l'ennemi.

Maintenant, il leur faudrait tenir contre les soldats qui parviendraient à passer...

Des morceaux de suie charriés par la fumée lui piquèrent les yeux. Il se les frotta jusqu'à ce que des larmes coulent. Quand il regarda en direction des fortifications, tout était voilé par la fumée. La Légion était dans une situation impossible : tenir bon contre des ennemis si nombreux que la perte de centaines de soldats était insignifiante pour eux. Il repensa aux paroles d'Hendel, à la mort de son père et de son frère... Le dernier des Buckhannah ! Le nom mourrait avec lui, en même temps que Tyrsis et ses habitants. Ils étaient tous condamnés !

Un grondement familier monta des gorges des soldats du Nord tandis qu'ils chargeaient la Légion relativement mal protégée par le mur. La longue cicatrice qui zébrait la joue du frontalier devint rouge vif et il leva son épée.

Au même instant, les quelques trolls qui avaient échappé aux défenseurs prirent pied sur le pont de Sendic et... hésitèrent. Une ligne de Légionnaires tenait le passage, protégeant la résidence des Buckhannah. À leur tête, Janus Senpre était flanqué par Menion Leah, debout malgré ses blessures, et par Dayel, aussi jeune que résolu...

Derrière les trolls des rochers, de la fumée montait des nouveaux feux allumés dans la cité. Des cris de terreur couvraient les clameurs de la bataille qui continuait sur la première enceinte.

Au loin, des silhouettes remontaient la voie Tyrsienne presque déserte avec l'espoir de se tapir dans leurs foyers.

Les deux forces ennemies se firent face en silence. Le nombre de trolls augmentait rapidement. Ils étudièrent les défenseurs de Tyrsis avec l'air blasé de vétérans, conscients d'être les guerriers les mieux entraînés du monde.

Sur le pont, les défenseurs étaient moins de cinquante.

Le ciel de l'après-midi avait viré au noir. Pour l'heure, un calme étrange régnait sur les deux armées. Quelque part, dans la cité en flammes, Menion entendit le cri d'un enfant. Plusieurs pas sur sa gauche, Dayel sentit le vent froid du nord retomber sur un dernier murmure. Les trolls se mirent en formation, massue au poing. Puis ils avancèrent.

Au centre du pont, l'ultime ligne de défense de la cité s'apprêta à combattre.

Sur la corniche, à l'ouest de la ville, Flick Ohmsford et la petite colonne de cavaliers elfes regardèrent, impuissants, le vent de la destruction souffler sur Tyrsis. Flanqué d'Eventine et de Jon Lin Sandor, le Valombrien perdit tout espoir quand les hordes de l'armée du Nord franchirent les portes fracassées de la première enceinte... Des nuages de fumée noire montèrent de la cité. Les survivants de la Légion Frontalière furent contraints de se replier. Les défenses de la cité avaient été brisées.

Flick vit les silhouettes grotesques des Porteurs du Crâne planer au-dessus des lignes ennemies...

Le pire était arrivé : le Roi-Sorcier avait gagné.

Sur sa gauche, un cavalier poussa un cri aigu. Eventine passa à côté de Flick, le poussant dans sa hâte. Dans la prairie, encore à des lieues de là, vers l'ouest, une ligne noire grossissait. Un grondement de chevaux lancés au galop vint se mêler au fracas de la bataille.

La ligne devint rapidement une armée composée de milliers de cavaliers, bannières et lances levées. Le gémissement d'un cor de guerre annonça leur arrivée.

La formidable cavalerie déferla sur la plaine, galopant vers Tyrsis à bride abattue. L'ayant repérée, l'arrière-garde ennemie resserra les rangs et se retourna...

L'armée des elfes, enfin !

Elle venait se battre au nom des nations des Trois Terres et de tout ce que l'humanité avait essayé de préserver au fil des âges...

... mais elle arrivait peut-être trop tard.

Chapitre 33

Shea fit glisser l'antique lame de son fourreau. À la faible lueur de la torche, le métal prit des reflets bleus, l'acier aussi immaculé que s'il n'avait jamais livré bataille. Étrangement légère, c'était une lame équilibrée d'une qualité exceptionnelle, son pommeau portant l'image désormais familière d'un bras tenant une torche allumée.

Soudain effrayé par ce qui se passerait bientôt, Shea regarda Panamon Creel et Keltset pour qu'ils le rassurent.

Ses compagnons restant impassibles, il saisit l'épée à deux mains et la pointa vers le ciel. Les paumes luisantes de sueur, il tremblait pourtant de froid.

Il y eut un mouvement, suivi par un gémissement...

Orl Fane !

Shea sentit l'empreinte de la main levée contre sa paume. Mais rien ne se produisit.

Dans la pénombre des salles vides, au sommet de la montagne du Crâne, les eaux sombres de la vasque de pierre restaient sereines. Le pouvoir qui était l'essence du Roi-Sorcier dormait paisiblement...

Puis l'Épée de Shannara devint brûlante entre les mains de Shea. Une étrange vague de chaleur courut à travers le métal, remonta dans les paumes du Valombrien et disparut comme elle était venue.

Troublé, Shea fit un pas en arrière et baissa un peu la lame. La chaleur fut remplacée par des picotements qui passèrent de l'arme dans son corps. Sans être douloureux, le phénomène fit sursauter le Valombrien. Ses muscles se raidirent. Il voulut lâcher l'Épée, mais s'en découvrit incapable.

Quelque chose s'infiltra profondément dans son esprit pour l'en empêcher. À son corps défendant, ses mains serrèrent plus fort la garde.

Le picotement l'envahit et il prit conscience du flot d'énergie qui aspirait ses forces vitales pour les transférer dans le métal glacé. Jusqu'à ce que l'arme devienne une partie de lui-même.

La peinture dorée du pommeau gravé s'écailla sous ses doigts. La poignée devint d'argent poli et des filaments de lumière rouge se diffusèrent dans le métal brillant comme s'ils étaient animés d'une vie propre.

Shea sentit se réveiller quelque chose qui faisait partie de lui tout en étant étranger à tout ce qu'il était. Ce phénomène *l'aspira,* l'attirant davantage à l'intérieur de lui-même.

Panamon Creel et Keltset regardaient avec une inquiétude croissante le petit Valombrien glisser dans une sorte de transe, les paupières mi-closes, la respiration ralentie et les membres pétrifiés. Il tenait l'Épée de Shannara à deux mains, lame pointée vers le haut, le pommeau d'argent poli brillant comme jamais. Panamon envisagea de secouer le Valombrien pour l'arracher à cette extase qui ne lui disait rien qui vaille, mais son instinct l'en empêcha.

Sortant de l'ombre, Orl Fane rampa vers sa précieuse épée. Panamon hésita, puis le repoussa du bout d'une botte.

Shea dérivait dans les profondeurs de son âme comme un bouchon emporté par le courant. Autour de lui, tout s'effaça. Les murs, le plafond et le sol disparurent les premiers, suivis par la silhouette d'Orl Fane et celles de Panamon Creel et de Keltset. L'étrange courant enveloppa entièrement Shea, qui ne pouvait plus résister. Lentement, il sombra dans les abysses de son esprit, jusqu'à ce que tout devienne obscurité.

Dans les profondeurs de la caverne, au sommet de la tête de mort géante, un frémissement rida les eaux calmes de la vasque. Les créatures rampantes qui servaient le Maître sortirent de leurs niches.

Le Roi-Sorcier s'agita dans son sommeil...

Au cœur du tourbillon d'émotions primales qui s'agitait au plus profond de son âme, le porteur de l'Épée de Shannara se retrouva face à... lui-même. Un moment, il fut ballotté par une tempête d'impressions fugitives et incertaines, puis le courant s'inversa, l'emportant dans une nouvelle direction. Des images et des sensations se succédèrent. Le monde, soudain révélé dans toute sa nudité, du passé jusqu'au présent, se dépouilla d'une myriade d'illusions pourtant soigneusement entretenues. Shea vit la réalité de l'existence dans toute sa désolation. Aucun rêve enfantin ne troublait plus sa vision des choses. Nul fantasme ne dissimulait l'inflexibilité de ses choix et aucune vision d'espoir n'adoucissait la brutalité de ses jugements.

Perdu dans un univers infini et impitoyable, il se vit lui-même, insignifiante étincelle de vie promise au néant.

Soumis à cette pression, l'esprit de Shea parut imploser. Tout ce qu'il vit le paralysa. Il lutta pour retrouver sa vision de lui-même, celle qu'il avait toujours eue : son ancre, sa planche de salut, sa seule arme contre la folie. Il combattit pour se détourner de l'image terrifiante de sa nudité intérieure et de l'insoutenable fragilité de l'individu qui n'était autre que lui-même.

Puis la force du courant diminua. Shea rouvrit les yeux, oubliant un instant sa vision intérieure. Devant ses yeux, l'Épée diffusait une lumière blanche aveuglante de la pointe de la lame jusqu'au pommeau. Derrière, Panamon et Keltset, immobiles, le regardaient attentivement.

Puis les yeux du troll se tournèrent vers l'Épée, exprimant un mélange de compréhension et d'inquiétude.

Quand Shea regarda de nouveau l'Épée de Shannara, sa lumière scintilla et lui communiqua un fantastique sentiment d'impatience. La lueur surnaturelle voulait passer de la lame à son corps.

Qu'est-ce qui l'en empêchait ?

Le Valombrien continua de lutter. Ses yeux se fermèrent de nouveau et la vision intérieure revint. Le premier choc de la révélation passé, il fit un effort pour comprendre et se concentra sur les images de Shea Ohmsford, s'immergeant dans les pensées, les émotions, les jugements et les motivations de cet individu familier *et* étranger.

Les images devinrent soudain étonnamment claires. Alors, il découvrit un aspect de lui-même qu'il n'avait jamais été capable de reconnaître ou qu'il avait refusé d'accepter. Cette vérité se révéla dans une interminable série d'événements, atroces caricatures des souvenirs auxquels il avait cru avec tant de détermination. Il revit les torts qu'il avait faits aux autres, ses jalousies mesquines, ses préjugés, les demi-vérités délibérées qu'il avait proférées, son apitoiement sur lui-même, ses peurs. Toutes les horreurs cachées au fond de son esprit.

Il revit le Shea Ohmsford qui avait fui Valombre. Pas pour protéger sa famille et ses amis, mais pour sauver sa peau, cherchant des excuses à son accès de panique. Le Shea Ohmsford qui avait égoïstement laissé Flick vivre ce cauchemar pour alléger son propre fardeau.

Le Shea Ohmsford qui avait osé critiquer le code moral de Panamon Creel... en le laissant risquer sa vie pour lui.

Les images affluèrent, impitoyables. Shea refusa d'accepter ce qu'il voyait. C'était impossible !

Pourtant, puisant de la force dans une réserve insoupçonnée de courage, son esprit assimila ces visions et les intégra, le convainquant d'admettre la réalité de ce qu'on lui montrait. Il ne pouvait plus nier cet autre aspect de sa personnalité. À l'instar de l'image réductrice de la personne qu'il avait toujours cru être, c'était en dernière analyse une facette supplémentaire, presque banale, du véritable Shea Ohmsford. Si déplaisante fût-elle, il devait l'accepter.

C'était la vérité.

Fou de rage, le Roi-Sorcier s'ébroua...

La vérité ? Shea rouvrit les yeux de nouveau et contempla l'Épée de Shannara. Une étrange chaleur se répandit dans son corps, ne lui apportant plus de visions sur lui-même, mais un profond sentiment de conscience de soi.

Il comprit soudain qu'il connaissait le secret de l'arme. L'Épée de Shannara avait le pouvoir de révéler... la vérité. De forcer celui qui la portait à tout accepter sur lui-même... Et peut-être avait-elle le même effet sur tous ceux qui entraient en contact avec elle. Un moment, il eut du mal à y croire. Puis il tenta de tirer les conclusions de cette révélation et de trouver autre chose. Il devait y avoir davantage ! Mais non... C'était la magie de l'Épée. Cela et rien d'autre...

Hormis ce pouvoir, elle était ce qu'elle semblait être : une belle arme venue du passé.

Quand Shea comprit ce que ça signifiait, il en resta muet et ne s'étonna plus qu'Allanon n'ait jamais révélé le secret de l'Épée ! De quelle utilité serait-elle contre le pouvoir du Roi-Sorcier ? Quelle défense offrirait-elle face à un être capable de le tuer d'une pensée ?

Shea comprit alors qu'il avait été trahi. Le pouvoir légendaire de l'Épée était un leurre ! Proche de la panique, il ferma les yeux et s'abandonna au désespoir jusqu'à ce qu'un vertige l'envahisse et qu'il lui semble perdre conscience.

Dans la morne grisaille de son refuge, le Roi-Sorcier regardait et écoutait. La colère le quitta lentement ; sous le capuchon, la brume verte sembla briller plus fort de satisfaction.

Le Valombrien qu'il croyait mort avait survécu. En dépit de tous les obstacles, il avait trouvé l'Épée. Mais il était d'une faiblesse pitoyable et manquait des connaissances nécessaires pour utiliser l'artefact. La peur le paralysait déjà !

Le Maître sortit de sa caverne...

Sur la crête d'une colline aride battue par les vents, Allanon hésitait. Ses yeux noirs invisibles sous ses sourcils broussailleux, il étudiait la chaîne de montagnes qui se découpait au nord. Elles semblaient le narguer, leurs parois usées et déchiquetées reflétant l'âme de la terre qui leur avait donné naissance tant d'années auparavant. Le silence pesait comme une chape de plomb sur les Terres du Nord. Même les vents s'étaient calmés.

Le druide inspira à fond. Il n'y avait pas d'erreur : la sonde mentale qu'il avait lancée ne l'aurait pas abusé. L'instant pour lequel il avait tant lutté approchait enfin ! Dans les profondeurs du Fil du Couteau, très loin de lui, Shea Ohmsford avait dégainé l'Épée de Shannara...

Et pourtant, tout allait de travers ! Même si le Valombrien supportait et acceptait la vérité à son sujet, devinant peut-être le secret de l'Épée, il n'était toujours pas prêt à l'utiliser contre le Roi-Sorcier. Il n'aurait pas le temps d'acquérir la confiance nécessaire, alors qu'il était seul et privé des connaissances que seul Allanon pouvait lui apporter. Plein de doutes et tenaillé par la peur, il serait une proie facile pour Brona.

Le druide avait senti l'éveil de son ennemi. Le Roi-Sorcier avait commencé à descendre de son refuge, persuadé que le porteur de l'Épée ignorait tout du pouvoir réel de l'arme. Son attaque serait rapide et féroce. Shea mourrait avant d'avoir appris comment survivre.

Il restait quelques minutes, puis ce serait la confrontation. Allanon savait qu'il n'arriverait pas à temps.

Il avait fini par comprendre que Shea *et* l'Épée de Shannara avaient tous les deux pris le chemin du nord. Laissant ses compagnons à Callahorn, il avait volé au secours du Valombrien. Puis les événements s'étaient précipités.

Il lui restait une chance d'être encore utile à Shea. Mais il ne couvrirait jamais assez vite la distance ! Ses robes relevées et tenues d'une main, le druide dévala le flanc de la colline.

Panamon Creel avança quand Shea tomba sur un genou. Levant un bras, Keltset le retint.

Le troll était face à l'entrée de la cellule, l'oreille tendue. Panamon n'entendait rien, mais la peur et l'horreur menaçaient soudain de le submerger. Keltset semblait suivre quelque chose des yeux, dans le couloir.

Panamon sentit l'épouvante lui étreindre plus fort le cœur.

Une ombre tomba sur la petite pièce et la lumière de la torche en fut obscurcie d'un coup. Devant la porte de la cellule apparut une grande silhouette vêtue de robes noires. Panamon Creel comprit qu'il s'agissait du Roi-Sorcier. Là où aurait dû être son visage, sous le capuchon, tourbillonnait une brume vert foncé déchirée par deux étincelles de feu rouge.

Les étincelles se tournèrent d'abord vers Panamon et Keltset, les pétrifiant sur place, leurs esprits assaillis par toutes les horreurs qu'ils avaient vécues ou redoutées.

Le voleur tenta en vain d'avertir le petit Valombrien. Ses cordes vocales ne lui obéissaient plus. Réduit à l'impuissance, il vit le capuchon noir se tourner lentement vers Shea.

Le demi-elfe revenait lentement à la conscience. Dans l'humidité de la petite cellule, tout lui semblait étrangement lointain. Pourtant, quelque part dans son esprit embrumé, un signal d'alarme résonnait. Il mit longtemps à réagir. D'abord frappé par l'odeur de moisi de l'air et de la roche, il vit la lueur vacillante de la torche. Comme à travers un brouillard, il distingua aussi, à cinq pas de lui, les silhouettes immobiles de Panamon et de Keltset – en proie à une indicible terreur. Pourquoi ?

Orl Fane était blotti au fond de la cellule, méprisable petite boule jaune.

Devant lui, la lame de l'Épée de Shannara étincelait.

Shea se souvint du secret de l'Épée et de sa situation désespérée. Il voulut relever la tête, mais ses muscles refusèrent de lui obéir. La peur et le désespoir déferlaient en lui comme un torrent et il eut l'impression de s'y noyer. Une sueur froide ruissela sur son corps. Ses mains commencèrent à trembler. Une seule pensée l'obsédait : s'échapper ! Fuir avant que la créature dont il avait osé envahir le royaume s'aperçoive de sa présence ! L'objectif pour lequel il avait tout risqué n'avait plus d'importance. Seul comptait le besoin irrésistible de fuir.

Il se leva péniblement. Tout son être lui criait de courir vers l'entrée, de jeter l'Épée et de s'enfuir à toutes jambes. Mais il ne pouvait pas. Quelque chose en lui refusait d'abandonner l'arme.

Il tenta de dominer sa peur, ses mains serrant le pommeau jusqu'à ce que ses jointures blanchissent. C'était tout ce qui lui restait, tout ce qui se dressait encore entre la panique et lui. Il s'y cramponna, sa santé mentale dépendant d'un artefact qu'il savait inutilisable.

— Créature mortelle, je suis là !

Quand ces mots brisèrent le silence, les yeux de Shea se tournèrent lentement vers le seuil de la cellule. D'abord, il distingua des ombres. Puis l'obscurité se transforma en une silhouette encapuchonnée : le Roi-Sorcier, enveloppé de robes noires informes. Sous les replis du capuchon tourbillonnait une brume verte. Les étincelles de feu, ses yeux, brillèrent plus fort.

— Créature mortelle, je suis là ! Incline-toi devant moi !

Shea devint livide. Un abîme sans fond semblait béer sous ses pieds. Il suffirait d'une petite poussée...

Il se concentra sur l'Épée, l'instinct de conservation volant à son secours. Une brume écarlate envahit son esprit et charria avec elle les voix d'innombrables créatures condamnées qui imploraient vainement leur grâce. Des immondices rampantes s'accrochaient à ses bras et à ses jambes, l'attirant avec elles dans l'abîme.

Son courage l'abandonna. Il était si petit, si vulnérable. Comment résister à un adversaire aussi formidable que le Roi-Sorcier ?

À l'autre bout de la cellule, Panamon Creel regardait la silhouette noire se rapprocher de Shea. Le Roi-Sorcier était un être sans substance, un capuchon sans visage, des robes vides... Et pourtant, il leur inspirait à tous une épouvante sans nom ! Comment espérer que Shea puisse lui tenir tête, Épée de Shannara ou pas !

Après avoir fait un petit signe à Keltset, Panamon réussit à se maîtriser assez pour attaquer, son bras mutilé levé.

La silhouette se tourna lentement vers lui. Elle ne semblait plus vide, mais gorgée d'un pouvoir effrayant. Quand elle fit un geste, le voleur sentit une main invisible lui saisir la gorge dans une prise d'acier et le pousser contre le mur.

Il se débattit en vain.

Keltset aussi était immobilisé. Impuissants, les deux amis regardèrent le Roi-Sorcier se retourner vers sa proie.

Shea estimait que son sort était réglé. Il brandissait toujours l'Épée, mais sa résistance s'émiettait devant les assauts mentaux du Roi-Sorcier. Il n'arrivait plus à raisonner, envahi d'émotions déchirantes...

Montant de l'obscurité cachée sous le capuchon, un ordre terrible retentit.

— Pose cette épée, créature mortelle !

Shea résista au désir d'obéir. Tout devint flou tandis qu'il luttait. Des tréfonds de son esprit, une voix familière l'appela par son nom... Il voulut répondre, crier à l'aide...

La voix du Roi-Sorcier le foudroya de nouveau.

— Pose l'épée !

La lame s'inclina légèrement. Shea sentit son esprit s'engourdir et l'obscurité se rapprocher. L'Épée ne lui était d'aucune utilité. Pourquoi ne pas s'en débarrasser ? Il n'était rien en comparaison de cet être formidable. Un pauvre mortel, frêle et insignifiant...

L'Épée s'inclina un peu plus. Orl Fane hurla soudain de terreur et éclata en sanglots. Panamon était devenu livide ; Keltset semblait vouloir se fondre dans le mur...

La pointe de l'Épée de Shannara n'était plus qu'à quelques pouces du sol.

Dans l'esprit de Shea, une voix appela de nouveau. Venus de nulle part, les mots atteignirent sa conscience, murmure si faible qu'il les distingua à peine.

Shea ! Ne perdez pas courage ! Faites confiance à l'Épée !

Allanon !

Le druide déchirait les brumes de la peur et du doute qui enveloppaient Shea. Mais sa voix était si lointaine...

Ayez confiance en l'Épée, Shea. Tout le reste n'est qu'illusion... !

Les paroles d'Allanon moururent, étouffées par le cri de rage du Roi-Sorcier quand il empêcha la voix tant détestée d'atteindre encore l'esprit du Valombrien. Mais il était trop tard...

Allanon avait lancé une bouée de sauvetage. Shea s'y accrocha, revenu du bord du gouffre à la force des poignets...

La peur et le doute reculèrent. L'Épée remonta un peu.

Brona recula d'un pas et le capuchon sans visage se tourna vers Orl Fane. Aussitôt, le gnome se leva, telle une marionnette tirée par ses fils. N'étant plus maître de son corps, dominé par le Roi-Sorcier, il bondit, ses doigts jaunes tendus vers l'Épée. Il saisit la lame à pleines mains et s'efforça en vain de l'arracher à Shea. Avec un hurlement de douleur, il lâcha l'arme et se couvrit les yeux comme pour conjurer quelque horrible vision.

Le Roi-Sorcier leva une main. Le gnome revint à la charge en hurlant de désarroi. Il saisit de nouveau la lame étincelante... pour la relâcher aussitôt.

Il tomba à genoux, des larmes inondant ses joues.

Shea comprenait ce qui se passait. Orl Fane avait vu la vérité sur lui-même. Et pour le gnome, c'était insupportable. Il y avait pourtant quelque chose de bizarre dans tout ça. Pourquoi Brona n'avait-il pas tenté de lui arracher l'Épée ? Cela n'aurait pas dû lui poser de problème. Mais il avait d'abord recouru à l'illusion pour obliger Shea à lâcher l'arme, puis il s'était servi du gnome fou...

Malgré ses pouvoirs, Brona était-il incapable de lui prendre l'Épée ?

Shea chercha à comprendre. La réponse était là, si proche ! Il suffisait d'un rien.

Obéissant toujours aux ordres du Roi-Sorcier, Orl Fane s'était relevé. Il se jeta sur Shea, ses doigts griffant les airs. Le Valombrien tenta d'éviter l'attaque, mais Orl Fane avait définitivement sombré dans la folie. Avec un cri de peur et de frustration, il se jeta sur l'Épée. Son petit corps se convulsa, embroché par le métal brillant – la seule chose qui importait encore pour lui en ce monde.

Un instant, il posséda l'Épée. Puis il en mourut.

Shea dégagea l'arme de son cadavre. Aussitôt, le Roi-Sorcier repassa à l'attaque, tentant d'écraser l'esprit du Valombrien pour le priver de toute velléité de résistance. Cette fois, il n'utilisa ni le doute ni la tromperie, seulement la peur à l'état brut. Des visions affreuses traversèrent l'esprit du Valombrien, lui dévoilant dans toute son ampleur le pouvoir du Roi-Sorcier. Il se sentit réduit à une minuscule entité qui rampait dans la poussière. Un instant encore, semblait-il, et le Roi-Sorcier l'écraserait comme un insecte...

Mais le courage de Shea ne lui fit pas défaut. Une fois déjà, il avait presque succombé à la folie. Maintenant plus que jamais, il devait croire en lui-même et en Allanon !

L'Épée tenue à deux mains, il se força à faire un pas en avant dans la brume pour franchir la muraille de terreur érigée autour de lui. Il voulait croire à une simple illusion. La panique qu'il éprouvait n'était pas la sienne !

Le mur céda un peu ; encouragé, il lutta plus vigoureusement contre son emprise. Se rappelant la fin pathétique d'Orl Fane, il invoqua une image mentale de tous ceux qui mourraient s'il échouait maintenant. Il se souvint des mots murmurés par Allanon. Puis il se concentra sur ce qu'il pensait être la faiblesse du Roi-Sorcier, révélée par son étrange aversion à saisir l'Épée. Shea se força à croire que le véritable secret du pouvoir de l'arme était une loi naturelle des plus simples, propre à affecter toutes créatures en ce monde – fût-on Brona en personne !

Le brouillard s'estompa ; le mur de peur disparut. Shea était de nouveau face au Roi-Sorcier, dont les yeux rouges brillaient sauvagement à travers les brumes vertes qui tourbillonnaient sous le capuchon. Les bras de la créature se levèrent comme pour repousser un danger imminent. La silhouette noire recula. Panamon Creel et Keltset se libérèrent soudain des ombres qui les retenaient plaqués contre le mur du fond. Armes brandies, ils se précipitèrent. Shea sentit s'évanouir les vestiges de la résistance du Roi-Sorcier...

L'Épée de Shannara frappa.

Un hurlement étrange monta des robes noires. Un bras squelettique jaillit. Le Valombrien pressa de toutes ses forces l'arme contre la forme agitée de tremblements, la poussant contre le mur le plus proche. Il se jura que l'être ne s'échapperait pas. Ce serait la fin de cette maudite créature !

Les robes noires frémirent quand les doigts crochus griffèrent en vain l'air saturé d'humidité de la cellule. Les contours du Roi-Sorcier, qui hurlait sa haine à pleine gorge, commencèrent à se brouiller. Derrière son cri terrible, l'écho de milliers d'autres voix se fit entendre, réclamant la vengeance qui leur était refusée depuis trop longtemps.

Shea sentit la terreur de la créature infernale traverser l'Épée et son esprit. Mais avec elle vint la force prêtée par les autres voix. Il ne recula pas. Le contact de la lame faisait exploser au grand jour une vérité impossible à nier, même par les illusions du Roi-Sorcier. Une vérité qu'il ne pouvait ni admettre, ni accepter, ni supporter, et contre laquelle il n'avait aucune défense.

Pour le Roi-Sorcier, la vérité était la mort.

L'existence de Brona était une illusion. Très longtemps auparavant, les moyens qu'il avait employés pour prolonger sa vie avaient échoué et son enveloppe charnelle était retournée au néant. Pourtant, sa conviction obsessionnelle – il ne pouvait *pas* périr ! – avait gardé en vie une partie de son essence. Dès lors, il avait alimenté cette composante tenace de sa personnalité avec la sorcellerie... qui l'avait conduit à la folie.

Niant sa propre mort avec un formidable acharnement, il avait ramené à la vie son enveloppe charnelle pour prétendre à l'immortalité qu'on osait lui refuser ! Devenu une créature qui existait en partie dans deux mondes, son pouvoir semblait fabuleux. Maintenant, l'Épée le forçait à se voir tel qu'il était réellement : une coquille pourrissante soutenue par la foi erronée en sa propre réalité. Un leurre, un imposteur généré par la seule force de sa volonté, aussi éphémère que l'être physique dont il s'était donné la forme et l'apparence.

Il *était* un mensonge nourri par les peurs et les doutes des mortels. Un mensonge qu'il avait lui-même créé pour cacher une vérité qui éclatait maintenant à la face du monde !

Shea Ohmsford avait été capable d'accepter la faiblesse et la fragilité inhérentes à sa nature humaine. Mais le Roi-Sorcier ne pouvait intégrer ce que l'Épée lui révélait. La créature qu'il croyait être avait cessé d'exister près de mille ans plus tôt !

Tout ce qui restait de Brona était un artifice mis en lambeaux par le pouvoir de l'Épée.

Il lança une dernière fois un gémissement de protestation dont l'écho résonna dans la cellule, vite couvert par le cri de triomphe des voix fantomatiques. Puis tout bruit cessa. Le bras tendu, ratatiné, retomba en poussière, se détachant de la forme frissonnante. Le corps se désintégra sous les robes. Les deux étincelles rouges scintillèrent une dernière fois dans la brume verte en train de se dissiper puis disparurent à leur tour. Le manteau retomba, vide, simple petit tas de tissu usé.

Le capuchon s'aplatit sur le sol.

Shea vacilla. Ce flux d'émotions avait mis son esprit et ses nerfs à la torture. Une trop grande tension supportée trop longtemps exigeait maintenant que son corps épuisé payait le prix.

Le sol tangua sous ses pieds.

Il glissa lentement dans les ténèbres.

Dans la ville de Tyrsis, la longue et terrible bataille que se livraient les créatures mortelles et celles du plan des esprits connut son apothéose. La terre émit un grondement venu du plus profond de ses entrailles puis trembla. Sur les collines basses, à l'est de Tyrsis, la petite colonne de cavaliers elfes dut calmer ses montures effrayées. Hagard, Flick Ohmsford vit la terre se soulever au rythme des vibrations. Au-dessus de la deuxième enceinte, l'indestructible Légion de Balinor repoussait assaut après assaut, tandis que l'armée du Nord essayait vainement de forcer le passage. Pendant plusieurs minutes, dans le feu de l'action et l'ivresse des combats, personne ne remarqua le séisme.

Sur le pont de Sendic, les trolls s'arrêtèrent, inquiets, tandis que le grondement augmentait...

Menion Leah sursauta quand des fissures lézardèrent la pierre. Les défenseurs s'apprêtèrent à fuir. Les vibrations s'accélérèrent en une titanesque série de grondements propres à ébranler la terre et le roc.

Le vent se leva et souffla avec une férocité extraordinaire, éparpillant l'armée elfique qui galopait vers Tyrsis.

De Culhaven, dans l'Anar, aux régions les plus reculées des Terres de l'Ouest, des bourrasques soufflèrent sans relâche. Dans les forêts, des arbres s'abattirent et des pans entiers de montagne glissèrent dans l'abîme, redevenant poussière quand la force incroyable du vent et du séisme secoua les Quatre Terres...

Le ciel avait viré au noir, sans nuage et sans soleil. Comme si on avait, d'un coup de pinceau géant, oblitéré les nuées.

Des éclairs rouges jaillirent de l'obscurité. C'était la fin du monde... La fin de toute vie.

L'holocauste tant redouté depuis que l'homme avait balbutié ses premières paroles était là !

Un instant plus tard, tout disparut. Un calme absolu se répandit sur la terre. Un silence de mort...

Du fond de l'obscurité, des gémissements s'élevèrent, puis des hurlements d'angoisse...

Dans la ville de Tyrsis, toute velléité belliqueuse oubliée, les soldats du Nord et les défenseurs de la ville regardèrent les Porteurs du Crâne tourner dans le ciel comme des fantômes sans substance, fous de douleur, leurs membres noueux se contractant au rythme de leurs hurlements. Ils planèrent au-dessus des belligérants, qui pâlirent d'horreur. Mais une fascination morbide les empêcha de détourner le regard.

Puis les monstres ailés commencèrent à se désintégrer, leurs corps retombant lentement en poussière...

Quelques secondes plus tard, il resta seulement l'obscurité, qui refluait vers le nord. Elle ramena vers elle ses limites, comme les coins d'une couverture.

D'abord vers le sud, puis vers l'est et l'ouest, le ciel bleu reparut et le soleil inonda les terres de son éblouissante lumière.

Les mortels regardèrent l'obscurité devenir un nuage noir, loin vers le nord, puis planer au-dessus de l'horizon, et enfin descendre lentement vers la terre et y disparaître à jamais.

Le temps passa. Shea flottait dans les limbes.

— Je ne crois pas qu'il y arrivera...

La voix qui atteignit son esprit embrumé semblait venir de très loin. Il sentit soudain le froid de la pierre lisse contre la peau brûlante de ses mains et de son visage.

— Attends ! Il a cligné des yeux. Il revient à lui !

Panamon Creel...

Shea ouvrit les yeux ; il gisait sur le sol glacé de la petite cellule éclairée par la lumière vacillante d'une unique torche. Redevenu lui-même, il tenait toujours l'Épée de Shannara, mais le pouvoir l'avait quitté. L'étrange lien qui l'unissait à l'Épée n'était plus. Il se redressait quand un grondement effrayant secoua la caverne... et le fit piquer du nez. Des mains puissantes le rattrapèrent, lui évitant une chute douloureuse.

— Doucement, doucement ! chuchota Panamon à son oreille. Laissez-moi vous examiner. Tenez, regardez-moi.

Il fit pivoter le petit Valombrien vers lui et leurs yeux se croisèrent. Shea lut de la peur dans le regard du voleur. Puis Panamon sourit.

— Il va bien, Keltset. Maintenant, filons !

Il remit Shea debout et se dirigea vers la sortie,

précédé par le troll. Le demi-elfe fit quelques pas incertains et s'arrêta. Quelque chose le retenait...

— Je vais bien... marmonna-t-il d'une voix presque inaudible.

Abruptement, les souvenirs lui revinrent : le pouvoir de l'Épée, la vérité sur sa nature profonde, l'effroyable duel avec le Roi-Sorcier, la mort d'Orl Fane...

Il hurla et faillit tomber.

Panamon Creel le retint de son bras valide.

— Tout doux ! C'est terminé, Shea ! Vous avez réussi. Vous avez gagné ! Le Roi-Sorcier ne nuira plus à personne... Mais cette fichue montagne est en train de s'écrouler sur nos têtes ! Nous devons déguerpir avant d'y laisser notre peau !

Le grondement devenait plus fort à chaque instant. Des pans de roches tombaient déjà des parois et de la voûte, accompagnés de tourbillons de poussière et de graviers. Des fissures apparurent dans la pierre alors que les tremblements augmentaient.

Shea fit signe qu'il comprenait.

— Tout ira bien, vous verrez ! affirma le voleur vêtu d'écarlate. Je vous sortirai de là. C'est juré !

Le trio fonça dans le couloir obscur. Le tunnel serpentait au cœur du Fil du Couteau, ses parois se fissurant très vite. Puis elles commencèrent à s'écrouler. La montagne tremblait comme si la terre allait s'ouvrir et l'engloutir.

Les trois compagnons traversèrent d'innombrables petits passages sans parvenir à trouver d'issue. À plusieurs reprises, ils furent ensevelis sous une cascade de cailloux et de poussière, mais ils réussirent à s'en dégager. De grands blocs de pierre tombèrent devant eux, leur condamnant le passage. Par bonheur, Keltset les délogea. Shea perdit toute notion de ce qui se passait, envahi par une étrange langueur qui sapait le peu d'énergie qui lui restait. Chaque fois qu'il pensa ne plus pouvoir avancer, Panamon le soutint, le soulevant parfois pour le faire passer à travers les débris.

Ils étaient arrivés à un endroit particulièrement étroit du passage quand une secousse plus violente encore ébranla la montagne à l'agonie. La voûte du couloir se fendit sur un craquement sinistre puis s'effondra avec une lenteur cauchemardesque.

Panamon poussa Shea par terre et voulut lui faire un bouclier de son corps. Keltset se précipita, sa masse impressionnante tendue comme un arc. Il cala ses épaules sous la voûte, maintenant des tonnes de rochers à la force de ses bras et de son dos.

La poussière tourbillonnait toujours, aveuglante.

Shea ne voyait plus rien. Panamon Creel le remit à quatre pattes et le poussa, dépassant le troll des rochers. Shea leva la tête. Les yeux si doux du troll croisèrent les siens.

La voûte s'abaissa de plusieurs pouces supplémentaires. Le troll mobilisait toute sa force pour la maintenir, son corps rigide sous l'effort. Shea hésita. Panamon le prit par l'épaule et le poussa, le projetant dans un tronçon plus large du corridor d'où ils venaient...

Haletants, ils se laissèrent tomber sur une pile de gravats et de poussière.

Ils eurent une ultime vision de Keltset, sous la voûte en train de s'effondrer. Panamon voulut lui porter secours, mais un grondement déchira la montagne. Avec un craquement de fin du monde, le tunnel s'écroula. Des tonnes de roches s'abattirent...

Shea voulut aller dégager le troll. Panamon le tira en arrière, lui agitant sa pique devant le visage.

— Il est *mort !* Nous ne pouvons plus rien pour lui !

Hagard, le Valombrien regarda son ami.

— Filons d'ici ! cria le voleur, livide de colère. Faut-il qu'il se soit sacrifié en vain ? Déguerpissons, bon sang !

Relevant Shea, il le poussa vers la partie ouverte du tunnel. Les grondements continuaient à monter des profondeurs de la montagne. Des secousses plus fortes que jamais faillirent faire trébucher les fuyards. Shea courait comme un automate, aveuglé par la poussière et les larmes. Il battait en vain des paupières et entendait tout près de lui le souffle rauque de Panamon. Du bout de sa main-pique, le voleur le poussait pour l'inciter à courir plus vite. Des éclats de roche se détachaient des parois, achevant de lacérer les vêtements de forestier qui pendaient en lambeaux sur son corps menu lustré de sueur. Il serrait toujours l'Épée étincelante, désormais inutile. Sauf pour prouver que tout ce qu'il avait vécu n'était pas le fruit d'un esprit dérangé.

Soudain, le tunnel disparut au-dessus de leurs têtes et ils émergèrent sous le ciel gris des Terres du Nord. Devant eux gisaient les cadavres des Mutens et des trolls. Sans ralentir, les compagnons coururent vers l'entrée du col qui coupait en deux le Fil du Couteau. La terre durcie tremblait. De longues fissures lézardèrent la base de la montagne du Crâne, en direction du cercle de protection naturelle de la terre interdite. Un roulement de tonnerre, plus fort que tous les précédents, força les fuyards à se retourner. Muets de saisissement, ils virent le visage lugubre du crâne de pierre se fracturer et s'effondrer. Quand des tonnes de rochers s'effondrèrent, la marque du Roi-Sorcier disparut de la surface de la terre. La montagne du Crâne avait vécu...

Un épais nuage de poussière jaune monta au ciel. Un grondement sourd venu des entrailles de la terre se répercuta dans toute l'étendue désolée du nord. Des vents violents balayèrent les ruines de la montagne moribonde.

Horrifié, Shea vit le Fil du Couteau commencer à trembler, ébranlé par cette nouvelle convulsion...

Le royaume se désintégrait !

Panamon filait vers le col, Shea derrière lui. Cette fois, le Valombrien n'avait pas besoin d'être stimulé. Puisant dans des réserves insoupçonnées de courage et de détermination, il courut à perdre haleine, sautant au-dessus des cadavres. Panamon Creel fut bientôt obligé d'accélérer pour rester à sa hauteur...

À l'entrée du col, des pans entiers du Fil du Couteau commençaient à se briser et à s'écrouler, se détachant avec des craquements terrifiants. Les secousses sismiques continuaient à éventrer la contrée. Des rochers tombèrent dans le canyon et écrasèrent tout sur leur passage ; une avalanche partie du sommet des pics gagna en volume et en vitesse à chaque seconde. Au milieu de cette apocalypse, les deux compagnons, le demi-elfe épuisé qui refusait de lâcher son antique Épée et le voleur manchot, évitaient de leur mieux les obstacles. Un vent violent soufflait dans leur dos, les poussant sous un déluge de pierres et de poussière... Les lacets du passage disparurent bientôt et les deux amis surent qu'ils approchaient de l'extrémité du canyon, vers les collines, au-delà de la zone montagneuse. La vision de nouveau brouillée, Shea trébucha et se frotta furieusement les yeux de sa main libre.

La paroi ouest du canyon explosa et s'écroula, ensevelissant les fuyards sous une pluie de rocs brisés et de poussière... Un fragment pointu frappa Shea à la tête.

À demi couvert de débris, l'esprit embrumé, il lutta contre l'inconscience. Agenouillé à côté de lui, Panamon le dégagea des gravats et le prit dans ses bras puissants pour le remettre debout. À travers un brouillard gris, Shea vit que le visage de son compagnon était couvert de sang.

Il prit lourdement appui sur l'Épée de Shannara.

Panamon resta à genoux, sa main-pique désignant le col, derrière eux. Shea se retourna et aperçut la créature difforme qui avançait vers eux à travers le nuage de poussière. Un Muten ! Son visage lisse tourné vers eux, le monstre continua d'approcher.

Panamon regarda Shea avec un sourire sardonique.

— Il nous suit depuis l'autre extrémité. J'avais espéré le semer dans les rochers, mais l'animal est têtu !

Il se leva et sortit son épée du fourreau.

— Partez, Shea. Je vous rejoindrai plus tard.

Le Valombrien dévisagea son compagnon. Il avait sûrement mal entendu...

— Nous pouvons le battre à la course ! cria-t-il. Nous sommes presque au bout du col. Nous le distancerons... Ensemble !

— Non, je crains que ce ne soit pas possible... Il est arrivé quelque chose à ma jambe. Je ne peux plus courir. (Shea ouvrit la bouche, mais il l'interrompit.) Pas d'objections ! Courez, Shea. Et ne vous arrêtez pas !

Des larmes roulèrent sur les joues du Valombrien.

— Vous m'en demandez trop !

Une secousse ébranla le Fil du Couteau, jetant à terre Panamon et Shea. Des rochers dévalèrent les flancs de la montagne.

Le Muten avançait toujours mécaniquement vers eux. Panamon se releva et tira Shea avec lui.

— Le col s'effondre ! Nous n'avons pas le temps de discuter. Ne vous en faites pas pour moi, je me débrouillais déjà très bien avant de vous rencontrer ou de connaître Keltset. Et maintenant, courez ! Sortez de ce maudit col !

Il posa une main sur l'épaule du Valombrien et le poussa. Shea fit plusieurs pas en arrière, hésita et leva l'Épée de Shannara en un geste presque menaçant.

D'abord surpris, Panamon Creel retrouva vite son sourire sarcastique et ses prunelles pétillèrent.

— Nous nous reverrons, Shea Ohmsford. Comptez là-dessus !

Il agita sa pique une dernière fois, en signe d'adieu, puis se tourna pour affronter le Muten.

Shea hésitait encore. Sa vue brouillée le trompait, sûrement ? Il lui sembla que le voleur vêtu d'écarlate ne boitait pas... Les tremblements recommencèrent.

Le Valombrien fonça vers les collines.

Glissant et trébuchant sur les rochers et la poussière, il évita les pluies de pierres et de débris et continua sa course folle.

Seul.

Chapitre 34

L'après-midi touchait à sa fin. La lumière du soleil qui ruisselait en longues traînées paresseuses à travers les nuages blancs caressait le sol stérile des Terres du Nord. Çà et là, la lumière éclairait par petites touches les premiers signes du retour à la vie. Bientôt, la nature reprendrait ses droits et tout refleurirait sur cette terre trop longtemps desséchée. Au loin, les sommets arasés du Fil du Couteau détruit se dressaient toujours à l'horizon. Dans la vallée dévastée, des colonnes de poussière tournoyaient au-dessus des ruines du royaume du Crâne.

Shea sembla surgir de nulle part, errant sans but à travers les ravins et les corniches, au pied des collines situées en contrebas du Fil du Couteau.

En haillons, à demi aveugle, à bout de forces, il était méconnaissable.

Il marcha vers Allanon sans le voir, le pommeau d'argent d'une épée serré à deux mains.

Le druide resta pétrifié devant cet étrange spectacle. Puis, avec un cri de soulagement, il se précipita pour serrer dans ses bras le petit corps malmené de Shea Ohmsford.

Le Valombrien dormit longtemps. À son réveil, il faisait nuit. Il était étendu sous un surplomb rocheux qui donnait sur un ravin encaissé. Un petit feu de bois crépitait gaiement, ajoutant sa chaleur à celle du manteau qui l'enveloppait. Sa vision s'éclaircissant, il distingua au-dessus de lui le firmament semé d'étoiles qui s'étirait d'un bord à l'autre du surplomb rocheux.

En dépit de tout, il sourit. Il aurait presque pu croire être de retour à Valombre !

L'instant d'après, l'ombre noire d'Allanon remua à la faible lueur des flammes.

— Vous vous sentez mieux ? demanda-t-il en s'asseyant près de Shea.

Il y avait quelque chose d'étrange au sujet d'Allanon. Il paraissait plus humain et moins... impressionnant. Sa voix avait une chaleur inhabituelle.

Shea fit signe que oui.

— Comment m'avez-vous retrouvé ?

— *Vous* m'avez trouvé. Vous ne vous en souvenez pas ?

— Non... Rien après... (Shea hésita.) Y avait-il quelqu'un d'autre ? Avez-vous vu une autre personne ?

Allanon le dévisagea comme s'il se demandait que répondre.

— Vous étiez seul.

Shea sentit une boule se former dans sa gorge. Il se rallongea dans la chaleur des couvertures et déglutit douloureusement. Panamon avait disparu, lui aussi.

Il n'aurait pas cru que tout se terminerait ainsi...

— Vous êtes sûr que ça va ? insista le druide. Aimeriez-vous manger ? Je crois que ça vous ferait du bien.

— Oui.

Shea s'assit.

Allanon versa de la soupe dans un bol. Son arôme chatouilla les narines du Valombrien, qui inspira à fond. Soudain, il repensa à l'Épée de Shannara et la chercha à tâtons, dans la pénombre. Il la repéra presque aussitôt, posée à côté de lui. Sa lame scintillait doucement. Une autre pensée lui vint. Il chercha sous sa tunique la bourse aux Pierres Elfiques... Il ne l'avait plus ! Affolé, il fouilla toutes ses poches...

Elles avaient disparu !

Déprimé, il se laissa retomber sur les couvertures.

Mais peut-être qu'Allanon... ?

— Je ne retrouve pas les Pierres Elfiques ! Les auriez-vous prises ?

Le druide lui tendit le bol de soupe fumante et une cuillère en bois.

— Non, Shea. Vous avez dû les perdre en fuyant le Fil du Couteau... (Devant la mine dépitée du Valombrien, il lui flanqua une tape rassurante sur l'épaule.) Ne vous inquiétez pas. Les pierres ont accompli leur mission. Mangez et reprenez des forces. Vous avez besoin de calme.

Shea avala la soupe machinalement, incapable de se résigner si aisément à la perte des gemmes. Il les avait depuis le début de cette aventure. Elles l'avaient protégé à chaque pas. À plusieurs reprises, elles lui avaient sauvé la vie. Comment avait-il pu être assez maladroit pour les perdre ?

Il tenta en vain de comprendre à quel moment cela avait pu se passer.

— Désolé pour les Pierres Elfiques, Allanon...

Le druide haussa les épaules. Il semblait si fatigué et si vieux, tout à coup...

Il se rassit près du Valombrien.

— Peut-être réapparaîtront-elles plus tard...

Shea finit sa soupe en silence et Allanon remplit le bol. Le liquide chaud détendit le Valombrien, une douce somnolence s'emparant de lui. Il allait se rendormir. Il aurait été si facile de se laisser glisser dans le sommeil... Mais il restait trop de questions sans réponses... Il les voulait maintenant, de la bouche du seul homme capable de les lui donner !

Après tout ce qu'il avait subi, Allanon le lui devait bien !

Il se força à se rasseoir sous le regard attentif de son énigmatique compagnon, assis en face de lui. Au loin, le cri aigu d'un oiseau nocturne brisa le silence. Shea leva la tête. Après si longtemps, la vie revenait au grand galop dans les Terres du Nord...

Il posa le bol de soupe et se tourna vers Allanon.

— Pouvons-nous parler un peu ?

— Bien sûr...

— Pourquoi ne pas m'avoir révélé toute la vérité sur l'Épée ?

— Je vous ai dit tout ce que vous aviez besoin de savoir, répondit Allanon. L'Épée elle-même vous a appris le reste.

Shea n'en crut pas ses oreilles.

— Il était nécessaire que vous appreniez vous-même le secret de l'Épée de Shannara ! Il est des choses qui ne se transmettent pas. Il faut les vivre soi-même... Vous deviez d'abord apprendre à accepter la vérité à votre sujet avant que l'Épée puisse vous être d'un quelconque secours contre le Roi-Sorcier. Comment aurais-je pu m'impliquer dans ce processus ? Je n'étais pas concerné !

— Mais vous auriez au moins dû me dire de quelle façon l'Épée détruirait Brona.

— Quel effet cela aurait-il eu sur vous, Shea ?

Le Valombrien fronça les sourcils.

— Je ne comprends pas.

— Si je vous avais révélé tout ce que je savais sur l'Épée, sans le bénéfice de la sagesse que vous détenez maintenant, en quoi cela vous aurait-il aidé ? Auriez-vous pu continuer votre quête ? Brandir l'Épée contre Brona, sachant qu'elle ne ferait rien de plus que lui révéler la vérité sur lui-même ? M'auriez-vous seulement cru, si je vous avais dit qu'un phénomène si simple détruirait un monstre aussi puissant que le Roi-Sorcier ?

Il se pencha plus près de Shea.

— N'auriez-vous pas plutôt aussitôt abandonné la quête ? Quelle dose de vérité auriez-vous pu supporter ?

— Je l'ignore... admit Shea.

— Alors, je vais vous faire un aveu. Maintenant, je le peux. Il y a cinq cents ans, Jerle Shannara, lui, savait tout cela avant d'affronter Brona... Résultat, il a échoué.

— Mais je croyais...

— ... qu'il avait triomphé ? Si cela avait été le cas, le Roi-Sorcier n'aurait-il pas été détruit une fois pour toutes et renvoyé au néant ? Non, Shea, Jerle Shannara n'a pas réussi. Bremen lui avait confié le secret de l'Épée. À son avis, savoir comment elle fonctionnait aiderait son porteur à mieux se préparer à la confrontation avec Brona. Une grave erreur ! Averti qu'il serait exposé à découvrir la vérité sur lui-même, Jerle Shannara n'était pas prêt à l'accepter. Il n'y avait probablement aucun moyen pour lui de s'y préparer. Nous nous entourons de trop de barrières, de boucliers ou de miroirs déformants pour être totalement honnêtes avec nous-mêmes. Et je doute qu'il ait réellement écouté l'avertissement de Bremen sur ce qui se passerait quand il tiendrait enfin l'Épée. Jerle Shannara était un roi guerrier. Quoi de plus naturel pour lui que de considérer l'artefact comme une arme *physique* ? En dépit de toutes les explications qu'on lui avait fournies à son sujet ?

» Quand il a affronté le Roi-Sorcier, l'Épée commençant à lui dévoiler la vérité sur sa nature profonde, il céda à la panique. Sa force physique, ses prouesses de combattant et son expérience de la bataille furent toutes inutiles... C'en était trop pour lui. Il ne parvint pas à accepter. En conséquence, le Roi-Sorcier lui échappa.

Shea ne sembla pas convaincu.

— Ça se serait peut-être passé autrement avec moi.

— J'avais prévu d'être près de vous quand vous trouveriez l'Épée de Shannara... Je vous aurais expliqué comment cette arme pouvait anéantir le Roi-Sorcier. Mais je vous ai perdu dans les dents du Dragon, et j'ai compris bien tard que vous aviez trouvé l'Épée. Vous étiez parti sans moi vers les Terres du Nord. Je vous ai suivi. Et j'ai failli arriver trop tard ! J'ai senti votre affolement quand vous avez découvert le secret de l'Épée. Donc, le Roi-

Sorcier vous avait aussi repéré. Mais j'étais toujours trop loin pour vous rejoindre. J'ai alors tenté de vous appeler mentalement, de projeter ma voix dans votre esprit. Je n'avais plus le temps de vous dire que faire. Le Roi-Sorcier m'en a empêché...

Il s'interrompit, comme en transe.

— Mais vous avez découvert la solution par vos propres moyens, Shea... Vous avez triomphé. Et survécu.

Le Valombrien détourna le regard, accablé. Ses amis, qui avaient eu le courage de s'aventurer à ses côtés dans le royaume du Crâne, l'avaient payé de leur vie.

— Les choses auraient peut-être été très différentes pour moi... marmonna-t-il.

Allanon ne répondit rien. Le feu agonisait et la nuit se refermait sur eux.

Shea ramassa le bol de soupe et le vida, sentant la somnolence s'emparer de nouveau de lui. Il allait s'assoupir quand Allanon reprit soudain la parole.

— Vous pensez que j'ai eu tort de ne pas vous révéler le secret de l'Épée ? (Une question rhétorique...) Peut-être avez-vous raison... Il aurait sans doute mieux valu pour tout le monde que je dévoile tout dès le début.

Shea releva les yeux. Le visage du druide était toujours une énigme pour lui.

— Non, vous avez bien fait. Je ne suis pas sûr que j'aurais eu la force d'accepter la vérité.

Allanon secoua la tête, comme s'il étudiait la possibilité.

— J'aurais dû vous faire davantage confiance, Shea. Mais j'avais peur... (Il s'interrompit devant l'expression incrédule du Valombrien.) Vous ne me croyez pas, mais c'est vrai ! Pour vous et vos amis, j'ai toujours été un être un peu surnaturel. C'était nécessaire, ou vous n'auriez pas accepté de me suivre aveuglément ! Mais un druide est un être humain, Shea. Et vous oubliez autre chose. Avant de devenir le Roi-Sorcier, Brona aussi était un druide. Dans une certaine mesure, ses pairs portent la responsabilité de ce qu'il est devenu. Nous lui avons permis d'être le Roi-Sorcier. Nos enseignements lui en ont donné la possibilité, et notre absurde retrait du monde lui a ensuite permis d'évoluer. Le genre humain tout entier aurait pu être réduit en esclavage ou exterminé. Et la faute serait retombée sur nos têtes !

» Par deux fois, les druides ont eu l'occasion de mettre Brona hors d'état de nuire, et par deux fois, ils ont échoué. J'étais le dernier... Après moi, il ne serait resté personne pour protéger le monde ! Oui, j'avais peur ! Une erreur, une seule, et Brona aurait été libre pour l'éternité !

La voix du druide redevint un murmure. Il baissa les yeux.

— Il y a une autre chose que vous devriez savoir. Bremen n'était pas un de mes lointains ancêtres, mais mon père.

— Votre père ! cria Shea, tout à fait réveillé. C'est imposs... !

Il s'interrompit, bouche bée. Allanon sourit.

— Vous vous êtes sûrement douté que j'étais beaucoup plus vieux qu'un homme normal. Les druides ont découvert le secret de la longévité au lendemain de la Première Guerre des races. Mais il y avait un prix, que Brona refusa de payer. Ce miracle exige beaucoup de discipline et de sacrifices, Shea. Ce n'est pas un don du ciel sans contrepartie. Pendant notre période d'éveil, nous accumulons une dette qui doit être payée par un type spécial de sommeil qui permet de réparer les dommages du vieillissement. Il y a beaucoup d'étapes à franchir pour détenir cette exceptionnelle longévité, et certaines sont très désagréables. Rien n'est facile. Brona chercha une autre voie que celle des druides – qui n'entraînerait ni les mêmes contraintes ni les mêmes sacrifices.

» À la fin, il a trouvé l'illusion.

Le druide se tut un long moment, puis reprit la parole.

— Bremen était mon père. Il a eu l'occasion d'anéantir le Roi-Sorcier, mais il a commis trop d'erreurs. Brona lui a échappé. Mon père était responsable de sa fuite. Si le Roi-Sorcier avait réussi, il en aurait porté tout le blâme. J'ai vécu avec cette peur au ventre, jusqu'à ce qu'elle tourne à l'obsession. Et je m'étais juré de ne jamais faire les mêmes erreurs que lui. Hélas, Shea, je vous accordais une confiance des plus limitées, je le crains. J'avais si peur que vous soyez trop faible pour agir le moment venu ! À dessein, je vous ai caché la vérité. Je n'ai pas été loyal envers vous. Mais vous étiez ma dernière chance de laver l'honneur de mon père et de chasser ma culpabilité face à ses fautes. Je voulais tant effacer à tout jamais la responsabilité des druides dans la venue au monde d'un monstre comme Brona !

Il hésita, puis regarda son interlocuteur dans les yeux.

— J'avais tort, Valombrien. Vous êtes plus courageux que je l'aurais cru.

Shea sourit.

— Non, Allanon... C'est vous qui m'avez naguère parlé de sagesse rétrospective ! Et maintenant, écoutez-vous, historien !

Dans l'obscurité, le druide lui rendit tristement son sourire.

— J'aurais aimé que nous ayons plus de temps, Shea Ohmsford. Pour apprendre à nous connaître mieux. Mais j'ai une dette à payer... d'ici peu...

Sa voix mourut et il baissa les yeux. Intrigué, le Valombrien pensa que le druide ajouterait quelque chose.

Il n'en fit rien.

— À demain, alors, conclut Shea en s'étirant et en se glissant dans les couvertures, détendu par la chaleur du feu et de la soupe. Nous avons devant nous un long voyage vers les Terres du Sud.

Allanon ne répondit pas tout de suite.

— Vos amis sont tout près. Ils vous cherchent... Leur répéterez-vous ce que je vous ai dit ?

À demi endormi, Shea l'entendit à peine. Ses pensées dérivaient déjà vers Valombre.

Il rentrerait bientôt chez lui !

— Vous vous y prendrez mieux que moi... murmura-t-il.

Il y eut un long silence.

Puis Allanon le brisa d'une voix étrangement lointaine.

— J'en serai peut-être incapable, Shea. Je suis très fatigué... J'ai usé toutes mes réserves. Je dois dormir... Un certain temps.

— À demain, répéta Shea. Bonne nuit.

— Adieu, mon jeune ami, souffla Allanon. Adieu...

Mais le Valombrien dormait déjà.

Shea se réveilla en sursaut et ouvrit les yeux en entendant un bruit de sabots et de bottes. Bientôt, il fut entouré par un groupe de silhouettes élancées vêtues de vert.

D'instinct, sa main vola vers l'Épée de Shannara.

Puis il s'assit péniblement, clignant des yeux...

Des elfes ! L'un d'eux se détacha du groupe et se pencha sur lui. Ses yeux verts croisèrent ceux de Shea et une main ferme se posa sur son épaule.

— Vous êtes avec des amis, Shea Ohmsford. Nous sommes les guerriers d'Eventine.

Shea se leva lentement, la main sur l'Épée.

— Allanon ? demanda-t-il en regardant autour de lui.

L'elfe hésita.

— Il n'y a personne ici. Seulement vous.

Shea traversa le cercle de cavaliers et balaya du regard le grand ravin. Des rochers gris et de la poussière. À part les elfes et lui, il n'y avait en effet personne.

Ce que le druide avait dit la veille lui revint en mémoire. Il sut alors qu'Allanon était parti pour de bon.

— Endormi... murmura-t-il.

Il se tourna vers les elfes, des larmes ruisselant sur ses joues. Mais Allanon reviendrait quand le monde aurait de nouveau besoin de lui, pensa-t-il pour se consoler. Comme toujours !

Shea essuya ses larmes, le visage tourné vers le ciel bleu des Terres du Nord. Un instant, il lui sembla entendre la voix du druide, comme venue de très loin.

Un sourire flotta sur ses lèvres.

— Adieu, Allanon... murmura doucement le demi-elfe.

Chapitre 35

C'était fini. Moins de dix jours après la bataille, par une matinée claire et lumineuse, les survivants de la petite troupe venue de Culhaven des semaines auparavant se firent leurs adieux. Une brise soufflait de l'ouest, caressant l'étendue verdoyante des prairies tyrsiennes. Au loin, le grondement sourd de la Mermidon montait jusqu'à eux dans le calme du matin.

Ils étaient près de la route de la cité fortifiée.

Dayel et Durin, dont le bras gauche bandé était tenu par une attelle – son frère l'avait retrouvé parmi les blessés, et il guérissait rapidement.

Balinor Buckhannah, en cotte de mailles et drapé dans le manteau bleu de la royauté.

Shea Ohmsford, encore faible et pâle.

Le fidèle Flick.

Et enfin Menion Leah.

Ils parlèrent quelques instants et s'efforcèrent de sourire. Sans grand succès, ils tentaient de faire assaut d'amabilité et de décontraction, jetant des regards fréquents aux chevaux qui broutaient paisiblement près de là.

Il y eut un silence gêné. On échangea des poignées de main et des promesses de se rendre bientôt visite...

Sous les sourires perçait une profonde tristesse.

Puis ils se séparèrent, chacun retournant chez soi.

Les elfes allèrent vers l'ouest, à Beleal, où Dayel retrouverait sa bien-aimée Lynliss.

Les Ohmsford prirent la direction du sud, vers Valombre. Comme Flick le répétait à son frère, ils goûteraient là-bas un repos bien mérité ! Car ils avaient assez couru le monde pour toute une vie !

Menion Leah les accompagnait, résolu à s'assurer en personne que plus rien de mal n'arriverait à Shea. De là, il retournerait dans ses montagnes natales pour revoir son père. Mais il savait qu'il reviendrait vite vers les pays frontaliers – et la princesse aux cheveux roux qui l'attendait...

Resté seul sur la route déserte, Balinor regarda ses amis s'éloigner jusqu'à ce qu'ils ne soient plus que des ombres minuscules.

Le cœur lourd, il remonta à cheval et regagna Tyrsis.

L'Épée de Shannara resterait à Callahorn. Shea avait décidé de la confier au peuple de la frontière. Personne n'avait consenti plus de sacrifices que ces braves. Donc, nul ne méritait autant qu'eux l'honneur de conserver l'Épée. Elle avait été installée sur un bloc de marbre rouge, lame vers le bas, et placée dans une crypte au centre des jardins du parc public, à Tyrsis, sous la grande arche du pont de Sendic où elle resterait pour l'éternité.

Sur la paroi de pierre de la crypte s'affichait l'inscription suivante :

Ici reposent le cœur et l'âme des nations
Leur droit à la liberté

Leur désir de vivre en paix
Leur courage pour chercher la vérité.
Ici repose l'Épée de Shannara.

Des semaines plus tard, installé sur un des hauts tabourets de bois de la cuisine de l'auberge, Shea regardait sans la voir l'assiette de nourriture posée devant lui. À côté de lui, Flick attaquait sa deuxième portion. Il était encore tôt et les deux frères Ohmsford avaient passé la journée à réparer le toit de la véranda sous un soleil écrasant. Un travail fastidieux... En dépit de la fatigue et d'un vague mécontentement, Shea n'avait pas le cœur à se venger sur la nourriture.

Il n'avait toujours pas mangé grand-chose quand son père apparut sur le seuil de la cuisine en marmonnant dans sa barbe.

Il approcha de ses fils et tapota l'épaule du cadet.

— Combien de temps va durer cette absurdité ? demanda-t-il.

Shea le regarda, surpris.

— J'ignore de quoi vous parlez, Père...

Comme pour renchérir, Flick haussa les épaules.

— Et tu ne manges rien, par-dessus le marché ! continua Curzad, que le spectacle d'une assiette pleine révoltait. Comment comptes-tu recouvrer tes forces si tu ne te nourris pas convenablement ?

Il s'interrompit et sembla se souvenir de ce qu'il était venu faire.

— Je parlais des étrangers qui viennent ici demander après toi ! dit-il. Bon, je suppose que tu vas *encore* te déguiser en courant d'air ! Moi qui espérais que ces fariboles étaient finies !

— Je n'ai pas l'intention de partir. De quoi parlez-vous, Père ?

Curzad Ohmsford s'assit sur un tabouret libre et dévisagea son fils adoptif, apparemment résigné à ne pas obtenir de réponse sans un minimum d'effort.

— Shea, nous ne nous sommes jamais menti. Quand tu es revenu de ta... visite... au prince de Leah, je ne t'ai pas demandé ce qui était réellement arrivé, alors que tu avais filé en pleine nuit sans prévenir quiconque, et que tu es revenu ensuite en piètre état – un vrai fantôme ! Tu as soigneusement évité de me fournir la moindre explication sur vos fredaines. (Shea voulut protester mais il ne lui en laissa pas le loisir.) Je ne t'ai jamais prié de me raconter quoi que ce soit. Exact ?

Shea hocha la tête et son père eut l'air satisfait.

— Je ne l'ai pas fait, car j'estime que les affaires d'un homme ne regardent que lui. Mais je ne peux pas oublier que tu as disparu de Valombre juste après l'arrivée du deuxième étranger.

— Il y en a un troisième ? s'écrièrent les deux frères.

Les souvenirs affluèrent à leur mémoire : la venue mystérieuse d'Allanon, l'avertissement de Balinor, les Porteurs du Crâne, la fuite, la peur...

Shea descendit de son tabouret.

— Il y a quelqu'un ici ? Qui me cherche ?

Curzad hocha la tête, troublé par l'inquiétude qu'il lut dans les yeux de son fils.

— Un étranger, comme toujours. Il a débarqué il y a quelques minutes et il te cherche. Le type attend dans la grande salle, mais je ne vois pas...

— Shea, que faire ? demanda Flick. Nous n'avons plus les Pierres Elfiques pour nous protéger !

— Je l'ignore... marmonna son frère. Nous pourrions filer par l'arrière-cour...

— Eh, une minute, vous deux !

Curzad Ohmsford en avait assez entendu. Il prit les jeunes gens par les épaules et les força à se tourner face à lui.

— Je n'ai pas élevé mes fils jusqu'à cet âge pour qu'ils s'enfuient au premier problème ! grogna-t-il. Vous devez apprendre à affronter les ennuis, pas à les éviter ! Vous êtes chez vous, entourés de votre famille et de vos amis, prêts à vous aider en cas de coup dur, et vous parlez de fuir ?

Il les lâcha.

— Maintenant, nous allons sortir d'ici et parler à ce quidam ensemble ! Il a l'air d'un dur à cuire, même s'il semblait plutôt amical quand nous avons bavardé. De plus, je doute qu'un manchot fasse le poids contre nous trois. Même avec sa pique...

— Un manchot ? Une pique ? lança Shea.

— Il a l'air d'un homme qui a longtemps roulé sa bosse, ajouta Ohmsford père, qui ne semblait pas avoir entendu les exclamations de son cadet. Il m'a montré une petite bourse et il prétend qu'elle t'appartient, Shea. J'ai proposé de la prendre, mais il n'a rien voulu entendre. Il veut te la remettre en mains propres.

Flick comprit alors qui était le voyageur.

— Ça doit être important, continua Curzad. Il m'a dit que tu l'avais perdue sur le chemin du retour. Comment as-tu pu être aussi distrait ?

Curzad Ohmsford devrait attendre encore un peu pour avoir une réponse ! Comme un seul homme, ses fils partirent au pas de course. Le seuil de la cuisine franchi, ils foncèrent dans le couloir, vers la salle de l'auberge.

7556

Composition PCA à Rezé
Achevé d'imprimer en France (La Flèche)
par Brodard et Taupin
le 10 février 2006. 34021
Dépôt légal février 2006. ISBN 2-290-32587-2
1er dépôt légal dans la collection : février 2005

Éditions J'ai lu
87, quai Panhard-et-Levassor, 75013 Paris
Diffusion France et étranger : Flammarion